ディドロ　自然と藝術

冨田和男

鳥影社

ディドロ　自然と藝術　目次

凡例

頻度の高い文献からの引用にあたっては略号を用い、略号に続いて巻数とページ数を表示する。引用略号は次のとおり。

なお、ここにない略号に関しては、各章の註を参照のこと。

A.-T. *Œuvres complètes* de Diderot, éd. Assézat et Tourneux, t.20, Paris, 1875-1877

CF *Œuvres complètes*, introductions de Roger Lewinter, t.15, Club français du livre, 1969-1973

DPV *Œuvres complètes*, éd. H. Dieckmann et al., t. 1-Hermann, 1975-.

V *Œuvres philosophiques*, Edition de P. Vernière, Garnier Frères, 1964

OE *Œuvres esthétiques*, Edition de P. Vernière, Garnier Frères, 1988

Salons I, II, III, IV *Salons*, textes établis et présentés par G. May, J. Chouillet, E. M. Bukdahl, A. Lorenceau, Michel Delon, D. Kahn, t.4, Hermann, 1984-1995

Corr *Correspondance*, recueilli, établie et annotée par George Roth, 16vols, Édition de Minuit 1955-1970

Ency *Encyclopédie, ou Dictionnaire raisonné des sciences, des arts et des métiers, par une société de gens de lettres*, Readex Microprint Corp., New York, 1969

CL *Correspondance Littéraire*, philosophique et critique par Grimm, Diderot, ... éd. by M. Tourneux, 16vols, Kraus Reprint 1968

LM *Lettre sur les sourds et muets*, éd. Paul Hugo Meyer, Diderot Studies VII, 1965

EP *Éléments de physiologie*, éd. Mayer, Libraire Nizet, 1964

ディドロ　自然と藝術

序

本書ではディドロの思想は自然哲学的分野（Ⅰ部）と美学的分野（Ⅱ部）に分けて考察される。なぜ二つの分野に分ける必要があったのか。わたしはその理由をはじめから理解していたわけではない。哲学畑をうろついていた者にとっては彼に対する関心がまず自然哲学に向かったという結果にすぎなかった。しかしその後、美学的な分野への関心を抱かせたのはベラヴァルの『ディドロの逆説なき美学』であった。当書は約三分の一を「自然」と「自然の模倣」にあてがっていたが、わたしはこれを自然哲学的な関心から読んだのであった。だがその結果、二つの分野では〈同じ自然〉が共通基盤であるにもかかわらず取り扱い方に質的な相違があり、それが自然哲学と美学の相違を、ひいては自然と藝術の相違を示しているということを学んだ。だとすれば、結果的には二つの分野を相対的に別個に扱う方がかえって両者の複合関係を浮き彫りするのによかったということになる。実際、ディドロは『俳優についての逆説』のなかで「自然の真実」と「舞台の真実」を峻別するとともに、両者の複合性を考察している。二つの分野の関係については「総括と展望」で触れることになるので、ここでは二つの分野の複合性から何が志向されることになるのかをあらかじめ示唆できればと思う。というのも、それが二つの分野を貫く〝留め金〟と思われるからである。

端的に言えば、自然哲学的分野は「自然の真実」を、美学的分野は「藝術の真実らしさ」を求める。しかも、ディドロは前者を後者の基礎であるとみなしている――「自然の真実は藝術の真実らしさの基礎である」（『絵画論断章』OE, p. 803）。したがって、二つの分野の共通基盤は「自然の真実」ということになる。自然哲学的分野ではもっぱらこの「真実」の解明が目標であるが、美学的分野ではこの「真実」の解明そのものが目標なのではなく、自然対象を「自然の太陽」から「藝術の太陽」で、さらに「あなた〔藝術家〕の太陽」で照らしながら、それを模倣対象に「手直し」することによって〈自然以上の自然らしさ〉を創造することが求められる。「自然の真実」がそれ自体で藝術的効果を生み出すとは限らないからである。この効果を創出するところに藝術の自然に対する自立性があるといえよう。したがって、二つの分野では「自然の真実」の意味づけにおいて相違が生じるのだが、いずれにせよ、それぞれに限界が存在する。自然の「観察」や「実験」を通して、ある場合にはそれらの欠を補完するために「推測」や「類推」を行って、「自然の真実」から「抽象的で一般的な結論」（DPV, IX, p.88）を抽出する場合、それを仮説にとどめないならば、「自然の解釈」の限界を超えることになるし、また、藝術が「真実らしさ」を逸脱することは「藝術の可能性の極限」（Salons III, p.311）を超えることを意味する。しかし、ディドロは「このような限界点に達したことが確実でないかぎり立ち止まってはならない」と考えるとともに、この地点に「事物の形而上学、あるいは事物の第一義的で一般的な根拠」（la métaphysique des choses, ou leur raisons premières et générales）を設定する（項目「百科全書」DPV, VII, p.220）。したがって、この「形而上学」は経験知に裏打ちされながらも、その存立根拠あるいは普遍性を求めるものであり、体系知への志向を示唆する。彼の思想は、一見すると一貫性がなく右往左往しているようにみえるが、この志向をみれば、体系知を拒絶しているわけではないことが分かる。ただ、彼が従来の形而上学的体系を斥けるのは、それが自らの描いた設計図を解読格子にして自然対象の方を否が応でも嵌《は》め込むからである。要はこういうことである――「一つの体系をもちたまえ、それにはわたしも同意する。しかしその体系にきみを支配させるな」（『自然の解釈に関する思索』DPV, IX, p.48）。

ここで、ディドロが経験知から体系知へとどのように移行していこうとするのか、その基本線を示すことで、二つの分野の複合性を理解する手掛かりとしたい。いずれの分野でも「自然の真実」が共通の基盤であった。その位置づけは異なるとはいえ、この「真実」の解明にはともに「自然の観察」が必須である。自然学者も藝術家もまずは「自然の僕」に徹して「真実」を表出しなければならない。そこで彼は、自然が自らの脈絡のうちで機能するままに直接観察する仕方を自ら提示する。すなわち、彼は『解釈』の冒頭でこう述べている――「わたしが書こうとしているのは自然についてだ。対象がわたしの省察に提供されるのと同じ順序で、筆にまかせて思想がつぎつぎと現れるままにまかせるであろう。というのも、そのほうがわたしの精神の動きと歩みをいっそううまく再現してくれるであろうから」(ibid., p.27)。ここには「自然の真実」の表出の仕方が示されている。自然について書くのは確かに書き手としての「わたし」＝ディドロではあるが、彼の筆の動きとその順序を決めるのはむしろ自然対象の方である。この仕方は彼が藝術作品の批評を行うときの仕方にも照応する――「わたしは時間をかけて、印象が到来し入ってくるようにした。効果に対して心を開き、それに浸透されるにまかせた」(『一七六五年のサロン』、**Salons II, p.22**)。このような受動的ないしは受容的な姿勢は、ややもすれば対象を歪めかねない観察者の能動的な視点をいわば〈自然的な〉視点に変えることによって、かえって自然を虚心坦懐に、あるいは「あるがままに」、「見ているがままに」捉えようとする志向、言い換えれば、自然自身に自らを語らせ、その言葉を聞き取る「知覚法」(「知覚法」については『一七六五年のサロン』の序文に付された佐々木健一氏の訳注11、『ディドロ　絵画について』岩波文庫、二一九頁参照）ともいえる。われわれがそれぞれ独自の視点で対象を再現すれば、彼が言うように「人知の体系はこの視点の数だけ可能である」(項目「百科全書」、**DPV, VII, p.211**)。だが、それらの体系すべてが〈同一の対象〉を再現しているという保証はどこにあるのか。われわれがライプニッツのモナドであるならば、無数の対象も「予定調和」によって異なった視点からみられた〈同一の対象〉のさまざまなパースペクティブにほかならない、ということになる(『単子論』§57)。しかし、「恣意の入り込む余地のない唯一の体系」つまり普遍的体系は「神の意志のうちに永遠の昔から存在していた体系」(ibid.)であって、われわれの手に入らないものである。そこで、ディドロは次善の策を考える。「普遍的な計画を完遂したところで、われわれの理解力 entendement の弱さが打開されるわけではないのだから、人間の境遇にふさわしいことに専念し、何らかのきわめて一般的な概念にたどりつくことで満足しよう」(DPV, VII, p.212)。普遍的体系ではないまでも、この「何らかの一般的な概念」を探求しようとする学問的姿勢をディドロは「形而上学」と呼んでいると思われる。「どんな学問、どんな技藝にもそれぞれ独自の形而上学がある」(ibid., p.220)。『一七六五年のサロン』にも同じ主旨の表現がみられる。「天才が直観的に意のままにする独自の形而上学をもたないようなどんな学問もどんな技藝も存在しない」(Salons II, p.129)。『一七六七年のサロン』では「藝術の形而上学」が「理想的／観念的モデル」との関わりのなかで述べられている。このような「形而上学」に向かおうとするとき「自然の観察者」はその「解釈者」に、「自然の模倣者」はその「創造者」に転じることになる。つまり能動的な姿勢に変化する。また、このことがそれぞれの分野の限界点を浮き彫りにすることになる。この地点で、二つの分野での〈解釈された自然〉の取り扱い方に質的な相違が生じる。とはいえ、いずれにしても、二つの分野においても経験知から体系知への志向は見て取ることができる。このことは、ディドロが「自然の目的を説明しようなんて、われわれは一体何者なのか」(DPV, IX, p.89)と言いつつも、つぎのように語っていることからも読み取り可能であろう――「自然学者は、理論体系を構築する(edifier)ことではなくて、教育する(instruire)ことを任務としているから、なにゆえにを放棄して、もっぱらいかにしてに専念するであろう。いかにしては事物から引き出されるが、なにゆえにはわれわれの理解力(entendement)から引き出される。つまり、それはわれわれの体系に起因し、われわれの知識の進歩に依存している」(ibid., p.90)。目的論的自然観から機械論的自然観への移行は「なにゆえに」から「いかにして」への変換から生じるとよく言われるが、彼もそれに則している、とはいえ「なにゆえに」を放棄せず「われわれの知識の進歩」に委ねている。先に引用した、これよりも数年後に書かれた項目「百科全書」では普遍的な体系は無理としても「なんらかのきわめて一般的な概念」で満足するという考えであったのだから、彼の志向はトーンダウンしたようにみえる。しかし、そうとも言えない。「普遍性に対する形而上学的な関心は、ディドロの思想において一貫している。しかし、その普遍性はどこまでも経験の集積の効果でなければならない」(佐々木『研究』五九八頁)ということに変わりはない。この点は本文で検証されるであろう。

以上のことをふまえて、最後に本書の構成について略述しておきたい。

I部では、物質—運動関係を軸にして彼の自然観の全貌を概観し、そこに彼が設定した諸問題を抽出することで、彼がどのように「自然の真実」に迫っていくのかに注目する(第一章)。つぎに諸問題のうち彼を最後まで悩ました有機体の形成と生命の起源の問題を取り上げ、彼が一方でこの問題に関して先人であったモーペルテュイの所説を、他方でモーペルテュイに影響を与えたライプニッツのモナド論をいかに批判的に摂取していくのかを探求する(第二章、第三章)。さらに、これまでの諸章でそれぞれの脈絡で取り扱ってきた物質観をトーランドの物質観と対比しつつ視野を広げてとらえ返す(第四章)。彼らの所説をもってしても、また「感性」を「組成作用の産物」として想定しつつ、「静止的感性」から「能動的感性」への移行に生命の起源をみることも、いまだ生命現象の説明には不十分であることから、彼の関心がルエル派の化学にも向かったことを検討する(第五章)。最後に、ダランベールの「体系的精神」とディドロの「予見の精神」を対比しつつ、かつ両者の〝化学反応〟を起こさせる実験室として「ダランベールの夢」を捉えて、その中で彼がこれまで立てた諸問題がどのように解決へと導かれていくのかを追及する(第六章)。

II部では、まず彼の最初期の、しかも唯一の美論を「関係の知覚」説として検討し、この説が彼の美学的分野の〈通奏低音〉であることを確認する(第一章)。つぎに、鍵となる自然模倣説の内実とそこに孕まれた諸問題を摘出する。その際、藝術的効果を生み出す「自然の模倣」とはいかなるものか、言い換えれば、模倣対象としての「自然」とはいかなる自然なのかという問題を、彼をもっとも悩ました問題として、検討する（第二章）。さらに、グルーズ評を取り出して、彼の絵画作品に対する一般的な評価基準を考察し、「藝術の真実らしさ」の構成要件を探る。このことは自然対象に対する観察および解釈から「自然の真実」の構成要素を探ることに照応している（第三章）。しかし、グルーズの歴史画に対する彼の厳しい批評の理由づけには十分納得のいく説明がなされているとは思われないことから、彼の歴史画観に対する新たな検討が必要になる。これを当時のフランスにおける歴史画観を配視しつつ展開する（第四章）。以上をふまえて、「自然の真実」と「藝術の真実らしさ」が融合するとどのようなことになるのか、このことを「ヴェルネの散歩」を取り上げて考察する。この融合において、ヴェルネはディドロにとって「理想的／観念的モデル」の「創造者」として扱われるが、その場合「自然の模倣」とどのように折り合いがつけられているのか、この問題がいまだ残されたままになっていることを確認する（第五章）。最後に、自然と藝術の峻別をむしろ強調する『俳優についての逆説』を取り上げて、第五章の所説と対比し、なお残る諸問題を提示するとともに、それでもディドロが自然と藝術の融合を志向しているという仮説を立てる（第六章）。

Ⅰ部にせよⅡ部にせよ、各章の流れにはわたしのこのような問題意識が潜んでいたのであるが必ずしも表面に出ていたわけでもなかったので、それをもっと具体的に示すために、それぞれに「まとめ」をつけることにした。その際、各章で言い足りなかった事柄や欠落した事柄について若干の加筆を行うことにした。さらに、Ⅰ部とⅡ部を関連づけるとともに、わたしの今後の課題を示すために「総括と展望」を設けた。すでに触れたように、わたしはⅠ部とⅡ部を相対的に別個に扱い、Ⅰ部からⅡ部へと探求を進めてきたので、とりわけⅠ部はⅡ部とほとんど自立したかたちにならざるを得なかった。この欠を補足するのみならず、両者の密接な連関から、ディドロがおそらく垣間見ようとしていたであろう〈自然と藝術の融合〉の形姿をそれとして感じ取れるように努めてみた。

I　自然

第一章　自然哲学の展開とその諸相
――物質―運動関係を軸にして――

　ディドロの自然哲学は、従来、多くの研究者によって、とりわけ歴史的に位置づけられるとき、少々過大評価されてきたように思われる。なるほど、彼のいくつかの思想的断片には、ヘルムホルツのエネルギー不滅の法則なり、ラマルクやダーウィンの自然淘汰の法則・適者生存の法則なりの〝先駆〟ないしは〝萌芽〟を読み込みたくなるような鋭い洞察がみられるかもしれない。しかし、それは、「体系の精神」(esprit de système) によるものというよりはむしろ彼自身が強調した「予見の精神」(esprit de divination) によるものではあっても、後代の成果の〝先駆〟や〝萌芽〟ではないのではあるまいか。〝先駆〟、〝萌芽〟は現代のわれわれの学問的水準を彼の思想的断片に投影したものではないだろうか。というのは、たとえば、ディドロはわれわれが細胞と名づけているものを「繊維」と名づけているかのごとくにみうけられるが、仮にそうだとしても、その同じものを「繊維」と名づけるか「細胞」と名づけるかは、単なる用語上の問題ではなくて、概念規定の問題であり、それに応じて、それらの用語が位置し機能するそれぞれの理論的枠組に質的差異を生み出す問題だからである。

　ところで、ディドロは、自らの自然哲学を練り上げるにあたって、語弊を憚《はばか》らずに言えば、あたかも錬金術師のごとき作業を行っているようにみえる。彼は選り抜きの諸材料を坩堝《るつぼ》の中に投入する。もちろんその際、〈哲学者の石〉たる自らの鋭い批判力と洞察力を加えることを忘れていない。そして、それらをさまざまな手法で溶解しながら、火加減も残滓の除去も注意深く見定めている。彼の諸材料は、まずは、彼が「諸事実」と称する自然的諸現象であり、また、ニュートン以来の力学的数学的自然学の、後にはむしろ生理学・生物学等の「生命の諸科学」（sciences de la vie）の諸成果、さらに自然の解釈に必要な先人たちの哲学的方法に関する諸成果である。彼の使用する手法は、対話法、比喩、類推、夢想、推測等である。こうして坩堝から取り出される彼の自然哲学は、諸材料の単なる組み合わせでは決してない。確かに、諸材料はところどころでその原形をかすかにとどめているが、しかし溶解され変質させられていて、もとに戻すことは不可能になっている。だがしかし、彼の自然哲学は、唯物論的一元論への胎動を孕みつつも、そのような一定の鋳型に固めるにはあまりに流動的であり、それでいて妙に可塑性に富んだところもあり、実に取り扱いに困る代物である。要するにそれは「怪物」（monstre）である。このような性格はおそらくは彼の溶解の手法からくるものであろうし、また彼自身の自然観と対応しているように思われる。カッシーラーはこう言っている。「われわれはディドロについて語る場合、彼がさまざまの時期に抱懐していた全体的哲学をひとつの決った名称によって特徴づけ、彼の思想をいわば固定してしまおうとすることは、もとより危険なことである」（一）。この点は十分念頭に入れておこう。とはいえ、相手は動き回る「怪物」である。少々の抑え込みはいたしかたない。さもないとこちらが食われてしまう。だが、動き回る「怪物」といっても、気まぐれに四方八方へ動くわけではなく、ちゃんと行き先を決めるに十分な力をもっている。したがって、抑え込み方が問題となる。そこで、わたしは彼の自然哲学の根底を貫いていると思われる問題を軸にして、この「怪物」の動きをできる限り全体的に見るように心がけたいと思う。

一

ディドロの自然哲学の根底を貫くものは、物質―運動関係をめぐる問題であったといってよい。初期の諸作品から『自然の解釈に関する思索』を経て『生理学原論』に至るまで、この問題は彼の念頭から離れることはなかったし、しかも彼にとって厄介の種でもあったとみられる。もちろん、初期の諸作品――『哲学断想』（一七四六年）、『懐疑論者の散歩』（一七四七年）、『盲人書簡』（一七四九年）――においては、この問題はいまだ主題化されるまでには至っていない。むしろ、神と宇宙との関係をめぐって見え隠れしているにすぎないといえる。だから、これらの作品は、従来、彼の理神論的立場から無神論的立場への思想形成過程を一般的に探究する視角から研究されてきた。しかし、この時期においても、この問題は、彼の思想的・宗教的立場に対して微妙な、それゆえ彼自身がおそらく対自化しえぬほどの作用を及ぼしたとみられるばかりか、彼の自然哲学の出発点を知るうえでも、重視されるべきものである。そこでまず、これらの作品において、この問題がどのような作用を及ぼしているかを検討していこう。

ディドロは『哲学断想』の中でこう述べている。「ある有名な教授のノートを開いてみたら、こんなことが書いてあった。『無神論者よ、運動が物質にとって本質的なものだということは認めてやろう。だからどうなのだ……。諸々のアトムの偶然的な噴出から世界ができるとでも言うのか。それならいっそ、ホメロスの〈イーリアス〉もヴォルテールの〈アンリアード〉も諸々の文字の偶然的な噴出からできたものだと言ったらどうだ』。わたしだったら、無神論者を相手にこういう理屈をこねるのはさしひかえるだろう。こんな比較をしようものなら、相手の思うつぼであろうから。彼はこう言うだろう。蓋然性の解析法則〔確率計算〕によると、ある事柄が起こっても、それが可能なことで、起こりにくさが骰子をふる回数で相殺されるなら、ちっとも驚くにあたらんのだよ」[二]。ここでディドロが無神論者の立場に仮託しつつ述べている見地は、明らかにエピクロスおよびルクレティウスのアトム論から引き出されている[三]。周知のように、このアトム論によれば、宇宙における一切の事物は諸アトムの運動から生起する。アトムは直線落下の運動を行うが、まったく不定な時に、また不定な位置で、そのコースからわずかにそれる（clinamen）。そのため、アトムは相互に衝突しあい、この衝突から、偶然に、目的もなく、意志もなく、事物世界が発生する。[四] とすれば、事物世界の起源に対して神を介在させる必要はすこしもない。彼らにとって〝神〟とは概念の最も普遍的な形態としてのアトムと言ってよい。[五] ディドロは、もし運動が物質にとって本質的なものだとすれば、物質の無限に可能な組み合わせのなかにすばらしい秩序も無限に生じうるであろうということ、このことを必ずしも否定しない。だがまってほしい、と彼は言う。ニュートンやクラークが示したような世界、つまり「車や綱や滑車やバネや重りを持つ機械」(ibid., p.18. 八頁) が、アトム神の目的のない、偶然の戯れの結果だとすれば、この世界はちょいとできすぎてはいまいか。やはり、彼らのようにその創造主として叡知的な存在者たる神を認めないわけにはいかないのではないか。なんだってスピノザは「神即ち自然」(Deus sive Natura) などと言って、無神論者を喜ばせるのだろう。『霊魂論』(一七四五年) のラ・メトリーだってそうだ。「霊魂」を「原動力」(force motrice) として物質の「潜在態」(puissance) にしているが、[六] そんなもので、一匹の虫のメカニズムのうちにある知性や秩序や明敏さを説明できるのであろうか。運動が物質にとって本質的なものであれ、偶有的なものであれ、マルピーギの観察ひとつとってみても、「運動によって生じるものは、せいぜい〔胚種の〕開展までなのだ」(ibid.)。胚種自体はあらかじめ神によって形作られているのであって、物質の運動だけからは有機体は生まれないのだ。

　ディドロは、力学的事象ばかりでなく生物学的事象にも訴えて、無神論に抵抗している。だが、彼はなぜ生物学的事象をも援用しなければならないのか。ヴァルタニアンが指摘しているように、この援用は、ディドロがその時自覚していた以上の大きな結果をもたらすのである。[七] 彼にとって、力学的数学的な神の存在証明だけでは不安なのだ。なるほど、アトムの運動によって時計装置のごとき宇宙が偶然に生みだされる可能性は極めて少ない。しかし、宇宙史という巨視的な視点からみれば、「蓋然性の解析法則」はかなり有効ではないか。とすれば、〈我仮説を用いず〉とか〈天は神の栄光を告ぐ〉なんてのんきに言ってはいられない。それに比べれば、生物学的自然界には神の創造性ないしは目的性ははっきりしているではないか。このことは無神論者といえども認めざるをえまい。力点が生物学的事象に置かれていることは明らかである。したがって、『哲学断想』においては、「機械論的目的論の古い考え方と生物科学への新たな関心の集中とがかろうじて平衡を保っていた」[八]といってよいだろう。この平衡は、一七四〇年代に隆盛しつつあった「生命の諸科学」[九]に対するディドロの関心が深まるにつれて、だんだんと破られていく。トランブレーの淡水産ポリプ（腔腸動物）の自己再生能力の観察、ラ・メトリーの『人間機械論』（一七四七年）[一〇]、ニーダムの顕微鏡的観察、ビュフォンの諸観察等[一一]が彼の関心を引きつけるであろう。生物学の微視的な視角から有機的自然が観察されればされるほど、その自然そのもののうちに一種の創造性が読み込まれるであろう。そして、神は自然の外部にではなく自然そのもののうちに姿を現すであろう。とすれば、「神即ち自然」というスピノザの考えがディドロにとって改めて大きな意味をもって立ち現れるであろう。さらには、生命や意識が物質自身の運動から説明されうるとすれば、もはや神を引き合いに出す必要もなくなるであろう。彼が生物学的事象に力点を置いたとき、そこにはこのような結果が胚胎していたのではなかろうか。このことを彼はまだはっきり自覚していたようには思えない。だから、彼は無神論者に対してこう述べることもできたのである。「大ニュートンの著作に思考力が刻印されているのと同じように、ダニの目の中にだって神の手（divinité）がはっきり刻印されているじゃないか」（ibid., pp.20-21. 一〇頁）。彼のはっきりした自覚は『盲人書簡』（一七四九年）の中に示される。『懐疑論者の散歩』（一七四七年）はもはや平衡を失いつつある。物質―運動関係をめぐる問題が前面に押し出ようとしている。

『懐疑論者の散歩』において問題となるのは、「マロニエの小径」の最後部における三人の登場人物―フィロクセーヌ、アテオス、オリバゼの対話である。この対話の少し前の箇所で、機械論的目的論はかなり動揺させられている。それをまずみておこう。アテオスはアトム論的な無神論の立場に立っている。彼はこう言う――一つの未知の機械について、これまでさまざまな観察がなされてきたがそれらの観察は、ある人たちによれば、この機械の運動の規則性を証明するものだが、他の人たちによれば、この機械の無秩序を証明するものなのだ。無知な人間はたった一つの車輪を検査しただけで、あとは当て推量にまかせ、まるで藝術家を気どって、この機械の上にその制作者の名を記するのだ。ディドロは彼に次の反問を与える——時計装置には、それを組み立てた時計師の叡知の印が隠れていないであろうか、それでも時計装置が偶然の結果だと主張するのか。アテオス——あなたは、その起源も作者もわかっている有限な作品を無限な合成体（未知の機械）と比べているが、後者の始まりも現状もわかっていないし、ましてやその作者については憶測の域をでないのだ。あなたを驚かせている秩序がどこででも矛盾しないなんて誰があなたに言ったのか。空間のある点から無限の空間へと結論していくことがあなたには許されるのか。ひとは広大な地表を偶然にぶちまかれた土くれや瓦礫で充たすが、それらの間にミミズやアリは心地よい住家を見つけている。もし、これらの虫が、あなた流に理屈をこねて、こうした材料をしつらえてくれた庭師の叡知にうっとりするとしたら、一体あなたはこれらの虫をどうお考えになるのだろう（一二）。もはや、ディドロにとって機械論的目的論に対する疑念は明らかである。有限の世界のうちに秩序や規則性がみいだされたとしても、それらは無限な宇宙においては、偶然に生まれたかもしれない。とすれば、逆に力学的数学的な普遍的法則性を地上の事象にまで適用することも危険ではないか（一三）。

　ディドロはかかる疑念を抱いたまま、三人の登場人物に対話させるのである。話題は宇宙論的世界から生物学的世界に移行している。フィロクセーヌは彼の強い味方である。彼の疑念に対してさえ抵抗しているからである。フィロクセーヌは言う——人間の心を奪うほど見事なものは創造主の注目を当然受けるに値していたのだ。宇宙には神の計画なしに作られるものなど一つもない。——おお、またしても神の計画か！　そんなものはもはやどうでもいいことだ。横やりを入れるのはもちろんアテオスである。しかし、フィロクセーヌは続ける——顕微鏡のお蔭で、蚕のうちに、脳髄、心臓、腸、肺が発見され、これらの部分のメカニズムが知られ、そこに循環している液体の運動や浸透作用が研究されてきたのに、それでもそれらが偶然によるとでも言うのだろうか。しかし、蜜蜂の卵管や針の構造ひとつとってみてもさまざまな驚異が示されている。良識ある人なら、この驚異がわけのわからぬ物質の偶然的運動のなせる業だなんて決して思いますまい（A.-T., I, p.233)。ディドロにとって癪《しゃく》の種であるのは物質の偶然的運動だ。しかも生物学的世界の細部に入っていけばいくほど、偶然的ではないとしても、物質の運動がますますはっきりしてくる。まるでその世界そのものが自己運動体のごとくにみえてくる。これは危険だ！　無神論者と手を結びかねない。この間隙をぬって登場するのが、オリバゼである。彼から見れば、アテオスの主張は、物質が有機化されているという点をフィロクセーヌの主張から除けば同趣なのだ。しかし、と彼は問う、物質が、またその配列さえもが永遠であるということが論証されるならば、フィロクセーヌの主張はどうなるだろうか。ここから、彼の主張が始まる——まず、自分に存在を与えるためには、行動しなければならないし、行動するためには存在しなければならない。もし物質的存在だけしかなかったとすれば、叡知的存在は決してなかったことになろう。というのは叡知的存在は自分に存在を与えたか、物質的存在から受けとったかのどちらかになるだろうから。もし前者であったとすると、叡知的存在は存在する以前に行動したことになるだろうし、もし後者であったとすると、物質的存在の結果となるだろう。逆に、もし叡知的存在だけしかなかったとすれば、物質的存在は決してなかったことになろう。わたしからみれば、フィロクセーヌのように物質的存在が叡知的存在の結果だと考える理由は何もない。そこでわたしの推論では、結局、叡知的存在と物質的存在は永遠であるということ、これらの二つの存在が宇宙を構成するということ、そして宇宙は神だということになる（ibid., p.234)。

ディドロの眼前に立ちはだかってきたのは、当時無神論者として理解されていたスピノザ思想である。ここでは、『哲学断想』における「世界はもはや神でなくなった」（V, p.18. 八頁）という考えが完全に転倒させられている。そして、「機械」としての宇宙と神との関係は、いまや宇宙＝神自身の自己関係に変わっている。彼は、この時点でもいまだ、この思想に抗して「フィロクセーヌは勝利した」（A.-T., I, p.235）と述べる。だが、その理由を述べない。なぜか？　それは、この思想が、根底的には物質—運動関係をめぐって派生してきた彼の思想的動揺、この動揺から脱出する方途を指示しているからである。神と宇宙という二元論的発想から神の存在の証拠を取り出すためには、どうしても宇宙における規則性・秩序性に注目し、そこに神の手の現れをみなければならない。この場合、偶然性・無秩序性は難点となる。生物学的事象に力点を置いても奇形の存在を否定できない。だが、神＝宇宙という一元論的な発想においては、偶然も奇形も宇宙自身の一定の創造性のうちに包摂できる。[一四] ここに彼は注目する。彼は『盲人書簡』において、この思想的立場を数学者ソンダーソンの口を借りて、はっきりと打ち出すのである。この「冒険」を怪しむヴォルテールに対する返書の中で、彼がオリバゼの主張をほとんど文字どおりに繰り返して返答にかえているのはこのためである。[一五]

『盲人書簡』においては、宇宙は一切の現象を有為転変させる運動体として描かれる。そこに均衡や秩序があるとすれば、それらは束の間の均衡であり、一瞬の秩序にすぎない。ここでは神の存在の証拠を示そうとする一切の目的論的アプローチは軽くいなされる。「秩序とは、そんなに完全なものじゃありませんよ、いまでも時折は、奇形のようなものが現れることがあるくらいにはね」(ibid., p.122. 七七頁)。ソンダーソンは生来の盲人である。神に対してなにをしたというのか。この視力の欠如をどう考えるのか。彼は盲人なるがゆえに、「カゲロウの詭弁」(sophisme de l'éphémère) から、すなわち眼がみえるばっかりに自分が宇宙のうちに観察する秩序は永遠で目的をもっていると考えてしまう眼あきに特有な幻想から解放されている。[一六]

ディドロがスピノザから吸収したものは、実体と諸属性との同一性の論理と、そこから帰結する目的因を必要としない宇宙における一切の事象の統一という考え方であったと思われる。もっともスピノザの実体一元論は、アトム論的唯物論を超克する上で、動態的ないわゆる物質一元論に溶解される必要があった。この点は後述するとしても、当書においてさらに注目したいのは、ソンダーソンに語らせている宇宙観のいくつかの要素である。

まず第一に、「発酵状態の物質が宇宙を孵化させた」、そして、その当初には種々の奇形的な存在や物質の不完全な結合が生じ、やがて「宇宙の全般的な浄化作用」のなかに呑みこまれた、という発生論的な観点 (ibid., pp.121-123. 七六―七七頁）。これはトランブレー、ニーダム、ビュフォンの影響によると言われているが、直接的にはルクレティウスから取り出されていると言えよう。ただここで念頭に入れておきたいことは、「自然のうちには一つとして偶然なものはなく、すべては一定の仕方で存在し作用するように神の本性（nature divine）の必然性から決定されている」（一七）というスピノザ学説とアトム論的な物質運動による諸存在の自然発生という考えとが奇妙に共存していること、さらに生命の起源が物質の運動との関係において考えられていること（一八）、これらである。

第二に注目したいのは、「わたしが動物について信じていることを、どうして世界について確言してはいけないのでしょうか」（ibid., p.123. 七七頁）というように、有機体の有様を通して世界をみていくといった視座。これは悪く言えば〝生理学主義〟という形をとって現れ、ディドロの歴史認識を阻害するものになると思われる。

第三に、はるか遠い空間のなかで、きわめて多くのカオス的な世界が生成消滅を繰り返しているが、そこでは「おびただしい量の物質を結合する運動がたえず行われていて、それらの物質がどこまでも存続できるようななんらかの配置に達するまではその運動は続く」（ibid., p.123. 七八頁）という観点。これはデカルトの「新しい宇宙の記述」と関連している（一九）。彼によれば、自然の諸法則は、物質の諸部分のカオスを解きほぐし、それらをきわめて見事な秩序に配置させて完全な宇宙を造り出す。しかも、この運動は、根原的には神によって付与されたものではあっても、「神の作用」によるのではなく自然に帰せられる（二〇）。この考えをディドロは彼の自然観に活用していくが、これと関連して興味深いのは、『百科全書』第三巻（一七五三年）の「カオス」という項目である。そこでは物質―運動関係がデカルトをも射程に入れた形で取り扱われている。「哲学はかつて、運動と物質が唯一必然的な存在であると主張した。……今日、哲学は、物質が創造されたものであり、神が物質に運動を与えるのだということを認める。しかし、哲学は、神の手からやってきたこの運動がそれ自身の手に委ねられ、この可視的世界の一切の現象を操作しうることを望んでいる。或る哲学者は勇敢にも、諸事物の機構やそれらの最初の形成さえも運動の諸法則だけで説明しようと企て、また、『物質と運動をわたしに与えよ、そうすればわたしは世界を作り出すだろう』と言うのだが、彼は、存在と運動は物質にとって本質的なものでは決してないということをあらかじめ論証すべきである。なぜなら、そうでなければ、この哲学者は……無神論に陥るぞとおどされるからである。」(A.-T., XIV, p.91)。「或る哲学者」がデカルトであることは言うまでもないが、ここにディドロの彼に対する一定の読み取り方を窺うことができよう(この点については第四章で再検討される)。そして、この読み取り方は、やがてモーペルテュイやライプニッツに対しても活用されるであろう。

以上のような諸要素を通して明らかなことは、ディドロの自然観において物質―運動関係をめぐる問題が正面に登場してきたということである。先のヴォルテール宛の手紙(一七四九年)において、彼が「わたしは神を信じる」と言うとき、その神はもはや理神論的な神では決してないし、スピノザの神でもないだろう。それはいわば無神論的神、すなわち宇宙のうちに基礎づけられる神・「神」の名に値しない神と言えよう。物質―運動関係を主題化し始める『自然の解釈に関する思索』(一七五三年、改訂五四年)のディドロにとっては、まさに「自然は神ではない」し、「人間は機械ではない」(ibid., p.175. 一一二頁)のである。

二

以上のごとく、ディドロのこれまでの思想的転回において、物質―運動関係をめぐる問題は、主要には物質にとって運動が本質的なものであるか偶有的なものであるかという点にあった。彼は当初より運動が物質にとって本質的なものだということを必ずしも否定していなかった。アトム論の物質―運動観が一定の限定を付せられて承認されていたこと、その比重がだんだん増大してきたことをみても明らかである。この比重の増大は理神論から無神論への移行に対応していた。彼が無神論に抵抗していたのは、自然哲学的観点からよりもむしろ道徳的観点からであったとみられる（一二）。たとえば、あの無神論者アテオスは、散歩から帰ると彼が以前「良心の声と社会の規則を軽蔑することを教えた」盲人によって妻を略奪され子供を殺され家を荒らされたのを知る（A.-T., I, p.235）、といった悲惨な境遇にたたき落とされる羽目にあうのである。しかし、この点も『盲人書簡』の時期には払拭されてしまう。とすると、アトム論は彼の自然哲学の源泉の一つといっても差し支えあるまい。そして、自然が神から解放されたいま、ディドロにとって、物質は自己運動するのでなければならないし、この運動から自然の一切の存在および現象が説明されるのでなくてはならない。『自然の解釈に関する思索』からそれに続く諸作品――『ダランベールの夢』（一七六九年）、『物質と運動に関する哲学的諸原理』（一七七〇年）、『エルヴェシウス「人間論」の反駁』（一七七三―七四年）、『生理学原論』（一七七四―八〇年）――はこの作業の苦闘の産物である。わたしはあくまでも物質―運動関係をめぐる問題に焦点を据えたままで、この作業をいくつかの相に分けて検討してゆきたい。まず第一に、ディドロの自然哲学の土台ともいうべき彼の物質―運動観をめぐる相、第二に、物質の諸形態の区別と同一性および自然の統一をめぐる相、第三に、物質的諸形態の変化・発展をめぐる相。もっとも、彼自身はこの作業をこれらの相に分けて述べているわけではない。もとより、これらは並存関係にあるのではなく相互連関的な関係にある。だから、たとえば『ダランベールの夢』においては、これらの相が〈夢〉という手法で溶解されたままになっている。しかし、その極めて流動的な溶解物をそっくりそのまま取り出すことは至難の業であるばかりか、そんなことをしようものなら、こちらが〈夢〉の中に迷い込んでしまって目がさめた時にはぽかんと口を開けていることになりかねない。

さて、ディドロはどのような物質―運動観を展開していくのであろうか。すでに考察したように、彼はアトム論の物質―運動観の一定の効力を承認していた。しかし、アトムの機械的な運動＝偶然の衝突から、自然の中に存在する高等な有機的諸形態や生命の起源を説明することは困難であった。力学的数学的諸法則によっても不可能だ。デカルトの「動物機械」論も生命の問題を当初より排除していた。この点ラ・メトリーは一歩前進していた。彼によれば、「原動力」・「感覚能力」は物質の「潜在態」であり、物質の一定の運動によって顕在化するのである。しかし、「物質はそれ自体では受動的な原理であり、惰力をもつにすぎない[二二]」のであれば、運動は有機物質に内在する原理であるにすぎない。したがって、無機物質と有機物質とは「原動力」・「感覚能力」の有無によって外的に区別されるにすぎないし、前者から後者への変化・発展の説明はなしえない。もっとも彼は、この説明を行うことは時間のムダであるばかりか「古いわけの判らぬ実体形相　formes substantielles　の説」を復活させることになると考えていた。この点はスピノザが無限者からの有限的諸存在の発生の問いを神学上の問いとして放棄していたのと通ずるかもしれない。「だから予としては——とラ・メトリーは言う——いかにして物質が生命のない単純なものから、活力のあるものとなり器官からできあがったものとなったかを知らないことは、赤色ガラスを用いなくては太陽を眺めることができないことと全く同じく、諦めのつく問題なのである[二三]」。だが、ディドロにとってはこれでは困るのだ。この説明を物質自身の運動から行うのでなければ、いくらラ・メトリーが棍棒を振り上げて神学をたたこうとも、神学的形而上学的な説明の介入を防遏《ぼうあつ》できないからだ。ディドロはアトム論の機械的な物質—運動観に代わって、有機的諸形態や生命の起源をも説明しうるような物質—運動観を構築しなければならない。

　彼がこの構築に際して、『自然の解釈に関する思索』の中でまず注目したのは、モーペルテュイの見解であった。モーペルテュイは、「感覚も知性も、さらにいかなる種類の心理的性質をも具えない原子ばかりの結合にもとづいて精神の発生を説明しうると考えることはまったく馬鹿げたことである[二四]」と考え、有機的生命現象を説明するために、引力・惰力・不可入性等と並べて他の諸性質を付加すべきだと主張した。そして、ライプニッツのモナド論に立ち返って、「諸モナドは、その諸原理からみると、表象（perception）と力を付与された物質の第一次的諸要素に他ならぬ[二五]」と解釈する。彼自身はこの物質的諸要素が神によって「欲求・嫌悪・記憶」を付与されたと考える。「神は物質の最小部分の各々、つまり各要素に、われわれが欲求・嫌悪・記憶と呼んでいるものに似た何らかの特性を付与された。諸々の最初の個物の形成は奇跡によるが、それらに続く諸個物は自らの諸特性の結果にすぎない」(Oeuvres II, ibid., pp.292-293)。かかる諸特性を付与された「諸要素」の結合の程度によって、物質的諸形態とその形態変化が説明される。

ディドロはモーペルテュイのこの仮説のうちに「最も誘惑的な唯物論」(ibid., p.230. 一五一頁)を読み込み、そこからこの仮説の「恐るべき結果」を引き出すのである。彼はモーペルテュイに対して次の問いをつきつける。「宇宙、または感性を持ち思考力を持った一切の分子の全集合体は、一つの全体を形成するのか否か」。もし否であるとすれば、「一切の存在を結びつける鎖」を断ち切ることによって自然の中に無秩序を持ち込み、「神の存在」を一言でもって揺るがすことになる。逆に然りであるとすれば、世界は「一個の大動物」のごとく一つの魂を持ち、また「世界は神でありうる」ことになる(ibid., p.229. 一五〇頁)。ここでディドロが活用しているのは、スピノザにおける実体と諸属性との同一性という発想である。モーペルテュイは、「一つの全体」ということで「スピノザの神」が了解されるならば、宇宙は一つの全体であるという考えに反対する。しかし、動物のような個別的存在においては物質的諸要素の諸表象がただ一つの表象を形成するのに力を貸すということは認める。がだからといって、そこから諸表象の交合を宇宙全体にまで拡大してよいということにはならないと主張する[二六]。彼にとって諸要素は根本的には相互排他性の関係にあり、「一つの見かけの連続体」を形成するにすぎない(Oeuvres II, ibid., pp.296-297)。この意味において、実質的には「一つの全体」を形成しえない。とすると、「ただ一つの表象」を形成するのに力を貸すとは一体どういうことか? ディドロはこの間隙を鋭くついたと言ってよい。確かにモーペルテュイは物質的諸形態の発生と変化についてラ・メトリーよりいっそう具体的であるとはいえ、非物理的な諸性質を物質的な諸要素に内在させる点でいっそう形而上学的である。とはいえ、ディドロ自身、モーペルテュイを乗り越えるべき十分な理論をもちあわせているわけではない。だから、彼は「死んだ物質」と「生きている物質」との諸関係(両者の質的区別と連続性、前者から後者への形態変化)を「諸問題」として残したままにせざるをえない（ibid., pp.242-244. 一六〇—一六二頁）。そして、この諸問題こそ彼を最後まで悩まし続けるものとなる。彼がこの時点でなしえたことは、モーペルテュイの仮説の「豊饒さ」を一応承認し、「自然現象の生産全体に必要なさまざまな異質の物質」を「要素」ないしは絶対的に不可分な「分子」（molécule）と定めたことである（ibid., p.239. 一五七—一五八頁）。しかし、ここで念頭に入れて置くべきことは、この「分子」が当時の自然科学において取り出された物質の最小単位であってモーペルテュイの形而上学的な「要素」とは異質であるということ、また、この「分子」が自然の統一の担い手とならねばならないということ、これらである。

ディドロがモーペルテュイの仮説を批判的に検討したとき、彼はすでにライプニッツのモナド論を射程に入れていたのか、それとも彼を介して改めてライプニッツに立ち戻ったのか、わたしには分からない。しかし、いずれにしても、ライプニッツのモナド論がディドロの物質—運動観に強い影響を与えたことは、従来の諸研究の指摘するところであり、彼の諸テキストから読み取ることができる。ワルトフスキーによれば、モーペルテュイの物活論やロビネの生気論におけるライプニッツのモナドの物質化は、物質の自己運動というディドロの唯物論的な定式化の展開方向を指示していた（二七）。とすれば、ディドロがモナド論をどうみていたのかが重要なポイントとなる。そこで、『百科全書』第九巻（一七六五年）の「ライプニッツ主義」（Leibnitzianisme）という項目に注目しよう。この中でディドロは、ライプニッツのモナド論（二八）に則してその概要を記しているが、各所に簡潔なコメントを付している。コメントを付した点をいくつか取り出してみよう（A.-T., XV., pp.455-465）。

（1）自然においては二つの存在が全く同じであって内的差異を認めえないということは決してないのだから、各モナドは相互に異質である、というライプニッツの考え。これはディドロの「分子」の異質性に対応する。彼はこの考えに「これ以上真実なことはない」とコメントを付す。

（2）モナドの連続的な変化を「表現」するのは、「意識」とは区別されるべき「表象」（perception）であるというライプニッツの考え。「表象」は「変化の原理」たる「力」と共に、モナドの動態的な作用を支える内的規定であるが、この考えに対してディドロは、「この原理は極めて攻撃しがたいが同時に極めて擁護しがたい」と批評する。この意味深長な表現を念頭に入れておこう。

（3）モナドはそれ自体自らの内的諸作用の原因であり、いわば「非物体的自動装置」であるという考え。これに対して彼は、モナドと「ホッブズの感性的分子」との間にどんな差異があるか分からないと述べる。これは、ライプニッツの形而上学とホッブズの機械的唯物論との混同というよりはむしろ、非物質的な実体なるモナドの物質化といえないか。そして、物質化されたモナドは自己運動を自らの性質とするであろう。

（4）すべての事物がその各々に対して、また他のすべてに対してもつ適応関係によって、モナドは他のすべてのモナドを表出する関係を持ち、一切の存在・現象つまり「宇宙の永久な活きた鏡」となるという考え。「この考えは……天才の考えであり、これを感知するには、この考えを彼の連鎖の原理と不同の原理に結びつけさえすればよい」とディドロは称賛する。「分子」を自然の統一の担い手としなければならない彼にとって、この考えは重大な意味をもつ。

（5）「予定調和」の否認。

以上の考察を通して、モナド論に対するディドロの関わり方を知ることができる。しかし、モナド論が彼の物質―運動観のなかへどのように溶解されたかは、彼の諸テキストのうちに読み取る以外にないだろう。この点に少々立ち入っておこう。彼はソフィー・ヴォラン宛の手紙（一七五九年十月十五日〈?〉）の中で、例の「死んだ物質」と「生きている物質」との関係の問題を取り上げながら、死んだ諸粒子をいくら機械的に組み合わせても「生命や感情」は生じないと述べる。そして、それらは永遠であるとさえ主張する。彼によれば、生と死との唯一の差異は、「集塊」の状態で生きるか、集塊が分解されて「諸分子」のうちに散在して生きるかの違いにすぎないのである（*Corr*, II, pp.282-283）[二九]。生命や感情の永遠性はモナド論から当然帰結する。モナドが「生命の原理」であり、有機体が諸モナドの集合体である以上、有機体が細分されてもそれぞれの部分にはそれぞれの生命体が存するからである。（ただし、後に考察するが、ディドロはライプニッツの「入れ子」〈emboîtement〉説とは無縁である。）さらに重視されるべきは、ディドロの「感性」（sensibilité）である。先の『百科全書』の「ロック」（Locke）という項目の中で（A.-T., XV, p.524）、彼は「感性」を「思考の最初の萌芽」、「物質の一般的な特性の一つ」とみなしている[三〇]。そして、「感性は、自然の一切の産物の間に不均衡に配分されているので、有機化作用（organisation）の多様性に応じて、程度の異なったエネルギーで行使される」。いま、「物質」を「モナド」に、「感性」を「表象」に入れ替えてみると、物質―感性関係がモナド―表象関係に対応していることがわかる。モナドは「表象」の程度（物質にかかわる端緒的なものから精神のごとき高次なものまでを含む）によって区別され、したがって表象作用はその多様性に応じて伝達されるのである。

　モナド論―ディドロ関係のこのような考察によって、彼がモナドを物質化し、モナドの内的作用を物質の自己運動として読み込んだことはほぼ明らかであろう。では、この作業を経て彼の物質―運動観はさらにどのように展開されるのか。『ダランベールとディドロとの対話』（一七六九年）以降、それは具体化される。もっとも簡潔に示されるのは『物質と運動に関する哲学的諸原理』（一七七〇年）においてである。そこで、この作品を中心にして検討してゆきたい。

　ディドロの解決すべき課題は機械的運動観の克服であった。モナドの諸作用は極めて有機的で動態的な形姿をとって彼の眼前に立ち現れた。もはや運動は物質に内在するものでなければならない。それゆえ、運動は動いている物体ばかりでなく静止している物体にも内在する。「絶対的静止は自然のうちには決して存在しない抽象的概念であり、運動は、長さ・幅・奥行と同様に、一つの実在的な性質である」[三一]。相対的静止状態にある大理石の塊も分解に向かって進んでいることを忘れてはならないのだ。従来、物質―運動関係は外的な関係として理解されてきた。すなわち、物質はそれ自身では作用も力ももたない。だから、それを運動させるには、物質のほかに、それに働きかける何らかの外的な力——究極的には第一動者・神——が必要なのだ、と考えられてきた。この考えから取り出される〝運動〟は〈場所の移動〉にすぎなかった。この点ではロックもデカルト、スピノザも同じであった。ディドロにとっては、「これは運動ではなくて、運動の結果にすぎない。[三一]」物質の場所的移動という運動観においては、物質の自己運動という考えはもちろん出てこない。モーペルテュイもこの例にもれなかった。ワルトフスキーによれば、モーペルテュイは、ライプニッツのモナドに内在する力を運動から分離し、そして、力を運動と混同したり、力を運動の原因とみなしてはならないと主張した。[三二]ライプニッツにとってモナドの内在的力と物質の運動とは全く異質であったという意味では、モーペルテュイはモナド論に則していたと言えるかもしれない。だがそのことによって、彼は物質と運動との内的関係を取りにがすことになった。「われわれは物質のある諸部分が運動しており、他の諸部分が静止しているのをみる。したがって、運動は物質の本質的な特性ではない。……それゆえ、運動している物質の諸部分は、運動を何らかの外的原因から受け入れたのであり……それ自体においては運動または静止に無関係である」(Oeuvres, II, ibid., p.229)。このことは、彼の「諸要素」の有機的結合が実質的に「見かけの連続体」を形成するにすぎなかったことと対応している。

ディドロにとって、彼らの考えは一切のきちっとした物理学や化学に反する「恐るべき誤謬」であり、それは、物質を思弁的に不変なものとする想定、物質を同質のものとする仮定から生じる。もっとも、彼は同質的な物体間の運動を否定しはしない。だが、自然界にみられる多様な現象は、かかる運動からのみ説明することは不可能だ。「彼らは、すべての物体を動かしている全般的運動も、すべての物体のもつ相互に破壊しあう個別的作用も、思惟によってないものにしている」(ibid., p.394. 二六九頁)。では、ディドロ自身はどのように考えるのか。「しかしわたしは諸物体の全般的な集積に眼をとめ、一切が作用と反作用のうちにあり、ある形態のもとでは互いに破壊しあい、他の形態のもとでは互いに再構成しあうのを見、蒸発、溶解、あらゆる種類の結合、つまり物質の同質性と両立しない諸現象を見る。そこからわたしはこう結論する。物質は異質なものである、自然には無限に異なった要素が存在し、これらの要素の各々はその多様性によって、自己に特有で、本原的で、不変で、永遠で、破壊できない力をもつ、そして物体に内在するこれらの力はその作用を物体外に及ぼし、そこから宇宙における運動あるいはむしろ全般的な発酵作用が生じる」（ibid., p.398. 二七二頁）。この叙述は明解とは言い難いが、二つの視座が交合していると言えよう。まず、宇宙における諸物体間の作用―反作用という運動関係とそこから生じる諸現象の多様性を通して、物質の異質性が推論され、次に、物体を構成する無限の異質な諸要素つまり諸分子とその力の作用を通して、宇宙における運動ないし発酵作用が推論されている。巨視的な視座と微視的な視座との交合。ここで明らかになるのは、物質の異質性と運動との関係が根原的には分子の異質性と力との関係に帰着すること、したがって、分子の異質性が物質の異質性の究極的な根拠であるということである。だが、物質の運動と、物質を構成する分子の力とはどういう関係にあるのか、つまり分子の運動とは何であるのか。「物質的宇宙」の自己運動は諸物体間の作用―反作用から、物体の自己運動は物体の構成要素たる諸分子間の作用―反作用から推論しうる。しかし、一般に物質の自己運動を説明するためには、分子の自己運動を根拠にせざるをえない（三四）。

ディドロの分子は、ライプニッツのモナドを物質化したものである以上、モナドと同様に「不変で、永遠で、破壊できない力」を有する。モナドは自らの内的諸作用の担い手であったが、その諸作用は神の手に支えられていた。しかし、ディドロの分子には神の手はさしのべられてはいない。それゆえ、彼は分子の運動を分子に内在するこの力の作用として了解する以外にない。この力は「決して止むことのない潜在力（nisus）」（ibid., p.395. 二七〇頁）である。したがって、分子に内在する力はそれ自体で止むことのない作用であり運動であるということになろう。この限りにおいて、彼はモーペルテュイとは違って力と運動とを分離せず、両者を統一として了解したといえよう。さらに彼は、すべての分子が「目下三種類の作用」によって動かされていると考える。「重力または引力の作用、分子の水性、火性、空気性、硫黄性に内在するそれ自身の固有な力の作用、その分子に対する他の一切の分子の作用」(ibid., p.397. 二七一頁)。これらの作用ないしは運動を通して、自然の諸現象を説明していくならば、自然における多様な運動は機械的ではなく有機的に立ち現れるであろう。そして、分子こそがその担い手であるだろう。だから彼は言う、「一つのアトムが世界を動かす。これ以上真実なことはない」(ibid., p.396. 二七一頁)。

ディドロの物質―運動観の以上のごとき検討を通して、なおいくつかの問題が残されていることがわかるであろう。まず第一に、分子の異質性は現象および運動の多様性を説明するには好便ではあっても、その統一を説明するときには難点とならないか。言い換えれば、物質的自然が、異質な諸分子の多様な結合から構成されるとすると、それは「一つの全体」を形成するのか否か。ここでは、ディドロがモーペルテュイに投げかけた問いがディドロに対してもいまだ有効となっている。第二に、物質の一般的特性の一つとされる「感性」、それゆえまた分子の特性でもある「感性」と運動とはいかなる関係にあるのか。そもそも「感性」の設定はいかなる意味をもつのか。「感性」は説明原理としての意味をもつにすぎないのか、それとも物質自身に内在する一つの性質そのものをさすのか。第三に、分子の異質性とその運動を通して物質的諸形態の変化・発展はいかに説明されるのか。これらの問いは言うまでもなく相互連関的な関係にあるが、わたしの区分した三つの相でいえば、第一の問いは第二の相に直接関わっており、第二の問いは第二の相と第三の相にまたがっており、第三の問いは直接第三の相に関わる。次に、第二の相を検討していこう。

三

自然の統一という考えは当初よりディドロの念頭にあった。理神論的立場を擁護するうえでも、「神即ち自然」の立場にたつ場合でも必要であった。また、その考えは自然が神から解放された後には、アトム論的機械論を克服する上でさらに重要な視点とならざるをえなかったし、モーペルテュイの仮説やライプニッツのモナド論の批判的検討を通して、ますますその意味を深めていかねばならない代物である。なによりも論理的要請からして、自然の諸存在や諸現象の多様性を意味づけるためにも、諸々の存在、現象の質的区別と内的連関を捨象することはできないのである。ディドロはこのことを十分理解していた。「ただ一つの事実の絶対的な独立ということは全体の観念と両立せず、全体の観念なしには哲学もありえない」(三五)。では、この考えはどのように展開されていくのか。

『自然の解釈に関する思索』は物質—運動観の構築を射程に入れてのことであるとはいえ、物質—運動関係をめぐる問題から派生した彼の思想的動揺を神の手を借りずに打破していく視点の構築に重点が置かれていたといえよう。モーペルテュイに対する批判も、「一つの全体」の形成や「一切の存在を結びつける鎖」をめぐる問題を主軸にしたものであった。わたしはこの問題をディドロの物質—運動観の展開過程に組み込むことによって、この問題と物質—運動観とが連動していることを暗示的に考察したにすぎなかった。したがって、ここでこの連動の内実に立ち入らねばならない。そこで注目したいのは、自然の統一という考えと自然現象の産出全体の担い手としての分子の設定との関連である。

ディドロは自然の統一ないしは一つの全体という考えを支えるために、〝核〟ともいうべきものを求めようとしている。もしそれが見出されたとすれば、「現象が無限であり、原因が隠されており、形態がおそらく過渡的なもの」(ibid., p.192. 一二三頁)であっても、自然の統一を摑む鍵となりうるであろう。だから、彼は「一切の動物の原型(prototype)」とか、「同一のメカニズム」とか「一つの中心的な現象」等を強調する。「数学において、一つの曲線のあらゆる性質を検討すると、それは異なったさまざまな相のもとに提示される同一の性質にすぎないことがわかるように、自然においても、実験物理学がもっと進歩した場合、重力・弾性・引力・磁気・電気等の一切の現象は同一の特性(affection)の異なった諸相にすぎないことが知られるであろう」(ibid., p.220.

一四四頁）。この推測は当時の自然学の諸成果に基づいているが、後代においてたとえば磁気と電気との本質的同一性が相対性理論によって定式化されたことからみると、鋭い洞察力を含んでいる。もちろん、だからといって、ここに相対性理論の予感なり萌芽を読み込むとしたら、それは明らかに早計である。この推測は彼自身の「予見の精神」――すなわち未知の手続、新しい実験、等閑に付された結果を「嗅ぎつける」（subodorer）才能（ibid., p.197. 一二七頁）の成果といってよい。しかも、これにはスピノザにおける実体と諸属性との同一性という発想をもわれわれは読み取ることができよう。「同一の affection の異なった諸相」といわれるとき、この affection はスピノザの affectio を想起させないであろうか。

ともかく、ディドロが諸現象の質的区別と同一性に注意を向けていることは明らかである。「一つの中心的な現象」が発見されない限り、諸現象は互いに孤立したままであり、したがって、「実験物理学の発見はすべて、諸現象の間に入ることによってそれらを接近させるだろうが、決してそれらを結合しないだろう」（ibid., pp.220-221. 一四四頁、傍点引用者）。接近から結合への発展こそが「諸現象の連続した環」つまり「一つの全体」を形成する。彼はこの作業を諸科学の進歩に委ねただけではなく、当時の生物学・生理学の諸成果を取り入れて、それらの分野においては自らが「予見の精神」を駆使してこの作業に挑むことになる。「自然は無限に異なった仕方で、同一のメカニズムを変化させることを好んだかのように思われる。自然は諸々の個体を一切の可能な相のもとに多様化した後始めて一つの種属を放棄する」（ibid., pp.186-187. 一一九頁）。この推測にはビュフォン、ラ・メトリー、モーペルテュイの諸見解が介在していた。ビュフォンは、種の枠内に限定したうえで「各個体のモデルとなる一つの一般的な原型」（cité par Vernière, ibid., p.187）を想定していた。ラ・メトリーは、すでに考察したように、『人間機械論』の時点では無機界と有機界とを結びつける環、つまり生命の起源の問題を排除していた。しかし、『エピクロスの体系』（一七五〇年）においては、ルクレティウスと同じように、空気中に浮遊していて、若干の有機物に付着する、いわば種を形成する諸要素のごときもの（semences）を想定して、この問題に接近した。だが、この諸要素が空気中に存在するという点で、有機物と無機物との質的区別とその発生は、この諸要素の一定の外的な付着に依存する以外にない。[二六] モーペルテュイはこの点をあの「諸要素」の結合の程度という観点からいっそう具体化した。「物質のより活動的でない諸部分は金属や大理石を形成し、より活動的な諸部分は動物、人間を形成した」(Oeuvres II, ibid., p.306)。そして彼は動物の原型として「精液の中に泳いでいる諸々の小動物」(animalcules) を想定する。[二七]

ディドロは「同一のメカニズム」つまり原型という想定を「有機化作用に依存する諸現象の発見と説明にとって本質的な一仮説」(ibid., p.188. 一一九頁) として採用せざるをえないと考えると共に、その仮説を生物界のみならず、物質界一般つまり自然総体にまで拡大する。その際、モーペルテュイの仮説は、物質の第一次的諸要素に立ち戻りながら、それらの結合の程度を通して、少なくとも自然における諸形態の区別と同一性を説明する構えをもつ限り、ディドロにとって魅惑的であった。彼はモーペルテュイの「諸要素」に付与された形而上学的な諸性質を排除しつつ、まずは「諸要素」に代えるに「諸分子」をもってするのである。したがって、自然の統一という考えは、以後物理学的分野からではなく主に生物学・生理学的分野から説明されていくことになる。前節二において触れた「死んだ物質」と「生きている物質」との関係をめぐる諸問題、これが無機界と有機界との連続した鎖を説明するうえで、彼にとっても最大の関心事となっていく。そして、その時改めて大きな意味をもって登場するのが、ライプニッツのあのモナド論的発想なのである。フォイエルバッハが言うように、「スピノザの哲学が、人間から離れているために人間の眼に見えない諸対象を人間の眼の前にもたらす望遠鏡であり、ライプニッツの哲学が、小さくて微妙であるために人間に気づかれない諸対象を人間に見えるようにする顕微鏡である」[二八] ならば、ディドロはこの「顕微鏡」を通しても自然の統一をみていくのである。

さて、「死んだ物質」と「生きている物質」との関係はどのように説明されていくのか。前者から後者への形態変化については第三の相として検討することにして、ここでは両者の質的区別と連続性に焦点をあわせよう。

『自然の解釈に関する思索』において、ディドロは物質一般が死んだ物質と生きている物質に区分されることを確認し、前者を「他の物質によって動く物質」、後者を「自分自身で動く物質」（ibid., p.242. 一六〇頁）と考えているだけである。しかし、デュクロ宛の手紙（一七六五年十月十日）や『ダランベールとディドロとの対話』においては、物質の一般的な特性としての「感性」を取り上げて両者の区別と連続性を説明しようとする。彼は「感性」を二つの様態に分ける。

（1）無機物＝「死んだ物質」のうちにおける「静止的感性」（sensibilité inerte）

（2）有機物＝「生きている物質」のうちにおける「能動的感性」（sensibilité active）

したがって、無機物と有機物との区別は、その内的構造とこの構造を特性づける感性の様態の差異による。だが、感性の二つの様態はいかにして認知されるのか。後者は、動・植物、人間における「若干の顕著な作用によって」、前者は「能動的感性の状態への移行によって」認知される。「移行」とは何か。有機物による無機物の「同化」・「消化」である。[三九] とすると、無機物の「静止的感性」は同化・消化の結果を通してはじめて認知されることになる。しかし、この結果からみれば、無機物も潜在的には有機物でもありうるということ、言い換えれば、無機物がその形態にとどまっているのは、その感性が何らかの「障害物」によって能動化するのを妨げられているからにすぎないということになるだろう。ディドロ自身先のデュクロ宛の手紙の中で、静止的感性を「ある障害物によって静止させられた重さをもつ物体のうちにおける運動と同様」（ibid., p.141）であるという。彼はこのような仕方で無機物と有機物との間の連続性を求めているように思える。

また、この手紙には感性と運動との関係が暗示されている。そこで『物質と運動に関する哲学的諸原理』をも援用して、この関係に立ち入りながら、連続性の問題をさらに追っていこう。無機物も有機物も諸分子の「集合体」（agrégat）である。しかも諸分子は相互に作用しあっているばかりか、それぞれが自らに内在する「止むことのない潜在力」の作用で動いている。これらの作用にはさらに引力の作用も介在している。この限りにおいては無機物も有機物も同一である。だとすれば、前者が構成されるか後者が構成されるかは、諸分子に内在する力の諸作用のなんらかの反応関係つまり運動関係の相違によるであろう。そして、この相違は両者を構成する諸分子の異質性によるだろう。ディドロはこの相違を表現するために、「静止的感性」と「能動的感性」とを区別したのではなかろうか。彼は『ダランベールとディドロとの対話』の中で、「万事を説明する一つの単純な想定、すなわち物質の一般的特性または有機化作用の産物としての感性」（一七七三—七四年）においては、「静止的諸部分をただ組織しておいり、また『エルヴェシウス「人間論」の反駁』（ibid., p.276. 二三頁、傍点は引用者）と述べており、また『エルヴェシウス「人間論」の反駁』（一七七三—七四年）においては、「静止的諸部分をただ組織し調整するだけでは、決して感性は生まれないこと、物質の諸分子の一般的感性というのは、諸困難を除くのに便利であるというだけの想定にすぎず、きちっとした哲学には十分でない」[四〇]と述べる。なぜ「十分でない」のかは後述するとして、これらの叙述によれば、「感性」が無機物と有機物との区別と連続性を表現するための、また両者を構成する諸分子の力の作用つまり運動を表現するための説明原理であることが分かる。

さらに、このように考察してくると、分子の感性—運動関係はモナドの表象—作用関係に対応しているように思える。これは前節二において考察した物質—感性関係とモナド—表象関係との対応からみて当然の帰結かもしれない。モナドの表象は自らの連続的な変化（その原理は「力」）を「表現する」ものであった。この考えに対して、ディドロは「極めて攻撃しがたいが同時に極めて擁護しがたい」とコメントを付していた。この時点ですでに「感性」を想定していたディドロにとっては、「表象」がモナドの内在的な本質規定であることに対しては、擁護しがたかったのではないか。しかし同時に、それがモナドの連続的な変化を表現する限り、大きな意味をもたざるをえなかったのではないか。そして、この意味の承認が、モナドが「宇宙の永久な活きた鏡」となるというライプニッツの考えに対する称賛に結びついたのではないか。わたしにはそのように思える（この点の検討は第三章で行われる）。

ところで、異質な諸分子によって構成される「集合体」は「一つの全体」を形成するのか否かという問題が依然残っている。諸分子が、モーペルテュイの諸要素とは違って、相互排他性の関係にあるのでもなく、また機械的な運動にあるのでもないという点はもはや明らかだ。もし、「一つの全体」を形成するとすれば、「諸現象の連続した環」を推論できるし、諸分子を「一つの中心的現象」の担い手にすることができよう。ディドロは『自然の解釈に関する思索』における諸現象の接近―結合関係の問題を、『ダランベールの夢』（一七六九年）において諸分子と「集合体」との隣接―連続関係の問題として引き受けていく。それを検討する前に、当書における「対話」という手法に簡単に触れておきたい。ディドロが好んで使用するこの手法は、一般に、彼自身の念頭にある矛盾・対立を含むいくつかの見解を、自らが第三者の立場に立つことによって、いわば〝止揚〟していこうとするときの手法と言える。したがって、ここに登場する〈ダランベール〉も〈ボルドゥ〉も彼自身の分身であって、〈ボルドゥ〉だけが彼の代弁者であるのではない。それは、中江兆民《ちょうみん》の『三酔人経綸《けいりん》問答』の三人の登場人物が彼自身の分身であるのと同趣である。ディドロ自身は舞台に登場しないが、演出家として客席にすわってこの舞台を注意深く見ているのである。（四二）

さて、〈ダランベール〉は夢の中で長々と寝言を言わねばならない役を演じている。そして、まず、モーペルテュイの諸要素の結合が「見かけの連続体」をしか形成しなかったという難点を克服していくように仕向けられている。「おれは確かに一者だ、こればかりは疑りようがないんだから……だが、どうしてこの統一体が出来上ったんだろう」（ibid., p.288. 三四頁）。そこで、水銀の滴の類比が用いられる。「水銀の一滴がほかの水銀の一滴のなかに溶け込むように、感性あり生命ある一つの分子が、もう一つの感性あり生命ある分子のなかに溶けこむのだ」（ibid., p.289. 三四頁）。これでは問題にならない。ここで前提となっているのは、完全に同質の二つの分子の接触だからだ。ここでは、なるほど、「生命ある二つの分子の接触が、無生気の二つの塊の隣接とは全く別物だということは確かだ」（ibid., p.290. 三五頁）。しかし、ディドロにとって、分子はそれぞれ異質なのである。〈ダランベール〉は寝言を続けねばならない。彼は熟睡させてもらえない。ディドロは、『自然の解釈に関する思索』の中でモーペルテュイに対して用いた方法――「ある仮説を動揺させるために、それを徹底的に押し進める」方法（ibid., p.224. 一四七頁）を〈ダランベール〉に対して、それゆえ自分自身に対しても用いるのである。次の類比は「蜜蜂の一群」である。これは歴史上の人物たるボルドゥから借用したものと言われている。彼は生体の各部分の個別的な作用をよく理解するために、それを比喩として用いたのだが、ディドロは、異質な諸分子の集合体の例として援用する。蜜蜂はそれぞれ一つの異質の個体であるが、房全体の運動と機能に則して働いている。バラバラの各蜜蜂と一群をなす各蜜蜂とは質的に違っている。「別々の動物にほかならないが、連続の法則のために、共感や統一や全般的な同一性を保っている」（ibid., p.293. 三九頁）。確かに蜜蜂の一群は集合体における異質な諸分子の区別と連続性を暗示させる。しかし、実際には、一群をなす蜜蜂は「隣接」(contiguïté) 状態にあるとはいえ「連続」(continuité) 状態にあるのではない。連続にするには、ディドロも認めているように、からみ合ったすべての蜜蜂の足を「融かす」しかない。

　ディドロは隣接から連続への転化を説明できない。当時の科学の水準からして当然といえる。ただこの空隙を目的因や予定調和でうめようとはしない。もし、それでうめるとしたら確かに異質な諸分子の集合体は一つの全体を形成するであろう。フォイエルバッハは、ライプニッツの諸モナドの結合について次のように述べている。「諸モナドが集まって作り上げる肉体は蜜蜂の房である。……蜜蜂たちは一つの全体を形成している。個々の蜜蜂はもっぱらこの有機体の一分肢として見なされるべきであり、わたしの肉体の一器官がそうであるように、単に一つの部分的な生活、一つの特殊な機能をもつにすぎない。しかしそれにもかかわらず個々の蜜蜂は独立した一個体であり、自分自身の脚で立っている一つの特殊的な存在者である。こうしてわれわれはまた、ちょうど独立した蜜蜂たちが一つの有機体を形成しているのと同じように、一緒になって一つの肉体を構成しているような諸モナドを表象しなければならない。[四二]」そうだとすれば、やはりディドロにとってモナド論的発想は「極めて攻撃しがたい」代物であった。しかし、彼がモナドを物質化したとき、それは同時に「極めて擁護しがたい」ものになった。それに代わる唯物論的な説明の構築、この困難な作業を彼は進んで背負ってきたのだ。感性的生命的な異質の諸分子から一つの感性的生命的な有機体が構成される。これはわれわれの肉体の存在から疑えない「事実」ではある。そして、そこに何らかの連続性を想定しうる。だが、それ自身異質な運動と性質をもつ諸分子が、しかも神の手に操られて連続的な諸作用を通して一つの全体を形成すべく定められたモナドではないこれらの物質的分子が、どのようにしてその異質性を一つの全体のうちに組み入れるのか。結論をいえば、ディドロはこれに答えることができなかった。しかし、この問題に対して、「クモの巣」の比喩を用いながら、彼はなおも立ち向かっていく。この点は後の諸章で触れられるので、わたしはこの点にここでは立ち入らない。ただ、彼の努力が『生理学原論』まで続くということ、当書の中で次の推測が保持されていること、これらを確認しておきたい。「諸存在の鎖は諸形態の多様によって断ち切られると信じてはならない。形態はしばしば人の眼を欺く仮面にすぎないことがある。そして欠けているように見える鎖の環は、おそらく既知の存在の中にあるのであって、ただ比較解剖学の進歩がいまだその存在の真の位置を指定しえないのである[四三]」。自然の統一という考えは諸科学の進歩と抱き合わせなのである。

四

さて、物質的諸形態の変化・発展をめぐる相、つまり第三の相を検討していこう。まず、無機物から有機物への形態変化がどのように説明されるのか。ラ・メトリーが諸形態の起源の問題を、形而上学的・目的論的にではなく、物質の何らかの有機化作用の結果として展開しようとしたことの意義を、ディドロも認めざるをえないであろう。たとえば、ラ・メトリーはこう述べている。「物質の諸要素は、互いに作用しあい混合しあって、眼を作るに至った[四四]」。だが、彼はこの変化過程を説明しようとはしなかった。『自然の解釈に関する思索』のディドロは、「死んだ物質は決して生き始めないであろうか」(ibid., p.242. 一六〇頁) と問うていた。ディドロは『ダランベールとディドロとの対話』の中で、すでに触れた「静止的感性」と「能動的感性」を援用しつつ、大理石から肉への変化過程を例にとって説明する。まず大理石を粉末にし腐蝕土にまぜる、水を加えてよく練ってほとんど等質の物質に変化するまで放っておく。これにどれだけの時間がかかってもかまわない。自然は実に長い期間をかけてこの作業をしているのだ。次にこの腐蝕土に豆の種をまく。植物はこの土壌によって養われ、動物はこの植物によって養われる。こうして無機物から有機物への形態変化がなされる。これは〈諸存在の連鎖〉という考えだ。確かにこれだけのことなら、ロビネも同じことを言っている。[四五]だが、彼は、「有機化作用を物質の本質的性質」とみなしはするものの、一切の物質を有機的な「胚種 (germe)」に還元する。それゆえ、「一切の発生は発展にすぎない[四六]」といっても、その発展は全く量的なものにすぎない。一切の物質は分解されても無機的諸部分に変わるのではなくて、有機的諸部分になるにすぎない。ちょうど金太郎飴を切ってもその断面に金太郎が顔を出すごとく、「胚種」が登場する。だから、物質的諸形態は一種のポリプなのだ。

ディドロはロビネの入れ子型の発想と無縁ではある。しかし、彼の説明は論点先取りを免れていないようにみえる。なぜなら、大理石は「静止的感性」をもつものとして想定されているが、そもそもこの想定が成り立つのは、すでに見たように、他の物質による有機化作用 (同化・消化) の結果を通してであるのだから。言い換えれば、大理石の「静止的感性」は有機物における「能動的感性」へと変化されるべく想定されているからである。この限りで、無機物と有機物との連続性が考えられた。だがそうだとすると、この変化は、大理石自身の内的変化というよりはむしろ、大理石のうちにあると想定された感性の潜在態が外的な物質の有機化作用によって顕在態となるといった変化、つまり、圧縮されたバネがゆるむにまかされたときに起こる変化と類似した変化にみえる (もっとも、これを巨視的に見れば、自然の内部での変化過程とみなすことができるが)。ディドロはこの難点を、卵からヒナへの形態変化を取り出して克服しようと努力する。「この卵は何だろう。胚種がなかに入る前は感性のない一つの塊だった。さて、胚種がなかに入ったら、こんどは何になるだろう。やはり感性のない塊だ。なぜなら、この胚種にしたところで生気のない粗雑な液体にすぎないからだ。どうしてこの塊が別の編成(organisation)、つまり感性や生命に移行するのだろう。熱によってだ。では熱はそのなかに何をつくりだすだろう。運動だ」(ibid., p.275. 二一一頁)。ここでは、卵の内部における熱—運動関係によって、感性のない塊だった卵が一つの有機体に形態変化する。したがって、先の説明方法とは質的な相違がある。感性は物質の有機化作用そのものの一定の発展段階において、一つの質的な新しい特性として生まれる。それゆえ、もはや感性は物質一般の特性ではない[四七]。三つの作用による分子の運動という彼の見解と結びつくとき、熱—運動関係はなおいっそう具体化しうる素地をもっている。また、それは「発酵作用」とも関連してくるであろう。しかし、彼はそれ以上展開すべき科学的武器をもちあわせていない。このことは異質の諸分子によって構成される「集合体」がいかに一つの全体を形成しうるのかを説明できなかったことと対応する。

レーニンは『ダランベールとディドロとの対話』に触れた後にこう言っている。「われわれは唯物論者の真実の見解をディドロの例ですでに見てきた。この見解は、感覚を物質の運動から導き出したり、物質の運動に還元したりすることにあるのではなく、むしろ感覚を運動する物質の特性の一つとみなすことにある」[四八]。確かに、ディドロは感性を物質の運動に還元しない。だが、感性を物質の運動から導き出そうと苦労している。この苦労にむしろ注目すべきなのではないか。われわれがディドロに対して、では熱はいかにして運動を作り出し、また熱—運動関係がいかにして一つの有機体を形成するのか、と問うならば、彼はやはり生気のない塊としての卵に潜在的な感性を想定する以外にないだろう。この想定が科学的な作業仮説としての意味をもつのは、科学の発展段階の有様による。だが、ディドロがこの想定に固執するのは、デカルトやラ・メトリーの機械論に抵抗してのことであり、また、あくまでも物理的な熱—運動関係から感性の発生を機械的にであるにせよ考えるのは、「いかなる有機体の形成も物質の物理的な諸特性だけでは決して説明されないだろう」(Oeuvres II, ibid., p.293) と考えるモーペルテュイに対する乗り越えのためである。もちろん、現代の科学においても、核酸の構成要素としての五つの塩基が解明されているとはいえ、依然として生命の起源の問題は謎を秘めていることからみれば、ディドロの想定が当時科学的な作業仮説としての質をもっていたと言えよう。この想定をはずせば、物質の外部から無機物を有機化するなんらかのわけのわからぬ要素を介入させるか、神の手を借りるかしなければならないだろう。「物質的宇宙の外部に置かれたなんらかの存在という想定は不可能である。決してこのような想定をしてはいけない。なんとなればそこからはなに一つ推論することはできないからだ[四九]」。物質の外部になんらかの要素を想定するくらいなら、ルクレティウスを援用して、望遠鏡的視座に立って宇宙の運動ないしは発酵作用によって生命の起源を説明する方が無難である。だから、ディドロは〈ダランベールの夢〉を通してそれを試みてもいる (ibid., pp.301-303. 四五―四七頁)。だが、顕微鏡的視座に立つとき、物質に内在する感性という想定には限界がある。だから、彼は〈ボルドゥ〉を介して、有機体の構成要素として「糸束の筋 brins du faisceau de fils」とか「繊維の束 faisceau de filaments」とかを取り上げるのである。

しかし、彼はこれに満足していたわけではなかった。エルヴェシウスを反駁しながら彼はこう述べている。「たとえわたしがどのようにして静止的感性が能動的感性の状態へ移行するのかを説明しえないとしても、だからなんだというのだろうか。わけのわからぬ担い手とか意味のない語を想像することがわたしに許されているのだろうか。事実だけで十分ではないのか。わたしは運動の連絡 communication du mouvement を説明することができない。しかし、事実は存在するのだ[五〇]」(傍点引用者)。彼の焦燥感が伝わってこないであろうか。単に感性を物質の一般的特性として想定するだけならば、エルヴェシウスもやっていることなのだ。「卵の発育やその他いくつかの自然の作用の中で、一見静止した、しかし有機化される物質が純粋に物理的な動因によって、生気のない状態から感性的・生命的状態へ移行してゆくのを、わたしはこの目ではっきりと見ている。だが、この移行の必然的な連関がつかめないのだ[五一]」。彼が本当に成し遂げたいと思っていたことは、事実的結果を通してその派生的特性を単に想定することにあったのではなくて、まさに「運動の連絡」、「移行の必然的な連関」を物質自身の有機化作用から説明することだったのである。また、だからこそ彼は、前節三で触れたように、感性を物質の一般的特性とする想定を「きちっとした哲学には十分でない」と言うのである。そもそも彼は、物質―運動観をかかる説明を可能にすべく構築しようと努めてきたのである。だが、結果的にはこの作業は成就しえなかった。それでも、感性的・生命的有機体の発生を説明しようとすれば、分子の「力の作用」つまり運動以外に、この分子に潜在的に感性的・生命的な特性を想定せざるをえない。この想定は『生理学原論』にまで至る。「絶対に止むことのないのは分子の生命、またはその感性だけである。それは分子の本質的な特性の一つである」(A.-T., X, p.275. 三五七頁)。レーニンの先の言葉からは、ディドロの直面したディレンマは浮かび上がってこない。このディレンマを超出せんとする構え、それ自体弁証法的思考へと進むことはなかったとはいえ、それへの胎動を孕んでいる構え、ここにこそわたしはディドロの思索の一つの特徴を見たいのである。

以上の観点が看過されるならば、彼の考えは安易にロビネの生気論とかモーペルテュイの物活論とかと同一視されるであろう。いわく、ディドロの有機体も分解されれば感性的生命的な器官に、さらに感性的生命的分子になるのだから、結局のところロビネと同様に金太郎飴ではないのか、いやむしろ、彼の分子の感性・生命は、それが想定であるにしても、モーペルテュイの「諸要素」に内在する「欲求、嫌悪、記憶」と同趣というべきではないか等々。だが、そうではなかったのである。この点を再度念頭に入れながら、物質的諸形態の変化についてのディドロの説明をもう少し追っていこう。もっとも、無機物から有機物への形態変化についての説明が先のごとくである以上、彼の他の説明が一定の限定のもとにあることももはや明らかであろう。

彼は『ダランベールの夢』の中で、〈ボルドゥ〉の口を借りて、ロビネ式の入れ子型の考えを拒絶しながら、こう述べている。「始めには、あなたは父親か母親の血液やリンパ液の中に散在する最も小さな諸分子から形成された目にみえない一つの点だったのです。この点は一本の細い糸となり、次に、諸々の糸の一束になる。そのときまでは、今のあなたの美しい姿のほんの痕跡もありませんでした。……糸束の筋の一つ一つが、単なる栄養摂取と自らの適合作用によって、一つの特定の器官に形態変化したのです」(ibid., p.320. 五九頁)。これは卵からヒナへの形態変化についての説明方法と同一である。そして、『自然の解釈に関する思索』のディドロが「本質的な仮説」とした一切の動物の「原型」は、ここで「糸束の筋」として措定されている。しかしそれ自身諸分子から形成されたものであり、したがって自己運動を通して有機体の特定の器官に変化する。もっとも、糸束の筋のそれぞれがどのようにしてそれぞれ異なった特定の器官を形成するのか、また糸束の筋がどうして一定数であるのかは説明されていない。その説明には、糸束およびその筋そのものがいかに形成されるのかが解明される必要がある。彼はこの必要性を強調している。「動物の最初の形成に関する問題は、形成された動物に眼差と考察を向けるのではもう手遅れであり、その原基にまでさかのぼらねばならない」(ibid., p.323. 六三頁)。モーペルテュイは形而上学的な諸特性を諸要素に内在化させ、精液の中の「小動物」に一切の動物の多様性の基を設定して、この作業に接近する。(五二)これに対して、ディドロは動物の原形の形成を純物理的な動因に求めながらも、この作業を生理学や比較解剖学の今後の進歩に託す。ともあれ、彼は生理学者ハラーの影響を受けつつ、「糸束」ということで動物種の原基を、また「糸束の筋」ということで種の変化の動因を想定している。(五三)「糸束」は異質な諸分子の作用・反作用に基づいているのであるから、それぞれ異質である。したがって、種の変化は種に応じて異質であり、かつ量的であると同時に質的である。「糸束が動物の一切の種の最初の先天的な相違を形成する。一つの種の束の変種がその種の一切の奇形的変種を生みだす」(五四)(ibid., p.328. 六六頁)。したがって、糸束とその筋は器官および有機体と相互連関していることになる。ある筋の欠如はある器官の欠如となって有機体に影響を及ぼすのである。

『ダランベールの夢』には、もう一つ別の質的に異なった説明が登場する。分子の異質性、それゆえ種の変化の異質性に対して、分子の異質性を大前提にしつつも、種と種との間の、さらには諸存在間の何らかの同一性・連続性を求めようとする説明である。それは自然の統一という考えからの当然の要請でもある。ここでは、物質の運動は万物の流転という望遠鏡的視座に据えられる。したがって、この説明は、大理石から肉への形態変化が物質的宇宙のレベルから説明されたのと同趣である。ただ、注意を要するのは、それが〈ダランベールの夢〉を通してなされていることである。「一切の存在は相互に内部で循環している。したがって一切の種も……万物は絶えず流転している……一切の動物は多かれ少なかれ人間であり、一切の鉱物は多かれ少なかれ植物であり、一切の植物は多かれ少なかれ動物である。自然には何一つ分明なものはない」(ibid., p.311. 五二頁)。自然は万物を流転のもとに置き、一連の作用と反作用を通して、絶えずその形態を変質させていく。大理石はやがて風化し腐蝕土になり、植物に吸収され、さらに動物の同化作用を通して有機化されてゆく。動物も死んで土に帰り諸分子と化し、そこから大理石に、また動・植物に転化してゆくだろう。したがって、一つの特定の存在の本質に属するものは何もない。万物は異質な諸分子から形成されていながらも、「一つの隙間もなく」連結している。「ただ一つの大きな個体しかないのだ、それは全体というものだ」(ibid., p.312. 五三頁)。ここにスピノザの実体の統一性という考えが顔を出している。だがそうだとすると、諸存在を区別する指標はどこに求められるのか。なぜわれわれは甲を大理石と呼び、乙を動物と呼ぶようになるのか。「どんな存在も関与しないようなどんな性質もなく……また、われわれがこの性質を或る存在にではなく専らほかの存在に帰属させるのは、この性質の比率の大小の如何によるのだ」(ibid.)。この言葉だけを取り上げる限り、モーペルテュイとの違いはどこにあるのかわからなくなる。しかし、モーペルテュイにとって連続体は外見上にすぎなかった。だが、ここではスピノザのごとく空虚なるものが存在しない連続体が問題となっている。とすると、区別を指示しつつ連続を担う「性質」とは物質の一般的特性の一つとしての「感性」ということになる。したがってそれは、スピノザに引きつけて言えば、全体としての物質的自然における物質的諸形態を連結ないし統一しつつ、全体の変状または様態を表示するものである。しかし、その表示が「比率の大小」ということになると、質的区別も分子の異質性（これ自体分子の力の作用ないしは運動と関わる）も希薄になる。かかる望遠鏡的視座において、種とは何であるのか。「種とはそれに固有な一つの共通項に向かう傾向にすぎない」（ibid., pp.312-313. 同頁）。とすると、種の変化とは、ある形態が一つの共通項へ向かう部分的ないしは量的な変化ということになる。もっとも、このことは顕微鏡的視座からすると最初の説明のごとくになるのである。

いずれにしても、ディドロは二つの説明の内的連関を具体的に示すまでに至っていない。「土星とあなたとの間には、連続性が必要なのに、隣接した物体しかないからです」と彼は〈ボルドゥ〉に言わせている。また、彼には、ある種がそれ以前に存在した種から〈進化〉するという考えはいまだ現れていない。なるほど、彼はラマルクの生物変移説を予告するかのごとく「器官が欲求を生みだし、逆に欲求が器官を生みだす」（ibid., p.308. 五一頁）と述べる。しかし、それを自然の歴史のうちに位置づけているわけではない。彼が述べる種の変化は、歴史的な変化ではない。だからこそ彼は、〈ダランベール〉を介して、種の自然発生をも主張するのであり、さらに「一滴の水のなかに世界の歴史」（ibid., p.299. 四三頁）を見ることもできるのである。[五五] 物質的諸形態の歴史的で質的な変化発展を内包した自然の統一性、空虚のない連続性の説明はやはり〈ダランベールの夢〉にすぎないのか。確かに現実的な意味においては夢である。しかし、この〈夢〉のなかでディドロの思索の現実的な諸限界が解消されていくかにみえる。そこでディドロは〈ダランベールの夢〉について〈ボルドゥ〉を介して次のように言うのである。「彼はまったくみごとな遠征をしたものだ。これこそ高尚な哲学ですよ。今でも体系的ですが、人間の知識が進歩すれば、ますます真実さがわかってくるだろうと思いますよ」（ibid., p.313. 四四頁）。「体系の精神」を高く評価しなかったディドロにおいても、彼の「予見の精神」は「体系の精神」と手を結んでいたのである。

ディドロは複眼的な思想家である。巨視的になったかと思うと微視的になり、実験的方法へ向かったかと思うと理性的方法へも傾き、一方で一般性・連続・同一性を述べたかと思うと、他方で特殊性・非連続・異質性を述べる。しかも、両者の内的連関を見定めようともしている。「感性」の想定は両者の支点であった。両者が左右に揺れ動くのは、支点そのものがぐらついていたからである。このぐらつきをなんとかしなければならなかった。(五六)〈対話〉・〈夢〉・〈比喩〉はそのための手法である。しかし、この手法によって、わたしは翻弄されてしまう。唯物論的一元論への傾向は確かに読み取れる。しかし、そこに到達しているようには思えない。では、二元論のままかというと、決してそうではない。一体彼の自然哲学の独自性はどこにあるのか。この問いに答えるためには、まず、彼が諸材料（先人たちの諸成果）をどのように溶解したのかをつぶさに検討していく必要があるだろう。特に、彼はライプニッツをかなり意識していたように思われる。モーペルテュイに対する批判も、それを介してのライプニッツに対する批判および超出のように思えるし、『ダランベールの夢』はそのための作品のごとくにさえ見えてくる。ライプニッツ――モーペルテュイ――ディドロ関係はいっそう具体的に検討されるべきであろう。次には、当時の自然学の水準を一般的にも射程に入れる必要があろう。さらには、彼の認識方法に焦点をあわせて検討すべきであろう。これにはコンディヤックが重要な意味を伴って介入してくるかもしれない。また彼の宗教観・人間観との関連も等閑に付すわけにもいくまい。いよいよもって大変なことになった。ともかく、この拙稿において、やっとディドロの自然哲学を考察していく出発点に立ったのだ、ということを確認しておきたい。

註

（一）カッシーラー『啓蒙主義の哲学』中野好之訳、紀伊國屋書店、一一〇頁。

（二）Diderot; *Œuvres philosophiques*, édition de P. Vernière, Garnier（=V）, pp.21-22.『ディドロ著作集』第一巻、法政大学出版局、一一頁。なお、訳文の底本としては『ダランベールとディドロとの対話』と『ダランベールの夢』を除いて、右記のものを用い、適宜、訳文を改める。また以後頁数を本文中に記す。

（三）エピクロスは「ピュトクレス宛の手紙」の中でこう言っている。「幾通りもの説明の仕方によって現れている事実に合致した解明がなされるいっさいの事象にかんしては、それにふさわしく、蓋然的な論を許しさえすれば、万事なんの動揺もなくゆくのである」（『エピクロス――教説と手紙――』出隆・岩崎允胤訳、岩波文庫、四五頁）。

（四）ルクレティウス『物の本質について』樋口勝彦訳、岩波文庫、七一、一〇七頁。

（五）J.-M. Gabaude; *Le jeune Marx et le matérialisme antique*, Privat Subervie, 1970, pp.176-180. および K. Marx; Hefte zur epikureischen, stoischen und skeptischen Philosophie. *MEW*. Erganzungs Bd. S. 245 参照。

（六）*Histoire naturelle de l'âme ou Traité de l'âme*, dans: *La Mettrie, textes choisis*, Editions Sociales, 1974, p.68.『霊魂論』（『フランス唯物論哲学』杉捷夫訳、中央公論社、一九三一年所収）六一頁。なお、『哲学断想』にいう「ある無神論者」とはヴェルニエールによればラ・メトリーのことである。

（七）A. Vartanian; From deist to atheist, Diderot's philosophical Orientation 1746-1749, in: *Diderot Studies*, I, Syracuse Univ. Press, 1949, p.48.

（八）A. Vartanian; ibid., p.51.

（九）この動向については、C. Kiernan; Additional reflections on Diderot and science, in: *Diderot Studies*, X, 1968, pp.115-120.
なお、キールナンは、この時期のディドロの理神論から無神論への移行を物理諸科学から生命諸科学への関心の移行に対応づけているが、この対応の内的関係について明らかにしているとは言い難い。彼によれば、理神論を支えるために物理諸科学を使用することは、保守的な政治的含意をもち、無神論を支えるために生命諸科学を使用することは、民主的含意をもつという。そして、移行の軸を「ディドロのヒューマニズム」に求めるのだが、この「ヒューマニズム」の何たるかは説明されていない（pp.122-124）。

（一〇）ラ・メトリーは、『哲学断想』に言及しながら、あたかもディドロが次のように述べているかのごとくに記している。「今度はきみたちの方で、トランブレーのポリプを観察してみたまえ！　それ自身のうちに、その発生を生ぜしめる諸原因を含んでいないであろうか？」（*L'Homme machine*, Critical edition by A. Vartanian, Princeton University Press, 1960, p.177）

（一一）この時期におけるディドロ思想に対するビュフォンの主導的な役割を強調するものとしては、J. Roger; Diderot et Buffon en 1749, in: *Diderot Studies*, vol. IV, 1963, 参照。なお、ディドロが一七四九年にビュフォンの『博物誌』の批評を書いていたことについては、*Correspondances de Diderot*, I, par G.Roth, Éditions de Minuit, p.96.

（一二）La promenade du sceptique ou les allée, 1747, *Oeuvres complètes*, éd. Assézat-Tourneux, I, p.229.
以後この版からの引用は A.-T., I, p.229. のごとく本文中に記する。

（一三）Brière 版（一八二一年）以降ディドロ全集に収められたニュートンに関する省察（Réflexions sur une difficulté proposée contre la manière dont les Newtoniens expliquent la cohésion des corps, et les autres phénomènes qui s'y rapportent 1761）には、ニュートンの引力の法則を地上の物体間へ適用することの難点がテーマになっている。Paolo Casini の考証によれば、この論文がディドロのものであるかどうか、また実際いつ書かれたものであるかについては、テキストクリティーク上の問題を残している。ただ注目したいのは、ディドロが一七四八年にすでに次のように言っている点である。「事実、わたしはニュートンの学説を解明するという意図のもとに彼を研究してきました。正直言って、この仕事は、それほど大きな成功をおさめたわけではありませんが、少なくともきわめて機敏にやりとげられました」(*Œuvres complètes* IX, éd. J. Varloot, Hermann, p.333)。

（一四）スピノザによれば、偶然・カオス・奇形等はなんら神の本性を表現するものではなく、ただわれわれに対する関係において何物かであって、それゆえ、その原因は神に属さないものである（L'éthique, *Oeuvres complètes*, pléiade. p.346. 以降、『エチカ――倫理学――』（上）畠中尚志訳、岩波文庫、八二―九二頁）。ディドロは『ダランベールの夢』において、次のように述べることになる。「人間はありふれた結果にすぎず、奇形動物 monstre は稀に見る結果にすぎない。両方ともひとしく自然であり、ひとしく必然的であり、同じように宇宙普遍の秩序にかなっている」(ibid., pp.309-311.『ダランベールの夢』新村猛訳、岩波文庫、五二頁)。

（一五）à Voltaire, 11, juin 1749, *Correspondance*, ibid., p.76-77.

（一六）A. Vartanian; Diderot and the phenomenology of the dream, in: *Diderot Studies* VIII, 1966, p.224.

（一七）Spinoza; *L'éthique*, ibid., p.338.『エチカ――倫理学――』（上）畠中尚志訳、同七二頁。

（一八）ディドロは『百科全書』第二巻（一七五二年）の CADAVRE という項目において、ラ・メトリーと共に、「社会によってあまりに無視されてきた」生命の観察の重要性を主張することになる。(A.-T., XIV, p.5)。

（一九）J. Szigeti; *Denis Diderot. Une grande figure du matérialisme militant du XVIIIe siècle*, Budapest, pp.58-59.

（二〇）デカルト『宇宙論』、デカルト著作集（四）、白水社、一五四―一五七頁。

（二一）鳥井博郎『ディドロ　フランス啓蒙思想の一研究』国土社、一九四八年、一〇四―一〇五頁、小場瀬卓三『ディドロ研究上』白水社、一九六一年、六三頁。

（二二）*Traité de l'âme, ibid.*, p.66. 同五四頁。

（二三）*L'Homme machine*, ibid., p.189. 同一〇七頁。

（二四）カッシーラー同掲書一〇九頁。

（二五）Maupertuis; *Oeuvres* (Lyon 1768), II, Lettre VIII, cited by M. W. Wartofsky; Diderot and the development of materialist

monism, *Diderot Studies*, vol. II, 1952, p.291-292.
なお、モーペルテュイからの引用は同右の論文により、以後 *Oeuvres*, II, ibid., pp.291-292. のごとく本文中に記する。さらに、モーペルテュイに関して、J. Roger; *Les sciences de la vie dans la pensée française du XVIIIe siècle*（Armand Colin, 1971）pp.468-487. および E. Callot; *Maupertuis, le savant et le philosophe, présentation et extraits*, M. Rivière 1964, Bibliothèque philosophique を参照する。

（二六）Diderot; *Œuvres philosophiques* の編集者 P. Vernière の註（pp.228-229）参照。以後ヴェルニエールの註からの引用は Vernière, ibid., p.228. のごとく本文中に記する。

（二七）Wartofsky; ibid., p.289.

（二八）邦訳として『単子論』河野与一訳、岩波文庫を使用する。

（二九）この考えは『ダランベールの夢』においても繰り返される（ibid., p.313. 岩波文庫版、新村猛訳、五四頁）。

（三〇）さらに同年のデュクロ宛の手紙（十月十日）参照（*Corr*, V, p.141）。

（三一）Principes philosophiques sur la matière et le mouvement, *ibid*., p.395. 二七〇頁。以後本文中に頁数を記する。

（三二）Entretien entre D'Alembert et Diderot, *ibid*., p.259.『ダランベールの夢』（岩波文庫、新村猛訳）一一頁。なお、『ダランベールとディドロとの対話』と『ダランベールの夢』については同右の訳文を底本とし、適宜訳文を改め、頁数を本文中に記する。

（三三）Wartofsky; ibid., p.299.

（三四）この点に関してシィゲティの次の見解は注目すべきである。「異質的諸物質間の緊張関係から推論されるこの運動は、自然総体に関わるという点で、依然として極めて曖昧な一般性である。この一般性は、ディドロが彼の考えを〈要素的物体〉に、当時の科学にしたがって言えば、分子に適用できない限り、論理的にも、弁証法的にも、明確になりえないだろう」（J. Szigeti; *ibid*., p.48）。

（三五）Pensées sur l'interprétation de la nature, ibid., p.186. 同一一九頁。

（三六）この点については、Wartofsky; ibid., pp.305-306, Jean A. Perkins; Diderot and La Mettrie, in: *Studies on Voltaire and the Eighteenth Century*（以後、*SVEC* と略記）, X, 1959, p.57 参照。

（三七）M. L. Dufrenoy; Maupertuis et le progrès scientique, in: *SVEC*, XXV, 1963, p.570-571.

（三八）Feuerbach; *Darstellung, Entwicklung und Kritik der Leibniz'schen Philosophie*（von Bolin u. Jodl）Bd. IV, S. 34.
『フォイエルバッハ全集』第七巻、船山信一訳、福村出版、四六頁。

（三九）à M. Duclos, 10 octobre 1765, *Correspondance*, V, ibid., p.141, Entretien entre D'Alembert et Diderot, *ibid.*, p.260. 同一一頁。

（四〇）Réfutation suivie de l'ouvrage d'Helvétius intitulé L'Homme ibid., p.566.
『ディドロ著作集』第二巻、法政大学出版局、三〇七頁。

（四一）この点を詳しく分析した論文としては、A. Vartanian; Diderot and the phenomenology of the dream, ibid., VIII., 1966. 参照。

（四二）Feuerbach; *ibid.*, S.79-80. 同一〇八頁。

（四三）*Eléménts de physiologie*. A.-T., IX, p.253.『ディドロ著作集』第二巻　三五五頁。

（四四）Système d'Epicure, §XVIII, dans: *La Mettrie, textes choisies*, ibid., p.139.
これに類するディドロの見解については『自然の解釈に関する思索』（ibid., p.241. 一五九頁）参照。

（四五）ロビネはこう言っている――都市が灰塵と化し、少しずつ自然状態にもどっていく。土壌はその瓦礫で養われる。そこから或る液（suc）が形成され、それが動植物の養分となる。植物と鉱物はそれ自体動物の食物となる。「こうして、物質は次から次へと金属、石、植物、動物となる」（Robinet; De la nature, IV. 1766, dans: *Les matérialistes français de 1750 à 1800,* Buchet-chastel, p.134）。

（四六）Robinet; ibid., p.132, 133.

（四七）この点に関して、J. Szigeti; *ibid.*, pp.71-74. 参照。

（四八）Lenin; *Materialismus und Empiriokritizismus*, Reclam. S. 42.
『唯物論と経験批判論』上巻　佐野文夫訳、岩波文庫、五八頁。

（四九）Diderot; Principes philosophiques sur la matière et le mouvement, ibid., p.399. 二七三頁。

（五〇）Commentaire inédit de la Lettre sur l'Homme, éd. G. May, dans: *Les matérialistes français de 1750 à1800*, ibid., pp.147-148.

（五一）Réfutation suivie de l'ouvrage d'Helvétius intitulé L'Homme, ibid., pp.565-566. 同三〇六—三〇七頁。

（五二）M. L. Dufrenoy; ibid., pp.570-571. および『自然の解釈に関する思索』におけるこの点に関するディドロのモーペルテュイの見解の要約（ibid., pp.227-228. 一四八—九頁）参照。

（五三）Wartofsky; ibid., p.314.

（五四）ディドロはかなり前から奇形に関心を注いでいた。奇形学とディドロとの関わりについては、G. Norman Laidlaw; Diderot's Teratology, in: *Diderot Studies*, IV, 1963. 参照。

（五五）この点に関してさらに、J. Roger; *Les sciences de la vie dans la pensée française du XVIIIe siècle*, Armand Colin, 1971, pp.666-668, 673. および桑原武夫編『フランス百科全書の研究』岩波書店、二四八—二四九頁参照。

（五六）J・ロジェによれば、「感性」の想定に対するディドロの執着は、〈ダランベール〉のごとき懐疑主義を拒否せんとする〈態度決定〉であり、「後退ないしは後悔」ではなくて、「一種の信仰」である。しかしこの「信仰」は安定したものではなかった。（J. Roger; *ibid.*, pp.658, 670-674）

第二章　ディドロにおけるモーペルテュイ
——『自然の体系』をめぐって——

「われわれは科学における一つの大きな革命の時期に遭会している」(一)——これが、ディドロが「自然の解釈」を行っていく際の現状認識である。もはや、数学的力学的な諸概念の体系をもってしては、自然現象の無限の多様さを説明することはできないであろう。なるほど、体系は諸事象とその連関を一時的に固定し整理する上で認識の重要な用具ではある。だが、自然は万物を生成流転のもとにおき、絶えず事物の新しい秩序を作りつつある。われわれは、ニュートンの数学的力学的自然学やデカルトの合理論的自然学のそれ自体輝かしい成果を通して、体系的概念の網の目を広げてきた。しかし、それにもかかわらず、自然の「諸事実」についての信頼しうる確固たる知識がわれわれには何と欠けていることか。一つの事物の絶対的な独立ということはありえない。「自然の解釈」においてまさに問題なのは、「いかにして自然は一にして多様でありうるのか、いかにして人びとは自然の多様性を越えて、その統一性に達しうるのか」、要するに「自然の統一性と多様性の問題(二)」なのだ。そして、その中軸となるのが、有機体の形成と生命の起源の問題である。けだし、この問題こそが、数学的力学的であれ、合理論的であれ、一切の機械論的な自然認識の躓《つまず》きの石であった。そればかりではない。この問題に対する取り組みを通してしか、われわれは「諸現象の連続した環」の解明に接近できないのである。確かに、科学はこの大事業を何世紀かけようとも成就しえないであろう。しかし、科学はわれわれにそのための実践的で有用な手段を提供しなければならない。「有用ということが一切の限界を定めるのである」(IN, p.184. 一一七頁)。いまや、科学と概念的知識は、その自らの体系を打ち破って、「あるいは実験の不断の連鎖によって、あるいは一方の端においては観察に、他方の端においては実験に結ばれている推理の不断の連鎖によって、あるいはまたその両端で吊された長い糸の上にかかっている錘のように、推理の間にあちらこちらと散らばっている経験の連鎖によって」、自然の「諸事実」と「連結」しなければならない (ibid.)。そしてわれわれは、「体系の精神」ではなくて、むしろ「予見の精神」すなわち未知の手続、新しい実験、等閑に付された結果を「嗅ぎつける」才能 (ibid., p.197. 一二七頁) を活用して、静態的な世界像に代わって、自然の有様に則した動態的な世界像を構築すべき時なのである。ここでディドロの期待は、生物学・生理学・比較解剖学、要するに「生命の諸科学」(sciences de la vie) に注がれることになる。

ディドロのかかる現状認識に関して、ニュートン理論の擁護者・モーペルテュイは、ディドロの先導者としての役割を演じていた。ところで、この第二章の副題にいう『自然の体系』(三) とはモーペルテュイの書名である。当書は一七五一年に『就任論文――自然の普遍的体系についての形而上学的考察 Dissertatio inauguralis metaphysica de universali natura systemate』と題して、「バウマン博士」という仮名で出版された。フランス語原文は一七五四年に『有機体の形成についての試論』と題して実名で刊行され、五六年に彼の『著作集』に収められるとき、『自然の体系』という表題を付されることになる(四)。ディドロは、『自然の解釈に関する思索』(一七五三年、改訂五四年) の中でモーペルテュイのラテン語論文を自らの意図に引きつけて読み込み、かつ批判を行う。その際、彼は当書の著者がモーペルテュイであることを知らない振りを装う。他方モーペルテュイは、ディドロの批判に対してバウマン博士を弁護するという仕方で反論を行う。それが彼の『ディドロ氏の異論に対する返答』(一七五六年) である。この反論に対して、ディドロはもはや直接答えることはしないが、その後の彼の諸作品、とくに『ダランベールとディドロとの対話』・『ダランベールの夢』(一七六九年) を通して答えようとしているように思われる（もっともモーペルテュイは一七五九年に他界している）。この拙稿の目的は、かかる両者の関係を通して、両者が共に直面していた問題と、その問題に対する両者のアプローチの仕方の相違を抽出することによって、ディドロの自然哲学に与えたモーペルテュイのインパクトを検討することにある。

一

まず、モーペルテュイの『自然の体系』を当面の文脈に必要な限り検討していこう。[五]彼は早くから有機的諸形態の生命現象に対して関心を寄せていた。[六]このことが、古代アトム論はもとより、ニュートンの万有引力の法則をもってしてもこの現象を理解するのにまったく不十分であることを彼に知らしめた。[七]確かに、われわれは引力によって天体の運動を実にうまく説明することができるが、しかし化学の領域においてはその最も単純な作用でさえ説明できないであろう。とすれば、物理学的法則とは違った別の法則から生じる「引力」を想定しなければならない（「さまざまな引力法則」をめぐる議論については第五章参照）。だが、かかる引力をもってしても動・植物の形成を説明することからいまだほど遠いのである。すなわち、引力を物質のすべての部分のうちに適用しても、「どのようにしてこれらの部分が整序されて、最も単純な有機組織を有する物体を形成するようになるのか」（SN, p.146）を説明できないのである。というのも、「もしすべての部分が同一の傾向、同一の力をもっていて、相互に結合しあうとしたら、なにゆえに甲の諸部分が眼を形成し、乙の諸部分が耳を形成することになるのか、なにゆえにこの驚異的な整序が形成されることになるのか」（ibid.）等は一向に理解されえないからである。もはや、有機体の形成を理解するためには、延長と運動だけを持ち出しても、延長に不可入性・可動性・慣性・引力等の物理学的な属性を付加するだけでも、モアやカドワースのごとく「造型的自然 Natures plastiques」を想定しても、ましてや「妖精」や「デーモン」のごときオカルト的性質を導入してもまったく役に立たないのである。要するに、いまや新しい物質概念が必要なのである。

ここでモーペルテュイは、ライプニッツのモナド論に立ち返り、モナドを物質化する。「モナドはその原理においては、表象と力を付与された物質の根本的要素でしかありえなかった」[八]。とはいえ、彼は、ライプニッツのモナド論においては、物体はモナドによって合成されるのではなくて「結果する」ということ、物体の現前についてのわれわれの感覚は或るモナドの表象にすぎず、その表象が物体をはっきりと心に描く力をもっているのだということ、これらのことを承知している。しかし、彼はライプニッツのように実体的世界と現実的世界を区別せず、両者を〈独特な現象論〉のうちに溶解すると言えよう[九]。ともかく、彼にとっていまや肝要なのは、万物がそこから結果する根本的要素たるモナドが「生命の原理」であるのと同趣的に、物質の分割可能な最小部分たる「要素」に物理的な諸性質ばかりでなく、「何らかの叡知的原理 quelque principe d'intelligence」(SN, p.149) を、言い換えれば、「われわれが欲求・嫌悪・記憶と呼んでいるものに似た何らかの諸特性」(ibid., pp.157-158) を認めることである。

もっとも、彼はこの物質的要素に先の諸特性を想定する際に、慎重に対処している。まず第一は宗教上の問題である。しかし、これは大したことではない。というのも、「われわれの宗教の第一級の教え手たちは、獣に対して叡知を認めるのを決して拒みはしなかったばかりか、人間をかくも優れたものたらしめると彼らには思われたこの叡知を、物質的なものとさえ考えていた」からであり、それゆえ、われわれは気楽に神学者たちの側にいることになるからである (SN, pp.149-150)。ただ注意すべきことは、物体の最初の起源を自然の諸法則や物質の諸特性だけに負わせるとしたら、それは宗教に抵触する、ということである。だが、このことは逆に言えば、この世界が神によってひとたび形成されるや、それがどのような諸法則によって保持されるのか、また神が滅びゆく諸個体を再生するためにいかなる諸手段を用いたか等については、われわれの自由な領分であり、われわれの考えを提示してよいということである (ibid., pp.154-155)[一〇]。

つぎに少々厄介なのは哲学上の問題である。けだし、物質に非物理的な諸特性を認めることに対して、直ちに異論が予想されるからである。デカルトおよびその学派は思惟を魂の固有の本質とみなし、延長を物体の固有の本質とみなして、両者が何らかの共通の特性をもつのは不可能であると断言するのに十分な根拠があると考えた。なるほど、彼らの推論からすれば、延長と思惟との差異ほどに明晰なものはない。しかし、「経験」はたえずわれわれに次のことを教えているのである、すなわち、「もし延長と思惟が特性にすぎないとすれば、両者は共にその固有の本質がわれわれには知られていない一つの主体に属しうる」ということ、これである（SN, pp.150-152）。ここでモーペルテュイが援用しているのは明らかに実体と諸属性との同一性というスピノザの発想ではなかろうか。この点にディドロは注目するであろう。しかし、モーペルテュイは、延長と思惟とが共に「一つの同じ主体」のうちにありうるか否かについては、自然の諸現象の検討にかかっているのである、と往《い》なすのである。ともかく、このようにして宗教上および哲学上の異論を克服できる限り、また物質のうちに物理的な諸特性を認めるだけでは自然を説明できない限り、物質のうちに物理的特性と非物理的特性を共存させることになんの支障もなかろう。とすれば、われわれはこの考えを動物の身体というような大きな物質から物質の最小の諸部分、つまり「諸要素」へと拡大適用したところで一向に差しつかえないことになるだろう。つまり、有機的諸形態の形成ばかりでなく非有機的諸形態の形成をも説明していくことができるであろう。ただ注意しなければならないのは、われわれがこの拡大適用を行いうるのは、もはや「経験」によってではなくて、たかだか「類推」（Analogie）を通してでしかない、ということである（ibid., p.172）。

モーペルテュイは以上のような準備を整えたうえで、物質の根本的諸要素がどのように結合しあって、さまざまな形態を形成していくのかを説明していく。ここでは、個々の形態の形成についての彼の説明[一一]に具体的に立ち入らずに、次の二つの問題に焦点を合わせることにしよう。

（1）諸要素がそれぞれ異なった形態を形成するのは、どのような結合によってか。

（2）各形態を形成する諸要素は、その形態といかなる関係にあるのか。

第一の問題に関して言えば、諸要素の結合は、まず量的である。たとえば、各形態は一定数の要素を必要とするが、その数が過剰であったり寡少であったりすると奇形的形態に変わる。次に質的である。たとえば、それぞれ異種の動物から発生した諸要素の結合は雑種を形成し、逆にそれぞれ同種の動物から発生した諸要素の結合は、それぞれの要素が親の形質についての「一種の想起能力」を保持していることから、種の維持と近親の類似を生じさせる。しかし、いずれの場合にも、何らかの偶然的な産出作用によってまったく新しい種が形成されることも起こりうる。さらには、「物質の最も活動的でない諸部分は金属や大理石を形成し、最も活動的な諸部分は動物や人間を形成したのであろう」(SN, p.169)。この点になると彼の説明は実に頼りない。

第二の問題に関わることであるが、物質の各部分つまり各要素は「欲望・嫌悪・記憶」といった何らかの性質をもっていた。とすれば、たとえば大理石もかかる性質をもつわけであるが、となるとこれは一体どういうことなのであろうか。大理石は「嫌悪」するのであろうか（ディドロも『ダランベールとディドロとの対話』の中で「石が感じてなぜいけない？」[一二]と言い出すことになる。しかし、両者の説明はすでに異質なものである——後述）。モーペルテュイはただ次のように述べるだけである。「両者の産出作用の間にある差異は、後者がその諸要素が置かれている物質の流動性によって続行されるのに対して、前者はその諸要素が置かれている物質の固さゆえにもはや新しい産出作用を許されないということにつきる」(ibid.)。少々強引な読み込みが許されるとすれば、ここに言う諸要素の結合は、もはや質的であるというよりはむしろ、結合の程度ないしは強度の差によって、各要素の諸性質を潜在化させたり、顕在化させたりする、ということになろう。とすれば、このことを通して、両者の区別と連続性および前者から後者への形態変化が想定されうることになろう。そして、このことは後述するように、モーペルテュイがディドロと同じように、〈諸存在の連鎖〉という考えを支持していたことの証左であるだろう。[一三] いずれにしても、以上のごとき諸要素の結合の仕方は、「結合」というよりはむしろ、いまだ機械的な〈組み合わせ〉といった感を払拭しえていないと言える。ディドロはこの難点の克服をめざすであろう。

第二の問題に移ろう。ある物質的形態を形成する要素の各々は、それ自体、一定の形態と諸性質を保持している。では、自らが形成した一つの物質的形態のうちにおいて、各要素の形態と諸性質はどのようになるのか。この問題は、ディドロによって「一つの全体」を形成するのか否かという問題に移されるばかりでなく、「諸分子 molécules」とその「集合体 agrégat」との関係として引き継がれていく。モーペルテュイは「蜜蜂の一群」を例にとり、そこから「類推」を行っていく。「蜜蜂の一群は、一つの木の枝のまわりに互いに集合し結合しあうときには、われわれの眼にはただ一つの物体としかもはや見えないのであって、この物体はそれを形成した諸個体とちっとも類似していないのである」(SN, pp.170-171)。ここから類推する限りにおいては、各要素はその形態と諸性質を決して失わない、ということになる。「表象は諸要素の本質的な特性の一つであるのだから、消滅したり、減少したり、増加したりすることができるようには思われない」(ibid., p.171)(ここに言う「表象 perception」は、「欲求・嫌悪・記憶」を表す別語である。彼の用語法は極めて曖昧であって、「本能 instinct」、「感情・意識 sentiment」、「感覚 sensation」とも言い換えられる。おそらく、ライプニッツのモナド論の残響であろう)。

ところで、諸要素の結合体は各要素の形態および表象とまったく類似性をもたないと言われる。形態に関しては、なるほど類似性をもたないと言うこともできよう。しかし、各要素の表象に関しては、一体どうなるのか。各要素は自らの表象を失わずに、そもそもどうして結合しあうことができるのか、なぜバラバラにならないのか。また、どうして各要素の表象と結合体そのものの表象とは類似しなくなるのか。この点こそ、自然の多様性と統一性の解明をめざすディドロにとって最大の関心事である。(一四)だが、モーペルテュイの説明は決して明解とはいえない。「われわれには次のように思われる。すなわち、集合した諸要素のすべての表象から、各要素の表象のいずれよりもはるかにいっそう強力で完全な唯一無比の表象が結果する、そして、この唯一無比の表象と各表象との関係は有機体とその要素との関係と同一である。各要素は他の要素と結合して、自らの表象を他の諸表象と混合し、特殊的な自己意識 le sentiment particulier de ***soi*** を失ってしまったので、われわれは諸要素の原初的な状態を想起できず、われわれの起源もわれわれにとってまったく見失われているにちがいない」(SN, p.172)。すなわち、各要素は結合を通して自らの表象を決して失うことはないが、「特殊的な自己意識」は失う、しかし、そこから「唯一無比の表象」が結果する。この表象は〈全体意識〉とも言うべきものなのか、保持される各表象と失われていく「特殊的な自己意識」とはいかなる関係にあるのか、さらに立ち返ってみれば、動物の生殖から生じる雑種なり種の維持・近親の類似なりとどのように関連するのであろうか。「表象は諸要素の結合の相違によってさまざまに異った変化を被ることもありうる」(ibid., p.171) と語られるだけで、それ以上の説明は返ってこない。けだし、「諸表象のかかる結合が行われる仕方に関していえば、実際、神秘であり、われわれはそれを決して洞察することはないであろう」(ibid., p.174) からである。

先のモーペルテュイの説明には、スピノザ的発想およびそれ以上にライプニッツ的発想の残響が感じられるように思える。しかし、ディドロは、むしろこれをスピノザ的発想に引き寄せて読み込むことになる。この読み込みをモーペルテュイは首肯しえない。ディドロの批判を検討する前に、次のことを付言しておきたい。モーペルテュイは当書の最後の箇所で、有機体の形成に関する学説を三つに分類し、自らの学説をこう特徴づけている――「叡知を授けられた諸要素それ自体が創造主の意図を果たすために相互に整序しあい結合しあうという学説」(SN, p.184)。ここでは、彼の説明の不明瞭な諸点が「創造主の意図」のうちに解消されていくかにみえる。

二

ディドロは以上のようなモーペルテュイの所説のうちに、「最も誘惑的な唯物論」(IN, p.230. 一五一頁) を読み込む。もちろん、この言葉には皮肉が込められている。なるほど、モーペルテュイが物質の根本的要素に立ち返りながら、そこから自然の物質的諸形態を説明していこうとする限り、その構えは唯物論的である。しかし、物質的諸要素に物理的性質ばかりでなく、非物理的諸性質が賦与される限り、動物はもとより、植物・鉱物・金属に至るまで、すべての物質的形態が生命的精神的な、あるいは霊的な性質を有するとなれば、これはもう「最も誘惑的な」のである。だが、ディドロは皮肉を込めただけではない。彼にとって、モーペルテュイの「唯物論」は、「深い省察の成果、自然の普遍的体系に関する大胆な企て、大哲学者の試み」(ibid., p.230. 一五〇頁) であり、それゆえ、それを超克するにせよ、その困難さを十分に理解してかからねばならない代物である。事実、彼が超克を試みようとする時、この「唯物論」は絶えずその手を振り切っていかねばならぬほどに、「誘惑的な」ものとして立ち現れるのである。しかし、かかる事態が生じるのも、彼がモーペルテュイの仮説を「一般化」することによってなのである。

ディドロは以前より〈諸存在の連鎖〉という考えを抱いていた。自然の無限に多様な諸現象にも、ちょうど「数学において、一つの曲線のあらゆる性質を検討すると、それは異なったさまざまな相のもとに提示される同一の性質にすぎないことがわかるように」(IN, p.220. 一四四頁)、それらを連結する環といったものがあるのではなかろうか。動物界に関していえば、ビュフォンは各生物種の枠内に限定したうえではあるが、諸個体がそれに基づいて造られる「一つの一般的な原型」を認めているし、モーペルテュイも雄・雌のそれぞれの精液の中に泳いでいる諸々の「微小動物 animalcules」を動物の原型と想定し、二つの個体だけからさまざまな種の多様化の道筋を説明しようとしている (SN, p.164)。とすれば、これらを「一般化」すると、「一切の動物の原型」というものがあって、「原型の外見の連続的な変形が感知できない程度で」進んでいって、動物界の多様化が生じたのではなかろうか（IN, pp.187-188. 一一九頁）。しかも、この仮定を「実験物理学の進歩、合理哲学の進歩、有機組織に関わる諸現象の発見と説明に必要不可欠な仮説」として採用せざるをえないのではなかろうか。ディドロの「予見の精神」は威勢がよい。モーペルテュイはかかる「一般化」が形而上学的体系に進んでいくのではないかとハラハラする。

モーペルテュイも〈諸存在の連鎖〉という考えを認めないわけではない。事実、彼は『宇宙論序説』の中でつぎのように述べていた。「かつてすべての種は諸存在の一つの連続を形成していた。これらの存在はいわば一つの同じ全体の隣接した諸部分にすぎなかった。各々の種はとなりの種に連結され、感知しえないほどの微妙な差異によってしか区別されず、最初の種から最後の種に至るまで一つの連絡系を形成していた」（Oeuvres I, p.72. 傍点引用者）。『自然の体系』に引き継がれるこの想定は、しかし「体系の精神」に基づくものではない。彼にとって、「体系の精神」はディドロ以上に否定されるべきものなのである。「体系は科学の進歩にとって真の不幸である。体系的な著者はもはや自然を見ているのではなくて、自分自身の作品を見ているにすぎない（一五）」。自然は神秘に満ちており、われわれ人間の認識力をはるかに越えている。しかも、〈諸存在の連鎖〉はいまや断ち切られてしまっており、それらを結んでいた種はわれわれにとってもはや認識不可能である。おそらくわれわれは、その本性もその現存そのものさえ発見できないような無限の存在の間に生活しているのである。創造主が世界を造られたときの極めて単純なやり方も、われわれがそこに一歩足を踏み入れようとするや否や、われわれにとって迷路となるのである。したがって、「創造主はわれわれにとって有用な一切の事に対して十分な光をわれわれに賦与されたが、しかしわれわれに許されているのは、ただ彼の計画の痕跡を闇の中で見ることだけであるように思われる（一六）」。

だからといって、モーペルテュイは〈諸存在の連鎖〉という考えを捨て去るわけでもない。とすると、この考えは何に基づくのか。実は彼も、今度はディドロほどではないが、「予見の精神」を認めていたのである。「われわれに属するのは本来的には現在でしかない。とはいえ、人びとがかくも長い間それなしに体験してきたところの、またその発見が偶然の結果、いくつかの特徴の痕跡でしかないように思われる一つの技術〔「予見する技術」〕は、われわれから最も遠ざかっている諸々の時代に生じた一切の出来事をわれわれに理解できるようにさせるのである。やがて生じる出来事をわれわれにあらわにするような技術などまったく不可能であると人びとは断言できるであろうか」（Lettre XVIII, ibid., p.336. 〔　〕内引用者）。しかし、彼の相対主義的な態度は、他方で次のことを加えることを忘れない。「このやり方で一つの確実な科学に至ることはわれわれにはどんなに不可能なことか」（ibid., p.333）。「予見する技術」は『自然の体系』において「類推[一七]」として登場している。

ディドロも基本的にはモーペルテュイに則していたといえよう。「自然現象の無限の多様さを、われわれの理解力の限界とわれわれの器官の無力さに比較してみれば、われわれののろい仕事と、その仕事の長い、しかもしばしばやってくる中断と、まれにしか現れない創造的天才から、すべての事象を連結する大きな鎖の断ち切られ、切り離された若干の断片をつかむこと以外になにが期待できるだろうか……」（IN, p.182. 一一六頁）。しかし、彼は「科学における一つの大きな革命の時期」を感知している。諸科学の進歩はやがて自然の諸現象の間に連関をつくり出している「一つの中心的な現象」の発見にせまっていくであろう。かかる現象を想定しなければ、諸現象の多様さもその意味をもちえないし、とすれば、われわれは諸現象をバラバラにしたままに、それをいたずらに取り扱うことにもなろう。彼は一方で不安を抱きつつも、他方でそれ以上に期待で胸を脹らませている。当然彼にとって自然は、モーペルテュイとは違った形で、その姿を現すことになる。「自然は、仮装を好む女のようなものだ。そのさまざまな仮装は、ある時は一つの部分を、またある時は他の部分をちょっとのぞかせることによって、熱心にその後を追いかけるものに、いつかはその人柄をすっかり知ることができるという何らかの望みを与えるのである」（ibid., p.188. 一二〇頁）。

ディドロからみれば、モーペルテュイは「創造主の意図」と「一つの確実な科学」と「類推」的知識との間で往ったり来たりしながら、三者を妥協させようと窮々としている人物として映ったにちがいない。それは、ディドロが「最も大胆な哲学的諸観念と宗教に対する最も深い尊敬とを妥協させることを学ぶためには、彼の作品を読まねばならない」(IN, p.226. 一四八頁)と皮肉を込めて述べるのに対して、モーペルテュイの方では、これを皮肉と受け止めずに、この点に関しては「彼はわれわれの見解に対して公正であった[一八]」と返答するところに、象徴的に現れている。だが、モーペルテュイは「最も大胆な哲学的諸観念」と言われることに対して抗弁しているわけではない。ただ、それらの観念が「信仰の真理」に対立するならば、喜んでそれらを宗教に対する尊敬の念のために犠牲にするであろうというのである(Réponse, p.216)。事実、彼の「類推」はやはり大胆であった。〈物質と運動をわたしに与えよ、そうすればわたしは世界を作り上げるであろう〉というのがデカルトのモットーであったとすれば、〈物質的要素と表象をわたしに与えよ、そうすればわたしは自然の体系を説明するであろう〉というのがモーペルテュイのモットーであるかのごとくに感じられるほど、彼の類推の仕方にはしっかりした歯止めが据え付けられていなかった。ディドロにとって、モーペルテュイの所説は自然における諸形態の区別と連続性および諸形態の発生と変化を、ひいては自然の多様性と統一性とを説明するのに必要な仮説として映っていた。ただ、あの「妥協」を打ち砕く必要があるだけである。そのためにはいまや、この仮説を徹底的に押しすすめること、つまり「一般化」することだけが問題である。というのも、「一般化の行為は形而上学者の仮説にとっては、繰り返される観察や実験が物理学者の推測に対するのと同じ作用をする」(IN, pp.229-230. 一五〇頁)からである。ここでは、モーペルテュイは形而上学者にされている。しかし少なくとも彼自身は「物理学者として」(SN, p.175)『自然の体系』を叙述していたのである。当然、彼の反批判はこの点に集中することになる。ディドロは一体どのような「一般化」を行ったのか。

焦点となったのは、モーペルテュイの言う諸要素の集合体がいかにして各要素の個別性を越えて有機的統一を形成することになるのかということであった。これをディドロは自然の多様性の内奥にその統一性を見ようとする彼自身の意図に則して「一般化」する。ディドロはモーペルテュイに次のように問う――「宇宙、または感性を持ち、思考力をもったすべての分子の全集合体は、一つの全体を形成するのか否か」。否の場合には、自然の中に無秩序を持ち込むことによって、「神の存在を一言でもって揺がし、一切の存在を結びつける鎖を断ち切る」ことになる。逆に然りの場合には、「一つの全体」を形成する「諸要素」は「一個の動物のうちにおいて諸要素が秩序づけられているのに劣らず」、この「全体」のうちにおいて秩序づけられていることになり、「この宇宙的交合の結果として、世界は一個の大動物に似て、一つの魂を持つということ、世界は無限でありうるのだから、世界のこの魂は……諸表象の一つの無限の体系でありうるし、また世界は神でありうるということにならざるをえないであろう」(IN, p.229. 一五〇頁)。見られるように各物質的形態とその諸要素との関係が宇宙ないしは世界とその諸要素との関係へと一気に「一般化」されたうえで、然りか否かいずれにしても、モーペルテュイにとっては具合の悪いようになっている。しかも然りと答えるとすると、当時無神論者と見なされていたスピノザの「神即ち自然」という「恐るべき結果」(ibid., p.228. 一四九頁)に陥るように仕向けられている。

モーペルテュイは反論する――この点に関するバウマン博士の見解は「一つの推測」にすぎず、しかもそれは「物体の形成についての彼の物理学的体系にさえ基づいていない。しかし、ディドロ氏は体系全体を含むような一つの断定的な命題から出発するかのごとくに、この推測から出発している」(Réponse. p.203)。そもそも宇宙のすべての部分の秩序や依存関係を追究できると思うことが、「体系の精神」の躓きの石なのだ。「ディドロ氏が一般化の行為と呼び、また彼が諸体系の隅石のごとくにみなすあの推論方法は、自分の望むところでやめることの許される、それゆえ一つの体系の真も偽も立証することのできない一種の類推にすぎない」(Réponse, p.206)。ところで、ディドロ氏の「全体」という用語は意味不明である。もし、「彼岸に何も残していないもの」の謂いであるとすれば、彼の問い自体が意味をなさない。「一つの整った建物」ないしは「各々のすべてが然るべき位置にあって釣り合いのとれた諸部分の集合体」の謂いであるならば、バウマン博士はなんら「恐るべき結果」に陥ることなく、然りとも否とも答えることができよう。というのも、「蜜蜂の一群」の例をみても解るように、それが一つの全体にみえるのはわれわれの視点の置き方によるからである。そればかりではない。空虚の存在を認めるにせよ認めないにせよ、「物質の諸部分は常に区別されるのであるから、また一つの部分は別の部分であることは決してありえないのであるから、諸部分がどんなに接近するにせよ、どんなに緊密に結合されるにせよ、それらは宇宙を一つの見かけの連続体にしかしないであろう」(ibid., p.208)。要するに、連続と非連続との差異は「諸部分間の距離の大小のうちにしかないであろう」(ibid.)。ここで改めて注意すべきことは、たとえ博士が「一つの全体」を形成すると答えたとしても、それは「動物の身体のような、若干の特殊的な物体においては、各要素の表象が唯一無比の表象を形成するのに協力する」ということであって、そこから「諸表象の交合が宇宙全体に必然的に波及する」ということには決してならないということ(ibid., p.206)、したがって、「一つの全体」ということで「スピノザの神」が了解されるのであれば、博士は「はっきりと宇宙は一つの全体であるということを否定するであろう」(ibid., p.208)ということ、これらである。

しかしながら、モーペルテュイの所説には諸属性を「一つの同じ主体」に帰属させるというスピノザ的発想が介在していた。この発想からすれば、自然の一切の形態も自然という主体に帰属させうるし、とすれば、やはり「神即ち自然」ということにならざるをえないのではないか。しかも、彼がこの主体の「固有な本質はわれわれには知られていない」(SN, p.151)とわざわざ断っているところをみれば、なおさらのことではないか。ディドロは〈正統派〉を装って、この点を意地悪く突いたのである。しかも、モーペルテュイは物質の根本的要素にまで精神的霊的な性質つまり「表象」を付与したのであるから、自然の一切の形態は程度の差こそあれ有機体と言えるわけであって、もし〈諸存在の連鎖〉が想定されうるとしたら、自然全体が一つの大きな有機体とならざるをえないのではないか。かかる推論の仕方が「類推」にすぎないとしても、当の類推が「自分の望むところでやめることが許される」というのであるから、ディドロが自分の望むところまで「一般化」を進めたとしても、その責任の一担を彼も背負わざるをえないであろう。おそらく、モーペルテュイ自身も自然の体系を解明しようとする限り、「類推」を押し進めていけば、その彼岸に「スピノザの神」が見えてくることに気づいていたはずである。だから、彼は、「全体」ということで「スピノザの神」（この言葉をディドロは使用していなかった）が了解されるならば、バウマン博士は「はっきりと宇宙は一つの全体であるということを否定するであろう」と述べた後に、さらに「そう否定すれば、人びとは、彼の体系がこの考えを含んでいる、と決して主張できないであろう」（Réponse. p.208）と持って回った言い方をするのである。したがって、この両者の論争をヴェルニエールが「隠れんぼ」と称するのは実に的を射た表現である。[一九]

　ディドロはモーペルテュイの「仮説の豊饒さ」を認めざるをえなかった。しかし、「要素」に「表象」が付与されていることの難点を感知していた。というのは、これでは非有機的形態と有機的形態との区別性が稀薄になるからである。そこで、彼はモーペルテュイにもう一つ別の異論を行うことになる。その際、彼はビュフォンの「有機的分子」とモーペルテュイの「要素」とを混同、いな故意に同一視する。「有機的分子には、全能の神が死んだ物質にもっとも近い動物に与えた感性よりもはるかに少ない感性を想定することで満足すべきであった」（IN, pp.230-231. 一五一頁）。彼はこの感性（sensibilité）を「隠然の感性」とか「鈍い、隠然の触感に似たある感覚」とも表現する。これに対して、モーペルテュイは「全くの言葉の遊び」にすぎないと往なす。なぜなら、彼によれば、ディドロは「表象」と「感性」とを本性上相違するものであるかのごとくに主張しているが、実は両者の相異は、「表象における完成度の高低」（Réponse. p.212）によるにすぎず、「感覚は真の表象」（ibid., p.214）だからである。要するに、バウマン博士も同じことを述べていたのだということである。

　ディドロはこの反論を意に介さなかったであろう。というのは、彼の意図は「有機的分子」と「要素」とを故意に同一視することによって、まずはビュフォンに肩入れしている振りをしつつモーペルテュイを批判し、次にモーペルテュイに寄りかかりながら、「有機的分子」を「要素」の方へ拡大適用しようとするところにあったとみられるからである。だから、彼は「自然現象の産出作用全体に必要なさまざまな異質の物質」を「要素」と呼び、さらにこの「要素」を構成するものとして同じく異質で「絶対的に不可分な分子」を想定するのである（IN, pp.239-240. 一五七―八頁）。そして、やがてこの分子に「感性」が付与されることになる。ディドロにとって、確かにビュフォンの「有機的分子」は有機体の説明においては効力をもっていた。しかし、ビュフォンは「死んだ物質」に「表象」・「感性」といった性質を付与することを認めなかった。「死んだ物質にこれらの能力のいくつかを帰属させることは、われわれが思考したり行動したり感じたりするのとほとんど同じ秩序において、また、ほとんど同じ仕方で、この物質に思考・行動・感覚の能力を与えることであろう。これは理性にも宗教にも同じくそぐわない」(一〇)。しかし、モーペルテュイを介して、いまやディドロの現前に立ち現れてきた「諸問題」（IN, pp.239-244. 一五七―六二頁）は、「死んだ物質」と「生きている物質」との諸関係、すなわち両者の質的区別と連続性、前者から後者への形態変化を解明する問題なのである。ディドロは、モーペルテュイが少なくともかかる諸問題を解明していこうとする構えをもっていると感知したのである。それゆえ、彼がモーペルテュイの所説から摘出した諸難点は、彼自身の自然哲学の進展のために自らが背負わねばならない課題として引き受けねばならないのであり、また、彼はそれを引き受けていくのである。

三

ディドロが『自然の解釈に関する思索』以後、彼の自然哲学をいかに展開していったかは、すでに第一章にて考察したので、ここでは、モーペルテュイが彼に与えたインパクトを、彼がどのように受けとめていこうとしたかを確認するにとどめたい。彼が自らに課した「諸問題」はモーペルテュイの所説を「一般化」することを通して生じたが、〈諸存在の連鎖〉という考えを保持する限り、最後まで彼を悩まし続けるものであった。しかし、彼は、モーペルテュイが「物質の物理的な諸特性だけでは有機体の形成を説明できないであろう」(SN, p.155)としたのに対して、あくまでも物理的に説明していこうと努めるのである。もちろん、このためには、モーペルテュイの「要素」・「表象」に代えるに「分子」・「感性」をもってするだけでは不十分であった。ディドロが克服していかねばならないモーペルテュイの所説の諸難点は、根本的には次の二点であろう。もちろん、これらは相互連関的な関係にある。第一に、要素と表象とがいかなる関係にあるのかが判然としていないことである。一方では、諸要素は相互に区別され代替不可能であるとされ、他方では、諸表象は「完成度の高低」によって相異する、というだけで終わっている。したがって、物質的諸形態の質的相異が「程度の差」に解消されていかざるをえなかった。「程度の差」という壁を取り除いてしまえば、一切の物質を有機的な「胚種」に還元するロビネの所説へと突き進みかねない。（二二）第二に、自然の最も重大な現象は「運動」であり、「運動こそが至る所で作用と生命をもたらす」と把握されながらも、運動を物質の本質的な特性の一つとみなすことができなかったがゆえに、（二三）要素間の相互作用も、諸要素の結合も、外在的で機械的な組み合わせといった域をでなかった。そのため、諸要素の集合体ももっぱら「見かけの連続体」にしかならなかった。にもかかわらず、諸表象の結合の方は「唯一無比の表象」を形成するとされた。だが、この結合のメカニズムは「神秘」とされたままになった。したがって、多様における統一、非連続における連続といった視座は当初より遮断されたままになる。

ディドロはこれら二つの点をいかに受けとめようとしたか。第一の点に関して言えば、ディドロもまず、モーペルテュイと同趣的に、「感性」を「物質の一般的特性の一つ」と想定する。次に、彼は「感性」を「静止的感性」と「能動的感性」といった二つの様態に分け、前者を無機物＝「死んだ物質」のうちに、後者を有機物＝「生きている物質」のうちに想定する。しかし、かかる想定は、後者においては、有機体自身に経験的に認知されうる「若干の顕著な作用」を通して、前者においては有機物による無機物の「同化」・「消化」といった作用の結果を通じてなされる。ディドロはあくまで物理的な想定を駆使して、両者の区別と連続性を説明していこうと努めているといってよい。だがしかし、いまだモーペルテュイと大同小異だという感を払拭しえていない。同化・消化の結果からみれば、無機物も潜在的には有機物であったのだということも可能であるばかりか、前者から後者への形態変化も前者の感性の潜在態が後者の有機化作用によって顕在化するといった変化にすぎず、前者自身の内的変化によるものではない。ディドロもこのことを自覚していた。「静止的諸部分をただ組織し調整するだけでは、決して感性は生まれないこと、物質の諸分子の一般的感性というのは、諸困難を除くのに便利であるというだけの規定にすぎず、きちっとした哲学には十分でない」[一三]。すでに触れたように、モーペルテュイによれば、かかる想定が「確実な科学」に至ると考えることは、「体系の精神」の躓きの石であった。しかし、ディドロには、この想定を克服していこうとする構えが見られる。一例をあげておこう。「この卵は何だろう。胚種がなかに入る前は感性のない一つの塊だった。さて、胚種がなかに入ったら、こんどは何になるだろう。やはり感性のない塊だ。なぜなら、この胚種にしたところで生気のない粗雑な液体にすぎないからだ。どうしてこの塊が別の編成、つまり感性や生命に移行するのだろう。熱によってだ。では熱はそのなかに何をつくりだすだろう。運動だ」(Entretien, p.275. 二一一頁)。ここでは、「熱」は今日の「エネルギー」概念とはもとより異質であって、むしろルクレティウスの『物の本質について』にみられる卵の孵化の発想からの援用ではあるが、しかし、感性はもはや物質一般の特性ではなく、物質の有機化作用そのものの一定の発展段階において、一つの新しい質的な特性として生じるものとなっている。もちろん、彼はこれ以上のことを展開することはできなかったが、この構えを可能ならしめたのは、彼が運動を物質の内在的な本質とすることによってであった。このことは、第二の点に関わる。

ディドロの「分子」は、ホッブズの機械論やルエル Rouelle の化学的所説を介してであるにせよ[一四]、ライプニッツのモナドを物質化したものであるように思われる。この限りでは、モーペルテュイと同趣ではあった。しかし、モーペルテュイはモナドに内在する「力」を運動の原因とすることに反対していた。ディドロはこの「力」の動態的な作用のうちに、運動を読み込む。したがって、彼は、分子の運動を分子に内在する「決して止むことのない潜在力（nisus）」の作用と了解する。そして、諸分子は、それぞれに固有なこの潜在力の作用と他の一切の分子から受ける作用とさらには引力の作用とで絶えず運動しながら、相互に作用―反作用の関係にある、と考えられた(二五)。それゆえ、無機物も有機物も諸分子の集合体という点では同一性をもちうるが、それぞれを形成する諸分子の何らかの反応関係の相異によって区別されるのであろうという推測を可能ならしめた。ここからみれば、先の「静止的感性」と「能動的感性」の区別はかかる相異を「説明する一つの単純な想定」(Entretien, p.276. 二三頁）にすぎないということになる。ここに、モーペルテュイの機械的な組み合わせを脱する方途が開示される。しかし、ディドロにとっても、諸分子の反応関係の内実も無機物から有機物への移行の物理的で必然的な連関もやはり不明であった。だが、それを「神秘」として神に委ねることはできなかった。特に、モンペリエの医師たち、とりわけボルドゥ **Bordeu** の研究はディドロに影響を与えたと言われる。ボルドゥは生体の各部分の個別な作用とそれらの有機的な統一の仕組を理解するために、「蜜蜂の一群」の比喩を用いていた(二六)。『ダランベールの夢』のディドロも、この比喩を取り上げて、登場人物〈ボルドゥ〉にこう言わせている。「別々の動物にほかならないのですが、連続の法則のために、共感や統一や同一性をひとしく保っているのです」(Rêve, p.293. 三八頁)。この比喩を通して彼が推測しているのは、モーペルテュイのごとく連続と非連続との相違を「諸部分間の距離の大小」のうちに見るということではなくて、非連続の連続への転化、異質な諸分子の有機的統一への見通しであった。

　ディドロは、自らの自然哲学を構築する過程で、おそらくモーペルテュイの所説を忘却に付すことができなかったにちがいない。『ダランベールの夢』には登場人物〈ダランベール〉にモーペルテュイの役を演じさせているのではないかと思われる箇所を取り出すこともできるし、エルヴェシウスに対する批判にも彼の背後にモーペルテュイがいるような箇所も見られる。とすれば、モーペルテュイはディドロの自然哲学の進展にインパクトを与える一つの役割を演じていたといえよう。しかし、ディドロが自然哲学の構築を始めたとき、すでに両者は袂《たもと》をわかつことになった。それは、モーペルテュイが十八世紀前半の人であり、自然哲学のディドロが後半の人であるという時代的な相違に規定されつつも、前者が体系的知の不可能性を強調し、この不可能な領域への予見の精神の立ち入りをセーブして、むしろその領域に神の存在の証拠を見出そうとしたのに対して、後者が諸科学の進歩を信仰し、予見の精神を駆使して新しい体系的知へと突き進んだ、ということによるであろう。

註

（一）Diderot; De l'interprétation de la nature, dans: *Œuvres philosophiques*, éd. de P. Vernière, Garnier（=V）, p.180. 邦訳『ディドロ著作集』第一巻、法政大学出版局、二五頁。訳文の底本としては、上記のものを用い、適宜訳文を改める。また以後 IN, p.180. 二五頁のごとく本文に記する。

（二）J. Roger; *Les sciences de la vie dans la pensée française du XVIIIe siècle*, Armand Colin, 1971, p.608.

（三）P. L. M. de Maupertuis; Système de la nature, dans: Oeuvres II, Lyon 1768（Olms 1965）. 原典底本として上記のものを使用し、以後 SN と略記し、頁数を本文に記する。

（四）この点については、ディドロの『哲学著作集』（=V）の編者・ヴェルニエールの註（ibid., p.224）およびモーペルテュイの『著作集』の編者、G・トネリの「序文」参照。

（五）当書についてのディドロ自身の要約については『自然の解釈に関する思索』§50を参照。また、カッシーラー『啓蒙主義の哲学』（紀伊國屋書店）にも凝縮された要約が見出される（一〇六―一一〇頁）。

（六）たとえば、Vénus physique, 1745, dans: *Oeuvres* II, ibid.

（七）彼はすでに『宇宙論序説』（一七五〇年）の中で、神の存在の証明という観点からではあるが、ニュートンの『光学』に立ち戻って、ニュートンが神の存在の証拠を惑星の布置と軌道の斉一性に求めるのと同じ仕方で、動物の構造の斉一性にも求めることを批判している（Essai de cosmologie, 1750, dans: *Oeuvres* I, p.6-10）。

（八）Lettre VIII, 1752, dans: *Oeuvres* II, p.264.

（九）たとえば、Réflexions philosophiques sur l'origine des langues, et la signification des mots, 1748（*Oeuvres* I）および Lettre IV（*Oeuvres* II）参照。この点に関しては、G. Tonelli; Maupertuis et la critique de la métaphysique, dans: *Actes de la journée Maupertuis*, J. VRIN, 1975, p.79ff. および拙稿「存在と知覚――モーペルテュイの言語起源論をめぐって」（早稲田大学高等学院『研究年誌』第四〇号、一九九六年）参照。

（一〇）この構えは、コンディヤックと同趣であろう。彼は次のように述べている。「原罪を犯す以前には、魂は今日とは全く違った体系のうちにあった。……しかし事態は一変した。……したがって、われわれは自らの感官から生じない観念を決してもたない、とわたしが言う場合、わたしは原罪以後のわれわれの状態についてしか語っていないのだということを十分想起しなければならない」（*Essai sur l'origine des connaissances humaines*, éd. galilée pp.109-110）

（一一）彼の説明には、ディドロに対してと同様に、自然淘汰の法則や獲得形質の遺伝の学説の〝先駆〟が読み込まれることがあるが、それは早計であろう。この点については、Anne Fagot; Le 〈transformisme〉 de Maupertuis, dans: *Actes de la journée Maupertuis*, ibid. 参照。

（一二）*Œuvres philosophiques*, p.258. 邦訳『ダランベールの夢』（新村猛訳、岩波文庫）一〇頁。以後『ダランベールとディドロとの対話』と『ダランベールの夢』の訳文底本は右記のものを用い、前者を Entretien 後者を Rêve と略記し、本文に頁数を記する。

（一三）別の箇所ではこう述べている。「銀・ニッケル・水銀の諸部分を一緒に混ぜ合わせてみたまえ。そうすると諸君は化学者たちがディアナの木（arbre de Diane）と称しているあの驚嘆すべき植物が生まれるのを見るであろう。かかる木の産出が通常の木の産出と異なるのはおそらく前者がいっそうむき出しに行われるという点につきるであろう」（SN, p.167）。「ディアナの木」についての記述は、Vénus physique（*Oeuvres* II, p.86）にも見られる。

（一四）この点は、ルソーが「一般意志」と「特殊意志」を駆使して「共同体」の構想を練り上げるとき、彼にたちはだかった最大の障壁でもあった。拙稿「ルソーにおける理念と現実」（早稲田大学高等学院『研究年誌』第二四号一九八〇年）参照。

（一五）Lettre VII, dans: *Oeuvres* II, p.257.

（一六）Essai de cosmologie, dans: *ibid.*, p. xi. また、彼は別の論文の中で逆にこう述べている。「連続した出来事しか生じない宇宙のすべての部分の間には、一つの必然的な相互関係があるということは、少なくともほゞ真実である」（Lettre XVIII, p.335）。

（一七）別書においてはこう説明されている。「類推は新しい事柄を想像する苦しみや不確実性のうちにとどまるというなおいっそう大きな苦しみからわれわれを解放する。それはわれわれの精神にとっては好ましいが、しかし、自然にとっても好ましいであろうか」（Vénus physique, p.51）。

（一八）Réponse aux objections de M. Diderot, dans: *Oeuvres* II, p.216. 以後、Réponse と略記し、頁数を本文に記する。

（一九）ヴェルニエールはこう述べている。「この隠れんぼにおいては、ディドロもモーペルテュイも必ずしも真面目ではない。ディドロは、モーペルテュイを誘惑的な唯物論の方へ引っぱろうとし、その諸結果にわざとおびえるふりをしており、モーペルテュイはこの哲学者に類推によって推論したり、自分の仮説にこれ以上大きな装飾をほどこす権利を禁じている。実のところ、両者はその時代を画することになるあのネオ・スピノジスムの運動に加担しているのである」（*ibid.*, p.229）。

（一一〇）Buffon; Comparaison des animaux et des Végétaux, dans: *Un autre Buffon*, éd. par J.-L. Binet et J. Roger, Hermann, 1977, p.168.

（一一一）J.-B. Robinet; De la nature, IV, 1766, dans: *Les matérialistes français de 1750 à 1800*, éd. par R. Desné, p.132.「諸形態は移行する。複合体は解体して単純なナマの諸分子になるのではなくて、他の有機的な複合体になる」(p.133)。

（一一二）Essai de cosmologie, dans: *ibid.*, pp.26, 32-33.

（一一三）Réfutation suive de l'ouvrage d'Helvétius intitulé L'Homme, dans: *Œuvres philosophiques*, ibid., p.566『ディドロ著作集』第二巻、三〇七頁。

（一一四）Y. Belaval; *Études leibniziennes,* Gallimard, 1976, p.257.

（一一五）Pricipes philosophiques sur la matière et le movement, dans: *ibid.*, pp.395-397.

（一一六）J. Roger; *ibid.*, p.623.

第三章　モナド的世界と物質的世界
――ライプニッツとディドロ――

ディドロの『自然の解釈に関する思索』以降の自然哲学は、主要には三つの思想をいわば錬金術的に溶解することから成り立っている。彼は、まず、物質にとって運動が本質的であるという古代アトム論の思想を復権させる。しかし、彼にとって古代アトム論の、とりわけルクレティウスのアトム的世界は、それ自体ディナミックではあるとはいえ、その機械的な物質―運動観ゆえに、物質の諸形態の区別と同一性および自然の統一性をめぐる問題や有機的諸形態の生成・発展および生命の起源をめぐる問題を説明するのに難点があった。ニュートンの数学的力学的世界やデカルトの合理論的世界も同趣であった。これらの問題を解く物質―運動観の構築、これがディドロの自然哲学の鍵となる。この鍵を提供するのが、ライプニッツのモナド論である。モナドは「力」を「変化の原理」として、物体を運動させ、その諸形態の生成・発展の過程ばかりか、それらの多様性と統一性をもディナミックに描き出す。とはいえ、このことを可能にするのは神の予定調和であり、しかもモナドは実体であり形而上学的アトムである。ディドロはモナドを物質化する。しかし、ライプニッツの実体観も予定調和説も首肯しえない。このとき、彼は古代アトム論の難点をあくまでも物理的に説明していかねばならないという困難を背負うことになる。だが、物質的アトムをいくら合成しても一つの連続性・統一性は〝構成〟されない。これをいかに克服すべきか。ここに、スピノザの実体と諸属性との同一性という論理が助け舟となる。もとより、この論理はスタティックではあるが、モナド論の溶解を通してディナミックに変質する。

このような溶解の手法を通して、ディドロは機械論的世界を超出して、新しい物質的世界の樹立をめざそうとする。(一) この拙稿の課題はこの世界の樹立にあたって、どのようにモナド論が溶解されているかを探ることによって、ディドロの自然哲学の一側面を抽出すると共に、モナド的世界の中で解消されたかにみえる諸困難がなにゆえディドロの物質的世界の中では解消されないのかを見定めることにある。そこで、わたしはディドロの物質的世界に身を置きながら、この世界を〈窓〉として相手の世界を覗きみることによって、そこに映し出される有様とこの世界との異同関係に注目したい。したがって、まったく次元を異にする二つの世界の中で〈対応〉していると思われる主要な部分を意図的に取り出すことになるであろう。

一

すでに述べたように、ディドロはモーペルテュイの先例に倣ってライプニッツのモナドを物質化する。彼が『百科全書』第九巻（一七六五年）の「ライプニッツ主義」という項目の中で、『モナド論』の内容を列挙しながら、モナドの連続的変化を「表現する」（représenter）のは「意識」とは区別されるべき「表象」（perception）であるというライプニッツの考えに対して、これを「モナドと理性的精神（l'esprit）との、物的存在と知的存在との相違」（傍点引用者）を説くものとみなすのも、また、モナドをホッブズの「感性的分子」と同一視するのも、(二) このためであろう。こうして、「表象」とその変化たる「欲求」（当初は「力」ないし「作用力」と表現されていたし、別の著作では「傾向力（conatus）」とも表現されている）という二つの性質しかもたず、一切の物質的性質を剥奪された、互いに異質な不可分な単位（unité）、つまりモナドは、一切の物質的性質を付与された、やはり互いに異質な不可分の最小単位、つまり「分子」（molécule）に転化する。

ディドロの「分子」はライプニッツの言う「物質のアトム」であろうが、しかし、ライプニッツが厳しく批判したハルトゼーカー（Hartsoeker）の「アトム」ではない[三]。後者の「アトム」は不可分ではあっても絶対的な固さをもち、互いに同型であって、しかも不動である（G, III, p.512）[四]。前者は、ディナミックに作用する「非物体的自動装置」（M., §18）たるモナドと同趣的に、ディナミックに運動する〈物体的自動装置〉である。とはいえ、ライプニッツからみれば、物質は無限に分割可能であるばかりか「各部分は現実的にもさらに細かく無限に分かれている」（M., §65）のであって、物質の最少単位に達するわけがない。よしんば達するとすれば、その理由を必要とするが、それは物質の側にはありえない。「神は自然のアトム、ないしは説明不可能な何だかわからぬ手段で不可分な物体、すなわち不条理的で理由のない事象を創造することが決してできない」（G, III, p.506）。〝おお、またしても神の計画か！〟アテオスならこう横やりを入れるであろう（A.-T., I, p.233）。だが、〈理性の渇き〉は満たされねばならぬ。理由の探求の放棄は「事象の分析を十分に押し進めもしないで自然の物体的な根本的要素に到達しうると思い込んでいるような怠惰な哲学のなせる結果である」（G, VII, p.394）。「充足理由律」がそのことを告げている。だから、モナドは「自然の本当のアトム」・「事象の要素」（M., §3）であらねばならぬ。

しかしながら、ディドロはディドロでその手に、「物質的宇宙の外部に置かれた何らかのものという想定は不可能である」[五]という命法を握っている。「どこかに実在しているのに、空間中のどの点にも対応しないもの、延長をもたないのに延長を占め、また、その延長の各部分の下にすっかりおさまっているもの、本質的に物質と異なっていて、しかも物質と結合しているもの」（V, p.257. 一〇頁）、こんなものを心に描くことは少しもできない。ディドロからみれば、モナドは〈こんなもの〉ではないのか（ディドロは〈こんなもの〉たる「感性」をのちに想定することになる――後述）。だから、「分子」のその後の分割は、やがて自然科学の発展によってなされるかもしれないが、目下のところ、「自然法則に反し、技術の力の及ぶところではなく、観念的なものにすぎない」（V, p.240. 一五八頁）。彼にとって、「自然」とは諸々の物質の「結合の現在の結果全体、または継起する諸々の全般的な結果」（V, p.239. 一五七頁、傍点引用者）である。モナドが「自然の本当のアトム」であるというのは、まさに「自然」に反する。よし、物質が無限に分割可能であり、しかも「現実的にも」無限に分かれていると認めよう、とすると物体がバラバラにならずにこれこれの物体として存在するのはいかにしてなのか。ライプニッツは同一物体の諸部分間の「協合運動」をもって答える。ディドロは「分子」の運動を通して答えるであろう。この点は後述するとしても、この段階で予想しうることは、モナド的世界と分子的世界とはまったく次元を異にする二つの世界であるにもかかわらず、奇妙に〈対応〉しあうであろうということ、そして、この〈対応〉は二つの世界のなんらかの内的構造に求めねばならないであろうということ、これらである。

ところで、ディドロがモナドを物質化し、それに代えるに「分子」をもってしたことは、分子が古代のアトムではないとしても、古代アトム論の諸難点を背負ったことを意味する。たとえば、二つの点を取り上げよう。まず第一に、諸分子の集合体たる物体はそれ自体で一つの統一性をもつとすれば、それをどのように説明したらよいのか。この点は世界の統一性の問題に直接かかわってくる。次に、物質的世界といえども、生命的精神的なものを認めねばならない。とすれば、これを物質の外部ではなく内部において、どのように説明したらよいのか。実は、モナド的世界は統一性の世界であると同時に生命的精神的世界、いな生命の充満そのものなのである。しかも、「物質（質料）的なもの」もモナドのもとにすっかりおさまっているのである。だから、ディドロにとって「極めて攻撃しがたいが同時に極めて擁護しがたい」（A.-T., XV, p.456）厄介な代物である。ここで少々、モナド的世界の〈骨格〉だけでも覗きみることにしよう。

二

モナド的世界に見えているのは、モナド＝単純実体と「合成体」（les composés）＝「物体」（les corps）である（R., p.27）。しかし、この「物体」を神の視点からみると、それは諸モナドの「集まり即ち集合（Aggregatum）」（M., §2）にすぎない。したがって、この世界に〈現実的実在的に〉存在するのは無数のモナドだけである。それゆえ、この世界の「物体」はディドロの物質的世界における、形状をもち運動し、触れれば一定の固さをもつ物体ではない。けだし、物質的諸性質をもたないモナドがいくら「集合」しても物体を形成しないからである。とすると、「物体」と呼ばれる諸モナドの「集合」とはいかなる謂いであるのか。

ライプニッツは言う、「集合による存在（un être par agrégation）の本質をなすものは、これを合成している諸存在の在り方（une manière d'être）にすぎないように思われる。……〈真に一つの存在でないものはまた真に一つの存在ではない〉」（G, II, pp.96-97. 円点引用者）。モナドのみが「真に一つの存在」であって、「集合による存在」、つまり「物体」は諸モナドの「在り方」なのであり、「現象」（phénomène）である。しかし、それは架空のものでも幻影でもなく、「しっかりした根拠をもちうまく連結している現象（les phénomènes bien fondés et bien liés）」（G, III, p.606）である。それは、たとえば、われわれが夜空を見上げて多数の星を単にバラバラに見るのではなく、一定数の星を連結して見るときの〈星座〉のごときものであろう（ライプニッツは「山羊の一群」・「蜜蜂の一群」等をあげている）。したがって、われわれが物体をこれこれの物体として、〝一つの統一性ないし連続性〟として捉えるのは、われわれの表象の所産であって、「形而上学的厳密さにおいて言えば」かかる統一性・連続性は見かけにすぎないのである。したがって、物体は先述のごとく諸部分に無限に分割可能なのであって、「物質のアトム」に達するわけではないのであり、逆に諸部分を合成したところで「一つの存在」たる物体になるわけではない。デカルトは延長的物体を〝実体〟としたが、かかるものは「実体」としての根拠をもたないし、その統一性の原理は物体の側にないのである。つまり、モナド的世界にあっては、「物体」とはそれを構成する個々のモナドの秩序をもった布置関係の「表現」なのである。もっとも、「表現」するのは、「物体」を構成する各モナドの「表象」であるのだが、この点はもう少し後で述べることにして、ここで注目しておきたいことは、この世界の唯一〈実在的な〉存在者たるモナドは、それぞれ異質で、それゆえ異なった表象作用を行う個体性を有しているとはいえ、「物体」を「表現=代表」(représantation)するということにおいて、決して単独者ではないということ、単独者は神のみであって、モナドはすでにつねに「物体」と結びついており、「物体」から自存的に存在しえず、「物体」―「表象」関係成態、ライプニッツの別の表現で言えば、「質料」―「形相」関係成態であるということ、さらに、「物体」をこの関係成態から自存化した相で捉えるとき、それがデカルト的な延長物体であるということ、これらである。ライプニッツがモナド概念を定義して、モナドとは「合成体の中に入っている(entrer dans)単純実体に他ならない」(M., §1. 傍点引用者)というのは以上のような意味においてであろう(六)。

しかしそれにしても、この「物体」観はディドロにとって、頭の痛いところである。けだし、諸分子の集合体はいかにして一つの統一性をなすのかという彼自身が背負った問題に対して、ライプニッツはすでに見かけの統一性をしかなさぬと答えているからである。しかも、悪いことには、彼はモーペルテュイに対して、この種の問いを投げかけ、「動物の身体のような、若干の特殊な物体」については是とされはするが、それを「世界」にまで一般化することに対しては否と返答されるからである。モーペルテュイ曰く、「物質の諸部分はつねに区別されるのであるから、また一つの部分は別の部分であることは決してありえないのであるから、諸部分がどんなに接近するにせよ、それらは宇宙を一つの見かけの連続性にしかしないであろう(七)」。まるで、ライプニッツの答えではないか。だが、ディドロはライプニッツに対して反問することが可能であろう。モナドは単独者ではないとはいえ、個体的実体であり、その集合も真の統一性を形成しないというのであれば、結局のところ、モナド的世界はモナドの相互異質性と個別性の優位の下にある世界であって、〈全体〉としてのまとまりもないのではないのか、にもかかわらず、モナド的世界はバラバラにならず見かけであれ統一性を形成しうるのはなぜか、モナドは非物質的なものであるにもかかわらず、なにゆえ物質的アトムに類比して「自然の本当のアトム」と呼ばれ、「集合」すると言われるのであろうか。ライプニッツの答を聞くことにしよう。

モナド的世界においては、「物体」は「一」(unité) たるモナドの集合、つまり「多」(multitude) であって、それは真実には非連続性であった。にもかかわらず、われわれの表象においては「しっかりした根拠をもちうまく連結している現象」として、連続性・統一性の相で現れる。このことの根拠はしかし現象のうちにあるのではなくて、モナド自身のうちにあらねばならない。つまり、モナドの「表象」作用に基づくのである。ライプニッツは、モナドのこの作用を、われわれの意識経験から類推している。「われわれが意識する最もわずかな思考物(pensée) も、対象における多様性を含んでいることをみれば、われわれは単純実体における多をわれわれ自身において経験する」(M., §16)。したがって、モナドはわれわれと類比的に「物体」を表現する。しかし、モナドは自らの「外」にある「物体」からなんらかの印銘 (impression) を受けて、それを自らの〈内〉に取り込むわけではない。モナドにはそれを可能にするような「窓」が無い (M., §7)。だから、モナドは〈すでにつねに〉自らの「細部」(un détail) に、言い換えれば無限に重層的な「自らの襞」(ses replis) に〈包蔵〉(enveloppement) されている「微小表象」(les petites perceptions) を漸次的に〈展開〉(développement) する以外にない。だが、このことによって、モナドはちょうどわれわれが聞き分けているわけではないのに、個々の波の小さな音を耳にしているがゆえに海の響きを聞くことができるのと同じように (G, II, pp.91,113)、自らのうちにおける〈多〉を「表出」(expression) できるのである。モナドのかかる作用が〈一における多の表出〉と言われるものであるのだが、これは〈展開〉の程度の差によって区別される。したがってモナドはこの差に応じて、「エンテレケイア」(l'entéléchie)、「生命」(la vie)、「精神」(l'âme)、「理性的精神」(l'esprit) と呼び換えられる (M., §63)。ここに、モナドの同一性と多様性が設定される。

ここで問題となるのは、〈多の表出〉がモナドのもとで一つの連続性・統一性の相をとるのはなにゆえなのか、ということである。神の視点からみればモナドの集合＝「物体」、つまり「多」はあくまでもいわば点的構造をしかなさないはずである。モナドの表象作用をもって初めて、それは統一的連続的構造をうるとしなければならない。では、モナドの表象はなぜかかる作用を行うのか。結局、そのようにモナドは神によって創造されてあるからなのだ。つまり、モナドはその本性の中に〈すでにつねに〉「自分の作用系列の連続性の法則（legem continuationis seriei suarum operationum）」（G, II, p.136）を含むべく「創造されたモナド」なのである。だから、モナドは、神の有する完全性と能動性を〈分有〉するとはいえ、「本質上限界をもった被造物の受容性のために制限を受けている」（M., §47）。あくまでも〈内から外への表出〉という能動性（この原理が「原始的能動的力（vis primitiva activa）」）のうちに孕まれた受動性（この原理が「原始的受動的力（vis primitiva passiva）」）。したがって、モナドは「原始的能動的力」――「原始的受動的力」関係成態とも言うことができる。だが、このことによってはじめて、モナドの表象作用は〈一における多を統一する働き〉（八）なのであり、認識論的な規定というよりはむしろ、これがモナドの存在様式なのである。モナドのこの働きにもう少し立ち入ってみるならば、それは、当のモナドがその構成要素ないし項の一つである「合成体」＝「物体」を「物質（質料）的なもの les choses materières」（G, III, p.606）として表出するということである。とすれば、モナドが自己の「物体」の「中に入っている」ということは、「物質（質料）的なもの」にいわば〈受肉〉することで受動的な存在性を受けているということであろうし、逆に「物体」はモナドをいわば〈受胎〉することで「物質（質料）的なもの」として表出されるということになろう。だから、「物体」はモナドの表象の判明度に応じて〈受肉〉化された相のもとで、「生物」、「動物」、「人間」等として「表出」され「表現＝代表」されてモナドの〈内〉にある。ここに、モナドの〈内〉における非物質的能動的側面と物質的受動的側面が設定される。また、この限りにおいて「生物」、

「動物」等の「物体」はその半分とか四分の一とかと言われることのないそれ自体全体的統一性を受けとるのである。かかる「物体」が「物体的実体」として、〈真の実体〉(substantia) ではないとはいえ、〈実体的なもの〉(substantiatum) としてモナド的世界の中に登場すると言えよう[九]。

ところで、モナドの表象作用の無限の重層的系列が自らの「連続性の法則」に依るということは、諸「物体」がモナドのこの表象作用に〈函数的に〉対応して無限重層的に存在するということになるだろう。ここに、ライプニッツの〈諸存在の連鎖〉という考えが顔を出す。したがって、モナド的世界の中では、一切の存在が隙間なく連結する。「充満においては一切の運動は隔たった物体にも距離に応じて何らかの効果を及ぼすから、各物体はそれに接触する諸物体から変容を蒙り、またそれに起こるすべての事も何らかの仕方で受け取るばかりか、それらを介して、各物体に直接触れている諸物体にさらに触れている諸物体に起こるすべての事をも受け取る。その結果、この交通はどんな遠いところへも達するということになる。したがって、すべての物体は宇宙の中に起るすべての事を受け取る」(M., §61)。しかも、モナドは最も一般的には「エンテレケイア」ないし「生命」であった。たとえ「大理石の塊」であるとしてもその無限の諸部分の中にもモナドを認めねばならない。「物質の最も小さな部分にも創造物、生物、動物、エンテレケイア、精神が非常に沢山入っていることがわかる」(M., §66, G., VI, p.550)。つまり、この世界は至る所生命と精神に充ちている。とはいえ、このことはモナドの表象作用との対応関係に基づいてのことであり、しかも神の視点に立ってのことである。「すべてを見る者は至る所で今起こっている事ばかりでなく、今までに起こったことやこれから起こることまでも各物体の中に読み取ることができ、時間的にも空間的にも遠く隔たっている事を現在の中に認めるのである」(M., §61)。こうしてわれわれは、なにゆえに、各モナドが他のすべてのモナドといかなる物理的な相互作用もなく自立しながら、それぞれ「自己流儀に」(à sa mode) 宇宙を表出するにもかかわらず、それらの宇宙が「各モナドの異った視点から見た唯一の宇宙のさまざまな遠近透視像 (les perspectives) に他ならない」(M., §57. 傍点引用者) ゆえんを理解することになる。各モナドと他のすべてのモナドとのこの関係は、モナドが「宇宙の鏡」であると言われるにしても、決して写鏡的な関係でもオリジナル―コピー関係でもなく、まさに函数的関係ないし象徴機能（symbolisation）関係である。（一〇）ここに神の「予定調和」がある。要するに、モナド的世界は内的なディナミズムを孕みながらもそれ自体は不変不動な世界であり、モナドたちの一種の〈コミューン〉である。

三

さて、ここでディドロの物質的世界に眼を転じよう。ディドロは、モナドを「宇宙の永久な活きた鏡」（M., §56）とするライプニッツの考えに対して、「天才の考えであり、これを感知するにはこの考えを彼の連鎖の原理と不同の原理に結びつけさえすればよい」（A.-T., XV, p.461）と称賛する。ディドロも「連鎖の原理と不同の原理」をもって自然の解釈を行っていく。しかし、それは決して平坦な途ではなかった。彼の「分子」はもはや「モナド」ではないからである。それにしても、なぜライプニッツは神の視点をもちだすのであろうか。モナドを「真の実体」とするのだが、創造されたものの宿命として〈受動性〉を有する以上、各モナドは相互に他の一切のモナドを〈実在的〉であるにせよ「現象」としてしか認定できないのであれば、すべてのモナドが「現象」であり、なにもモナドを「実体」とする必要はないのではないか、とすればまた、各モナドがそれぞれ自己流儀に表出する無数の宇宙もそれぞれ「現象」であり、しかも相互に「窓」をもたない以上、どうして互いに「唯一の宇宙」を表出としているなどと保障できるのか、よし、各モナドが実体としては同一性をもつと認めよう、だがそうだからといって、同一の宇宙を表出する保障が成り立つであろうか、それが「神に依存している」（一一）（G., II, p.136）というのであれば、それぞれ異質なモナド自身の立場は一体どうなってしまうのであろうか、こんな迂路を取るくらいなら、いっそのこと神＝宇宙にして、この宇宙の中にモナドを配置したって一向にかまわないではないか、そうすれば神の目的因に適わぬことも宇宙の生成流転の中に解消されるし、モナドの立場も活かせるというものだ。「モナド」に代えるに「分子」をもってするとき、ディドロはこのような立場にたつといえよう。この立場に見え隠れするのが、実体と諸属性との同一性というスピノザの論理である。これがモナド的世界を変形させる段にも、同一宇宙とその内部の多様で異質な分子との統一性を求める段にも助け舟として登場することになるのである。

したがって、ディドロの自然の解釈には、モナド論的視座とスピノザの同一性の論理からの視座とが交合しあいながら、アトム的な機械的世界観の克服がめざされることになる。二つの視座の支点になるのが、「物質の一般的特性の一つ」としての「感性」および「内在的力」の想定である。そこで、まず「感性」の想定がディドロの物質的世界において果たす役割を考察しながら、ライプニッツのモナド的世界との関わりを探っていくことにしよう。

ディドロは「静止的感性」(une sensibilité inerte) と「能動的感性」(une sensibilité active) とを区別して (V, p.260. 一一頁)、それらを無機物と有機物に配置し、両者の区別と連続性を、さらには物質的世界の統一性を説明しようと努めていく。しかし、そもそも「感性」とは何か。これについて、ディドロは精確でまとまった説明をしているとは言い難い。とはいえ、幾つかの命題的な説明を取り出すことができる。たとえば、『百科全書』第九巻の「ロック」(Locke) という項目の中では、「感性」は「思考の最初の萌芽」であり、「自然の一切の産物の間に不均衡に配分されているので、組成作用 (organisation) の多様性に応じて、程度の異なったエネルギーで行使される」(A.-T., XV, p.524) といわれており、また『生理学原論』においては「感性は動物に固有な性質の一つであり、これによって動物は自分と自分を取り巻く一切のものとの諸関係を察知する。……物質の感性は諸器官に固有な生命である」[二二] と記せられている。ここから推測すれば、ディドロは「感性」ということで生命的精神的な何ものかを了解していることになる。さらに、感性は「触感」(Toucher) と言い換えられる。とすれば、モナドは〈感性的物質〉に転化したことになろう。そして、モナドが「表象」の判明度に応じて区別されるように、物質はその「組成作用の多様性」に応じる「感性」の質的差異によって区別されよう。だから、「感性的精神（une âme sensitive）と理性的精神（une âme raisonable）との差異は組成作用上の問題にすぎない」（EP, p.59）。だが、組成作用の内的差異となると、表象作用のそれとは違って、今日においても説明には難点が加わる。しかし、ディドロはあくまでも物理的な動因によって説明しようと努める。その差異は組成作用の「硬さ」（la dureté）ないしは「連結」（la ligature）の度合によっており、強まればそれだけ「感性」は弱くなり、逆に「可動性によっていっそう強められる」ことになる（EP, pp.21, 26, 283）。したがって、「静止的感性」とは組成作用の「硬さ」が強く「可動性」の少ない物質的形態を表現しているといえよう。さらに、ディドロにとって一切の物質が〈物体的自動装置〉たる諸分子の集合である限り、可動性をまったく失った物質的形態は考えられない以上、「静止的感性」は何らかの障害によって「能動的感性」へ変移しえない形態を表現しているともいえよう。だから、それは「或る障害によって静止させられた重さをもつ物体における運動と同様」[一三]であるともいわれるのである。ここで注目しておきたいことは、「感性」と「運動」とが対応関係に置かれていることである。これは、モナドの内的な「変化の原理」たる「力」をディドロが「運動」と読み込んだことを意味するであろう[一四]。しかも、ライプニッツにとって、この「力」は「傾向力」（conatus）を包蔵しており、「したがって活動に移るにはそれ自身によって、助力を要せず、ただ障害を取り除いてもらえさえすればよい」（G, IV, p.469. 三〇五頁）のである。こうして、物質―感性―運動関係はモナド―表象―力関係と対応しているとみなすことが可能であろう。

ところで、物質の一般的特性としての「感性」の想定は、一方に物質的なものを、他方に精神的なものを配置して、その上で両者を接合するためになされるのではない。すなわち、デカルトの「松果腺」やマールブランシュの「機会原因」の発想に基づくのではない。一方では「物質の物理的諸性質だけでは有機体の形成を決して説明できないであろう」〔一五〕というモーペルテュイの主張を承認し、生命の起源の問題を解く途を開示すると共に、他方ではモナド的世界におけるモナド実体と「物体的実体」とを〈融合〉しようとしているといえるのではなかろうか。とすれば、感性的物質をもって「一つの実体」とすることを意味する。「宇宙においても人間においても動物においても、ただ一つの実体しかない」(V, p.278. 二四頁)。ここに、スピノザ的発想が顔を出す〔一六〕。物体と精神との二元性に基づいて、前者に可分性を、後者に一性・不可分性を振り分けるのは「形而上学的―神学的戯言」である、「物質が帯びているすべての性質、すべての形状が本質的に不可分だってことが分からないのか？」(ibid., p.277. 二三頁)

このようにして、「感性」が物質の不可分な性質として物質に内在化されることによって、個々の物質的個体は「一つの実体」に包摂されることになる。そこで、ディドロは『ダランベールの夢』の中で登場人物〈ダランベール〉に次のように語らせるのである。「或る特定の存在の本質に属するものは何もない。……どんな存在も関与しないようなどんな性質もなく……また、われわれがこの性質を或る存在に特有なものとみなして、他の存在にないものとみなすのは、この性質の比率の大小の如何なのだからな。……だのにきみたち、哀れな哲学者先生は個体について云々するんだな。きみたちのいう個体なんかうっちゃっといて、ぼくに答えたまえ。自然のなかには他のアトムに厳密に類似したアトムがあるのかね？……ないさ……万物は自然のなかでは連結しており、その鎖のなかに一つの隙間もありえないということを認めないのか？　きみたちは、個体とやらを持ち出して何をいうつもりなんだ？　そんなものはありゃしない。いいや、ありゃしないさ。……ただ一つの大きな個体しかないのだ。それは全体（le tout）というものだ」(V, pp.311-312. 五二―五三頁)。しかしながら、ディドロの物質的世界において具体的で実在的なのは物質的個体のみであり、しかも、それらは異質な分子の集合体である限り、やはりそれぞれ異質な個体性を有するはずである。とすれば、「感性」はこの世界における一切の異質な個体を一つの鎖に連結しつつ、この世界の統一性・連続性を表現するといった〈力業〉を演ずる反面、一切の個体性を単に自らの様態に貶める役割を演ずることにならないか。言い換えれば、個体性は「組成作用の多様性に応じて」行使される感性の差、つまり「この性質の比率の大小の如何」に集約されてしまうのではないのか。確かにその一面は否めないのであろう。しかし、おそらく、ディドロのここでの強点は、個体性といえども、ロックのいうような個物の自己同一性でもなく、またスピノザの属性のごとき永遠性でもなくて、物質的個体の全体的な相互連関とその過程全体の中においてのみ意味をもつということである。つまり、個体を、それを包摂する全体の実在的な構成要素ないしは項として位置づけるということである。それは、モナドが個体性を保持しつつも、「宇宙の鏡」であるのと同趣的に、個体が自ら織りなす世界の中で、その世界の有為変転を分有し、かつそれに関与することを通して、世界との事実的な同一性を保つということを意味する。[一七] だから、〈ダランベール〉は続けてこう言うこともできるのである。「象から線虫に至るまで……線虫から万物の根源たる感性あり生命ある分子に至るまで、全自然のなかで苦しみもせず喜びもしないものは一点もないのだ」(ibid., p.313. 五四頁)。この点において、ディドロの物質的世界もモナド的世界と同様に「万物同気」(tout est conspirant)[一八] の世界なのである。ただ、その担い手は後者においては「微小表象」であるのに対して、前者においては「感性」であるだろう。しかし、物質的世界は、モナド的世界のように「予定調和」の世界ではない。確かに、この世界そのものは、万物を包括する形式としては不変性をもつ。「万物は変わり、万物は移ろう、とどまるのは全体だけだ」。しかし、「世界は絶えず始まり終わっている。どの瞬間にでも、その始めにあり、その終わりにあるのだ。いまだかってほかの始めと終わりをもったことがなかったし、これからも決してないだろう」(ibid., pp.299-300. 四四頁)。この世界を生成流転の相においているのは、まさに物質の自己運動なのである。

四

さて次に、「物質の一般的特性の一つ」たる「分子」に固有な「内在的力」の想定の役割を考察することによって、この世界と物質的個体との関係をさらに探究していこう。先にみたように、「静止的感性」から「能動的感性」への移行には「運動」が関係していた。そして、「感性」は「組成作用の多様性に応じて、程度の異なったエネルギーで行使される」のであった。とすれば、組成作用の多様性を生み出すのは物質の自己運動と言わねばならない。では、この自己運動の根拠はどこに求められるのか。これが「分子」の「内在的力」なのである。ディドロにとって、運動は物質にとって本質的であるばかりか、内在的でなければならない。つまり、〝静止〟した物体にも内在する。「絶対的静止は自然のうちには決して存在しない抽象的概念であり、運動は長さ、幅、奥行と同様に、一つの実在的な性質である」(V, p.395. 二七〇頁)。したがって、物質が運動や静止に無関心であるとみなしたり、究極的には第一動者たる神を必要とするとか、外部の他の物質の作用によってしか生じない、したがって、運動は〈場所の移動〉にすぎないとみなすことは「恐るべき誤謬」なのである。場所の移動は「運動ではなくて、運動の結果にすぎない」(ibid., p.259. 一一頁)。つまり、物体間の相対的な関係にすぎない。そこで、ディドロは「その多様性によって、自己に特有で、本原的で、不変で、永遠で破壊できない力」(ibid., p.398. 二七二頁)を分子に内在させるのである。それゆえ、分子は「それ自体で一つの能動的力(une force active)である」(ibid., p.394. 二六六頁)といわれ、また、この力は「決して止むことのない潜在力(nisus)」(ibid., p.395. 二七〇頁)とも呼ばれる。

ところで、ライプニッツによれば、物質ないし物体は「それ自体では」運動や静止に無関心である(G, VI, p.542)。しかし、モナド的世界に〈存在資格〉を獲得している「物質」・「物体」はモナドの集合体であって、モナドが神から付与された「変化の原理」たる「能動的力」によって、「傾向力」または「潜勢力」(nisus)を内在化せしめられている。だから「障害」を取り除いてもらえさえすれば、自力で運動に移る状態にある。その意味において、「物体はたえまなく流動しており」(G, III, p.509)、「運動状態に (en mouvement)」にある (G, III, p.533) といわねばならない。そこで、ライプニッツは言う、「物質のうちにおける運動の究極理由は創造の際にそこに押し込められた力 (vis in creatione impressa) であり、この力は各物体に内在する……わたしはこの作用力 (vis activa) が一切の実体に内在し、いかなる作用もつねにそこから生ずると説く。したがって、物体的実体でも (精神的実体と同様に) 作用を止めることは決してない。物体的実体の本質が専ら拡がりにのみ存する、ないしは不可入性にのみ存すると考え、物体はどう見ても静止しているものだと考える人びとは、十分この点に気づいていないようである」(G, IV, pp.469-470. 三〇八頁)。したがって、ライプニッツにとっても〈場所の移動〉は「運動の結果」(G, IV, p.513. 二四二頁) であり、また絶対的静止は決してありえないのである。

ここで注意を要するのは、ディドロとライプニッツのこのような〈対応〉関係はやはり次元を異にしているということ、ライプニッツにとっては物体は「それ自体では」運動と静止に無関心であって、運動の原因は物体の側にはなく、それゆえ、物体は自己運動しないということ、したがってまた、運動は〈本来的には〉現象界に属するものであって、モナド的世界における「事象」ではないということ、にもかかわらず「物体」つまり「物体的実体」は「作用力」によって絶対的な静止状態にあるのではなくて、「運動状態に」あるということ、この意味でいわば〝自己運動〟体であるということ、これである。モナド的世界には〈本来的には〉属さないはずの物質の運動はしかし『モナド論』でも登場する。「物質の細かい部分がそれぞれ何か固有の運動」をしていなければ「物質の各部分が全宇宙を表出しうるとはいえなくなる」(M., §65)。ここでの「運動」は「物質」・「物体」と同様に、モナドの表象作用 (この脈絡では「能動的力」ないし「作用力」) によって「表出」されてモナドの〈内〉にあるといわねばならない。「物質」・「物体」・「運動」がディドロの物質的世界におけるのと同趣的になるのは、やはりモナドのこの〈受肉化〉という働き、別言すれば、自らの主観における所与―所識成態の所識項を自存化・物象化した相で捉えねばならないモナドの存在性に依ると言えよう。わたしには、ライプニッツが物質・物体・運動について語るとき、それらを「機械的に説明」しなければならぬとしながらも、その説明に形而上学的原理を必要とするや否や〈突如〉、それらをモナド的世界の中に押し込んでしまっているような気がする。ともあれ、〈物質の各部分における何か固有の運動〉とは一体何なのか。実はこれが彼の言う「協合運動」(les mouvements conspirants) なのである。

ここで「協合運動」に少々立ち入る必要がある。というのも、これまで残したままにしてきた問い――物体が無限に可分的で、しかも「現実的にも」無限に分れているのであれば、それがバラバラにはならずにこの物体としての存在性を保つのはいかにしてなのかという問いに対して、ライプニッツはこの「運動」をもって答えるからであり、しかも、分子の集合体たる物体が一つの統一性をもつとすれば、それをいかに説明すべきかというディドロ自身の課題とも関連するからである。「協合運動」とは同一物体を構成する各部分(それ自体物体)のうちにあって、各部分を連結させて、物体をこの物体たらしめる「原理」である。この原理を説明するために、彼は磁石の実験を例示している。「この連結の原理は磁石の実験において明らかであって、その実験では、はがねのやすり粉は、それ自体いわば arena sine calce (石灰を含まぬ砂) であるが、磁気をおびた物質の運動によって結合するのである」(G, III, p.500)。彼にとって、物質には絶対的固さも絶対的流動性もなく、程度の差こそあれ一定の凝集性がある以上、この凝集性の原理として分離に抵抗するこの「運動」を頼みとしなければならないのである。「諸物体のうらにあるそれぞれの運動が分離によって乱されたり、互いに対立しあったりするのに応じて、諸物体は凝集をもつ」(G, III, p.504)。したがって、たとえばダイヤモンドの固さは、かえってこれらの「運動」の大きさによるのである。この「協合運動」はモナドの表象作用とどのような関係にあるのか、それは不明である。けだし、ライプニッツはあくまでもこの「運動」を「機械論によってのみ」(G, III, p.517) 説明していると主張するからである。だが、この説明の成り立ちには形而上学的原理たる「作用力」の手がさしのべられていることに注意しなければならない。ディドロにおいては「感性」は物質の一般的特性とされたがゆえに、物質の運動性の大小によって「能動的感性」と「静止的感性」とに区分され、またそれぞれが「活力」（une force vive）と「死力」（une force morte）に対応するとみなされる（V, p.260. 一一頁）。ともあれ、ライプニッツにおいては、こうして物体内のこれらの「協合運動」の度合によって、物体の多様性と異質性が述べられる。もとより、これらの「運動」の原因が物体内の諸部分に内在する「作用力」ないし「能動的力」によるものである限り[一九]、これらの「運動」は、それ自体〈真の実体性〉をもたない「現象」であるとはいえ、しかし、「似ているために同一の物体であるように見える小川や噴水のようなもの」（G, III, p.509）として、これらの「運動」をしている「物体」つまり「物体的実体」が「蜜蜂の一群」のごときであるのと相即的に、モナド的世界においても存在性をうるのである。

ディドロの物質的世界に戻ろう。彼にとって、物体は自己運動体であり、かつ分子の集合体である。したがって、物体の自己運動性は分子の自己運動性に依るのでなければならない。とすると、分子の「内在的力」と運動との関係が問われねばならなくなる。しかし、ディドロの物質的世界において具体的な実在性をもつのは、物質的個体の運動である。「分子」はルエル Rouelle の化学講義を通して[二〇]、化学的元素として実在性をうるかもしれないが、「内在的力」はただ物質の一般的特性としての「感性」と同様に想定されているにすぎない。ライプニッツにおいては、形而上学的原理たる「作用力」によって「協合運動」が語られ、そこに「物体」を〃自己運動〃体の相のもとに捉えるということも可能であった。しかし、ディドロにとっては、この手続きは斥けられねばならない。彼の「内在的力」は物質的分子の固有の性質とみなされているからである。分子の「力」と運動との関係はそれこそ「機械論によってのみ」説明されねばならないだろう。そこで、ディドロは、ニュートンの「引力」に逆らう物体の一つの運動形態、つまり「抵抗」を手掛かりとして、「内在的力」の物質的性質たる由縁を示そうと努める。「物体を重さのあるものないしは重力の中心に向かうものとみなすのではなくて、程度の差こそあれ抵抗するものとみなすとき、ひとはすでに物体に一つの力、固有で内在的な作用を認めているのである」（V, p.398. 二七二―二七三頁）。ここで、「抵抗」が「内在的力」あるいはその「作用」の現象形態のごとくに位置づけられ、かろうじて、この「力」と運動との連絡がなされている。しかし、両者の関係の説明という点では不十分である。だから、彼は飛躍をしなければならない。つまり、分子に内在する「力」はそれ自体で止むことのない作用であり運動であるとみなされねばならない。だからこそ、「分子はそれ自体で一つの能動的力である」と言われたのである。ライプニッツにおいても「作用力」から運動への移行の説明には、機械論を超える飛躍があったとみなければならない。つまり、「飛躍によっては（per saltem）どのような移行も生じないという自然法則」（G, III, p.529）を飛躍によって説明したということである。

ところで、このようにして分子の自己運動性が述べられることによって、物体の自己運動性も可能となる。それは、物体を構成する分子の作用―反作用に基づくのである。ディドロによれば、一切の分子は目下のところ、その固有の「内在的力」の作用のほかに、引力の作用と「すべての他の分子のその分子に対する作用」とによって動かされている（V, p.397. 二七一頁）。そして、三つの作用が「集中的」であったり「分散的」であったりすることによって、物体のまとまりも相異が生じ、それが物体の異質性を示すことにもなろう。これを「物質的宇宙」にまで拡大すれば、この世界は一切の物体間のかかる作用―反作用関係に基づくことになる。もちろん、かかる関係は各物体の個体性ゆえに、凝集、分解、結合、蒸発、溶解、爆発等のディナミックな関係を呈する。そうして、「物質に内在的なこれらの力は物体外にその作用を及ぼし、そこから運動、あるいはむしろ宇宙における全般的な発酵作用（la fermentation générale dans l'universale）が生じる」（ibid., p.398. 二七二頁）。もとより、ディドロにとって、これらの作用の物理的な内実は不明なままである。したがって、彼の物質的世界の統一性・連続性は、物質の一般的な特性たる分子の「力」および「感性」の作用―反作用による何らかの反応ないし運動関係に依るという以外にないであろう。こうした想定が「万事を説明する一つの単純な想定」（ibid., p.272. 二三頁）にすぎないことを彼ははっきりと自覚している。しかし、〈諸存在の連鎖〉という彼の考えは物質的個体の多様性を連結する「一つの中心的現象」の仮定を要請する。「実験物理学がもっと進歩した場合、重力、弾性、引力、磁気、電気等の一切の現象は同一の性質の異なった諸相にすぎないことが知られるであろう」（ibid., p.220. 一四四頁）。先の〈ダランベールの夢〉における世界の一つの統一性の主張は、スピノザの同一性の論理を援用しながらも、実はかかる見通しに依拠してのことであったのである。かかる見通しにおいて、彼自身も取り上げる「蜜蜂の一群」も実際には見かけの統一性にすぎないにもかかわらず、「連続性の法則のために、共感や統一性や同一性」（ibid., p.293. 三八頁）を有することになるのである。

五

以上のように、ライプニッツのモナド的世界を覗きみることによって、ディドロの物質的世界とつき合わすと、両者の間にいくつかの〈対応〉がわたしの眼の前に映し出される。それらの対応は並存しているのではなくて（たとえ物質—感性関係とモナド—表象関係との対応は後者が函数的であるのに対して前者は機械的ではあるが）互いに関連している。しかも、それぞれの対応は写鏡的な関係でもなく、また、物質的世界はモナドの物質化から端を発しているとはいえ、モナド的世界を唯物論的に〈転倒〉して得られるものでもない。両者の対応にはゲシュタルト・チェンジを必要とするからである。したがって、両者の間で共通に使用される諸用語も概念規定が異なっている。この点への立ち入りが十分ではないがゆえに、わたしは不当な対応を考えてしまっているかもしれない。しかしながら、ディドロに対するライプニッツの影響をベラヴァルのように極めて否定的に考える必要があるのだろうか。それにしては両者の発想には同趣的なところがありすぎる。おそらく、ベラヴァルが言いたかったのは「要するにディドロはライプニッツ学徒ではない」、ということであろう。（二二）確かに、そのとおりであって、ディドロはむしろ公言してはいないが「スピノザ主義者」を自認している。だから、世界枠からみれば、ディドロの世界はスピノザ的であるといったほうがよいだろう。

スピノザの世界における諸存在は、それぞれが無限に異なった仕方で生じてくるにもかかわらず、神の属性たる「形相的本質」を分有することによって、全体的一性を構成する。これと同趣的にディドロの世界に登場する諸存在は、それぞれが生成消滅の物理的な相互作用のもとにありながら、物質の一般的特性たる恒常的で不滅な「感性」と「力」を分有することによって、世界に対していわば集合態的に関与する。これに対して、ライプニッツのモナド的世界に登場する諸存在は、モナドのやはり恒常的で不滅な「表象」と「力」を分有しつつも、それぞれが物理的な相互作用をもたず、否そうであるがゆえに、世界に対してまさに函数態的に関与する。

だが、世界の内的構造からみれば、ディドロの世界に対するライプニッツの世界の影響はスピノザの世界のそれよりもはるかに優位であるといわねばならないであろう。ディドロの世界が全体的一性を保持するとしても、それを「永遠の相のもとに」嵌め込むわけにはいかないし、それを「神」とみなすとしても、その「神」は「物質であり宇宙の一部分であり、有為転変を免れない」(V, p.317. 五七頁)のである。

註

(一)この溶解状況の概括的な検証については、すでに第一章で行った。『自然の解釈に関する思索』以前のディドロは、強引な読み込みをすれば、これら三つの思想の間で動揺していたかにみえる。たとえば『懐疑論者の散歩』(一七四七年)(*Œuvres complètes*, Assézat-Tourneux, I)の「マロニエの小径」の最後部における三人の登場人物——アテオス、フィロクセーヌ、オリバゼは、さしずめ、それぞれ、アトム論的立場、ライプニッツ的立場、スピノザ的立場を象徴していたかのようにみえる（第一章一九—二一頁）。フィロクセーヌは実際には理神論的立場一般というべきであるが顕微鏡のお蔭を云々していることから、レーヴェンフック Leewenhoek の顕微鏡観察に基づく生物学の観点からモナド論を構築するライプニッツを想起させるということである。もっともこの時期にディドロがライプニッツをどの程度射程に入れていたのかは判然としない。とはいえ、ライプニッツ主義に接する機会がなかったわけではない。折しも、ベルリン・アカデミーの「思弁哲学部会」は一七四六年六月九日懸賞論文のテーマにライプニッツのモナド論を据えている。当時ディドロの友人であったコンディヤックの匿名論文『モナド（Les monades）』は入選しており、当書には一七二八年の Michäel G. Hansch のラテン語訳『モナド論』からの引用がみられる。また、デ・メゾ Des Maizeaux の一七四〇年版『哲学論文集（Recueil de diverses pièces sur la philosophie）』には『新説』、『理性に基づく自然と恩寵の原理』、様々な Eclaircissements、ベールの項目「ロラリウス」に対する返答、クラークおよびレモン宛書簡等が収められている。この点については、コンディヤック『モナド』に付された Laulence L.Bongie の長文の「序文」（*Studies on Voltaire and the Eighteenth Century*, 1980）参照。

（二）Diderot; *Œuvres complètes*, Assézat-Tourneux（A.-T. と略す）XV, pp.456-457.
この項目での『モナド論』の紹介（pp.455-465）はライプニッツの記述順序に則してはいるが、パラグラーフによってはかなりの相異がみられる。ベラヴァルによれば、Fontenelle と Brucker のレジメにすぎない（Y.Belaval; *Études leibniziennes*, Gallimard, p.252）。

（三）ハルトゼーカーに対するライプニッツの批判については、橋本由美子「分割・連続・運動——ライプニッツ自然観の視界を拓く試み——」（『思想』一九八七年一月号）参照。両者の往復書簡は『ライプニッツ哲学著作集』第三巻に収められている。

（四）ライプニッツのテキストは次のものを使用する。

・Leibniz, *Die philosophischen Schriften*, Herausgeben von Gerhardt, Olms（G. と略す）
・Leibniz, *Principes de la nature et de la grâce fondés en raison, Principes de la philosophie ou Monadologie*, édition par A. Robinet, PUF.（R. と略す。但し、『モナド論』はパラグラーフ番号と共に、たとえばM., §1のごとく略記する）
・『単子論』河野与一訳（岩波文庫）

（五）Diderot; Principes philosophiques sur la matière et le mouvement, dans: *Œuvres philosophiques*, édition de P. Vernière, Garnier, p.399（V. と略記）。『ディドロ著作集』第一巻、法政大学出版局、二七三頁。訳文の底本としては『ダランベールとディドロとの対話』と『ダランベールの夢』を除いて、右記のもの（両著については『ダランベールの夢』新村猛訳、岩波文庫）を用い、適宜訳文を改める。

（六）ライプニッツはデ・フォルデ宛手紙の中で次のように言っている。「モナドは、たとえ延長せるものではないとはいえ、しかし延長の中にある種の位置（quoddam situs genus）をもつ、即ち他の共存者に対する或る秩序正しい関係をもつ……わたしの考えでは、有限な実体はすべての物体から分離されて在るのではなくて、むしろ位置と秩序によって宇宙の他の共存者から隔っているのである。（Neque ullas substantias finitas a corpore omni separatas existere, aut adeo situ vel ordine ad res caeteras coexistentes universi carere puto.）」（G, II, p.253）。

（七）Maupertuis; Réponse aux objections de M. Diderot, dans: *Oeuvres* II, Lyon 1768（Olms 1965）, pp.206-208.

（八）酒井潔『世界と自我——ライプニッツ形而上学論攷——』（創文社）四八頁。さらに氏はこう言われている、「モナドがたんにunではなく、まさにl'unitéと呼ばれる所以もここにあるといえよう」（四七頁）。

（九）この点に関してはさらに永井博『ライプニッツ研究——科学哲学的考察』筑摩書房、一五一頁。山本信『ライプニッツ哲学研究』東京大学出版会、二八三—二八四頁。

（一〇）この関係を軸にして『モナド論』を分析したものとしては、Marie Cariou; Leibniz et l'atomisme antique, II. Notes sur théorie de la symbolisation, dans: *L'atomisme*, Aubier Montaigne, p.177ff. 参照。

（一一）コッホは次のように述べている。「彼は無数に多くの表象する主体から出発するので、自らの実体概念に従って、これらの主体間の固有な作用を否認しなければならなかった。したがって、彼はこれらすべての主体間に現象の一致を導出しなければならない、さもないと実体とまさに同じほど多くの現象体系が現有することになるからである。この一致のためにわれわれは一つの絶対的な存在者、すなわち神を根拠として認めねばならない」（H. L. Koch; *Materie und organismus bei Leibniz*, Halle A. S., 1908, Olms reprint 1980, S. 57）。モナドの個体性と神の存在との論理的な先後関係はもっと微妙なところがあるように思われる。モナドが質料―形相関係成態として捉えられるときには、関係の第一次性が成り立っているように思われ、その場合、「予定調和」はいわば共同主観性の位置にくる。しかし、モナドは「形相」として自存化した相でも捉えられており、この場合には、神はやはり超越性を保持するように思われる。

（一二）Diderot; *Eléments de physiologie*, par J. Mayer, Librairie Nizet, 1964, pp.21-22（EP. と略記）

（一三）*Correspondances de Diderot*, V., par G. Roth, Éditions de Minuit, p.141.

（一四）ワルトフスキーはこう言っている。「ライプニッツのうちに、彼は運動の原理がそれ自体において変化の原理であるということを見出す」(M. W. Wartofsky; Diderot and the development of materialist monism, in: *Diderot Studies*, II, p.310)。

（一五）Maupertuis; Système de la nature, *Oeuvres* II, ibid., pp.155-156.

（一六）ディドロは『百科全書』の「スピノザ主義者」（Spinoziste）という項目の中で、スピノザ主義者をこう定義している。「彼らの一般的原理は、物質には感性がある、ということであり、これを彼らは卵の展開によって、すなわちこの生気のない物体が段階的な熱という唯一の手段によって、感性あり生命ある存在状態に移行するということで証明する」（A.-T., XV, p.474）。ディドロ自身、『ダランベールとディドロとの対話』の中でこの卵の展開を通して「感性」の発生について述べている（V, pp.274-275. 二一頁）。

（一七）A・レレルはこの点について、次のように述べている。「一方で他者から区別されており、しかし他方で一般的なものに対する直接的な関与によって全体性と同一のままであるという、特殊的なものの現存様式におけるこの内在的二重性は、ディドロの成熟せる自然哲学の統一性―個体観の特徴的メルクマールを形成する」（A. Lerel: *Diderots Naturphilosophie*, Wien, 1950, S. p.47)

（一八）Leibniz: Nouveaux essais sur l'entendement human, G., V, p.48（『人間知性新論』米山優訳、みすず書房、一一頁）さらに、M., §61。

（一九）ライプニッツはこう言う、「物体のうちに能動的力がなければ、現象のうちには多様性はないであろう」(G, IV, p.566)。

（二〇）ディドロは『自然の解釈に関する思索』を出版した直後に、ルエルが Jardin du Roi で行った公開講座に出席している。またルエルの『化学講義』のレジメが残っている。*Oeuvres complètes*, IX, Hermann. Cours de chimie de Rouelle, p.179ff. 参照。

（二一）Belaval: Diderot, lecteur de Leibniz?, dans: *Études leibniziennes*, Gallimard, pp.244-263.

第四章　ディドロの物質観の特質

わたしは前章においてライプニッツとディドロとの〈対応〉関係について考察した際に、両者の物質観の相異の一端についても触れてみた。がしかし、両者の物質観を直接テーマ化してきたわけではなかった。両者の物質観が、各々のディナミックな世界観を理解するための鍵であって、したがってそれらの対応を定めることがわたしが自分に課したテーマであるのだが、この章でもそれをなすだけの力量はいまだわたしにはない。

殊に、ライプニッツの物質観を整合的に把握するのはわたしには至難の業であるように思われる。彼の物質観は、彼の思考過程のそれぞれの時期や問題領域の相異に応じて、また論争相手の関心領域の相異に応じて、さまざまな用語を使って表現されるがゆえに、そのつど相貌を変えるように思われる。或る論稿において彼の物質観は〈これだ〉と思うと別の論稿によって否定されてしまうように思われる。それは、彼の比喩を援用して言えば、視点の相異によって相貌を変える「同一の都市」のごとくである。「同一」でありながら多様である（そしてわたしには時として矛盾した相で現れる）のは、わたしの「混雑した表象」によるのか、彼の多元論のゆえであるのか。たとえ彼が多元論者であるとしても、彼は〈神の視点〉から「同一の都市」を眺望しているのは確実のように思われるし、またそのことを通してさまざまな視点を〈神の視点〉のもとに統合して一つの広大な体系を作り出そうと挑んでいるように感じられる。しかし、わたしには〈神の視点〉は了解しがたいし、「同一の都市」は蜃気楼《しんきろう》の中に漂っている。

　そこで、この章では、ライプニッツの物質観のいくつかの相貌を配視しつつ、ディドロの物質―運動観と「物質の一般的特性」としての「内在的力」と「感性」という二つの想定との関係を考察することによって、まずはディドロの物質観をテーマ化することにしたい。

一

　クロッカーによれば、『ダランベールの夢』（一七六九年）と『物質と運動に関する哲学的諸原理』（一七七〇年）のディドロの物質―運動観は、トーランドの『セレナへの手紙』（Letters to Serena 一七〇四年）の第五信に示されている物質―運動観の「直接的影響」による。(一) クロッカーは両者の行文を比較することによって「直接的影響」を考証しているのであるが、その考証の仕方には重大な難点がある。彼は両者の間の「驚くべき」類似を提示しつつ、他方で唯一の相違もあげている。「しかしながら、相違が一つある。それはディドロがアトムの異質性を結論づけるのに対して、トーランドがその同質性を主張する点である。おそらく、この点は考えの相違というよりはむしろ用語上の相違である、というのも、ディドロもまた、形態の異なった一切の物質の究極的な統一性を考えているからである」（C. p.291）。ディドロが物質的宇宙の統一性を志向していたことは確かであるが、物質の同質性の主張とその異質性の強調との相違は、両者の用語上の相違であるどころか、まさに思想上の質的相違と言わねばならない。しかも、トーランドは「アトム」を認めてはいないのである。そこで、『セレナへの手紙』第五信でのトーランドの思想的構えの基本線を抽出することは、ディドロの物質―運動観を浮き彫りにするうえで、またライプニッツのトーランド批判を配視し、ライプニッツ―ディドロ関係をも射程に入れるうえでも好都合である。

トーランドの物質―運動観は、少々強引に規定してしまえば、スピノザの実体一元論とデカルトの物質―運動観とを交合したところに成り立つように思われる。もちろんこのことによって、彼はスピノザおよびデカルトと一線を画することにはなる。しかも、注目すべきことは、これにライプニッツの影響が介在していることである。

彼は、スピノザの神の位置に無限な物質を据え、神の座を物質界の上に設定し直す。その限りにおいて、彼は「自然ないし宇宙」をそのまま神とする汎神論的見地から手を切り、「神は延長を有するものとしてばかりか能動的なものとして物質を創造することもできた」と主張する。(三) したがって、物質の属性には延長のみではなくて、固性と共に、活動的側面を表すために「運動」をも加えねばならない。ここでの「運動」は、物質の無限性と相即的に、一つの「普遍的運動 (universal motion)」(Serena, S. 126) であり、「一般的作用 (general action)」(ibid., S. 129) であって、一切の特殊的な運動ないし場所的運動から区別される。とすると、後者の運動と個々の物体とはどのように捉えられるのか。「我々がこれこれの物体と呼んでいるこれら個々のあるいは限定された量は物質の一般的延長のそれぞれの変容 (modifications) に他ならない。それらはかかる延長の中にすべて含まれており、その延長を増すことも減じることもない。したがって (これと相即的に) 物質のすべての個別的あるいは局所的な運動は、物質の一般的作用のそれぞれの限定 (determination) に他ならない。かかる一般的作用がこれこれの原因によって、これこれの仕方で、物質をこれこれの方向に向かわせるのであるが、さりとて物質を増加させることも減少させることもない」(ibid., p.176, S. 128-9)。したがって、個々の物体・運動は、一つの実体にして無限量の物質の単なる量的な変容ないし限定にすぎない。ここには、デカルトの物質―運動観との接点がみられる。デカルトは確かに延長のみによって物質を特徴づけたとはいえ、物質の一切の変容を――延長のみによって個別的な物質部分つまり物体を説明しえないがゆえに――運動に依存せしめたし、全宇宙の中に「同一の物質」しか認めなかった。トーランドはデカルトの延長に「普遍的運動」と「固性」を加えて、それらに次のような機能を与える。「それらはすべて相互に働きかけて、各々の概念にとってそれぞれ特殊な様態を産み出す。延長は物質の分割、形状、部分すべての直接的な担い手である。作用はしかし何よりもまずこれらの変化の原因であって、これらの変化は固性なしには区別不可能である」(ibid., S. 165)。だがわたしには、まるで無限なロウが自らの「力ないし作用」(ibid., S. 143) でとけることで、さまざまに変容し、それらを延長と固性とがかかる変容として保証するかのごとくに感じられる。ともあれ、ここからは物質的諸形態の異質性、それらの生成発展過程およびある形態から別の形態への変化のメカニズム等を――描写することはできても――説明する方途は出てきそうもない。すべては同質の物質に還元されざるをえない。一切の属性、様態は「一箇同一の物質のさまざまな観点からみられた観察様式にすぎない」(ibid., S.129)。しかも、かかる観察様式がいかなる機制を呈するのかも不明のままである。ただし、ここに、スピノザの〈実体とその諸属性との同一性〉および「諸観念の秩序と連結は諸事物の秩序と連結と同一である」[三] という考えを読み取ることができよう。

　トーランドはスピノザの神実体一元論を物質実体一元論に変形したようだ。そして、ライプニッツとの議論を経て、彼はライプニッツの「力ないし作用」の知見を採用して[四]、物質を自己運動体とした。このことを通して、彼は、物質の「一般的作用」ないし「普遍的運動」と「外的な場所的運動ないし位置の変化」との間に区別を行うと共に、この区別を「絶対的運動」と「相対的運動」と位置づける (ibid., S. 147)。したがって、彼にとっては絶対的静止は認められない (ibid., S. 139)。ここでも、彼はデカルトと一定の距離を置いてはいる。しかし、この点も、デカルトの物質―運動観の読み込みによって可能であったと思われる。

　デカルトは、なるほど「場所的運動」以外の運動を認めなかった。しかし、彼にとって、それは一つの場所から他の場所への物体の単なる移動を意味しない。彼は「本来の意味での運動」を次のように慎重に定義している。「運動とは『一つの物質部分すなわち一つの物体が、これに直接に隣接しており、かつ静止しているとみなされる物体のかたわらから、他の物体のかたわらへ移動すること』である、と。ここでわたしが『一つの物体』

すなわち『一つの物質部分』というのは、いっしょに移動するものすべてということであって、たとえこういう物体が、さらに多くの部分から成っており、これらの部分がそれぞれちがった運動をしていてもかまわないのである。そしてわたしが、移動することであるといって、移動させる力もしくは作用であるとはいわないのは、運動がつねに動かされるものの中にあって、動かすものの中にはないということを示すためである」。[五] 見られるように、「本来的意味における」場所的運動は、「静止しているとみなされる物体」を選定することによって考慮される。言い換えれば、すべての物体が運動していても、一つの物体の諸部分が「それぞれちがった運動をしていてもかまわない」ということになる。これは、地動説か天動説かをめぐる「ガリレオ事件」に対して、「非常に好都合な安全装置」である。[六] さらに読み込めば、場所的運動は、自らの諸部分間の運動を内包した各物体の相互的な運動関係の〈結果〉だということも可能であろうし、また、バックウェルが指摘しているように（ibid., p.70）、運動が動かされる物体の様態であるというデカルトの主張を強調するならば、運動は、たとえば物体の大きさや形状とまさに同様に、その物体の内的な特性であるということも可能であろう。とすれば、ここでわれわれは、デカルトの『宇宙論』の「新しい宇宙の記述」に立ち戻される。そこでは、物質の諸部分のカオスを解きほぐし、それらを極めて見事な秩序に配置させて一つの完全な世界を造り出すのは、「神の作用」ではなくて自然の諸法則なのである。[七]

　なるほど、デカルトは「移動させる力もしくは作用」を神の手に残してはいるが、先の読み込みが可能であれば、それを神の手を経て物質に内在化させることは容易であろう。トーランドは、この作業を直接的にはニュートンの『プリンキピア』の「定義Ⅲ」や「定義Ⅶ」を引用（ibid., S. 133, 145）しながら行ってはいるが、その裏舞台にはデカルトの物質―運動観を据えていたと思われる。[八]

二

ここで、トーランドとの異同関係を配視しつつ、ディドロがいかに運動を物質の内在的な特性として捉えたかを見ていこう。

両者はこの件において次の諸点で一致する。すなわち、

（1）運動は物質の内在的な特性であるということ

（2）場所的運動は運動ではなくて運動の結果であるということ

（3）絶対的静止は自然のなかには存在しないということ

これらである。しかし、問題なのは、このことによって、どのような地平が拓かれたのか、ということである。実はここで、両者は質的な相違を示すことになる。

まず、注意すべきことは、ディドロにとって具体的な実在性を有するのは、個々の分子（molécule）と物体のみであって、物質の実在性は分子や物体による様々な作用—反作用によってディナミックに織り成されるネットワークの総体に基づくということ、端的に言い換えれば、物質とは具体的な分子や物体の作用諸関係の総和であって、トーランドのごとき、物質実体の諸変容（諸物体）の総和ではないということ、したがってまた、分子や物体も、自存化された相で捉えれば自己同一体ではあるが、実在的にはこの諸関係の諸項であるということである。だから、「物理学者であるならば『物体としての物体』と決して言ってはいけない（九）」のである。したがって、彼にとって、トーランドの物質実体もその「普遍的運動」も、さらにはこの運動の変容たる物体も抽象的な観念ということになろう。ディドロはこう主張する。「あくまでも事物を頭の中ではなくて宇宙の中で考えるならば、現象の多様性を通して、基本的物質の多様性、力の多様性、作用と反作用の多様性、運動の必然性が確信されるであろう。そしてこれらの真理が認められるならば、ひとはもはや、わたしは物質を存在する

もの（existante）と見るとか、それをまず静止状態において見るとかとは言わなくなるであろう。というのも、それはそこから何一つ結論を引き出すことのできない抽象を行うことだと気づくであろうから。存在なるもの（l'existence）は静止をも運動をも生み出さないし、しかも存在なるものは物体の唯一の性質ではない」（V, p.399. 二七三頁）。自分の頭の中ではなく、自然現象を直視しさえすれば、物質的諸形態は多種多様で、さまざまな性質と作用をもちながら、相互の作用と反作用のただなかで、破壊しあい結合しあって生成、発展、消滅を繰り返していることが分かる。「物質という広大な大洋のなかには、互いに似通っている分子はないし、一瞬たりとも自分自身に似通った分子は一つも存在しない」（ibid., p.300. 四四頁）。ここから、ディドロは〈物質の異質性〉を強調することになる。なるほど、トーランドもかかる「自然の不断の変化」について描写しており、それはクロッカーが例示しているように（C, pp.292-293）、ディドロが〈夢をみているダランベール〉の口を通して語らせている事柄と類似している。わたしは、トーランドのディドロに対する「直接的な影響」があったとしても、それを否定する必要はないと思ってはいる。しかし、そのディナミックな描写も、結局のところ、〈物質なるもの〉の諸変容に還元されてしまう。探究の方向がディドロとは全く逆なのである。ディドロはまずは経験的・実験的事実から出発し、そこから一般性を説明していこうとする（もちろん、彼は経験や実験が行きあたりばったりにならないために「想定」、「類推」、「体系的観念」の一定の効力を認めてはいる）[一〇]。物質の本質を「無限な延長」（Serena, S. 153）に還元し、延長的物質を実体として、それを「存在するもの」とみなすところには、当然〈物質の同質性〉がまずもって設定されざるをえない。デカルトのように運動を物質の様態とするにしても、延長のみが物質の本質をなすのであれば、物質は全くの惰性体と化する。そこからいかにして運動が生じるというのか。この点にライプニッツは厳しい攻撃を加え、物体的実体の本質を「力」とする。トーランドは、物質が「能動的なもの」であり、したがって運動が物質の内在的な特性であると主張する。だが、かかる主張が立てられる前に「能動性が物質に必然的に帰属するということが明らかに証明されねばならない」（ibid., S. 128）と認めつつも、結局、その証明の途は閉ざされたままになっているがゆえに、ライプニッツの「力」を採用して、これを物質に内在化させることで、物質に能動性を帰属させることになる。

もっとも、ディドロは〈物質の同質性〉を否定するわけではない。物質的宇宙や自然の統一性という考えは、〈諸存在の連鎖〉という考えとパラレルに、彼によって最後まで保持される。したがって、異質的な物質的諸形態を連結させるなんらかの同質性が想定されねばならない。とすれば、物質は同質的であると同時に異質的であるとみなさねばならない。しかし、物質の同質性は、具体的で実在的な物質の異質性に対する経験的・実験的な「事実」を通して論理的に説明されてこそ初めて現実性をうるのだ、というのがディドロの立場である。早計に物質の統一性を求めれば、トーランドのごとく物質実体をアメーバ状に展開させるか、何らかのオカルト的な、または神的な要素を物質の外部から投入するか、思弁を弄するかしなければならない。「物質的宇宙の外部に置かれた何らかの存在という想定は不可能である。決してそのような想定をしてはいけない」(V, p.399. 二七三頁)。だから『ダランベールの夢』のディドロは、〈夢をみているダランベール〉をして自然の統一性や諸存在の連続性について「まったくみごとな遠征」をさせながらも、またそれを将来の科学的発展によって検証されるのを望みながらも、自然が一つの連続的な全体であることを目下のところ斥けるのである。こういうわけであるから、彼は重力の法則に基づいた同質的物体間の運動も認めるのである。しかし、幾何学的運動はもとより、力学的運動だけでは、物質的諸形態の多様な運動は説明不可能なのである。「異質的集合体、異質的分子が問題である場合には、もはや同一の法則はあてはまらない。これらの物体を構成する基本的な各分子の固有で内在的な力が多様であるのに応じて、それだけの異った法則がある」(ibid., p.396. 二七一頁)。ここに、物質の異質性と多様な運動形態との関係を強調する基盤が置かれている。

ディドロの関心がもはや力学的運動にではなくて、化学的運動に注がれていることは明白である。「毎日実験室で人びとは惰性的物体を惰性的物体で蒸発させている。重力の作用のみを宇宙における一切の作用とみなし、そこから物質の静止および運動に対する無関係を、否むしろ物質の静止への傾向を結論した人たちは、問題を解決したと思い込んでいるが、実は単に問題に軽く触れたにすぎないのである」（V, p.398. 二七二頁）。彼がニュートンの所説にどれだけ接していたかは細かな検証を必要とするが、ここで念頭に入れておきたいのは、少なくとも『自然の解釈に関する思索』（XXXVI）においてニュートンの『光学』の「諸問題」を受けて分子の相互作用の領域に働く〈さまざまに異なった引力法則〉の仮説を吟味していたこと、（一一）そして、その直後にルエルの化学講義を受けたということである。こうして、彼は引力の作用を物質に内在する作用の一つの形態にすぎないとしたうえで、「目下のところ」すべての分子は次の三種類の作用で動かされていると考える――「重力ないし引力の作用」、分子の「固有で内在的力の作用」、この分子に対する他のすべての分子の作用（ibid., p.397. 二七一頁）。

　では、これらの三つの作用と物質の運動性との関係はいかなる機制を呈するのか。トーランドに則して言えば、物質が「能動的なもの」であり、したがって運動が物質の内在的特性であるとしても、そもそも物質の能動性をいかに説明すべきなのか。ディドロにとって、物質の能動性は物体間の運動関係を通して、同一物体の能動性は物体の構成要素たる分子間の運動関係を通して説明可能である。しかし、分子の能動性はいかに説明されるのか、分子に「内在的力」を単に付与しても、それだけで能動性を示したことにはならないし、真にトーランドを超克したことにもならない。シィゲティによれば、「異質的諸物質間の緊張関係から推論されるこの運動は、自然総体に関するという点で依然として極めて曖昧な一般性である。この一般性は、ディドロが彼の考えを〈要素的物体〉に、当時の科学にしたがっていえば、分子に適用できない限り、論理的にも、弁証法的にも明確になりえないであろう（一二）」。

　ライプニッツは神が「力」を物質に内在化させたとみなし、物体の絶対的静止を否認する――「物質のうちにおける運動の究極理由は創造の際にそこに押し込められた力であり、この力は各物体に内在する……わたしはこの作用力が一切の実体に内在し、いかなる作用も常にそこから生ずると説く。したがって、物体的実体でも（精神的実体と同様に）作用を止めることは決してない。物体的実体の本質が専ら拡がりにのみ存する、ないしは不可入性にのみ存すると考え、物体はどう見ても静止しているものだと考える人びとは、十分この点に気づいていないようである」（G, IV, pp.469-470. 三〇八頁）。しかし、彼は、神が「力」を物体に付与したというだけでは不十分であると、再三主張する。つまり、神は「諸作用の一定の法則」（ibid., p.548）を与えただけではなく、「それを遂行する自然的手段」（ibid., p.520）をも物体に与えたのである。したがって、運動はこの「自然的手段」によって説明されうるのでなければならない、というのである。そこで彼は、静止した物体のうちに静止への傾向ではなくて、かえって逆に外部からの運動に対する「抵抗」ないし「惰力」（派生的受動的力）を認め、この物体に抵抗せしめている障害が取り除かれれば、物体は「創造の際に押し込められた力」（原始的能動的力）から派生する「傾向力」（conatus）、「努力」または「潜勢力」（nisus）（派生的能動的力）によって助力を要せず自ら活動に移ることができる、と説明する。[一三]

　ところで、ディドロも「抵抗」ないし「惰力」に注目する。しかし、それはニュートンの万有引力に対する「抵抗」とされ、そこに彼は物体に内在する一つの作用ないし力を見る。「物体を重さのあるものないしは重力の中心に向かうものとみなすのではなくて、程度の差こそあれ抵抗するものとみなすとき、ひとはすでに物体に一つの力、一つの固有で内在的な作用を認めているのである」（V, p.398. 二七二―二七三頁）。ここで、「抵抗」が物体の一つの固有で内在的な力ないし作用とされたのであるが、この限りでは、トーランドと同趣的である。トーランドもこう言っている。「かかる物体が一つの場所にとどまることがまさに一つの実在的な作用である。その際、この物体の努力と抵抗はこの物体に働きかける隣接の諸物体が決定する運動に対してしばらくの間拮抗しているのである」（Serena, p.198, S. 142）。なるほど、このことによって物体の自己運動性を説明する糸口が開かれている。しかし、ディドロにとってさらに問題になるのは、「抵抗」が物体を構成する諸分子の「内在的力」の作用とどう関係しているかである。彼は万有引力に抵抗する諸力を次のような事例のなかに認めている

――「熱せられたガラス管は金箔を飛散させる。暴風は空気を埃で一杯にする。熱は水を蒸発させる」等々（V, p.396. 二七一頁）。そして、これらのことは、「分子についても同様と解さねばならない」（ibid.）と言う。

しかし、どのように解したらよいのであろうか。物体の万有引力に対する抵抗は、物体を構成する分子間の作用と反作用および各分子の「内在的力」に求める以外にあるまい。現に各分子の三つの作用の一つが「引力」である。ここで、再び『自然の解釈に関する思索』（一七五三年）に立ち戻ってみよう。彼が引力を分子間に適用しようとしていたことについてはすでに触れたが、もう一つ注意を引くのは、ビュフォンの――「有機的分子」間の引力作用に基づいて想定された、いわばアリストテレスの「形相」に類似した――「鋳型」（moule）に対する彼の批判的問いである。「鋳型は形態の原理であるのか。鋳型とは何か。それは実在的で先在的なものであるのか。あるいはそれは、死んだないしは生きた物質部分と結合した一つの生きた分子のエネルギーの認知しうる限界、すなわち、あらゆる方向に働く抵抗に対するあらゆる方向に働くエネルギーの関係によって決定される限界ではないのか」（V, p.243. 一六一頁）。これによれば、物質的形態は、分子のエネルギーとその分子を取り込んでいる物質部分に対する当の分子の抵抗との極めて緊張した力関係に置かれており、したがって、この関係が変容すれば、すなわち分子の「エネルギー」が分子の「抵抗」に打ち勝つか、打ち破られるかして「限界」の突破が生じれば、物質的形態も変様せざるをえないであろう。物体の諸分子間への引力の適用に関する一箇所の表現を取り出していえば、「もし衝撃の強さが、振動する分子がすべてその引力の及ぶ範囲外にもたらされるほどに大きかったならば、物体はその諸要素に還元されてしまうであろう」（ibid., p.209. 一三六頁）[一四]。いま分子の「エネルギー」を分子の「内在的力」とみれば、分子の「抵抗」はもう一つ別の内在的力となろう。しかし、分子の「内在的力」と「抵抗」とは、外部に対しては共に能動的といえるが、内的には前者が能動的であるのに対して後者は受動的であり、それればかりか、前者は相互に「引力」によって凝集しつつ後者と拮抗関係にあるといえよう。

さて、話を元に戻すと、先には万有引力に対する「抵抗」は物体の内在的な力ないし作用とされた。この「抵抗」は物体の構成要素たる分子に当然波及する。したがって、分子全体は自らの「内在的力」の作用と「引力」の作用とによって、この「抵抗」に対抗しなければならない。ディドロはそう考えているように思われる。「この性質（抵抗）は、あらゆる方向に無差別に行使され、そのエネルギーはあらゆる方向にそって同一である、としなければならないであろう。とすると、それは分子全体の内在的力のような一つの内在的力であろう」（V, p.399. 二七三頁、傍点引用者）。この表現自体は曖昧であるが、『自然の解釈に関する思索』の表現をもあわせて捉えれば、こういうことにならないであろうか。すなわち、「抵抗」は物体および分子の「性質」の一つであり、一切の分子の「エネルギー」ないし「内在的力」によって「行使される」がゆえに、分子全体の内在的力「のような」一つの内在的力であろう、と。しかし、これまでの経緯からみると、物体や分子の内在的力は「抵抗」を介して認知されることになる。それゆえ、「抵抗」は具体的実在性からすれば内在的力に先行する。とすれば、「内在的力」は具体的実在を通して想定されるものといえよう。そして、この想定を介して「抵抗」を捉え直せば、それは「内在的力」のいわば現象形態つまり運動形態とみなされよう。ライプニッツ的に言えば、「抵抗」という運動形態は「内在的力」という形而上学的原理から「結果する」ということになる。しかしながら、ディドロからすれば、「性質」とその担い手を分離することこそ「形而上学的―神学的戯言」（ibid., p.277. 二三頁）ということになろう。だから、彼はこう言い切るのである。「『運動を思い描くためには』と彼らはつけ加える、『存在する物質のほかに、それに働きかける一つの力を想像しなければならない』。そうではない。自己の本性（自然）に固有な一つの性質を付与された分子はそれ自身で一つの能動的力である」（ibid., p.394. 二六九頁）。「分子の内在的力は……決して止むことのない潜勢力（nisus）である」（ibid., p.395. 二七〇頁）。

ともあれ、このようにして分子の能動性・自己運動性が示されたとすれば、物質の能動性はもはや疑いえないということになる。分子レベルを起点とすれば、各分子は引力によって相互に凝集しながらも、自らの「内在的力」を通して相互に作用と反作用の関係を保ち、各物体は自らの諸分子のかかる運動によって万有引力に抵抗しつつ作用と反作用を繰り返して「宇宙における一般的な発酵作用」（V, p.398. 二七二頁）を生みだす。宇宙レベルからみれば、各物体や分子は自らが織りなす作用―反作用のネットワークの結節点にあって、自らを帰趨中心として、ディドロの比喩を使って言えば、「クモの巣」のクモとして宇宙の一般的作用を分有しつつ、自らの作用を一般的な作用に波及させる。このことをディドロは次のように集約的に表現している――「一つのアトムが世界を動かす。これ以上真実なことはない。それは世界によって動かされるアトムと同様に真実である」（ibid., p.396. 二七一頁）。

　最後に分子間に挿入された「引力」の定まり具合の悪さについて触れておきたい。「引力」の作用は分子に及ぼす三つの作用の一つとされ、分子の「内在的力」の作用と同列に置かれながらも、物体の「抵抗」を介して、かろうじて分子の「内在的力」の作用と関連をもたされた。明らかに、「引力」の作用は端役を演じているにすぎない。[一五] ニュートンの引力理論の十八世紀における受容の問題はライプニッツ――クラーク論争やモーペルテュイ――ヴォルテール関係とあわせて興味深いが、ここではディドロの『生理学原論』（一七七四―八〇年）の次の箇所に注目しておこう。「ところで、物質一般は五つないし六つの本質的な特性、すなわち死力または活力（la force morte ou vive）、長さ、大きさ、幅、不可入性、感性をもつであろう。わたしは、もし引力が運動ないし力の結果の一つでなかったならば、それをも加えたであろう[一六]」。見られるように、「引力」は「運動ないし力の結果」であると想定された。とすれば、当然「引力」は分子の「内在的力」と同列視されるべくもなく「抵抗」の対立項の一つにすぎないということになろう。

三

ディドロはすでに見たように当初より有機体の形成や生命の起源の問題に関心を寄せていた。ニーダムの顕微鏡的観察やビュフォンの博物誌の進展は、もはやデカルトの「動物機械」説が居座る場所を与えないほどであった。有機体のメカニズムが目の前に映し出されれば出されるほど、この〝自然の驚異〟の中に神か何らかの叡智的存在の合目的性を読み取りたくなる。しかし、ディドロは奇形の存在を見落とさない。これは自然の規則性・秩序性に反する。ならば「神即自然」としてエピクロス＝ルクレティウスのアトム論的宇宙観の視座に立って、「発酵状態の物質が宇宙を孵化させ」種々の奇形や不完全な物質的形態を生み出しつつも「宇宙の一般的な浄化作用」(一七)に基づいて運動する、とした方が説得力をもつというものだ。ディドロが運動を物質にとって本質的なものとみなすのは、『盲人書簡』（一七四九年）の段階であって、それ以前においては、運動が物質にとって本質的か偶有的かの問題は二の次であった。そしていま、運動は物質の内在的な特性となった。しかし、物質とその諸特性——引力、不可入性、惰性、固性、運動等といった純粋に物理学的な特性だけでは、有機体の形成や有機体にみられる生命現象・感覚的心理的現象は、ルクレティウス的な〈物質の発酵作用〉をもってしても機械論的にしか説明されえないであろう。ディドロも再びかかる説明を〈ダランベールの夢〉を通して行ってはいる（V, pp.301-303. 四五—四七頁）。だが、そのことによって示されるのは、たとえば有機体が形成されたという事実経過だけであって、〈どのようにして〉形成されたのか、その「移行の必然的脈絡」（ibid., p.566. 三〇七頁）ではない。彼の関心はまさに後者を示すことにあった。だが、結論を言えば、当時の科学的水準からしても、成就することはなかった。しかし、彼は「感性」の想定を通して執拗にこの作業に挑んでいく。この作業の一端についてはすでに第一章と第三章で触れたので、ここでは、この想定が彼の物質—運動観といかなる関連を示すのかに焦点を定めることにしたい。

「感性」の想定は彼にとって厄介の種であったと思われる。彼は『ダランベールとディドロとの対話』の冒頭で〈ダランベール〉をして次のように言わせている。「どこかに現存しているのに、空間中のどの点にも対応しないもの、延長をもたないのにいくらかの延長を占め、またその延長の各部分の下にすっかりおさまっているもの、本質的に物質と異なっていて、しかも物質と結合しているもの、物質につきまといながら、自分は動かずに物質を動かすもの、物質に働きかけながら、物質からあらゆる変化をこうむるもの、ぼくが少しも心に描くことのできないもの、そんな矛盾した性質を帯びたものは承認しがたいね」(V, p.257. 一〇頁)。彼の「感性」は〈こんなもの〉の代わりに置きかえられたものなのである。「万事を説明する一つの単純な想定」とはいわれながらも、「物質の一般的特性ないしは組成作用(organisation)の産物としての感性」(ibid., p.276. 一三頁)、しかも「静止的感性」(sensibilité inerte)と「能動的感性」(sensibilité active)とに分けられる「感性」。

「感性」の明確な定義はなされてはいないが、ディドロの使用法から推測すると、それは一般的には〈生命的精神的な兆候〉を表現している。『ダランベールの夢』以前には、たとえば『百科全書』の項目〝Naître〟においては「生命」が「静止的」と「能動的」とに分けられているが(DPV, VIII, p.48)、もはやこの発想は斥けられている。したがって、「感性」はそれ自体で「生命」を意味するのではない。「生命」は「能動的感性」のもとで発現する。同じく項目〝Locke〟では、「感性」は「思考の最初の萌芽」であり「自然の一切の産物の間に不均等に配分されているので、組成作用の多様性に応じて、程度の異なったエネルギーで行使される」(A.-T., XV, p.524)と述べられている。ここでは、「感性」はそれ自体で「思考」ではなく、ましてや「精神」と同一視されてはいない。また、「感性」は物質の「特性」もしくは「性質」と言われているが、物質に定常的に付着したものではなく、一定のエネルギーで行使される。したがって、もし分子の「内在的力」を先述のように「エネルギー」と読み込むことができるとすれば、諸分子の「内在的力」の作用と反作用に基づく「組成作用」に応じて、「感性」は行使されると言うことになるであろう。そして、ディクソン(註(一二)参照)が提案しているように、

「感性」を「ルーズな意味における」エネルギーとみなすならば、「感性」は「内在的力」と結びついた生命的精神的エネルギーといえるかもしれない。その方が、後述するように、ディドロの物質―運動観にも則しているように思われる（「静止的」は「生気のない」・「生命の兆候のない」という意味と「不活性な」・「自動力のない」・「惰性的な」という化学的物理学的な意味とを共に示しており、それに対して「能動的」は分子の「内在的力」が「能動的力」・自動性を示すことからみると、逆のベクトルを示している）。

ここで、先の「感性の想定」の経緯をディドロがどのように語っているかを拾っておこう。彼は卵から雛への形態変化の例をあげる。卵の中での胚種の育成の研究は、ヴェルニエールが言うように（V, pp.274-275）、一六七二年にマルピーギが胚種の先在を信じて以来、十八世紀ではハラーやC・ボネに受け継がれ、胚種自体の存在に神の手を読み込む材料になっていた（一七四六年の『哲学断想』におけるディドロもこの枠内に片足をつっこんでいた）。いまや彼はこの例を挑発的に取り上げる。「この卵が見えるかね。これこそあらゆる神学の流派と地上のあらゆる寺院をくつがえすものだ。この卵は何だろう。胚種がなかにはいる前は一つの無感覚な（insensible）塊だった。さて、胚種がなかにはいったら、こんどは何になるだろう。やはり一つの無感覚な塊だ。なぜなら、この胚種自体が無生気で（inerte）粗雑な液体にすぎないからだ。どのようにしてこの塊が別の組成作用に、つまり感性、生命に移行するのだろう。熱によってだ。では熱はそのなかに何をつくりだすだろう。運動だ。運動がつぎつぎに生みだす結果は何であろうか。……嘴が、翼の端が、目玉が、両脚があらわれる。黄色味を帯びた物質が糸のように繰出されてきて腸をつくりだす。これで一匹の動物だ」（ibid., pp.274-275. 二一頁、傍点引用者）。ルクレティウスの『物の本質について』における卵の孵化のイマージュと重なるこの事例の中には、単なる事実経過ではなくて、〈どのようにして〉移行するのかを、物塊たる卵の熱（「エネルギー」）と運動を通して説明しようとする構えが現れている。そこで、かかる説明のために「二者択一を迫られる」ことになる。「卵の無生気の塊の中に或る要素がかくれていて、この塊の成長を待って自分の存在を発現する」と想定するか、「この目に見えない要素が発育の或る特定の瞬間に殻を透してしみ込んだ」と想定するかのどちらかである（ibid., p.276. 二二頁）。しかし、いずれにしても難点がある。このことを彼は十分気づいている。前者は、「或る要素」を「感性」としたところで、彼が否定する先在胚種説に足をすくわれかねないし、後者はすでに、モーペルテュイが「一般的な意見ではあるが最も哲学的ではない意見」としながらも諸困難を除くことができるものと想定した代物であった。しかし、彼自身どの時点で生命体になるのか、と自問したままであった[一八]。そこで、先述のようなディドロの想定が登場するのである。

しかしながら、ディドロの想定は、先の二つの想定からはっきりと質的に区別されるためには、かなり注意を要する作業とならざるをえないであろう。ビュフォンは有機体以外の物質的形態に非物理的な諸特性を付与することを禁じていたが[一九]、モーペルテュイは一歩先をいき、物質の最小部分たる「要素」にも「ある程度の叡智、欲求、嫌悪、記憶」（SN, p.155）ないしは「表象」を付与しないことには有機体の形成や生命の起源の問題を説明できないと考えた。彼の物質的「要素」はライプニッツのモナドを物質化することから派生していたが、彼にとって物体の運動は神の意図を担った「最小作用量の原理」に基づく場所的運動にすぎず「物質の本質的な特性」ではなかった[二〇]。だから、「非物質的自動体」（G, IV, p.522）たるモナドを物質化したからといって、そこから〈物質的自動体〉たる「要素」が想定される途は当初より閉ざされていた。それゆえ、諸「要素」がいかに物質的形態の多様性を形成するのかは、数量的な多寡か「要素」の活動の強弱に求められたが、この「要素」の活動それ自体が説明できぬ仕儀に陥った。そのうえ、神の手に支えられた「表象」を除けば、外的対象はすべて「表象」が捉えた「単なる現象」にすぎず、まったく「実在性」をもちえないとされたがゆえに、当然「要素」自体も「実在性」を失うことになった。そこで、外的対象を「現象」として映し出させる当のものは何かが問われるのだが、それは「或る力または潜勢力」をもった「未知の存在」とされる[二一]（この「未知の存在」の位置にライプニッツのモナドがくるように思われる）。ここで、ディドロによって「最も誘惑的な唯物論」（V, p.230. 一五一頁）と呼ばれた彼の所説はバークリの世界へと突入していく。それはまた、彼の「要素」が外界との物理的交渉に対応する〈変化の内的原理たる表象〉を付与された物質的モナドになりきれなかった証左でもあろう。もっとも彼の眼目は「叡智を授けられた諸要素それ自体が創造主の意図を果たすために相互に整序しあい結合しあう学説」（SN, p.184）の構築にあった。

ディドロはモーペルテュイの所説が「自然の普遍的体系に対する大胆な企て」（V, p.230. 一五〇頁）であることを認めはするが、それに付着した神学上の妥協、そこから帰結する神性を帯びた物質観を受け入れることができない。なるほど、「物質の物理的な諸特性だけでは有機体の形成は決して説明できないであろう」（SN, pp.155-156）というモーペルテュイの主張を彼も一応承認せざるをえないであろう。しかし、彼の努力は「感性」の物理的特性たる由縁を示すことによって、モーペルテュイに抵抗するといった方向に向かう。そこで彼は、「感性」を物体の組成作用や自己運動、物体の外界との物理的関係等と対応させて説明しようと努める。彼にとって、その準備はすでにできているといってよいであろう。それは彼がやはりモナドを物質化することに端を発していた。しかし、ワルトフスキーが言うように[二三]、当初はモナドの物質化の意味を十分に理解していたわけではなく、それゆえホッブズの「感性的分子」と同等視するほどであった（A.-T., XV, p.455f）。いまや物質化されたモナドはモーペルテュイとは違って〈物質的自動体〉たる「分子」に転化している。そして、分子は、モナドが変化の内的原理たる「力」と「表象」を有するのと同趣的に、「内在的力」と「感性」を有することになった。

ここで、彼が「感性」の物理的特性たる由縁をいかに示していくのかを知るために、彼の〈感性的分子〉の位置を定めておく必要がある。結論を先に言えば、彼の感性的分子は実体モナドと「物体的実体」とを〈融合〉する地点に位置しているといえるであろう。ライプニッツによれば、「精神ないし形相」（G, IV, p.521）たる実体モナド（単純実体）のみが「真の実体」であり、それのみが〈真の実在性〉を有するにすぎない。しかしながら、モナドは神の完全性と能動性を分有するとはいえ、「創造された実体」として〈すでにつねに〉不完全性と受動性をも背負わされている。だから、モナドは必ず自らの「表象」を通して物質（質料）的物体と結びつき、それを「表出」しなければならないとされる。したがって、モナドは〈すでにつねに〉物体―表象関係成態ないしは質料―形相関係成態たる「物体的実体」（複合実体）として現象する以外には在りえないことになる。そうだとすれば、この関係成態の関係項をそれぞれ自存化した相で捉えられる実体モナドも物質（質料）も共に抽象的観念であって、逆に「物体的実体」のみが具体的実在性をもつといえるのではないか、とすればまた、実体モナドを目的因の支配する「神の王国」に据え、物体を作用因の支配する「自然の王国」に据えて、神の「予定調和」をもって両者をわざわざ結合する必要もないのではないか。ディドロの感性的分子はこの可能性の地点に置かれていると思われる。

そこで、次のような事態が生じてくる、そしてこれが「感性」の物理的特性たる由縁となる。すなわち、各分子の「感性」は、「内在的力」と同趣的に、自らが構成している物体内での他の一切の分子との作用と反作用つまり組成作用に対しても、また当の物体の他の一切の物体との作用―反作用に対しても、「予定調和」という媒介を経ずに直接対応しなければならないということ、また、各分子は、自らの「感性」をモナドがもちえなかった「窓」となし、これを通して先の対応を行うことによって「物質的宇宙」全体に対して物理的な関係を結ばねばならないということ、これらである。したがって、「感性」は絶えず外界とエネルギッシュに対応する状況につねに置かれていることになるし、状況の変化に応じて対応の仕方も当然違ってくる。ディドロの物質的宇宙が生成流転の相を呈するのは、かかる事態の結果でもある。

さて、彼が「感性」を「静止的感性」と「能動的感性」とに分けて、単なる物塊に対しても「静止的感性」を想定すること、つまり「感性」を物質の一般的特性とすることは、一部の研究者によって生気論の立場にあるとみなされている。なるほど、ライプニッツの「物体的実体」は「有機体」に限定されていたばかりか、物塊といえども無数の「物体的実体」の「集合」（aggregatum）であって「羊の一群」のごとくであったことから（G, VI, p.550)、J＝B・ロビネのように物質の最小単位を「有機的複合体」つまり「胚種」[二三]とする生気論の立場のごとくにみえるかもしれない。しかしながら、ディドロの「分子」は、実体モナドと同趣的に、異質で単純な不可分の最小単位であるばかりか、彼にとって物質は分子のかかる「集合」つまり〈寄せ集め〉ではない。確かに、物塊は感性的分子によって構成されるという点では有機体と異ならず同一性を有する。だから、ディドロも〈夢をみているダランベール〉にかかる立場を表明させてはいる (V, pp.310-312. 五二—五三頁)。だが、彼にとって物質は同質であると同時に異質であった。だから、「感性」の「静止的」と「能動的」の区別は、有機的か否かということよりも、物質的形態を構成する諸分子間の作用と反作用に基づく内的構造の異質性を意味しているとみなすべきである。[二四]つまり、組成作用の「硬度」や「連結」の度合が強ければ、「感性」の働きは弱まり、逆に「可動性によっていっそう強められる」のである (EP, pp.21, 26, 283)。この点を彼の物質—運動観に則していえば、「静止的感性」と「能動的感性」は、ディドロによって外在的にダランベールの「死力」(force morte) と活力 (force active) に対応させられているが、内在性を強調して言えば、前者は、「或る障害によって静止させられた重さをもつ物体における運動と同様」[二五]といわれているように、「分子全体の内在的力」と「抵抗」とが拮抗関係に置かれている状態に、後者はこの拮抗関係が破られて「分子全体の内在的力」がエネルギッシュに発現している状態に対応しているといえよう。したがって、「感性」は外界との物理的関係に対応する物体の組成作用によって「程度の異なったエネルギーで行使される」。だから、「感性」には、モナドの表象にその判明度によって多様性が生じるのと同趣的に、質的な多様性が生じる。すなわち、いつまでも「静止的」なままであったり、感覚として発現したり、思考、記憶、自己意識、認識力として発現したりするのである。そして、この発現ないし活性化のもとに、つまり「能動的感性」のもとに生命現象が読み取られるのである。

註

（一）L.G.Crocker; John Toland et le matérialisme de Diderot, dans : *Revue d'Histoire littéraire de la France*, LIII, 1953, p.289, 293（以後C.と略記し頁数と共に本文に記する。）トーランド—ディドロ関係が云々される要因の一つは、トーランドの『セレナへの手紙』がドルバックとネジョンによって一七六八年に仏訳されたこと（*Lettres philosophiques sur l'origine des préjugés, du dogme de l'immortalité de l'âme, de l'idolâtrie*）による。J・ロジェは、ディドロの思想的発展に対するトーランドの寄与を否定し、次のように述べている。

「ディドロは、少なくとも一七四九年以降、運動を物質の本質的性質の一つとみなしていた。しかも、トーランドは物質全体に生命を帰属させる哲学者たちを非難し、世界一般の秩序や個々の動物が偶然の結果でありうると考えることを明白に斥けていた。ディドロはトーランドから何一つ新しいことを引き出す必要はなかった。とはいえ、彼が『物質と運動に関する哲学的諸原理』を書く気になったのはトーランドのお蔭であろう」（J.Roger: *Les sciences de la vie dans la pensée française du XVIIIe siècle*, Armand Colin, 1971, p. 653）

（二）John Toland; *Briefe an Serena*, Akademie-Verlag, Berlin, 1959, S. pp.158, 168.（わたしは原テキストをいまだ読む機会を得ていない。したがって、右記の独語版を使用し、Serena. と略記する。但し、Crocker や F. H. Heinemann が原テキストから引用している箇所を使用する場合は、それを使用し、原頁数を独語版と共に本文に記する。）トーランドはこの主張から、アトムの偶然な衝突からは宇宙の秩序は生じないと述べる。この条はディドロの『哲学断想』の一箇所と〝驚くほど〟類似している。クロッカーが提示していないので参考までに対比しておこう。

○トーランド——アトムを偶然的にぶつけ合ったところで、花やハエの組織を作り出すことはできない。同様に植字工が活字を——数限りなくごっちゃにぶちまけると——最後にはウェルギリウスの『アエネイス』やホメロス

の『イリアス』や何らかの他の作品が生まれるようになるなどとは考えられない。(S. 169)
○ディドロ――ある有名教授のノートを開けてみたら、こんなことが書いてあった。「……アトムを運まかせにぶちまければ、それで世界ができるというのか。それならいっそ、ホメロスの『イリアス』もヴォルテールの『アンリアード』も活字を運まかせにぶちまけてできたものだと言ったらどうだ。」わたしだったら、無神論者を相手にこういう理屈をこねるのはさしひかえるだろう。(V, pp.21-22. 一一頁)

(三) Spinoza; *L'éthique*, pléiade, p.14『エチカ――倫理学――』(上) 畠中尚志訳、岩波文庫、九九頁。

(四) プロイセンの皇后 Sophie Charlotte を介しての〈感覚と物質を越えるもの〉をめぐる両者の議論において、ライプニッツが延長や不可入性は何らかの形相ないし作用を必要とすると主張するのに対して、それを批判するトーランドは、この段階では物質を全く受動的なものとして解釈している。そこで、ライプニッツはトーランドの意見を「自然の中にはその形状と運動以外のものはないというホッブズのそれ」であると批判する (*Die philosophischen Schriften*, VI, Olms, p. 519 ―以後 G. と略記し、邦訳のある箇所は『単子論』岩波文庫を使用し、両頁数を本文に記する)。この件について、またトーランドに対するライプニッツの影響に関しては、F.H.Heinemann; Toland and Leibniz, in: *The philosophical review*, No.323, 1945, pp.444-455 参照。

(五) デカルト『哲学の原理』井上庄七・小林道夫編、朝日出版社、一九八八年、七五-七六頁。

(六) R.J.Backwell; Descartes' concept of matter, in: *The cocept of matter in modern philosophy*, University of Nortre Dame Press, 1978, p. 69. さらに、小林道夫「デカルトの自然哲学と自然学」前掲『哲学の原理』所収、XXXV・i頁。

(七) デカルト『宇宙論』、デカルト著作集 (四) 白水社、一五四―一五七頁。

(八) この点に立ち入ることはできないが、好例を一つ示しておきたい。トーランドは絶対的運動と相対的運動との区別を示すために、〈航行中の船とその船客〉という比喩を使っているが (S. 147)、これはデカルトの『哲学の原理』の比喩 (六九頁) と全く変わる所がない。

（九）Diderot; Principes philosophiques sur la matière et le mouvement, dans: V, Garnier, p.396.『ディドロ著作集』第一巻、法政大学出版局、二七一頁。訳文の底本としては、『ダランベールとディドロとの対話』と『ダランベールの夢』を除いて、右記のもの（両著については『ダランベールの夢』新村猛訳、岩波文庫）を用い、適宜訳を改める。

（一〇）Diderot; Réfutation suive de l'ouvrage d'Helvétius intitulé L'Homme, V, p.598.『ディドロ著作集』第二巻、三三三頁（以後、V, p.598. 三三三頁のごとく本文に記する）。ディドロの自然学の探求方法に関しては、ライプニッツ―ゲーテ関係およびディドロ―ゲーテ関係を射程に入れて今後の課題としたいと思っている。

（一一）この件については、Diderot ; *Œuvres complètes*, IX, Par J.Varloot, Hermann. pp.334-335（以後、DPV, IX のごとく略記して本文に記する。）また、『自然の解釈に関する思索』XXXVI についての数少ない分析の一つとしては、B. Lynne Dixon; *Diderot, philosopher of energy: the development of his concept of physical energy 1745-1769*, in: *Studies on Voltaire and the Eighteenth Century*, vol. 255, 1988, pp. 61-67.

（一二）J. Szigeti; *Dennis Diderot.Une grande figure du matérialisme militant du XVIIIe siècle*, Budapest, 1977, p. 48.

（一三）ハルトゼーカー Hartsoeker との論争の中では物体の諸部分の分離に対する「抵抗」は物体の凝集性を作り出す「協合運動」から派生し、分離への傾向を克服するためには「力」が必要であると主張される。そして、この「力」は神によって与えられた「物質を運動状態に保つ力」と表現されている（G, III, pp.489-535）

（一四）この点に関して、ライプニッツがハルトゼーカーに対して次のように答えているのは大変興味深い。「わたしは、引力は衝撃から生じるのではないか、と思う。また、固性も一種の引力であり、この引力は、鉄の磁石に対するように、一方の部分が他方の部分にくっつくと、その接触においては停滞するのであるから、固性を説明するためには、衝撃ないし圧力を利用すべきだと思う」（G, III, p.535）。

（一五）この点について考察したものとしては、A. Lerel; *Diderots Naturphilosophie*, Wien 1950, S. pp.89-93

（一六）Diderot; *Eléments de physiologie*, éd. par J. Mayer, Paris, 1964, p.24（以後 EP. と略記）

（一七）Diderot; Lettre sur les aveugles（『盲人書簡』）V, pp.121-123. 七六—七七頁。

（一八）Maupertuis; Système de la nature（SN. と略記）, dans: *Oeuvres* II, Lyon 1768（Olms 1965）, p.178. ディドロは『生理学原論』に至るまで、この想定を念頭に入れたままであった。彼はこう言っている。「願わくば、卵の孵化の過程において魂が動物の中に導入される瞬間を誰かがわたしに示してほしいものだ。」（EP, p.206）

（一九）Buffon; Comparaision des animaux et des végétaux, dans: *Un autre Buffon*, éd.par J.-L. Binet et J. Roger, Hermann, 1977, p.168

（二〇）Essai de cosmologie, dans: *Oeuvres* I, Lyon 1768, ibid., pp.32-34

（二一）Lettres, dans: *Oeuvres* II, ibid., pp.233-237

（二二）Marx W.Wartofsky; Diderot and the development of materialist monism, in : *Diderot Studies*, II, 1952, p.295

（二三）J.-B. Robinet; De la nature, t. IV, 1766, dans : *Les matérialistes français de 1750 à 1800*, éd. par R. Desné, pp.132-133

（二四）「物質の一般的特性ないしは組成作用の産物としての感性」をめぐる議論は「ないしは」（ou）をどう捉えるかが焦点の一つとなっている。この件については、Dixon; *ibid.*, pp.140-148 参照。

（二五）*Correspondances de Diderot*, V. par G. Roth, les éditions de minuit, p.141

第五章　化学への関心とその意味

ディドロの自然哲学と化学との関連について言及した論稿は数多い。彼の全集や著作集の編者たちが殊に『自然の解釈に関する思索』（以後『自然の解釈』と略記）や『物質と運動に関する哲学的諸原理』に関して付した貴重な註釈には、化学との関連の少なからぬ深さが示唆されている。にもかかわらず、これを主題的に取り扱った論稿は極めて少ない。なぜであろうか。彼が関心を寄せた化学はやがてラヴォワジエの「化学革命」によって〝無用の長物〟ないし〝前科学的〟とされるフロギストン説をとくシュタール学派の流れをくむルエル学派の化学であるがために、かかる化学との関連を強調してみてもかえってディドロの自然哲学の積極面を貶めることになりかねないと思われるためであろうか。あるいはまた、アンシクロペディスト・ディドロという点からすれば、さまざまな学問からの影響を受けているのは当然であって、とりわけ化学との関連を主題化することはかえって彼の自然哲学の多様な側面を一つの型に嵌め込んでしまう危険性が生じると考えられるためであろうか。

前者の問いに関して言えば、恐れる必要はないだろう。なるほど、ラヴォワジエやドルトンの化学理論をもって化学的〝科学性〟の成立を論じ、これを基準としてそれ以前の化学を規定していく〈伝統的解釈〉からすれば、ルエル学派の化学などはルエル自身が自らの理論を公刊しなかったことと相まって、従来の化学史の中ではほとんど登場さえしない代物となる。しかし、大野誠氏が適切に主張されているように、かかる解釈は「歴史上過去の事象をそれよりあとの時代の価値観で裁断・評価しようとするもので、その特徴は、どのようなものであれともかく評価する時点で生き残っていたものに高い評価を与え、あるいは味方し、他方、敗れて消え去ったものを非難し、邪険に扱うという点にある」(一)。しかもそれは、ディドロ自身が批判している「体系的精神」――「設計図を引いてから宇宙の諸体系を構成し、ついでこれらに現象の方をいやが応でも嵌めこませようとする精神」(二)と同趣であるといわねばならない。だとすれば、この化学とディドロの自然哲学との関連を主題化することは、わたしにはかえって興味深くなる。しかし、後者の問いとの関わりからいえば、やはり細心の注意を必要とするであろう。彼の自然哲学という〝錬金術の坩堝〟の中には、先人たちの多種多様な科学的成果が投入されており、しかもそれらはところどころで原形をとどめているようにみえるとはいえ、しかし夢想、比喩、類推、推測等々といった手法で溶解され変質させられている。したがって、とりわけ化学との関連を抽出するとなると細心な析出方法が要請されるばかりか、少なくとも次の問いを立てねばならない。すなわち、彼は自らの自然哲学を構築するにあたって、なにゆえ化学をも必要としたのか、言い換えれば、彼は化学から何を学ぶことによって自らの自然哲学をいっそう補強しようとしたのか、これである。

残念ながらいまのわたしにはこの問いに十分に答えるだけの力量はない。そこでこの拙稿ではこの問いに接近する糸口を探りながら、ディドロの自然哲学のわたしなりの理解を一歩でも深められればと思う。幸いにも、ディドロは『ルエル氏の化学講義』を残しており、ルエルの弟子ヴネルは『百科全書』の化学に関するいくつかの項目(「化学」、「火」、「溶解」、「混成物」、「原質」等)を担当している。また、R・ラッパポルトはルエルの化学講義の諸草稿を射程に入れて詳しくルエルの化学理論を展開している(三)。その他化学史家のいくつかの論稿の助けをも借りつつ、さらにディドロの唯物論とルエル学派の化学との関連を主題化したJ＝C・ゲドンの論文(四)をこの拙稿に対する問題提起の一つとしながら、この作業を進めていきたい。

ゲドンはなぜディドロがルエル学派の化学に頼ることを選んだのか、その理由を説明している。それは、唯物論の練り上げに必要な理論的武器を入手しようとするディドロの要請とその要請に応じうる質をもった化学との同盟という形で説明される。まず第一に、ディドロは「ニュートンとその弟子たちが創作した科学性のイマージュに反対する必要があった、というのもその科学性は理神論者や自然神学の支持者の利益に実にうまく適っていたからである」(JC, p.188)。すなわち、彼らは「距離をおいた作用」(l'action à distance) とか「諸力」とかといった「神秘的な概念」を包含しうる仕方で「科学性なるものを再定義することによって」、すでに十七世紀の終わりに登場していた唯物論的で決定論的な企てに反対することができた (ibid., p.193)。そこで今度は、ディドロをはじめ十八世紀半ばの唯物論者たちはニュートンやその学派の知的領域に身を置きながら、彼らの科学性の概念を再び変形しなければならない。「ルエルの化学が介入するのはまさにこの水準においてである」(ibid., p.194)。では、ルエルの化学はこの水準においていかなる質をもちえていたのか。彼の化学は「ジョフロワ (E.-F. Geoffroy) の直接的遺産であり、その練り上げられた形式」(ibid., p.190) であって、この「関係ないし親和力 (le rapport ou l'affinité)」の化学は、「デカルトやガッサンディの機械論的解釈における化学」(ibid.) と同様に、ニュートン物理学を「同質な物質の抽象的で縮小された王国」にとどめ置くことによって、「物質の科学」から諸物体の「反応の科学」へと問題設定を変化させた (ibid., p.190)。そこでは「ニュートンの引力の法則はまったくその有効性を失い、親和力にとって代わる」(ibid., p.192)。この化学こそが「ディドロの唯物論にその最も確固たる論拠を提供することになる」(ibid., p.193)。

ゲドンの説明によれば、少なくともディドロは一度はニュートン理論の領域に身を置き、それを変形することによってその領域から離脱するといった戦略をとったことになる。残念ながら、ゲドンはこの戦略の過程を誌してはいない。しかし、実のところ、この過程を明らかにすることは次の問いを解くために必要不可欠であるだろう。すなわち、ディドロはニュートンの「科学性の概念」をどのように変形することになるのか、これである。そして、この問いとの連関の中でルエル学派の化学が彼にとってどの程度の効力をもちえたのかも改めて検証することができるであろう。そこでルエルやヴネルがニュートンの引力理論に触れていることに注目しつつ、この理論に対するディドロの関わり方に焦点をあわせることによって、ここでは彼の戦略過程の一端に触れるよう努めたい。

周知のように、ニュートンの『光学』は「諸問題」の提示をもって終わっているが[五]、そのうちのいくつかは化学に密接に関連しているばかりか[六]、殊に「問題31」には万有引力の原理を物質粒子間にも拡張しようとする構えがみられる。彼はこう誌している――「物質の微小粒子にはある能力、効能、もしくは力があり、それによって、ある距離を隔てて光の射線に作用して、それを反射、屈折、回折させるばかりでなく、物質粒子同士も互いに作用し合って、自然現象の大部分を生じるのではないか。なぜなら、物質が重力、磁気および電気の引力によって互いに作用し合うことはよく知られているが、これらの例は自然の進路の過程を示しており、またこれら以外にもまだ引力が存在することも、ありえないことではないことを示しているからである。……これらの引力がどのようにはたらくのかを私はここでは考察しない。私が引力と呼ぶものは、衝撃もしくは私の知らない他の方法によっておこなわれるかもしれない。ここでは私はただ、原因が何であれ、一般に物体を互いに近づける力を表わすためにこの言葉を用いる[七]。」

ニュートンのこの推測をきっかけにして、十八世紀の始めに「さまざまな引力法則」をめぐる議論がすでにイギリスで展開されていた[八]。フランスでは一七四五年に科学アカデミーがいくつかの部会をこの件にあて、クレロー、ダランベール、ビュフォンがそれぞれの見解を表明した[九]。ディドロもこの流れに顔を突っ込んだ可能性がある。ディドロ全集に収められている「ニュートン学派が物体の凝集およびそれに関わる他の諸現象を説明するときの仕方に対して提起された一つの難点に関する諸省察」という論稿はまさにこの件を主題にしているばかりか、三者の見解をも射程に入れているように思われる。「一つの難点」というのは、天体間に働く引力を粒子間に適用するとすれば、引力が距離の二乗に反比例する限り、粒子の凝集において働く力はほとんど無限の大きさになる、したがって、二つの力が一箇同一の原因によって産み出されるとみなすことは難しい、ということである。そこで、クレローは万有引力とは別の引力法則を想定し、それに対してビュフォンは、「法則の本質たる単一性」を侵しニュートンの引力法則を無にするばかりか想像しうる一切の法則に途を開いてしまう、と批判する。ダランベールは、二つの引力法則を包括しうるような法則を想像することは不可能であると主張し、判断中止の態度をとる（DPV, IX, p.342）。これに対して、この論稿では、一箇同一の原因のもとで二つの法則を整合的に捉えることが可能であると説かれる。その際、次の要件が考慮されねばならないと主張される。

（1）重力や凝集力は「引力そのものではなくて、引力の結果である」ということ、言い換えれば、「引力」とは「引きつける物体が引かれる物体を運動させるために行う努力」であり、「この努力のお蔭で引かれる物体が運動するときの力」は「引力の結果」であるということ

（2）「引力」は「もし何らかの特殊な諸状況の競合によって、その作用がさまざまに変容されるとすれば」、つねに同一の法則に従いながらも、「衝撃がそうであるように」（傍点引用者）、自らが及ぼす諸物体のうちに「同じ比例に従わない諸結果・諸力」を生じさせうるということ（DPV, IX, p.345)

これらである。こうして「引力」は物体の内在的力（「努力」）に変形する。

一七六一年 *Mémoires de Trévoux* に無著名のまま印刷されたこの論稿の筆者が本当にディドロであるのか、またいつ頃書かれたのかはテキストクリティーク上の問題を残したままになっている。[一〇] しかし、ディドロは一七四八年にこう語っていた――「事実、わたしはニュートンの学説を解明するという意図のもとに彼を研究してきました。正直言って、この仕事は、それほど大きな成功をおさめたわけではありませんが、少なくともきわ

めて機敏にやりとげました」(DPV, II, pp.320-321)。彼が『プリンキピア』を研究していたのは事実ではあるが、『光学』の研究にどれほど従事していたのかわたしには定かでない。この論稿に関して言えば、『プリンキピア』の諸命題（70・71・74・85）を引き合いに出して説明しているとはいえ、ニュートンの引力が質量に比例するという点を全く無視して、粒子間の相互作用の説明に都合よくニュートン理論を押し込めている。この限りにおいて、筆者はニュートン理論に一見そいながらも、それを我田引水的に変形している。そして、この変形を通して、彼はニュートンよりもいっそう積極的にこう主張することができた。「引力」は「硬さ、流体の諸部分の粘着、発酵、そして一般的には凝集を生み出す、ないしはそれに関わる一切の現象」といった「自然的諸結果」を生み出す、また「引力が物質の一般的な特性の一つである」という見方は「かなり公算が高い」(ibid., p.341)。彼が万一ディドロでないとしても、少なくとも彼は『自然の解釈』（一七五三年、改訂五四年）以降のディドロと手を結んでいる。

『自然の解釈』の「第五の推測(二一)」によれば、引力は一つの物体の内的な結合、組成を生み出す動因の一つである。この結合は物体を構成する諸粒子の引力、形状等々に基づく。すなわち、一つの物体の諸粒子は自らの引力、形状等々の法則によって一時的な均衡状態つまり凝集状態を保っている。したがって、引力はそれぞれの粒子の「性質」の一つであり、諸粒子間の凝集は引力の結果の一つである。そこで、外部からの衝撃に対しては、「諸粒子は彼らの相互秩序を乱そうとする力に抵抗し、秩序を乱す力が止むようになれば、つねにもとの秩序を回復しようとする」(DPV, IX, p.60)。もし衝撃の強さが凝集力を越えれば、物体は破壊されてしまう。それゆえ、抵抗の度合は内部を凝集させている引力の強度に左右される。ディドロはこのような自己同一性として捉えられる物体を「単純弾性物体」(corps élastique simple) と呼び、さらに「混成弾性物体」(corps élastique mixte) の組成を考察していく。

「混成弾性物体」とは何か。彼はこう定義している。「一つの混成弾性物体ということでわたしは、それぞれ異なった物質からなり、異なった形状をもち、異なった量によって動かされ、そしておそらくは異なった引力法則によって運動させられ、その粒子は一切の粒子に共通な一つの法則によって相互に秩序立てられ、またそれらの相互作用の産物であるとみなされうるような二つないしいくつもの体系から成る一つの体系を意味している」(DPV, IX, p.62)。これは当時の化学用語でいえば「混成物」(mixte)[22]にあたるであろう。たとえば、ルエル学徒ヴネルは『百科全書』第三巻（一七五三年）項目「化学」の中でこう定義する――「混成物」とは「異なった本性をもつ二つないしいくつもの単純物体の結合によって形成された諸物体」を構成部分とする一つの「凝集物」(aggregé) である (Ency, III, p.411-b)。『百科全書』の編集者ディドロはこの時点でこの項目に眼を通していた (DPV, IX, p.68)。したがって、ここでは混成物体は化学反応のイマージュで捉えられているように思われる。すなわち、この物体をいっそう複雑にできれば、「硬さ、弾性、圧縮性、希薄化性、その他複合体系中における粒子の異なった配列に依存する諸性質は増大したり減少したりするだろう」(ibid., p.63)。あるいは、「複合体系から秩序立てられた同一種の物質の一切の粒子を追い出すことによって、複合体系を単純化する」(ibid.) ことになる。しかし、この場合、問題となるのは、「若干の化学的操作において生じるように」かかる単純化がどういうメカニズムによって生じるのかである。これに対して、ディドロは注目すべきことを述べる――「さまざまな法則に従う引力はこの現象を説明するのに十分とは思えない。そして斥力を認めることは困難である」(ibid.)。ここで彼はニュートンの『光学』「問題31」の一箇所（前掲書、三四八頁）を念頭に入れているかに思われる。万一彼が『光学』を読んでいなかったとしても（もし読んでいたのであれば、なぜもっとコミットしなかったのかわたしには不思議に思われる）、『百科全書』第一巻項目「空気」(ダランベールの執筆) の中で知ることはできた。そこには『光学』を参照するように指示しつつこう誌されている。「ところで、一切の物体は引力と斥力とをもち、これら二つの性質は物体内において、物体がいっそう密で堅くぎっしり詰まっていれば、それだけいっそう強くなる、と彼〔ニュートン〕は主張するのであるから、そこからこういう結論がでてくる。すなわち、熱によって、ないしは何らかの他の動因の結果によって、引力が乗り越えられ、物体の諸粒子がもはや引力の及ばない範囲にまで遠ざけられると、斥力が働き始め、斥力は諸粒子が互いに密に粘着していたとすればそれだけいっそう強い力でそれらを遠ざける」（Ency, I, p.226-b）。ヴネルならば、先の困難を「親和力の法則」に基づいて沈殿作用（一三）なり溶媒による分析なりを通して免れるようにするであろう。だがディドロは再び「衝撃」をもちだして、この困難に対処する。体系B、Cから合成された混成物体・体系Aがあるとする、これに体系Dを導入すると体系Aの諸粒子と体系Dの諸粒子間に衝撃が生じるだろう。もし、この衝撃が体系Aの諸粒子間の引力圏内であれば、最初の瞬間には混乱や小さな振動が生じるであろうが、結局のところB、C、Dの諸体系からなる混成弾性物体が結果する。引力圏外であれば、たとえば体系Cが追い出されてB、Dから成る混成弾性物体になる云々。

これまで見てきた限りでは、ディドロがいかにニュートンの「科学性の概念」を変形したのかまでは明らかではないが、少なくとも次のことは確認できるであろう。すなわち、ディドロが粒子間に積極的に引力を適用し、さらにニュートンが粒子間の引力結合に神の意図を読み込むのに対して、あくまでも引力の働きのメカニズムを物理学的化学的に説明していく構えをとったこと、単純物体の物理的性質はその内部の諸粒子の組成に基づきながら同質性を保つとはいえ、混成物体内においては多様に変化しうるということ、しかもこの変化は引力―斥力関係というよりは引力―衝撃関係によって説明すべきであるということ、これらである。そして、これらの考察を通して、ディドロは自然現象の多様性を物質の異質性に基づかせ、質を量に還元する一切の抽象科学を批判する。だが、注意すべきことは、質と量との関連についても考慮していたということである。この点は、数学の「自然の解釈」に対する適用の有効性を彼が極めて否定的にしか捉えなかったがために、これまで見落とされがちであった。したがって、この点に若干触れておきたい。

なるほど、彼が質―量関係を十分に明らかにしたとは言い難い。むしろ彼は「測定の精確さ」にこだわり過ぎると、「発見する」ことが疎かになると忠告する（DPV, IX, p.85）。測定の精確さが発見を生み出すということを時代の流れは証明していくとも言えるが、当時のディドロには、量化された数学的世界は生成流転のもとにある自然現象を表現しえない、という確信があった。一方で新しい計算方法を発見した、ライプニッツやニュートンのような人びとを「偉大だ」と評しつつも、他方ではその計算を神秘めかし、そこに神の意図を読み込むことに反対した（ibid., p.68）。「自然の解釈」においては、測定や数学によるよりも、むしろ推測や類推に基づく「予見の精神」をもってすることの方をよしとするのもこのためである。(一四) 話を質—量関係に対するディドロの関わり方に戻そう。すでに見たように、混成弾性物体として捉えられる物体は、それを構成する諸部分に固有な引力ないし凝集力の量的相違によってさまざまな質的多様性を示すことを知らせていた。だからこそ彼はまた、どのような割合で或る物体がこれこれの質をもつのか、その測定の仕方についても述べることができた。「物質において現在まで知られている性質の一覧表を眼の前にして、これらの性質の中で実験に付そうと思う物質に相応しい性質が何であるかを見、それがそこにあることを確かめてから、その量を知るように努めたまえ。この量はほとんどつねに或る用材（instrument）によって測定されるであろう。そこではその物質に類似した部分を中断なく余すところなく一様に充当していくと、最後に性質が完璧に消失されるであろう」（ibid., p.70）。J・ヴァルロオによって「われわれはラヴォワジエからそれほど遠いところにいるのであろうか」と評されたこの箇所には、ディドロが化学反応を通して質と量との関連を定量的分析を思わせる仕方できちっと考慮していたことを物語っている。

二

一七五四年時点でのディドロにとって、化学の効力はいまだ表面に出ているようには思われない。否むしろニュートン（学派）的パースペクティブのうちにあったとさえ言えるかもしれない。彼は五四年から五七年にかけて王立植物園（Jardin du Roi）におけるルエルの化学講義を受け続ける。『百科全書』の編集という大変な仕事をかかえながら、しかも水曜と土曜を除いて毎日受講するのであるから、かなり化学に関心を寄せていたことになる。[一五] 確かに彼の『物質と運動に関する哲学的諸原理』[一六]（以後『哲学的諸原理』と略記）は「物理学から化学への新しい移行」（M. Delon; DPV, XVII, p.7）を示す。しかし、彼が受けいれた「さまざまな引力法則」の仮説はかなり動揺するとはいえ、「親和力の法則」に取って代わるとは思われない。とすると、彼にとってルエル学派の化学の効力とはどの程度のものであったのか、こう問う必要が出てこよう。そこで、今度はこの問いを軸にしてニュートンの引力法則に対する彼の関わり方をも捉え返すように心掛けよう。

一七五四年時点で、ディドロがヴネルの項目「化学」を読んでいたことはすでにみた。実は、ヴネルはこの項目の中で再三「偉大なニュートン」を引き合いに出し、物理学からの化学の解放を主張すると共に、粒子間への引力の適用を斥けている。彼によれば、化学とは物体の性質と使用法を発見するために、物体を構成する諸原質（principes）の分離と結合に専念する科学であるから（Ency, III, p.417-a）、物理学のように「感知可能な物塊」の外的性質ではなくて、まさに物体の構成部分に内在的な性質に注目しなければならない。物体の形状なり運動なりの規定に「幾何学的精確さ」を付与しうるのは、諸物体を「物塊」ないし「物質」として抽象化し、したがって物質的同質性として取り扱う限りにおいてである。それゆえ、物理学と化学とを混同してはならないのであって、両者が固有の領分を守って、共通の対象についてのみ歩みよるのでなくてはならない。さらに彼は、化学的操作における溶媒の使用によって発見される物体の一つの性質、つまり「可溶性」を「ニュートン学派の凝集引力」に対置することを通して、ニュートン学派との相違を明らかにしようとする。彼が「凝集引力」を斥けるのは、それが「物質として考察された物体と物体との間に生じるかもしれないような引力」だからであり、しかも「物質、すなわちさまざまな物体の諸性質の担い手なるものは抽象的な存在にすぎない」からである。これに対して、可溶的諸物体が互いに引き合うのは専ら「必然的に異質性を前提とする幾つかの関係」ないし「親和力」による。ここから、彼はニュートン学派との相違点を二つあげる。（1）可溶性のような化学結合は「熱によって拮抗させられるのであって、斥力によって交代させられるのではない」、しかも斥力の原因は「火」である。（2）「凝集可能性と火」は「互いに拮抗しあう二つの動因」であるが、「引力と斥力」とはニュートン学派にとって一方が終わると他方が始まるといった具合に「孤立した二つの現象」である（ibid., pp.418-b－419-a）。

　このようにして、ヴネルは、ゲドンが言うようにニュートン学派の「物質の科学」から「諸物体の反応の科学」へと問題設定を変化させた。だが、少なくとも一七五四年時点つまり『自然の解釈』でのディドロとヴネルの間には、いくつかの溝がある。まず第一に、もはや明らかなように引力法則に対する関わり方である。確かにディドロは当書の最後で「距離をおいた作用」と「真空」に対する難点を喚起してはいるが（DPV, IX, p.99）、ニュートンを名指しで批判するのは、シュタールの諸著作と共に『プリンキピア』の難解さに基づく「巨匠の気取り」に対してにすぎない（ibid., pp.68-69）。第二に、「合理哲学」と「実験哲学」、また「合理物理学」と「実験物理学」との統合をめざそうとするディドロにとっては、物理学対化学といったヴネルの構図はとられておらず、そのため、「物理学者」（自然学者）の中に「化学者」を含めている場合が大半である。では、ルエルの化学講義の受講以後、彼の理論はどのように変化していくのであろうか。紙幅の関係もあるので、彼の自然哲学を特徴づける次の諸要件を取り上げて、ルエル学派の見解と対比させていくことにしたい。すなわち、（1）物質の異質性、（2）物体間の相互作用、（3）物質の自己運動性、（4）生命の起源の問題、これらである。

（1）物質の異質性について。

　ルエル学派の物体観はシュタールの階層構造論――原質または要素、諸原質から合成される混成物、諸混成物から合成される化成物（composé）――に基づいている。[一七] ルエルによれば、原質または要素は「単純で、同質で、不可分で、不変で、感知不可能で、その異なった形状、本性、質量に従って多かれ少なかれ可動的な物体」

(CR, p.216) である。原質は、フロギストンまたは火、土、水、空気の四種類であるが、それ自体で直接物体を形成するのではなくて、「本性の異なる複数の原質」が一緒になって混成物を形成する (ibid.)。ここに、ヴネルによれば、「諸原質の異質性は混成結合において本質的である」(Ency, III, p.413-a) ということになる。したがって、化学の対象たる物体の諸作用は、物質的諸作用であるといっても、物理学の対象たる「物質」の諸作用とは「極めて異なっている」のである。この件についてヴネルは『百科全書』の項目「原質」においてこう主張する。「この重要な問題は、これら第一義的な原質をめぐって、すなわち真にかつ本質的に要素的な複数の物体が存在するのか、それとも一箇同一の、ないしは同質の物質しか存在せず、それがさまざまな変容を通して一切の物体、最も単純とみなされる物体をも形成するのかをめぐって展開する。しっかりと要約された観察または一切の化学的事実の体系が示すところでは、かかる一つの物質は純粋な概念であり、抽象的存在である……しかし、自然の物体のどれも本来的な意味における物質ではない。したがってさまざまな物質部分間にはいかなる凝集法則も働かない。この法則に従う担い手はつねに水か空気か金属か油か等々である。ところで、これらの物体の各々を種別化する存在の仕方が本質的かつ明示的にそれらの相互的な凝集性を多様化させるのであるから、一つの同質的物質の諸部分間で絶対的に斉一であらねばならないとされる粘着法則の考えは抽象的でしかありえず、もし精神がこれを自らの外に実際に存在する担い手に適用するとすれば、精神は必然的に自らの幻影を実在性と思い違えているということ、これは明らかである」(Ency, XIII, p.376-a)。

以上の見解をディドロは基本的に受け入れるし、『哲学的諸原理』において明らかに活用している。しかし、彼の視座は物体の階層構造論の枠内に収まらないし、ゲドンの言うように、「化学者は物質の内奥を理解する企てを放棄して、むしろ諸物体の循環に専念する」(JC, p.190) とすれば、その化学者の立場にとどまることもしない。逆に、「物質の内奥」に踏みとどまり、「諸物体の反応の科学」を包摂した「物質の科学」の構築へと進んでいくかにみえる。もちろん、その場合「物質の科学」はデカルト、ニュートン、トーランドのような一つの同質的物質とその諸変容に関する科学ではもはやない。彼の次の叙述はこのことを暗示していないであろうか――「わたしは物体の全般的集積に眼をとめ、一切が作用と反作用のうちにあり、ある形態のもとでは互いに破壊しあい、他の形態のもとでは互いに再構成しあうのを見、蒸発、溶解、あらゆる種類の結合は物質の同質性と両立しがたい現象であり、そこからわたしはこう結論する、物質は異質であり、自然には無数の異なった要素が存在し、これらの要素の各々はその多様性によって、自らに特有で、本源的で、不変で、永遠で、破壊不可能な力をもち、物体に内的なこれらの力は物体外にその作用を及ぼし、そこから運動が、あるいはむしろ宇宙における全般的な発酵が生じる」(DPV, XVII, p.18)。

（2）物体間の相互作用について。

ルエル学派はこの件を「関係ないし親和力」の原理によって説明する。ルエルはこう述べる――「いにしえの化学者たちが考察したように、若干の物体は一定の距離を置いて互いに引き合うであろう。彼らはこの現象の原因に対して同感（sympathie）という名を与えたが、今日の人びとはそれに代えるに関係ないし親和力という名をもってした。この引力はニュートンの引力とは違って距離の二乗則に従うのではなくて、面の同質性の法則に従う」(RR-II, p.83)[一八]。だが、ラッパポルトによれば、ルエルはこれ以上の原因追求をしなかったし、ヴネルもニュートンの態度（註（七）参照）を逆手にとって判断中止をきめ込む（Ency, XIII, p.271-b)。「化学者は虚しい推論を求めず、事実のみを求める」(CR, ibid., p.210) というのがルエルのモットーであったことからすれば、彼らの態度は当然であったと言えよう。しかし、ディドロは「自然の観察者」から「自然の解釈者」へと進んで、事実を通してなお事実として存在しているはずのものを推測しようとする。神学者の敷居を越えてはならないが、ぎりぎりのところまで迫っていく (DPV, IX, p.88)。

化学の実験室の中では、熱せられたガラス管は金箔を飛散させ、熱は水を蒸発させ、気体を膨張させる、硝石と炭素と硫黄の結合物に火花を置けば爆発が生じ、埃を空気中にまき散らす。物体間の相互作用の多様性に応じて、それだけ異なった法則を考えねばならぬ、もはや重力の法則は普遍的ではない（DPV, XVII, pp.16,18-19)。その法則性は物質を同質とみなし質量に還元することから生じる。ここに、ゲドンが言うように「ディドロの反ニュートン的戦略」が据えられる。さらに彼は、物体間の相互作用を物体の構成要素たる「分子」(molécule)[一九]間においても同様と解さねばならないと考える。すなわち、すべての分子は「重力ないし引力の作用」、分子の「固有で内在的力の作用」、この分子に対する他のすべての分子の作用で動かされている。「弾性物体」の考察の際には「引力」は主役を演じていたが、ここでは三つの作用の一つにすぎず、『生理学原論』では物質の本質的な特性からもはずされる[二〇]。分子の相互作用は物体の組成構造を規定するばかりか、物体間の相互作用を通して物体の形態変化をも担い、「物質的宇宙」の「発酵」を生み出す。逆に、宇宙全体の中で各物体はその構成要素として作用し、その作用は各分子の作用に波及する。この動態的な世界の構築にはライプニッツのモナド的世界を物質化するというディドロの作業が介在していた、とわたしは考えている[二一]。

（3）物質の自己運動性について

　ニュートンの物質的世界においても諸物体全体は相互作用のうちにあるし、ルエル学派の「諸物体の循環」の世界も同様である。しかし、このことは、運動が物質にとって固有の性質であることを意味しない。ルエルの「原質」は「多かれ少なかれ可動的」ではあったが、それは、ある原質が他のそれよりも容易に刺激を受けたり蒸発しやすい、ということに他ならなかった。つまり「原質」は本来的には惰性的であって、親和関係によって運動状態に置かれるにすぎなかった。しかし、彼はニュートンと同じ仕方で親和力の現象を物質の未知ではあるが本質的特性として受け入れる（RR-II, pp.75, 82-83)。『光学』のニュートンは、惰力のような受動的動因だけではいかなる運動もありえなかったということ、したがって運動の開始にとってもその保存にとっても「何らかの別の能動的動因」が必要であることを認める。この問題設定をディドロは共有しつつさらに歩を進めて、分子に内在する力を「止むことのない潜勢力（nisus)」と想定する。彼にとって物質の自己運動性は分子のそれによって担われねばならない。というのは物体はその構成要素たる諸分子の相互作用と各分子の内在的力の作用とによって自己運動性をうるからである。だが、分子にいくら能動的動因を内在化させても、それだけで分子の自己運動性を説明したことにはならない。この件に関する限り、ルエル学派の化学よりも『光学』のニュートンの方がディドロにとってまだ効力をもっていたであろう。もし、彼が「反ニュートン的戦略」をさらに押し進めようとするのであれば、この戦線を突破しなければならない。

『哲学的諸原理』はこの突破への構えをみせている。ディドロは、物体の静止への傾向ではなくて、重力に対する「抵抗」ないし「惰力」を物体に固有な性質とみなすと共に、「それは分子全体の内在的力のような内的な力であろう」(DPV, XVII, p.20) と考える。したがって、静止した物体は惰力と「分子全体の内在的力」との拮抗状態にあり、この物体に抵抗せしめている障害が取り除かれれば自力で運動に移ることになる。ライプニッツの「惰力」(派生的受動的力) と「潜勢力 (nisus)」(派生的能動的力) との関係に同趣である。当然このことは、ディドロが「非物質的自動体」たるモナドを物質化し、「分子」としたことからきている。

(4) 生命の起源の問題について。

ネジョンは『哲学的諸原理』について次のように述べている——「そこにおいて特に認められるのは、ディドロが一切の科学に対してもっていたあの素質でもって数年間専念した化学研究がいかに彼にとって有用であったか、ということである。彼はそれ以後このかくも必要な知識をさまざまにうまく適用することができた……それゆえ彼がもっと早くルエルの講義をとっていたらと悔やまれる。この偉大な化学者の実験室の中で彼は『自然の解釈』の終わりで立てている諸問題のほとんどに答えを見いだしたであろうし、あるいはむしろそういった諸問題を提示することは全くなかったであろう。というのも最も大胆な形而上学によってでさえ解明するのが極めて難しいこれらの疑問の大部分が化学によって容易に解決されるからである」(DPV, XVII, p.10)。『自然の解釈』の終わりに立てられた諸問題とは死んだ物質の生きた物質への形態変化つまり生命の起源の問題に集約される。

ネジョンは勢いあまってこの問題が化学によって「容易に解決される」と主張したが、当のディドロが『ルエル氏の化学講義』の中で、辰砂《しんしゃ》の組成に関する化学的論証に触れた後にこう誌しているのである――「しかしながら、化学はこの論証を一切の物体にまで、特に動植物にまで広げることはできない、ということは真実である。動植物の有機組成はあらゆる探求の手をのがれた自然の神秘の一つである」（CR, p.210）。

なるほど、化学はさまざまな化学反応を通してディドロに物質の形態変化への見通しを示したであろう（二二）。たとえば『ダランベールの夢』において、ルクレティウス的発想と化学的発想とが交合して、生命は物質の発酵から生み出されている（DPV, XVII, pp.130-131）（二三）しかし、生命発生の道行を説明しようとする時、彼は「物質の一般的特性ないしは組成作用の産物としての感性」（ibid., p.105）を想定せざるをえなかったし、またこの想定を、すでに触れたように、「きちっとした哲学には十分でない」と考えていた。つまり、この問題は彼を最後まで悩まし続けた。したがって、ゲドンのつぎの主張は皮相的と言わざるをえないであろう。「このことを説明するためには、化学の水準に移行して、そこに《化学的な》相関物、すなわち感性を見いだせば十分である。言い換えれば生命の感性に対するは自由な空気の固定した空気に対するに、あるいは火のフロギストンに対するに等しい」（JC, p.200）。いずれにしても、ディドロがこの問題の解明に挑むとき、彼は化学的知識をも活用しつつ、ニュートンの数学的力学的自然学から距離を置くことになると言えよう。

三

化学がディドロに与えたインパクトはかなり強かったと認めざるをえない。化学理論もそうであったであろうが、それ以上に化学的発想が彼にとって刺激的であったように思われる。彼は『百科全書』の項目「神知論者」の中で、こう述べている――「化学ほどに鋭敏な推測を精神に提供し、巧妙な類推で精神を満たす科学は他にない。これらの類推すべてが化学者の想像力にいちどきに現れる瞬間がやってくる。それらが彼の心をとらえると、彼は自分のためになる実験を試みる。そして彼は自分の技術の長い試練に耐えぬいた結果にすぎないものを自分の魂と何らかの優れた叡智との内的な交合の賜とみなす」(DPV, VIII, p.367)[一四]。ここでディドロが化学に見いだしているのは、明らかに彼自身が重視した「予見の精神」である。ヴネルも「実験的予感」や「勘による判断能力」をいかなる科学的手段によっても取って代えられぬ「経験的真理」とみなしていた(Ency, III. pp.416-b, 420-b)。

ディドロがルエルの化学講義を回顧しつつ述べる次の記述も化学に対する彼にとっての関心がどこにあったのかを知らせている。「彼の激しい気性は一つの厳密な方法に従うことを不可能にした。彼はある主題から話を始めはするが、やがてたくさんの観念が彼の頭によぎるがために、当の主題からはずれてしまい、最も一般的で最も深い観点が彼から逃げていく。彼は自らの実験を世界の一般的体系に応用した。彼は自然現象と技術の仕事に心を燃やし、それらを最も繊細な類推によって結びつけた。彼が道に迷うと人びとも彼と一緒になって道に迷い、その日の実験の特殊課題に再び立ち返ると、自分たちが経めぐった広大な空間にきまって驚くことになった」[一五]。ある主題から別の主題への飛躍、想像力の湧出、繊細な類推、広大な空間を経めぐる驚き、これこそがディドロをルエルの講義に釘付けにした当のものであったのではなかろうか。ルエルはまるで「ラモーの甥」、〈夢をみているダランベール〉のごとくである。彼に見いだされる化学的発想がディドロの自然哲学のパースペクティブをいっそう広げ、ニュートンの自然学と袂を分かつ契機になったのは確かであろう。

註

（一）化学史学会編『原子論・分子論の原典』学会出版センター、一二六頁。〈伝統的解釈〉は化学史ないし科学史に限ったことではない。ディドロ解釈においても、たとえば、H・ルフェーブルのように彼流の「弁証法的唯物論」を解読格子としてディドロ思想の功罪を示すといったことが行われた。Henri, Lefebvre ; *Diderot*, Hier et Aujourd'hui, 1949.

（二）『百科全書』の項目「哲学」*Œuvres complètes de Diderot*, A. -T. XVI, p.291『百科全書——序論および代表項目——』桑原武夫編、岩波文庫、一八八頁。

（三）Rhoda Rappaport; G. -F. Rouelle : An eighteenth-century chemist and teacher, in: *Chymia* 6, 1960（略号 RR-I）および Rouelle and Stahl, the phlogistic revolutions in France, in: *Chymia* 7, 1961（略号 RR-II）

（四）Jean-Claude Guédon; Chimie et matérialisme, La stratégie anti-newtonienne de Diderot, *Dix huitiéme siécle*, 1979（略号 JC.）

（五）J. Varloot によれば、当時の学者たちの間では作品を「諸問題」で終えることがしばしばであった（Denis Diderot, *Œuvres complètes*, IX, Hermann, 1975, p.92. 以後 DPV. と略記）。モーペルテュイの『自然のヴィーナス』もこの例にそっており（Vénus physique, *Oeuvres* II, Lyon, 1768（Olms 1965）, pp.130-133）、また、ディドロの『自然の解釈』も「諸問題」で終わっている。これは、P. Casini によれば『光学』のそれに起源を負っている（DPV, IX, p.335）。

（六）M. Crosland はこう述べている。

「ニュートンはロバート・ボイルから彼の観念の多くを獲得した。……周知のように、ニュートンはボイルとの個人的な交流や文通のほかに、レムリ（Lemery）の『化学講義』の一六九八年版と共にボイルの著作を約二〇冊書棚に収めていた」（The developement of chemistry in the eighteenth century, in: *Studies on Voltaire and the Eighteenth Century*〈略号 SVEC〉, XXIV., 1963, p.374）

（七）ニュートン『光学』島尾永康訳　岩波文庫、三三二頁、傍点引用者。

（八）Casini; DPV, IX, pp.335-336. さらに『百科全書』（Ency. と略記）第一巻項目「引力」（ダランベール執筆。Ency, pp.846-855）を参照のこと。また、Casini によれば大部分がチェンバーズ Chambers の「サイクロペディア」からの翻訳である（DPV, IX, p.341）。なお『百科全書』（ENCYCLOPÉDIE, ou DICTIONNAIRE RAISONNÉ DES SCIENCES, DES ARTS ET DES MÉTIERS, PAR UNE SOCIÉTÉ DE GENS DE LETTRES.）については、READEX MICROPRINT CORPORATION, NEW YORK, N. Y. 1969 版を使用し、巻数・頁数は原典に則する。

（九）ジャック・ロジェ『大博物学者ビュフォン』ベカエール直美訳、工作舎、八二―八七頁。第二章で触れたように、モーペルテュイも『有機体の形成についての試論』（一七五四年）において「別の諸法則から生じるさまざまな引力」の想定を考えていた。

（一〇）この点については、この論稿に付せられた P. Casini の「序文」および「註」（ibid., pp.333-339）、さらに Jean de Booy ; A propos d'un texte de Diderot sur Newton, dans: *Diderot Studies* IV, 1963, pp.41-51 参照。

（一一）ダランベールは『百科全書』の項目「弾性ないし弾性力」において、この「第五の推測」を取り上げて「多くの観点に採用されうる新しい考え」と評している（Ency, V, p.445-a）。しかし、彼がディドロは「引力」をもっぱら「何らかの未知の原因」として考察していると述べるとき、それは彼自身の立場表明である。なお、この「第五の推測」を分析した数少ない論稿の一つとしては、B. Lynne Dixon ; *Diderot, philosopher of energy : the developement of his concept of physical energy 1745-1769*, in: *SVEC* no255, 1988, pp.61-67.

（一二）mixte は古くからある化学用語であるので、化学史家に倣って今日の「混合物」と区別するため「混成物」と訳す。

（一三）ヴネルは項目「沈殿」の中でこう述べている。「沈殿とはある混成物ないし化成物の原質の一つを、それが占めていた位置にもう一つ別の原質を代替することによって、引き出すところに成り立つ一つの作用、あるいはむしろ一つの化学的現象である」（Ency, XIII, p.271-a）。

（一四）この点については、John Pappas : L'esprit de finesse contre l'esprit de géométrie : un débat entre Diderot et Alembert. in: SVEC LXXXIX, 1972, および第六章参照。

（一五）ルソー宛の手紙（一七五七年三月、*Correspondances de Diderot*, G. Roth, I. 240）。聴講者の中にはルエル学派に属するかその系列に入る人びと（Th. Baron, P. Bayen, Macquer etc.）やラヴォワジエ、さらに『百科全書』に長文の項目「膨張性」を執筆するテュルゴー、Institutions chimiques（*Annales* XIII, 1918-9）を残したJ＝J・ルソーが名を連ねていた。ディドロはルエルを近代化学者の中で第一級の人物と評したばかりか（Cours de chimie de M. Rouelle, *DPV*, IX, p.208）、『ロシア政府のための大学計画』（一七七五―七六年）の中で、化学講義に使用しうる最良のテキストとしてルエルの弟とDarcet 教授によって編纂された「ルエルの講義ノート」をあげている（*Plan d'une université pour le gouvernement de Russie*, dans: A. -T., III. p.464）。また、その後ルエルの講義草稿の整理に関与する（RR-I, p.87）。これらのことはディドロが晩年にいたるまでルエルの化学に信頼を寄せていたことを示している。

（一六）ネジョンによれば、この論稿は一七七〇年に匿名で公刊された或る論文を契機として書かれたものであるが、物理学的・化学的考察に限定されており、『ダランベールの夢』（一七六九年）にみられるような生理学的考察にはまったく手をつけられていない。Hermann 版ディドロ全集（DPV）においては、この論稿は『ダランベールの夢』の前に位置づけられている。

（一七）Diderot; Cours de chimie de M. Rouelle（CR. と略記）, DPV, IX, pp.216-217. RR-II, p.75. Venel; article “Chymie”（Ency, III, p.411）.

（一八）「面の同質性」というのは、物体間の凝集ないし粘着における接触面の同質性、つまりラトゥス（latus）の共有性ということであろう。ルエルの講義にはこう誌されている――「混成物の外面を形成する原質部分はラトゥスと呼ばれ、それはそこに結びつくことのできる他の原質に結合手段として役立つ」（CR, DPV, IX, p.216）。ディドロは『ダランベールの夢』の中で同化作用を説明するための隠喩としてlatusを使用する（DPV, XVII, p.94）。

（一九）molécule という語は、化学用語でもあり、したがって、化学史的にみると「分子」と訳すのには難点が伴うであろう（坂口正男「Dalton 以前の化学書に現れる molécule の訳語について」『科学史研究』II 10、日本科学史学会、一九七一年、六四―六五頁、原光雄「十九世紀中頃以前の molécule という語について」『科学史研究』II 11、日本科学史学会、一九七二年、二五―二八頁）。しかし、ディドロのこの語はルエル学派の「原質」ばかりでなく、ルクレティウスの「アトム」、ホッブズの「感性的分子」、ビュフォンの「有機的分子」、ライプニッツの「モナド」等からも着想を得ていると思われるので、従来どおりの訳語を使用する。要は、物質の不可分で異質な最小単位のことである。

（二〇）この点についてはすでに第四章で触れた。

（二一）この件については第三章参照。また、ディドロのモナドロジー的発想を考察したものとしては、J.-F. Marquet ; La monadologie de Diderot, dans: *Revue philosophique de la France et de l' étranger*, Juillet-September 1984.

（二二）ルエルに対する言及は『生理学原論』にまで及んでいる。たとえば、*Éléments de physiologie*, ed, par J. Mayer, Librairie Nizet, 1964. p.9.

（二三）ドルバックのサロンにはルエルもディドロと共に立ち寄っており、そこでは化学談議がおこなわれたはずである。ドルバックも『自然の体系』（一七七〇年）の中で「発酵と腐敗は明らかに生命ある動物を産み出す」と述べる(*Système de la nature*, I, Olms, p.28)。

（二四）この項目はほとんど Brucker の *Historia Critica philosophiae a mundi incunabulis ad nostrum usque aetatem deducto* からの抜粋であるが、引用箇所は、J. Fabre の考証によれば、ディドロの筆による（J. Fabre ; Diderot et les Théosophes, dans: *Cahier de l'AIEF*, 1961, p.213)。

（二五）Notices sur le peintre Michel Vanloo et le chimiste Rouelle, dans: *Oeuvres complétes de Diderot*. A. -T. VI, p.407.

第六章　「予見の精神」と〈ダランベールの夢〉

十八世紀啓蒙主義の時代においては、「体系の精神」(esprit de système) は高い評価を受けることはなかったが、しかし全的に排除されることもなかった。モーペルテュイにとって、「体系は科学の進歩にとって真の不幸である。体系的な著者はもはや自然を見ているのではなくて、自分自身の作品を見ているにすぎない」[一]。ディドロにとっても「体系的精神」(esprit systématique) は「真理の進歩を害うもの」である。彼はこの精神を次のように定義する――「設計図を引いてから宇宙の諸体系を構成し、ついでこれらに現象の方をいやでも応でも嵌め込ませようとする精神」[二]。コンディヤックとダランベールにおいては、少々事情が異なってくる。コンディヤックは、体系を三つの種類――「抽象的諸原理にのみ基づく抽象的体系」、「推測だけを根拠にしている仮説」の体系、「十分に確認された諸事実だけを諸原理とする」体系――に分けて、第三の体系のみを「真の体系」とみなす。そして、「体系は原理が少数であればそれだけいっそう完全であり、願わくばただ一つの原理に還元されるべきである」と主張する[三]。この「少数原理への還元」にダランベールは同意し、アリストテレス学派やデカルト学派の体系好みから生じる「体系の精神」を斥けて「体系的精神」を推奨する。彼にとって「体系的精神」とは「非常に多くの現象をそれらの原理とみなされうるただ一つの現象に可能なかぎり還元する技術」に基づく。そしてわれわれは「諸現象の反省的研究、諸現象相互間で行われる比較」と共に、この技術を使うことで「自然を

認識することを期待しうる」のである。[四]

ディドロにしても、すべての体系をはなから斥けるわけではない。要はこういうことである――「一つの体系を持ちたまえ、それにはわたしも同意する。しかしその体系にきみを支配させるな[五]」。実際ディドロは『ダランベールの夢』において、登場人物〈ダランベール〉に夢をみさせて、〈体系的で高尚な哲学〉を作らせてしまうのである。ここで注目すべきことは、まず第一に、この作業がダランベールの「体系的精神」と対立した「予見の精神」(esprit de divination)を媒介にしてなされるということである。つまり、既存の体系に縛られないためには、つねにその体系を「予見の精神」の試練にかけるということである。「予見の精神」とは「未知の手続、新しい実験、等閑に付された結果をいわば嗅ぎつける」才能であり、「理性無視(déraison)の習慣」なり、「勘」(sentiment)の働きなり、想像力なり、時には「突飛な」夢想を通して、「類推(アナロジー)」し「推測」していく才能である(IN, pp.197-199. 一二七―一二九頁)。第二に、この作業はディドロの「転倒法」(inversion)の実演だということである。それは、視力の機能を知るために盲人を、言語の意味機能作用を知るために聾唖《ろうあ》者を観察するように、体系の吟味のために「予見」をもってすることによって、両者の対立を超克して新しい探究へと向かっていく作業である。ディドロは次のように述べている。「問題になっている諸体系は漠然とした観察や、ほんのちょっとした疑念や、当てにならぬ類推や、いやそれどころかはっきり言えば、のぼせた精神が安易に実際に見られたものとみなす架空のものにさえ依拠しているにすぎないのであるから、それらの体系を捨てるにしても、その前にのぼせた精神を転倒法の試練にかけてからにしなければならない」(ibid., p.218. 一四八頁)。

見られるようにディドロの「体系」に対する関わり方も、コンディヤックやダランベールのそれと同様に両義的である。だが、彼らと一線を画するのは、「真の体系」であれ形而上学的体系であれ、ひとたび体系が構築され権威化されると、それを〈解読格子〉として自然を型にはめこむ危険性に対して、ディドロが積極的に「予見の精神」を対置するという点である。本章の目的はいかにしてこの精神が発揮されて〈体系的で高尚な哲学〉=

〈ダランベールの夢〉が作られるのか、その内実の一端を探ることである。そこで、わたしはまず第一にダランベールの「体系的精神」をめぐる所説を通してディドロの「予見の精神」を浮き彫りにし、次に後者の考察を通してどのようにして前者が〈夢〉のなかで変貌して後者と結合していくのかを調べてみたい[六]。

一

ダランベールにとって、ディドロの「予見の精神」は胡散《うさん》臭いものであったはずである。現にディドロ自身が「当てにならぬ類推」と言ってみたり、「推測への熱狂」を批判しつつ「人びとは遅かれ早かれ下手に予見することにいやになるだろう」(IN, p.194. 一二六頁、傍点引用者)と言ったりしているのだ。数学者ダランベールにとって重要なのは「論証」であり、それは「二つの観念の連関なり対立なりを明証的に知らしめる推理である[七]」。しかし彼は、コンディヤックのように、たとえば推測を「無知に対する極めて大きな拠り所」(TS, pp.122-126)として、冷たくあしらうようなことはしない。確かにわれわれは「厳密な論証のみを使用すること」が望ましいし、それができない場合には自分の無知を正直に認めることにとどめた方がよいのだが、しかし「見識も確信もないのに、まるであるかのように行動したり推理したりせざるをえない場合が数限りなくある」、だから、できる限り真理に近づくようにしなければならない(EEP, p.76)。そこで彼は「推測の精神」(esprit de conjecture)(ibid., p.77)の効力範囲を定めると共に、ディドロの「予見の精神」にたがをはめようとする。

ダランベールは「推測の精神」を三つの分野に分けている。

第一は、「数学者たちが、〝サイコロ遊びにおける蓋然性の分析〟と呼んでいる分野」であり、「既知の確実な諸規則」に従っているがゆえに、「厳密な論証」に最も近いものである。

第二は、第一の分野を通常の生活に関わるさまざまな問題にまで拡張した分野であって、そこでは「ほぼ確実な原理たる諸事実」を基礎としているがゆえに「数学的計算がまだ適用可能である」。

第三は、「論証に至ることが稀であるか不可能であるが、とはいえ推測する技術を必要とする諸科学〔物理学、歴史、医学、法律学、政治学〕を対象とする」分野であって、ここで「本来的な意味における」推測が行われる（EEP, pp.83-84.〔 〕内引用者）。ディドロの「予見の精神」が作動するのもこの分野においてである。したがって、特に物理学において、ダランベールがどのように「推測する技術」を規定するのかをみておくことが必要である。

ダランベールによれば、「物理学における推測する技術」の目的は、「実験と観察がわれわれに開示する諸事実の原因を見つけること、あるいは自然の諸現象についてわれわれがもっている知識に何らかの程度の完全さを付加する新しい諸事実の発見へとわれわれを導くこと」である。特に後者の目的が果たされるとき、この技術は「最も実際的で最も際立った有用性」をもちうる。そして、諸事実を関連づけて、そこから帰結する諸現象が実験によって裏付けられるとき、「推測は論証に変化する」（ibid., p.85）。ここまではディドロの認識方法の基本線と変わるところはない[八]。しかし、ダランベールが「物理学者たちの唯一の規則」として「類比」（アナロジー analogie）を提示する段になると事情は違ってくる。

ダランベールは言う。「類比、すなわち諸事実の程度の差こそあれ大きな相似、諸事実間の程度の差こそあれ際立った関係は、既知の諸事実を説明するためであれ、新しい諸事実を発見するためであれ、物理学者たちの唯一の規則である」（ibid., p.87）。ここで注意すべきことは、ダランベールとディドロとでは、「アナロジー」という用語の使い方に微妙な違いがあるということである。ディドロの「アナロジー」については後述するので、ここでは次の点を確認するだけにとどめたい。すなわち、ダランベールにおいては、認識主観を介してであれ、「アナロジー」は認識対象の側に客体化された形で現れるが、ディドロにおいては、この「アナロジー」を介して新しい諸事実を発見する、否むしろ「予見する」認識主観の側の主体的な方法ないし作用として現れる。そこで、わたしは両者の用語を訳し分けたのであるが、この用語法上の違いは、ダランベールの「体系的精神」対ディドロの「予見の精神」という簡潔な構図によるというよりも、むしろダランベールが後者の立ち入りを拒むのに対して、ディドロが両者を結合しようとする、といった違いに基づいていると言えよう。なるほど、「論証」や「数学的計算がまだ適用可能な」論証的推測に明証性や真理を求めるダランベールの側からみれば、「体系的精神」対「予見の精神」といった方がよいかもしれない。しかし、「類比」を「論証に至ることは稀であるか不可能であるが、とはいえ推測する技術を必要とする諸科学」に認める以上、彼とて「予見の精神」をはなから斥けるわけにもいかないであろう。

そこで、彼は「類比」つまり「物理学者たちの唯一の規則」について述べた直後に次のように加える、「しかし同時に、彼らは外見上にすぎないさまざまな相似によってであれ、これまで最も完全に類似していると思われてきた諸現象に対してのちになって発見されるさまざまな差異によってであれ、この規則に実に容易にだまされるのであるから、この規則を適用する際にはなんと多くの用心が必要であることか」(ibid., p.87)。さらに彼は、おそらくディドロの「予見の精神」を念頭に入れつつ、追いうちをかける――「われわれの感覚の射程外にある諸事実を予見するために、物理学における推測する技術を使用せざるをえないときの慎重さは、既知の諸事実を説明するときよりもはるかにいっそう大きくなければならない。類比から引き出される諸推理がもっともわれわれを誤謬へと誘いやすいのはとりわけこの時なのだ」(ibid., pp.89-90. 傍点引用者)。そして、このあとで彼は「類比」による推測の危険性を示す実例を示していくのであるが、このことは、ディドロが「予見の精神」に基づく推測の肯定的な実例を示していること (IN, pp.198-214. 一二八―一四〇頁) と対照的である。

ダランベールからみれば、ディドロの推測は科学性をかろうじて保ちうる〈類比的推測〉の域をも脱して〈形而上学的推測〉に突入していくということになろう。だが、ディドロの方は「幾何学者たちが形而上学者をこきおろした時、彼らは自分たちの科学全体が一つの形而上学にすぎないということを考えてもみなかった」(IN, p.179. 一一四頁）と応酬し、こう往なすことができる――「抽象的科学の熟達した研究も美術に対する彼の趣味も少しも減退させず、ニュートンに親しむと同様ホラティウスやタキトゥスに親しみ、曲線の特性を発見すると共に、詩人の作品の美しさを感じることができるような……幾何学者は幸いなるかな!」（ibid., p.180. 一一四―一一五頁）[九]

ダランベールは、おそらくディドロのかかる揶揄《やゆ》に一応歩調をあわせつつ、「論証」の行き過ぎにも警告を発せざるをえない――「絶対的で厳密な真実にあまりにも長く慣れしたしんでいると、絶対的でも厳密でもないものに対して勘が働らかないようになる。普通の眼をもった人びとは強烈な光に打たれるのに慣れすぎているので、もはや弱い光の微妙な推移を識別せず、普通とは別の眼をもった人びとがなお何らかの明るさを垣間見るところに厚い闇しか見ない。真実にじかに打たれる時にしかその真実を認めない精神は、間近にそれを認めるばかりか、遠方でも、すぐに消えていく痕跡を手掛かりにして、それを予感しそれに注目することのできる精神より確かに劣っている」（EEP, p.78）。J・パッパスによれば、ここでダランベールはパスカルの『パンセ』における「幾何学の精神」（esprit de géométrie）と「繊細の精神」（esprit de finesse）との対比を思い浮かべている[一〇]。演繹的推理ないし数学的定理の連鎖に慣れすぎてしまうと、現実に存在する具体的で個別的な諸事実が発する微光を受けとめる〈繊細な眼〉の働きが鈍くなってしまう。ディドロが「眼のみえる人びとのために」『盲人書簡』を書き、生来の盲人・数学者ソンダーソンは「カゲロウの詭弁」（眼がみえるばっかりに自分が宇宙のうちに観察する秩序は永遠で目的をもっていると考えてしまう眼あき特有な幻想）から解放されていた、と誌すのもゆえなきにしもあらずというものだ。ダランベールはディドロの「転倒法」の網にかかろうとしている。しかし、彼は抵抗する。先の二つの精神をそれぞれ「純粋に幾何学者としての精神」（esprit purement *géomètre*）と「幾何学的精神」（esprit *géométrique*）とすることによって、あくまでも「幾何学的」であることを固守する（ibid., p.78）。このことは、彼が「物理学者たちの主要な長所は、厳密にいえば、体系の精神は持つが同時に決して体系を作らないことであろう」(DP, p.117. 一二六頁、傍点引用者)と主張しつつ、「体系的精神」を推奨するのと対応している。とすれば、重要なのは、後者によって前者を牽制しつつ、どちらをも有効に行使すればよい。そのためには、「精神の探究を論証しうる対象のみに限定せず、精神に柔軟性を保って……光明から薄明へなんなく移行するのに慣れること」である(ibid., p.78)。

ダランベールの「幾何学的精神」はパスカルの「繊細の精神」あるいはディドロの「予見の精神」と結合することはない。彼にとって後者は〈詩人の精神〉であって、感覚よりも想像力の翼にのって、科学的世界へも形而上学的世界へも越境するだろう。なるほど、それは「この宇宙を構成する諸対象を生き生きとした感動的な仕方で」(DP, p.49. 五六頁)表示することはできるであろうが、しかし「幾何学的精神」の役割は諸対象から量化不可能な表示をできる限り剝ぎ取り、それらを「あざやかな精確な定義」の試練にかけて(EEP, p.3)、「われわれの実際的な知識の一覧表」(ibid., p.17)に載せることである。さもなければ、広大無辺な「大洋」たる宇宙の中では言うに及ばず、「一種の広大な迷宮」(ibid., p.28)たる学問の世界の中でさえ、われわれはただただ道に迷うほかないであろう。彼は二つの精神が結合不可能であることをすでに次のように表現していた――「創造する幾何学者においては、創作する詩人においてに劣らず想像力が働く。なるほど幾何学者と詩人とが彼らの対象に違った仕方で作用を及ぼすのは事実だ。前者は対象を裸にして分解し、後者はそれを組み立て衣裳を着せる。さらに、この相異なる作用の仕方がただ種類の異なる精神のものでしかないことも事実だ。そしてまさしくこのために、偉大な幾何学者の才能と偉大な詩人の才能とが一緒に見いだされることはおそらくないであろう。」(DP, p.65. 七二頁)

ダランベールにとって、「幾何学的精神」でさえ「予見の精神」へのぎりぎりの妥協であろう。前者を使うにあたっても「理性に適った懐疑主義」(EEP, p.77)の立場を守らねばならないと彼は考える。ディドロとて、二つの精神を結合することは「天才の業」に等しい、と思ってはいる。しかし、ダランベールの態度は彼にとって歯がゆい。所詮無理と諦めるよりは、無駄を承知でやってみるがよい。「意見所説もやがてふるび、消え失せる。言葉の場合と変わらないのだ」[一一]。なるほど、迷宮に出合わない方がいいにきまっている。しかし、ダランベールの言うように、われわれは「この広大な迷宮の上で主要な学問と技術とを一度に見わたしうるような非常に高い視点」(DP, p.60. 六七頁) に身を置くことができるのであろうか。もしできるとすれば、彼は「頂きが雲の中にかくれた、あの山々の高みから眺めている人に似てくる」(IN, p.216. 一四一頁)。

実際ダランベールは、学問と技術とを眺望しうる「高い視点」に立って、「一本の系統樹すなわち百科全書の樹」(DP, p.58. 六四頁) を描いてみせた。枝振りはしっかり剪定されねばならなかった。それは、多数の学問・技術のなかから、「大陸とのつながりがわれわれには隠されている大小いくつかの島」(ibid., p.62. 六九頁)[一二] のごときものを選んで、それらを「感知不可能なほどの微妙な差によってつながるような配列」つまり「最も自然的な配列」に置くことであった。これに対してディドロは直ちに自らの意見を対置した。「世界がわれわれに提示するのは個々具体的な存在だけであって、数に限りなく、確固とした一定の区分法はないに等しい。どの存在が最初であり、また最後であるかは指摘することは全く不可能である。一切は連鎖をつくり、感知不可能なほどの微妙な差によってつながっている。このように限りなく単調にひろがる諸対象に逆らい、鋭く突き出た岩礁のように単調さを破っているような対象も見かけられるけれども、このような対象は、その特権を諸存在の自然的配列と自然の意志に負うているのではなく、特殊な体系に、模糊としたしきたりに、なにか例外的な出来事に負っているにすぎない」(A.-T., XIV, p.451. 一一八—一一九頁)。

『百科全書』の編集をめぐって両者の間にはすでに亀裂が生じていた[一三]。対象を観察する視点が高くなればなるほど視界がひらけ、さまざまな対象に最短距離で容易に到達することができるであろう。デカルトの探究もこのための努力であったし、ダランベールが精神に「柔軟性」を保たせながらも、精神を「直線と計算」(EEP, pp.78-79) へと向かわせようとするのもこのためだ。かかる理性の歩みこそが多くの偶像を引き倒す。だがしかし、とディドロは自問する――「われわれがこんなに少ししか確実な知識を持っていないのはどういうわけだろうか、どういう運命で科学はこんなにもわずかな進歩しかしなかったのだろうか」（IN, p.190. 一二二頁）。いまや、あまりにも永い間、すぐれた精神の所有者たちの心を奪ってきた抽象的諸科学を「予見の精神」の試練にかける時である。その担い手は皮肉にも〈ダランベール〉である。彼の〈夢〉がその〝実験室〟の役割を演じる。この〝実験室〟の中で、ダランベールの「幾何学的精神」はディドロの「予見の精神」と奇妙に結合されて、〈体系的で高尚な哲学〉を生み出してしまう。もちろん、〝実験者〟はディドロその人である。

二

三部作『ダランベールの夢』（一七六九年）は、ダランベールの所説に対する単なる返答ではなくて、『自然の解釈に関する思索』からこの作品に至るまでディドロが包懐してきた自然に関する諸問題、主要には物質の諸形態の区別と同一性および自然の統一性をめぐる問題と有機体の形成・発展および生命の起源をめぐる問題を、登場人物〈ダランベール〉をして〈夢〉の中で語らせて吟味するという形をとっている。(一四) しかし、ディドロのこの操作の中で、「理性に適った懐疑主義」の立場をとり、〈幾何学者の精神〉と〈詩人の精神〉との両立不可能を説いたダランベールが「幾何学的精神」をも逸脱して「予見の精神」を進んで駆使する〈ダランベール〉に変貌させられてしまうのである。そこで、ダランベールが実際に抱いていた問題、しかもディドロのそれと密接に関わる問題を二つ取り上げて、これらの問題がどのように展開されていくのかを調べてみよう。

一つの問題は、物質的諸存在に認められる「感性的性質」をめぐる問題である。ダランベールによれば、この性質は若干の植物か少なくとも「生気ある諸存在」に限定される。しかし、それは、通常観察される諸事実といかなる「類比」も有しないが、一つの「特殊的真理」であり、しかも「自然についてのいっそう完全な認識」によって「一般的真理」にまで高められる可能性をもっている。とはいえ、彼の「懐疑主義」のゆえか、この真理もそれ自体によるわけではないとしてもわれわれの認識能力の限界からみて、やはり特殊的なままであるにちがいない、とされてしまう（EEP, pp.44-45）。もう一つの問題は、一と多との関係をめぐる問題、言い換えれば自然の統一性と多様性に関わる問題である。ダランベールによれば、「われわれには、どのようにして一定数の、ないしは無数の単純表象の集合が一つの複合表象を産み出すのか理解できないのと同様に、いかにして一つの複合的存在が単純的諸存在から形成されうるのか理解することができない」（ibid., p.136）。これは、ライプニッツのモナドを物質化したときに、モーペルテュイと共に、ディドロが背負った問題でもある。[二五]

　これらの問題は互いに連関しているのであるが、いずれにしても「予見の精神」をもって迫る以外にない代物であった。けだし、それらは数学的力学的自然学やデカルト派の合理論的自然学によっては説明不可能であったからである。ここで、この「精神」にとって最も重要な武器となるのは「類推」である。それは、「自然のなかで認識された何かある現象が、自然のなかで認識された他の何かある現象に伴うとすれば、自然が与えた、それとも自然にならって想像した、第三の現象の結果として起こる第四の現象はどんなものになるのか」を推測する方法である。[二六]すでに類推的な表現で言えば、こうである――「どんなに複雑な場合でも、類推は感性ある楽器のなかでおこなわれる一種の比例法（une règle de trois　三率法）にすぎない」（ibid.）。言い換えれば、「感性ある楽器」であるわれわれは、自らの感官つまり「感性ある振動弦」を自然の手で弾いてもらったり、自分自身の手で弾くことによって、「他の三本の弦に比例する第四の倍音弦の共鳴」つまり「類推」を聞き取るのである。しかし、哲学者の場合には、「この楽器は驚くべき飛躍をとげ、呼びさまされた一つの観念が時として不可能なほど遠く隔った一つの倍音を鳴り響かせることがある」（Rêve, p.272. 一九頁）。詩人であれば、この倍音の共鳴を表現すればよいだろう、いやむしろ、それが〈詩人の精神〉であろう。だが、この共鳴は「必ずしも自然のなかで起こるとは限らない」（ibid., p.280. 二七頁）。モーペルテュイもこう語っていた――「類推は新しい事柄を想像する苦しみや、不確実性のうちにとどまるというなおいっそう大きな苦しみからわれわれを解放する。それはわれわれの精神にとっては好ましいが、しかし自然にとっても好ましいであろうか」（一七）。そこで、自然を観察し解釈する哲学者は、共鳴が起こったあとで自然に問いかけなければならない。「自然は哲学者が推測したのとは全く違った現象をしばしば哲学者に見せるものだから、そこで哲学者は類推に誘惑されてしまったのだと気づく」(ibid., p.281. 二七頁) ことになる。ディドロにとって類推は二面性をもつ。「当てにならぬ類推」は避けなければならない。彼の推奨する「実験哲学」は類推を求めるのに用いるすべての時間を現象の探究に用いるはずだ。彼は科学に強い関心を抱く人ではあっても、本来の科学者ではない。彼には自然に問いかける実験用具も実験室もない。あるのは科学者たちの成果から得られた知識とそこから響きわたる類推という倍音である。いまや「予見の精神」の実現の場は〈ダランベールの夢〉の中である。そこでは、彼の思考は科学的諸条件の束縛から解放されて、のびのびとはばたくことができる。「不可解なほど遠く隔った二つの倍音」も許されよう。

さて、第一の問題をみていこう。三部作『ダランベールの夢』の第一対話「ダランベールとディドロとの対話」の中では、〈ダランベール〉は目をさましている。ディドロは「感性」(sensibilité) を「物質の一般的な特性あるいは組成作用の産物」（一八）と想定する。この想定は、ホッブズの「感性的分子」、ビュフォンの「有機的分子」、ハラーやボルドゥの生理学的「感性」や「被刺激性」、さらにはライプニッツのモナド論におけるモナドの「表象」等を介した類推に基づいている。しかも、「感性」は、アニミズム的ないしはオカルト的性質を完全には払拭しているとは言い難いがゆえに（一九）、誤ってアニミズム的原理のごとくにみなされることがあるが、そうではなくて、第四章でみたように、物質の内的構造（物質の構成要素である諸「分子」molécule の「作用と反作用」）に基づく物質的形態の相違によって異なった動態的な現象となって発現する。したがって、それは物質の「特性」と言われているが、物質的に付着したものではなくて、一定のエネルギーで行使される。その点で、この想定はモーペルテュイ的物活論やロビネ的生気論と一線を画することになる。とはいえ、「感性」が物質の一般的な特性であるという点に限定する限り、大理石も感じなければならないように思われる。ダランベールはこう自問していた。「大理石の塊を形成する物質と人間の身体を形成する物質との間に、形状、色、諸部分の柔らかさや硬さ、いくつかの部分の流動性に関して純粋に物質的な差異しかないか、あるいはないように思われる」のに、「なぜ一方は感覚や思考をもち、他方はそれらを奪われているのか」。ここから彼は直ちに「感覚や思考は物質とは異った原理に属する」と結論づけた（EEP, p.165）。ディドロは、ダランベールの「死力」と「活力」との類比を通して、「感性」を「静止的感性」と「能動的感性」とに分けて、前者を無機的物質の、後者を有機的物質の特性とする。さらに、物質の内在的運動（「感性」が静止的であるか能動的であるかはこれに規定される）を通して前者から後者への形態変化をも説明しようとする。もちろん、ダランベールは納得しない。なるほど、デカルトの身心二元論に抵抗して、「経験」によれば両者は「一つの実体」をしかなさないと考えはするが、しかし「推理」によればやはり両者は二元であると主張する（ibid., p.171）。したがって、〈ダランベール〉の方は、単純で不可分の「感性」と可分の物質とは両立しないと批判する。しかし、第二対話「ダランベールの夢」になると、彼は夢の中で譫言を言わねばならぬはめに陥っている。ディドロによって植え付けられた観念に呼びさまされて、彼の類推はルクレティウス的宇宙に上昇した（ダランベールのいう「高い視点」に身を置く）かと思うと、「分子」・「原子」の世界へと〔ダランベールによれば「われわれには物質の諸要素に立ち戻ることはできない」（ibid., pp.135-136）のに〕下降していき、類推は新しい類推を生み、対立も引き起こす。つまり、彼の思考はさながら錬金術の坩堝の中を浮遊するかのごとくである。[二〇] 当該の問題についていえば、〈ダランベール〉はディドロの感性的物質観を完全に取り入れて、宇宙の発酵作用を通して、また「ニーダムの水滴」の中にさえ、無生気の物質が感性ある状態に移行するのを見てしまう。そして、物質的形態の相異にもかかわらず「感性」を縦糸として一切の存在を鎖につなげて、モナド的世界と同趣的に「万物同気」の世界を作り上げる——

——「象から線虫に至るまで……線虫から万物の根源たる感性あり生命ある分子に至るまで、全自然のなかで、苦しみもせず喜びもしないものは一点もないのだ」(Rêve, p.313. 五四頁)。

　では、第二の問題はどのようになるのか。先の問題において「感性」が物質の不可分の特性とされ、〈諸存在の連鎖〉をもとに「万物同気」の世界が描かれたことからすれば、第二の問題はこの世界の内実を問う基礎であるということになろう。それは、二つの重層的な側面をもっていた。〈ダランベールの夢〉に則していえば、

（1）構成諸要素はどのようにして一つの集合体を形成するのか

（2）各要素はどのような心的作用によって集合体と結びついているのか

これらである。すでにモーペルテュイは「蜜蜂の一群」を例にとり、そこから類推して、二つの側面が同一関係にあると考えていた。（二二）しかし、その関係の内実は明確ではなかった。前者については、ライプニッツと同趣的に集合体は「一つの見かけの連続体」でしかありえないとされ、後者については、動物や人間の各要素の「表象」は不変な特性であって失われることがないが、他の諸要素のそれぞれの「表象」と結合すると、各要素は「個別的な自己意識」を失い、そこから「唯一無比の表象」が結果するとされた。だが、諸表象の結合の仕方は「神秘」であって、むしろそこに彼は「創造主の意図」を組み込んだ(SN, pp.172-174)。ディドロはこれに満足せず、一歩前進を図ろうとする。そこで彼はこの問題を理解不可能とみなしたダランベールをわざわざ引き合いに出して、〈夢をみているダランベール〉をして改めて「蜜蜂の一群」の例を取り上げて検討させることになる。〈ダランベール〉は夢うつつにところかまわず自分の体をさわって寝言をいう。「ぼくは確かに一者だ、こればかりは疑りようがないんだから……だが、どうしてこの統一体が出来上ったんだろう？……いいかい哲学者先生、一つの集合体、感性ある小さな諸存在の織物は、ぼくにも確かに見える。いや、一匹の動物だ！……一つの全体だ！　自分の統一性を意識している一なるシステムだ！……そいつは見えない、いや、見えないぞ……」(Rêve, pp.288-289. 三四頁)。彼がディドロにあらがいながら話題にしているのは、主要には有機体の統一性についてではあるが、次の類推的モデルからも分かるように、話題は非有機体をも射程に入れうる展開をなしてい

る。彼は感性ある二つの分子の合体が無生気の二つの塊の「隣接」とは異なって「連続」をなすことを示そうと努める。一つのモデルは二滴の水銀の融合である。ここから二つの感性的分子の同化が類推されて、同化の後には「感性が一つの同じ塊に共通なものになる」ことが導き出される（ibid., p.287. 二五頁）。ここでは二つの水銀が同質であるように、二つの分子も同質であるから、両者の同化は「連続」となりうる。だが、集合体の場合はどうなるのか。そこでもう一つのモデルは「同質の一つの網目」である。しかも、多様な糸が互いに織り込まれた一つの「網目」は諸「分子」によって形成される一つの集合体を類推させる。しかも、織り方によって、糸と糸との結節点に相違が生じるように、一つの集合体の各部分によって「能動的だったり静止的だったりする感性の接触」が生じることも暗示できる（ibid., p.290. 三五頁）。しかも、もし分子がすべて同質であるならば、最初のモデルと本質的に変わらなくなる。しかも、ディドロにとって「分子」はそれぞれ異質なのである。同質の二分子の接触と異質の二分子の接触との間には当然相違がある。〈ダランベール〉の寝言は続く。「この相違とはなんだろう？……通常の作用・反作用……特殊な性格を帯びた、この作用・反作用……このように、すべてが、動物のなかにしか存在しない一種の統一を生み出すのに協力しているのだ……」（ibid.）

以上の観点から〈ダランベール〉は「蜜蜂の一群」の例を取り上げる。「世界、すなわち物質の総量は大きな蜂の巣だ……蜜蜂たちがこの巣を離れて木の枝の先に飛んでゆき足で互いにしがみつきあって、羽をもった小動物の長い房を作るのを見たことがありますか……この房は一つの存在、一つの個体、何らかの一つの動物です。……だが、こうした房はすべて互いに似ているでしょう……そうだ、もしただ一つの同質の物質しか仮定しなければね……」（Rêve. p.291. 三六頁）。ここには、一方で宇宙の中に「同質の物質」しか認めなかったデカルトやトーランドの考え方が、他方で「欲求・嫌悪・記憶」といった何らかの特性、つまり「表象」をもった物質的な諸「要素」によって一つの集合体が形成されるとした（そしてディドロによって意地悪く「一般化」されて、これでは「世界は一個の大動物」になるとみなされた）モーペルテュイの考え方がイマージュされている。だが、個別的物質は異質な諸「分子」によって形成される限り、やはりそれぞれ異質である。蜜蜂もそれぞれ独自の個別性をもっている。したがって、「蜜蜂の一匹が、自分にしがみついている隣の蜂をどうにかしてつねって見ようという気になったら」(ibid.)、どうなるか。そのつねられた蜂は次の蜂をつねって、「房全体に小動物と同じ数だけの感覚が起こり、全体が興奮し動き出し、位置と形を変えるでしょう」(ibid.)。それゆえ、実際は蜂の房は「一匹の動物」ではない。ここまでのところ、「蜜蜂の一群」の例から類推されたのは、世界（蜂の巣）―集合体（房）―集合体の構成要素（蜂）という系列である。「房」はやはり「見かけの連続体」である。

　では、連続体にするためにはどうしたらよいのか。〈ダランベールの夢〉の次に続く内容は、登場人物〈ボルドゥ〉によって「ほとんど一字一句」言い当てられる。というのも、実在の医学者ボルドゥも生体の各部分の個別の作用とそれらの有機的な統一の仕組みを理解するために、「蜜蜂の一群」の例を引いていたからである[二二]。ここでは、モーペルテュイの例はボルドゥのそれに取って代わられている。蜂の房を連続体にするためには、蜂をくっつけている足を融かせばよい。以前の状態と融かされた後の状態との間には顕著な相違がある。「この相違は、以前は動物の集まりで、今は一つの全体、一者なる一匹の動物にほかならないのです。……われわれのすべての器官は……別々の動物にほかならないのですが、連続の法則のために、共感や統一や同一性をひとしく保っているのです」(Rêve. p.293. 三八頁)。〈ボルドゥ〉を介して、ディドロがそこに読み込もうとしているのは、非有機的であれ、有機的であれ、集合体はその構成諸要素間の「距離の大小[二三]」によるのではなくて、それらの「特殊な性格を帯びた作用・反作用[二四]」を通して一つの統一性を保つということ、さらに非連続の連続への転化も可能であろうということ、これらである。

　ところで、第二の問題のもう一つの側面については、〈ダランベールの夢〉の中ではなく、「蜜蜂の一群」の比喩を介して、もう一つの比喩「クモの巣」を通して、〈ボルドゥ〉によって説明されている。この側面は次のように表現される。「各感性的分子は合体の前には、その自我をもっていたのです。ところが、それをどのようにして失ったのでしょう？　また、自我がこのようにすべて失われた結果、どのようにして、一つの全体の意識が生まれたのでしょうか？」（Rêve, p.306. 四九頁）見られるように、この問いは、モーペルテュイがこれを「神秘」としたことに対する抵抗とみなすことができる。もちろん、この問いはもとより動物や人間といった有機体の心的作用に関わるものであるが、「分子」レベルで表現されることによって、類推を一般化しうる途を開示している。というのも〈ボルドゥ〉は動物・人間の形成とそれに対応した心的作用（感覚、記憶、意識、思考）の発生を生理学的な用語を使って、あくまでも物理的に説明していこうとするからである。この説明は用語の定義がしっかりしていないだけに、かなり混み入っている。ここでは、問いに関わる直接的な結果だけを抽出することで済ますことが許されよう。(二五)

さて、「蜜蜂の一群」の比喩を通して想定しうるのは次のことであった。すなわち、われわれのすべての器官は、「房」を形成する「蜂」と同趣的に、一定の個別的機能を持ちながら、つまりそれが身体から分離されてもなお生存可能――それゆえ今日的には臓器移植も可能―でありながら、身体の一部をなす限り、その全体の法則つまり「連続の法則」に服するということ、これである。いま、これらの器官を「クモの巣」に配置すれば、それらの機能を全体に服するように指令を発する担い手は、「感覚系統」をつかさどる脳髄である、したがって、「クモの巣」は脳髄（クモ）と神経系統（糸）を視覚化した比喩といえる。張りめぐらした糸のいかなる箇所であれ振動が起これば、クモは警戒態勢をとり、心配し、逃げるか駆け寄るかする。「蜜蜂は意識を失っても、その欲求ないし意志を保持する」（Rêve, p.343. 七九頁）のと同様に、「動物のなかには、一つの意識しかないとしても、無数の意志があり、器官ごとに別の意志がある」（ibid., p.342. 七九頁）。食べたいと欲するのは胃であり、小便したいと欲するのは膀胱である。(二六)だから、ある器官に発作や錯乱が生じると、動物は無政府状態に陥ることにもなりかねない。絶えず、動物は脳髄に命令を下させ、残りすべてが服従するよう仕向けねばならない（ibid., p.346. 八二頁）。どうしてそのようにすることができるのか。「動物は自分が欲していることを知っているが、胃は……そうと知らずに欲する」(ibid., p.343. 七九頁)からである。こうして、全体的意識の優位性が保たれる。「ぼくは確かに一者だ、こればかりは疑りようがない」という〈ダランベール〉の意識の持続性は、「網の根源」(感覚中枢)に特有な感覚、つまり「記憶」に基づいている。言い換えれば、有機体がその諸部分の「自我」ないし「意志」の分有化と交通を通して「共感、統一、同一性」を一時的に保つことができるのは、記憶作用のためである。

以上のようにして、第二の問題が解決されないまでも説明された。そして、二つの問題が共鳴しながら描き出す〈夢〉は次のごとくであろう。有機的であれ無機的であれ、また高等であれ下等であれ、一切の物質的個体は個体性を保持しつつも、自らが張りめぐらす作用と反作用のネットワークの結節点にあって、宇宙の有為変転を分有すると共に、自らの作用を宇宙へと波及させる、そしてわれわれ人間は、パスカルの言葉をもじっていえば、空間を通して一つの点のごとくに宇宙にのみ込まれ、宇宙の波動に翻弄されながらも、想像力や思考を通して宇宙を包み返そうとするのである。そこでは非連続も連続に転化し、一切の存在が自然的同一性を分かちあって一つの鎖につながり、「万物同気」となって自然の統一性を形成するのである。

＊＊＊

ダランベールは、それにしてもわりに合わぬ役割を演じさせられたものである。「大多数の形而上学的問題に関する哲学者の夢などは、人間精神によって獲得された現実的な知識を収めるためにのみ割り当てられた作品にはいかなる場所も占めるに値いしない」(EEP, p.141)。こう主張していたのはダランベールその人であったからだ。〈ダランベールの夢〉に立ち会った〈ボルドゥ〉は〝科学者〟として〈夢〉の内容を解読し〝科学的〟な用語に翻訳したり、〈夢〉の行き過ぎ(たとえば宇宙の連続性・有機体性、「人間ポリプ」)を現時点のもとで制御したりした。しかし、彼は時々〈夢〉を共有したかと思うと自分でも夢みがちになったりした。そこにダランベールの「体系的精神」とディドロの「予見の精神」との奇妙な結合が暗示された。このようにして、〈ダランベールの夢〉という〝実験室〟から〈体系的で高尚な哲学〉が抽出され、かつ次のように位置づけられた。「これこそいとも高尚な哲学ですよ。いまでも体系的ですが、人間の知識が進歩すればするほど、この哲学の正しさがやがて立証されるでしょう」(Rêve, p.313. 五四頁)。もとよりそれはディドロの「予見の精神」の途方もない遠征であった。この遠征の道筋に、われわれはラマルクやダーウィンの自然淘汰の法則、適者生存の法則なり進化論なりの先駆ないしは萌芽を読み込みたくなるほどのいくつかの表現に出合う。しかし、かかる〝科学性〟をあてはめたり、逆にそこから〝科学性〟のなさを見いだして嘆いたりすることは、〈夢〉には相応しくないし、ディドロの「予見の精神」に基づく「突飛な」類推や想像力の「奇妙な」湧出、躍動・飛躍やの面白さを損うことになるであろう。

註

(一) P. L. M. de Maupertuis; Lettre VII, dans: *Oeuvres* II, Lyon 1756 (Olms 1965), p.257

(二) 『百科全書』項目「哲学」*Œuvres complètes*, Assézat Tourneux (A.-T. と略記), XVI, p.291. 邦訳『百科全書——序論および代表項目——』岩波文庫、一八八頁。

(三) Condillac; *Traité des systèmes*, dans: *Oeuvres philosophiques*, vol. 1, éd. G. Le Roy, PUF 1947, pp.122-b, 121-a. (TS. と略記)

(四) D'Alembert; *Discours préliminaire de l'Encyclopédie* (1751), édition de 1763, VRIN 1984 (DP と略記), p.30. 邦訳『百科全

書――序論および代表項目――』三六頁。啓蒙主義の「体系的精神」と「体系の精神」とに対する関わりについて、カッシーラーはこう述べている。「啓蒙主義はこの『体系の精神』を断念しそれを意識的に退けはしたけれども、決して『体系的な精神』を捨て去ったわけではない。むしろ啓蒙主義は新しいもっと効果的なやりかたでこの精神を発揮し強化しようとしたのである」（『啓蒙主義の哲学』中野好之訳、紀伊國屋書店、iv頁）。

（五）Diderot; De l'interprétation de la nature（1753 改訂 1754）, dans: V, p.195（IN. と略記）. 邦訳『ディドロ著作集』第一巻、法政大学出版局、一二六頁。

（六）わたしは〈ダランベールとディドロとの対比〉について次の論文から貴重な教示をえている。John Pappas; L'esprit de finesse contre l'esprit de géométrie: un débat entre Diderot et Alembert, in: *Studies on Voltaire and the Eighteenth Century*, vol.LXXXIX, 1972. しかし、わたしはいくつかの点において意見を異にせざるをえない――たとえば、アナロジーの捉え方に関する点、ディドロ思想のうちに「デカルト的精神」と「ロック的感覚論」という「二つの矛盾した傾向」を捉えて、この傾向を「両義性」と規定する点、そこから『ダランベールの夢』の〈ボルドゥ〉に前者を、〈夢をみているダランベール〉に後者を役割分担させる点について。

（七）D'Alembert; *Essai sur les éléments de philosophie*（1759）, Olms, 1965, p.74（EEP. と略記）

（八）ディドロは『エルヴェシウス「人間論」の反駁』（一七七三―七四年）の中で、「実験のあとについて進むべきであって、決して先行すべきではない」というエルヴェシウスの見解に対して次のように述べている。「それはそうだ。しかし、実験は行きあたりばったりにやるのであろうか。実験はしばしば何らかの想定、類推、その実験によって裏付けられたり崩されたりする体系的な観念に先立たれるのではなかろうか。デカルトがあの運動の法則を想像したのは許せる。許せないのは、運動の法則が自然において自分の想像どおりかどうか、実験でたしかめなかったことである」（V, p.598. 三三三頁）。

（九）この箇所での「幾何学者」は J. Varloot によれば、ダランベールを暗示している（Diderot; *Textes choisis*. t. 2, Editions sociales, p.39)。

（一〇）J. Pappas ; ibid., pp.1240-1241. パスカルによれば、「幾何学者が繊細でないのは、彼らが眼の前にあるものを見ないからである。また、彼らは幾何学の明白で粗野な原理に慣れており、それらの原理をよく見て、確かめたのでなければ推理しない習慣になっているので、そのように原理を確かめるわけにいかない繊細な事象にぶつかると、彼らは迷ってしまうからである」。これに対して「繊細な精神の人びと」は、「きわめて微妙な澄んだ感覚」ないし「勘」をもっているから、「一目で判断することに慣れている」ので、「味けない定義や原理を経なくてはならないとなると……たちまちいや気をおこし、飽きあきしてしまう」（*Pensées*, éd. L. Brunschvicg, Librairie Générale Française, 1970, pp.2-3 邦訳『定本パンセ（下）』松浪信三郎訳註、講談社文庫、二五―二六頁）。

（一一）article "Encyclopédie", A.-T., XIV, p.423. 前掲書『ディドロ著作集』第二巻、九三頁。

（一二）『哲学原理試論』（EEP）においては「ひとつの広大な海にみえるいくつかの岩礁の先端」（p.13）と表現されている。

（一三）『百科全書』の編集をめぐる両者の対比については、Pierre Saint-Amand; *Diderot, le labyrinthe de la relation*, J. VRIN, 1984, pp.68-78 参照。

（一四）ディドロ自身のこの作品に対する構想については一七六九年八月三十一日から九月十九日までの Sophie Volland, Mme de Maux, Grimm 宛の手紙（*Correspondances de Diderot*, par G. Roth, Editions de Minuite）参照。この件に関して一九七三年に *Diderot Studies*（XVII）誌上で三人の研究者がそれぞれ見解を述べ、かつ討論をしている。H.Dieckmann; The metaphoric structure of the "Rêve de D'Alembert," G. May; Le Rêve de D'Alembert selon Diderot, A. Vartanian; The Rêve of D'Alembert: A bio-political view. さらに三者の見解についてコメントしたものとしては、Y. Belaval; Trois lectures du Rêve de D'Alembert, dans: ibid., XVIII, 1975. また、この作品の言外の主題については、中川久定「『ダランベールの夢』三部作の言外の主題」（『思想』一九九三年六月号）。

（一五）Maupertuis; Système de la nature（略号 SN.）, dans: *Oeuvres* II, ibid., pp.170-171. 第二章、第三章参照。

（一六）Diderot; *Le rêve de D'Alembert*, dans: *Œuvres philosophiques*, éd. P. Vernière, Garnier, p.280（略号　Rêve.）邦訳『ダランベールの夢』新村猛訳、岩波文庫、二六頁。

（一七）Vénus physique, dans: *Oeuvres* II, ibid., p.51

（一八）この件については、B. Lynne Dixon; *Diderot, philosopher of energy: the development of his concept of physical energy 1745-1769*, in: SVEC, no. 255, 1988.

（一九）M. J. Ehrard; Matérialisme et naturalisme: Les sources occultistes de la pensée de Diderot, dans: *Cahier de l'AIEF*, no13, Juin 1961.

（二〇）この点について分析したものとしては、A. Vartanian; Diderot and the phenomenology of the dream, in: *Diderot Studies* VIII. 1966, C. J. Betts; The function of analogy in Diderot's Rêve de d'Alembert, in: *SVEC*, vol.185, 1980.

（二一）彼はこう誌している。「集合した諸要素のすべての表象から、各要素の表象のいずれよりもはるかにいっそう強力で完全な唯一無比の表象が結果する、そしてこの唯一無比の表象と各表象との関係は有機体とその要素との関係と同一である。」(SN, p.172)

（二二）H. Dieckmann; Théophile Bordeu und Diderots "Rêve de D'Alembert", in: *Romanische Forschungen*, Bd. 52/1, 1938, S. p.87, Vernière, ibid., pp.291-292, J. Roger; *Les sciences de la vie dans la pensée française du XVIIIe siècle*, Armand Colin, 1971, p.623.

（二三）Maupertuis; Réponse aux objections de M. Diderot, dans: *Oeuvres*, II, p.208.

（二四）ライプニッツによれば、「作用力」ないしは「協合運動」によるし、『物質と運動に関する哲学的諸原理』（一七七〇年）のディドロによれば、三種類の「力」――「引力」、分子の「内在的力」、他の諸分子のその分子に対する作用――によるとされる。この点に関しては第三章参照。

（二五）この点についての詳しい考察については、B. Lynne Dixon, *ibid.*, pp.169-179 参照。

（二七）Diderot; *Éléments de physiologie*, éd. J. Mayer, Librairie Nizet, 1964, p.287.

I部のまとめ

第一章の目的はまずはディドロの自然哲学を全体的に捉え、その全体のなかで彼自身がかかえ込んだ諸問題を位置づけることにあった。とはいえ、彼の複眼的な展開のなかではどこかに中軸を定めなければ、一向に埒があかない。そこで、わたしは物質―運動関係をめぐる問題を軸に据えることにした。そのうえで、この問題がまず初期の諸作品――『哲学断想』、『懐疑論者の散歩』、『盲人書簡』、『自然の解釈に関する思索』――において、どのように彼によって対自化されていったのかを探求した。この探求によって彼が理神論的立場から無神論的立場へ移行したこと、それのみならず運動を物質にとって本質的なものであるとする見地を取るようになったことが示された。立場の移行と物質の自己運動観との対応関係は決して単純ではなかった。ディドロが『哲学断想』(一七四六年)のなかで批判の対象としたのは、無神論と物質の自己運動観との結びつきであったと言えよう。しかし、「無神論」批判と言っても当時無神論とみなされたスピノザの汎神論に対する批判と古代アトム論に対する批判とがはっきり区分されていないところを見ると、批判の要は物質の自己運動観の方にあったとみられる。すなわち、物質の自己運動を承認すれば、神の存在意義が怪しくなる、ということである。

「断想18」において彼は、実験自然学 la physique expérimentale のお蔭で神の存在を示す「満足すべき証拠」が見つけられ、その結果「世界はもはや神ではなくなった。それは自らの車や綱や滑車やバネや重りをもつ機械である」、と主張する。ヴェルニエールは「世界はもはや神ではなくなった」という主張をスピノザの「神即自然」への批判とみなしたうえで、こう註釈している――「しかし、なぜスピノザに対して古くさい機械論と神＝時計師という時代遅れの考え方を対置しなければならないのか。一七四六年当時のディドロはまだ自然科学との本格的な接触をもっていなかった」(V, p.18)。しかし、ディドロが一七四〇年代に隆盛しつつあった「生命科学」に関心を注いでいたことも確かであろう。なるほど、スピノザに対して古くさい機械論的目的論を対置するのは奇妙ではある。しかし、当時のディドロにとって、自然＝神ではなくて、自然現象のうちに「神の手 divinité」を確保することが先決であったといえる。だから、目的論的自然観も機械論的自然観も「生命科学」も「実験自然学」として同列に扱われているように思われる。だが、彼が無神論批判の根拠づけにいっそう活用するのは「生命科学」、具体的にはマルピーギの先在胚種説であった。この説は古代アトム論以来の自然発生説に対立するものであった。したがって『哲学断想』では、ディドロは自然発生説を否認していたのである。

ところが、「生命科学」への関係が深まるにつれて、自然そのもののうちに神を読み込む可能性が強くなったばかりか、先在胚種説に対する疑念も生まれ、ついにニーダムの顕微鏡による観察(一七四八年と一七五〇年)によって、ディドロは自然発生説をとるように仕向けられることになる。つまり、この観察以前にすでに動揺をきたしていた彼の理神論的立場はこの観察によっていっそう動揺の度を強められることになった。このことを明かしているのが『懐疑論者の散歩』(一七四七年)の「マロニエの小径」である。そこでは無神論的立場と理神論的立場の間隙をぬってオリバゼを通して神＝宇宙というスピノザ的発想が主張される。この発想を使って一切の現象を有為転変させる自己運動体として宇宙が描かれるのが『盲人書簡』(一七四九年)であった。ここでは、自然のうちに偶然なものを一切認めず「すべては一定の仕方で存在し作用するように神の本性の必然性から決定されている」というスピノザ学説の巨視的な視座とアトム論的な物質運動による諸存在の偶然的な自然発生を説く微視的な視座が共存するが、もはや美しい光景とか動物の器官の感嘆すべきメカニズムに「神の手」を見よ、という『哲学断想』段階での意見は盲目の数学者ソンダーソンによって「カゲロウの詭弁」として斥けられる。こうして『自然の解釈に関する思索』において、ついに物質の自己運動観が中軸に据えられ、「自然は神ではない」と主張されることになる。この主張は先述の「世界はもはや神ではなくなった」という主張と内容的に異質であることは明らかであろう。スピノザの神はいまや自然から追放されるが、ディドロによって独特な位置に据えられることになる（第三章参照）。

つぎに、『自然の解釈に関する思索』から『ダランベールの夢』（一七六九年）、『物質と運動に関する哲学的諸原理』（一七七〇年）、『エルヴェシウス「人間論」の反駁』（一七七三―七四年）、『生理学原論』（一七七四―八〇年）に至るまで、彼が物質の自己運動を通してどのように自然の一切の存在とその現象を説明していくのかが三つの相に分けて考察された。それらは（1）彼の物質―運動観をめぐる相、（2）物質の諸形態の区別と同一性および自然の統一性をめぐる相、（3）物質的諸形態の変化・発展をめぐる相である。これらの相の考察はこの時点では大雑把なものであって、以後詰めを必要とするものであった。それでも、それぞれの相の核心に焦点をあわせて考察することによって諸相の区別と関連の基本線がみえたように思われる。

（1）においては、彼がモーペルテュイに倣って、ライプニッツのモナドを物質化することで、それを自己運動体としての「分子」とし、この「分子」間の作用と反作用を根底にして物質的自然の多様な現象と同時にその統一性を説明していこうとする経緯が簡単に説明された。この姿勢のために彼が背負わざるをえなくなるいくつかの難点も抽出された。

（2）においては、モーペルテュイに対する彼の批判から浮かび上がってきた自然観、すなわち「諸現象の連続した環」つまり「一つの全体」としての自然観が彼の物質―運動観と連関させられた。この自然観は、その内容説明に変化が生じるとはいえ、ディドロが当初より一貫して保持しようとしたものであったと思われる。逆に言えば、彼はこの考えの構築に終始悩まし続けられたといえる。彼は自らの思想的出発点といえる、シャフツべりの『道徳的真価と美徳についての試論』の翻訳（一七四五年）に付した註釈のなかで、「宇宙においてはすべてが結合して一つになっている。この真理は哲学の根本的な歩みのひとつであったし、巨人の一歩であった」(DPV, I, p.313）と記している。また、『自然の解釈に関する思索』（一七五三年、改訂五四年）において「たった一つの事実の絶対的な独立ということは、全体という観念と相いれず、また全体という観念なしには、哲学もあり得ない」(DPV, IX, p.35)、と主張し、『物質と運動に関する哲学的諸原理』（一七七〇年）でも「自然学者であるならば、物体としての物体とけっして言ってはいけない、なぜならそれでは自然学はもはや用をなさないからだ」(DPV, XVIII, p.16）と繰り返す。だから、彼は「一つの全体」を支える〝核〟ともいうべき「同一のメカニズム」・「一切の動物の原型」・「一つの中心的な現象」を求めることになる。では、この〝核〟と物質的形態の多様性はいかなる関係にあるのか。ここで、解決を迫られるのが「死んだ物質」と「生きている物質」との質的区別と連続性をめぐる問題であった。『自然の解釈に関する思索』ではこの問題が提起されただけであったが、その後も、デュクロ宛書簡（一七六五年十月十日）、『ダランベールの夢』、『物質と運動に関する哲学的諸問題』を経て考察されていくことになる。この過程で力業を発揮しなければならなかったのは「感性」の想定であった。「感性」は「静止的感性」と「能動的感性」に分けられ、前者は「死んだ物質」の、後者は「生きている物質」の性質とされた。そして物質的形態の質的区別は物質の構成要素たる諸分子の作用および反作用とこれらの作用に規定された「感性」の働きの差異に基礎づけられる。そこでは感性—作用／運動関係のみならず、感性—「エネルギー」関係も暗示される。この点に着目して、ディドロの思考過程を「自然の統一性からエネルギーの統一性へ」として捉えたのはディクソン（Dixon; ibid., pp.58-74）である（彼の見解の妥当性については第四章で触れた）。しかし、「エネルギー」は「感性」以上に概念規定がなされているわけではないから、その分やはり「感性」は力業を発揮せざるをえなかったといえる。このことをディドロ自身が自覚していた——「諸困難を除くのに便利であるというだけの想定にすぎず、きちっとした哲学には十分ではない」（『エルヴェシウス「人間論」

の反駁』)。したがって、このことは当然「統一性」ないし「一つの全体」の内実の説明に波及せざるをえなかった。この説明はいくつものアナロジーを駆使した〈ダランベールの夢〉として語られ、将来の学問の進歩に託された。むろん、この状態は(3)の展開を全面的に制約せざるをえない。

(3)において中心になったのは「死んだ物質」から「生きている物質」への形態変化をどのように説明するかであった。ラ・メトリーはこの問題をはなから放棄していたし、モーペルテュイでさえ有機体の形成を物質の物理的な諸特性だけで説明することは不可能であるとしていた。だが、ディドロはこの不可能性に挑むのである。そこで、大理石から肉への形態変化や卵からヒナへの形態変化を例示しつつ説明を試みるが、この問題の要石である「感性」の想定自体がぐらついている以上、満足のいくものとはならない。それでもこのような変化は「事実」として存在するのだ、これを「わたしはこの目ではっきりと見ている。だが、この移行の必然的な連関がつかめないのだ」(『反駁』)。ディドロの歯ぎしりが伝わってくる。

ここで三つの相の関係に触れておこう。ディドロにとって、(1)が(2)と(3)の隅石とならざるをえなかった。それは彼が不動の動者たる神を自然から追放してしまったことから生じた。(2)と(3)の説明を少なくとも整合的に行おうとすれば、神の意図や予定調和は助け舟として機能したであろう。彼はその途を自ら封じて茨の道を選んだ。彼にとって、(1)の展開こそが(2)と(3)の説明をもっとも満足させるようなものでなければならない。そこで彼が自ら背負うことになったのは、物質の自己運動性のみから有機的形態や生命の起源をも説明しうるような見地の構築であった、ということになる。既に触れたように、この構築のために彼が注目したのがモーペルテュイの有機体の形成についての見解であった。この初出段階では、彼の『著作集』(Oeuvres)を入手しておらず、もっぱらカロ(E. Callot)によって提供された「抜粋」(第一章註(二五)参照のこと)、ワルトフスキー、ヴェルニエール、J・ロジェから得られる諸断片に依拠せざるをえなかったので、この見解の本格的な検討は第二章にあてがわれた。

そこで第二章では、モーペルテュイの『著作集』をじかに読み取り、有機体の形成と生命の起源の問題を軸にしつつも、もう少し視野を広げてモーペルテュイ―ディドロ関係を考察することにした。すなわち、両者の関係を通して、両者がともに直面していた問題は何であったのか、その問題に対する両者のアプローチの仕方の相違はどの点にあったのかをも射程に入れて、ディドロの自然哲学に与えたモーペルテュイのインパクトを検討することになった。その際特に注目したのは後者の「ディドロ氏の異論に対する反論」であった。

モーペルテュイはディドロよりも前から有機体の形成や獲得形質の遺伝や種の進化に関心を抱いていた。『自然のヴィーナス Vénus physique』（一七四五年）はその成果の一つであり、これがさらに展開されることになったのがディドロによって『自然の解釈に関する思索』の「思索50」において略述される『自然の体系』（一七五一年、改訂五六年）である。そこでモーペルテュイが直面していたのは自然の多様な現象、とりわけ有機体の形成を説明するのに必要な物質観とはどのようなものかという問題であった。本書の冒頭から彼は従来の物質観の不十分さを指摘した後、つぎのように述べる――「もしも物質のうちに延長と運動をしか想定せずに十分な説明を与えることができるならば、デカルトはすべての哲学者のなかでもっとも偉大な哲学者であろう。もしも他の人びとが認めざるを得なかった諸特性を加えることによって満足できるとすれば、さらに新しい特性を頼みにしてはならないであろう。しかし、もしもこれらの特性すべてをもってしても自然を説明できないとすれば、新しい特性を認めることはわれわれが立てた規則［できる限り単純な原理を使用すること］に反することでは決してない」（Oeuvres II, p.153）。このような姿勢は『自然のヴィーナス』においてすでに現れていた。当書の最終章「この作品の結論：いくつかの疑問と問題」（この形式はディドロの『自然の解釈に関する思索』の最後の「思索58」が「諸問題」としていることを彷彿とさせる）のなかで、こう問うていた――「動物のこの本能は彼らに相応しいものを求めさせ、彼らを害するものを斥けさせるものであるが、これは動物を形成する最小の諸部分に属していないであろうか」（ibid., p.131）。そこで、彼はライプニッツの「生命の原理」たるモナドを物質化し、それを「欲求、嫌悪、記憶」あるいは「表象」を付与された物質的な「要素」に変質させ、これらの要素の「結合」作用から有機体のみならず非有機体をも説明しうる手だてを整えるのである。

このような視座の拡張は「規則」で歯止めがかけられている、と彼は言うのであるが、その「規則」が引用のごとくである以上、歯止めは判然としない。ディドロはその点を突く。彼は「ある仮説を動揺させるには、それをできる限り押し進めさえすればよいという場合がある」と言い、モーペルテュイの仮説がこの場合に当たるとみなす。こうしてディドロはモーペルテュイの仮説を意地悪く「一般化」する。そして彼がモーペルテュイに対して課した問いが「宇宙、または感性をもち、思考力をもったすべての分子の全集合体は一つの全体を形成するのか否か」であった。ここで注意すべきことはモーペルテュイは「感性」、「思考力」、「分子」という用語を使っていなかったということである。つまり、この問いはディドロが自分自身に対して発したものであると言ってもよいであろう。いずれに答えてもモーペルテュイにとっては「恐るべき結果」に陥るように仕向けられていた。すなわち、否の場合には自然のなかに無秩序を持ち込むことで神の存在を揺るがし、然りの場合にはスピノザの「神即自然」ということになりうるとみなされた。だが、この結果はディドロにも跳ね返ってこざるをえない。なぜなら、前者の場合はあのソンダーソンの自然観に行き着き、後者の場合は「感性」をやがて「物質の一般的な特性」とすることになれば、モーペルテュイに対するのと同じ帰結〈宇宙は一個の大動物になる〉を自分自身に対しても導き出さざるをえないからであり、またそうなるとこの二つの見地をどのように調整しうるのかも怪しくなるからである。彼がビュフォンの「有機的分子」を引き合いに出しながらモーペルテュイに向かって視座の拡張を限定すべきであったと進言するのも、自分自身の「感性」に対する性格づけをどのようにすべきかを考えてのことであろう。モーペルテュイは「表象」を「完成度の高低」によって区分したが、これと同趣的に彼もやがて「感性」を「静止的感性」と「能動的感性」に区分するのみならず、「感性」を「組成作用の産物」とも捉えようとするのもこのためであろう。

だが、彼にとってモーペルテュイの所説は有機体の形成に限定されない質をもっていたからこそ「魅惑的」であったはずである。彼が『自然の解釈に関する思索』の最後に立てた「諸問題」は「死んだ物質」と「生きている物質」の質的区別と連続性、前者から後者への形態変化を説明する問題であったが、この件に関してモーペルテュイはやはり彼の先人であった。だが、両者のあいだの本質的な相違は運動を物質の本質的な特性とするか否かに依っていた。モーペルテュイが自らの運動観を展開するのは『自然の体系』においてよりもむしろ『宇宙論試論』の「至高の叡智の諸属性から運動法則を推論する第二部」においてである。そこにおいて彼は「自然のもっとも重大で、もっとも驚異的な現象は運動である。運動なしにはすべては永遠の死のうちに、あるいはカオスよりなおいっそう悪い斉一性のうちに沈み込んだであろう。運動こそが至る所で作用と生命をもたらす」(Oeuvres I, p.26) と語り、自然における運動の持つ積極的な意義を強調した。それにもかかわらず、彼は運動を物質の内在的な特性とみなすことができなかったがゆえに、「物質の運動する諸部分は自らの運動をわたしにはずっと未知のままになっているなんらかの外的な原因から受け取った」とせざるをえなかった。その結果、とりわけ物質的な形態の生成発展の内実を明らかにする途は閉ざされていた。たとえば、彼によれば「有機構造organisation は諸部分の配列にすぎない」(Oeuvres II, p.149) とされるがゆえに、諸「要素」の組成過程は外在的な組み合わせとならざるをえない。彼がライプニッツの「非物体的自動装置」たるモナドを物質化したとき、モナドの「変化の原理」たる「力」を「表象」としたが、それを運動と区別した(この区別自体はライプニッツ的には正しかった)。そのために、彼の物質的「要素」は〈物体的自動装置〉に変質することはなかった。だが、ディドロの方は彼に倣ってモナドを物質化するとともに、さらに歩を進めて、この「力」を「内在的力」の作用、つまり運動と捉え、これを「分子」の特性とみなすことになった。ここで分子の自己運動が物質の自己運動の根源に据えられることになる。なるほど、モナドは「力」を「変化の原理」として「物体」を運動させ、その諸形態の生成・発展の過程ばかりか、それらの多様性と統一性をもディナミックに描き出す。では、モナド的世界ではなく、まさに物質的世界におけるディドロの「分子」はいかにモナド的な機能を果たすことになるのか。

そこで第三章では、第一章と第二章でモーペルテュイ―ディドロ関係を介して、しかも『百科全書』の項目「ライプニッツ主義」の検討を通してのみ間接的に触れたにすぎなかったライプニッツのモナド論をあくまでもディドロの立場から正面に据えて考察することになった。ここでの課題は、ディドロがどのようにしてモナド論を批判的に摂取し、自らの求める物質―運動観に活用して、ルクレティウスのアトム的世界やニュートンの数学的力学的世界やデカルトの合理論的世界の欠陥を克服していこうとするのか、またそれにもかかわらず、モナド論においては解消されているかにみえる諸困難がなぜモナドの物質化によって解消されなくなるのかをいっそう具体的に検討することにあった。諸困難のうちここで取り扱ったのは彼を最後まで苦しめた二つの困難であった。一つはそれぞれ異質な分子の集合体たる物体ひいては自然全体が統一性・連続性をとるとすれば、それをどのように説明しうるのかであり、もう一つは物質的世界における生命的精神的現象をどのように説明しうるのかであった。いずれの説明においても物理的でなければならない。モナド的世界は「予定調和」に支えられて「充足理由律」に基づいて物質的世界にその存立根拠を与えるものであるが、ディドロの物質的世界は自らの根拠を自らのうちにおいて示さなければならない。彼がどのように諸困難に対処したかはここで繰り返す必要はないが、ライプニッツの見地との連関について多少の補足を加えておきたい。その際、二つの観点を取ることがライプニッツとの対応を考えるうえで好都合であろう。それらは①表象と感性の対応関係をめぐる観点と②力―運動関係をめぐる観点である。

ディドロの「分子」はライプニッツからみれば「物質のアトム」ということになり、物質である以上無限に分割可能であって「一性」(unité) をもちえない。したがって、アトムをいくら集合させても、集合体は統一性をもてない。ライプニッツはアトムに代えるにモナドをもってする理由をこう述べている。「はじめ、わたしがアリストテレスの束縛を脱したとき空虚やアトムにのめり込んだ。それは一番よく想像力を満足させたからである。しかしいろいろ考えた揚句、そこから戻って〈本当の統一性〉の原理をただ物質のうちに、もしくは受動的にすぎないもののうちに認めるのは不可能であると気づいた。物質においてはすべてが、どこまで行っても部分の集合ないし堆積に他ならないからである。ところで多はその実在性を〈本当の一〉からしか仰ぐことができない」(G, IV, p.478.〈 〉は著者)。もっと端的に示せば、「わたしは物理的作用の実現原因が形而上学の領分に属していると考えるようになった」(ibid., p.472) ということである。このライプニッツの見地に対して、ディドロはいかなる乗り越えを試みようとするのであろうか。

まず①の観点から。ディドロの「分子」は物質でありながらモナドと同じように互いに異質で不可分な単位＝「一性」であるが、他方でモーペルテュイの物質的「要素」が可分的であるのに対して「絶対的に不可分な」最小単位である。ディドロにとって「分子のその後の分割は自然の法則に反し、技術の力の及ぶところではなく、観念的なものにすぎない」(V, p.239; DPV, IX, p.93)。モナドが「表象」と「欲求」もしくは「力」を付与されているのに対して、「分子」は「感性」と「内在的力」を付与されている。「力」は運動に関わっているので②の観点において扱うので、ここでは表象―感性関係に注目したい。ディドロが「感性」を持ち出すのはモーペルテュイを介してであったと思われる。彼はモーペルテュイが「要素」に「欲求、嫌悪、記憶」を付与したのは行き過ぎであり、「死んだ物質にもっとも近い動物に与えた感性よりもはるかに弱い感性」、つまり「鈍い、隠れた触感に似た一種の感覚の衝動」に限定すべきだったと助言する (DPV, p.84; V, p.230)。この助言は、すでに触れたように、自分自身に向けたものであった、つまり「感性」をどのように扱うべきかという自問でもあったといえる。この『自然の解釈に関する思索』の段階で注目すべきであったのはつぎの箇所である。「この隠れた感性および形状の相違の結果として、どの有機的な分子にとってもすべての状態のなかでもっとも好都合な状態は一つしかなく、分子はこの状態を自動的な揺らめきを通してたえず探し求めたであろう、このことはちょうどほぼすべての機能が停止している睡眠中に動物が休息にもっとも適した姿勢を見つけ出してしまうまで体を動かすのと同じようなことである」(DPV, IX, p.84; V, p.231)。ここでは感性の作用が「形状 configulation」(後には「組成作用 organisation」)に関係づけられているばかりか、「自動的な揺らめき une inquiétude automate」と表現されている(この表現は物理学的な意味と心理学的な意味を結びつけた用法であるが、従来「無意識な不安」、「自動的な配慮」と訳されている。要は感性が外的な物理的要因を契機とする場合があるとしても内在的に作用することを表している)。C・フォヴェルグはこの表現に注目し、これをライプニッツの automate と関連づけている(Claire Fauvergue; *Diderot,lecteur et interprète de Leibniz*, Honoré Champion Éditeur, 2006, pp.150-151. なお、inquiétude という概念についての分析は p.43f 参照。本書はライプニッツ―ディドロ関係をはじめてテーマ化した本格的な著作であると思う)。確かにライプニッツのモナドは「非物体的自動装置 automate incorporel」であったし、「自動装置」というのは「その本性のうちに自分の作用系列の連続性の法則を含んでいる」(G II, p.136)ということであった。もっと具体的に言えばこういうことである――「各実体は、はじめて創造されたときから、自らにその後起こるすべてのことが自分自身の法則もしくは傾向の力によって、他のあらゆる実体に起こることと完全に一致するような具合に起こるようになっている。まるで、実体同士が出会ったときに、一方が他方に何かを伝えるとでもいうようになっているが、実際そういう必要もないし、そうする方法さえもないのである」(G IV, p.476,『単子論』九二頁)。

見られるように、神によって「創造されたモナド」はその後の展開を「自動的に」行うばかりか、相互に交流することもなく「自己流儀に」自らの世界を表出するにもかかわらず、一つの共同の世界を表出しているとされる。ディドロはこの考えを「天才の考え」と受け止めるが、この考えには「予定調和」の支えがなされている。彼にはこの支えがない。「感性」がオカルト的な性質を免れるためには物理的な自動性を考えなければならない。この点からみても、先の箇所は注目すべきであった。もちろん、この自動性はこの段階では睡眠中の動物がもっとも安息しうる姿勢を求めて体を動かすさまから類比的にとらえられているにすぎない。しかし、その後、六〇年代半ば以降、感性は「組成作用の多様性」に応じて質的な差異をもちつつ、「静止的」であり続けたり、「能動的」へ移行したりする。こうして、モナドの「表象」が自らのうちに〈包蔵〉(enveloppement) した「微小表象」を「自動的」に〈展開〉(développement) するのと対応する。この過程のなかで、「組成作用の多様性」のメカニズムの解明がますますディドロにとって意識されなければならなくなったと思われる。なぜなら、「感性」の多様性が「組成作用の多様性」に基因するからである。「感性」の「静止的」と「能動的」の区別も物体を組成する諸分子間の作用と反作用に基づく内的構造の異質性を意味しているとみなすべきことになろう。ここで、諸分子間の作用と反作用を捉えるために化学的および物理学的な運動とそれを支える力が正面化してくる。

そこで②の観点。ディドロは「感性」の変化のメカニズムを捉えるために、この変化を運動とみなし、その根拠を「内在的力」に求めたように思われる。このことは項目「ライプニッツ主義」から推察すると(第一章参照)、モナドの表象の「変化の原理」たる「力」を物理的な運動として捉え返したことを意味するであろう。こうして感性的分子は自己運動体となり、静止状態にあるとすれば、それは「静止への傾向」(V, p.398) としてではなく分子間の作用と反作用の拮抗関係に依るとされるようになる。ここに物体の内的構造への視点が拓かれる。この視点をライプニッツはすでにハルトゼーカーとの往復書簡のなかで「協合運動」を通して確保していた。「協合運動」とは同一物体の諸部分間の分離に「抵抗」して「凝集」を維持する運動であるが、ライプニッツは、ハルトゼーカーの諸アトムの集合体つまり物体の「一」なる存立根拠を問うという観点から、この運動を導入している。ライプニッツの「力」の概念からみれば、この運動は「原始的力」たるモナドが物体(厳密に言えば「物体的実体」)に付与する「派生的力」の現象ということになるだろうが、モナドの「表象」作用との関係は判然としない。とはいえ、ライプニッツにおいては物体はどこまでも分割可能であるから、諸部分(それ自体物体)間の運動で内的構造の統一性や多様性が説明可能である。『自然の解釈に関する思索』におけるディドロは、「弾性体 (corps élastique)」のさまざまなシステムを基に、たとえば分子・物体間の「引力」と「衝撃」との関係を通して、また、『物質と運動に関する哲学的諸原理』においては「三種類の作用」を通して物体の内的構造の説明に挑んでいる。だが、ディドロの「分子」は不可分の最小単位であるからもはや部分をもたない。ここで「分子」の「内在的力」の物理的根拠をいかに説明するのかが問題となる。そこで、「引力」に逆らう物体の一つの運動形態＝「抵抗」を手掛かりとして「内在的力」を分子のうちに想定し、ライプニッツと同趣的に、今度はこの「内在的力」の現象形態のごとくに「抵抗」を位置づけることになった。モナドは神のお蔭で「原始的能動的力」―「原始的受動的力」関係成態を在り方としえたが、「分子はそれ自体で一つの能動的な力である」と直截的に断定される以外になくなったのである。すなわち、分子レベルにおいては「感性」も「内在的力」もその物理性を示すのに依然として困難を背負ったままになったということである。『ダランベールの夢』の第一対話がこのような想定を拒否する〈ダランベール〉の意見をもって始まるのはきわめて示唆的である。

第四章では、とりわけ分子レベルにおいて「感性」と「内在的力」という二つの想定がディドロの物質観においてどのように具体的に機能したのか、言い換えれば、物体を構成する分子間の物理的作用の内実がいかなるものであったのか、このことを改めて焦点に据え、さらに視野を広げて彼の物質観を全般的にまとめることが意図された。その際、無用な重複を避けるために、ディドロに影響を与えたといわれるトーランドの『セレナへの手紙』（一七六八年にドルバックとネジョンによって仏訳された）にみられる物質―運動観と対比し、かつライプニッツ―トーランド論争をも配視しつつディドロの考えを浮き彫りにすることになった。『セレナへの手紙』がディドロに積極的な影響を与えたとは思えないが、ロジェが指摘しているように、彼が当書を批判し、「内在的力」の物理的な性質を述べるために『物質と運動に関する哲学的諸原理』（一七七〇年）を書く契機を与えたといえるかもしれない。

クロッカーの主張によれば、トーランドの『セレナへの手紙』の第五信「物質の本質的特性としての運動」は『ダランベールの夢』と『物質と運動に関する哲学的諸原理』におけるディドロの物質―運動観に「直接的な影響」を与えた。なるほど、両者には次の諸点で一致がみられた。(1) 運動は物質の内在的な特性であるということ、(2) 場所的運動は運動ではなくて、運動の結果であること、(3) 絶対的静止は自然のなかには存在しないこと、これらである。クロッカーは両者の著作からいくつかの箇所を取り出して、両者の見解の類似性を強調しているのだが、問題なのは字面での類似性ではなくて、それらがどのような論理的な立場からどのようなパラダイムで提示していたかである。両者はこの点で質的な相違を示すことになった。(2) と (3) は (1) から当然帰結するはずであるから (1) のみを取り出して質的な相違を振り返っておこう。

トーランドの立場はスピノザの神実体一元論を変形した、いわば物質実体一元論である。実体としての「一箇同一の物質」=「物質としての物質」(S. p.156) はデカルト的な「延長」のほかに「変化の原因」たる「一般的作用」ないし「普遍的運動」と「変化」を変化として認定可能にする「固性」を「属性」とする。では、個々の「物体」と「運動」とは何であったか。前者は「物質の一般的延長のそれぞれの変容」、後者は「物質の一般的作用のそれぞれの限定」にほかならない。まるで無限なロウが自らの限定的な「作用」でとけることで、さまざまに変容し、それらを延長と固性が変容として保証するかのごとくである。このような発想は決してディドロのものではない。ディドロにとって「物質としての物質」は「形而上学的戯言」にすぎない。彼にとって物質とは個々の具体的な分子・物体の作用諸関係の総体であって、物質実体の諸変容 (つまり諸物体) の総和ではまったくない。にもかかわらず、運動を物質の内在的な特性とすることで一致するとはどういうことか。一致はやはり字図上でのことにすぎない。しかし、両者が同趣の困難を背負っている点では一致するといえよう。

トーランドは、「能動性が物質に必然的に帰属する」ことを証明しなければならない、と主張しつつも、ライプニッツの「力」を物質に帰属させただけで十分な証明をなし得なかった。『セレナへの手紙』第五信の最後で「わたしは意図的にこのこと〔運動は物質の本質的な特性であるということ〕を詳述することを思いとどまった」(S. 170) と語っている。だが、物質実体が諸変容の総和である以上、物質の運動の根拠はもっぱら神の創造に頼る以外にあるまい。ライプニッツでさえ、神が「力」を物体（＝「物体的実体」）に付与したというだけでは不十分であると再三主張した。「神は一般的法則を作り出したのだ、と言っても十分ではない。なぜなら、神の決定のほかになお、それを実行する自然的手段が必要だからであり、言い換えれば、作り出されたものは神が事物に与えた自然によって説明されうるのでなければならないからである」（G IV, p.520）。そこで彼は、すでに述べたように、静止したある物体のうちに外的物体からの運動に対する「抵抗」を認め、この物体の「抵抗」と外的物体の運動との拮抗状態として静止を説明することによって、この「抵抗」の存立根拠として「力」を想定した。「協合運動」はこのような「力」の現象であった。トーランドにもそれに類似した発想があったが、物体が物質実体の「変容」にすぎない以上、物体間の運動を通して物質の能動性を説明する途はまったく閉ざされていた。物質の方から物体の運動を「限定」せざるをえないからである。実は、今度はディドロにとっては分子の能動性を説明する途は同じように閉ざされていた。分子が不可分の最小単位だったからである。彼がニュートンの引力に対する「抵抗」を基に「内在的力」を想定したことはすでに述べたとおりである。本章ではさらに物体の「抵抗」がその物体を構成する諸分子の「内在的力」とどのように関係しているのかが検討された。もちろん十分な説明がなされたわけではないが、それでも分子の能動性・自己運動性が示された。

では、「感性」という想定は特に分子レベルにおいてどのように機能したのか。今回もっとも重視したのは「内在的力」という想定との連関であった。なるほど、「感性」は『百科全書』の項目「生まれる（Naître）」やデュクロ宛書簡（一七六五年十月十日）で「力」と関連づけられて、また『ダランベールとディドロとの対話』ではダランベールの「死力」と「活力」との類比関係におかれてはいる。しかし、ディドロ自身はこの連関の内実についてはっきり説明するに至っていない。しかし、この内実を捉えることは彼の物質観のみならず生命現象の説明のうえでもきわめて重要であると思われる。そこで、ここでは分子レベルでこの連関の内実を再度念頭に入れておきたい。

彼は「感性」概念さえ明確に定義してはいない。さまざまな文脈で使用されているときの意味を推察してみると、ディクソンが提案しているように「感性」は「内在的力」と結びついた〈生命的精神的エネルギー〉といえるかもしれない。というのも、ディドロは「感性」を「物質の一般的特性」とのみ捉えておらず、「ないしは組成作用の産物 ou produit de l'organisation」とも捉えていたばかりか、項目「ロック」では「組成作用の多様性に応じて程度の異なったエネルギーで行使される」とみなしていたからである。**organisation** という語は従来「生体構造」とか「有機体」と訳されてきたが、ディドロが「感性」の「静止的」から「能動的」への移行にむしろ注目しているときには、わたしはこの語を動態的に「組成作用」ないし「有機化作用」と訳してみた。物体はそれを構成する諸分子の「内在的力」による作用と反作用によって組成され、この組成作用に応じて無機物であったり有機物であったりし、また相互に移行していくのである。もっと物理的にいえば、この組成作用によって「分子全体の内在的力」と「抵抗」とが拮抗関係におかれている状態（「静止的感性」の状態）になったり、この拮抗関係が破られて「分子全体の内在的力」がエネルギッシュに発現している状態（「能動的感性」の状態）に変わったりするのである。ディドロはさらに両者の「移行の必然的な脈絡」をつかもうと望んだ。なぜなら、この移行過程で生命の起源の何らかの手掛かりが得られるかもしれないからである。だが、それは最後まで達成できなかったといえる。しかしながら、感性を「組成作用の産物」と捉えたことは、ホッブズやラ・メトリーのみならず、『自然の体系』のドルバックとも質的相違を示すことになった。ドルバックは感性を「能動的」と「静止的」に区分し、それらをダランベールの「活力」と「死力」に類比させて、ディドロの考えを継承したとはいえ、継起の観念を無視した。だから、ドルバックは言う——「何人かの哲学者は感性を物質の普遍的な性質と考えているが、その場合、われわれが結果から知っているその特性がどこからやってくるのかを探求することは無益であろう」(D'Holbach: *Système de la nature*, 1770, Olms 1994, I, p.127)。だがそれでもディドロの方は、物理学的発想のみならず、化学的発想をも駆使しつつ、この課題に取り組んだのである。

第五章は化学がいやむしろ化学的発想がディドロの自然哲学の構築にとってなぜ必要であったのか、また、それがいかにニュートンの数学的力学的自然学と手を切る契機を彼に与えることになったのかを検討したものである（ディドロの化学との関わりについてはほとんど研究がなされてこなかったが、最近やっと本格的な研究が公刊された。大橋完太郎『ディドロの唯物論　群れと変容の哲学』法政大学出版局、二〇一一年の第四部「化学的思考と物質論」、F. Pépin; *La philosophie expérimentale de Diderot et la chimie*, Classiques Garnier, 2012）。彼が明確に化学的発想を用いて自然を解釈していくのは『自然の解釈に関する思索』（一七五三年）からといえるが、彼の化学への注目はもっと早かったかもしれない。ニュートンは『光学』の最終部における「問題31」において万有引力の原理を物質粒子間にも拡張しうるのではないかと推測していた。それをきっかけとして十八世紀始めに「さまざまな引力法則」をめぐる議論がすでにイギリスで始まっていた。フランスでも化学者ジョフロワが一七二〇年にニュートンの推測に基づき「引力」に代えるに「親和力」をもってしていた（Maurice Daumas; La chimie dans l'Encyclopédie méthodique, *Revue d'histoire des Sciences*, 1951, pp.337-340）。しかも一七四五年には科学アカデミーのいくつかの部会でも議論がなされた。その頃、ディドロは「ニュートン学説を解明するという意図」をもってニュートン研究をしており、彼がこのような思潮に無関心でいたとは考えにくい。とはいえ、彼の化学に対する本格的な関心の高まりはやはり五四年から五七年にかけてのルエルの化学講義の受講によってであろう。

ルエルやその弟子ヴネルにとって、化学は物体の構成の「分離と結合」に専念する学であり、まさに物体の構成部分の内在的な諸性質に注目しなければならない。したがって、「さまざまな物体の諸性質の担い手」たる同質的な物質を「抽象的な存在」として斥ける。

では、ディドロは化学から何を学んだのか。本章ではこれまでも検討してきた（1）物質の異質性（2）物体間の相互作用（3）物質の自己運動性（4）生命の起源の問題といった四つの観点が再度取り上げられたが、今回は化学との関連を新たに考察することで、彼の物質観が捉え直された。特に物体間の相互作用は、ディドロにとって各物体の構成要素である「分子」の「分離と結合」に規定されている以上、化学反応のイメージとして捉えられていたはずである。しかも『光学』のニュートンは「〔事物の〕性質が永続的であるためには、有形物の変化はこれらの永久粒子のさまざまな分離と、新たな結合と、運動とにのみもとづかなければならない」と主張していた。この問題設定をヴネルもディドロも共有してはいたが、しかし前者がニュートンの「引力と斥力」ではなくて「関係ないし親和力」をもってするのに対して、後者は「親和力」を適用せず、むしろニュートン力学の立場に身を置きつつ、その立場を超克しようと努めたように思われる。すなわち、「粒子」の「運動」には粒子の「惰力」という受動的な動因のみならず、運動の開始にとってもその保存にとっても「能動的動因」が必要であると認めたニュートンに対して、ディドロはその「能動的動因」を「止むことのない潜勢力（nisus）」つまり「内在的力」と想定した。ニュートンからみれば、この想定は「オカルト的な性質（occult quality）」をもちだすことであって「全く無意味である」。だが、ディドロにとってはこうした想定によってはじめて諸分子の「分離と結合」が運動に基づいて物理的に説明可能になったのである。彼にとっての化学の魅力あるいは効力は化学理論というよりはむしろ化学的発想にあったと思われる。「化学ほどに鋭敏な推測を精神に提供し、巧妙な類推で精神を満たす科学は他にない」という彼の言葉がそのことを暗示している。「鋭敏な推測」や「巧妙な類推」こそ「自然の観察」と「自然の解釈」を統合するバネであり、「予見の精神」の発揮である。このことを証明するいわば化学実験室こそ〈ダランベールの夢〉である。晩年にも彼はこう言うであろう、「自然の沈黙を類推や推測で補充すること、それは巧妙に大いに夢をみるということであろう」（『クラウディウスとネロの治世に関する試論』一七八二年、CF, p.588）。

さて、第六章では、まずダランベールの「体系的精神」とディドロの「予見の精神」を対比しつつ両者の立場の相違を確認し、つぎに「予見の精神」の適用例を〈ダランベールの夢〉の手法のなかに求めるとともに、この夢の中でいかに「体系的精神」が「予見の精神」と融合することを通して、ディドロを悩ましつづける諸問題への解決の糸口が図られるのかを検証するものである。ダランベールの「体系的精神」は実験と論証を重視することから、ディドロの懸念する「あてにならない類推」や「推測への熱狂」を戒めるがゆえに、当然「予見の精神」の行き過ぎをも抑制するのに都合のよいものである。しかし、「自然の沈黙」のうちにモーペルテュイのように「神の意図」を読みこんだり、ダランベールのように「理性に適った懐疑主義」を適用したりすることはディドロにはできない。なぜならディドロにとって「自然は仮装を好む女のようなもので、そのさまざまな仮装はあるときは一つの部分を、またあるときは他の部分をふとのぞかせることによって、しつこくその後を追いかける者にいつかその人柄をすっかり知らせるだろうという望みを与える」(IN, p.188) からだ。ならば積極的に彼女の後を追いかけるべきであり、そのためには「類推と推測」をもあえて辞してはならない。したがって、彼は「自然の観察者」が同時に「自然の解釈者」になることを要請する。「自然の観察者とその解釈者との主な相違の一つは、感覚および器具が前者を見捨てる地点から後者が出発するということである。彼は現に存在するものを通してなお存在するはずのものを推測する」(ibid., p.235)。この役割を演じさせるのにまったくうってつけであったのが、自然学者にして数学者たるダランベールということになる。もちろん、彼は「夢」のなかでのみディドロの「予見の精神」を受け入れることができる。そして、この「夢」を自然学者にして医師たるボルドゥが補足説明を通して保証することになる。こうして「夢」は一定の〈科学性〉を獲得する。

では、実際のダランベールが抱いていた二つの問題、すなわち (1) 物質的諸存在に認められる「感性的性質」をめぐる問題 (2) 自然の統一性と多様性に関する問題は「夢」という実験室の中でどのように展開されたのか。ダランベールにとっては「感性的性質」は若干の植物か少なくとも「生気ある諸存在」に限定される。したがって「物質の一般的特性」としての「感性」を認めるわけにはいかない。しかし、『ダランベールとディドロとの対話』において〈ダランベール〉は〈ディドロ〉の類推的な説明、すなわちダランベールの「死力と活力」から類推される「静止的感性」と「能動的感性」の区別と相互移行の説明に少しずつ納得し始めるばかりか、「夢」の中では物質的形態の相異にもかかわらず「感性」を縦糸として一切の存在を鎖につけた「万物同気」の世界を作り上げてしまう。

第二の問題に関して言えば、それは、どのようにして構成要素は一つの集合体を形成するのか、また、各要素はどのような心的作用によって集合体と結びついているのかという二重の側面をもっていた。すでにこの問題をモーペルテュイは「蜜蜂の一群」を例にとって検討していたが、二つの側面の関係にまで立ち入ることができなかったし、ダランベールにとってはいっそう理解しえないものとみなされた。そこでディドロは前者の側面については意地悪く〈夢をみているダランベール〉をして再度「蜜蜂の一群」を、とはいえ今回は実際の医学者ボルドゥが生体の各部分の個々の作用とそれらの有機的な統一の仕組みを説明するために用いたそれを取り上げて検討させるのであり、また後者の側面についてはレスピナッス嬢の比喩「クモの巣」をボルドゥに解説させるのである。こうして、この問題を身体とその諸器官にあてはめて言えば、それぞれの器官は互いに異質でありながら物理的に一つの集合体を構成するのみならず、それぞれ「別の意志」をもちながらも、「連続性の法則のために、共感や統一や同一性をひとしく保っている」がゆえに、「全体的意識」に則して作用するのである。このことが第一の問題から生じる「万物同気」の世界を基礎づけているのである。そして、この世界はボルドゥによって「いまでも体系的ですが、人間の知識が進歩すればするほど、その真偽が検証されるでしょう」と予見される。この予見こそが実験を行き当たりばったりにさせない当のものなのである。だから、『エルヴェシウス「人間論」の反駁』の中でディドロは、「実験の後について進むべきであって、けっして先行すべきでない」というエルヴェシウスに対してこう言うのである。「その通りだ。しかし、実験は行き当たりばったりにやれるものなのか。実験はなんらかの推測、類推、その実験によって裏づけられたり崩されたりする体系的観念に先立たれるのではなかろうか」(A.-T., p.349)。こうして「予見の精神」はやがて彼の美学的側面における「理想的＝観念的モデル」もしくは〈イデアールな自然〉に接することになるであろう。そして、つぎに続くII部の美学的側面の検討の中軸は「自然の模倣」と「理想的＝観念的モデル」もしくは〈イデアールな自然〉との関係に据えられるであろう。

II　藝術

第一章　「関係の知覚」と「美」
――『百科全書』項目「美」の再検討――

〈美とは何か〉

この問いにディドロが初めて主題的に検討を加えたのは『百科全書』第二巻の項目「美」においてであった[一]。だが、彼の諸著作のなかで、この著作ほどに評価の分かれたものは少ないであろう。まったく取るに値しないものといった評価からディドロ美学の根底をなすものといった評価にまでわたっている。しかも、一人の批評家にあってさえ、数年後には評価を著しく変えざるを得なかったのもこの著作に対してである。たとえば、ヘルダーは一七六九年にはこの著作のなかに「新しい理論と呼べるようなものを何ひとつ見いだせなかった」のであるが、一七七七年になると、「シャフツベリやアンドレや他の人々の考えをフランスにおいて蘇生させた」ものと評価するのである[二]。

このように評価が著しく分かれたのはなぜであろうか。その責任の一端をディドロも負わなければならないのではなかろうか。「関係の知覚が美の根拠である」(OE, p.428) というのが、項目「美」の定式であり、また、「この規定の妙味は、『関係』という対象的客観的な事実と、『知覚』という主観的体験的な契機とを組み合わせたところにある」[三]。だが、当の「組み合わせ」の内実が二項図式のもとに捉えられてしまうと、主観主義的な解釈がなされるか、客観主義的な解釈がなされるかのいずれかになるであろう。というのも、二項図式の発想はまず一方に対象的客観的な事実としての「関係」があり、他方に主観的契機としての「知覚」があるとみなされ、しかるのちに両者が関係づけられるという発想であるので、前者が後者に関わりなく自存視されれば客観主義的な解釈が、また前者が後者に還元されれば主観主義的な解釈にならざるをえないからである。とはいえ、ディドロは、そうならないように「関係の知覚」という定式表現をとったわけであるし、二項図式的発想をとっているわけでもない。にもかかわらず、「関係」を事物のうちに自存化させようとする誘惑から十分に手を切るまでには至らなかったように思われる。その理由については後述するとしても、このことがこの定式を理解しにくいものにしているのではなかろうか。彼自身がこの難点に十分気づいていたはずである。なぜなら、彼は、項目「美」より以前に『音響学の一般的原理』[四]と『＊＊＊嬢宛書簡』[五]のなかで、すでに「関係の知覚」という定式表現をとりながらも、「関係」と「知覚」をどのように結びつけるべきかに苦慮していたからである。

そこで、この拙稿は、ディドロが「関係」と「知覚」をどのように組み合わせることによって、〈美とは何か〉という問いに迫っていったのかを探求することになる。この探求のために、わたしは次のような手続きを取りたい。

（1）まず項目「美」よりも前に書かれた二つの著作のなかで、「関係の知覚」がどのような苦慮のもとで取り扱われていたのかを調べる。

（2）次に項目「美」に戻って、「美」と「関係の知覚」との関連を通して、この定式についての説明になお見てとれる難点とその理由を検証する。

（3）最後に、この難点にもかかわらず、いやむしろこの難点に対する彼の意識ゆえに、彼の美論はその後もいっそう具体的に展開されていくことを確認する。

ディドロは『音響学の一般的原理』のなかで「音楽の快は音の関係の知覚のうちにある[六]」と述べ、さらにこの定式を一般化する。

「しかし、この起源は音楽の快に特有なものではない。快は一般に関係の知覚のうちにある。この原理は詩においても絵画においても建造物においても道徳においても、すべての藝術においてもすべての科学においても生じる。美しい機械、美しい絵、美しい回廊がわれわれに気に入るのはわれわれがそこに認める関係によってでしかない。美しい人生についても素晴らしい〔美しい〕コンサートについても事情は同じであると言えないであろうか。関係の知覚はわれわれの感嘆と快の唯一の根拠であり、科学や藝術によってわれわれに提示される最も微妙な現象を説明するための出発点でなければならない」(PA, p.104)

見られるように、「関係の知覚」はかなりの重荷を背負わされている。「快」をこのように一般化し、その唯一の根拠に「関係の知覚」を据えることが可能であるか否か。ここでは、この問題を棚上げにしたままにしておこう。ただ、このような一般化が項目「美」において「快」に代えるに「美」をもってなされることを確認するだけにとどめて、焦点を「音楽の快」に定めることにしよう。

ところで、われわれの耳が不協和音よりも協和音によっていっそう快を受け取る (PA, p.84) ということは、経験上確かなことであろう。だが、両者から受け取る快の相違の根拠を二つの和音を構成する音と音の間における振動数の比例関係の相違に求めることができるであろうか。このような疑問を直ちに投げかけたのはルソーであった、彼によれば、二音間の振動数が5対6である和音と6対7の和音の場合、「自然学者」(physiciens) によれば前者が協和音で後者が不協和音とされるのであるが、後者といえども「実際ほんのわずか調和を欠いてはいるものの、根拠の相違が小さいゆえにこれもまた十分快い〈協和音〉である」。それでも「完全和音が耳に与えるあの快さはどこから生まれるのか」と問われるならば、「灰色よりもむしろ緑色の方がわたしの視覚を喜ばせるのはなぜか」と反問する以外にどうこれに答えたらよいであろうか、とルソーは言う。だから、彼にとって、ディドロが音楽の快を説明するのに音の「関係」をもってすることは支持しがたい(七)。

しかし、ディドロは、ルソーに批判されるまでもなく、この難点に十分気づいていた。「音は、われわれとの関わりにおいては、われわれの耳を充たしている空気の波動から鼓膜が受け取る継起的な振動によって惹き起こされる感覚に他ならない」(PA, p.87. 傍点引用者)。このような音、別の表現で言えば、「感覚としての音」はまさに感覚的質であって、科学的に計量化できるものではない(ibid., p.102)。これに対して、「音の関係を表現する仕方」からすれば、「音を、一定時間内に生みだされる振動数を尺度とする量とみなしさえすればよい」(ibid., p.99)。だが、われわれの耳に快を与えている協和音とそれを構成する音と音の量的関係とのあいだに、どんな対応関係があるというのであろうか。とすると、どうして音の快が「音の関係の知覚」のうちにあるということになるのか。ディドロは自らに反問を投げかける。「こうした関係の認識はつねに感覚を伴うのか。」これは認めがたいように思われる。なぜなら、かなり繊細な耳をもっている人でも、オクターブを形成する振動と基音を与える振動との関係がどのようなものであるのかを知ってはいないからだ。そうだとすれば、「魂はそれと気づかないうちにこの関係の認識をもつのであろうか。このことは、ある種の自然的で秘められた三角法が魂のくだす判断に大いに関与しているように見えるとはいえ、魂が少しも幾何学的知見をもたずに諸対象の大きさと距離を見積るのとほとんど同じことであろうか」(ibid., p.106)。

ディドロはこれ以上の展開をしてはいない。しかし、「関係の認識」と体験的な「快」、あるいは科学的知識と経験的知識はどこかで結びついているはずである。この結びつきをどのようにとらえるか、これが彼のますます重要な課題となっていく。項目「美」の検討との関わりからも、ここで一つの具体例を掲げておこう。十数年あとになってからではあるが、彼はヴォラン嬢宛の書簡(一七六二年九月二日付)のなかで、「暗中模索」の積み重ねのすえに、ミケランジェロによって「最も美しく最も優美な形姿」を与えられたローマのサン・ピエトロ寺院のドームの曲線が、幾何学者ラ・イールによって「最も大きな抵抗をもっている曲線」であると証明されたことを例にとりながら、こうしたことがどうして生じるのかを説明している。「一方では計算のなせるわざであり、他方では経験のなせるわざなのです。ところで、一方がしっかりとなされるならば、それが他方と融和しないということは不可能です。[八]」彼は、ここからさらに、このような建造物の美しさがどの点に成り立つのかを次のように誌している。「ある建築作品は、堅牢さがそこにあって、しかもその堅牢さが人に見てとられるときに、また、その用途と共に求められる適合性がそこにあって、しかもその適合性が人に気づかれるときに、美しいのです。[九]」

　さて、ディドロにとって「音の快」は「音の関係の認識」と結びつかなければならない。しかし「音の関係」がこれこれの比例関係にあると認識したからといって、「音の快」が増減するはずもない。だが、「音の快」が「音の関係」とまったく関わりのない恣意的な主観的体験であるはずもない。われわれにとっても音楽家にとっても、不協和音よりも協和音の方が快いし、音楽家は音の「微妙な選択」を通して音と音を一つに結合する（PA, pp.83-84)。やはり、「音の快」は「音の関係」と結びついている。両者を結びつけるのが「知覚」である、ここに「音楽の快は音の関係の知覚のうちにある」という定式が成り立つ。当然、この定式には科学認識論的《エピステモロジック》な手続きではないまでも、認識上の手続きが孕まれている。[一〇]「知覚」こそが「音の快」と「音の関係の認識」をつなげる通路であると言えよう。とはいえ、「知覚」がどのような認識上の機能を果たすのかはこの時点でははっきりしてはいない。ただ、「感覚」ないしは「感情」よりも高次な機能を果たすであろう。「音の関係は二つの仕方で、すなわち感情を通してか知覚を通してわれわれの魂に作用することができるが、おそらく大多数の人間には最初の仕方で作用するにすぎないであろう」(ibid., p.106)。「感情」によっては感じとれなかった「関係」が「知覚」によって捉えられるようになるかもしれない。「音楽家はそれと気づかぬうちに（secrètement）関係の知覚によって導かれてきたのである」(ibid., p.105)。しかし、ディドロにとって、「音の関係」は音楽作品の側に存在するのであるから、「関係」の数が作品のうちに多くなればなるほど、また、それらの「関係」が互いに遠ざかっていればいるほど、われわれにとっては作品を判断するのが難しくなる（ibid., p.85)。当然の結果として、「快」も「関係」の有様によって変化せざるをえない。「知覚」にとっては、「単純な関係」の方が「複合的な関係」よりも捉えやすいからである。だが、そうなると、知覚能力の差によって、逆に「関係」の有様が変化せざるをえなくなる。つまり、「知覚」の方が「関係」を規定してしまうことになりかねない。ここに認識上の厄介な問題が生じよう。対象における「関係」と「知覚」によって捉えられる「関係」とはいかなる対応関係にあるのか。対象における「関係」が少なくとも個々の「知覚」に対して外在性をもつとすれば、その外在性の内実は何か。それは、「関係」は個々の「知覚」のいかんを問わず、つまりそれ自体で、対象のうちに実在している、ということなのか、それとも、まさに「関係の知覚」を通して、われわれがその知覚した「関係」を知覚能力の高まりに応じて対象に帰属させる、ということなのか。さらには、そもそも、音と音のどのような「関係」が、あるいはどんな「関係」でもわれわれに「快」を惹き起こすのであろうか。こうしてわれわれは、ディドロが自らに投げかけた反問に再び立ち会っていることになる。これらの問題は項目「美」の検討の際に扱うことにして、次に『＊＊＊嬢宛書簡』について若干の考察を加えておこう。

ディドロはこの書簡のなかで、「関係の知覚がわれわれの理性の最初の歩みの一つである」（一二）と述べると共に、「最も単純な関係」つまり「均等関係」(rapport d'égalité) がいかに建造物において重視されているかを示した後に、次のような定式を立てている。「趣味は、大抵の場合、関係の知覚のうちにあります」(LM, p.99)。「趣味」はディドロの美論においてきわめて重要な概念であるが、ここでは「趣味」と「快」の対応だけに注目することにしたい。

いまや、「快」も「趣味」も「関係の知覚」という同じ根拠を共有する。さらに、「関係の知覚」が「理性の最初の歩み」である限り、どちらも恣意的なものに解消されはしない。実は、『音響学の一般的原理』のなかで、彼はこう語っていた。「われわれにとってどんなに恣意的に見える事態も関係によって示唆されていたのであって、もしも誰か十分に学識のある人が現れて、彼が包懐しているすべてのことに〔関係の知覚という〕この原理を一般的に適用することになれば、この原理は趣味に関する哲学的な試みに基礎として役立つにちがいない」(PA, p.104)。「関係の知覚」に基づく「快」から「趣味」への展開はこの書簡においても十分に展開されているわけではないが、次の点に注目することはできよう。それは、趣味が高尚になればなるほど、描出すべき主題の選択にみがきがかけられ、快の質も向上する、ということである。たとえば、ネプトゥヌスが海水から頭を出す瞬間は、詩人にとっては美しい瞬間であっても、画家にとってはそうではない。屈折の効果によって首をはねられたように描かざるをえないからである(LM, p.96)。また、「不快な対象をわれわれの想像力に呼びさますことを恐れる」画家は「外科的損傷を思わせるような現象」を避けるであろう(ibid., p.97)。これらのことは「模倣と趣味の規則」に基づいている。藝術家はこの規則を「関係の知覚」に基礎づけることによって「快」の質を高めることになるであろう。なるほど、「関係の判明な知覚」をわれわれに呼びさますことがないのに、われわれに快を与える作品も存在するかもしれない。しかし、そういった作品は「ちょうど虹が純然たる単なる感覚的な快によってあなたの目を楽しませるようなもの」であって、「趣味」のある人にとっては不完全な作品とみなされよう。そして、「もしも天体が画布のうえでもその輝きを少しも失わないとすれば、模倣から生まれる反省された快が対象の感覚の直接的で自然な快と一つに結びつくことによって、あなたは画布のうえに描かれた天体を天空におけるよりもいっそう美しいとお思いになるでありましょう」[一二]。したがって、趣味が高尚になれば、快も「単なる感覚的な快」から「反省された快」に高まっていくであろう。

こうしてわれわれは、「関係の知覚」という定式が「快」から「趣味」へ、そして「美」に移行していくのを知る。次に、項目「美」に戻って、この定式の内実をさらに検討していこう。

二

項目「美」において、ディドロはまず従来のいくつかの美論の検討を行っているが、そのなかで、「事物は美しいからこそわれわれに快を与える」のであって、その逆ではない、と述べた後に、さらに「それではなぜそれは美しいのか」と問うている（OE, p.393）。ここに項目「美」の方向性が示唆されている。「美」は主観的な快に解消されない。その根拠は事物の側にある。だが、「なぜそれは美しいのか」。われわれが「美しい」と呼ぶすべての存在のうちには、「美がそれによって始まり、増大し、無限に変化し、衰退し、消滅するような性質」（ibid., p.418）つまり「関係」があり、しかも、われわれがその「関係」を「知覚」するからである。こうして、「関係の知覚が美の根拠である」という定式が成立することになる。ディドロは「美」の定義を行った後に、「美」と「関係」との関連について述べているので、われわれもそれにそって見ていくことにしたい。

美の定義は次のごとくである——「わたしは、わたしの悟性のうちに関係の観念を呼びさますものを自らのうちに含んでいるすべてのものを、わたしの外部における美と呼び、また、この観念を呼びさますすべてのものをわたしとの関わりにおける美と呼ぶ」（OE, p.418）。この定義には二つの側面が統合されずに混在したままになっている。ディドロとしては、美の客観的対象的側面と主観的体験的側面を対応させようと努めているのであろうが、これでは客観主義的な解釈に足を引っぱられかねない。（一三）しかし彼は、われわれの悟性が勝手に「関係」の観念を思い浮かべて、それを事物の側に「移し入れる」（ibid., p.424）のを厳しく斥けようとする。そこで、われわれの悟性とは関わりなく「美」が実在するかのごとくに強調する誘惑にかられているようにみえる。彼は言う——「わたしがルーヴル宮殿の正面玄関を考えようと考えまいと、それにもかかわらず、正面玄関を構成する諸部分は依然としてこれこれの形態をもち、これこれの部分相互間の配列をもっている。つまり、ひとがいようがいまいが、それにもかかわらず、正面玄関は美しいだろう」。つまり、「ひと」や「わたし」がいようがいまいが美しいものは美しいというわけである。だが〈美しい〉という知覚判断はどこから生じるのか。そこで彼は直ちにこう付け加えざるをえない——「しかしそれは、われわれのように身体と精神から構成されている可能的存在者にとってのみ美しいのであるが」(ibid., pp.418-419)。やはり、人間とまったく関わりなく自存するような「絶対的な美」の存在は認められない。もし存在するとすれば、その認定を人間とは別の仕方で構成されている精神的存在者に託す以外にないであろう。となれば、バークリの主観主義の単なる裏返しにすぎなくなるであろう。(一四)だが、それでも「われわれのように身体と精神とから構成されている可能的存在者」を引き合いに出すのは、「美」が「ひと」ないし「わたし」の特個的な悟性からは自立し、その意味で外的実在性をもつ、ということを強調したいがためであろう。それは、もしも美がこのような実在的根拠を失うならば、主観的な快に解消されてしまう、というディドロの思いの現れであろう。そこで、こういう結論が生まれる。「以上のことから、絶対的な美は存在しないとはいえ、われわれとの関わりにおける二種類の美つまり実在的な美と知覚された美が存在する」(ibid., p.419)。

ここで示される「二種類の美」と先の定義における二種類の美との間には、微妙なズレがあることに注目しよう。ここでは、「美」の相対性が強められている。「実在的な美」は、「わたしとの関わりにおける美」あるいは「知覚された美」から区別されるとしても、それでもやはり「われわれとの関わりにおいて」存在する以外にない。とすると、「実在的な美」と「知覚された美」の区別に、どのような意味があるのか。端的に言えば、「実在的な美」とは何であろうか。たとえある人がルーヴルの正面玄関を構成する諸部分のあり方つまり「関係」を知覚できなくても、その人の主観いかんにかかわらず、そこに「実在的な美」が厳存しているのだ、と主張したとしても、そう主張する当人は少なくともその「関係」を知覚しているのでなければならない。また、かつて知覚できなかった「関係」が経験の積み重ねや教育を通して知覚できるようになり、その時点から振り返って、かつてもそこに「実在的な美」があったのだ、とみなしても、それは「知覚された美」によって規定されている。「知覚された美」の根拠が対象のうちにあるとしても、その根拠そのものが「実在的な美」となるのであろうか。ディドロは、〈対象は美しい〉ということから、このような判断を惹き起こす対象を〈美しい〉ものとみなし、そこに「わたしの外部における美」ないしは「実在的な美」を想定しているのではなかろうか。シュイエも言うように、ある「関係」を美的関係として知覚することは、どのような仕方で知覚するにせよ、それでもやはり、そのように知覚する主体のなせるわざであって、どうあがいてみても、そこには知覚される対象と知覚する主体しか見いだせないし、両者を統一するのはまさに主体の「悟性の作用」(OE, p.424) をおいて他にない[15]。ディドロは、この点に気づいていたように思われる。「われわれとの関わりにおいて」という限定がそのことを暗示している。そこで、ディドロにとって問題なのは、「知覚された美」が主観的な快とか恣意的な美に解消されないようにすることである。これはひとえに「関係の知覚」の内実にかかっている。次に、以上のことを今度は「美」を構成する「関係」の側から捉え返すことにしよう。

さて、「美」を構成する「関係」、つまり「関係の知覚」という場合の「関係」はどのように説明されているのであろうか。「美」が二つに区分されたのと対応して、「関係」も「実在的な関係」と「知覚された関係」に区分される[16]。両者の関連をどう捉えるかが焦点となるので、この件について少々長い引用も許されよう。

「関係は一般に、ある存在にせよ、ある性質にせよ、この存在なり性質なりが他の存在なり性質なりの現存を前提とする限りにおいて、このある存在なり性質なりを考察する悟性の一作用である。一例をあげよう。ピエールは良い父親であるとわたしが言うとき、わたしは彼のうちに、他の性質の現存、つまり息子の現存を前提とする性質を考察しているのである。そして、このことは他の存在しうるどんな関係についても同様である。以上のことから、関係は、知覚に関してはわれわれの悟性のうちにのみ存在するとはいえ、それでもやはりその根拠を事物のうちにもつ、ということになる。そして、ある事物が諸性質を帯びているとしよう。わたしのように身体と精神から構成されている存在者がこれらの性質を考察するとなると、必ずその事物そのもののうちにおいてであれ、その事物の外部においてであれ、他の存在なり性質なりの現存を前提せざるをえなくなるならば、そのたびごとに、当の事物は自らのうちに実在的な関係を含んでいる、とわたしは言うであろう。そしてわたしは関係を実在的な関係と知覚された関係に区分するであろう。しかし、第三種の関係がある。それは知的ないし仮構的な関係であり、人間の悟性が事物のうちに移し入れる関係である。

それゆえ、ある存在はひとがそこに認める関係によって美しい、とわたしが言う場合、わたしは、われわれの想像力がそこに移し入れる知的ないしは仮構的な関係について語っているのではなくて、そこに存在し、われわれの悟性がわれわれの感覚の助けを借りてそこに認める実在的な関係について語っているのである」〔中略〕(OE, pp.424-425)。

見られるように、ここでの説明も「美」の定義においてと同様に明瞭とは言い難い。「関係」は「知覚に関しては」われわれの「悟性のうちにのみ」存在する。これが「知覚された関係」であろう。そして、その根拠は事物のうちにある。これが「実在的な関係」であろう。したがって、この限りにおいては、後者が前者を規定しなければならない。つまり、前者は後者の反映である。しかし、「実在的な関係」はわれわれの感覚と悟性を通して認められる。とすると、われわれの感覚や悟性を通過する過程で、「実在的な関係」が「知的ないしは仮構的な関係」に変質する可能性をどのように防止するのか。言い換えれば、「実在的な関係」と「知覚された関係」との照合をどのように認定するのか。ディドロとしては、われわれの悟性から自立した「実在的な関係」の第一次性を強調したいのであろうが、事物のどのようなあり方であれ、それを「関係」として認めるや否や、それはまさに「知覚された関係」をおいて他にないはずである。そうであっても、この「関係」が必ずしも「想像力」によって歪められるわけではない。星座を例にとろう。星座は「知覚された関係」である。この「関係」を認めるのは「悟性の作用」である。この「関係」の根拠は、なるほど、天空に点在する多数の星であると言うことはできよう。「感覚」はそのことを感知するだろう。そして「感覚」は「知覚された関係」が単なる知覚作用のうちに解消されるのではなく、その根拠を知覚作用の外部に求めるであろう。しかし、だからといって、そこにすでに「実在的な関係」が存在していたということになるであろうか。もしも存在しているとみなすとすれば、それはちょうどわれわれがひとたび星座を認めると、かえって天空に〝星座なるもの〟が現存しているとみなす方が常態となるのと同趣であろう。彼が「ピエール」のうちに認める息子との関係もすでに「知覚された関係」である。要するに、「関係」自体が函数態なのである。だからこそ、彼が項目「美」の最後に検討する「美的判断の多様性」が生じるのであり、つねに「知的ないしは仮構的な関係」の介入する余地が残されているのである。しかし、彼はこの「第三種の関係」を「実在的な関係」に基づかないということで、美の規定から排除する。したがって、「美」はつねに対象の側にあり、われわれの悟性によってそこに見つけだされるものになる。つまり、われわれは「美」を発見する以外にないのである。藝術家が作品のなかに創造する「知的ないしは仮構的な関係」も、観賞者の側からみれば、作品のうちに認められる「実在的な関係」と言うことになるのであろう。

こうしてわれわれは、「関係の知覚」と言う場合、その「関係」は「実在的な関係」を指している、ということを知る。「実在的な関係」は、「悟性の作用」である限り、認識主観一般から自立し自存化するべくもないが、しかし、〈わたしの主観〉から自立しうるという点で、また、対象とその諸性質のあり方によっては、複合的であったり、数において多であったりすることで、〈われわれの主観〉をもってしても一度に発見することができないということをわれわれが経験をもって知りうるという点で、「知覚された関係」から区別することはできる。だが、ディドロが、美的判断の相違はすべて「自然の所産においても藝術の所産においても、知覚された関係ないしは導入された関係の多様性」(OE, p.428) から生じる、と述べるとき、彼は「実在的な関係」がこのような相違に与《あずか》り知らぬ超然とした基体であるべきだ、という思いに捕らわれているのではなかろうか。それは、すでに触れたように、「実在的な美」に対してそうであったのと相即的である。だから、彼は再びこう強調することになる。「われわれの判断におけるこれらすべての原因が何であれ、実在的な美、すなわち関係の知覚のうちに成立する美が空想であると考える理由はない。この原理の適用が無限に多様化しうるとしても〔……〕、それにはかかわりなく、原理は常に変わらない」(ibid., p.435)。「知覚された関係」を越えて想定されうる「実在的な関係」を恒常的な基体とみなせば、その具体的な内容はかえって規定されないままになるだろう。彼としては、自然法則によって多様な自然現象が説明されるように、〈美の原理〉によって美的判断の多様性が認定されるべきだと考えているのであろうが、自然法則といえども、自然現象のあり方をその認識主観の函数と捉えることに成り立つのであって、〈美の原理〉もそれを免れまい。彼は、原理の恒常性を強調した直後に、やはり次のように言わざるをえない。「おそらくこの地上には、同じ対象のうちに同じ関係を精確に知覚し、その対象を同じ程度に美しいと判断する人間は二人といないであろう」(ibid.)。それでも、〈美の原理〉へと立ち向かうとすれば、それはむしろ美的判断の多様性の検討を介して行う方向も必要であろう。そうすれば、判断主体から派生する美的判断の多様性と対象の「関係」から派生する美的判断のいわゆる普遍性との相剋が鮮明になって、かえってその乗り越えの方向がはっきりするかもしれないのである。しかし、ディドロはこの多様性の検討を逆に「原理に確実性を与える」ものとみなす方向にむけてしまった(ibid., p.428)。

　このように見てくると、「関係の知覚」に重大な難点が孕まれていることはすでに明らかであろう。「関係」が力業を発揮すれば、「知覚」の方も同じように力業を発揮せざるをえない。「ある存在を美しいと呼ぶためには、そこに支配している関係がどのような種類のものかを認定する必要」はない(OE, p.419)、とディドロは言うけれども、「知覚」すべき対象が「実在的な関係」である以上、この「関係」と「知覚」の照合問題は、『音響学の一般的原理』以来、彼につきまとった気がかりな問題であったはずである。さもなければ、「関係」を三つの種類に区分する必要もなかったたし、事物のうちにどんな「関係」でさえ知覚すれば、そこに美を見いだしたことになるだろう。[一七] そうなれば、「知覚」の方が「関係」をいかようにも構成することになるであろう。それでは困るのである。彼が美的判断の多様性の「第一の源泉」と「第二の源泉」に触れている箇所には、知覚される対象と知覚する主体との対応関係、つまり「関係の知覚」の内実がいかなるものであるかが暗示されている。対象の側からみれば、そこに認められる「関係」には「互いを強めあう関係」もあれば、「互いを弱めあう関係」も「互いに和らげあう関係」もある。「これらの関係をすべて摑む場合と一部しか摑まない場合とでは」(ibid., p.429) 美の認定に何という相違が生じることか。「ただ一つの関係の知覚から生まれる美は、いくつもの関係の知覚から生まれる美よりも通常劣っている」(ibid., p.428) からである。しかし、知覚する主体の側からみれば、「関係を無限に増やしてはならない」。というのも「われわれが関係について美しい事物のうちに認めるのは、すぐれた精神《エスプリ》がはっきりと容易に捉えることのできる関係にすぎない」からである。そこで、こう問われることになる。「すぐれた精神とは何か。さまざまな作品において、この限界内では関係が少ないために、その作品が単調すぎるものとなり、限界を超えると関係が過剰になって、ごてごてしたものになってしまう、その限界点とは何か」(ibid., p.428)。ここに示されているのは、いま数学用語を使って「関係」をf(x)とすれば、変数xの閾値をどこにとって美を定めるか、またそれを「すぐれた精神」がどうさばくか、という問題であろう。シュイエがこの点に「美の本当の学に向かうことのできる一種の開口部[一八]」を見てとろうとするのは、まったく妥当なことである。しかし、ディドロはこの方向に進んではいない。むしろ、「関係」そのものを摑みとろうとする。そして、そこに「実在的な美」を規定しようとする。その任務は「悟性の作用」に負わされる。

悟性は感覚の助けを借りて、対象のうちにすでに現存している「関係」を知覚する。悟性は、対象に何ものかを付け加えても、そこから何ものかを取り去ってもいけない。それは、対象の側から受け取った「自らの諸知覚を検討し、それらを結合し、比較し、組合わせ、それらの知覚の間に適合・不適合等々の関係を見つけること」(OE, p.415) を本領とする。このような悟性の働きによってわれわれに受け取られる「関係の観念」は、ではどのようにして生まれるのか。観念はすべて「感覚を通して」やってくる。生得的な観念はない。だが、われわれはさまざまな「欲求」を持って生まれる。欲求を満たす方策の大部分は「道具、機械」のような発明品であり、それらの発明品のあり方のうちに、われわれは「秩序、配列、均整、メカニズム、均り合い、統一性」といった積極的な観念を受け取り、次にその反対の消極的な観念を受け取るに至る（ibid., p.416）。そうなると、「われわれはこれらの同じ観念がいわば無限に反復されている諸存在にわれわれが取り囲まれているのに気づく。つまり、われわれが一歩でも宇宙のなかに足を踏み入れるや、必ず何らかの所産がそれらの観念を呼びさますことになる。こうした観念はあらゆる瞬間にあらゆる方向からわれわれの魂のなかに入ってくる」（ibid., p.417）。ディドロはこれらの観念のなかから共通の準拠として「関係の観念」を選び出すのである。こうしてわれわれは、ライプニッツのモナドが自らのうちに包蔵された「微小表象」を展開することによって、「宇宙の永久な活きた鏡」[一九]となるのと同趣的に、悟性のうちに呼びさまされた「知覚間の関係」を通して、その「関係」の実在性を宇宙のうちに投映させることになる。[二〇]したがってまた、「実在的な関係」と「知覚された関係」の照合問題は棚上げにされたままになる。われわれがモナドであるならば、この照合問題は神の「予定調和」によって解釈されるであろう。しかし、われわれはモナドではない。だから、「関係の複雑さや対象の新しさ」に出合うと、「快は、それと感じられるためには、悟性がその対象は美しいと言明するのを待つことになるだろう」（ibid., p.419）、とディドロは言う。また、美的判断の多様性に出合うと、彼は「実在的な美」の現存の保障をわれわれの「生体組織」（l'économie animale）の健全な働きや「人類の一般的状態」（la condition générale de l'espèce）に求め、そうすることで「懐疑主義」を斥けることになる（ibid., p.435）。「懐疑主義」ということで彼が念頭に入れていたのは、ダランベールのそれであったかもしれない。すでにみたように、「ダランベールの夢」はディドロが背負った諸困難を巧妙に処理して〈体系的で高尚な哲学〉を描出するのである。

三

最後に、「関係の知覚」の内実を、図式（次頁）を用いて整理すると共に、ディドロの後の美論と接続させてみたい。「関係の知覚」という定式は「実在的な関係」と「知覚された関係」という対象の側の二つの要因と「感覚」と「知覚」という主体の側の二つの契機とからなる四肢構造をなしているとみなすことができよう。ディドロは、①—②—③の連関を多少説明はしたが、③—④—⑤の連関を十分に説明したとはいえない[二二]。なるほど、「実在的な関係」が一方的に知覚に作用するという観点からすれば、③は逆向きとなり、感覚と知覚の相違も受け取る機能の差に還元しうる。「音楽の快」や「趣味」が問題である場合には、それらが主体の側の事象である限り、「関係」を種別化する必要はなかった。しかし、「美」の実在性が問題となり、しかも「関係」が悟性の知覚作用を通過せざるをえなくなるや、知覚には、思考や想像力に与えられた「知的ないしは仮構的な関係」を抽出する機能を与えるわけにはいかないまでも、感覚だけでは感じとれない「関係」を対象の側に認めるという能動的な機能を与えざるをえなかった。だが、この機能こそが、「実在的な関係」を「知覚された関係」に変化させる当のものであった。彼は、後者を前者の反映とみなしたい思いに捕らわれていたが、またそれゆえ、「知覚された関係」とは何かを具体的に説明しないままで済ませているが、美的判断の多様性の検討によって、かえって「知覚された関係」の何たるかを暗示することになった。彼は「実在的な関係」をあるがままに再現することの不可能性に気づいていたと思われる。この「関係」の主体からの自立性を繰り返し強調するときの彼のたゆたいがその証しである。

だから、彼のその後の美論は③—④—⑤の連関を軸にして展開されると言えよう。一方で、「関係」を感知する「知覚」は、観察や観賞体験の積み重ねを通して培われる「インスピレーション」、「勘」、「予見」として継承されるが、その機能はもはや対象の模写ではなくて、対象の「解釈」ないし「模倣」となる。他方で、「関係」

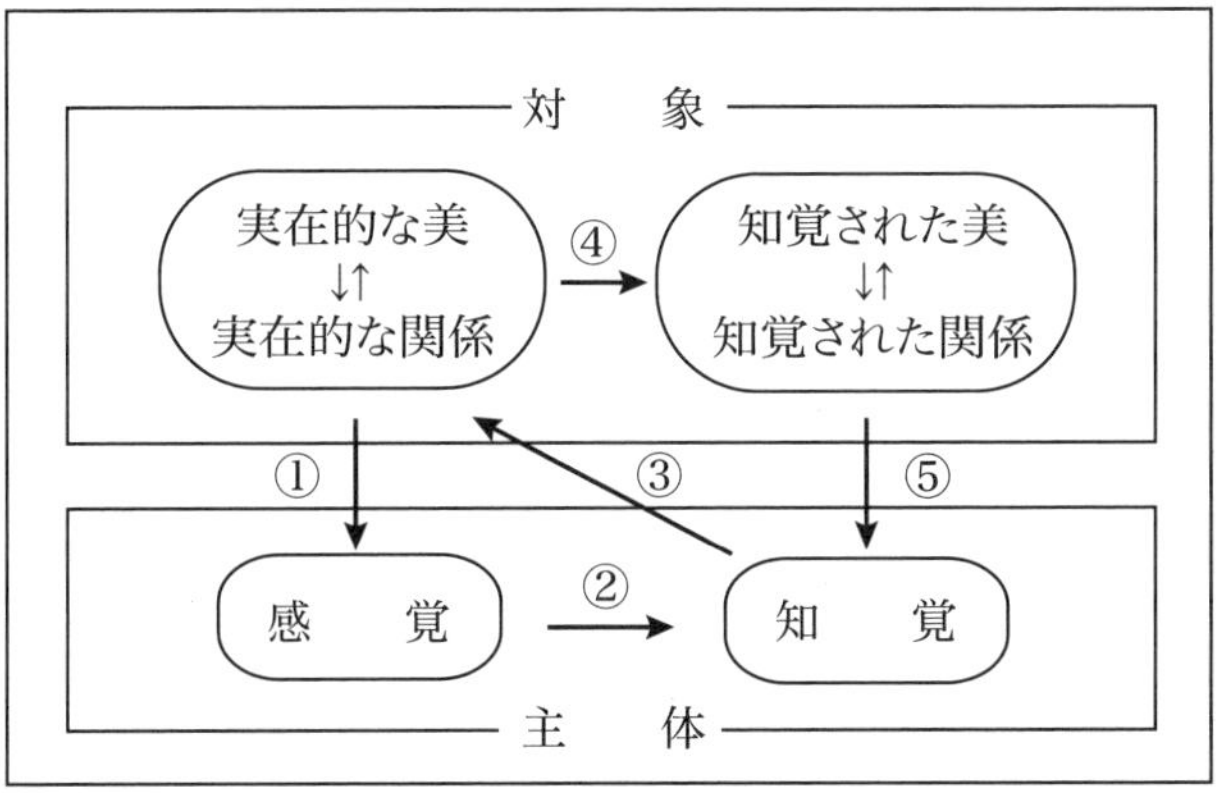

つまり対象のあり方は主体の観賞体験の函数として、その意味において「知覚された関係」として捉えられ、「一種のタブロー」[二一]あるいは「魔法の画布」[二二]となる。こうした進展のなかで、もちろん「想像力」にも認識上の積極的な機能、すなわち「知的ないし仮構的な関係」を描出する機能が与えられ、これが藝術的創造と連関する。[二四]それゆえ、バトゥの〈美しい自然の模倣〉に対する批判も、単に「美しい自然」の定義上の問題（OE, p.406）に解消されるのではなくて、「美しい自然」なるものの自存視に対する批判[二五]となると共に、いわゆる「実在的な美」が理想的な「タブロー」つまり「理想的＝観念的モデル」に移され、このレベルで「自然の模倣」が語られることになる。

　ディドロはこれらの展開のなかで再びさまざまな難点に出合うであろう。しかし、それらを自らに背負う姿勢こそが[二六]、彼の思考展開の駆動力となり、彼の思想に厚味と胎動を醸しだすのである。この意味において、「関係の知覚」という定式は、ディドロの美論の単なる初歩的な基礎であるというよりは、その後の彼の諸作品のなかでさまざまな響きを取って現れる〈通奏低音〉であると言えよう。

註

（一）『百科全書』第二巻は一七五二年に公刊されるが、この項目の執筆は一七五一年後半である。ディドロ生前の『著作集』（一七七二年アムステルダム、一七七三年ロンドン）では「美論」（Traité du Beau）、ネジョン編『ディドロ著作集』（一七九八年）では「美の起源と本性に関する哲学的省察」（Recherches philosophiques sur l'origine et la nature du beau）という表題のもとに収録された（中川久定『啓蒙の世紀の光のもとで』岩波書店、四二頁参照）。この拙稿では、テキストとして Diderot, *Œuvres esthétiques*, Edition de P. Vernière, Garnier Frères を使用し、以後 OE と略記して頁数と共に本文に記する。

（二）Roland Mortier; *Diderot en Allemagne* (*1750-1850*), 1954, Slatkine Reprints 1986, pp.154-158. モルティエによれば、当書に対するカントの後輩ハーマンの態度も同趣であった。この点については青山昌文「ディドロ美学における関係の概念について」、『美学』一二六号（一九八一年九月）二七頁および三六頁の註（6）参照。

（三）佐々木健一「幸福としての共生——十八世紀フランス美学の基底——」（『思想』一九八九年二月号）二九頁。また、シュイエもこう誌している。「〈関係の知覚〉という理論は、〈知覚〉という語のうちに含まれる主観的側面であれ、〈関係〉という語に結びついた客観的側面であれ、一方の側面のみを受け入れることでよしとするような選言的な理論ではない。この定式の主要な関心は二つの要素を結合することにある」（Jacques Chouillet; *La formation des idées esthétiques de Diderot 1745-1763*, 1973, Armand Colin, pp.123-124）

（四）『音響学の一般的原理』は『数学のさまざまな主題に関する覚え書（Mémoires sur différents sujets de mathématiques）』（一七四八年五月）のなかの「第一覚え書」である。

（五）この『書簡』は『聾唖者書簡』の「追補」（Additions pour servir d'éclaircissemens à quelques endroits de la《Lettre sur les sourds et muets》）の一つであるが、*Correspondances de Diderot* (I, par G. Roth, pp.117-129) では、一七五一年五月付

ドゥ・ラ・シォ嬢宛の書簡として収録されている。シュイエによれば、『聾唖者書簡』は一七五一年二月十八日に公刊され、五〇年十月から五一年一月上旬にかけて執筆された。また、『＊＊＊嬢宛書簡』は五一年二月十八日から四月下旬にかけて執筆された（Chouillet, ibid., p.262）。

（六）*Œuvres complètes de Diderot*, A.-T., IX, p.84. 以後、この著作をPAと略記し頁数と共に本文に記する。

（七）『百科全書』項目「協和音 consonance」。*Encyclopédie*, IV, 1754, pp.50-51. この項目はルソーによって一七四九年に執筆された。この点については、Yvon Belaval; *L'esthétique sans paradoxe de Diderot*, J. Chouillet; *ibid.*, p.121 参照。なお、この項目にダランベールが一文節を追加し、次のように述べているのは興味深い。「建築家ブリゾ Briseux 氏はつい最近ある論文を公にしたが、そのなかで、建造物において保持されなければならない比率は音楽において〈協和音〉を調整する比率と同一である、ということを証明しようと試みている」（ibid., p.51-b）。

（八）Diderot; *Lettres à Sophie Volland*, 1, Gallimard, 1938, p.282.

（九）ibid., p.284. 傍点引用者。Paul Hugo Meyer はこの箇所を、「関係」概念が「適合性」概念によって「きっぱりと遠ざけられてしまった」ことを示す例として掲げているが、首肯しがたい（Diderot; *Lettre sur les sourds et muets*, dans: *Diderot Studies*, VII, 1965, p.207 にみられる彼の註を参照されたい）。

（一〇）Y.Belaval はこう述べている。「模倣することは、それゆえ、外皮を剝ぐことである。藝術はディドロにとって外見の単なる模写であるどころか、まったく逆に、彼は藝術に認識上の手続きを見てとっている。この手続きは科学的手続きから区別されるが――多くの点で科学的手続きと結びついており――科学的手続きと同様に有効である」（ibid., p.97）。

（一一）Diderot; *Lettre sur les sourds et muets*, dans: *Diderot Studies* VII, 1965, p.98. 以後 LM と略記し頁数と共に本文に記する。

（一二）LM, p.101. この点についてディドロは P. Castel 宛書簡（一七五一年七月二日付）のなかでも次のように述べている。「反省された快が感覚の快と結びつくたびごとに、わたしはどちらか一方しか体験していない場合よりもいっそう生き生きと感動するにちがいありません」(*Correspondances de Diderot*, I, par G. Roth, les éditions de minuit, p.130)。ここでカントが二つの「快」について次のように語っていることも念頭に入れておこう。「すべての人が、快に普遍的に与り得るということは、すでにその概念のうちに、この快は単なる感覚から生じたものではなくて、反省に基づく快でなければならないということを含んでいる」(『判断力批判』(上)篠田英雄訳、岩波文庫、二五五頁)。

(一三)青山昌文氏は、「美は超認識主観的に実在する」というのがディドロ美学の根本命題であって、そこに「反主観主義的志向」を読み取るべきである、と主張している。「ディドロ美学における関係の概念について」(『美学』一二六号、一九八一年九月)二九頁。

(一四)ディドロは『ハイラスとフィロナスの三つの対話』のバークリを念頭に入れていたかもしれない。周知のように、ディドロはすでに『盲人書簡』(一七四八年)のなかで当書を批判していた。バークリは「第三対話」のなかで次のように述べることで、「存在することは知覚されることである(esse est percipi)」という自らの根本原則に修正を加えたのである——「わたしが可感的な諸事物が心の外部に存在するということを否定する場合、わたしは〈心〉ということで〕特個的なわたしの心を指しているのではなくて、すべての心を指しているのである。いまや明らかなように、それらの事物はわたしの心に対して外的に存在する。というのは、わたしはそれらがわたしの心から独立しているのを経験によって知るからである。それゆえ、わたしがそれらを知覚する時と時とのそれぞれの合間には、それらが存在するところの何らかの別の心が存在する。同様に、それらはわたしの生前にも存在したし、わたしが消えてなくなったと仮定した後にも存在するであろう。しかも同じことが他の有限で創造された霊的存在者に関しても真実であるのだから、当然こういうことになる。すなわち、一つの遍在的で永遠なる心が存在し、それがすべての事物を知り理解し、自分自身が定めた仕方で、またわれわれが自然の法則と称している規則にしたがってそれらをわれわれの視野に示すのである」(Berkeley; *Three dialogues between Hylas and Philonous*, in: *Philosophical Works in cluding The Works on vision,* Rowman and Littlefield, Totowa. N. J., p.183)。

（一五）J. Chouillet; *ibid.*, p.304. シュイエはディドロの美の定義に孕まれた難点を「対象性の原理」と「相対性の原理」の相剋として考察している（特に、pp.302-306）。わたしの知る限り、この件についての最も深い洞察である。わたしが氏から多くの教示をいただいていることをここで述べておきたい。

（一六）実のところ、ディドロは「実在的な美」と「相関的な美」という区分も行っている。これは、対象をどのように取り扱うかの相違による区分である。つまり、「一箇同一の対象は、それが何であれ、単独にかつそれ自体で考察することもできるし、また、他の対象との関連において考察することもできる」(OE, p.420)。したがって、「われわれとの関わりにおける美」の再区分であって、これに対応する「関係」の区分は示されていない。佐々木健一氏（『フランスを中心とする十八世紀美学史の研究――ウァトーからモーツァルトへ――』一五六頁）によれば、ディドロの「相関的な美」はハチスンの「相対美」を拡張して用いられており、「相対美」が原像との関係ではかられる模像の美にすぎないのに対して、「相関的な美」は知覚主体によって比較し関係づけられて現象してくるのであるから、「知覚された美」と重なり合う。

（一七）この点をめぐるクロード・レヴィ=ストロースのディドロ批判については『みる　きく　よむ』（みすず書房、竹内信夫訳、二〇〇五年）所収の「ディドロを読みながら」（XII）参照。

（一八）J. Chouillet, *ibid.*, p.314.

（一九）Leibniz, *Monadologie*, §56.

（二〇）佐々木健一氏が「この『知覚』にライプニッツ的な『微小表象』を読みとってもよい」（前掲（三）の論文、二九頁）とされるのも、このためであろう。世界観をめぐるライプニッツ―ディドロ関係の考察については、「I　自然　第三章」参照。

（二一）『＊＊＊嬢宛書簡』における「感覚的な快」と「反省された快」は、それぞれ①と⑤のところに位置づけられるかもしれない。

（二二二）たとえば、『私生児対話』（一七五七年）では彼はこう誌している。「登場人物たちの舞台での配置が画家によって忠実に描かれて、画布のうえでわたしの気に入るほどに自然で真実であると、それは一種のタブローである」（*Entretiens sur le fils naturel*, dans: OE, p.88)

（二二三）ディドロは『絵画論』（一七六六—六七年）において「晴天の夕暮れどき」に「チュイルリーかブローニュの森」を散歩するときに感じとられる「甘美な」自然を描写した後に、次のように誌している。「ひとりでに足はとまり、眼差しは魔法の画布の上をさまよい、われわれは叫び声をあげる。何という絵だろう。ああ何と美しいことか。われわれは自然をあたかも藝術《わざ》の結果であるかのごとくに見つめているように思われる」（『ディドロ　絵画について』佐々木健一訳、岩波文庫、四三頁、『絵画論』の執筆時期については本訳書の解説の「3『絵画論』の執筆」参照のこと。それによると全体の完成は一七六八年にずれこんだ可能性もある）。*Essais sur la peinture*, dans: OE, p.684.

（二二四）たとえば、Diderot: *De la poésie dramatique*（1758）, dans: *OE*, pp.218-219.

（二二五）Diderot; *Ruines et paysages Salon de 1767*, Hermann., p.62.

（二二六）たとえば、「理想的モデル」を藝術的制作ないしは美的判断の普遍妥当性の準拠としようとするときの「アリスト」の苦慮（*De la poésie dramatique*, dans: *OE*, pp.282-287）と『一七六七年のサロン』の序文でのその再検討。

第二章　「自然の模倣」とその藝術的効果について
——絵画を中心にして——

　ディドロが藝術を「自然の模倣」に基礎づけていたのは間違いないことであろう。彼は藝術を指して「模倣のわざ」(art d'imitation) という呼び方をしているし、(一)『絵画論断章』の中で次のように記している。「自然はわたしにとってよりも藝術家にとっていっそう関心をそそるものである。わたしにとっては光景にすぎないが、彼にとってはさらにモデルでもある。(二)」しかし、ディドロにとって、自然はもはや神の叡智的な美的創造の所産ではない。しかも、自然の中に〈美しい自然〉が現存し、見たいときにはそれを見さえすればよい、というわけでもない。〈美しい自然〉が現存しているのであれば、何も自然を模倣する必要はない、じかに見さえすればよいであろう。そうではないからこそ、藝術に「自然の模倣」が託されることになる。だとすれば、「自然の模倣」とは何か、さらに、その藝術的効果とは何か、これらのことを改めて問わねばならない。

　この章の目的は、これらの問いの解明をめざすことを通して、ディドロの自然模倣説を総体的に感じとる糸口を探し求めることにある。とはいえ、わたしには彼の自然模倣説は多様な構成要素が複合的かつ巧妙に組み合わされた一種の迷路のごとくであって、一気にその内部に立ち入ろうものなら、かえって迷うだけで出口を見いだせなくなるように思う。そこで、いわば高い視点を取って、構成要素のうち主要と思われる諸要素だけを意図的に取り出し、それらの関連に注目しながら、おぼろげであれ鳥瞰図《ちょうかんず》を見てとることができればと思う。

一

まず、注意しなければならないのは、ディドロの「自然」がさまざまな相貌をとって立ち現れることである。それは、自然が函数態として捉えられているからである。後述するように、ゲーテのディドロ批判は、この点に対する注意が欠けても生じてくるように思われる。そこで、この点の検討から始めたい。

ディドロは『一七六七年のサロン』の序文の中で「自然」(la nature) と「理想的モデル」(le modèle idéal) としての〈自然〉を明確に区別している。藝術家が模倣の基礎としなければならないのは後者である。それは前者のうちに発見しうるものではなくて、藝術家の頭の中で構成されるものであるという点で、「観念的モデル」(le modèle idéal) である。(三) 自然はさしあたり脈絡のない多種多様な個別的諸存在の総体である。『盲人書簡』の表現を援用すれば、「さまざまな変動を免れえない一つの複合体であり、その変動はことごとくたえず破壊にむかう傾向を示しており」、生成消滅の状態におかれた諸存在の「めまぐるしい継起であり、束の間の均衡であり、一瞬の秩序である」(四)。だから、このような自然のなかに「理想的＝観念的モデル」を発見すべくもない。

だがそれでも、「現存している美しい自然」の模倣を説く人びとがいる。この『サロン』の序文は、まずもって、こうした人びとに対する反論をもって始まっている。ここで彼が、対話の形式を使って想定している相手は、「最も見識のある藝術家の一人」(彫刻家ファルコネであると言われている) であるが、『同一原理に還元される諸藝術』のバトゥも彼の念頭にあったはずである。(五) バトゥによれば、藝術家たちは「自然の最も美しい諸部分を選択して、それらの部分から、自然そのものよりも完璧で、さりとて自然的であり続ける一つの魅力にあふれた全体を形成することに必然的に帰着せざるを得なかった」(六)。ディドロにとって、まさに問題なのは「自然の最も美しい諸部分」の選択の内実である。「彼らがこれらの部分の美しさを認知したとはどういうことなのか。

特に、ほんの少数の藝術家だけが〈ちょっと多すぎる poco più〉とか〈ちょっと少なすぎる poco meno〉とかと感じとる、腹部、腰の高所、腿ないし腕の関節のような、めったにわれわれの目にさらされず〔……〕通俗的な意見では美しいなどと称されもしないこういった部分から美しさを認知したなんて。ある姿形の美しさとその歪みの間には髪の毛一本の厚みしかないのに、彼らは、散在している最も美しいさまざまな姿形から一つの全体を構成するために、そうした姿形を探し求める以前に当然持っていなければならないあの勘（tact）をどうしてすでに身につけていたのか。これこそが問題である」（Salons III, p.72）。

もちろん、このことはファルコネに対しても妥当する。彼は『百科全書』の項目「彫刻」の中でこう述べていたからである。「〈彫刻〉においても絵画においても、美は、理想美でさえ、自然の実在的な美の縮約でなければならない。一つの本質的な美が存在するが、それは宇宙のさまざまな部分に散在している。このような美のさまざまな部分を感じとり、寄せ集め、関連づけ、選択し、想定さえすること〔……〕、これが自然のうちに自らの原理を有するこの理想美を藝術《わざ》の中で示すことである」（Ency XIV, p.834-b）。ディドロとしては、「美しい自然」や「理想美」を求めることに何の異論もないはずである。だが、そうしたものは、全体的にはおろか部分的にさえ、自然の中に存在しないということをまず確認しなければならないのだ。「すべての存在が、特に生物が、生において定められた自らの機能や情動をもち、訓練と時を経て、これらの機能が彼のからだの組織全体に、時として見てそれと分かるほどのはっきりした変質を及ぼしたにちがいないことを君は認めないのか〔……〕自然が以前に作りだしたものをやがて台なしにしてしまうような日常的で習慣的な機能に関わりなく、過剰によっても不足によっても何ら欠陥をもたないほどに厳密で連続的な均衡を、これほど複雑なからだの形成、発展、生育に及ぼす作用と反作用の多数の原因の間に想像するのは不可能であることを君は認めないのか」（Salons III, pp.65-66）。だとすれば、ファルコネの彫像はどのように作られたのか、これは次に追求すべき問いであるが、前もってディドロの与えた凝縮された答えを念頭に入れておこう。彼は後にファルコネにこう書き送っている。「自然の真実はいつまでも自然の純粋さそのもののうちにとどめられている。しかし、きみの天才は誇張したり意表をつく詩の魔力を自然の真実と融合することができたのだ。君の馬〔の彫像〕は最も美しい現存する馬の模像《コピー》ではないし、ベルヴェデーレのアポロ像も最も美しい男の厳密な模像ではない。それらはいずれも創造主と藝術家の合作なのだ。(七)」ここで、「自然」が「創造主」と表現されていることにも注意しておこう。後に触れるように、「自然」は擬人化され、神話的な神の相貌を呈するようになるからである。

では、藝術家は「理想的モデル」をどのように練り上げるのであろうか。この作業については『一七六七年のサロン』の序文、『絵画論断章』、『俳優についての逆説』の中で時代史的なまたは一般的な観点で述べられているが(八)、ここでは藝術家の具体的な経験を通して述べられている箇所を取り上げ、これを軸にしてみていこう(九)。それは『一七六九年のサロン』のラ・トゥール章のなかにある (Salons IV, pp.48-50)。そこでは、ディドロとの対話を通してラ・トゥールが自らの考えを語るという形式がとられている。しかし、ディドロは、ラ・トゥールの考えが『一七六七年のサロン』の序文と『絵画論』第一章での自らの考えと一致していることを認めるのである。ラ・トゥールによれば、自然においては「無為な人」は存在せず、どんな人も自分の「身分」に伴われた「疲れのしるし」をつけている。そこで、王や政治家や人夫といった人物を描く場合に肝要なのは、まず、この「しるし」をしっかりと把捉して、これらの人物ができる限りその「境遇」(condition) にあうようにすること、次に、一つの部分の変形だけでも他のすべての部分に多少とも影響を与えるのであるから各人に相応しい「的確な変形部分」を与えて、顔つきや性格についてばかりでなく、「頭からつま先に至るまで」彼らの身分にあうようにすることである。さらに、彼は言う。「このような息の長い、骨の折れる、困難な研鑽に、また、それほど算定されているわけではないので藝術家の空想力 (fantaisie) に結構大きな裁量を残しているあの趣味に、画面や人物の構成をすばらしいものにさせるに十分なわずかな誇張を付け加えたまえ。そうすれば、ひとはきみの人物像についても、ラファエッロのそれについてと同じように、おそらくどこにも存在しないとはいえ、それでもどこかで見たことがあるように思われる、と言うことであろう」。ラ・トゥールのこの教えをディドロは「まさしくわたしが『一七六七年のサロン』の序文の中で確立していたもの」であるとみなす。さらにディドロはラ・トゥールから教えられたことをグリムに吐露するのだが、注目すべきことには、その教えを『絵画論』第一章において「直感的に」念頭に浮かべていた「別の原理」であるとするのである。「きみに隠しておかなければならないことは何もない。彼がわたしに教授したところによると、自然を美化し誇張しようとする熱情はひとがいっそう経験と器用さを手にするにしたがって弱まり、やがてひとは、見ているがままに自然を表現したくなるほどに、自然をその欠陥においてさえも、美しいもの、一なるもの、連関したものと思う時がやってくる。」

以上のことを補足しながらまとめてみよう。藝術家は、自然学者と同趣的に、長期におよぶ観察と経験、これによって培われる「趣味」[一〇]、「勘」、「直感」、「霊感《インスピレーション》」、「豊かな想像力」を通して、「たゆむことなく、驚ろくほどの慎重さで、大本においてないしは制約の必然性によって欠陥をもった自然からさまざまな変質や変形を消し去ったりしながら」「理想的モデル」に高まっていく（Salons III, pp.69-70）。だが、この作業が一定の高みに達すると、「欠陥をもった自然」も、彼にとって、それを「見ているがままに」表現したくなるほどに、「美しいもの、一なるもの、連関したもの」として立ち現れてくる[一一]。だがそうなると、この段階では「変質や変形」を消去する必要がなくなるということか。そうではあるまい。消去するか否かは藝術的効果の問題であって、場合によってはむしろ消去すべきである、というのがディドロの考えであろう。だから、彼は、ヴェルネ章の中で「藝術《わざ》は総体を台なしにし効果を損う事象をどれだけ削り落とすことであろうか」（ibid., pp.177-178）と語るのである。したがって、藝術家が「欠陥をもった自然」を「一なるもの」つまり「美しい自然」[一二]と感じとるのは、彼が「理想的モデル」を練り上げ、このモデルからすでに自然を見ているからである、ということになろう。だから、自然を「見ているがままに」表現するといっても、それは常人があるがままに自然を見るのとは質的に違って、「鋭い勘」を通して自然のうちに「隠れた関連や必然的な連鎖関係」[一三]をすでに感じとっているがゆえのことである。とすると、自然を直接あるがままに模倣する（この場合「模写する《コピー》」）のではなくて、この自然の観察と研鑽を通して自らの観念のなかに描出された「理想的モデル」に照らして自然を模倣し再現することになる[一四]。しかし、このような成り行きは分析的にいえばのことであって、すぐれた藝術家ないしは天才にあっては、自然は彼の意識下に描出されたままになっている「理想的モデル」によって〈すでにつねに〉手直しされた相貌をとって立ち現れている。言い換えれば、自然はすぐれた藝術家を通して藝術作品を模倣すべく立ち現れてくる、ともいえよう。したがって、この時彼は、常人には欠陥のある自然を目の前にしているようにみえるのであるが、実は、藝術にとって規範となるべき自然つまり〈イデアールな自然〉にそれと気づかぬうちに立ち会っていることになる。だとすれば、厳密に言えば、「理想的モデル」の練り上げと〈イデアールな自然〉の模倣再現とは次元が異なることになる。だから、ディドロは後者を「別の原理」とみなしたのであろう[一五]。

　このように見てくると、ディドロの『絵画論』第一章の意表をつく直截的な冒頭の一節も理解可能となるであろう。「自然は間違ったことを何もしでかさない。美しくとも醜くともどのような姿かたちにもその原因があるし、ありとあらゆる人びとの中で、当然そうなるはずだというすがたをしていない者は、一人としていない」(OE, p.665, 文庫、九頁)。この一節は多くの研究者によって引用されてきたが、これに立ち入った説明が加えられることは少なかったと思われる[一六]。問題は前半の文にある「間違った」(incorrect) という語の用法である。ゲーテが言うように、「Korrektion は規則を前提しており」、規則は「人間が感情、経験、信条、賛意に従って自分で定める[一七]」ものであるとすれば、この規則に反する事態が「間違い Inkorrection」に当たるのであるから、この語を自然に対して当てる用法は奇異な感じを与える。したがって、「自然の働きを支配する法則は最も強力な内的有機的な連関を要求する」(ibid., S. 204) と主張するゲーテが、この語に代えるに「首尾一貫しない」(Inkonsequentes) をもってしなければならないとするのも道理ではある。しかし、ディドロはこのことを知っていたはずである。彼は、『百科全書』の項目〝incorrection〟において、この語の用法を「文法、文学、デッサン」

に定めた上で、こう記していたからである。「文体が文法の法則からしばしば外れるならば、それは *incorrect* である、また、それは *incorrections* に充ちている、と言われる。デッサンされた像が一般に認められた比例《プロポーション》に反するならば、それは *incorrecte* である、と言われる。*incorrection* であるという非難は模倣と比較される或る既知のモデルを想定する」(CF, 15, p.295)。だとすれば、彼は意図的に「間違った」という語を自然に当てたことになろう。

すでに触れておいたように、ここでの「自然」は人が見てそれと知れる現象的自然ではなくて、この自然に対する観察と経験を通して「知的形象 l'image intellectuelle」(Salons III, p.69) として発出してくる因果性に貫ぬかれた〈一つの全体としての自然〉であり、藝術の規範として立ち現れてくる自然である。もちろん、ここには、「藝術《わざ》の結果をあたかも自然の結果であるかのように見る」(OE, p.684)、あるいは「わたしは自然を十分に判断するために、自然を藝術に置き換える」(Salons III, p.185) というディドロの操作 (項目「美」における「悟性の操作」) が働いている (この典型が『一七六七年のサロン』のヴェルネ章である)(一八)。つまり、〈一つの全体としての自然〉の描出を藝術に託しつつ、この自然を実体化して藝術の規範とする操作である。『ダランベールの夢』の一節を援用して言えば、「宇宙の妙なる楽の調べはことごとく自分のうちで奏でられているのだと考えた」「感性あるクラヴサン(一九)」(人間) が一時の興奮から覚めて、この「妙なる楽の調べ」の創造主を自然に求め、これを実体化する操作だとも言えよう〔註 (一二) のファルコネ宛書簡も参照〕。だから、この〈自然〉は「間違いをしでかさない自然」として擬人化され、神話的な神の相貌を呈するのである(二〇)。この意味において、ゲーテがディドロの操作を「自然と藝術とを一体化しようとする傾きをもっている」(ibid., S. 206) とするのはうなずける。だが、一体化すると言っても、それは〈イデアールな自然〉と藝術との一体化であって、現象的自然と藝術との一体化ではない。〈イデアールな自然〉からみれば、「自然は何と欠陥のある作品ばかりを生みだすことか。自然のアトリエから出てくる最も完璧な作品といえども、さまざまな制約と作用と機能の支配のもとにおかれたのみならず、それらによって何と変形されてしまったことか」(ibid., p.69) ということになる。

ディドロはゲーテが言うのとは違って「自然と藝術の混同」(Goethe, ibid., S. 213) を犯してはいない。だから、藝術家は自然を「完璧なもの」(parfaite) としてではなくて「完成可能なもの」(perfectible) として研究しなければならないと主張する (Salons III, p.71)。そこに「大自然 (la Nature) そのものよりもいっそう力強く自然 (nature) の偉大さ、潜在力、威厳を示す」(ibid., p.226) 藝術の本領が託される。ゲーテもこう言っている。「藝術家が人びとに提供するものはすべて感覚にとって分かりやすく快いもの、刺激的で魅惑的なもの、味わい深く満足を与えるもの、精神の糧となり、精神を陶冶し高めるものでなければならない。こうして藝術家は自分を生みだしもした自然に感謝しつつ、自然に対して第二の自然、しかし感じとられ、思い描かれ、人間的に完成された自然をお返しするのである」(ibid., S. 210. 傍点引用者)。そのとおりだ、とディドロも言うであろう。ゲーテが『一七六七年のサロン』を読んでいたら、彼の誤解ももっと浅かったことであろう。だが、「自然が現実に与えることのできないものを、詩的に描くことができるということ、これが藝術の最大の長所の一つである」とゲーテが言うとき、言葉のうえではディドロと共鳴しているようにみえはするものの、内実は異なってくる。自然と藝術を分離したうえで、藝術によって自然を手直ししようとするゲーテにとっては、たとえば、多くの成人した子どもたちの母親に乙女のような胸を与え、それもそうした矛盾をそれと知られないように描写するとか (ibid., S. 216)、身分や境遇によって変形した姿形にシンメトリーを与えるとか (ibid., S. 209) といったことに重点が置かれる。これはディドロの考えでは決してない。シンメトリーに関して言えば、彼は強い反発を示している。「シンメトリーは、建造物において本質的なものであっても、絵画のすべてのジャンルからは追放される。人間の諸部分のシンメトリーは絵画においてつねに所作《アクション》や構え《ポジション》の多様さによって破壊される。このようなシンメトリーは、両腕を伸ばしている人物を正面から見たとしても、そこには存在しない」(OE, p.760)。

ゲーテの説く「藝術の長所」は、ディドロにとって「マニエール臭のつよいわざとらしい表現 (le maniéré)」

(OE, p.672) を生みだしかねない。「間違いをしでかさない自然」は言う、〈間違いを犯すのはわたしの方ではなくて、藝術の方である〉と。「自然の真実」が藝術の基礎である。なるほど、ゲーテが言うように、「自然を最も忠実に模倣したからといって、それで藝術作品が生まれるわけでは決してない」(ibid., S. 226)。しかし、ディドロのいう「模倣」は、ゲーテのいう模倣が「現象の表層」(ibid., S. 206) にとどまるのとは違って、その奥にある「隠れた関連や必然的な連鎖関係」にまで及ばなければならない。[二二] このような模倣が至難の業であることもディドロは承知している。しかし、彼はこう言う。「自然は一なるものであるというのに、自然を模倣する仕方は多数あって、そのどれもが是認されるなどと、友よ、どうして君は思うのか。このことは、自然を絶対的な精確さで表現することが不可能であるという周知で、かつおそらく幸運な事態において、藝術が動き回ることの許される約束事で決められた境域 (une lisière de convention) がある、ということに由来するのではなかろうか」(Salons III, pp.283-284)。この「境域」とは何かは後に問題となるのだが、さしあたり藝術家は、この「境域」のもとで「ある種の逸脱の自由」(ibid., p.284) を確保する。この自由は、自然の内奥を感じとらせる「鋭い勘」によるというよりも、むしろ「豊かな想像力」(ibid., p.177, これについては後述) によるものであろう。だから、藝術家は自らの対象を「自然の太陽」ではなく「藝術の太陽」で照らし (OE, p.771, Salons III, p.533)、そこに「嘘」、「誇張」、「詩情」を混入することにもなる。だが、このことによって藝術が自然と手を切ることを意味しない。それは文意から明らかである。ディドロによれば、「虹の弟子になりたまえ、されどその奴隷となることなかれ」(OE, ibid.) であって、こうした自由も「彼らの作品構成によって要請される程度の嘘や生みだされるべき効果にあわせて」(Salons III, p.70) のことだからである。

　こうして、「自然の模倣」は自然と〈イデアールな自然〉との相関函数に基づくものではあるが、その内部にはさらに「鋭い勘」と「豊かな想像力」との相関函数を孕んでいると言えよう。そして、後者のもとに藝術的効果が求められるのではなかろうか。だとすれば、われわれは次にこう問わなければならない。「自然の模倣」の藝術的効果とは何か、いやむしろ、藝術的効果を生みだす「自然の模倣」とはいかなるものか。

問題はかなり繊細である。何をもって藝術的効果とするのか、その線引きは、藝術家にとってさえ論理的に説明するのは困難であろうし、さらには観賞者の観点も介入してくるからである。だが、アカデミズムの「約束事の規則」を打破して絵画論を構築すると共に、「サロン」評を行うディドロにとって、何らかの線引きが念頭にあったはずである。

二

まず、矛盾しているように思われる二つの見解の検討から始めよう。ディドロは、一方で「鋭い勘」や「顕微鏡的な目」（Salons III, p.65）をもって「自然の厳密な模倣」をするように推奨する。だが、他方で「自然の厳密な模倣は藝術を貧弱で、ちっぽけで、味気ないものにすることはある（二二）」と言う。厳密な自然模倣の効力は「自然の真実」を示し、藝術家を「美の理想的モデルや真の線」へと接近させ、「マニエール臭のつよいわざとらしい表現」を排除させる。だが、それは必ずしも藝術的効果を生みだすとは限らない。このこと自体はすでに明らかになっている。肝要なのはその内実である。「美の理想的モデルや真の線にどこまで接近しなければならないのか、あるいはどこまで遠ざからなければならないのかを探究するのはほとんど意味のない問題である」（ibid., p.70）と彼は言う。しかし、この問題は少なくとも項目「美」（一七五一年）の段階から彼の念頭にのぼっていたものである。そこでは、「すぐれたエスプリとは何か。さまざまな作品において、この限界内では関係が少ないために、その作品が単調すぎるものとなり、限界を越えると関係が過剰になって、ごてごてしたものになってしまう、その限界点とは何か（二三）」と問われていた。さらに彼は、『文藝通信』（一七六三年五月一日）に寄稿した小論「彫刻、ブッシャルドン、ケリュスについて」の中で、改めてこう問うていた。「詩が、法外なものや架空のものに陥る心配のために、越えることのできない線はどこにあるのか、あるいはむしろ、ル・シュウール、プッサン、ラファエッロ、古代人たちがそれぞれの地点を占めている自然を越えるあの境域（cette lisière au delà de la nature）とは何か。ル・シュウールは自然に触れる境域の端におり、古代人たちはそこからできる限り遠いところにいることを許されている。一方では真実が多いのに、天才が少なく、他方では天才が多いのに、真実が少ない。両者のうちでいずれがより価値があるのか。[二四]」ここでの「境域」が先に引用した「約束事で決められた境域」に、さらに「自然の中には存在せず、ただ藝術家の悟性の中に曖昧模糊とした形でのみ存在する原初的モデル」と「最も完璧な自然」との間に広がる領域（「マニエールについて」ibid., p.531）に対応する。つまり、この境域とは、「絶対的な精確さで表現することのできない自然」と藝術家に感じとられている「原初的モデル」の間に広がる領域である。そして、ここに巨匠たちに固有な、いい意味での画法《マニエール》が生まれてくる。だが、問題となっているのは、「法外なものや架空のものに陥る」こともなく、自然を越えて自然以上に「自然」で真実らしい藝術的効果の「限界点」である。逆に言えば、「藝術を貧弱で、ちっぽけで、味気ないもの」にする厳密な自然模倣とは何かである。

　ディドロがこの点をテーマ的に説明しているようには思えないが、少なくともいくつかの指標は与えられている。三つ取り上げてみよう。

　一つ目は、ウェルギリウスのネプトゥヌスに対するディドロの観点である。すでに『聾唖者書簡』の中で、こう主張されていた。ネプトゥヌスが海水から頭を出す瞬間は、詩人にとっては「美しい瞬間」ではあっても、画家にとってはそうではない。「自然の忠実な模倣者」は屈折の効果によって首をはねられたように描かざるをえなくなるからである。また、「不快な対象をわれわれの想像力に呼びさますことを恐れる」画家ならば「外科的な損傷を思わせるような現象」を避け、自分の描く「人物たちの相関的な配置」に心掛けて、「隠れた身体の目に見えるある部分がいつも残りの部分の存在を知らせるような仕方」をとるであろう。要するに、「模倣と趣味の規則」と「美しい自然の定義」との間にはかなりの差異がある（LM, pp.96-98）。ここでのディドロの主張は、詩と絵画では主題ないし瞬間の選択に違いがあり、絵画の場合にはこれを無視すると、厳密な自然模倣もかえって藝術的効果を損う、ということであろう。だから、彼は『一七六七年のサロン』においても、ウェルギリウスのネプトゥヌスに立ち返って、詩と絵画を混同している人びとに向かって、こう批判するのである。「彼らは〈詩ハ絵画ノゴトク書カレル ut pictura poesis erit〉ということを念頭に入れているのだが、〈絵画ハ詩ノゴトク画カレナイ ut poesis pictura non erit〉ということの方がなおいっそう真実であるとは思ってもみない」（Salons III, p.150）。

二つ目はサン・ランベールの詩「四季」に対するディドロの考察とそれに連動している彼の見解である。サン・ランベールには、独自の言語も思想も詩作の技法もある。だが、「苦悩する魂、強烈な才気《エスプリ》、強力で沸き立つような想像力、普通以上に多くの弦をもつたて琴〔『ダランベールの夢』における「第四の倍音」、つまり詩的感興〕が欠けている」。なぜか。それは「〈書き残し〉の秘訣（le secret des laissés）」を知っていないからである。ディドロは、〈書き残し〉という語の説明を自らはせずに、「一流の画家」に委ねている。[二五] しかし、この件が「素描（esquisse）」についての彼の見解に結びついているのは明らかであろう。「素描がかなり強力にわれわれの心を打つのは、おそらく未完成であるために、われわれの想像力にいっそうの自由を残しており、そのため想像力が自分の気に入るものすべてをそこに見てとるからに他ならない」（Salons III, p.359）。この記述は観賞者の観点に基づいているが、素描の効果は藝術家の方にこうした効果に対する構想《イデー》がなければ生じない質のものであろう。だから、ディドロはラファエッロやラシーヌの作品の完成度がかえって作品の効果を減じていることにも注目するのである。彼にとって両者は、「すべてを仕上げる詩人」ではあるが、ひとたび技法が完成すると、「模倣する機械」（ibid., p.180）となって「自然に背を向ける」危険性がある。このような「伝統的な技法」は継承者にとって「約束事の規則」ともなる。[二六]

三つ目は、ラ・トゥールの肖像画に対するディドロの微妙な差異を伴う評価である。『一七六七年のサロン』の中で、ディドロはこう述べている。「ラ・トゥールの作品においては、それは自然そのものであり、自然の中に毎日見られるような自然の間違いの体系である。そのわけはそれが詩に属さないからであり、絵画に〔しか〕属さないからである」(Salons III, p.240.〔　〕内は Vernière 版)。われわれは、現実の人間の顔について、唇の一方の端がつり上がり、他方の端が下がっていても、また一方の目が他方よりも小さかったりしても、その顔を目鼻だちのはっきりした顔と称することがある。ラ・トゥールの描く肖像はこういった類いのものであって、すでに触れたように、「自然をその欠陥においてさえも」一つの有機的な全体つまり「体系」として描出することから生じている。これはディドロの高い評価を示している。『一七六九年のサロン』においても、或る神父の肖像画に対して称賛の言葉が連ねられている。「それはわたしがいまだその例を見たとは思えない真実さと単純さであった。マニエール臭のかすかなしるしもなく、技を混じえない純然たる自然であり、タッチには何の気取りも、色彩には何のわざとらしいコントラストも、姿勢にはどんな無理もなかった」(Salons IV, p.50)。以上のことは厳密な自然模倣の効果であろう。しかし、ディドロが次のように続けるとき、その効果には翳りが生じないであろうか。「彼には技巧的なものについての天才がある。彼は驚嘆すべき仕掛けの仕手 (machiniste) である。わたしがラ・トゥールについて、彼は仕掛けの仕手であると言うとき、それはヴォカンソン〔Vaucanson 力学者にして自動機械装置の発明者〕についてそう言うがごとくであって、ルーベンスについてそう言うがごとくではない。目下のところ、これがわたしの考えであるが、誤りであるならば撤回するかもしれない」(Salons III, p.241)。ここには模倣の効果と藝術的効果との間に亀裂が生じているように思われる。

藝術的効果を生みだす自然模倣とはいかなるものか、この問いはいまだ判然ではない。そこで、今度は、ディドロが「技巧的なもの (le technique)」と「イデアールなもの (l'idéal)」とを区別しながら、絵画批評を行っている現場をもう少しのぞいてみたい。その前に両者の区別についてであるが、ブクダルによれば、前者は藝術作品の形式的な面、後者はその内容的な面を指している。[二七] しかし、両者は密接に関連しているわけであるから、この区別は批評上の便法であろう。

一七六七年のサロン展におけるJ＝M・ヴィアンに対する批評を起点としよう。彼のデッサンも描写もすぐれている。しかし、「構想《イデー》」が貧弱である。それは「想像力」がないからである。ディドロはグリムに向かって嘆きの声を上げる。「ああ、友よ、自分の主題を深く念頭に思い描いている藝術家を見つけるのは何と稀なことか。当然の結果として、どんな熱狂も構想も適合も効果も生じない。」約束事の規則によって押し殺されているのだ（Salons III, pp.100,112）。この批評は、同じサロン展におけるラ・グルネの「四つの身分」を象徴的に描いた一連の寓意画に対して、いっそう辛辣さを増す。「これは何を意味しているのか。何も、あるいは大したことを意味していない」、「これほど貧弱で、これほど熱のないものを想い浮かべることができたであろうか」云々。要するに、「これは目に話しかけはするものの、精神や心に語りかけはしない」（ibid., pp.119-121）。しかし、一七六五年のサロン展における彼の寓意画は、その技巧的な面においてはよい評価を与えられていた（Salons II, p.82）。だが、彼には主題ないし瞬間の選択ができていない（ibid., p.86）。「イデアールなもの」に欠けているからである。そこで、ディドロは審判を下している。「これを最後に言っておこう。ラ・グルネ氏よ、一般的に言えば、象徴は熱のないものであること、そこからこの味気ない、うんざりするほどの熱のなさを剝ぎ取るには、構想の単純さ、力、崇高さをもってするしかないことを知りたまえ」（Salons III, p.122）。

二人の画家に欠けている「構想《イデー》」とは、画家が作品を一つの全体として構成する以前に、その全体についてあらかじめ思い描いていなければならない形象的な観念《イデー》といえよう。『私生児対話』の箇所を援用していえば、「登場人物たちの舞台での配置が画家によって忠実に描かれて、画布のうえでわたしの気に入るほどに自然で真実であると、それは一種のタブローである」（OE, p.88）と言うときのその「一種のタブロー」に当たるであろう。ディドロは『一七五九年のサロン』の中で「大きな構想（la grande idée）が見つけられるまでは絵筆を置いて休息したままでいなければならない」(Salons I, p.96) とナティエやヴィアンに向かって語っていた。[二八]「構想」を生みだす「想像力」について言えば、『劇詩論』や『一七六七年のサロン』のヴェルネ章にややまとまった記述が見られるが、ここでは同じ『サロン』におけるラ・グルネ章の箇所を取る方が好便であろう。想像力とは「文学者が思い浮かべた事象を容易に美しいタブローにする画家のもつ能力」(Salons III, p.153) である。したがって、「イデアールなもの」は単に観念的なものを指すのではなくて、詩的ないし文学的な形象《イマージュ》を伴うものとなる。このことはH・ロベール評においていっそう明確になる。

ディドロは『一七六七年のサロン』の中で若きロベールに向かってこう助言している。「きみは器用な人だ。きみはぬきんでることであろう、いやきみのジャンルにおいてはすでにぬきんでている。しかし、ヴェルネを研究したまえ。彼からデッサンの仕方、描写の仕方、きみの人物像にひとの関心を注がせる仕方を学びたまえ。きみは廃墟画に専心しているのであるから、このジャンルにはそれ相当の詩学があることを知りたまえ。きみはそれを全く無視している。それを探し求めたまえ。きみには手法がある、がしかしイデアールなものが欠けている」(Salons III, p.337)。ここでの「詩学 (poétique)」とは何であるのかには立ち入ることができないが、[二九]それが先の「構想」に関連しているのは明らかであろう。これが欠けていると、観賞者は廃墟の詩情に誘われて「タブローの中に入り込む」ことができない。「イデアールなものの美しさはすべての人の心を打つが、手法上の美しさは玄人の足をしか止めない」し、玄人でさえ、タブローの外にとどまっている (ibid., p.349)。

このようにみてくると、ディドロは「技巧的なもの」よりも「イデアールなもの」を重視しているようにみえる。ここから、彼がイデアリスムに向かっているという見方も出てくるかもしれない。だが、即断は許されない。彼は専門の画家ではないから、「技巧的なもの」についての知識が欠けていたという面はあるかもしれない。しかし、彼はヴェルネ、シャルダン、ラ・トゥールなどの画家たちのアトリエに足繁く通い、彼らの描き方を観察し、また彼らから教えを受け、「デッサンの繊細さや自然の真実」、明暗法、色彩法を学んでいた (Salons

II, p.22)。だから、フラゴナールのある作品に対して「この藝術家にあっては、イデアールな部分は崇高であるが、ただ欠けているのは時と経験によって彼に与えられうるいっそう真実な色彩と技巧的な完全さである」(ibid., p.264) と評することができたのである。確かに、「イデアールなもの」が欠ければ、藝術は貧弱で味気ないものになる。だが、歴史画のように主題がもともと劇的であれば技巧的な拙さも緩和されるかもしれないが、シャルダンのようなジャンル画では主題が日常的で面白味がないだけに、それだけいっそう「技巧的なもの」が不可欠になる。「もしも技巧的なものの卓絶さがなければ、シャルダンのイデアールなものは惨めなものになるであろう」(ibid., p.111)。だとすれば、「技巧的なもの」の方が基礎であって、それは細心な自然模倣に依拠していることになろう。「〔シャルダンの作品は〕藝術家に対して何と雄弁に語ることか！ それが彼に対して自然の模倣、色彩の知識、調和について語ることの一切の何と見事なことか！ これらの対象の間に何と空気がよく流通していることか。太陽の光といえども、これほど見事に、それが照らし出す存在の不調和を救うことができない」(ibid., p.117. 佐々木（その3）五三頁)。「技巧的なもの」が「イデアールなもの」と融合するとき、そこに「藝術の最も強力な魔術《わざ》」(Salons III, p.364) が生じる。そのとき、観る者は「殆ど本能的に立ち止まり」、かつ画面の中に「入り込む」。このイリュージョンにおいて、「自然の模倣」はその藝術的効果を遺憾なく発揮する。

三

二つの問いを軸にして、ディドロの自然模倣説を急ぎ足で追求してきたが、ここで抽出してきた構成諸要素を図式して整理しておきたい。課題は山積みのままである。主要な構成要素はこれだけでないばかりか、ここでの諸要素でさえ、各々の細部、要素間の関係に立ち入っていない。「絵画を中心にして」と言っても、絵画のジャンルにおける相違も、藝術の他のジャンルとの関連も考察していない。さらに、ディドロの思考の発展過程も射

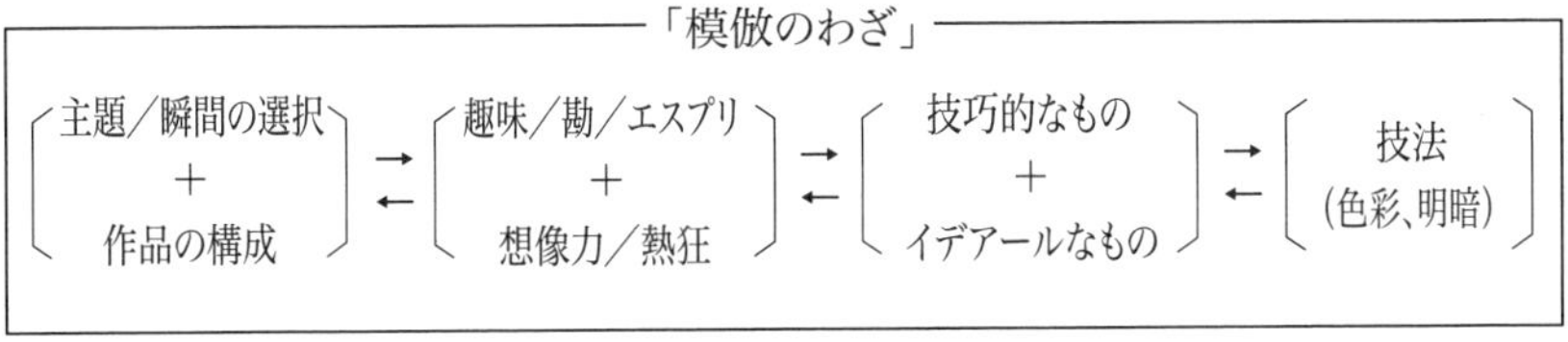

程に入れていない。この点に関しては、できる限り一貫していると思われる考えに限定してきたつもりであるが、しかし、一貫していると思われる考えといえども、その細部に少しでも立ち入ると坩堝のような相貌を呈し、一筋縄ではいかない。この点もやはり明るみに出さなければならない。なぜなら、それが彼の思想の特徴と思われるからである。

　わたしは「自然の模倣」とその藝術的効果との間に生じている微妙なズレに注目した。このズレは、〈一つの有機的な全体としての自然〉を原理とする普遍性と、この〈自然〉を「絶対的な精確さで表現することの不可能性」から生じる各々の藝術家に固有な技法という相対性との軋轢《あつれき》から生じていた。それは、ディドロの自然哲学における「体系的精神」と「予見の精神」とのズレに対応する。彼はこのズレの止揚を「技巧的なもの」と「イデアールなもの」との融合に求める。だが、それをなしうるのは「天才」をおいて他にないであろう。なぜなら、「天才」のみが「観察の精神（l'esprit observateur）」すなわち「努力なし、緊張なしに働き、見つめることなしに見てとり、学ぶことなしに知識を得て、理解する」精神をもっているからである（OE, p.20）。「天才」ならば、たった一つの「幸運な瞬間」、「熱気を帯びるに十分な感興と自由があり、思慮に富むに十分な判断力と趣味がある瞬間」（Salons III, p.216）に身を委ねることであろう。だが、われわれにとって、自然模倣とその藝術的効果の全貌は見えてくるのであろうか。ディドロは見てとっているのであろうか。このような試みは、彼にあってさえ、「体系的精神」に対して距離を置きつつも体系を求めてゆくあの果てしない旅、〈ダランベールの夢〉のなかにしか立ち現れてこない〈一つの全体としての自然〉へのあくなき探求ではないのか。しかし、もう一度、彼の言葉を想起しておこう。「自然は一なるものであるというのに、自然を模倣する仕方は多数あって、そのどれもが是認されるなどと、友よ、どうしてきみは思うのか。」

註

（一）佐々木健一「ディドロ『絵画論』――訳と註解（その13）――」東京大学美学藝術学研究室紀要『研究』13、註（6）参照。佐々木氏の論考は（その1）から（その15）まで続いているので、この論考からの引用は、以後、佐々木（その13）二八頁という具合に略記する。さらに、同氏の『ディドロ「絵画論」の研究』（以後、『研究』と略記）、中央公論美術出版、二〇一三年、四七六頁の注（23）および『美学辞典』東京大学出版会、一九九五年の項目「模倣」参照。また、『絵画論』の訳出にあたって、氏の訳を参照させていただく。なお、『絵画論』は同氏の翻訳書『ディドロ　絵画について』岩波文庫（以後、この書を文庫と略記する）に収められている。

（二）Diderot; *Pensées détachées sur la peinture*, dans: *Œuvres esthétiques*, classiques Garnier Frères, p.766. 以後、この著作集をOEと略記する。

（三）ディドロにおいて〝idéal〟という語は多義的である。〝le modèle idéal〟の場合、存在論的に「観念的な」モデル、価値論的に「理想的な」モデルといった区別は一つの便法ではあるが（青山昌文「ディドロの Salon de 1767 における〈理想的モデル〉論について」『美学史研究叢書』第七輯、一九八二年、九一頁）、このようなモデルは自然の函数であって、藝術家にとって〈実在的《レエール》な〉存在様態を呈する。『百科全書』の項目「美」における知覚された「実在的な関係」に対応するであろう。さらにディドロは、la partie technique（le technique）― la partie idéale（l'idéal）という対句を使用しており、この場合、idéal(e) は〈詩的な〉、〈形象的な〉、〈構想的な〉といった意味合いをもつようになると思われる。こうした場合は、すべて〈イデアールな〉と訳出することにしたい。

（四）Diderot; *Lettre sur les aveugles*, dans: *Oeuvres philosophiques* édition de P. Vernière, Garnier, p.123. 以後、この著作集をVと略記する。

『盲人書簡』における盲目の数学者ソンダーソンと神父ホームズの対話は『一七六七年のサロン』のヴェルネ章の〈第一の景観〉におけるディドロとある神父の対話に引き継がれているように思われる。Diderot; *Salons III*, Hermann, pp.175-181 参照。なお、『サロン』からの引用はこの版を使用する。

（五）ディドロは『聾唖者書簡』（一七五一年）のなかで、バトゥの同書における「美しい自然」の模倣説をすでに批判的に検討していた。

（六）Batteux; *Les Beaux Arts réduits à un même principe*, Réimpressin de l'édition de Paris, 1773, Slatkine Reprints 2011, p.29.『芸術論』山縣熙訳、玉川大学出版部、二四―二五頁。

（七）à Falconet, [6. décem. 1773], dans: *Œuvres complètes*, Club français du livre, X. p.1104. なお、この全集はCFと略記する。

（八）Salons III, p.69, *Pensées détachées sur la peinture*, dans: *OE*. p.753, *Paradoxe sur le comédien*, dans: *OE*, p.339.

（九）この箇所は、わたしの知る限り、これまで引用されることが少なかったと思う。この箇所を指示したのは、H. Mφlbjerg（*Aspects de l'esthétique de Diderot*, J. H. Schultz Forlag. Kφbenhavn, 1964. p.175）である。

（一〇）ディドロは『絵画論』のなかで「趣味」(goût)、「勘」(tact)、「直感」(instinct) に次のように触れている。「趣味とは何であろう。経験を重ねることによって、真や善が、それを美しくする状況ぐるみで容易に捉えられるようになり、そこにすぐにそして強く感銘を受けるようになる、そのようにして身についた能力である。もしも判断力を規定している経験が記憶に残っているならば、その趣味は明敏なものである。もしも記憶が薄れ、その印象しか残っていないならば、それは勘であり、本能である。」(OE, p.728. 佐々木（その15）一七頁、文庫、一三七頁) この区別については、さらに Salons III, p.415 参照。

（一一）この点はディドロのファルコネ宛書簡（一七七三年五月二日付）の次の一節に対応するであろう。「自分の頭の中で描いて眺めてきたモデルから外部に描き出そうとする像へと向かっていくために長い間四苦八苦したあげく、彼らはこう叫んだことであろう。〈これはわたしの思い描いているものではない、だがわたしのなしうる最善のものそのものなのだ！〉では、彼は自分の作品またはきみの作品にいつ満足するのであろうか。時がたって彼の想像力の熱が再びさまされてしまうときである。この時、内的モデルはもはや現存しない。彼の作品に対して危惧すべき構成ももはやない。そうなると、彼は自ら自分の作品の熱狂者となるだろう。〈おお、これは何と美しいことか！〉と彼は叫び声をあげるであろう。〈わたしはこれをどこで手に入れたのか。これがこんなに善いものだなんて思いもしなかった。〉」（CF, X, p.1026）

（一二）ディドロはソフィー・ヴォラン宛書簡（一七五九年八月十日付）のなかで「一つの全体は、それが一なるものであるときに、美しいのです」（*Lettres à Sophie Volland*, 1, Gallimard, p.45）と述べていた。「一つの全体」という考えは少なくともシャフツベリの『道徳的真価と美徳についての試論』に対する註釈（一七四五年）から『生理学原論』にまで至るディドロの中心的な考えである。まずは、「有機組織」に求められるが、『自然の解釈に関する思索』では自然全体にまで一般化されようとする。さらに、一方では藝術に、他方では〈ダランベールの夢〉のなかに託される。

（一三）Diderot; *Essais sur la peinture*, dans: *OE*, p.666.「この勘は、たゆまずに現象を観察しつづけることによってわれわれの身につくものであって、これらの歪みのあいだにある隠れた関連や必然的な連鎖関係を感じさせてくれるであろう。」（邦訳『ディドロ　絵画について』岩波文庫、一〇頁）

（一四）ディドロは『絵画論断章』のなかでこう述べている。「だから、内的モデルと外的モデルを混同してはならない」（*OE*, p.838）。そこで、ディドロは『一七六七年のサロン』のヴェルネ章のなかでこう言うのである。「あなたは彼［ヴェルネ］からあなたが自然のなかに見ていないものを自然のなかに見ることを学ぶことでしょう」（Salons III, p.177）。

（一五）「理想的モデル」の構築ははじめのうちは「勘」や「豊かな想像力」を必要とするかなり意図的な作業であるが、これが一定の高みに達すると、この内的なモデルは現存しなくなり、「見ているがままの自然」と〈イデアールな自然〉が重ね合わせの状態になる〔註（一一）（一三）も参照されたし〕。言い換えれば、自然と藝術の融合が生じる。ディドロが『一七六七年のサロン』のヴェルネ章において、また『俳優についての逆説』の女優クレロン嬢の「二重人格化」において感じ取っていたのはこのような融合ではなかろうか。これらの点については第五章と第六章を参照されたし。

（一六）わたしの管見によれば、立ち入った説明を行ったのは、ゲーテ（Diderots Versach über die Malerei, in: *Schriften zur Kunst*, Artimis Verlag. Bd. 13）、河原忠彦氏（「ゲーテのディドロ批判」『十八世紀の独仏文化交流の諸相』第五章、白凰社、一九九三年）、佐々木健一氏（その1）、そしてColas Duflo（《"La nature ne fait rien d'incorrect", Forme artistique et forme naturelle chez Diderot》, dans: *Diderot et la question de la forme*, PUF, 1999）である。

（一七）Goethe, ibid., S. 204.「規則」に関していえば、ゲーテには「自然自身が藝術家に手本として示した規則」（S. 211）という表現もあり、どうも一貫していない。

（一八）この点からみると、J. Doolittleがヴェルネ章を「縮約された『絵画論』」と称するのは大変興味深い（Criticism as creation in the work of Diderot, in: *Yale French Studies*, vol. 2, no. 1, spring-summer 1944, Rep. N. Y. 1965）。「間違いをしでかさない自然」という自然の神格化はヴェルネ章においては、ヴェルネという人間の創造力の神格化を通して行われる。「〔驚くべきことは〕光が作られますようにと彼〔ヴェルネ〕が言うと、光が作られるということである」（Salons III, p.226）。このような神格化は『一七六三年のサロン』（Salons I, p.227）にも『一七六五年のサロン』（Salons II, pp.135-136）にも登場していた。ディドロのヴェルネ評の特徴の一つと言えよう。

（一九）Diderot; Entretien entre D'Alembert et Diderot, dans: V, p.279, 新村猛訳、岩波文庫、二五頁。

（二〇）佐々木（その1）一七頁。

（二一）わたしのここでの説明は皮相的な対比に基づいていると認めざるをえないので、若干の補足をしておきたい。ゲーテは「藝術家の天職は、ただ、現象の表層を描写することにすぎない」（ibid., S. 206）と言いながら、他方でこうも主張する。「なるほど、外観こそ藝術家の描きだすべきものである。だが、或る有機的自然存在の外観とは、もしも内部の常に変わってゆく現れでないとすれば、一体なんであろうか。この外観、この表層は、多様で複雑で微妙な内部構造と正確に符合しており、そのために当の表層自体が一個の内的なものとなるほどである」（ibid., S. 217）。そこで一転して彼は「表層」から「内部構造」に重点を移すことになる。そこで「内部に配慮する藝術家は、当然自らの知っているものも見ることであろうし、その知識を表層へと表し出すことになる」と言う。一見するとディドロと合致するようにみえる。ディドロが藝術家に要求する「鋭い勘」は、なるほど表層の内部をも感じとらせるが、その要求はあくまでも表層をよく観察するためであって、ゲーテのように内部構造の解剖学的な知識の必要を説くためではない。彼の掲げる藝術による自然の手直しの例は、内的なものが表層にどのように表出した結果なのであろうか。ディドロとゲーテの微妙で複合的な意見対立については佐々木健一『研究』の付録「ゲーテとディドロ――「ディドロの絵画論」の分析――」を参照のこと。なお、引用文の訳は氏の訳をお借りした。

（二二）Diderot ; De la manière, dans: *Salons III*, p.534　この「マニエール」について」という小論は『一七六七年のサロン』に附けられたものである。「マニエール」の用語については佐々木（その2）一〇――一一頁参照。両者の執筆時期の前後関係については佐々木健一『研究』七八三頁。

（二三）OE, p.428. 同年の、この項目よりも数ヵ月早く書かれたと言われる『聾唖者書簡』では「詩人の言説のなかにはその一切の音節を殺したり生かしたりするエスプリが生じております。このエスプリとは何でしょうか」と問われ、一応の定義がなされている（*Letter sur les sourds et muets*, Édition par P.H. Meyer, dans: *Diderot Studies* VII, 1965, p.70）。ここでは『エルヴェシウス「人間論」の反駁』の箇所をとっておこう。「エスプリ、明敏の才（finesse）、洞察力とは、多くの人びとが何度となく目撃したある存在のうちに、また、いくつもの存在の間に、誰も見てとらなかった性質、関係を容易に見てとる力でないとすれば、一体何であろうか。」(A-T., II, p.329)

(二四) Sur la sculpture, Bouchardon, et Caylus, dans: CF,V. p.296.

(二五) Observations sur les Saisons, poème par M. de Saint-Lambert(1769), dans: CF, VIII. p.29.

(二六) ここでのラファエッロについては『絵画論』(OE, p.733)、佐々木(その14)五―九頁および『研究』三五〇―五二頁参照。そこには「詩」概念の説明もなされている。ラシーヌについては『一七六七年のサロン』(Salons III, p.516)、また、H. Dieckmann; *Cinq Leçons sur Diderot*, Droz, 1959, pp.106-109.

(二七) E. M. Bukdahl; Introduction du Salon de 1765, dans: *Salons II*, pp.5-6.「技巧的なもの」については、『一七六三年のサロン』の中に次の箇所がある。「技巧的なものとは何か。一定数の不協和を救済し、藝術の手に負えない難問をうまくかわすわざである」(ibid., p.212)。わたしは「イデアールなもの」について、この種の説明をいまだ見つけだしていない。

(二八)「構想《イデー》」については、Mφlbjerg, ibid., pp.152-154 参照。

(二九) この「詩学」についての専門的な研究については、佐々木健一『フランスを中心とする十八世紀美学史の研究――ウァトーからモーツァルトへ――』(岩波書店)の「第六章　廃墟の詩情《ポエジー》」参照。

第三章　『サロン』におけるグルーズ評と絵画批評の基準

ディドロの『サロン』におけるグルーズ評[一]は、実に興味深いところがある。それはグルーズ評の広がりと奥行きに依る。その広がりは、グルーズの絵画が多様なジャンルにまたがっていることから当然生じてくるものである。しかし、重要なのはその奥行きである。それは主に二つの要素から生じている、と考えられる。一つは、グルーズ評に見いだされる評価の高低の著しい落差である。ディドロは、一七六三年には、「誰が何と言おうとも、グルーズはわたしの意にかなった画家である」[二]と語る。だが、六九年になると、「わたしはもはやグルーズは好きではない」(Salons IV, p.88)と言いだすばかりか、特に、グルーズが歴史画家の資格を受けようとしてアカデミーに提出した入会作品に対して、「あまりにすばらしすぎてこれ以上よくなる見込みもないほどの画学生のタブロー」(ibid., p.90)とこきおろすのである。[三]ここから、次のような問いが生じてくる。ディドロはグルーズの真価をどこに求めていたのか。この真価の欠落をどのように見いだしたのか。この問いは、すべての画家に対するディドロの評価基準に関係してくるはずである。なぜなら、ディドロの「容赦のない趣味」(Salons II, p.61)を満足させる画家の少ないなかで、それでもグルーズは、ヴェルネやシャルダンと並んで、ディドロによってかなり高い評価を与えられていたからである。さらに、この問いは、後述するように、ジャンル画と歴史画をめぐる問題に波及する。もう一つの要素は、ディドロがグルーズの絵画を「劇詩」や「小説」に関連させていることである。このことは、絵画と演劇および文学との関係をめぐる問題へとわれわれを向かわせる。

一人の画家を通してこのような奥行きに入り込むことは危険を伴うであろう。誤った一般化に陥りかねないからである。しかし、幸いなことに、ディドロは演劇についてはすでに『私生児対話』（一七五七年）、『劇詩論』（一七五八年）を、小説については「リチャードソン頌」という論考（一七六二年）を、絵画については『一七六五年のサロン』の続編として『絵画論』（一七六六―六七年）を書き、理論的な見解を提示している。これらの著作をも援用するならば危険を免れるかもしれない。この拙稿の目的は、『サロン』におけるグルーズ評の奥行きに入り込み、ディドロのグルーズ評の特色を抽出すると共に、彼の絵画評価の基準の一端をも探ることにある。この過程で、『絵画論』と『サロン』との適合関係も多少とも示されることになるであろう。わたしは、グルーズの諸作品のなかでも、ディドロによってかなり高い評価を受けた《婚約》[四]および《親孝行》と酷評を浴びせられた入会作品《セプティミウス・セウェルスとカラカラ》[五]を二つの軸にして、この作業を進めていきたい。

一

《婚約》と《親孝行》は、それぞれ六一年と六三年のサロン展に出品されたものであるが、連作的な構成、つまり「一種の絵画的な〈連続ドラマ／連載小説（feuilleton）〉」[六]を展開している（挿画(1)(2)参照）。そこで、二つの作品を一括して取り扱うことも許されよう。ディドロも二つの作品に「同じ家族の来歴」（Salons I, p.238）を見てとっている。[七]彼によれば、前者は娘の持参金を娘婿に払ったばかりの父親を、後者はその後中風病みになった同じ父親を主要人物として描いている。しかも、この人物を軸にして他のすべての人物が「それぞれの年齢や性格に相応した関心」（ibid., p.236）を示し、「然るべき場所にいて、然るべきことをして」（ibid., p.165）いる。つまり、二つのタブローの構成は「そうならざるを得なかったかのごときもの」(ibid.) なのである。だから、ある人物の位置をずらせば、「タブローの主題を変えること」になるばかりか、「構成全体をくつがえすこと」になるほどである (ibid., p.237)。ここでディドロが注目しているのは、主題と構成の適合関係であり、この関係に支えられた構成の有機的なまとまりである。では、グルーズはなぜこのことをなしえたのか。それは、彼が「繊細な構想」(ibid., p.168) をもって瞬間の選択に成功したからである。

《婚約》においては、父親が娘の持参金を娘婿に手渡した瞬間、まさに婚約の成立した瞬間である。それは劇的な瞬間である。実際、イタリア座は、この絵の展示から二ヵ月後に、この絵をモチーフにして「アルルカンの結婚式」と題する劇を上演するのであるが、登場人物が持参金の受け渡しや結婚を祝うために一堂に会する場面を幕の開始に設定し、この絵の構図をそのまま採用したのである。つまり、登場人物すべてが、画面と同じ衣裳をつけ、同じ位置をとっていたのである（但し、娘婿だけは特徴的な衣裳をつけたアルルカンに取って代わられていた[八]）。この事例は、ディドロが演劇において求めていた舞台、す

挿画（1）《婚約》（ルーヴル美術館）

挿画（2）《親孝行》（エルミタージュ美術館）

なわち、それが画家によって描かれて一つの美しい「タブロー」とみなされるような舞台の実現であるかもしれない。(九)彼は、『劇詩論』のなかで「ソクラテスの死」という戯曲を試案し、ソクラテスの臨終を「一連のタブロー」(一〇)として提示していた。しかし、絵画には一つのタブロー、一つの瞬間しかない。それゆえ、画家はこの瞬間のなかに「一連のタブロー」を凝縮しなければならない。(一一)さもなければ、主題と構成の適合関係に失敗する。ディドロはこの失敗例としてシャル Challe の《息を引きとるクレオパトラ》(六一年サロン展)をあげ、こう述べている。「彼女が息を引きとる瞬間の選択はクレオパトラという女を伝えるものではなく、蛇にかまれて息を引きとる女を伝えるにすぎない。それはもはやアレクサンドリアの女王の物語(histoire)ではない。それは生命の偶有事の一つである」(Salons I, p.142)。《婚約》における瞬間の選択は、主題が婚約の契りという慣行的な儀式に取られているがゆえに、また、観る者の経験に訴えることもできるがゆえに比較的容易であるかもしれない。

だが、《親孝行》における瞬間はどうであろうか。主題が月並みであるだけに、今後はかえって瞬間のふくらみを捉えるのが厄介になる。「主要人物、画面の中央を占め、注意を引きつける人物は、中風病みの老人で、ひじ掛け椅子に身をのばし、頭を長枕に、足を足台にもたせかけている。彼は衣服を身につけている。病んだ両脚は一枚の毛布で包まれている。子どもたちや孫たちに囲まれており、彼らのほとんどが献身的に彼の世話をしている」(Salons I, p.234)。これがディドロの画面説明の概略である。ここからは瞬間のふくらみは読み取れない。しかし、彼が「すべてが主要人物に関係づけられている、しかも、人びとがいまこの瞬間に行っていることも、この前の瞬間に行っていたことも」(idid., p.235)と言うとき、持続する一瞬が暗示される。それは時間の持続を無作為にいわばある一点で固定し静止させて得られるような瞬間ではない。そのような瞬間は一見したところ自然であるようにみえる。だから、「すべての人物がこのように注意を注いでいるのは不自然であって、何人かにお年寄りの世話をさせ、他の人たちにはそれぞれ自分の務めをさせておくべきであった、そうすれば画面はいっそう単純で、いっそう真実になったであろう」(ibid., p.237)、と人びとは主張する。これに対してディドロは反論し、グルーズを擁護する。「彼らの要求する瞬間はありきたりの瞬間であって、関心を引くものではない。画家が選択した瞬間は特殊的なものである。偶々この日は、お年寄りに食べ物を運んできたのは娘婿であったという事態が生じたのだ。そこで、お年寄りは感激し、彼に対する感謝の気持をかくも強烈に、かくも感じ入った仕方で示したものだから、家族全員が務めを中断し、注意をそこに集中させたというわけなのである」(ibid.)。家族はそれぞれ然るべき場所で、然るべき世話をやいていた。今まさに、その行為を中断し、老人の行為に注意を集中させている。ここに、瞬間のふくらみが浮き彫りにされる。

瞬間の選択は画中の人物たちの配置、所作、表情、さらに付随的細部を[一二]、つまり構成の全体的なまとまりを規定する。それは絵画の真価に決定的な影響を与える。さらに、選択された瞬間は観る者の観賞体験を左右し、主題の意味づけを変化させる。M・フリードによれば、シャルダンやグルーズは画中の人物を「没入状態(absorption)」に置くことによって、すなわち人物がある物事に忘我没頭して、それ以外の——絵を前にしている観る者をも含めて——どんな物事に対してもまったく無頓着になっているさまを描くことによって、かえって逆に、観る者を画面の前に釘づけにさせる[一三]。しかし、フリードは《親孝行》の瞬間についての先述した文を引用しながらも、瞬間の選択の意味に立ち入らないがゆえに、「没入状態」の描写という点でシャルダンとグルーズを同列に扱うことになり、両者の相違が「没入状態」という特質のもとに解消されてしまう。こうなると、ディドロがなぜシャルダン評をグルーズ評のような仕方で記述しないのかという問いに答えられなくなるであろう。これに対して、R・デモリスはシャルダンの選ぶ瞬間とグルーズのそれとの相違に着目して、両者のあいだの絵画的特質の相違を解明しようとしているように思われる。彼によれば、「シャルダンは自分の再現する対象を脱社会化し、それをある来歴やある文化に結びつけ直すかもしれないもの、すなわち、それを〈言語表現〉の対象にするものから切断する傾向にある」[一四]。このような傾向は、当然、シャルダンの選ぶ瞬間に関わっている。

その瞬間は、ラ・フォン・ド・サンティエンヌが言うように、「ひとの関心をまったく引くことのない、それ自体どんな注目にも値しない」瞬間である。[一五] たとえば、《掃除する女 l'écureuse》も《洗濯する女 la blanchisseuse》も《食前の祈り le Bénédicité》の母親も「ふと思い当たって、以前の活動に気が奪われ、役目がおろそかになる瞬間」(Démoris, ibid., p.104) に置かれている。そこに、フリードのように「没入状態」を見て取ることはできるとしても、そこから「物語 (histoire)」を紡ぎ出すことはできない。「シャルダンの関心を引きつけるものは物語を生じさせないものである」(ibid.)。これに対して、「家族的な情景のなかに偉大な絵画の情念の原則を導入することによって、グルーズは公衆に読み取ることのできる建設的なフィクションを提供する」(ibid., p.106)。「物語」を語ることが偉大な絵画＝歴史画の本分であるとすれば、ジャンル画家の資格に押し込められたグルーズも歴史画の領域に足を踏み入れていることになる (後述)。

　さて、グルーズは、劇的で、ふくらみのある瞬間を捉えて、構成に全体的なまとまりを与えることで、主題の内容を観る者に読み取らせる。このことの可能性は、ディドロが『絵画論』で述べている次の要件を満たしていることにある。「必要なことは、これらの人物が、自然の中におけるように、ひとりでにそこに位置を占めることである。それらの人物のすべてが、力強く、単純にかつ明晰に、共通の効果に貢献しなければならない」(OE, p.717, 邦訳『ディドロ　絵画について』九四頁)。すでに見たように、グルーズの二つのタブローでは、すべての登場人物が然るべき場所にいて、年齢や性格に相応した関心を示して然るべきことをしている、とディドロは認めていた。ここでは、「共通の効果」について、もう少し具体的に立ち入る必要があろう。「共通の効果」は、然るべきことや場所、年齢や性格に相応した関心という指摘にすでに暗示されているのだが、「語っているのは父親だけである」(Salons I, p.166) というディドロの認定によっていっそう強められるように思われる。捉えられた瞬間が主要人物＝父親の言葉によって強化されることによって、主題と構成の適合関係がいっそう単純で明解になるからである。彼の話し相手である娘婿が彼の言葉に注意を集中するのは当然であるし、言葉を介して彼らの所作や表情から醸し出される雰囲気が他の人物たちに波及しやすくもなる。特に、《親孝行》においては、中風病みとなった父親は「口をきくのもかなり難儀して」いるのだから、娘婿に対する彼の弱々しく、聞き取りにくい言葉は、その意外性を伴って、家族たちの関心をいっそう強く引くことになる。もちろん、幼い子どもたちは彼の言葉にも事態の雰囲気にも無関心である。それはまったく自然であって、そうでなければ「共通の効果」はかえって損われる。

このような「共通の効果」を通して、グルーズのタブローはその主題の意味内容を観る者に読み取らせるのである。そこで、観る者は、タブローを単に平面的な画面として視覚的に捉えるのではなく、いわば自らの現実的な経験的世界のごとくに捉え、そこに語られているものを解読しようとする。当時の批評家たちは、このようなタブローを〈語る絵画〉とみなした。ある批評家は言う。「グルーズ氏はまさしく画家として生まれついた。この創意に富んだ、巧みな構成がその証拠である。そこには、才気《エスプリ》が藝術の制作に必要な才能や自然の認識と競い合っているように思われる。このような画布のうえでこそ、絵画は語る、と言うことができる」(MF, oct. 1761, I, p.170)。他の批評家たちも「この老人を通して絵筆は語っている」(MF, ibid., II, p.115)、「彼の機知に富んだ筆致はつねに観る者に何ものかを語る」(JE, sept. 1761, p.53) といった具合である。ディドロにとっても、〈語る絵画〉は好ましいものである。「主題から外れることなく観る者に話しかける人物がタブローのなかにいるのをわたしはかなり好んでいる」(Salons I, p.158) と吐露している。もちろん、画中の人物が物理的に語るわけではないのであるから、観る者は、実際には、自分自身と対話するにすぎない。しかし、観る者は、画中をいわば現実的な世界のごとくに感じて、そこに語られているものを事実報告のように語ることになる。(一六) ディドロにおいては、婚約した娘の父親は「六十歳の老人」で「人に好かれるお人好し」のようであり、娘の名は「ジャネット」で「優しく賢い娘」であり、娘婿の名は「ジャン」で「勇敢な青年であり、誠実で働き者」である。また、中風病みになった父親は「口をきくのも難儀で、声はいかにも弱く、まなざしはいかにも優しく、顔はいかにもあおざめて」おり、「情けある者なら必ずこれらのさまに心を動かされずにはおれない」、しかし、彼が家族の皆に心尽しの世話をやいてもらえるのは彼の施した「善き教育の賜物」である等々。このように、観る者はタブローの主題が道徳的であることを読み取ることになる。道徳的な主題、これがディドロの高い評価の一因でもある。

「まず、ジャンルがわたしを喜ばせる。これは道徳的絵画である。いやはや、絵筆はずいぶん長いこと、いや長すぎるほど不品行と悪徳に仕えてきたことか。ついに、絵筆が劇詩と一緒になってわれわれを感動させ、教育し、矯正し、美徳に誘うことに協力するようになったのを見ると、どうしてわれわれは満足しないでいられようか」(Salons I, p.234)。これは《親孝行》評の冒頭にくる文であるが、その主旨は《婚約》にも当てはまるであろう。道徳と藝術の連携関係については、「道徳的絵画」と「小説」との関連についての検討のなかで触れるつもりであるので、ここでは「道徳的絵画」が絵画の〈新しいジャンル〉として設定されているのかどうかに注目してみたい。「ついに」という指摘は〈新しいジャンル〉の登場を暗示しているかにみえる。また、「道徳的絵画」が連携を保つ「劇詩」がディドロの構想していた「真面目なジャンル」に属する市民劇であることは明らかであるから、いっそうそのように思われてくる。彼の『私生児対話』によれば、「真面目なジャンル」は伝統的な悲劇と喜劇のあいだに位置づけられている(OE, p.137)。ディドロの構想は、ここから、「真面目なジャンルの喜劇」と「家庭的な悲劇」という「いまだ耕されておらず、もっぱら耕作人を待ち望んでいる二つの分野」(ibid., p.148)を開拓することであった。いま、少々強引に《婚約》を前者の分野に、《親孝行》を後者の分野に当てはめてみれば、グルーズの「道徳的絵画」は絵画における〈新しいジャンル〉を開拓するものとなるであろう。だが、このジャンルは絵画の伝統的なジャンルのどこに位置づけられるのか。歴史画とジャンル画のあいだに位置づけられるのか。ディドロは本当にグルーズに対して〈新しいジャンル〉を設定しているのか。ここでは、はっきりしない。しかし、この点は、六九年のグルーズ評において「グルーズは自分のジャンルの外に出てしまった」(Salons IV, p.89)と彼が言うときの、まさにその〈グルーズのジャンル〉に関連してくる。とはいえ、ディドロがシャルダン評において、単に「ジャンル」という語を使う場合（Salons II, p.118）、その語はやはりジャンル画を指しているのではあるが。いまここでは、道徳的主題がグルーズ絵画の魅力の一つとみなされていることだけを確認しておこう。

ところで、ディドロはさらに、グルーズの「道徳的絵画」の魅力をもう一つ加えている。それは、「小説（roman）」への関心を誘発する、ということである。六五年のグルーズ評のなかで、彼はこう言う。「ここに、きみとわたしの意にかなう画家がいる。われわれのあいだで、藝術に品行を与え、小説を作るのを容易にさせるようなさまざまな事件をつなぎ合わせる気を起した最初の人である」（Salons II, p.177）。ここでいう「さまざまな事件をつなぎ合わせる」とは、《婚約》と《親孝行》、同年出品された《不孝息子》と《罰せられる息子》の連作的な構成を指しているであろう。問題なのは、こうした構成が「小説」を作りだすことの意味である。彼が「小説」ということで念頭に入れているのは、〈リチャードソンの小説〉であることに間違いはないであろう。もっとも、ディドロは、「リチャードソン頌」（一七六二年）の中で、リチャードソンの作品が〝小説〟と呼ばれていることに反発している。そのわけは、従来、〝小説〟という言葉が「それを読むと、趣味にとっても品行にとっても危険になるような空想的で軽薄な事件の寄せ集め」を指してきたからであり、それに反して、彼の作品が「精神を高揚させ、魂を感動させ、至る所で善に対する愛を吹き込む」ものだからである（OE, p.29）。ディドロのこの事実認識を考慮したうえであれば、グルーズ評の「小説」をリチャードソン風の小説とみなすことに問題はないはずである。

ディドロにとって、リチャードソンの「小説」の真価は、「われわれの生活している世界」（OE, p.30）に主題を取ることによって、モンテーニュやラ・ロシュフコーのようなモラリストが「格言」で示したことを「行動《アクション》（物語）」で示したことにある。格言に代えるに行動をもってする効果は、格言が「行動の抽象的で一般的な規則」であって、「それ自体ではどんな感受しうる絵姿《イマージュ》もわれわれの精神に刻みつけない」のに対して、作中人物の行動となると、読者は、その人物の立場や状況に身を置き、「感情を高ぶらせて彼に味方したり反対したりする、つまり、彼が有徳であれば、彼の役割を自ら背負い、不正義で不徳であれば、憤怒をもって彼から遠ざかる」ということにある（ibid., pp.29-30）。このため、読者はリチャードソンによって自分の観念のなかに蒔かれた「美徳の芽」を実生活においても育むことになる（ibid., p.31）。このことの事例を、ディドロはいくつもあげているのだが、それらはルソーの『新エロイーズ』（一七六一年）に対する読者の反応を思い起こさせる。[一七] ともあれ、このように見てくると、リチャードソンの「小説」の真価はグルーズの「道徳的絵画」の真価に当てはまる。グルーズも市井の人びとの日常生活に主題を取り、しかも、その主題は道徳的である。また、従来の絵画で扱われてきた道徳がキリスト教の道徳観に基づく寓意、日常生活の知恵から生まれた諺《ことわざ》、メメント・モリやヴァニタスによって示される教訓であった[一八]のに対して、グルーズのそれは「行動（物語）」として描かれる。さらに、グルーズは観る者にリチャードソンの読者と同じような反応を与えたのである。[一九] そうだとすれば、グルーズが描くさまざまな事件から紡ぎ出されてくる「小説」も「美徳の芽」を蒔くものとなるだろう。ディドロのこのような見地の根底には、彼の性善説が横たわっている。だから、彼は『絵画論』の中で、藝術はおしなべて「よき徳性のもの（bene moratae）」でなければならない（ibid., p.717）、と主張することになる。しかし、この立場を「道徳主義」と呼ぶことができるとしても、次のことを看過してはならないであろう。すなわち、藝術における道徳と実生活における道徳とには異同があるということである。彼は六五年のグルーズ評の中で、「偉大で崇高な行動と大罪」は「創造的《エネルジー》な力という同じ性格」を伴っているがゆえに、「美しいタブローや悲劇」を生みだす（Salons II, p.178）、と主張している。また、六七年のヴェルネ評の中では、「藝術家と藝術には固有な道徳」があり、それは「通常の道徳とは逆なもの」かもしれないと語る。しかも、彼は、「人間は自然の模倣者を崇高へと向わせることによって不幸に直進するのではないか」、と恐れもするのである（Salons III, pp.206-207）。だが、「自然の細心な模倣者」であるグルーズは、「崇高」へと飛翔できなかったがゆえに、厳しい批判を浴びることになる。

二

グルーズが六九年にアカデミーに歴史画として提出した入会作品《セプティミウス・セウェルスとカラカラ》（以後《カラカラ》と略称。挿画(3)参照）は、アカデミーからも、ディドロを含めた批評家たちからも不評を買うことになった[二〇]。特に、ディドロの《カラカラ》批判は、グルーズの「道徳的絵画」に対する高い評価を見たあとでは、きわめて辛辣なように感じられる。この批判の直接的な要因を記述の順序に則して取り出してみよう。

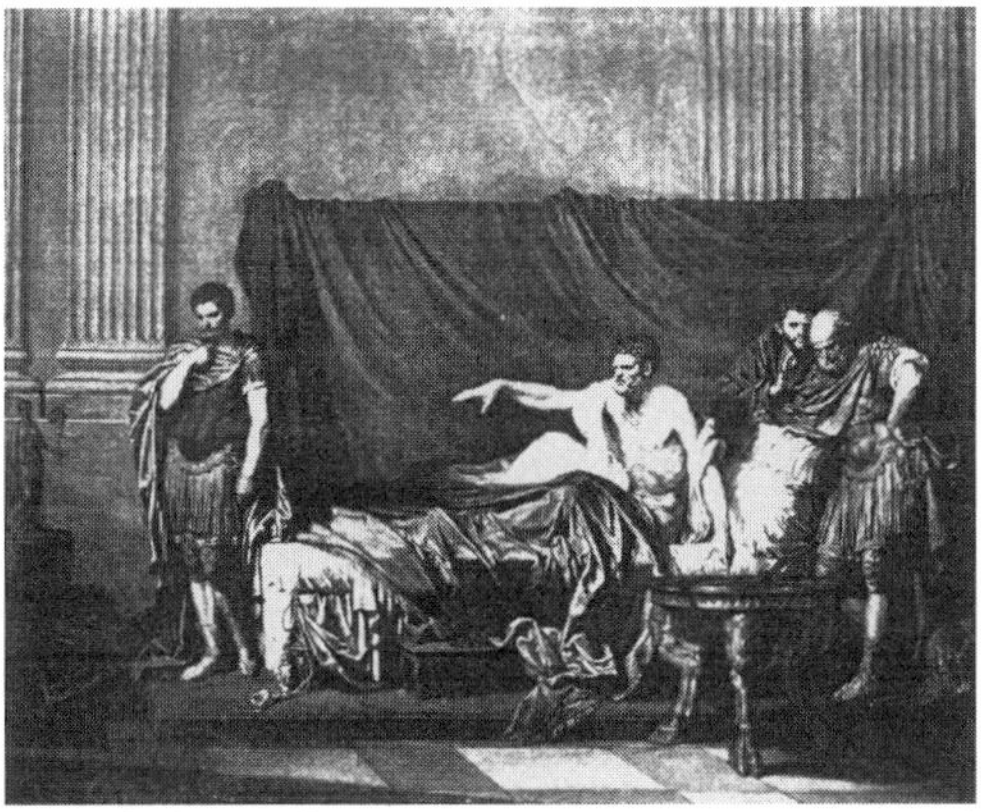

挿画（3）《セプティミウス・セウェルスとカラカラ》
（ルーヴル美術館）

まず、彼の描いた皇帝セプティミウスの「性格には気品がない。彼は徒刑囚のような黒っぽい、赤銅色の肌をもち、彼の所作は曖昧だ。彼はうまくデッサンされていないし、折れた手首をしている。首から胸骨までの隔たりが大きすぎる。掛け布をめくらせている右腿の膝がどこに向かっているのかも、何に属しているのかも分からない」(Salons IV, p.88)。身体表現の欠陥についての指摘は他の批評家にも見られる (MF, oct. 1769, pp.199-200)。しかし、右膝より先の部位、つまり掛け布に蔽われた脚から足首に至る部位をも見てとる指摘は、藝術における自然模倣の効果、たとえば、『絵画論』の言葉で言えば、「身体の各部分の動きが協力してつくり出す全身的効果」(OE, p.670, 文庫、一八頁参照) を重視するディドロ自身の見方に基づいている。彼がグルーズの《小鳥の死を嘆く少女》を高く評価しつつも、少女が「顔から察すると十五、六歳であるが、腕や手から察すると十八、九歳である」と判定し、そのことが「顔はあるモデルから、手は別のモデルから取られたため」に生じた、と見てとるのもこのためである。

次に、「カラカラは父親よりもなおいっそう気品がないし、彼は卑屈で低俗な悪童である。この藝術家は敵意を気品に結びつけるわざを持ちあわせていなかった。そのうえ、カラカラは木偶《でく》みたいであり、動きもなければ、しなやかさもない。これはローマ風の衣裳をつけて変装したアンティノウス像である」（ibid., pp.88-89）。皇帝とその息子（未来の皇帝）の性格には、たとえ敵意を抱いている時でさえも、身分と境遇に則した気品がなくてはならない。さもないと、彼らは「徒刑囚」や「悪童」にしかみえない。この指摘は、同年の『サロン』のラ・トゥール評において、ディドロがラ・トゥールから教授されたとみなしている考え（ibid., pp.48-50）に対応する。特に、カラカラが木偶のように描かれたのは、「石膏像によってしか古代の美しい立像を見たことがない」（ibid., p.89）からであり、それは「無知な者に布を掛けたアンティノウス像をカリカテュアさせてみても」、布を透かして感知される身体をデッサンできないのと同様である(一二)。ディドロは石膏像によって古代の立像を描くことの危険性について、シャルダンの《藝術のアトリビュート》に描かれた「彫刻の象徴たるメルクリウス像」を例にとって述べてもいる(一三)。

さらに、皇帝の「下着とベッドの掛け布は色彩においても襞表現においても最も悪趣味である」（ibid., p.90）。理由は示されていない。グルーズの色彩は、ほとんどの場合、よい評価を与えられてこなかった。それは「くすんで白っぽい」（Salons I, p.101）、「灰色でくすんでいる」（Salons IV, p.92）という言葉に代表される。ただし、この年の《犬と戯れる幼い子ども》の顔色は、「最も洗練された半濃淡であり、最も真実な色彩の透明な反映」（ibid., p.93）である、と称賛されている。衣裳表現ないし襞表現に関して言えば、《婚約》の人物たちのどの衣裳の襞も「いかにも真実で」ある（Salons I, p.167）、と評価されたが、この年の《窓からキスを投げる少女》

の飾り布は「小さな襞の寄せ集め」(Salons IV, p.92) と批判されている。《カラカラ》での色彩と襞表現における悪趣味とは、『絵画論』における「重なり合って皺になっているような小さな襞はあってはならない」(OE, p.723) という主張をも念頭に入れて推察すると、色彩法のまずさによって小さな襞が目立ちすぎて、マニエール臭の強いわざとらしい表現になっているということかもしれない[二三]。

最後に、このタブローの「背景」と「全体」に対する批判がなされる。「これは最悪というわけではない。全体において藝術《わざ》の原理がまったくないということだ。タブローの背景はセウェルスのベッドの帳に接し、帳は人物たちに接しているが、こうしたことはすべて何の深みも何の魔術もない。この藝術家は、まるで何かの魔力によって、失ってはならない才能の部分を奪われてしまったかのようである。〔……〕色彩もなければ、細部の真実さもなく、実質的なものもない。つまり、あまりにすばらしすぎてこれ以上よくなる見込みもないほどの画学生のタブローだ。どんな調和もなく、すべてが生気なく、こわばって、味気ない」(Salons IV, p.90)。なんとも厳しい批判である。ここでの強点は、描かれた諸対象に立体感が乏しく、全体が「せいぜい凡庸な浅浮き彫りにすぎない」(ibid., p.115) ということであろう。R・ミシェルによれば、ディドロが批判しているのは《カラカラ》にみられるグルーズの「古典主義」である。というのも、「古典主義はタブローを浅浮き彫りに還元するフリーズ加工 (traitement en frise) のうちに具現される[二四]」からである。しかし、注目すべきことは、ディドロが「古代的な浅浮き彫り」のもつ「単純さ、静寂さ」を高く評価していたこと (Salons I, pp.141-142; Salons III, p.467)、また、彼にとってプッサンの魅力のひとつもこの点にあったことである。そうだとすれば、ディドロのここでのグルーズ批判は「浅浮き彫り」それ自体にあるのではなく、その凡庸さにあるとしなければならないであろう。

以上が《カラカラ》批判の直接的な諸要因である。それらのなかには、従来の批判的観点から当然生じてくるものもあるが、総じて、それらの理由説明に乏しいのが目立つ。グルーズの「道徳的絵画」に対しては、主題や瞬間の選択、構成、主題と構成の適合関係といった具体的な視点から批評がなされていた。ここでは、そうした視点が極めて脆弱である。そのため、作品自体を十分に吟味せずに、辛辣な言葉を苛立たしげに浴びせているような印象を受ける。つまり、ディドロの《カラカラ》批判には何かすっきりしないものが付きまとっているように感じられる。そこには、彼のグルーズ評全体から推察すると、いくつかの間接的な要因が作用しているように思われてくる。次に、この点を検討していこう。

ディドロは、六七年にグリムと一緒に、グルーズのアトリエで《カラカラ》の下絵をすでに見ていた。その時の印象は同年のファルコネ宛書簡に誌されている。「グルーズという人物は離れ技（tour de force）を行ったばかりです。彼は突然バンボシュ風の絵から偉大な絵画〔歴史画〕に飛び込んだのですが、わたしの知る限り、成功しております。」さらに、こう付け加えてもいる。「そのうえ、付随的細部はかなり単純であり、背景がおおざっぱで（large）、飾り気がなく（nu）、実に大きな静寂さを伴っておりますので、セプティミウスの声ががらんとした室内に響き渡るように思われるほどです」（CF, VII, pp.550-551）。皇帝の声の響きを臨場感をもって記述するのは、彼が画面の中に引き込まれている証拠であって、下絵に対する高い評価を暗示している。しかし、完成画はいましがた見たように酷評を受ける。下絵は完成画ではないのであるから、批評が一変したところで不自然というわけではない。しかも、グルーズはディドロの見た下絵をそのまま完成画にしたわけではなさそうである。ディドロの次の記述が示唆している。「彼は画布を変えたにもかかわらず、構成は同一のままになった」（Salons IV, p.85）。画布の寸法の違いと構成との関係が問題であるのか。後の箇所（ibid., p.90）でテニールスとウーウェルマンの比較から推察すると、そのような印象を受ける。しかし、ディドロはこの点について具体的に述べていないばかりか、彼の見た下絵がどれであったのかもはっきり同定されていないようである。したがって、彼の批評の変化の理由は不明のままとなろう。セズネックによれば、アカデミーの審判や他の批評家たちの評価の影響（Seznec, ibid., p.352）ということになるが、それでもその理由が問われよう。

次に、ディドロとグルーズの間には、個人的な不和があったと伝えられている。この不和がディドロのグルーズ批判をいっそう厳しくしたのであろうか。[二五] マンホールによれば、不和の徴候は六七年あたりから生じる。[二六] 確かに、少なくとも六五―六六年（六六年にグルーズはディドロの肖像画を書いている）までは、グルーズはディドロにとって意にかなった画家であった。だから、ディドロは、グルーズが「少々うぬぼれている」としても、「彼のうぬぼれは子どものそれであり、才能に対する自己陶酔である」から、それを彼から取り去れば、彼から霊感を奪い、彼の熱情を消すことになる、と擁護していた。[二七] ただし、「わたしは理由もないのに彼が謙虚になるのをひどく恐れている」と加えることも忘れていなかった（Salons II, p.177、傍点引用者）。六七年になると、彼にとってグルーズのうぬぼれは鼻もちならぬものになってきたのかもしれない。同年の『サロン』の中で、ディドロは、ドワイアンはルーベンスを剽窃《ひょうせつ》した、とグルーズが非難したことに対して、〈黙れ〉と言わんばかりの調子であしらっている（Salons III, p.275）。ディドロによれば、グルーズのドワイアン非難の背後には、「彼らの誰もが切望している〔アカデミーにおける〕ポストが一つ欠員になる」（ibid., p.273）ということから生じたいがみあいが存在した。ディドロの不快感は「亡きわれらが友グルーズ（feu notre ami Greuze）」（ibid., p.287）というふざけた表現のなかに隠されている。にもかかわらず、「グルーズはずっと以前から同僚たちと彼らの作品に対してひどく率直で、かなりはっきりした軽蔑の念を示していた」（Salons IV, p.86）。そのうえ、彼のように有能な藝術家が「アグレエ〈準会員〉の資格しかもっていないことにどうにもやり切れない思い」を抱いていたアカデミーに対してさえ、彼は「うぬぼれと無作法の見本」のような応対を示していた（ibid., p.88）。ディドロの心のうちには、グルーズがもっと謙虚になってくれたらという苛立たしい思いがあったように思われる。[二八] それが六九年に苦々しい思いとなって現れるのかもしれない。グルーズは「自分のジャンル」の外に出ることによって、つまり、歴史画に挑戦することによって、アカデミーや同僚たちに対して仕返しの絶好の機会をくしくも与えることになった。「グルーズは、うぬぼれた人間でありますゆえに、恐ろしい苦痛を受けたところです」（CF, VIII, p.899）、とディドロはファルコネに書き送ることになる。こうした思いがグルーズ評に悪影響を及ぼした可能性は否定できないかもしれない。だが、同年出品されたグルーズの《犬と戯れる幼い子ども》は「文句なくサロンの中で最も完璧な作品」（Salons IV, p.92）と評価される。とすれば、《カラカラ》に対する酷評は、ジャンルを問わず作品そのものの拙さによるか、歴史画であるがゆえの拙さによるか、そのいずれかであろう。後者によるように思われる。なぜなら、ディドロはこう記しているからである。「彼の描いたカラカラは田園的で家庭的な情景においてならば見事になるであろう」（ibid., p.89）。後で触れるように、「田園的で家庭的な情景」で満足している画家は当時ジャンル画家と称されていた。

　ここで、さらに次の問いを立てることが許されよう。ディドロが他の批評家たちと同じように、「グルーズは自分のジャンルの外に出てしまった」と言うとき、グルーズにあてられたジャンルは、ジャンル画のことであろうか。絵画のジャンルを大きく二つに、つまり歴史画（peinture d'histoire）とジャンル画（peinture de genre）に分ければ、確かにそうなるであろう。だが、なぜグルーズはジャンル画から歴史画に向かってはならないのか。それだけの力量がなかったからだ、というのが当時の一般的な意見のようである。しかし、それは結果論にすぎない。ディドロも認めるように、「この世で最も器用な人間であっても、いままで行いもしなかったことに挑戦するときには、無知な者である」（ibid., p.89）。そうであるならば、挑戦者の背負わざるをえない失敗が一度限りであるというのは酷なことであろう。グルーズ自身も次のように反発している。「やがては完全なものにすることができると自負している新しいジャンルについて、わたしは、初めて試みたというのに、どうしてかくも公然と攻撃されねばならないのか」（Seznec, ibid., p.351）。また、当時のある批評家は、歴史画においては、グルーズは高名な巨匠たちと肩を並べるには至らないであろう、と見通しながらも、こう記していた。「しかし、これが最初の試みにすぎないこと、また、この偉大な藝術家が、彼にとってこの新しいジャンルにおいても、いつか頭角を現すかもしれないことを考慮しなければならない」（AL, 1769, V, p.311）。このような配慮は、だが、ディドロによって示されることはなかった。なぜであろうか。彼は伝統的な「ジャンルの位階制[二九]」に「忠実であった」(Screve-Hall, ibid., p.91)、あるいはそれに「屈服していた」(Seznec, ibid., p.354) ためであろうか。つまり、ジャンル画家としての地位に満足すべきであるのか。しかし、ディドロはこの制度に伴われる悪弊を批判している。「友よ、きみも知っての通り、人びとは、凡庸な自然の模倣や田園的、市民的、家庭的な情景で満足している藝術家たちをジャンル画家のクラスに格下げしてしまったし、別のクラスを構成する歴史画家たちだけが教授の地位や他の名誉ある役職を要求しうるようになっている」(Salons IV, pp.84-85)。だとすれば、グルーズが「歴史画 (tableau historique) を書いて、アカデミーのすべての栄誉を受ける権利を獲得しようと試みた」(ibid.) としても、それは非難されるべきことではないであろう。現にディドロは、「アンリ四世の死」(Salons III, p.131) や「ブルータスの死[二〇]」を描くように彼に勧めていたようである。これらの主題は明らかに歴史画のそれであろう。しかも、彼は『絵画論』の中で、「グルーズの描いた《家族に本を読んで聞かせる父親》、《不孝息子》や《婚約》〔……〕は、わたしにとっては、プッサンの《七つの秘蹟》、ル・ブランの《ダリウスの家族》、あるいはヴァンローの《スザンヌ》と同じく、どれもが歴史画 (tableau d'histoire) なのである」(OE, p.726, 文庫、一一二頁) と主張していた。そうなると、ジャンル画と歴史画の区分が怪しくなるばかりか、《カラカラ》が「田園的で家庭的な情景においてならば見事になる」ということの意味も判然としなくなる。もしもディドロがグルーズの「道徳的絵画」をジャンル画の歴史画化とも言うべき〈新しいジャンル[二一]〉とみなしているとすれば、グルーズのジャンルとはまさにこの〈新しいジャンル〉ということにならないであろうか。だが、「グルーズは自分のジャンルの外に出てしまった。自然の細心な模倣者である彼は、歴史画 (peinture historique) が要求する種類の誇張にまで高まることができなかった」(Salons IV, p.89) とディドロは批判する。ブクダルによれば、〈peinture historique〉と〈peinture d'histoire〉は区別される。前者が「純粋に歴史的なテーマ」にのみ当てられるのに対して、後者は「このようなテーマを含めて、神話的および宗教的なジャンル」をも含む[二二]。ディドロが両語を区別して使用しているかどうかは細心な研究を必要とするかもしれないが、目下のところ、わたしには同義に思われる。そうなると、グルーズの「道徳的絵画」を「歴史画」とみなす真意はどこにあるのか。『絵画論』と六九年の『サロン』とではディドロの歴史画観は異なるのか。つまり、後者においてはアカデミー的な歴史画観に戻ったのか。それとも、彼が歴史画を批評するときには往々にして辛辣であるところから察すると、彼には独自の歴史画観があったのか。

このように考えてくると、ディドロのグルーズ批判、とりわけ《カラカラ》批判には何かすっきりしないものが残る。しかし、それは、主要には、ディドロがジャンル画と歴史画の違いをどこに置いていたのか、その点がいまだはっきりしていないことに基因するであろう。実のところ、ディドロは『絵画論』において両者の関係について検討している。そこで、『絵画論』に立ち返って、これまで残しておいたいくつかの問いに接近してみたい。

まず注目したいのは、ディドロがジャンル画家と歴史画家を、彼らが「互いに抱いている軽蔑の念」を推察しつつ、対比していることである。歴史画家から見れば、ジャンル画家は「想もなければ詩もなく、偉大さも、昂揚感もなく、天才ももたない偏狭な頭の持ち主で、奴隷のように自然のあとについて行き、一瞬たりとも自然を見失うまいと思っている」。また、彼の選択する主題は、「卑俗な細々した画題、市井の片隅から取ってきた些末な家庭的情景」である。これに対して、ジャンル画家から見れば、歴史画は「小説的なジャンル」であって、「そこでは真実らしさも真実もなく、一切が度を超しており、自然に通じるものは何もない」。この虚偽性は、「どこにもいたことのない誇張された人物の性格」のなかにも、「空想の産物である事件」のなかにも、「ひとが大きく高いと呼んでいるが、自然界にモデルのない様式」のなかにも露見している（OE, p.725, 文庫、一一〇—一一一頁）。ディドロはこうした論争を通説的な事実として述べている。だから、「絵画をジャンル画と歴史画とにわける区分は道理に適ったもの」と考える。ただ、この区分における「物事の性質」にもう少し注意を注がないと、静物や動物や風景しか描かない画家も、「その情景を普通の家庭的な生活から借りてくる画家」も、「無差別にジャンル画家」と呼ぶことになり、その結果、グルーズもシャルダンもヴェルネもジャンル画家ということになる、と注文をつけている。ヴェルネの海洋画と並んで、グルーズの「道徳的絵画」が〈ディドロにとって〉「歴史画」とみなされるのは、このような文脈においてである。だが、「物事の性質」とは何か。この点は必ずしも明確ではない。ヴェルネの海洋画が「歴史画」とみなされるのは、六三年の『サロン』に遡る（Salons I, p.229）。ディドロがヴェルネの海洋画の中に物語的要素を認めていたのは明らかである。とすると、両者のタブローのなかでディドロが注目しているのは、佐々木健一氏が言われるように、《人間の行動を描くものとしての物語》である〔佐々木（その12）一〇頁、『研究』三〇五頁〕。

しかし、シャルダンはどうか。彼の静物画を「歴史画」とみなすには無理が伴う。だが、日常の家庭的な情景を描いているタブロー、ディドロがこの時点ですでに見ていたはずの《食前の祈り》（Salons I, p.142）には、なぜ「物語」が認められないのか。先に触れたデモリスのシャルダン評からすれば、やはり認められない。では、グルーズの《家族に本を読んで聞かせる父親》は、やはり日常の家庭的な情景を描いているようにみえるのに、なぜディドロにとって「歴史画」とみなされうるのか。問題はディドロのその理由であるが、ここにはそれは示されていない。

・

単に物語を見てとるか否かで、ジャンル画と歴史画を区分するとすれば、その区分は個人的なものになるであろう。とすれば、ディドロの「わたしとしては」というただし書きはこのことを意味することになろう。では、両者の通説的な区分を認めたうえで、両者の線引きを改めて行うとすればどうなるのか。次に続く箇所がそのことを暗示している。「しかし、用語を普通に理解されている意味で使うならば、ジャンル画には歴史画のほとんどすべての困難さがつきものである、ということが分かる。それは同じほどの才気、想像力、詩さえ要求するし、素描、遠近法、色彩、影、光、性格、情念、表情、衣裳表現、構成についての等しい学知、より厳密な自然の模倣、より念入りな細部の模倣を求める」（OE, p.726, 邦訳一一三頁、傍点引用者）。ここでの両者の区分は

〈より厳密、より念入り〉に集約される。しかも、これをジャンル画の要件としていることは、ジャンル画が歴史画に決して劣らないことを意味する。さらに、これらの要件を満たしている限り、グルーズの「道徳的絵画」が彼にとって「歴史画」と見なされるのは当然である。だが、注意しなければならないことがある。これまで引用してきた二つの箇所よりも少し前のところで、ディドロは、ジャンル画家を「見なれた自然の端的な模倣者」、歴史画家を「理想的《イデアール》かつ詩的な自然の創造者」と呼んでいた（ibid., p.722, 邦訳一〇五頁、傍点引用者）。そこでは、両者の描出する「自然」の質的相違によって、両者の線引きがいっそうはっきりしている。特に注目すべきは、傍点を付した「詩」（poésie）という概念である。この点で注意を引くのは、六五年のグルーズ評の最終部で、彼がグリムに対して立てたいくつかの問いである。一つは、「本当の詩（la véritable poésie）」とは何か、もう一つは、グルーズの《不孝息子》と《罰せられる息子》という二つの素描に「詩」が存在するかどうかである。これらの問いと並んで、次の問いも提示されていた。「ある母親の娘宛の二通の手紙のうち、一方が、誰にも驚きの声を上げさせるが、誰の目をも欺くことのない雄弁で情感的な、美しい大きな表現に満ちており、他方が、単純で、自然的で、しかも誰をも欺き、ある母親が娘に実際に書いた手紙であると見まちがわせるほどに自然で単純であるとすると、どちらがすばらしい手紙であるのか、また、どちらが書くのにいっそう難しいか」(Salons II, p.201)。この時点では、ディドロは自らの答えを出してはいないが、少なくとも、この問いの答えは、彼の自然模倣説からすれば、明らかに後者である。(三三) これらの問いを関連づけつつ、『ダランベールの夢』三部作（一七六九年起草）の「対話の続き」にみられる次の一文、すなわち、「存在するものを模倣しつつ、存在しないものを創造するわざは、真の詩（la vraie poésie）というものです」(三四) をも援用すれば、ここでの「詩」とは、佐々木氏の言われるように、「虚構的な物語世界をいきいきと表象し案出する力」（『研究』三〇九頁）ということになる。「詩」が「才気、想像力」と同列に記せられていたのはこのためであり、このような力によって「創造」される自然が「理想的かつ詩的な自然」なのである。だから、ディドロはさらに、「歴史画がより多くの高揚、おそらくはより多くの想像力、そしてより奇妙な別種の詩を要求する」のに対して、「ジャンル画はより多くの真実を求める」(OE, p.727) と述べることで、両者の区分をなおいっそう明確にするのである。両者に求められる要件はほぼ同じでありながら、微妙な差異が厳然たる質的差異となって現れる。

ここで、以上のことをグルーズ評に引きつけて、《カラカラ》批判へと立ち返ることにしよう。歴史画 (peinture d'histoire) をいま物語画とすれば、日常の家庭的な物語であれ、宗教的、神話的、歴史的な物語であれ、それを描出する絵画は物語画である。しかし、同じ物語画であっても、ジャンル画としての物語画は誰にでも見てそれと分かる情景、つまり「見なれた自然」を描くがゆえに、「自然の厳密な模倣」をいっそう必要とし、真実性に重きを置かなければならない。これに対して、歴史画は「一度も見たことがないか、見たことがあってもそれは一瞬のことにすぎない」(OE, p.722) 情景、つまり「理想的かつ詩的な自然」を描くがゆえに、「才気、想像力、詩」をいっそう必要とし、「画面や人物の構成をすばらしいものにさせるに十分なわずかな誇張」(Salons IV, p.49) に留意しなければならない。グルーズの「道徳的絵画」は、ディドロにとっては「歴史画」とみなされうるとしても、やはり歴史画とは質的に区別されるゆえんである。また、《カラカラ》は、「田園的で家庭的な情景においてならば見事になるであろう」が、しかし、歴史画の域にまで達していないゆえんでもある。グルーズはこの点を取り違えた。彼は、皇帝の性格に気品を与えなければならなかったことに対して、皇帝は「すべての人間のなかで最も短気で、最も気性の激しい人であった」のだから、彼に「穏やかで、落ち着いた雰囲気」をもたせるのは不自然である (Seznec, ibid, p.349)、と考えてしまった。「自然の細心な模倣者」に徹するあまり、「詩的な」物語を作れなかったのである。

＊＊＊＊＊

ディドロの歴史画観は、『絵画論』と六九年の『サロン』において変化しているとは思えない。しかし、アカデミーの歴史画観と質的に相違するかどうかについては、細心な研究が必要であろう。だが、《カラカラ》批判の仕方には、とまどいを禁じえない。そこに見られるのは、歴史画としての《カラカラ》の失敗に対する批判というよりは、「才気と感受性」(Salons I, p.238) をもつ「すぐれた藝術家」(CF, VII, p.547) が歴史画に劣らぬジャンル画に秀でているにもかかわらず、また、ジャンルの位階制など鼻にもかけない熱情をもっていたにもかかわらず、その当の位階制の悪弊から自らの利害を引き出そうと願うあまりに、歴史画の真価も自らのジャンルの真価さえをも貶めてしまったこと、まさに、このことに対する苛立ちではなかろうか。「シャルダンは歴史画家ではないが、偉大な人物である」(Salons IV, p.42) が、「わが意を得たる」グルーズはひどくうぬぼれた人物に成り下がってしまった。「もはやグルーズは好きではない。」こういった苦々しい思いが《カラカラ》批判の根底に横たわっているように感じられる。

註

(一) ジャン＝バティスト・グルーズ (Jean-Baptiste Greuze 一七二五—一八〇五) は一七五五年に「特殊なジャンル画家」という資格で王立絵画彫刻アカデミーのアグレエ (準会員) として認められ、同年のサロン展にデビューする。その後も、肖像画をはじめ、民衆の日常的な生活情景に主題をとったジャンル画によって、批評家のみならず一般大衆の強い関心を引きつける。しかし、歴史画家の資格を求めて一七六九年に提出した入会作品はアカデミーの不評を買い、結局、彼は歴史画家としてではなくて、当初のジャンル画家としてアカデミーに迎え入れられる。これを潔しとせず、彼は一八〇〇年になるまでサロン展への出品を拒否することになる（*Diderot et l'Art de Boucher à David*, Éditions de la Réunion des Musées nationaux, Paris, 1984 所収の E. Munhall の解説 pp.217-220、同氏の論考 The Variety of Genres in the Work of Jean-Baptiste Greuze, 1725-1805, *Porticus*, vol. X/XI, 1987-88, pp.21-28, および *Jean-Baptiste Greuze (1725-1805) et les collections du musée Greuze de Tournus*, Hôtel-Dieu-Musée Greuze, Tournus, 2000 所収の Ch. Rochette の解説 pp.7-40 参照)。

ディドロの『サロン』におけるグルーズ評は五九年、六一年、六三年、六五年、六九年のそれぞれのサロン展に出品された作品を対象にしている。グルーズはアグレエに課せられていた入会作品の提出を怠っていたために、六七年のサロン展への出品を禁じられた。

（二）Diderot: *Salons II*, Hermann, 1984, p.239. ディドロの『サロン』からの引用はこの版を使用し、以後本文に Salons II, p.239 という具合に記する。

（三）さらに、ファルコネに宛て「このタブローには何の価値もありません」と伝えている（à Falconet,〔7 sept. 1769〕, Diderot: *Œuvres complètes*, Club français du livre, VIII, p.899. 以後、この全集は CF と略記する）。

（四）原題は《結婚、花嫁の父親が娘婿に持参金を手渡す瞬間（Un mariage, et l'instant où le père de l'Accordée délivre la dot à son gendre)》であるが、《村の花嫁》とも称されている〔註（一）の前掲グルーズ美術館のカタログに依る。このカタログにはサロン展に出品された作品の一覧表が掲載されている〕。《婚約》(Fiançailles) はディドロの呼称である。

（五）原題は《皇帝セウェルスはスコットランド行軍中に自らを暗殺しようとしたかどで息子カラカラを叱責し、「お前がわしの死を望むのなら、この剣でわしの命を取るようにパピニアヌスに命じよ」と彼に言う（L'Empereur Sévère reproche à Caracalla son fils,d'avoir voulu l'assassiner dans les défilés d'Ecosse, et lui dit: Si tu désires ma mort, ordonne à

Papinien de me la donner avec cette épée)》である。ディドロの『サロン』では《スコットランド行軍中に暗殺を企てたかどで息子カラカラを叱責するセプティミウス・セウェルス》と称されている（Salons IV, p.85)。

（六）Régis Michel; Diderot et la modernité, dans: *Diderot et l'Art de Boucher à David*, ibid., p.111-b.

（七）この認定は六三年の『サロン』においてである。六一年の『サロン』では《婚約》と《中風病み》（この素描作品が彩色されたのが《親孝行》）の父親の顔が同一であると非難していた。*Mercure de France* 誌の論者は、連作的構成として捉えてはいるが、《親孝行》の家族を娘婿の家族とみなし、その理由も述べている（*Mercure de France*, novembre, 1763, pp.195-197 以後この定期刊行誌を MF と略記する)。

（八）この事実報告については、*MF*, décembre, 1761, pp.192-195 参照。なお、神父オベール Aubert はこの絵を「村の花嫁」と題したコント・モラル（conte moral）で再現した（*L'Année Littéraire*, 1761, VI, pp.212-214, *Journal encyclopédique*, oct. 1761, VII, part2, pp.62-64 参照。以後、これらの定期刊行誌をそれぞれ AL, JE と略記する）。このことは、この絵に対する当時のセンセーショナルな反響（同年、しかもこの絵の展示以前に刊行されたルソーの『新エロイーズ』の反響と共鳴するかもしれない反響）の証拠であると共に、演劇や詩に対する絵画の適用例を示している。しかし、ゴンクール兄弟が「同年上演された『アルルカンの結婚式』において、イタリア座は画家のタブローを舞台の上で再現するという、これまで例をみない名誉を彼に授けた」と言うとき、そこには皮肉がこめられている。なぜなら、彼らがグルーズの絵画に見てとるのは「文学的な絵画と道徳的な藝術の嘆かわしい学校」だからである（E.et J. Goncourt; Greuze, dans: *Gazette des Beaux-Arts*, XIII, 1862, pp.411,417. 傍点引用者)。

（九）『私生児対話』（*Entretiens sur le fils naturel*, Diderot, *Œuvres esthétiques*, Garnier Frères, p.88. 以後、この著作集を OE と略記)。Riccoboni 夫人は、舞台が一種の「タブロー」であるとしても、「動くタブロー」であるから、観客にはその細目を検討する時間がない、と批判した。これに対して、彼は「タブロー」が幕の開始に置かれるならば、劇の運びが中断されないばかりか、いっそう効果が生じると返答している（CF, III, p.672, 674)。

（一〇）Diderot; *De la poésie dramatique*, dans: *OE*, p.272.

（一一）ディドロはすでに『百科全書』の項目「構成」のなかでこう述べていた。「画家はほとんど分割不可能な一瞬しかもっていない。この瞬間にこそ彼の〈作品構成〉のすべての動きが関係づけられねばならない」（CF, III, p. 546）。

（一二）「付随的細部」（accessoires）は、一般的にはアクセサリーのことであるが、しかし、ディドロにとっては、調和的な構成をいっそう効果的に補充し、主題の意味を鮮明にすることによって、「絵画の観賞体験を感覚的表層から観念的深層へと導く機能を担っている」〔佐々木（その9）九頁〕。さらに、佐々木『研究』二二七―三四頁参照のこと。

（一三）Michael Fried; Absorption and theatricality: painting and beholder in the age of Diderot, in: *Studies on Voltaire and the Eighteenth Century*, CLII,1976, pp.756-763. これに対して、プッチはこの逆説の説明が練り上げられていないと批判するのだが（Suzanne L. Pucci; The Art, Nature,and Fiction of Diderot's Beholder, in: *Stanford French Review*, vol. 8, 1984, p.277）、ここでの問題はそこにはない。

（一四）René Démoris; Chardin et les au-delà de l'illusion, dans: *Chardin*, Réunion des Musées nationaux, 1999, p.103.

（一五）La Font de Saint-Yenne; *Réflexions sur quelques causes de l'état présent de la peinture en France*, 1747, Slatkine Reprints, Genève, 1970, p.109.

（一六）『絵画論』のなかでディドロはこう記していた。「きみの登場人物たちは、言わば唖者だ。しかし彼らは、わたしに独りごとを言わせ、自分と会話するようにさせる」（文庫、一〇〇頁）。さらにこれ以前の『聾唖者書簡』ではいっそう興味深い見方を提示していた――「画廊を散策する人は、意識せずに、自分のわかっている主題について語り合っている唖者たちを観察して楽しんでいる聾者の役を演じます。〔……〕この見方はわたしがいつも目の前の絵を見るときにしてきた見方の一つです」（LM, p.52）。すなわち、言葉を発しない画かれた人物たちの伝えたいことを彼らの所作や身振りや表情を通して聾者となって理解しようとする見方の提示である。

（一七）この点については、OE, pp.41-44 およびロバート・ダーントン『猫の大虐殺』（海保真夫・鷲見洋一訳、岩波書店、一九八六年）「読者がルソーに応える」参照。

（一八）伊藤已令「グルーズ作『小鳥の死を嘆く少女』にみる〈叙述〉の手法の考察」（『美術史』第一三〇巻、vol. XL, No2, 一九九一年）一六六頁およびその註（6）参照。

（一九）グリムは、《婚約》に描かれた婚約した娘にリチャードソンの小説『パミーラ』の主人公パミーラを重ね合わせて、こう記している。「彼女の婚約者は善良な青年であり、確かに誠実な青年でもある。だからといって、ひとは彼がこのような花嫁に似つかわしいとは決して考えない。だが、事実、一体誰が彼女に似つかわしくなるであろうか。幸運のすべての恵みをもって、単純で、陶冶された、誠実な魂をもって、この世の中で最も愛すべき被造物を所有し、尊重し、熱愛すべく自らの栄光と幸福のすべてを注ぎ込みうるような者だけである。グルーズは、疑いもなく、一人のパミーラを作りだしたのであって、それは彼が丹念に描き込んだ肖像である」（CF, V, pp.103-104）。

（二〇）この点については、J.Seznec: Diderot et l'affaire Greuze, dans: *Gazette des Beaux-Arts*, LXVIII, 1966, pp.339-355）および D. Arasse; L'échec du CARACALLA, Greuz et《l'étiquette du regard》dans: *Diderot et Greuze*, Actes du Colloque de Clermont-Ferrand, 16 novembre 1984, pp.107-119. さらに MF, AL, JE の同年のサロン評の中のグルーズ評参照。

（二一）アンティノウス像については『絵画論』（OE, p.697）、また、人体模型の硬直さに対する批判については同書の第一章および第四章、さらに、六七年の『サロン』のヴィアン章（Salons III, p.116）参照。しかも、この章には、「人物像は、これを自然に近づけようとたえず努めながら表現する限りにおいてのみ、力強さを獲得する、グルーズやシャルダンがしているように。」という箇所がある。

（二二）「彫刻の象徴たるメルクリウス像は、わたしには少々貧弱なデッサンによるように見えたし、多少なりとも明るすぎるし、他のものに対して支配的になりすぎているように思われた。〔……〕そのわけは新しい石膏像をモデルにしてはならなかったからである」（Salons IV, p.43）。シャルダンに対する批判はかなり稀である。

（二三）ディドロは『一七六七年のサロン』においてこう記していた。「一切れの布でもしわくちゃになっていれば、そこが妙に目立つし、しわの一つを間違えても腕や脚がこわされるし、衣裳の一端でも色彩がまずいと融和がこわれる」(Salons III, p.15)。

(二四) R.Michel; Diderot et la modernité, *ibid.*, p.115-b. ここで言われている「古典主義」とは何かは判然としないが、次章で触れられるディドロの「古代びいき」(anticomanie) に対応するかもしれない。

(二五) たとえば、こう言われている。「グルーズとディドロの間に悶着が生じていたのは本当らしいが、それがディドロの辛辣さの原因となり、彼からグルーズを支えようとするすべての欲求を奪い去った」(Carole Screve-Hall; Diderot, Greuze et la peinture d'histoire, dans: *Diderot et Greuze*, ibid., p.94)。

(二六) *Diderot et l'Art de Boucher à David*, ibid. 所収の彼の解説 (pp.218-b – 219-c)。マンホールはこの徴候をディドロの著述からピック・アップしている。

(二七) この点については、さらに、ディドロ『ラモーの甥』(本田喜代治・平岡昇訳、岩波文庫) 二〇頁参照。

(二八) すでに、六五年の《小鳥の死を嘆く少女》評において、ディドロは〈グルーズの最大の敵はグルーズ自身である〉とヴェルネの口を借りて語っていた (Salons II, p.184)。グリムも同評の註において、グルーズがアカデミーや同僚たちに対して要領よく振舞うように助言していた (CF, VI, p.136)。

(二九) 十七世紀においてアカデミーの書記であったフェリビアンがこの制度をはじめて規定したと言われている。彼によれば、静物画→風景画→動物画→肖像画→歴史画の順に高い地位になる (A. Félibien; Préface aux Conférences de l'Académie royale de peinture et de sculpture pendant l'année 1667 (1668), dans: *Les Conférences de l'Académie royale de peinture et de sculpture au XVIIe siècle*, École nationale supérieure des Beaux-Arts, 1996, pp.50-51)。十八世紀のラ・フォン・ド・サンティエンヌによれば、「絵画のすべてのジャンルのなかで、第一のジャンルは、まごうかたなく、歴史のそれである。歴史画家だけが魂の画家であり、他のすべての画家は目に対してしか描かない」(ibid., p.8)。また、ディドロにおいては、「絵画の全体から、その原初的な形態である肖像画を除いた残りは、歴史画であるかジャンル画である」〔佐々木（その12）七頁、佐々木『研究』三〇三頁〕。

（三〇）M. de Baucousin; Lettre sur le Salon de Peinture de1769, dans: D. Arasse, ibid., p.114.

（三一）島本浣氏はグルーズの《婚約》（村の花嫁）を「風俗画の歴史画化」と規定し、そこに彼の独創性をみている（「十八世紀フランス絵画とグルーズ」『西洋の美術　新しい視座から』昭和堂、一九九〇年、一七五頁）。Screve-Hallによれば、グルーズは「アカデミックな鋳型を打ち破って歴史画という概念を現代化することのできた十八世紀の最初の画家」であり、「グルーズの道徳的絵画は、歴史画の真髄そのものである寓意画の定義に精確に対応している」(ibid., p.94)。また、Munhall によれば、「《親孝行》において、グルーズは初めてジャンル画と歴史画の融合を果たした」(The Variety of Genres in the Work of Jean-Baptiste Greuze, 1725-1805. in: *ibid.*, pp.22-b – 23-a)。これに対して、Schnapper によれば、「グルーズはただ一七六八―六九年に語の伝統的な意味において歴史画家になろうと努めた」のではなく、「歴史的ないし神話的主題の外部においてさえ、グルーズの関心事は歴史画家のそれである」(A. Schnapper; Greuze un précurseur?, dans: *Connaissance des Arts*, No304, Janvier 1977, pp.88-b – 89-a)。

（三二）六五年の『サロン』におけるブクダルの「序文」の註(1)(Salons II, p.3)。

（三三）ディドロの『修道女 La Religieuse』（一七六〇年起草）や『これはコントではない』（一七七三年刊行）は、この後者の手紙のように構想された作品といえよう。

（三四）Diderot; *Suite de l'entretien*, dans: *Oeuvres philosophiques*, Garnier, pp.374-375.

第四章　〈グルーズ問題〉と歴史画の要件

ジャン＝バティスト・グルーズは一七五五年に王立絵画彫刻アカデミーに五点の作品を提出し、当アカデミーのアグレエ（準会員）と認定される。それは「特殊なジャンルの画家（peintre de genre particulier）」という資格においてであった。その後彼は、アグレエに課せられた義務、つまり六ヵ月以内に入会作品を提出するという義務を怠り、アカデミーの再三の要請にも応じなかったがゆえに[一]、一七六七年のサロン展への出品を禁じられた[二]。彼が入会作品《セプティミウス・セウェルスとカラカラ》[三]を提出するのは一七六九年八月二十三日、サロン展開催の二日前であった[四]。しかも、その作品は、ジャンル画家[五]の資格でアグレエになったグルーズが一転して歴史画家の資格を求めて提出したものであった。アカデミーがこの行為に困惑したことは、アカデミー総会議事録に添えられたマリニー侯（王家建造物監督官）宛コシャン（アカデミー書記官）の「覚え書」からも推察できる。「人びとは、集団をなしてわいわい騒ぎましたが、その絵が若干よくないとしても、グルーズ氏という有能な人が拒絶されるのは適切でないということ、この画家の優れた作品を所持しているヨーロッパ全体がこの有能な人を拒絶しうるなどとはまったく理解しないであろうし、しかもその弱点ゆえに彼を拒絶に曝してしまうような絵を見ることがなければ、それだけいっそう理解しないであろうということに同意いたしました[六]」。入会作品は「グルーズ氏の手練の技から当然期待されていたものよりもこのうえなく劣っている」（Cochin, ibid.）とはいえ、すでに知名度の高い彼を拒絶することは国内外にスキャンダルを生じかねないという恐れ、このことによってアカデミーは彼の入会に同意する（賛成二十四、反対六）。ところが、どのような資格で受け入れるのかがさらに問題にされた。彼の入会作品は「歴史画家に与えられるさまざまな権利を彼に持たせる歴史画」なのか、それとも「歴史から引かれたが、ジャンル画家によって扱われた主題」の絵、つまりジャンル画なのか。再度の投票の結果、歴史画であることは否定される（賛成九、反対二十一）。この点を知らされずに、グルーズは入会手続きを行う。しかし、「彼を丁重に扱う気のなかった何人かが彼に事の次第をはっきりと語ってしまいました。彼はこの決定に憤慨し、思わず自分自身に対する尊敬の念の一端のみならず、他のすべての人びとに対する軽蔑の念の一端をさえ吐露してしまったのです」(七)。グルーズの入会作品は同年のサロン展に展示されるが、ディドロをはじめとして多くのサロニエ（美術展批評家）たちから厳しい批判を浴びせられる。その後、グルーズは一八〇〇年までサロン展に出品するのを拒否する。こうした一連の事態をここではセズネックに倣って(八)〈グルーズ問題〉と呼んでおきたい。

さて、この拙稿の目的は、〈グルーズ問題〉を手掛かりにして、十八世紀フランスにおける歴史画の要件を探ることにある。歴史画の要件と言っても、それは単に定義上の問題ではない。たとえば、歴史画を主題に則して〈聖書や聖人伝、古代史、異教の神話から引き出した主題を画いた絵画〉とか、表現様式に則して〈「大きな趣味」に基づき、「大きな画法」で描写された単純で高貴で詩的な絵画〉とかといった具合に定義することも、また、両定義を総合して定義することもできるであろう。だが、〈グルーズ問題〉が教えているように、歴史的主題を扱っただけでは歴史画とは認定されない。〈ジャンル画家によって扱われた歴史的主題〉ではだめだ、ということは、言ってみれば歴史画家によって扱われた歴史的主題でなければならないというトートロジーに帰着する。そこで、当時歴史画家には「大きな趣味」や「大きな画法」が求められたのだが、それらはそれらで、その内実を問うならば、議論は詳細にわたり、多様化せざるをえないはずであるから、〝客観的な基準〟として提示できるものではなく、せいぜい何らかの共同主観的な見解をもって満足せざるをえないものになるであろう。したがって、この拙稿での歴史画の要件とは、歴史画の歴史画たるゆえんがアカデミーや美術批評家によってどのように思い描かれていたのか、その諸相のことと思っていただきたい。このような要件を探るにはグルーズ問題はうってつけの手掛かりであろう。そこで、この拙稿では、まず当時アカデミーや美術批評家たちが歴史画をどのように捉えていたのか、その基本線を確認し、次に、なぜグルーズの入会作品は歴史画たりえなかったのか、その理由を探求していく。さらに、多才であったグルーズの作品が既存の絵画ジャンルにすんなりと収まるのか否かにも触れてみたい。こうした作業の背後に、歴史画の要件がそれとして浮き出てくるように努めたい。

一

フェリビアンは十七世紀に絵画ジャンルの位階制を定式化し、歴史画をその頂点に位置づけた。彼によれば、静物画→風景画→動物画→肖像画→歴史画（→寓意的歴史画）の順に高い地位になる。「肖像しか画かない画家は技藝のこの高度な完成にまで達しておらず、最も学識豊かな画家の受け取る栄誉にあずかることができない。それゆえ、ただ一人の人物像から何人もの人物像の総体的な再現へ移らなければならないし、歴史や神話を取り扱わなければならない。すなわち、歴史家と同じように偉大な行動を、また、詩人と同じように快い主題を再現しなければならないし、なおいっそう高所に登るには寓意的な構成を通して偉人たちの美徳や最も高尚な神秘を神話のベールに包み込むことができなければならない。偉大な画家と呼ばれるのはこのような企図をしっかり身につけている者である」[九]。見られるように、この位階制は、主題とその表現様式の難易度によって正当化されており、したがって、歴史画を修得している画家は他のどんなジャンルをも修得しうる力をすでに身につけていることになろう[一〇]。それゆえ、歴史画家は「比類なき職人」であるばかりか、「創意と学識に富んだ作者」であり、

「創造主のごとくどんな新しい事柄をも提示する資質」を最大限もっている画家（A.F., ibid., p.51）ということになる。この考えは十八世紀においても、さまざまな改革[一一]がなされたとはいえ、アカデミーでの歴史画の基本線であったと思われる。たとえば、マリニーの改革期に当たるショワジー城の装飾計画（六〇年代半ば）において、コシャンはヤヌスの神殿の扉を閉じさせて平和をもたらすアウグストゥス、飢餓と疫病に苦しむ民衆を救済するマルクス＝アウレリウス、緊急の行軍中にもかかわらず、貧しい婦人の苦情をわざわざ馬から降りて聞いてやるトラヤヌス、といった古代の皇帝たちの故事を通してルイ十五世の治世を称揚する寓意的な歴史画を画家たち（それぞれカルル・ヴァンロー、ヴィアン、アレ）に描かせたが、これはフェリビアンの意図の具体的な例証であろう。[一二]しかし、度重なる改革が行われたということは、裏を返せば歴史画の活力が徐々に衰退していったということ、また、アカデミーとは一線を画する歴史画観が力を増してきてアカデミーの歴史画観の変容をもたらしたということでもあろう。次に何人かの美術批評家たちの歴史画観の基本線を見ていきたい[一三]。

　美術愛好家であったロジェ・ド・ピールがアカデミーの美術行政に参与したことは、フェリビアンの主題の位階制に直接的な波紋を及ぼした。とはいえ、フェリビアン自身が『対話』（「第五対話」）において、すでにこう述べていた。「美しさをもたないようなものは自然のうちに存在しないのであるから、藝術が自然をうまく模倣するように配慮した場合、この美しさはつねに見つめられるに値する。だから絵画においては、ひとは、もっと偉大な主題を画く才能をもてなかったとしても、風景、花、果物、動物を画くのに完璧に成功した人びとを正当に称賛するのである」[一四]。ここでは、自然の模倣のうまさによって、ジャンル画家も歴史画家と同列ではないまでも、後者と同じように称賛の対象となりうる可能性が生じている。実は、このような方向をこそド・ピールは示すのである。彼によれば、「絵画の本質」は「大きな趣味」に基づく「自然の模倣」であって[一五]、歴史的主題を描くことが画家の本領を示すことになるというわけではない。とはいえ、彼は歴史画を軽視するのでは決してない。「画家の作品が彼の再現する歴史的な主題において忠実さを表していれば、それだけいっそう評価されるべきであることは確かである」〔註（一五）、ibid., p.41〕と彼は認める。しかし、注意しなければならないのは「歴史」という語がかなり広い意味をもっているということである。「画家たちが歴史という語を使って、最も注目に値し、また何人もの人物を全体的なまとまりのもとに置くことに成り立つ絵画ジャンルを意味するのは、もっともなことである」[一六]。ここでは歴史画が「最も注目に値する絵画ジャンル」とみなされ、一見したところフェリビアンの歴史画観と同趣のように思われるが、決してそうではない。彼の次のような主張がそのことを示唆している。「わたしはここで歴史という語をいっそう広い意味で使っている。わたしは歴史という語のうちに画家の構想を定着したり、観賞者を教化したりすることのできる一切のことを含めている」（CP, p.54）。それゆえ、「いかなる歴史も表現していない絵画」として「寓意画、風景画、動物画、海洋画、果実を画いた絵、花を画いた絵、画家の想像力の結果にすぎない他のいくつかを画いた絵」を彼は例示しているので[一七]、これら以外のものを歴史画とみなしたほうが分かりやすいかもしれない。あるいは、「何人もの人物を全体的なまとまりのもとに置くことに成り立つ絵画」という見地からすれば、『百科全書』の項目「歴史的 Historique」の定義に近いかもしれない――「〈歴史〉画（peinture *historique*）は実在的事実や歴史から取られた行動、あるいはもっと一般的に言えば、人間たちのあいだに生じる行動を再現する絵画である」（Ency, VIII, p.230）。ともかく、彼の定義はフェリビアンの位階制を〈歴史〉と〈ジャンル〉の対立へと単純化していく徴候を示している[一八]。しかも、画家の役割にも質的な変化が生じている。フェリビアンにとって、画家は歴史的ないしは詩的な規範的な主題をわざわざ「寓意的構成」を通して描写し、それを観賞者に〈読み取らせる〉必要があるのだが、ド・ピールにとっては、画家は「自らが表現したい主題に適した対象を見いだすこと」つまり「創意（invention）」を通して[一九]、その主題を観賞者に〈感じ取らせる〉必要がある。だから、ド・ピールにとっては「眼を魅了する」（CP, p.3）ことが重視され、寓意はむしろ軽視される（ibid., p.57）。このような方向性はデュボスによって継承され、ラ・フォン・ド・サンティエンヌやディドロに通じていく。

デュボスも絵画の視覚的側面を重視するが、それは視覚を「魂」の拠り所とするからである。[二〇]「魂」をもちだすのは、後にディドロが主張する見地、すなわち「絵画は目を介して魂に向かう藝術である。効果が目にとどまっているならば、画家はほんのわずかな道のりしか進まなかったのである」(Salons II, p.226) という見地をデュボスも根底にしているからである。それゆえ、デュボスも単に技の魅力で目を楽しませるだけでひとの関心を引くことの少ない主題よりも「ひとを感動させる主題」(Du Bos, I, p.72. 五〇頁) の方をいっそう評価することになる。この観点において、歴史画が位置づけられる。「テニールス、ウーウェルマン、そしてこのジャンルの他の画家たちが再現した主題は、ほんのわずかな注意しか引かなかったであろう。村祭りの行事や警備隊の通常の気晴しには、われわれを感動させうるものは何もない。それゆえ、こうした対象の模倣は職人の持っていた模倣の才能に拍手喝采を送るようにさせるかもしれないが、われわれを感動させることはできないであろうということになる。われわれは見事に模倣する画家の技を称賛するが、われわれの関心をかくも引かない主題を彼が選んでしまったことを非難するのである」(ibid., p.53. 四一頁)。では、ひとを感動させる主題とはどのような主題であるのか。デュボスは、テニールスやウーウェルマンの対極にプッサンやルーベンスを置き、しかも彼らの風景画がティツィアーノやカラッチの風景画といかに違うのか、その理由を示しながら、歴史的主題の特徴を述べているように思われる。前者の風景画が後者のそれとは違ってひとの関心を引きつけるのは、「彼らが通常風景の中に思考している人物たちを配置して、われわれにも思考する機会を与えたり、情念に駆り立てられた人びとを置いて、われわれの情念をよびさまし、この情動を通してわれわれを引きつける」(ibid., p.54. 四一頁) からである。風景のうちに人物たちの行動や情念の描写が組み込まれるべきである、という主張は、かかる描写を本領とする歴史画を想定してのことである。[二一]だから、彼はもっと先のところで端的にこう言うのである。「テニールスの警備隊と同じように見事に画かれた歴史画は、この警備隊よりもいっそうわれわれの心を引きつけるであろう」(ibid., p.70. 四九頁)。このように見てくると、デュボスは、主題が人物たちの行動や情念の描写を含むか否かによって、絵画を歴史画とジャンル画に分け、前者こそが観賞者の関心を引き、彼らを感動させる、とみなしていることになるであろう。しかし、歴史的主題といっても絵画に相応しい主題でなければならない、ということに彼は注意を促している。この点はグルーズの入会作品の主題をめぐる問題に直接触れることになるのだが、ここでは次のことをあらかじめ念頭に入れておきたい。一つは歴史的主題のうちには絵画的な主題となりえないものがあり、それは詩の領分であるということである。要するに「絵画ハ詩ノゴトクニハ画カレナイ ut poesis pictura non erit」(Salons III, p.150)。その一例として彼は死に逝くゲルマニクスの最期の思いや感情をあげている(Du Bos, I, p.86. 五七頁)。もう一つは、日常的で月並みな、ひとの関心を引かない主題を斥けなければならないとはいえ、公衆の「四分の三」は歴史的主題を判断するのに十分な知識をもっていないのであるから、主題の選択に留意しなければならないということである(ibid., p.90. 五九頁)。ここから、寓意的な構成の難点も指摘される(ibid., p.203. 一一四頁)。

デュボスは絵画ジャンルの位階制を正面から取り上げて、そのなかに歴史画を位置付けるという発想をとっていたわけではなかった。この発想を鮮明に示したのがラ・フォン・ド・サンティエンヌである。彼は、創意のない寓意的な主題を「職人たる画家のおはこ」(二二)とみなしはするが、フェリビアンと同じように、歴史画を最高の地位に置く。なぜなら、歴史画は「良俗の学校であり、美徳と偉大な行動をわれわれに説く黙せる雄弁家」(二三)でなければならないからである。そして、「美徳と偉大な行動」の典例とされるのは古代ローマ帝国にみられたそれである――「疲れを知らない、極端なまでの簡素な人間たちの意図的で誇らしげな貧しさ、豪奢の軽視、汚名としての優柔不断と怠慢……血と自然よりも強力な、祖国の栄光に対する愛」(ibid., pp.91-92)。彼にとってこれらが「大きな趣味」のものであって、そこから見れば、当然、ブッシェやナトワールの絵画は「小さな趣味」のものとして厳しく批判される。(二四)また彼は、歴史画家だけが「魂の画家」であると宣言する。「絵画のすべてのジャンルのなかで、第一のものは、まごうかたなく、歴史のジャンルである。歴史画家だけが魂の画家であり、他のすべての画家は目に対してしか描かない」(ibid., p.8)。では、なぜ歴史画家だけが「魂の画家」であるのか。少なくとも二つの理由がある。まず、歴史画家は「自らの主題を強力で崇高な仕方で自分に思い浮かべさせる熱狂、神的なひらめき（feu divin）」(ibid., p.8) をもっているからである。さらに彼は、精神の活動すべてを通して、「魂のうちに熱気と活気をもたらし、魂を感覚の上に高め、魂にその原初的な威厳をよみがえらせる生き生きした表現のもつ最も情感的で、最も際立った、また最も受け入れることのできる特徴を歴史のなかに識別しなければならない」[二五]からである。そこで、彼は歴史画家に次のような要求をすることになる。それは、ホメロスやウェルギリウスのような叙事詩的な著者たちの作品はもとより、「われわれの最良の歴史書を研究し、そこにひとの関心を引きつけ、絵画的であるばかりか、特種的で未踏の主題を識別する」(Réflexions, ibid., p.66) ことである。

見られるように、ラ・フォンは、ブッシェやナトワールのような寓意的で神話的なファンタジーを斥けたうえで、プッサン、ルーベンス、ル・シュウールを手本にした歴史画の復興を求める方向を取ったように思われる。ディドロもこの方向性を継承したと言えるであろうが、歴史的主題とその表現様式との関連を重視する点ではデュボスにいっそう近い方向性を取ると言えよう。だから、ディドロもデュボスのような絵画ジャンルの区分を道理に適ったものとみなす。しかし、デュボスがテニールスやウーウェルマンのような画家たちの主題を「ひとの関心を引かない主題」と一方的に裁断するのに対して、ディドロはそのような主題であっても、画面構成のうちに人間たちの行動と情念の描写が見事になされているならば、当然ひとの関心を引くはずであると考える。それゆえ、グルーズの「道徳的絵画」もヴェルネの海洋画も、〈彼にとっては〉歴史画とみなされる[二六]。歴史的主題はフェリビアンにとって「最も崇高な主題であると共に、最もすぐれた主題として、他のすべての主題を含む主題」[二七]であるから、これを表現しうる歴史画が絵画ジャンルの位階制の頂点に置かれる。ディドロにとっては、絵画が「目を介して魂に向かう藝術」である以上、画家は「絵画のどんなジャンルであれ、そのジャンルに身をゆだねる前に、すでに読み取り、熟慮し、思考し終わっていなければならない」のであって、このことは「すべてに通じている歴史画をすでに習得してしまっていなければならない」ことを意味する（Salons III, p.400）[二八]。したがって、ディドロにとっては、グルーズの「道徳的な絵画」やヴェルネの海洋画は絵画ジャンルの区分からするとジャンル画であろうが、歴史画の域に達していることになる。逆に言えば、区分からみれば歴史画であっても、歴史画の域に達していない歴史画が存在するということになる。さらに彼にとって、藝術の基礎は自然の模倣であるから、「技巧的なもの（le technique）」が大前提ではあるが、それだけではいわば職人芸であって、絵画は魂にまで到達しない。「イデアールなもの（l'idéal）の美しさはすべての人の心を打つが、手法上の美しさは玄人の足をしか止めない」（ibid., p.349）。ディドロにとって、画家の目ざすべき目標は、第二章で触れたように、「技巧的なもの」と「観念的なもの」の融合、つまり「藝術《わざ》の最も強力な魔術」（ibid., p.364）の習得であり、別言すれば、「画家の真価」と「詩人の真価」を兼ね備えること（ibid., pp.440-441）である。このことはやはり歴史画家に求められる。なぜなら、「見なれた自然の端的な模倣者」であるジャンル画家に対して、歴史画家は「理想的《イデアール》かつ詩的な自然の創造者」（OE, p.722）だからである。

　以上のように、いくつかの歴史画観を通覧してきて明らかになったことは、絵画ジャンルがジャンル画と歴史画に大きく二分化される傾向にあったこと、また、歴史的主題を観賞者に〈読み取らせる〉ことから〈感じ取らせる〉ことへ移行するにつれて、その主題が歴史であれ神話であれ宗教であれ、人物たちや人格神たちの行動や情念を描写することに重きが置かれるようになったことである。だが問題なのは、そういった主題をどのように描写すれば、その絵が歴史画と認定されるのか、ということである。この問題は、歴史画についての一般論を絵画批評の現場に投入して、その具体的な適用の効力を抽出することによってしか解決できないであろう。いまや、グルーズの入会作品がなぜ歴史画とみなされなかったのかを批評の現場から検討しなければならない。

二

アカデミーが歴史画と認めなかった理由は判然としていない。議事録には、「アグレエとなったジャンル画家」グルーズが入会作品を提出した、その主題は「自分を暗殺しようとした息子カラカラを非難する皇帝セウェルス」であり、投票の結果、彼をアカデミー会員として受け入れた、という主旨が記せられ、註に「ジャンル画家」という資格によると定められているにすぎない。[二九] コシャンの「覚え書」においても、「デッサンの耐え難い間違い、陰気で、重々しく、また、黒くて汚い陰影に支配された色彩」、「重苦しく、ひとを疲れさせる」手法、配置と襞表現の工夫のなさ、人物たちの表情の曖昧さが指摘されるだけで（Cochin, ibid., p181）、歴史画という限定的な観点から問題にされたのは主題に対してのみであった。つまり、「単に歴史から引かれたが、ジャンル画家によって扱われた主題」（idid., p.182）とみなされた。だが、その理由はまったく述べられていない。そこで、当時のサロニエたちの批評[三〇]を通して、まずはこの理由の探求から始め、次にいくつかの別の批判点を見ていくことにしよう。

複数のサロニエたちが主題の選択のまずさを指摘した。バショモン Bachaumont によれば、グルーズの「第一義的な欠陥は、ある行動ではなくて、ある言葉を描出しようと選んだことにある。この言葉を知らなければ、彼の画面構成は誰にもまったく分からないし、人物たちを解読することもできない」（Annexe 10）。すでに註記したが、ここで彼の与えた画題を再確認しよう。それは、《皇帝セウェルスはスコットランド行軍中に自らを暗殺しようとしたかどで息子カラカラを叱責し、「お前がわしの死を望むのなら、この剣でわしの命を取るようにパピニアヌスに命じよ」と彼に言う》である。この長い画題の中に含まれるセウェルスの言葉をグルーズは描出しようとしたのだ、とバショモンは言うのである。グルーズの主題はモレリー Moréri の『歴史大辞典 Le Grand Dictionnaire historique』やディオン・カッシウス Dion Cassius ないしはニコラ・コエフェット Nicolas Coëffeteau

の『ローマ史』に由来すると言われるのだが[三一]、ボクザン Beaucousin によれば、「ほとんど知られていない事件」であり、「藝術が表現しえないような謎めいた複合的な事実」であって、「瞬間しか描出しないタブロー」においては再現不可能である（Annexe 16）。このことにグルーズ自身が気づいていたのではないか。彼がわざわざ長い画題をサロン展に登録したのもこのためであるように思われる。デュボスが言うように、多くの公衆が十分な歴史的知識を持っていないとすれば、彼の選んだ主題は分かりにくいということになる。その結果、「知識を十分に持っていない人びとは、この痛ましい場面を彼の中風患者[三二]の何らかの家庭的ないざこざと思い違いをしてしまった」（Annexe 19）。この指摘は暗示的である。なぜなら、〈ジャンル画家によって扱われた歴史的主題〉というコシャンの主張に関連するからである。しかも、この主題はフェリビアンが歴史画に要求した「快い主題」でも、ラ・フォンが要求した「美徳と偉大な行動」を説くものでもない。ラ・フォンは「美徳と偉大な行動」の一つとして「血と自然よりも強力な、祖国の栄光に対する愛」を掲げていたが、まさにグルーズの主題はこれに反している。なぜなら、セウェルスは皇帝としてローマ帝国を救済すべくカラカラを処遇すべきであったのに父親として「血と自然」の方を選んだからであり、また、このことによって、歴史的主題は家庭的な主題に変化していくからである[三三]。このような歴史的主題の選択のまずさに対する指摘は、そもそも歴史的主題を扱うだけの力がグルーズにはなかったのだ、という判断に波及する。さらに、彼がプッサンや古代様式について十分な理解をなしえなかったという批判に連動していく。

　では、歴史的主題をどのように表現することが歴史画に求められるのか、逆に言えば、グルーズはどういう誤った表現様式を取ってしまったのか。それは歴史画に必要な「誇張」を考慮に入れなかったことにある。ディドロによれば、「自然の細心な模倣者であるグルーズは歴史画の要求する類の誇張にまで高まることができなかった」（Salons IV, p.89）。ここで言う「誇張」とは何か。皇帝やその息子の所作や顔の表情には、一般の人間とは違って、たとえ敵意を抱いている時でさえも、彼らの身分と境遇に則した気品や威厳がなくてはならない、ということである。さもないと、彼らはそれぞれ「徒刑囚」や「悪童」にしか見えなくなる。つまり、「藝術家〔グルーズ〕には敵意を気品に結びつける藝術《わざ》がなかった」(ibid., pp.88-89)。他の論者はプッサンを引き合いに出して、歴史画に必要な「誇張」を例示してみせた。すなわち、プッサンならば、皇帝の顔の表情に「もっと穏やかで、もっと落ち着いた、また、皇帝ならそうであるにちがいないような雰囲気」を漂わせ、「眉のちょっとした動きを通して」憤りを表現するにとどめたことであろう(Annexe 6)。ディドロによれば自らの作品を「プッサンの最良の作品に対抗するに値する作品」(ibid., p.86)と自画自讃していたグルーズは、この批判に対してこう反論を加えた。「誰でもご存知の通り、セウェルスはすべての人間のなかで最も短気で、最も粗暴な人間であった」、だから、「まるでソロモンが同じような状況にそうでありえたように、彼も穏やかで落ち着いた雰囲気にあったなどとあなたはお望みなのか」(Annexe 9)。歴史画に求められる「誇張」は皇帝がたとえ最も短気で粗暴な人間であったにしても、彼を人間一般のなかの特殊な人間として写実主義的に描くことではなくて、つまり「自然の細心な模倣者」の立場で描くことではなくて、あくまでも「皇帝」として「創造」することに基づいている。観賞者の方も描出されたものをそのように見るような社会的な慣行を身につけているのであって、それを無視するのは「まなざしのエチケット」に反することになる。[三四]

ここまで見てくると、彼が歴史的主題を特殊的な家庭劇のごとくに取り扱う傾向にあったこと、これがコシャンの先の主張につながったことが分かってくる。ディドロも「彼の描いたカラカラは田園的で家庭的な場面でなら見事になるであろう」(Salons IV, p.89)と指摘した。グルーズの〝歴史画〟にジャンル画的な表現が濃厚に付着しているとすれば、当然彼のプッサンや古代様式に対する理解も怪しまれることになろう。プッサンを引き合いに出すのは、歴史画を支配する規則(デッサン、表情、コスチューム等)の尊重を守らせるためでもある。[三五]プッサンならばグルーズの主題を「おおまかな筆致や巧妙に整えられた衣裳の襞を通して、特にデッサンの完璧さを通して引き立たせようと努めたことであろう」(Annexe 6)。ところが、グルーズのデッサンは厳しい批判を受けることになる。皇帝の「首から胸骨までの隔たりが大きすぎる」（Salons IV, p.88）。「ローマ人は大きな人間であったが、皇帝セウェルスは確実に十頭身ではない」（Annexe 15）。カラカラは「動きもなければ、しなやかさもない木偶」（Salons IV, p.88）である。このようになるのは、「石膏像によってしか古代の美しい彫像を見たことがない」からである（ibid.）。「メダルにしたがって模写された人物たちの頭部は銅の堅さとその色調をもっている」（Annexe 16）。人物像のデッサンの拙さはさらに人物の表情を読み取ることを不可能にする。「あなたは人間たちに沈んだまなざしを与えようと望んだが、彼らの目はくぼんでいるにすぎない」、彼らには「互いに相手よりもそれと相応しい顔の表情がない、いやむしろ、彼らには相応の人格がない」（Annexe 16）。これらのことは、古代様式に対する無理解に結びつく。ブルミエール Boulmiers はグルーズの主題を「高貴で、悲壮的」とみなしつつも、こう指摘する。「プッサンは、〔《エウダミダスの遺言》において〕あるスパルタ人の死を描いているのであるから、豪華さを取り去った場所に彼の情景を配置したのは正当である。しかし、ローマ人たちの壮麗さは彼らを最も特徴づける事象の一つであって、ひとは皇帝を四つの壁に囲んで死なせることはしないものである」（Annexe 15）。ブルミエールによれば、グルーズはプッサンの《エウダミダスの遺言》の画面構成の「単純さ」を習得し、主題に「高貴さ」をもたせはしたが、プッサンの構成に「盲従的に従いすぎた」がゆえに歴史的な情景の違いを十分考慮できなかったことになる。ディドロは「熱のない厳正さと見かけの単純さ」を「古代様式の隷従的な模倣によって陥る二つの欠陥」（Salons II, p.310）とみなしていた（三六）。彼がグルーズの画いたカラカラを「ローマ風の衣裳をつけて変装したアンティノウス像」（Salons IV, p.89）と評したのは、古代彫刻の傑作としてのアンティノウス像のごとくすばらしいということではなくて、逆に、生体の有機性を欠いたもの、つまり「木偶」だということであり、まさに「古代様式の隷従的な模倣」の結果とみなしたからである。

　現在では、グルーズがプッサンのみならず、ラファエッロ、レンブラント、ルーベンスを学び、ル・ブランの『情念をデッサンするすべを学ぶための方法』（一七〇二年）に則って表情の研究をしたこと、また、一七六五年から六九年の夏まで歴史的主題を伴った相当数の絵と素描を画いていたこと[三七]、さらに、「歴史的ないし神話的主題の外部においてさえ、グルーズの関心事は歴史画家のそれである[三八]」ことが認定されている。そうした配慮のもとでグルーズの入会作品は練り上げられたにもかかわらず、当時は以上のようにさまざまな辛辣な、時には意地悪な批判を浴びることになった。彼はある論者にこう反問を投げかけた。「時を経れば完全なものにすることもできると自負している新しいジャンルについて、わたしは、初めて試みたというのに、どうしてかくも公然と攻撃されねばならないのか」(Annexe 9)。彼が「新しいジャンル」という言葉で何を意味していたのかは判然としない。この言葉を単に歴史画というジャンルを指示するものとするのが常識なのかもしれない。しかし、それでは何か割り切れないものが残る。というのも、もしもA・シュナッペルが言うように「生涯にわたるグルーズの主要な関心事の一つ」が「情念の表現」であった[三九]とすれば、グルーズにとって主題の相違は大して重要ではなく、従来の絵画ジャンルには収まらないジャンル、その意味において〈新しいジャンル〉の構築の可能性が彼に開かれていたとしてもおかしくないからである。この可能性は前章では示唆されただけにすぎなかった。そこで最後に、当時の歴史画の要件を知る一助として、この点も検討しておきたい。

三

グルーズの諸作品はもともと既存の絵画ジャンルにはすんなりと収められない質をもっていたのではないのか。すでに見たように、アカデミーは彼を「特殊なジャンルの画家」としてアグレエに認定したのであるが、「特殊な」という形容のなかにすでに、ジャンル画家一般に収まりきれないグルーズに対するアカデミーのとまどいが暗示されていたかもしれないのである。実際、ディドロはグルーズがアグレエになった時の作品の一つである《家族に本を読んで聞かせる父親》、その後の《不孝息子》や《婚約》を〈彼としては〉歴史画であるとみなしもした。それらには既存のジャンル画には解消できない質があったということである。このような事態をジャンル画の歴史画化と呼んでおこう。では、彼の入会作品《セウェルスとカラカラ》はどうであったのか。アカデミーの審査員のなかには「主題の本性が当然にも歴史画家の質をもたらしている」（Cochin; ibid., p.182）と主張した人びともいたが、結果的には歴史画とはみなされなかった。そして、多くのサロニエ（美術展批評家）たちも歴史画とみなすにはさまざまな難点があると指摘し、彼に対して「イカルスの飛翔」（Annexe 16）のごとき歴史画への挑戦をやめて、自らのジャンルに専念するように進言した。では逆に、彼の入会作品はすんなりとジャンル画に収まるのであろうか。あるサロニエはこう語っていた。「率直に言ってわたしは、こういった試みが実を結ばないとしても、彼をジャンル画家とみなすことにどうしてもなじめないであろう。感動的で斬新な、哲学的な画面はバンボッシュ風のものではなく、もしも彼が自らの作品において感じさせる喜びを表すような称号を彼に与えなければならないとすれば、わたしは彼を感情の画家と呼ぶであろう」（Annexe 18）[四〇]。ここには、グルーズを歴史画家とみなすには何か欠けたものがあるという不安を抱きつつ、しかし、ジャンル画家にするには抵抗を覚えるという複合的な気持が読み取れる。このことは、ヴァトーが歴史画を画く意欲で入会作品《シテール島の巡礼》をアカデミーに提出したが、アカデミーでは彼を「フェット・ギャラント（雅宴画）」の画家としてしか認めなかったことと対応するであろう。大野芳材氏によれば、「ヴァトーは、現代の衣裳をまとった男女に、神話的世界を背景に愛の諸相を語らせるという野心的な歴史画の創造を企てたのである」[四一]。そうであれば、グルーズの場合、彼は古代ローマの衣裳を着けた人物たちに、下克上の権力争いの史実を背景にしつつ、皇帝の責務を果たせず、一介の父親と化した〝皇帝〟の家庭的な悲劇を語らせる〈新しい〉歴史画の創造を企てた、と言えないであろうか[四二]。E・カーングによれば、「《恩知らずな息子》といった画題に相応しい構成を古代のコスチュームで〈正装させよう〉としたかのごとく」[四三]である。このような事態を歴史画のジャンル画化と呼ぶならば、彼の入会作品はまさに「ジャンル画と歴史画の融合」[四四]の頂点に位置することになろう。

歴史画とジャンル画の区分は、すでに触れたように、どの主題を選ぶかではなくて、それをいかに画くかに重点が移っていくにしたがって、どうしても不鮮明になっていかざるをえない。このような移行は、当然観賞者の立場の変化と連動していたのであって、観賞者はもはやアカデミーの絵画的な規範を上から一方的に教授される立場から、自らの好みに応じて、快い感動を覚えたり、情念を呼びさまされたりする絵画を選択する立場を確保しだしていた。こうした動向の中で、グルーズは、少なくとも一七六〇年代前半には、「サロン展という大きな絵画劇場でこの〈観衆の人気の的、つまり「平土間の友」という〉特典を享受して[四五]」いた。特に《婚約》においては、「人びとは群をなしてこの絵に向かい、押し合いへし合いしており、野次馬たちの壁を突破するのにひと苦労しなければならない[四六]」ほどであった。もちろん、ディドロを含めサロニエたちは、グルーズの諸作品を〈語る絵画〉とか「道徳的絵画」と呼んで、絶賛に近い評価を下していた。グルーズはこのような情況のなかで自信を深めていたはずである。彼は《婚約》や《親孝行》における円満な家庭像と《不孝息子》や《罰せられる息子》における不和な家庭像という、その後も主題化される二つのどの家庭でも生じうる家庭像を古代ローマ史から抽出し、それを歴史画として表現すれば、アカデミーの歴史画家としての特権も公衆の変わらぬ好評も入手できる、と考えたのかもしれない。だが、この〈新しい〉試みはアカデミーにおいても、「まなざしのエチケット」からも厳しい弾劾を受けることになった。これを補強していたのは、藝術《わざ》の専門性を自らのジャンルで全うすべし、という否定しがたい見地である。たとえば、コシャンはファルコネ宛書簡（一七七一年十月）の中で、まるでグルーズを念頭に入れてでもいるかのように、こう誌している。「画家は、当のジャンルに対して卓越した研究をしてしまっていても、すべてのジャンルにおいても優れているなどということはほとんどまったく生じたことがございません。もっとはっきり説明いたしますと、どんなジャンル画家も、少なくとも一時的に歴史画家になれたといたしましても、卓越したわけではございません[四七]」。

しかしながら、現在ではグルーズの「新しいジャンル」はダヴィッドの新古典主義と関連づけられている[四八]。特に、E・カーングは、グルーズの《セウェルスとカラカラ》をダヴィッドの《物乞いするベリサリウス》と比較して、こう述べている。「どちらも、当時ジャンル画に結びつけられていた感情的な近づきやすさと歴史画に期待された道徳的な教訓主義とのもっぱら十八世紀的な混合を示している。どちらも、建築学的なモチーフの選択、ぼかされた色調、劇的な構成という点において明らかにプッサンに負った作風を通して、古代的な感じを喚起しようと試みている」(ibid., p.98b)。さらに、この比較を通して、彼はグルーズの作品を「ダヴィッドが十二年後に見事に切り開くことになる歴史画の〈ジャンル画化 genrefication〉の時期尚早の仕上げ」(ibid., p.108a) と位置づけるのである。こうした積極的な評価ではもちろんないが、しかし当時でもわずかながら好意的な評価をくだした人びとがいたことも覚えておこう (Annexe 7, 8, 19, 21)。殊に、ジャン=クロード・パンジュロン Jean-Claude Pingeron にとって、グルーズの主題は「高貴で、まったく斬新で」あり、「画面を支配する静寂さ」は「目にあまり望むべきものを求めず、心と精神に語るように定められた」タブローに相応しいものである (Annexe 8)[四九]。

註

(一) Bachaumont によれば、「アカデミーはこの藝術家に規則を果たすように幾度も頼み、促し、また彼をせき立てもした」(*Mémoires secrets, Londres*, 1780, letter III〔28 septembre 1769〕, dans: *Greuze et l'affaire du Septime Sévère* Somogy 2005, Annexe 10, p.111)。さらに、Diderot: *Ruines et paysages Salons III*, Hermann, p.88 参照。ディドロのサロン評はこの版の四巻本を使用する。

（二）グルーズはこの年に入会作品の素描を画いており、それをディドロはグルーズのアトリエで見ている。彼はその感想をファルコネに宛ててこう書いている。「グルーズという人物は離れ技を行ったばかりです。〔……〕わたしの知る限り、成功しております」（lettre à Falconet, 15, 8, 1767, dans: CF, VII, pp.550-551）。A. Lemoine とM. Szanto によれば、グルーズはアカデミーに完成作品を付す前に「公衆の賛同を手に入れようと思って、一七六七年のサロン展にこの素描を提示する意向」をもっていたようである。したがって、アカデミーによるサロン展への出品の禁止は「規則を守らせるという意図によるというよりは、《セプティミウス・セウェルス》がサロン展で華々しい成功を収めるのではないかという畏れによって動機づけられて」いたかもしれない（Annick Lemoine et Mickaël Szanto; Greuze face à la peinture d'histoire. Genèse et réception du Septime Sévère, dans: *Greuze et l'affaire du Septime Sévère*, Somogy, 2005, p.55b）。なお、この素描は今日残存していないと言われている。

（三）グルーズがこの作品に自ら与えた正式の名称をもう一度記しておきたい。《皇帝セウェルスはスコットランド行軍中に自らを暗殺しようとしたかどで息子カラカラを叱責し、「お前がわしの死を望むのなら、この剣でわしの命を取るようにパピニアヌスに命じよ」と彼に言う》である。この名称の長さが何を意味しているのかは後述する。

（四）グルーズが一七六九年のサロン展に出品するためには、「月の第一土曜日と最終土曜日にのみ総会を行うアカデミーの日程」に従えば、遅くとも七月二十九日か八月五日に作品を提示しなければならなかった。しかし、彼はローマ大賞の審査にあてられた臨時総会をも利用することができることを前例を通して知っていた。それが八月二十三日であった。Lemoine et Szanto; ibid., pp.56a-56b.

（五）「ジャンル画」という用語については、『ディドロ　絵画について』（岩波文庫）の訳者・佐々木健一氏の訳註、二〇九頁参照。

（六）Mémoire de Cochin; à Marigny ajouté en note au procès-verbal de l'Assemblée de l'Académie royale du mercredi 23 juillet 1769, dans: *Nouvelles Archives de L'Art Français*, Troisième Sèrie Tome xx, 1904, p.182. コシャンのこの「覚え書」をCochin と

略記する。なお、この資料による「一七六九年七月二十三日」(23 juillet 1769) は、Lemoine と Szanto によれば、「一七六九年八月二十三日」の誤りである (ibid., p.56-a)。

(七) Mémoire de Cochin; ibid., pp.182-183. さらに、この経緯についてはディドロの『一七六九年のサロン』のグルーズ章 (Salons IV, p.86) も参照。

(八) J.Seznec; Diderot et l'affaire Greuze, dans: *Gazette des Beaux-Arts*, LXVIII, 1966

(九) A.Félibien; Préface aux Conférences de l'Académie royale de peinture et de sculpture pendant l'année 1667 (1668) (=A.F.), dans: *Les conférences de l'Académie au XVIIe siècle, École nationale supérieure des Beaux-Arts*, 1996, p.51.

(一〇) この点についてさらに、R.Démoris; La hiérarchie des genres en peinture de Félibien aux Lumières, dans: *Majeur ou Mineur? Les hiérarchies en art*, sous la dir. de G.Roque, Nîmes, 2000, p.56.

(一一) 十八世紀におけるアカデミーの三つの改革すなわちトゥルネムの改革、マリニーの改革、ダンジヴィレールの改革については、Jean Locquin; *La Peinture d'Histoire en France de 1747 à 1785*, Paris 1912 (reprint ARTHENA 1978), p.1-68 鈴木杜幾子『画家ダヴィッド――革命の表現者から皇帝の首席画家へ』(晶文社、七一―七九頁)、佐々木健一『研究』四八六頁、注 (122) 参照。

(一二) それにもかかわらず、ディドロが三人の画家の作品を厳しく批判したことは彼の歴史画観を知るうえで注目すべきである。ここではこの点に立ち入ることはできないが、次のことを記しておきたい。彼の三者批判の根底にあるのは、「古代様式の隷従的な模倣」(Salons II, p.310) によってかえって主題の意味を不明にし、構成全体を「熱がなく、無味乾燥に」(Salons II, pp.31, 76) する「古代びいき (anticomanie)」(Salons III, p.478) に対する批判であり、この批判が後述するグルーズの入会作品に対する批判とも接点をもつということである。

(一三) この点について、批評家たちの主著のほかに、次の論考を参照する。Marc Sandoz; La peinture de l'histoire comme trait marquant du siècle des lumières finissant, dans: *SVEC*, 199, 1981. 島本浣「ロジェ・ド・ピールと十八世紀の美術批

評」、『美学』一四九、一九八七年夏、Thomas Gaehtgens; The Tradition of Antiacademism in Eighteenth-Century French Art, in: June Hargrove（ed.）; *The French Academy. Classicism and its antagonists*, 1990, Mark Ledbury; *Sedaine, Greuze and the boundaries of genre*（SVEC 380）2000, M.Ledbury; The hierarchy of genre in the theory and practice of painting in eighteenth-century France, dans: *Théories et débats esthétiques au dix-huitième siècle*, 2001, Chistophe Henry; La peinture en question　Genèse conflictuelle d'une fonction sociale de la peinture d'histoire en France au milieu du XVIIIe siècle, dans: *L'art et les normes sociales au XVIIIe siècle*, 2001, Martin Shieder; "Sorti de son genre". La peinture de genre et la transgression de la hiérarchie à la fin de l'Ancien Régime, dans: Cat.exp. *Au temps de Watteau, Chardin et Fragonard. Chefs-d'oeuvre de la peinture de genre en France*, Ottawa, Musée des Beaux-Arts du Canada, 2003-04.

（一四）Félibien; Entretiens sur les vies et sur les ouvrages des plus excellents peintres anciens et modernes, éd. 1725, IV, p.166, dans: R.Démoris, ibid., pp.63-64.

（一五）彼はこの点についてこう記している。「画家の作品におけるこの大きな趣味とは、自然のきちっと選択された、大きな、常軌を逸した、真実らしい効果を使うことである。〈大きな〉というのは、事物は小さかったり、分割されていたりするとそれだけいっそう感覚されにくいからである。〈常軌を逸した〉というのは、通常のものは人を感動させないし、注意を引かないからである。〈真実らしい〉というのは、こういった大きくて、常軌を逸した事物は架空的ではなくて、可能的に見えなければならないからである」（Roger de Piles; *L'Idée du peintre parfait*, 1699, Ed.Gallimard, 1993, p.14）。

（一六）Roger de Piles; *Cours de peinture par principes*, 1708, Slatkine Reprints 1969（=CP）, pp.53-54.

（一七）*L'Idée du peintre parfait*, 1699, ibid., p.40.

（一八）M.Ledbury;《The hierarchy of genre...》, ibid., p.190.

（一九）Roger de Piles; *CP*, p.94.

(二〇) Jean-Baptiste Du Bos; *Réflexions critiques sur la poësie et sur la peinture*, 1719, Réimpression de l'édition de Paris, 1770 (Slatkine, 1993), I, p.414（この書をDu Bos Iと略記し、邦訳書頁数を共に本文に記する),『詩画論Ⅰ』木幡瑞枝訳、玉川大学出版部、二一六頁。

(二一) ディドロがヴェルネの風景画にみられる「光景についての創意、人物の素描、事件の多様性」という観点からヴェルネを「歴史画家」とみなすのは（Salons II, p.144）デュボスに通じている。

(二二) La Font de Saint-Yenne; *Réflexions sur quelques causes de l'état présent de la peinture en France*, 1747, Slatkine Reprints, Genève 1970〕p.17.

(二三) La Font de Saint-Yenne; *Sentimens sur quelques ouvrages de peinture, sculpture et gravure*, 1754, Slatkine Reprints 1970, p.75.

(二四) La Font de Saint-Yenne; *Réflexions*..., ibid., pp.74-77.

(二五) La Font de Saint-Yenne; *Sentimens*..., ibid., pp.75-76.

(二六) Diderot; *Essais sur la peinture*, dans: *OE*, p.725. 邦訳『ディドロ　絵画について』一一二頁。

(二七) Félibien; Préface..., *ibid*., p.51.

(二八) ここでのディドロの主張は、プッサンの風景画《蛇のいる風景》の画面構成とその素晴らしさを述べた後で、「以上が、風景画家になろうとするならば、想い浮かべることのできなければならない諸景である。このようなフィクションの助けをかりて、田園の風景も歴史的事実と同じように、またそれ以上に興味深くなる」(ibid.) という主張に続いてなされたものである。

(二九) J.Seznec; Diderot et l'Affaire Greuze, dans: *ibid*., pp.339-341.

(三〇) 当時のサロニエたちの批評は前掲書（*Greuze et l'affaire du Septime Sévère*, Somogy, 2005）にAnnexesとして二十二にわたって掲載されている。引用にあたってはAnnexe番号を付して本文に記する。

（三一）A.Lemoine et M.Szanto; ibid., pp.28-b – 29-a, J.Seznec; ibid., p.346, Ledbury; *Sedaine, Greuze*..., ibid., pp.171-172.

（三二）「中風患者」とはグルーズが一七六一年のサロン展に出品した《中風病み》（素描）か六三年の《親孝行》のことである。そこでは、中風病みの父親が家族全員によってあたたかく世話をしてもらっている情景が画かれている。

（三三）この点についてはLemoine et Szanto; ibid., pp.32-a – 34-b参照。この箇所で、彼らはこう記している――「グルーズの特別視されたテーマ領域、つまり家庭劇をまさに超えて、画家の選択をした主題は偉大な歴史画に期待されていた道徳に本来的に反する道徳を例証することになる。セウェルスの息子に対する叱責は、自らの政治的な義務を誤認したわけではなく、それに直面しつつもなしえなかった人間の無責任さを表している」(p.32-b)。さらに、これに対してダヴィッドの《ブルートゥス邸に息子たちの遺骸を運ぶ警士たち》を「完璧な歴史的な主題」に拠る作品として揚げている。周知のように、ブルートゥスは共和国に対する陰謀に加担した二人の息子を殺させる現場に立ち会っている。

（三四）これについてはD.Arasse; L'échec du Caracalla: Greuze et《l'étiquette du regard》, dans: *Diderot et Greuze*, Actes du Colloque de Clermont-Ferrand（16 novembre 1984）ADOSA, pp.107-108参照。アラスは次のように記している。「彼が人を不快にさせるのは、根本的に彼が〈まなざしのエチケット〉と呼びうるものに違反しているからである。特に、歴史画を画きながら、グルーズはそれに過剰な〈心理学的な〉意味を導入し――これは歴史画の対象、つまり道徳的な対象ではない――、また、とりわけ、彼はそこにジャンル画の慣例から着想を得た《表情》を導入する。だから、この違反は、人物たちそのものが古代から着想を得ているがゆえに、それだけいっそう品位を落とすことになる」(ibid., p.117)。

（三五）ダンドレ＝バルドン（Dandré-Bardon, 1700-1783）によれば、画家は「プッサンのうちに、歴史性の厳正さ、コスチュームの適合さ、事件の真実に対してそれに固有な付随的細部を結びつける適切な厳格さ」を探し求めなければならない（J.Locquin; ibid., p.90）。また、デザリエ・ダルジャンヴィル Dézallier d'Argenville によれば、「コスチュームとは、巧妙な画家が自らのタブローにおいて決して看過しない事象であり、習俗、性格、様態、習慣、衣服、武器、建物、動植物、画家が再現したいと思っている行動が生じた国についての精確な観察である」(Locquin; ibid., pp.165-166より重引)。「コスチューム」はアカデミーの歴史画観において極めて重要な項目の一つであったと言われる。

(三六) この点については R.Mortier; *Diderot and the "Grand Goût" The Prestige of History Painting in the Eighteenth Century*, Clarendon Press, Oxford 1982, p.12 および註(12)参照。

(三七) E.Munhall; *Jean-Baptiste Greuze 1725-1805*, Catalogue de l'exposition de Dijon, 1977, pp.130-141 および Munhall; The Variety of Genres in the Work of Jean-Baptiste Greuze, 1725-1805, in: *Porticus*, vol. X/XI, 1987-88, p.26 参照。*Greuze et laffaire du Septime Sévère*, Somogy にはいくつかの素描が収められている。

(三八) A.Schnapper; Greuze un précurseur?, dans: *Connaissance des Arts*, no.304, Janvier 1977, pp.88-b – 89-a.

(三九) A.Schnapper; Greuze peinture d'histoire ou peinture de genre?, dans: *Commentaire*, vol. III, no.12, hiver 1980/81, p.599-a.

(四〇) *L'Avant-Coureur* 誌の論者も、グルーズが一七六七年のサロン展に作品を提出できなかったことに対して次のように記していた。「なるほど、この展覧会の全面的な楽しみには感情の画家の絵が欠けている。公衆はグルーズ氏のいくつもの作品を見ようと期待していたし、彼が異なったジャンルにおいて仕事をし〔彼は同年《セウェルスとカラカラ》の下絵を画いていた〕、高尚な様式つまり歴史や逸楽的でギャラントな主題を扱う画法において実力以上の力を出し、さりとて彼がかなりの精力と表現をもって画く市民生活の美しい情景を捨てたわけではない、と通たちが予告していたので、それだけいっそう望んでもいた」(Lemoine et Szanto; ibid., p.56-a)。《セウェルスとカラカラ》の下絵に対するディドロの好評についてはファルコネ宛一七六七年八月十五日付書簡および第三章参照。

(四一) 大野芳材「フランスの王立絵画アカデミーにおける〈ジャンル〉の問題について——アカデミー成立よりヴァトーの時代まで——」『美術史論叢』五、一九八九年、六六—六七頁。

（四二）Carole Screve-Hall はグルーズを「アカデミックな鋳型を打ち破って歴史画という概念を現代化することのできた一八世紀の最初の画家」と称している（Diderot, Greuze et la peinture d'histoire, dans: *Diderot et Greuze*, ibid., p.94）。

（四三）Eik Kahng; *L'Affaire Greuze* and the Sublime of History Painting, in: *The Art Bulletin*, March 2004, no1, p.102a.

（四四）マンホールによれば、この融合は《親孝行》（一七六三年）をもって始めとする（Munhall; The Variety..., *ibid.*, pp.22-b – 23-a）。

（四五）*Mercure de France*, II, oct. 1761, p.114. Salons I, p.159 Note 95.

（四六）*L'Année littéraire*, 1761, VI, Lettre XI, p.209. Salons I, p.165 Note 110.

（四七）Christian Michel; Les Fêtes galantes; peintures de genre ou peintures d'histoire?, dans; Moureau et Grasselli（dir.）; *Antoine Watteau*（*1684-1721*）*le peintre, son temps et sa légende*, Genève et Paris, 1987, p.111a より重引。この見地を取る人びとのなかには、ラ・フォン（*Réflexions*..., ibid., p.5）、『百科全書』項目「ジャンル」の執筆者ウァトレ（*Ency*, VII, p.598a）、ディドロ（Salons IV, pp.42-43, 89）、ボクザン（Annexe 16）、ブルミエール（Annexe 15）等がいる。

（四八）Lemoine et Szanto; ibid., p.65-b. Ledbury; The hierarchy of genre..., ibid., p.209.

（四九）第三章で触れたように、グルーズの入会作品を酷評したディドロも、グルーズのアトリエで見ることのできた下絵に対しては高い評価をしていたこと、このことをここでも念頭に入れるべきであろう。

第五章　自然と藝術の融合をめぐって
——ディドロ「ヴェルネの散歩」についての一考察——

自然と藝術が実際に融合するなどということはありえないとすれば、両者の融合はイリュージョンということになる。ディドロがヴェルネ[一]の風景画のなかに感じ取ったのは、このイリュージョンである。『一七六三年のサロン』において、ディドロは、それぞれの画家にあわせて絵画批評を記述するためには何が必要なのか、と自問しつつ、「シャルダンと共に単純で真実でありうること……グルーズと共に感動的でありうること、ヴェルネと共にできる限りイリュージョンを産みだしうること[二]」と答えている。ヴェルネの絵におけるイリュージョンをただ指摘するだけならば、それは当時のサロニエ（美術展批評家）たちにも見られることである[三]。問題なのは、このイリュージョンを読者に、殊に絵を見ていない読者にどのように伝えるのかである。そこで案出されたのが、ヴェルネの画いた風景を実在の自然風景とみなして、その中を「散歩」するというそれ自体イリュージョナルなやり方である。端的に言えば、ヴェルネ章自体をそっくりそのままイリュージョンにしてしまうということである。これが『一七六七年のサロン』のヴェルネ章であり、ディドロ自身によって「ヴェルネの散歩（la promenade Vernet)[四]」と呼ばれているものである。

『一七六七年のサロン』のヴェルネ章は、本来なら、同年のサロン展に展示されたヴェルネの七枚の風景画を批評するためにあてがわれるべきものであった。しかし、いざ批評を行う段になったとき、神父と彼の二人の生徒と一緒に、「この世で最も美しいさまざまな景観（sites）」を見に出かけてしまったので、批評の代わりにそれらの「景観」について記述することにする、とディドロは言うのである。そして、〈第六景〉の説明の最後にきて、彼は六つの「景観」が実はヴェルネの風景画であって、これまで「作り話《コント》」を作っていた、と白状する（Salons III, p.224）。こうして、われわれ読者は、彼と一緒に「散歩」のお伴をさせられてきたことに気づくのである[五]。そこで、ヴェルネの七枚目の絵は、もはや〈第七景〉としてではなくて、〈第七の絵（7eTABLEAU）〉として提示されることになる。

ここで注目すべきことは、〈第七の絵〉の画面構成を記述した直後に、ディドロがこう述べていることである。「以上がこの驚嘆すべき画面構成のほとんどすべてである。だが、わたしの血気のない冷めた表現、わたしの熱も生命もない行文……は何を意味するのか。何も、まったく何も意味しない。実物（la chose）を見なければならない」（Salons III, p.225）[六]。われわれ読者は、イリュージョンから解放されて、従来のヴェルネ評に再び立ち会うのかと思いきや、そのような批評の無意味さを告げられる。「実物を見なければならない」という主張は、それが絵画一般に対して妥当するならば、絵画の記述不可能性という重大な問題にぶつかるばかりか、絵画批評の役割の是非にも及ぶであろうし、また、ヴェルネの絵に対してのみ妥当するとすれば、今度は、その特殊な理由を明らかにしなければならなくなる。だが、もしもあたかも実物を見ているかのように記述しうるとすれば、どうなるか。〈第七の絵〉の記述不可能性の主張が、それ以前の六つの景観についての長々としたイリュージョナルな記述のすぐ後に続くのは、かえってイリュージョナルな記述の方が有効であることを示唆しているのではないのか。ヴェルネの画いた風景が自然風景そのもののように感じ取られるというイリュージョンは、イリュージョナルな記述を通してかえって実物を現実性として伝えられるのではないのか[七]。この拙稿の目的はこのことのメカニズムとその意味の解明に迫ることにある。そこで、次のような手順を踏みたい。まず、ヴェルネの画いた風景を実在の風景とみなして、その中を散歩するという仕掛けのメカニズムとその機能を探究し、次に、その機能を通して、ディドロが自然と藝術の融合をどのように描き出すのか、さらに、この融合に彼は何を求めているのかを考察していく。

一

仕掛けのメカニズムに立ち入る前に、次のことを念頭に入れておこう。「ヴェルネの散歩」という「作り話」の登場人物のなかで特に注意すべきなのは、〈わたし〉と指称される人物である。〈わたし〉はディドロにちがいないであろうが、ディドロその人ではないはずである。登場人物たちを自由に操作するのは書き手としてのディドロであるから、彼が〈わたし〉に観念的に二重映しになりうるとはいえ、別々の〝世界〟にいるからである。だが、両者のこの観念的な分節接合関係によって仕掛けは機能するように思われる。このことを念頭に入れて、仕掛けの内部に入っていこう。

〈わたし〉は、神父の案内のお蔭で、次々に感嘆すべき景観に出合う。というのも、神父は現地の地形やそれぞれの景観を見るのに最適な時間帯や場所を知り尽くしており、「見物客に一目であっと言わせるものを用意するのに精通している人」(Salons III, p.175) であったからだ。つまり、神父は、自然が最もすばらしい景観を自ら——もっと精確に言えば、神の意図に従って——示す事態を熟知している。そのため、〈わたし〉がこのような景観に出会うのは、往々にして、「その時突然……」といった具合に不意を打たれるようなかたちにおいてである。神父のこのような役柄は、実のところ、ヴェルネの自然研究の深さと瞬間の巧みな選択を暗示するためである[八]。このことは、彼らの会話を通して明らかになる。自然を神の美的創造の所産と考える神父にとって、相手が「言葉を詰まらせ、何が何だか分からなくなり、ただ茫然自失して黙って」しまう (ibid., p.181) 景観は、神の栄光を告げるものであって、いかなる画家によっても描出されうるはずがない。ところが、〈わたし〉がヴェルネならおそらく画くことができると反論するものだから、自然に対する神と藝術家をめぐる話題がにわかに熱を帯びることになる。〈わたし〉＝ディドロからみれば、ヴェルネのような藝術家は、「深い自然研究」に助けられた「豊かな想像力」(ibid., p.177) を通して、「この雲をちょうどそれがいまそこにあるところに配置しないで済ませることなどできない」(ibid., p.178)。そこで、〈わたし〉は神父にこう言う。「もしもあなたが藝術家のところにもう少し足繁く通っておられるならば、彼はおそらく、あなたが自然のなかに見ていないものを自然のなかに見るように、あなたに教えたことでありましょう。あなたは、自然のなかにはどんな多くの事物がまだ捉えられなければならないかに気づかれるでしょう。藝術は全体のまとまりを台無しにし、効果を損う事物をどれだけ削り落とすことでありますことか。藝術はわれわれの歓喜を倍化させる諸事象をどれだけ近づけることでありますことか」(ibid., pp.177-178)。

　ここで、ディドロは彼の自然模倣説の核心に関わる問題に触れていることになるのだが、直ちにこの問題を先送りする。「《何ですって！　ヴェルネがこの光景の厳密な写生家《コピスト》以上でなければならないなどと本気でお思いなのですか》……本気ですよ……《では、彼はこの光景を美化するために、どのように振舞うのかおっしゃって下さい》……それは分かりませんよ、だって、もしもそんなことを知っていたら、わたしは彼よりも偉大な詩人で偉大な画家になるでしょう。しかし、もしもヴェルネがあなたに自然をもっとよく見ることを教えたとすれば、自然はあなたにヴェルネをしっかり見ることを教えたはずでしょう」(Salons III, p.178)。この先送りは、もちろん、見せかけにすぎない。自然の単なる厳密な写生《コピー》ではなくて、藝術的効果を生みだす「本物の自然模倣」(ibid., p.164)、つまり自然と藝術のイリュージョナルな融合の描出、ここにヴェルネはいかに到達するのか、このことの説明をこそディドロは求めているからであり、そのために仕掛けを作りだしているからである。

　ここで改めて、先のことの説明に必要な仕掛けとはどのようなものでなければならないのか、と問うてみよう。この問いの解明のために、「ヴェルネの散歩」のなかの次の文に注目してみたい。「ときどきわたしに起こることなのだが、ある奇妙なひらめきに打たれて、突然、自然の作りだしたものを藝術の所産に変化させながら、わたしは叫んでいた、これは何と美しく、偉大で、多様で、高貴で、控え目で、調和がとれ、鮮明に彩色されていることか！　世界のなかに散在している多数の美がこの画布のうえに、混乱もひずみもなく集められ、洗練された趣味によって結びつけられていた。それは、どこかに実際に存在すると想定される小説風の眺望である」(Salons III, p.184)。ここには、自然をあたかも藝術作品のごとくに見なしたうえで、この作品の藝術性の由縁が語られていると同時に、翻って、この作品の自然性（「どこかに実際に存在する」こと）が想定されている。つまり、〈藝術のごとき自然〉と〈自然のごとき藝術〉の交合関係が示されている。〈わたし〉はこの関係を「ある奇妙なひらめき (un tour de tête bizarre)」によって「突然」思い浮かべたと語っているが、実は、ディドロの方はすでに、『絵画論』（一七六六―六七年）において、これに対応する文を誌していた。そこには、「晴天の夕暮れどき」に「チュイルリーかブローニュの森」を散歩するときに感じ取られる甘美な自然体験を描写した後に、こう述べていた。「ひとりでに足はとまり、眼差しは魔法の画布の上をさまよい、われわれは叫び声をあげる、何という絵だろう。ああ、何と美しいことか。われわれは自然をあたかも藝術の結果であるかのごとくに見つめているように思われる。そして逆に、画家が画布の上に同じ魅力を繰り返して見せてくれる段になると、今後は藝術の結果をあたかも自然の結果であるかのように見るものらしい。ルテルブールやヴェルネが偉大であるのは、サロン展においてのことではなく、太陽が影と明るみをつくり出す森の奥、山々の間においてのことなのである。」(九)二つの引用文をそれぞれの文脈から切り離したまま照合すれば、その主旨は合致している。ところが、後者が端的に自然体験に基づく文であるのに対して、前者はヴェルネの風景画を実際の自然風景にみたてたうえでのフィクショナルな自然体験に基づく文である。とすれば、結局のところ、前者は、ヴェルネの風景画があたかも自然風景のごとくであること、つまり〈自然のごとき藝術〉であることを回りくどく示しているのにすぎない、かのようにみえる。だが、事はさほど単純ではない。

すでに指摘されているように、（一〇）ディドロにとって、自然と藝術の相互的なフィルター作用の眼目は、〈自然のごとき藝術〉の方ではなくて〈藝術のごとき自然〉の方であって、自然を藝術の結果のごとく見てとる自然体験を身につけているからこそ、逆に藝術の結果を自然の結果のごとくに見なせるのだ、ということにある。このことは画家にも観賞者にもあてはまる。このような自然体験がなければ、画家は自らの藝術の結果を自然の結果のごとくに観賞者に見てもらえるまでに至らないし、反対に、観賞者は画家がせっかく自然の結果のごとき藝術を発揮してもそれに気づかないままになる。（一一）だとすれば、ヴェルネの風景画があたかも自然風景のごとくであるとすれば、それはヴェルネ自身の自然体験に基づいているはずであるから、このイリュージョンがどのように生みだされるのかを理解するためには、ヴェルネが自然をどのように藝術の結果のごとくに見ていたのか、言い換えれば、どのように、常人が自然のなかに見ていないものを見て取り、藝術的効果を損うような事物を除去したのかを見て取らなければならない。とはいえ、ディドロもわれわれ読者も、ヴェルネの自然体験をそっくりそのまま体験できるわけではない。そこでディドロがあみだしたのは、藝術の結果たるヴェルネの風景画を自然風景とみたてて、その中を「散歩」しながら、ヴェルネの自然体験を追体験する仕方であったと言えよう。

ここで、二つの図を利用しつつ、この仕掛けとその機能をまとめておこう。仕掛けは図IIを図Iに二重映しにすることによって成り立つ。図Iはヴェルネが自然の観察や体験を通して、藝術の結果のごとき自然風景を構想し、その構想を画布に移して作品を創出する関係図である。図IIはヴェルネの風景画を批評しようとしたディドロが〈わたし〉となって風景画の中にあたかも物理的に入り込み、ヴェルネがいかに彼の風景画を画いたのかを追体験しつつ、その風景を見て取る関係図である。二つの図が重ねられることによって、自然風景とヴェルネの画いた風景とのズレも、その画かれた風景と〈わたし〉の見て取る風景とのズレも消失され、三つの風景が同一性のもとに置かれる。それゆえ、見て取られた風景が画かれた風景、つまりヴェルネの「実物」としての風景画

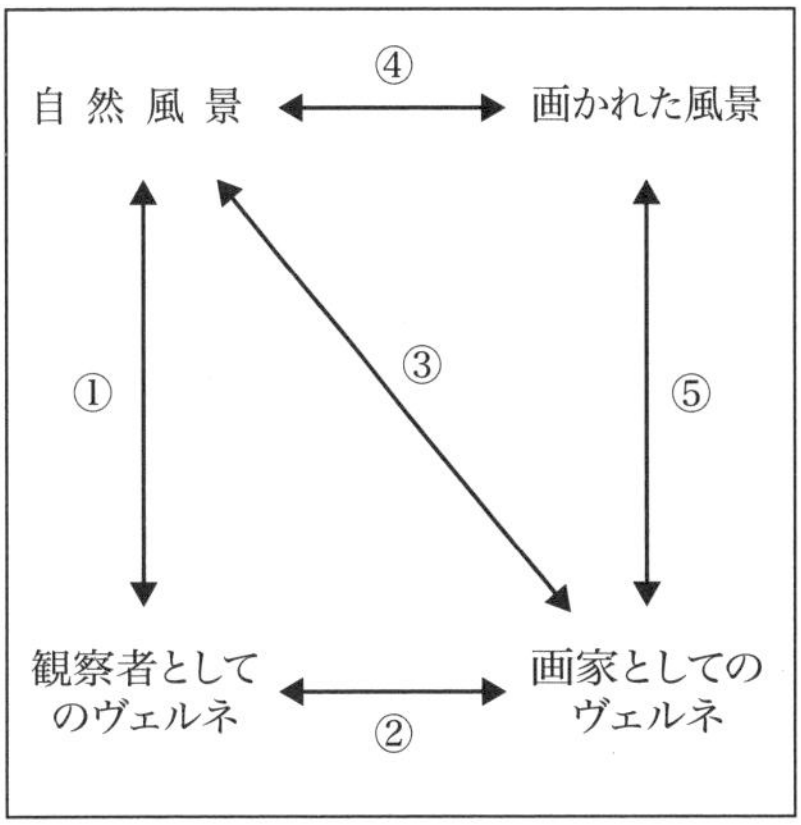

図Ⅰ

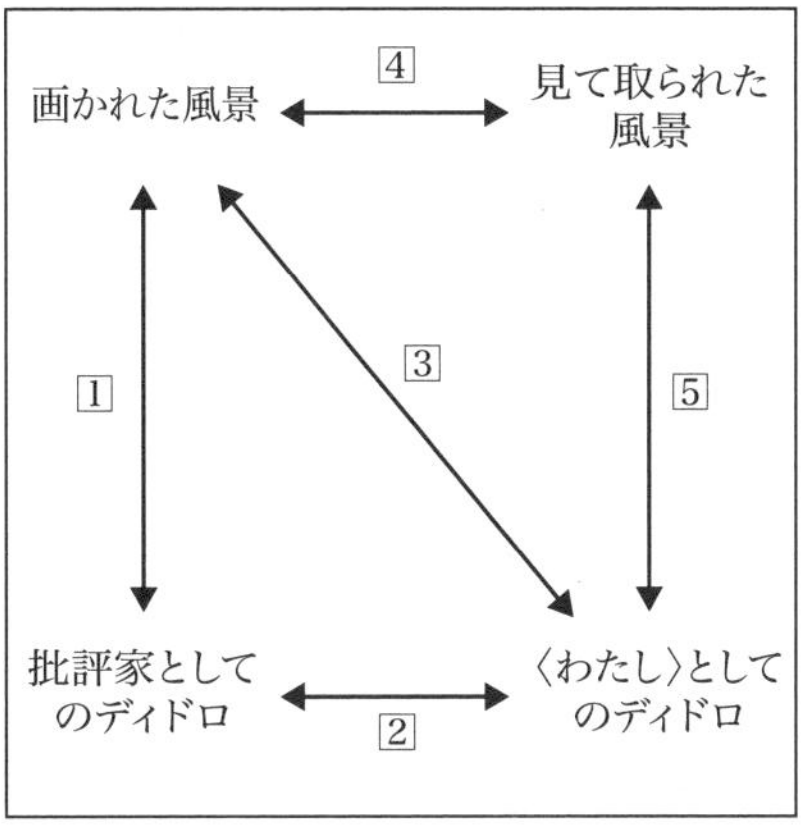

図Ⅱ

である、かのごときイリュージョンが産み出される。だが、このような機能は、書き手としてのディドロにとっては明らかであるかもしれないが、読者、特にヴェルネの絵を見ていない読者にとってはどうであろうか。読者は少なくとも〈第六景〉の終わりにくるまでは、各々の景観がヴェルネの絵であることを知りえないし、種明かしの後に改めて各景観の記述を〈読む〉ことによって、その景観をたとえば舞台の場面を見るかのごとくに絵画化して〈見る〉ように努めても、そこに生じるタブローには〈わたし〉や神父のような登場人物と画中の人物たちが混在し、どこまでがヴェルネの絵なのか判然としない。つまり、ヴェルネの絵そのものはこのタブローのなかに埋没してしまう(一二)。とはいえ、われわれ読者は〈わたし〉の後について行く限り、彼の提示する景観が臨場感を伴って現前するのを感じ取れるであろう。このことを可能にさせるのがヴェルネのすぐれた藝術《わざ》である、ということになる。では、この藝術はどのように説明されるのであろうか、別言すれば、図Ⅰは、図Ⅱに重ねられて、どのように肉付けされるのであろうか。

二

ヴェルネが、「深い自然研究」に助けられた「豊かな想像力」によって、ひとが思わず息をのむような風景を画き出すということ、このことはすでに知らされた。その点をもっと詳しく聞くことにしよう。〈わたし〉＝ディドロによれば、ヴェルネの画法（図Ⅰの④で機能する）は「万人に共通で、ほとんど対立した二つの性質」（Salons III, p.214）の何らかの釣り合いに基づいている。二つの性質をそれぞれカテゴリーに分けると、一方に「理性（raison）」、「哲学的精神（esprit philosophique）」、「判断力（jugement）」、「趣味（goût）」が、他方に「天才（génie）」、「熱狂（enthousiasme）」、「霊感（verve）」、「詩（poésie）(一三)」、「想像力（imagination）」が属し、前者は図Ⅰの①または図Ⅱの[1]、後者は③または[3]で機能する。また、前者は「哲学者の支配的な性質」、後者は「詩人の支配的な性質」と呼ばれる。

では、二つの性質が共存することの難しさはどこにあるのか、次の説明に注目しよう。「文明化した民族よりも野蛮な民族にいっそう多くの霊感があります。……哲学的精神が発達するにつれて、霊感と詩の頽廃が至る所に見られます。……哲学的精神はより緻密で、より厳密で、より厳格な比較を望みます。……心象《イマージュ》の領界は事物の領界が広がるにつれて消えていきます。理性によって導き出されるのは、正確さ、精密さ、方法であり、この言葉をお許し願えれば、すべてを殺してしまう一種の衒学的言動《ペダントリー》です」（Salons III, pp.214-215）。ここには二つの性質の両立しがたい理由がはっきり述べられている。しかし、この説明に、われわれは一瞬困惑を覚える。啓蒙の時代を支えているのが理性や哲学的精神の進歩であるとすれば、啓蒙時代の洗礼を受けているディドロがこの進歩を否定している、このように感じられるからである。しかも、彼が「理性を描いて見せなければならないのであれば、理性がペガソスから翼をもぎとり、彼をアカデミーの身のこなしに従わせるさまを描いて見せる」（ibid., p.216）とも言いだすので、いっそうその感を強くする。人類の進歩は人びとを「自然人」から「文明人」に変えてしまった。だからいまや、人びとは「野人の役」を一時的にまねたり、「自然人のパントマイム」を演じたりするし（ibid., p.190）、他方で、「都会から解放されて田舎の楽しみと幸せ」を享受しようとしながらも、結局のところ、「都会の倦怠にいっそう確実に、いっそう持続的に身を委ねるために田舎の住人になった」にすぎないようなことにもなる（ibid., pp.193-194）。人間の「自然的感性」（ibid., p.199）が鈍化し、熱い想像力の湧出に支えられた詩的感興が衰退していくさまに、ディドロが苦々しい思いを抱いているのは確かである。そのことが彼に古代への憧景を惹き起こしもすれば、ルソーの文明批判に対する共感をも抱かせもするのである。「ヴェルネの散歩」のなかに、やや唐突な仕方で、ルソーとチェスを興じたときの思い出が実に懐かしげに挿入されるのも（ibid., p.210）、このためであろう。

だが、二つの性質の釣り合いが求められねばならない。ヴェルネが「藝術の結果」とみなしうる自然の構想に成功したとすれば、図Ⅰの①—②—③の関係が見事に成立したことを意味する。ディドロは、すでに『一七六五年のサロン』において、ヴェルネを「判断力と霊感のバランスを実に完璧に取って、どちらかに偏ることもなく、どちらをも熱のないものにすることのない偉大な詩人」（Salons II, p.135）になぞらえていた。二つの性質の見事なバランスは、両者がほとんど両立不可能に近いのであるから、稀にしか起こりえない。それは「幸運な瞬間」、すなわち「熱を帯びるのに十分な霊感と自由があり、思慮に富むに十分な判断力と趣味がある瞬間」（Salons III, p.216）に依る以外にない。瞬間的であるということは持続しがたい、あるいは持続できないということでもある。『一七六九年のサロン』では、このバランスは「到底かなわぬこと」（Salons IV, p.45）とまで言われる。とすれば、藝術家も批評家も観賞者も絶えず両者のあいだを揺れ動かざるをえない。

ところで、ヴェルネが「幸運な瞬間」を捉えて、自然と藝術のイリュージョナルな融合に到達するとはどのようなことなのか。別言すれば、図Ⅰの③—④—⑤の関係はどのようになっているのか。この問いは、二つの性質のバランスをいかに取るかによって左右される。したがって、かのバランスが「幸運な瞬間」に委ねられ、そのメカニズムの分析がおそらく不可能である限り、この問いも、これと言葉で表示しうる答えを出せないものであろう。なるほどディドロは、サロン評を行う過程で、さまざまな画家たちのアトリエに足繁く通って、明暗法や彩色法のみならず、「デッサンの奥義や自然の真実とは何か」をも学んできた（Salons II, p.22）。その成果の一つが『絵画論』(一七六六―六七年)である。だから、彼はこう言い放つことができた。「わたしが藝術家を傷つけることがあるとしても、それは往々にして藝術家が自分で研ぎ澄ました武器によってである」(ibid., pp.21-22)。とはいえ、問題なのは、〈藝術の結果とみなされうる自然〉の構想とそれを画布に表現すべき技法とのかね合い、ディドロのよく使用する対概念を借用して言えば、「観念性 (l'idéal)」と「技巧性 (le technique)」とのかね合いであり、また、自然の模倣とその藝術的効果の関係である。ディドロはこの問題に絶えず悩まされたと言っても過言ではないであろう。だからこそ彼は、ここでは批評を止めて、画家としてのヴェルネを追体験すべき〈わたし〉として、この問題に立ち会うのである。〈わたし〉にできることは、「詩人の支配的な性質」を通して見事な成果を感じ取る、ないしは見て取ることである(図IIの3―4―5)。だから、見事な成果、つまり詩情豊かな〈絵のような自然〉に出合うたびに、〈わたし〉は、「詩人」ヴェルネがおそらく詩句を連ねて描出したであろう情景を画家ヴェルネのように一瞬のうちにタブローにまとめあげ、自らそれにうっとりしたり、叫び声――「おお自然よ、何とお前は偉大なことか！　おお自然よ、何とお前は威厳に満ち、荘厳で美しいことか！」(Salons III, p.211)――を発したりすることになる。[一四] このような感嘆は、「作り話」を語り終えた後のディドロによって次のように記述される。「驚くべきことは、藝術家がこのような効果を自然から二百里も離れたところで思い起こしながらも、そのモデルを自分の想像力のなかにしかもちあわせていない、ということであり、彼が信じられないほどの速さで描出する、ということである。光あれ、と彼が言うと、光が作られる、ということ……である。彼の的確で豊かな想像力がこのようなすべての真実を彼に提供する、ということである。こうした真実が、それを海辺で冷静沈着に見ていたような人によっても、彼の画布のうえに見出されて感嘆の念を呼び起こすほどである、ということである。事実、彼の作品が大自然そのものよりもいっそう強力に自然の偉大さや力や威厳を描いている、ということである。〈天ハ神ノ栄光ヲ語ル Coeli enarrant gloriam Dei〉と言われているが、しかし、それはヴェルネの天であり、ヴェルネの栄光である」(ibid., pp.226-227)。

このようにして、ヴェルネは、まるで創造主のごとくに神業を使って、自然と藝術の融合をなしとげる。だが、ディドロによれば、この融合の内実を言い表すことができない。そこで、われわれ読者は、再び〈わたし〉の後について「散歩」することによって、その内実を感じ取る以外にない。

三

ディドロは、〈わたし〉が神父に案内されてどのような風景に出合い、また、どのように反応しているのかを記述しながら、実は、ヴェルネがどのように自然を「藝術の結果」のごとくに見ていたのか、また、その自然をどのように表現しようとしていたのかを示唆する箇所を設けている。そこで、まず〈わたし〉の視点から、いくつかの例を取りあげて調べてみよう。

〈第一景〉から二つの箇所を取りあげる。「ちょうど右手の方に、この岩の突出したところがあり、その上に、わたしは二人の人物がいるのを認めたが、彼らの位置は藝術をもってしてもこれほど効果的に画かれはしなかったことであろう」(Salons III, p.176)。このことは、〈わたし〉＝ディドロからみれば、ヴェルネの藝術《わざ》が神業であるということであるが、神父からみれば、神の創造した自然が人間の藝術を凌駕するのは当然である。しかし、次の事象は神父にとって信じがたくなる。「この堤が奥へと向かう場所に、被いをかけられた、一人の農夫に引かれた荷車が一台あり、それがこの堤の下方に位置する村へと下っていくところであった。これもまた、藝術が示唆したかもしれない一つの出来事であった」(ibid.)。ここでの景観は、〈わたし〉にとっては〈藝術のごとき自然〉であり、ディドロにとっては〈自然のごとき藝術〉であって、自然と藝術の差異は消え去ろうとしている。この差異の実在性をあくまでも保持する役を演じるのは、神父である――このような景観を想い浮かべるような藝術家が「あなたの藝術家たちのなかにいるでしょうか」(ibid.)。

〈第四景〉から別の興味深い箇所を取り上げよう。それは、「われわれの藝術家たち」には理解しがたいほどの「感嘆すべき風景」（実はヴェルネの画いた風景）を画きに来るように、〈わたし〉がわざわざヴェルネに勧めると共に、彼に注文をもつけている箇所である。「友よ、ヴェルネよ、鉛筆を取り、急いでこの集団の女性たちできみの紙挟みを美しく飾りたまえ。……急ぎたまえ、これらの人物は、一瞬のうちに、別の、おそらく今ほどには快くない姿勢をとってしまうだろうから。きみの写生《コピー》が忠実であればあるほど、ますますきみのタブローは美しくなるだろう。そうではない。きみはこれらの女性にもう少し多くの軽快さを与えることだろう。きみは彼女たちにこれほど重々しく接しはしないことだろう。きみはこの段丘の黄色っぽい味気ない色調を和らげることであろう」(Salons III, p.192)。ヴェルネによる瞬間の絶妙な捉え方と構成の見事さ、また、模倣は写生《コピー》ではないということが示唆されていると共に、彼の人物描写と彩色法の一部に批判が投げかけられている。この批判は両者の自然体験、美的体験の相違から派生しているはずである。それゆえ、この相違は、自然と藝術の融合に対するディドロ自身の意味づけを知るうえでも重要である。そこで今度は、ディドロがヴェルネの風景を修正しているいくつかの箇所を取り上げて、調べていこう。

それらの箇所は、ディドロ自身の趣味を暗示させるものであったり、ヴェルネに対する不満や批判を示すものであったりするのだが、このような場合は、ディドロは〈わたし〉と一体化しつつ、風景を対象的に見ていることになる。二つの例を〈第二景〉と〈第三景〉から拾ってみよう。

「わたしの最も間近に、ほぼ左側の山々の麓に、大きな洞窟が口を開いている。わたしの熱を帯びた想像力はこの洞窟の入口に若い男と一緒にそこから出てくる若い娘を配置する。若い男は娘の一方の手をつかんでいる。彼女は若者から顔を背け、まるで光を受けて若者の視線に出合うのを恐れているかのように、自由になっている手で両目を覆った」(Salons III, p.183)。ディドロの想像力は、「洞窟」から受けとられる付随的観念を通して、洞窟を悦楽的な快感を生みだす場として描写している。(一五) このような趣向は、六一年の『サロン』では「美しい聖女よ、こちらへどうぞ、この洞窟の中に入りましょう、そうすれば、わたしたちはあなたの最初の生命のいくつかの瞬間をきっと思い起こすことでしょう」(Salons I, p.116)といったかたちをとって現れていた。これはやがて、洞窟の暗さの観念と連動して、ヴェルネ章の最後部における祭司に対する呼びかけ――「祭司たちよ、森の奥にきみたちの祭壇を置き、きみたちの建造物を立てよ。きみたちの犠牲者のうめき声が暗闇を貫くようにしたまえ。きみたちの神秘的で、妖術的で、血ぬられた情景が松明の不吉な微光でのみ照らされるようにしたまえ」(Salons III, pp.234-235)――と詩人に対する呼びかけ――「詩人たちよ、絶えず語りたまえ、永遠、無限、広大、時間、空間、神性、墓、死霊、地獄、暗い空、深い海、暗い森、雷鳴、雲を引き裂く稲妻のことを。暗いようでありたまえ」(ibid., p.235)――に合流していく。

もう一つの例もこの合流を予告するものであって、しかも、彼にとって「詩的」とは何かを感じ取るためにも有効となるであろう。「わたしはきみに単に事実(la chose)を語っているにすぎない。より詩的な瞬間には、わたしは風を荒れ狂わせ、波を逆巻かせ、小舟を群雲にまで近づけたかと思えば、今度は奈落の底に突き落としたことであろう。……だがそうなると、真実という語は存在しなかったであろう」(Salons III, pp.189-190)。ディドロは、彼の友人グリム(『文藝通信』の編集者で、ヴェルネ章の原稿を手渡す相手)と想定される人物(「きみ」)をも「作り話」のなかに巻き込んでいるばかりか、わざわざ「詩的な」情景を想像することによって、ヴェルネの画いた海景を逆に「事実」ないしは「真実」であると見なすように仕向けている。したがって、「より詩的な」というのは、詩的な事実があって、それ以上の、ということではない。ヴェルネのこの海景画は「結構美しい眺望」(ibid., p.188)ではあるが、人をその中に没入させるほどではない、つまり「詩的な瞬間」が欠けている、ということである。この瞬間の設定のためにディドロが持ち出したのは、「ウェルギリウスの〔アエネーイスの〕第一巻に描かれた嵐」(ibid., p.190)である。[二六] この嵐に伴われた詩的な観念は別の二つの海景(〈第六景〉と〈第七の絵〉)と共鳴しながら、やがて、海難の恐ろしい夢に結びついた後に、祭司や詩人への先の呼びかけへと向かっていく。

いずれにしても、このような修正は、ディドロが画家ないしは詩人の立場に立っていることを示している。ヴェルネはどのように自然を美化したのか、という神父の問いに対して、〈わたし〉は、そのことを知っていたならば、彼以上に詩人で画家になってしまう、と答えていたのであるが、ディドロは『サロン』の当初からこの立場を取っていた (Salons I, pp.96, 122-123, 152; Salons II, pp.31, 168; Salons III, pp.152-157, 216)。彼は画家に向かって、「豊かな想像力」を駆り立てる「大きな観念 (la grande idée)[一七]」を見つけるまでは絵筆を取るな、と忠告していたが (Salons I, p.96)、自らがそれを画家に代わって提示することもあった。たとえば、「以上が、もしもわたしが詩人であったならば、記述したであろう情景であり、もしも藝術家であったならば、画いたであろう情景である」(Salons III, p.100)。

こうして、彼の求めている「理想的かつ詩的な自然[一八]」は、光景の優雅さや魅力を、また、幹や枝の間を戯れる光や色の刺激的な効果を伴うもの (Salons III, p.176) を、というよりはむしろ、〈暗さと恐怖〉の感情を惹き起こさせるものとなる。「魂を驚かすすべてのもの、恐怖の感情を刻印するすべてのものは崇高へと通じている」(ibid., pp.233-234)。この「真実」から遠ざかっていく途においては、人間は「通常の道徳」に逆らい (祭司に対する呼びかけを想起せよ)、「一切において中庸を守る」という「幸福の規則」を捨てて、「極端に身を投じる」という「詩人の規則」を守るように仕向けられる。だから、彼は「自然の模倣者を崇高へと向かわせることによって、人間は不幸に直進するのではないか」(ibid., p.207)、と恐れもするのである。にもかかわらず、この途、つまり「ヴェルネの散歩」は、やはり、「感嘆ないし驚嘆と快感」を惹き起こす美 (ibid., pp.194-195) から「崇高」への途のように思われる。だが、そうだとすれば、「哲学者の支配的な性質」を捨てて、「詩人の支配的な性質」に身をまかせればよいはずなのに、なぜディドロは両者のバランスを求めようとするのか、また、この途の行き先に求められている「崇高」とは何なのか。ここで最後に、この途を簡単にたどり直しながら、これらの問いを追求しつつ、彼がなぜ「崇高」を求めるのかを確認しておきたい。

四

〈わたし〉が感嘆し快感を受け取る風景が、実のところ、ヴェルネの画いた風景であること、このことをディドロは百も承知している。にもかかわらず、彼はときどき〈わたし〉と一緒になって、その風景の中に没入し、あたかも自然風景のごとくに感じて「このうえなく心地よい状態」に陥り、「自分を見て独り悦に入る快感、我を忘れるというなおいっそう甘美な快感」(Salons III, p.191)を受け取る。「このようなとき、わたしはどこにいるのか、何がわたしの周りにあるのか、わたしは知らないし、知ろうともしない。わたしに何が欠けているのか、何も。わたしは何を望むのか、何も。神が存在するならば、こんな風に存在する。彼は自分自身と交歓している」(Salons III, pp.191-192)。時空を超越し、自分自身と一体化し、神のごとく自己充足した精神状態、自らの魂のカタルシス、これこそディドロがヴェルネの画いたいくつかの風景から受けとるものである。確かに、この状態はルソーがサン・ピエール島で「孤独な夢想にふけりながら」体験するものと共鳴する。(一九) だが、ディドロはこのような状態にとどまろうとはしない。彼自身が他者との共感を求めているからである。「なぜわたしはここにひとりでいるのか!　なぜ誰もこの景観の魅力、美しさをわたしと分かちあわないのか!……わたしだけのための快感は容易にわたしの心を打つとはいうものの、持続はしないものだ」(ibid., pp.193-194)。もちろん、それだけではない。先の精神状態を引き起こした景観は、主に絵画的な効果に基づく、「まるで自然の景観のごとくに記述した最初の四枚の絵」(ibid., p.229)であって、感嘆と快感を伴わせる明るくて美しい景観である。だが、彼がさらに要求するのは、「詩的な」効果に基づく、恐怖と暗さを伴う景観なのである。

　この景観は、これとしてはっきり提示されるわけではない。しかし、それは、時刻の推移に応じて静寂さと暗さを増していく三つの海景〈第五景〉・〈第六景〉・〈第七の絵〉を経て、あの〈第三景〉の「詩的」修正による嵐の海景と連動しつつ描出される、海難の恐ろしい「夢」（Salons III, pp.230-231）と関連していることは確かであろう。だから、この夢に続いて、バークの崇高論を念頭に入れながら「崇高へと通じている」情景の具体的な列挙（二〇）（祭司と詩人に対する呼びかけはこのなかに挿入されている）がなされるのであろう。だが、「夢」は、ヴェルネに関する記述を一通り終えた後に提示されている。とすれば、このような景観はヴェルネによる自然と藝術の融合の彼岸に、言い換えれば、自然の真実さを完全に超越した虚構たる夢のうちに求められているのであろうか。そうではあるまい。むしろ、ディドロは、「自然の真実さ」をいつまでも自然そのもののうちにとどめながら、「誇張したり意表をついたりする詩の魔力（le prestige de la poésie）」（CF, X, p.1104. 第二章で触れたファルコネの彫像に対するディドロの見方を想起されたし）をどこまで発揮しうるのか、その限界を求めようとしているのではなかろうか。詩的な効果を生みだすのは熱狂や想像力の豊かさであるが、藝術家はそれらをどこまでも発揮すればよい、というわけではない。詩は、「誇張」や「極端」や「嘘」を取り入れるとはいえ、真実さから完全に手を切ってはならないし（二一）、自然の模倣は、厳密すぎるとかえって藝術的効果を阻害する（Salons III, p.534）。そこには限界がある。だから、〈わたし〉は神父にこう述べていたのである。「わたしがあまりにも長きにわたって我を忘れるとすれば、恐怖が強すぎるのです。まったく我を忘れることなく、つねに一者のままでいるならば、恐怖は弱すぎるのです。心地よい涙を流させるのは、このちょうどよい釣り合いなのです」（ibid., p.200）（二二）。また、海難の恐ろしい夢も、「わたしはこのような感動的な情景をすべて見て、実際に涙を流していた」というかたちで結着がつけられるのである。だとすれば、自然の模倣の極限に「崇高へと通じている」詩的効果を伴ったタブローも位置づけられることになるであろう。

　だが、このように考えても何かすっきりしないものが残っている。それは、「崇高」が模倣の領域に収まっているのかどうかが判然としないからである。しかも、ディドロはすでに『私生児対話』の中で、次のように述べていた。「特徴のはっきりしない外観、混乱状態にある軍勢、血で染められた大地、短剣で胸を貫かれた若い王女、たけり狂う風、上空で鳴っている雷鳴、稲妻で照らされた空、泡立ち怒号する海。詩人はこうした事象すべてを描出しました。想像力はそれらを見て取りますが、藝術はそれらを模倣しません」（OE, p.151. 傍点引用者）。詩人が描出する事象としてここに例示されている事象は、まさに「崇高に通じている」事象であり、「理想的かつ詩的な自然」である。とすると、このような自然は藝術によって「模倣されない」ことになる。また、すでに註記（註（一八））したように、歴史画家は、「理想的かつ詩的な自然の創造者」と呼ばれはしても、「模倣者」と呼ばれてはいなかった。[二三]やはり詩的な事象は、バークが言うように、模倣不可能なのであろうか。[二四]この点は細心な考察を必要とするであろうが、少なくとも、ディドロは模倣すべしと考えているように思われる。ただ、一口に「模倣」と言っても、「自然を模倣する仕方は多数あって、そのどれもが是認される」わけではない（Salons III, p.283）。特に、詩的な事象を描出するには、「技巧性」による厳密な模倣のみならず、「大きな観念」ないしは「豊かな想像力」、つまり「観念性」に基づく模倣をもってしなければならない、というのがディドロの考えではないか。だとすれば、「崇高」はこのような模倣の極限に位置することになるであろう。

　このことを裏付けてくれると思われる彼の考えを二つ取り出したい。一つは「ヴェルネの散歩」の前にくる同年のラ・グルネ章のなかにある。そこでは、絵画においては「語ることが問題なのではなくて、詩人の語ることを画かなければならない」（Salons III, p.151）と述べた後で、画家のもつべき想像力を「文学者が思い浮かべた事象を自在に美しいタブローにしうる能力」（ibid., p.153）とみなしている。言い換えれば、〈詩ハ絵画ノゴトク（ut pictura poesis）〉であるならば、画家はそのような詩を、まるで画布の上にあるかのごとくに再現模倣すべきであり、また、それこそ「藝術の真の規則」に従うことであって、逆に〈絵画ハ詩ノゴトク〉とみなすことは詩の領分を侵すことだ（ibid., pp.150, 153, 158）、ということである。[二五]このことは、自然をあたかも藝術の結果のごとくみなすという考えに対応する。もう一つは、『絵画論断章』（一七七五―八四年）のなかの次の文、すなわち、この件を最も端的に示し、かつ、明らかにヴェルネを念頭に入れている文のなかにある。「ジャンル画には熱狂がないわけではない。熱狂には二種類あるからだ。魂の熱狂と熟練の熱狂である。前者がなければ、観念には熱がなく、後者がなければ、制作には力がない。作品を崇高にするのは両者の結合である。偉大な風景画家には独特の熱狂がある。それは一種の聖なる恐怖である。彼の画く洞窟は暗くて深い。切り立つ岩山は天を脅かす。そこから急流が激しい音をたてて落ち、遠方にある森の厳かな静寂を打ち破る。人間は悪霊と神々の住処をよぎる。そこは、恋人が最愛の女性をかどわかした場所、彼の溜息が彼女にしか聞こえない場所である。そこは、哲学者が腰を下ろし、あるいはゆっくりと歩きながら、自己の内面に沈潜する場所である。この神秘的な自然模倣に目を止めるならば、わたしは戦慄をおぼえる」(OE, p.722. 傍点引用者)。

このようにして、われわれは自然と藝術とのイリュージョナルな融合に、ディドロが何を求めていたのかを知ることになるであろう。それは、絵画的効果と詩的効果の調和、「技巧性」と「観念性」の結合に基づく〈崇高な美〉である。だが、この調和や結合が「稀で瞬間的で」あるか「到底かなわぬこと」であるならば、それは実在化しうる美ではなくて、彼が批評の普遍的な原理を託したいと願う「理念的なモデル (le modèle idéal)」に基づいて想定される美であろう。「崇高に通じている」さまざまな事象が、ヴェルネに関する記述を一通り終えた後に、戦慄と感動をおぼえさせる「夢」を介して述べられたのは、やはり象徴的である。このことは、「一つの全体」としての自然、つまり〈イデアールな自然〉が「ダランベールの夢」を介して描出されることに対応している。

註

（一）クロード＝ジョゼフ・ヴェルネ（Claude-Joseph Vernet, 1714-89）は五三年に王立絵画彫刻アカデミー会員になった海洋画を主とする画家であり、特に「フランスの港（Ports de France）」（一五枚の連作）で知られている。ディドロはシャルダン、グルーズと並んで彼を高く評価していた。

（二）Diderot: *Essais sur la peinture, Salons de 1759, 1761, 1763*〔Salons I〕, Hermann, p.181. 彼の『サロン』は四巻本のこの版を使用し、以後 Salons I, p.181 のように本文に記する。

（三）たとえば、*Journal Encyclopédique* の論者はこう記している。「彼は、自らのタブローにおいて、自然のかくも偉大で、かくも正確な模倣を意のままにしているので、イリュージョンを避けるのは不可能である」（1765, Novem. VII, Part III, p.75）。また、*Mercure de France* の論者は「このジャンルの藝術家のなかで絵画のイリュージョンをヴェルネほどに押し進めた人はいるであろうか」（1767, Oct. II, p.168）と誌している。

（四）一七六八年と推定されているグリム宛書簡。*Œuvres Complètes*, le Club français du livre, VII, p.800.（以後 CF と略記）

（五）「散歩」を滞在地からの外出とみなすならば、散歩は三回行われている。一回目はすでに記したように、神父と彼の二人の生徒を伴った散歩であり、二回目は一人での外出、三回目は神父と二人の生徒と二人の召使いを伴ったものである。それぞれの散歩において記述される「景観」はディドロによって〈第一景（1ᵉ SITE）〉、〈第二景〉といった具合に記されているのだが、一回目の散歩では〈第一景〉から〈第三景〉が、二回目では〈第五景〉が、三回目では〈第六景〉が述べられる。〈第四景〉は散歩に依るわけではなく、滞在地から眺められた「景観」である。しかし、「散歩」をディドロの〈観念の散歩〉とみなすならば、ヴェルネ章全体に及ぶことになるであろう。

（六）ヴェルネの作品についての記述不可能性についての見解は『一七六三年のサロン』に遡る――「彼の作品について語ることはほとんど不可能であって、それを見なければならない」（Salons I, p.226）。『一七六五年のサロン』では、

「彼の作品を言い表すのは不可能であり、それを見なければならない」(Salons II, p.135)。

(七)「ヴェルネの散歩」を演劇とみなして〈第一景〉から〈第四景〉までを分析した論考として、次のものがある。Julie Wegner Arnold; *Art Criticism as Narrative Diderot's Salon de 1767*, Peter Lang 1995, Chapter Four (Landscape : A Stage for Ventriloquy), pp.81-115. 付言すれば、「ヴェルネの散歩」に触れた論考は多数に及ぶが、それをテーマ化した論考は意外に少ない。わたしの知る限りのものを掲げておこう。D. Arasse; L'image et son discours: Deux descriptions de Diderot, dans: *Scoliers*, Cahiers de Recherche de L'Ecole Normal Supérieure, no3-4, 1973-74. J. Chouillet; "La promenade Vernet", dans: *Recherches sur Diderot et sur l'Encyclopédie*, 2, Avril, 1987. Julie C. Hayes; Sequence and Simultaneity in Diderot's *Promenade Verenet* and *Leçon de Clavecin*, dans: *Eighteenth-Century Studies*, vol.29, 1996. Thierry Belleguic; L'Œil et le tourbillon: épistémologie et poétique du *pathos* dans《La promenade Vernet》, dans: *DIX-HUITIÈME SIÈCLE*. no.32, 2000. Kate E. Tunstall; Diderot's "Promenade Vernet", or the Salon as landscape garden, in: *French Studies*, vol. LV, No.3, 2001. 大橋完太郎『ディドロの唯物論　群れと変容の哲学』第三部第三章、法政大学出版局、二〇一一年。

(八)シュイエ Chouillet によれば、「その時突然……」といった手法がページごとに繰り返されるのは文体上わざとらしい単調さを生みだす(ibid., p.134)ことになるが、観る者に及ぼす各々の「景観」(=ヴェルネの絵)の力を暗示するものと考えれば、わずらわしさは薄れよう。また、Tunstall はこの手法を五〇年代後半のディドロの演劇論において批判された〝coup de théâtre〟に関連づけているが、これには無理がある。Tunstall は〝coup de théâtre〟を「人の不意を打ち、人を驚かし、そうすることで〈真実らしさ〉をその限界まで引き伸ばす事件や場面」(ibid., p.4) としているが、『私生児対話』においてディドロはこう述べていた。「筋立て《アクション》のなかで、登場人物の境遇を一変させる予想もされない出来事、これが演劇的大事件(coup de théâtre)だ」(*Œuvres esthétiques*, Classiques Garnier, p.88. 以後、OE と略記する)。「ヴェルネの散歩」では、この用語は一度使用されているが、「見せ場」というほどの意味である(Salons III, p.223)。

（九）*OE*, p.684.『ディドロ　絵画について』佐々木健一訳、岩波文庫、四三―四五頁。

（一〇）佐々木（その4）一三―一五頁。

（一一）ディドロはヴェルネの絵の細目を非難した後に、自らの自然体験によってその非難の不当性を知らされたことを述べている。「夜であった。わたしの周りのものはすべて眠りについていた。わたしはサロンで午前中を過ごした。わたしは夕方自分が見たものを記録しておいた。わたしはペンを取り、ヴェルネの《月明かり》は少々味気ないし、雲は黒すぎて、あまり深みがないように思われる、と書こうとしていたのだが、ちょうどそのとき、わたしは窓ガラスごしに、空に月が雲間にでているのを見た。それは藝術家が画布のうえに模倣したものと同じものであった。そのタブローを思い起こしながら、わたしの目にしている現象といかなる相違もそこに認めなかったときのわたしの驚きを察したまえ。自然におけるのと同じ黒さ、同じ味気なさであったのだ。わたしは藝術《わざ》を不当に非難し、自然を嘲罵するところであった」(Salons IV, p.54)。しかし注目すべきことには、この事例には自然の厳密な模倣と藝術的効果の認定とのあいだにズレが生じることが示唆されている。どんなに模倣が厳密であっても、観賞者には「同じ黒さ、同じ味気なさ」と映っているからである。このことは〈自然の真実〉と〈藝術の真実〉とのぬきさしならぬ亀裂を暗示させている。しかも、この亀裂は一人の藝術家の内部においてのみならず、藝術家と観賞者のあいだにおいても生じることになろう。しかし、「ヴェルネの散歩」では、この亀裂はイリュージョンによって解消されてゆく。なお、この亀裂は『俳優についての逆説』の中でテーマ化される（第六章参照）。

（一二）この点については、D. Arasse; Les Salons de Diderot: le philosophe critique d'art, dans: CF, VII, pp.xv-xvi. および J. Renaud; De la théorie à la fiction: les Salons de Diderot, in: SVEC 201, 1982, p.158 参照。また、読者には、それぞれの絵の画題も画布の大きさも分からない。今日でも明確に認定されているのは〈第一景〉、〈第三景〉、〈第四景〉に対する三枚の絵だけである（Chouillet; ibid., pp.123-124）。

（一三）すでに触れたように、「天才」、「想像力」と同列に記せられる、ここでの「詩（poésie）」とは「虚構的な物語世界をいきいきと表象し案出する力」〔佐々木（その12）一五頁〕ないしは「存在するものを模倣しつつ、存在しないものを創造するわざ」（Diderot; Suite de l'entretien, dans: *Œuvres philosophiques*, Garnier, pp.374-375）である。他方で、ディドロはこのような力によって描出されたもの（詩作品のみならず、演劇の場面や絵の構成）にもpoésie, poèmeを当てている。たとえば、デゼイ（Deshays）のある絵の構成について「何と恐ろしくも、美しい詩（poésie）であることか！」（Salons I, p.134）といったように使用されている。したがって、「詩的な」（poétique）は両義的な意味をもつことになるであろう。

（一四）このような感嘆は、次の文における「哲学者」の驚嘆に対応する。「詩にはほとんど神的な霊感に基因する頭脳の高揚が必要である。詩人には、彼にもその原因も結果も分からないような深い観念が湧いてくる。哲学者においては長期の思索の成果であるから、彼はこれに驚いて、こう叫ぶ、《一体誰があんな気違いにこれほどの叡智を吹き込んだのか》」（Réfutation d'Helvétius: CF, XI, p.533）。また、このことは、ディドロにとって藝術家や詩人にのみ特有なことではなく、たとえば化学者のうちにも認められている――「化学ほどに鋭敏な推測を精神に提供し、巧妙な類推で精神を満たす科学は他にない。これらの類推すべてが化学者の想像力にいちどきに現れる瞬間がやってくる。それらが彼の心をとらえると、彼は自分のためになる実験を試みる。そして彼は、自分の技術の長い試練に耐えぬいた結果にすぎないものを自分の魂と何らかの優れた叡智との内的な交合の賜とみなす」（『百科全書』項目「神知論者」DPV, VIII, p.367. I部第五章一四六―七頁参照）。だからこそ、ディドロは『百科全書』の編集に忙殺されながらも、王立植物園におけるルエルの化学講義を五四年から五七年にかけて水曜と土曜を除いて毎日受講するのである。一七五七年三月付ルソー宛手紙（*Correspondances de Diderot*, G. Roth, vol. I, p.240）参照。

（一五）Hayes（ibid., p.294）によれば、彼が着想を得ているのは神父が生徒の一人の手に残した『アエネーイス』の第四巻からである。その四巻では、アエネーアースとディードが固い契りを結ぶ場が洞窟である。ウェルギリウス『アエネーイス』（上）泉井久之助訳、岩波文庫、一九九七年、二一六頁。

(一六) ディドロが念頭に入れていたのは、次の箇所かもしれない。「息もつかせず天海の、山は頭上にくずれ落ち、水におちた船人は、天うつ波の頂上に、吊るし上げられ、あるはまた、大口あけた水の底、波のあい間の海底を、開き見せられ狂瀾は、砂をまじえて荒れ狂う。」(前掲書、二〇頁)

(一七) これは、画家が作品を一つの全体として構成する以前に、その全体についてあらかじめ思い描いていなければならない形象的で詩的な観念といえよう。特に、歴史画家に求められている。

(一八) ディドロは、『絵画論』のなかで、ジャンル画には「自然のより厳密な模倣、より念入りな細部の模倣」(OE, p.726. 前掲訳書、一一三頁)、「より多くの真実」(ibid., p.727. 同一一四頁) が要求されるのに対して、歴史画には「より多くの高揚、おそらくより多くの想像力、そしてより奇妙な別種の詩」(ibid.) が要求されると述べると共に、ジャンル画家を「見なれた自然の端的な模倣者」、歴史画家を「理想的かつ詩的な自然の創造者」と呼んでいた (ibid., p.722. 同一〇五頁、傍点引用者)。ヴェルネは六三年の『サロン』以降、ディドロによって「歴史画家」とみなされる。

(一九) たとえば、次の箇所——「そのような境地にある人はいったいなにを楽しむのか？ それは自分の外部にあるなにものでもなく、自分自身と自分の存在以外のなにものでもない。この状態がつづくかぎり、ひとはあたかも神のように、自ら充足した状態にある」(ルソー『孤独な散歩者の夢想』今野一雄訳、岩波文庫、一九六〇年、八八頁)。Chouillet; ibid., p.128.

(二〇) バークとディドロの関係については、佐々木健一『フランスを中心とする一八世紀美学史の研究——ウァトーからモーツァルトへ——』(岩波書店、一九九九年) 二六四—二八六頁、および Gita May; Diderot and Burke: A Study in Aesthetic Affinity, in: *PMLA*, vol. LXXV, December 1960, pp.527-538.

(二一) 「真実的」と「詩的」との線引きに対する関心は、少なくとも、『百科全書』の項目「美」(一七五一年) にまで遡る。『劇詩論』(一七五八年) では、自然が藝術に対して準備する詩的モデルを細々と列挙し、また、〈詩人の必要とする自然〉とは何かを問うた(OE, pp.260-261)後で、こう述べている。「詩人はこれらのものを美化するように努めるであろう。……しかし、公私の習俗をどこまで美化しうるのかを感じ取るためには、どんな繊細な趣味が彼に必要であることか。限度を越せば、彼は虚偽になり空想的《ロマネスク》になる」(OE, p.262)。因みに、ヴェルネに関してこう記している――「ヴェルネが観念で画いた海辺の風景と彼が模写した風景との間に、熱と効果においていかに著しい差異があるかを見て取りたまえ」(OE, p.265)。また、『文藝通信』(一七六三年五月一日)に寄稿した小論のなかでは、こう述べていた。「法外なものや架空なものに陥る心配があるがゆえに、詩が越えることのできない境界線はどこにあるのか」(Sur la sculpture, Bouchardon, et Caylus, dans: CF, V, p.296)。

(一二二)『私生児対話』(一七五七年)ではこう言われていた。「人びとはほろりとしたり、感動したり、恐れおののいたりしたいのです。しかし、それもある点までのことですよ」(OE, p.152)。また、『一七六七年のサロン』のドワイアン章においてはこうである。「絵画であれ、彫刻であれ、建築であれ、朗誦であれ、詩であれ、すべてのすぐれた構成、すべての真実の才能には理性と狂気、判断力と霊感を伴う一定の釣り合い、すなわち、それがなければ構成が常軌を逸するか熱がなくなるかする均衡のとれた、稀で瞬間的な釣り合いが想定される」(Salons III, p.273)。

(一二三)さらに、II部第三章で示したように、六九年の『サロン』においては、「自然の細心な模倣者であるグルーズは、歴史画が要求する類いの誇張にまで高まることができなかった」(Salons IV, p.89)と指摘されていた。

(一二四)バークにおける詩の非模倣性については、小田部胤久「表象から共感へ――バークの美学理論における芸術家の誕生――」(『芸術理論の現在――モダニズムから』所収、東信堂、一九九九年)、また、ディドロにおける「詩」・「詩的」については、佐々木健一前掲書の「第六章　廃墟の詩情」参照。

(一二五)さらに、同年の『サロン』の Jollain 章において次のように述べられている。「天才をもってしても、小説的な状況や劇的な場面に従ってすぐれたタブローを作り出すことは、ほとんど不可能である。これらのモデルは自然にさほど近くはないからだ。そのようなタブローは模倣の模倣になる」(Salons III, p.430)。

第六章　自然と藝術の境域

——『俳優についての逆説』をめぐって——

『俳優についての逆説』はグリムの『文藝通信』に掲載された『ガーリックあるいはイギリスの役者たち』というスティコッティの小冊子についての書評を基にして一七六九年から七八年までの間に起草され、二度の修正を加えられたディドロの晩年の作品である(一)。それはわたしにとって極めて読み取りにくい作品である。そこに登場するのは二人の対話者と彼らについてコメントを行う語り手＝「わたし」である(二)。「第一対話者」は『一家の父』や『サロン』の著者で「ディドロ」と呼ばれるが、書き手としてのディドロその人なのだろうか。もしそうだとしたら、「わたし」と称する語り手は何者なのか。もしそうでないとしたら語り手が書き手としてのディドロなのか。そもそもディドロはどこにいるのか。この作品全体の考えは定められるのか。しかも対話は途中ではじまり途中で終わる。すなわち、「第一対話者」の「もうその話はよそう」で始まり、同じ人間の「しかしもう遅くなった。夕食を食べに行こう」で終わる。何がテーマなのか。「俳優についての逆説」にはちがいあるまい。その「逆説」とは「観客を感動させるために、俳優は全く無感動で冷静でなければならず、感受性の欠如がその要件である(三)」という主張にある。「感受性の欠如」というテーゼは、『百科全書』の項目「逆説」の定義——「逆説とは、一般に認められている意見と逆であるという理由で、一見したところでは不条理であるが、にもかかわらず根本的には真実であり、少なくとも真実らしさを受けとることのできる命題である」(Ency, XI, pp.894-895)――からみても逆説的である。というのも当時の一般的な意見や[四]『逆説』以前のディドロの主張、たとえば『私生児対話』では、冷静な判断力よりも豊かな感受性をもった熱狂的で情念的な俳優こそが重視されていたからである。[五]

では〈感受性の豊かさ〉から〈感受性の欠如〉へのテーゼの転回は何によってもたらされたのか。それは少なくとも『絵画論』(一七六六―六七年)までのディドロの美学が自然美と藝術美の差異を消去させるイリュージョニズムの美学であったのに対して、[六]『逆説』では二つの美の差異が前面に押し出されることによって、藝術の領分が浮き彫りにされようとしたことに基因するように思われる。そこで、この拙稿では「逆説」の意味そのものの検討よりも、この基因と「逆説」との関連に焦点を定めてみたい。このため次のような手順を取りたい。まず自然と藝術の峻別を通して藝術の領分がどのように設定されようとするのか、次に藝術の領分において俳優の逆説的な要件がどのように導き出されるのか、その際、「自然の模倣」や「理想的/観念的モデル」がどのように位置づけ直されるのかも検討したい。そして、これらの作業を通してディドロの思考過程をわたしなりに再構成することによって、彼が一体何を求めようとしているのかを探っていきたい。

一

「第一対話者」は「自然」と「藝術」の質的差異についていくつもの例示もしくは逸話を提示するのだが、その際、両者の差異を実社会ないし客間と舞台ないし劇場との差異として具体化している。ここで注意すべきことは、彼の言う「自然」の具体相と「藝術」の具体相がともに人間的な社会的諸関係に基づくがゆえに、実社会や客間が舞台や劇場でもあると規定されること、しかしそれでも両者の差異が求められるがゆえに論理展開が複合的になるということである。さらに、ある時には自然の世界から藝術の世界を、ある時には逆に後者から前者を浮き彫りにするがゆえに、同じような例示・逸話であっても裏書きされる事象が反転したりする。(七) しかし、この反転の繰り返しを通して両世界の差異がそれなりに見えてくるように思われる。そこで、この差異を一方から他方を映し出す仕方で、「第一対話者」の言葉を援用して言い換えれば、「自然の真実」と「舞台の真実」（ないし「約束事の真実」）とを相互に相手を通して照らし出していこう。

本書の冒頭近くに示される「第一対話者」の次の主張を展開の起点としよう。

「藝術なくして自然だけでどうして偉大な俳優を作れるであろうか。というのもまさに舞台のうえでは何ごとも自然におけるごとくには生じないからであり、劇詩はすべて一定の原理のシステムによって構成されるからである。(八)」「自然」ここでは「人間的自然＝本性」は「人格に伴う諸性質、容姿、声、判断力、繊細さ」を人間に付与するが、(九) この「自然の賜物に仕上げを施す」(OE, p.303) のは藝術である。舞台は実社会とは別の世界であって演劇的原理の「一定のシステム」――「老アイスキュロスが与えた定式」つまり「三千年来のしきたり」(ibid., p.315) ――によって構成されている。なるほど、実社会において感受性豊かに語られる悲話が人を感動させ、大きな効果を産み出すことはあるが、その時の口調、表情、所作、身振り、朗誦をそのまま舞台にのせたところで、「きみが演じているのは悲劇ではなく、悲劇的な茶番 (parade)」とならざるをえない (ibid., p.314)。だが、次のような場合には舞台のうえで演じられる嫉妬が実社会での嫉妬に対して逆に「茶番」に映るとされる。少々長いが重要な諸点を含んでいるので全文を引用したい。

「或る役者 (acteur) が或る女優に恋心を抱いた。偶々二人は或る芝居で嫉妬する場面のときに舞台にのる。もしも役者が凡庸であるならば、この場面はうまくゆくであろうが、彼が俳優 (comédien) であるならば、この場面はうまくいかないであろう。(一〇) そのような時には偉大な俳優は自分になり、自分が考えていた嫉妬する男の理想的で崇高なモデル (le modèle idéal et sublime) ではなくなる。このような時には役者も女優も互いに普通の生活にまで身をおとしめるという証拠は、もしも彼らが自分たちの竹馬〔誇張〕を保持していたならば、彼らは互いに鼻先で笑うであろう、ということだ。大袈裟で、悲劇的な嫉妬は彼らにとって往々にして彼らの嫉妬の茶番にすぎないようにみえるであろう。」(OE, pp.336-337)

見られるように、先には現実的な悲話が舞台での悲劇の「茶番」であったのに対して、ここでは舞台で演じられる嫉妬の方が実社会における現実的な嫉妬の「茶番」とされている。あたかも今回は現実的な嫉妬の優位性が主張されているかのようにみえる。しかし、そうではない。「茶番」は、先の場合は自然の世界を藝術の世界に移し替えることによって生み出されたのに対して、今回は逆に後者を前者に移し替えることによって生じている。二つの質的に異なった世界がそれぞれ自らの方から相手の事象を見たときの様態が「茶番」という言葉で表現されているのである。しかし、二つの世界は同等ではなくて、前者の限界を乗り越えて前者を「仕上げる」ことが後者の役目である。この件を『一七六七年のサロン』(二)の序文によって再確認しよう。ディドロによれば、「自然のアトリエから出てくる最も完璧な作品といえども、さまざまな制約と作用と機能の支配のもとにおかれたのみならず、それらによって変形されてしまっている」(Salons III, p.69)のだから、藝術家は自然を「完璧なもの(parfaite)」としてではなくて「完成可能なもの(perfectible)」として研究しなければならない(ibid., p.71)。それにもかかわらず、「偉大な俳優」でさえも演じられるべき嫉妬を忘れて、自らの現実的な嫉妬を表に出すことがある。この事態を捉えて「そこには自然の真実があるだろう」と「第二対話者」は抗弁する。彼は演技の背後から顕現してくる自然的真実をこそ表出すべきだと考えている。これに対して、「第一対話者」はこう反論している。「まるで悪しきモデルを忠実に表現した彫刻家の像のうちにそれがあるようにね。ひとはこういった真実を称賛しはするが、全体を貧弱で軽蔑すべきものと思うものだ」(OE, p.337)。彼の主張は自分の自然に湧き起こる強力な嫉妬をモデルにして、それを「忠実」に再現したところで自分の演じるべき「嫉妬する男」の理想的モデルを再現したことにはならない、ということである。したがって、「ちっぽけに、さもしく演じる確実な方法は自分自身の性格を演じることだ」(ibid., p.337) ということになる。だから、「凡庸な役者」と違って、俳優とりわけ「偉大な俳優」は通常は理想的モデルを再現しているのに、急に自分自身の地を出してしまうとかえって両者の差異を際立たせて場面をうまくいかなくさせるのである。ここにおいて、藝術が「自然の真実」を「仕上げる」際に枢軸となるのが「理想的＝観念的モデル」の模倣である、ということが示される。この点は俳優の要件との関係を通して検討することにして、次に「舞台の真実」とは何かを検討して藝術の領分をもう少し具体化していこう。

　藝術の世界はまさに人為的な世界であるが、反自然的なそれでは決してなくて、むしろ自然を超えて自然以上に自然的な真実らしさを創造することを特色としている (Salons III, p.226)。「第二対話者」は「もしも街頭で何らかの大惨事に群がっている群集が互いに打合わせることなく、突然各人各様に自らの自然的な感受性を発揮するに至るなら、彼らは見事な光景を、彫刻や絵画や音楽や詩にとって無数の貴重なモデルを創造するだろう」(OE, p.319) と主張するのに対して、「第一対話者」は芝居を「各人が総体および全体の幸福のために自分の原初的な権利を犠牲にする、よく秩序の保たれた社会」(ibid., p.320) にたとえている。このような「社会」を保持するための要件がそのまま俳優の要件につながるはずであるが、ここでは「稽古の目的」が次の点にあると主張されていることに注目しよう。「それは役者のさまざまな異なった才能のあいだにバランスを確立し、それから一なる全般的な行動 (une action générale qui soit une) を結果することにあるのだ」(ibid.)。この「バランス」と「一なる全般的な行動」のうちに藝術美を求めるのはディドロの一貫した姿勢である。したがって、先の「街頭のシーン」には自然美が生じる場合もありうるが、大抵の場合、それと「芝居のシーンとは野蛮人の群れと開化された人間の集りほどの差異がある」(ibid., p.320)。自然の世界と藝術の世界を「一つにすぎない」(ibid., p.310)(一二) とみなす「第二対話者」は「世間という芝居」の観賞者であるがゆえに、「自然の真実」をもって反抗する。すでに例示された社交界での悲話の語りのシーンも「街頭のシーン」も「むきだしの真実、あらゆる虚飾を取り除いた行動」(ibid., p.318) から発生するものである。もちろん、「第一対話者」も「純然たる自然がその崇高な瞬間をもたない」わけではないということ (ibid., p.318) を認めている。だが、藝術家は偶々生じる自然の捕捉しがたい美的な瞬間を待ちわびるのではなくて、そういう瞬間をむしろ創造すべく「企図された、筋の通った、自らの進展と持続とを有する藝術作品」(ibid., p.319) を創出しなければならないのである。そこで、「第一対話者」は相手に対して「舞台において〈真実である〉と称される」のはいかなる事態であるのかをしっかり考えるように要求し、次のように主張する。

「舞台において何が〈真実である〉と呼ばれるのか、この点について一寸よく考えてみたまえ。それは事物を、自然のうちにあるのと同じように舞台で示すことであろうか。決してそうではない。この意味での真実は月並みにすぎないであろう。では、舞台の真実とは何か。それは行動、せりふ、容姿、声、動作、身振りが詩人によって想像され、往々にして俳優によって誇張された理想的／観念的モデルと合致することである。これこそが驚異的ということだ。」(OE, p.317)

ここで、これまで見てきたことが「舞台の真実」という語を軸にして端的に述べられている。「舞台の真実」は、「自然の真実」を単に模倣することにあるのではなく、詩人がそれを「想像」し、さらに俳優が「理想的／観念的モデル」を通して「誇張」することで創作される。この点は、対話が中断してチュイルリー公園を散歩しているときの彼の「独言」のなかでいっそう明確な仕方で繰り返されることになる。「自然の真実は約束事の真実と調和しない〔……〕。きみは自然を、美しい自然をさえも、つまり真実をあまり忠実に模倣することさえ許されていないということ、越えてはならない限界があるということが分かるだろう」(OE, p.377)。少なくとも『絵画論』までは自然の厳密な模倣が推奨されてきたが、[一三] いまやそのような模倣ではなくて、「誇張」の必要性が要求される。「マニエールについて」(一七六七年) という小論においてすでに、ディドロは「自然の厳密な模倣が藝術を貧しく、矮小で、凡庸なものにすることはある」(Salons III, p.534) と述べていた。だから、藝術的効果のために「誇張」が要求されるのだが、だからといってどんな誇張も許されるというわけではない。いずれにしても「超えてはならない限界」がある。これは、『逆説』の別の箇所では、「現実的な美を観念的な美から分かつ境界、つまりさまざまな流派がそこで戯れている限界」(OE, p.341) とも言い換えられているが、『一七六七年のサロン』でもっと的確に表現されていた。つまり、それは「自然を絶対的な精確さで表現することが不可能であるという周知で、かつ、おそらく幸運な事態において、藝術が動き回ることの許される約束事で決められた境域」(Salons III, p.284) である。このような「限界」もしくは「境域」をどのように設定すべきなのか、この点は、II部第二章で触れられたように、『百科全書』の項目「美」(一七五一年) の段階からディドロの念頭にのぼっていた、にもかかわらず、彼にとって厄介な問題であり続けた。これはまさしく藝術の領分を具体的に規定する問題である。ここで再び、この問題が彼の前に立ちはだかっているといえる。なぜなら俳優は一方で「自然の注意深い模倣者にして自然の思慮深い信奉者」(OE, p.306) でなければならない、他方で自らの「誇張した理想的／観念的モデル」を再現模倣しなければならない、そうであるとしたら、これらの二つの条件を、しかも「調和しない」とみなされる二つの条件をいかなる関係によって保つことになるのか (これこそ逆説的な問いであろう) を考慮しなければならないからである。この点はまさに、俳優の逆説的な要件の内実に連関するであろう。

二

「第一対話者」が俳優、特に「偉大な俳優」に求める要件は、「豊富な判断力」ないしは「洞察力」と「感受性の欠如」と「あらゆる種類の役柄に対する一様の適応性」である (OE, p.306)。判断力や洞察力は俳優が自己と自然を客観的に観察しうる力であって、自らのうちに想定される「冷静沈着な観客」(ibid., p.306) のごときものであるから、感受性によって邪魔される危険性がある。また、「性格と役柄に対する一様の適応性」も気まぐれな感受性によって保持しがたくなる。つまり演技にむらが出るようになる。どちらも感受性の欠如を必要とする。とすれば、肝要なのが感受性に対する対応である以上、まずもって「感受性」とは何かを確認しなければならない。彼は「感受性」の定義を自ら行うのではなく、一般的に受け入れられてきたとみなされる意味を提示する。

「感受性とは、これまで人びとがその用語に与えてきた唯一の意味によれば、器官の弱さに伴われ、横隔膜の動き、想像力の活発さ、神経の繊細さから生じ、同感したり、おののいたり、感嘆したり、恐れたり、取り乱したり、泣いたり、失神したり、救いの手を差し伸べたり、逃げ出したり、叫んだり、正気を失ったり、誇張したり、軽蔑したり、侮辱したり、真善美についての精確な観念を持たなくなったり、邪悪になったり、狂気になったりしがちな気質である、とわたしには思われる。」(OE, p.343)

見られるように、「感受性」は功罪相半ばする代物である。『絵画論』においてディドロはこう言う。「経験と研究、これが作るひとにとっても判断するひとにとってもイロハである。わたしはさらに感受性を要求する。〔……〕感受性は、極端な場合には、見分けがつかなくなる。一切のものが区別なしにそれを感動させる」(OE, p.739, 邦訳、一三八頁)。また、『一七六七年のサロン』では詩人の韻律を作る技には感受性が必要であると主張している。「こうした技は、光の効果や虹の色彩と同じように慣行によるものではないし、それは学ばれもしなければ伝えられもせず、ただ完成されうるのみである。それは自然的な趣味を通して、魂の動きを通して感受性を通して吹き込まれる」(Salons III, p.384)[一四]。

では、このような感受性の「欠如」とはどのような事態のことを指すのであろうか。次の問いが有効であろう。「われわれはある程度の感受性を役者に認めるべきなのか、それとも彼はまったく感受性をもたないと認めるべきなのか。」[一五]すでに註記〔註（九）〕したように、ディドロは『文藝通信』に掲載した書評の中で、感受性を

「自然の賜」とみなしたばかりか、「第一対話者」も自らを「感じやすい人間」だと認めると共に、感受性を「自然的な」と形容している(OE, pp.318-320, 362)。だとすれば、少なくとも現実的には感受性をもたない人間は存在しないのではないのか。なるほど、「第一対話者」はそれでも、大根役者を作り出すのは「凡庸な感受性」であるが、「この上ない役者を準備するのは感受性の絶対的な欠如である」(ibid., p.313)と言う。舞台で演じているあいだ中、自らの感受性を出さないでいることは現実的に可能であろうし、また感受性の機能によって俳優のランク付けをするのであれば「絶対的欠如」も論理的には可能である。しかし、彼は別の箇所では、「感受性の萌芽が心の中に存在せず、感受性を決して感じたことがないほどに残酷で、非人間的な人間はおそらく存在しない」(ibid., p.375)、と述べている。誰でも程度の差こそあれ感受性をもつとすれば、「感じやすい人間」と「俳優」との差異は自らの感受性にどのように対応しているのかに依存することになろう。「感じやすい人間」にして「ディドロ」と称する「第一対話者」の自己体験は、感受性が抑えられるならば、「徐々に感じやすい人間は身を引いて、雄弁な人間に席を譲った」(ibid., p.332)ことを知らせている(一六)。だとすれば、いかに感受性をなくすのかということよりも、いかにコントロールするかがむしろ肝要であろう。次の箇所はこの問いの打開への道を暗示している。

「感じやすい人間はあまりにも横隔膜の意のままに委ねられるから、偉大な国王、偉大な政治家、偉大な行政官、正義の人、徹底した観察者、したがって自然の崇高な模倣者になれない。彼が自己を忘れ、自己自身から自己を分離することができない限りは。また、彼が強力な想像力によって自己を創造し、強靭な記憶力によって自らの注意を自分のモデルとして役立つ幻影(fantôme)のうえに固定することができない限りは。だがこの場合、行動するのはもはや彼ではなく、彼を支配している他者の精神である。」(OE, p.362)

ここで言う「〜できない限りは」という限定は、逆にもしできるのであれば感じやすい人間であっても「徹底した観察者」や「自然の崇高な模倣者」になりうる、という読み取りを可能にする(一七)。「感じやすい人間からの脱却の条件は二つであるが、両者は密接な関係のうちにある。一つは「自己を忘れ、自己自身から自己を分離する(se distraire de lui-même)」ことであるが、別の箇所では「自己放棄(abnégation de soi)」もしくは「自己と自己の分離(distraction de soi d'avec soi)(OE, p.318)、あるいは「自己喪失/他者化(aliénation)」(ibid., p.369)と端的に表現されている。これは、実社会における一個の人間としての自己を忘れ、あるいは放棄して、舞台のうえにいる俳優としての自己、言い換えれば役柄としての自己を構築すること、つまり自己の二重化である。もう一つは強力な想像力と記憶力を通して役柄としての自己の理想的/観念的モデルを創造し、かつその再現をめざすことである。なぜ想像力や記憶力が強力でなければならないのか。あらゆる役に適応し、しかも「どんな上演においても常に同一で、一様に完璧で」あるためである(ibid., p.307)。このような一連の作業のためにこそ、感受性のコントロール、感受性の欠如ひいては絶対的な欠如が俳優によってめざされるのであり、ここにこそ「自然の真実」を超える藝術の領分つまり「藝術の魔術」(ibid., p.319)が託されるのである。われわれはいまや俳優の逆説的な要件の内実に立ち会うことになる。

「俳優は作中の人物ではなく、彼を演じるのであり、しかもきみがこの人物はこのような人物であるとみなすほどに見事に演じるのである。だから、イリュージョンはきみにとってのみ存在しているのだ。彼の方は自分がこの人物ではないことをよく知っている。」(OE, p.313)

これが先の作業の具体的な要点である。一つは自己の二重化に対するはっきりした意識の保持であり、もう一つは役柄を観客がそれと得心のいくように演じることである。俳優が「自己放棄」する、あるいは自己を自己から分離して「他者化」するのは作中人物に同化するためではない。なるほど俳優の演技が見事であればあるほど、観客にとっては「本当の感受性と演じられた感受性」(OE, p.357)の区別がしにくくなり、彼が自らの「本当の感受性」を表出しているように思われてくる。だから、たとえば、俳優キノー・デュフレヌが『うぬぼれた男』を見事に演じたのは彼自身がうぬぼれた性格の持ち主であったからだ、と「第二対話者」は主張する(ibid., p.340)。そこで、観客を感動させる俳優は自らが感動しているはずだ、あるいは感動していなければならない、という考えが生じる。言い換えれば、他ならぬこの感情をもっている俳優がその感情を再現するのに最も相応しい、ということになる。(一八)この考えは当時一般的であったと言われるが、一例をデュボスから取ろう。「その筋においてすぐれた成功を収めたとわれわれがみなしたすべての演説家やすべての俳優は、わたしがいま語ったばかりの感受性をもって生まれた人びとであった。技術はそれを決して与えない。しかしながら、この感受性がなければ、美しい声音や他のすべての自然的才能も偉大な朗誦家をつくることができないであろう。(一九)」ところが、俳優の立場に立つ「第一対話者」にとっては、考えは逆になる。すなわち、俳優は感受性をもった自己から俳優としての自己を分離する。しかも彼は作中人物に感情移入するのではなく、その人物を演じるのであって、作中人物と自己の間の隔たりを十分意識しつつ、その人物を冷静に観察しうるのでなくてはならない。だから、その人物の感受性はまさしく、「演じられた感受性」にすぎない。したがって、「俳優の苦悩の叫びは彼の耳のなかに書き留められているものである。彼の絶望の身振りは記憶によるものであり、姿見の前で準備されたものである」(ibid., p.312)。

では、俳優が自己と役柄の隔たりを十分意識していることはどのように確認されるのか。「第一対話者」はこのことを示すいくつもの逸話を紹介している。二つの例をあげよう。イギリスの名優ガーリックは二枚開きの扉の間から数秒間隔で顔を出して、さまざまな感情を表現したが、この場合、彼がすべての感情をいちいち感じていたとは信じられない(OE, p.328)。また、女優デュクロは悲痛な場面にさしかかったとき、観客が笑い始めたので、憤慨の言葉を観客に浴びせて会場を静かにさせた後、再び芝居を続け、この悲痛な場面を演じ切り観客の涙をさそった。このことではっきり分かることは「デュクロ嬢の憤慨は現実的なもので、彼女の悲痛は見せかけのものだ」(ibid., p.335)ということである。これらの例によって、俳優は「何ものも感じないが、しかし見事に感受性を表現する冷静な人間」(ibid., p.336)である、という逆説的な結果が示される。しかしながら、そうなるとさらにわれわれは次のディレンマに出合わざるを得ない。すなわち、俳優は自分自身が所持していないか、ほんのわずかな程度にしか所持していない感受性をどのように表現しうるのか、ということである[一〇]。

ここで問題となるのは、先の作業の二番目の要点である。すなわち、いかにして俳優は作中人物を、観客が「この人物はこのような人物であるとみなす」ほどに、見事に演じるのかである。言い換えれば、理想的／観念的モデルの構築とそのモデルの再現の問題である。だがすでに触れたように、俳優は、一方で「自然の注意深い模倣者」としてこの問題を解決しなければならないばかりか、他方では「自然の真実」ではなくて、それと「調和しない」「舞台の真実」を実現しなければならない。この難題をいかにクリアしていくのかがここでの問題となる。

さて、「第一対話者」は自らが名優とみなすクレロン嬢と彼女のライバルであるデュメニール嬢がどのように演技を構築しているのかを示しているので、これを手掛かりにしていこう。彼の観察によると、クレロン嬢は「六回目の上演時には」自分の役のすべてのせりふも自分の演技の細目もそっくりそのまま暗記してしまっている。それは彼女が自らの演じる役柄の「理想的／観念的モデル」つまり「幻影」を「できる限り高く、大きく、完全に思い描いた」からにちがいない。「彼女が稽古のお蔭でこの理想にできる限り近づくとき、すべてが仕上げられる」(OE, pp.307-308)。しかし、モデルが「理想的／観念的」であり、「幻影」とも称されているということからすれば、それは「架空の所産(chimère)」ではないのか。そうではない。「しかし、それは観念的なのだから現存しない。ところで、感覚のなかに存在しなかったものは知性のなかに存在しない」と「第二対話者」は抗弁する。そこで、「第一対話者」はこのモデルがどのように構築されるのかを彫刻を例にして取り上げるのである。「藝術、たとえば彫刻をその起源で取り上げてみよう。彫刻は自分の前に現れた最初のモデルを模写《コピー》した。それから、それほど不完全でないモデルがあることが分かって、その方が好きになった。彫刻はこうしたモデルのひどい欠陥を矯正し、次にそれほどひどくない欠陥を矯正し、長い一連の仕事を経て、ついにもはや自然には存在しない姿形に到達した」(ibid., p.339)(二二)。ここには擬人化された「彫刻」が自らのモデルをまずは現存する自然から提示されるままに受け取り、徐々に修正を加えて、結局のところ理想的なものにしていく経緯が描かれている。この経緯には実は民族性、時代性、風土の影響も加わっている。だから、理想的モデルは「一時期の間、ある民族やある時代やある流派の精神、性格、作品についての趣味を形成する」(Salons III, p.71) のである。それは確かにプラトンのイデア＝真実在から見れば「幻影」にすぎないとはいえ、『劇詩論』のアリストが求めた真善美の「不変の尺度」(ibid., p.284) への接近の途を示すものである。

だがそうであるがゆえに、理想的モデルへの接近には終わりがない。俳優が「できる限りこの理想に近づくとき、すべてが仕上げられる」が、反面、すべてが台無しになる危険性が生じる。ディドロはすでに、『絵画論』のなかで、バルザックの『知られざる傑作』を想起させるごとく、画家の不幸は「表現を与えて満足を覚えることができず」、「あたら傑作を台無しにさせてしまう」こと、つまり「藝術の最後の限界点に居て、そうと気づかない」ことである、と述べていた (OE, p.681. 邦訳、三八頁)。ここでは彫刻家デュケノア (François Duquesnoy 1594-1643) の逸話(二三)を引き合いに出して、クレロン嬢がこのとき彼と同じ苦しい情況にあったのだと「第一対話者」は推測する。しかし彼女が「鍛練と記憶」の力で「幻影の高みに踏み止まる」と、彼女は「自分を制御し、無感動に自分を反復する」(ibid., p.308)。その有様は次のように表現されている。

「長椅子にゆったりと身体《からだ》を伸して、両腕を組み、眼を閉じ、じっとしつつも、彼女は自分の夢想を記憶でたどりながら、自分の声を聞き、自分の姿を見、自分を判定し、自分がやがて引き起こすさまざまな印象を判定することができるのだ。このとき、彼女は二重人格である。つまり小さなクレロン嬢であり、大いなるアグリッピーヌである。」(OE, pp.308-309)

彼女は自分の役柄の理想的モデルの高みに達して、いまや心のなかでリハーサルを行っている。この時点では創作の立場と観賞の立場が融合している。すなわち、彼女はすでに予想した舞台での自らの立ち振る舞いをおさらいしているのみならず、まさに「冷静沈着な観客」の立場に立って自分自身の演技や劇場の観客に及ぼすであろうその効果をも判定しているのである。[二三] 実在の小さなクレロン嬢は長椅子に体を横たえつつ、彼女の当たり役となったアグリッピーヌの演技を細目にわたって吟味する。舞台のアグリッピーヌは観客には大いなる人物として映ることになる。[二四]

これに対してクレロン嬢のライバルであるデュメニール嬢の場合はどうか。「彼女は自分が言うことを体得することなく舞台に登る。時間のうち半分は自分の言っていることを体得していないが、卓絶した (sublime) 瞬間がやってくる」(OE, p.309)。確かに彼女の事態はクレロン嬢のように理想的モデルを丹念に練り上げるやり方と「対極」をなすといえるかもしれないが、「むらのある偶然にまかされた演技のパラダイム」[二五] なのであろうか。そうではないと思う。「第一対話者」は直ちに話を「天才たち」の場合に移しているのが示唆的である。[二六]

「ところで俳優は詩人や画家や演説家や音楽家と異なるわけがあろうか。特徴的な描写 (les traits caractéristiques) が現れるのは素描に伴われる精神の高揚 (la fureur du premier jet) においてではなくて、冷静沈着な瞬間においてであり、まったく意外な瞬間においてである。こうした描写がどこから来るのか分からない。それは霊感《インスピレーション》に由来する。それは、これらの天才が自然と自らの素描のあいだに吊されて、注意深いまなざしを双方に交互に注ぐときに生じるのだ。」(OE, p.309)

どのような演技を構築するにせよ、俳優は「実社会という芝居 (la comédie du monde)」(OE, p.311) の観客である (だから、彼は観察の立場を利用して他者の感受性を研究し、自分にはない感受性をも演じることができるようになる) のみならず、「人間的自然＝本性の研究や何らかの理想的モデルに基づく恒常的な模倣や想像力や記憶力」(ibid., p.307) をもって演じなければならない。しかも、「長い経験を積んで、情念の激しさが脱落し、頭脳が穏やかになり、魂が己を制御するようになったときにはじめて自らの藝術《わざ》に傑出する」(ibid., p.321)。特に、天才的な俳優は霊感を通して特徴的な演技を見事にやってのける。ディドロによれば、「霊感を受けた人」

は自分の告知することが現実なのか幻なのか、自分でも分からないことがある。「そのようなとき、彼は人間的自然のエネルギーの最終的な限界点におり、藝術の可能性（ressources）の極限にいる」（Salons III, p.311）。いずれにせよ、すぐれた俳優の演技は「藝術の最後の限界」ないしは「藝術の可能性の極限」に達しうる。ただここでは、そのことが「霊感」の働きによるという点で相違している。「霊感」の働きというと感受性の強い働きのように思いがちであるが、「第一対話者」によればその働きが冷静なときに生じることに注目しなければならない。たとえば、われわれが恋人の死について詩を作るのは、「極度の感受性が鈍化し」、われわれが「自分を制御して、うまく語る」（OE, p.333）ことができるときであり、このようなとき霊感は働くというわけである。さらに注目すべきなのは、霊感のこのような働きが冷静さで緩和された「熱狂」（ibid., p.309）と関連づけられていることである(二七)。だとすれば、「霊感」も「熱狂」も制御された感受性ということにならないか。

二人の女優を契機として、俳優がいかに演技を構築していくのが二様に描出された。一方は「演技を頭に浮かべ、せりふを頭に書き込んで」舞台裏から登場する俳優の演技であり、他方は「自由奔放な素描」で絵画の通を喜ばせる画家のように、「大胆さや尊大さや霊感（verve）」を授けられて「手練の技（métier）の習慣」を頼みにする俳優の演技である（OE, p.373）。いずれにせよ、俳優の要件は次のようにまとめることができよう。俳優、特に偉大な俳優は「優れた想像力と偉大な判断力と繊細な勘と極めて確かな趣味を賦与されて、最も感受性に乏しい存在である。彼らはあまりにも多くの事象に一様に適しており、観察し、認識し、模倣することにあまりにも心を奪われているので、自分自身のうちに感動を受けることができないほどである」（ibid., p.310）。

三

以上のように、「ディドロ」と称する「第一対話者」の主張を基にして、「自然の真実」と「舞台の真実」の区別、後者を実現すべき俳優の要件を抽出してきたが、いまだ書き手としてのディドロがそれらを通して何を求めているのかは判然としていない。そこで、以上のことをもう一度整理し直してその欠を補えればと思う。

「自然の真実」の重視はディドロの他の諸著作において一貫していたと思われる。その限りにおいて「第二対話者」もディドロの分身と言えよう。ディドロは『絵画論断章』の中で「自然の真実（vrai）は藝術の真実らしさ（vraisemblable）の基礎である」（OE, p.803）と言う。なぜ藝術は「自然の真実」をわざわざ「真実らしさ」に変換する必要があるのか。次のような例示がみられる。「不幸な女、本当に不幸な女が泣いているのに、少しもきみの心を動かさない。もっと悪い場合は、彼女の顔を歪めているほんのちょっとした特徴がきみを笑わせ、彼女に固有な口調がきみの耳には響きが悪くてきみの感情を害し、彼女にとっては平素通りの身振りがその苦しみを下品で不愉快なものに見せる。また、極端な情念はほとんどすべて、しかめっ面を免れないが、それを趣味のない藝術家は盲従的にコピーするが、偉大な藝術家は回避する」（ibid., p.317）。ここには自然の厳密な模倣の限界が示されている。「むき出しの真実」は藝術性に乏しいし、不道徳な反応も引き起こすから、藝術はそれらを矯正しなければならない。藝術はこの女が「品位としとやかさ」をもって泣いてほしいという観客の望みを満足させなければならない。「自然の真実」をそのまま舞台にのせると大抵の場合、それは「貧弱で、矮小で、取るに足らない」（ibid., p.371）ことになる。とはいえそれでも、藝術は「真実らしさ」を保持しなければならない。つまり、自然の模倣を基礎としなければならない。したがって、ここで理想的／観念的モデルの構築の仕方が問題になる。その仕方の基本線はまず自然から最初のモデルを受け取って、その後それを徐々に修正しつつ理想的なモデルに高めていくといった仕方であった。すなわち、自然の真実を基礎とはするが、それを単にコピーするのではなくて、まさに藝術の真実に基づいて創作する作業、ディドロの対句を利用していえば、「自然の太陽」に照らされた対象を「藝術の太陽」によって創作する作業である。[二八] さらにそれは「藝術の太陽」から「あなたの太陽」[二九]に変化し、いっそう藝術家の主体性に重きが置かれるかにみえる。いずれにせよ、この作業は自然から少しずつ離反していく過程である。だから、「第一対話者」は「独言」のなかでタルチュフを演じたモンメニールが偽善者の役の妙味をどこから取ってきたのかを問い、一人二役（相手は「第二対話者」であろう）を演じつつ、あるいは自問自答しつつ、こう言うことになる。「自然の徹底した模倣から取ってきたのだ。——自然の徹底した模倣からだって。それできみは、魂の感受性をもっとも強力に示す外部的な兆候は自然のなかに存在しない、ということを知ることであろう」(ibid., pp.374-375)。だがそれでも、藝術は「真実らしさ」を越えてはならない。ディドロは『絵画論断章』の中で再び言う。「称賛に値するすべての作品構成《コンポジション》は全体として、また至る所で自然と調和する。〈わたしはこの現象を見たことがない、しかしそれは存在する〉、とわたしが言いうるのでなければならない」(ibid., p.773)[三〇]。このことは演劇においては、俳優が自らの理想的／観念的モデルに基づいて作中人物を、この人物はこのような人物であるにちがいないと観客が思うに至るほどに、演じてみせるということに対応する。

では、「真実らしさ」を保持した理想的／観念的モデルとはどのような範囲内に収まるべきものであろうか、改めてこう問う必要があろう。先に触れたように、この問いをディドロは何度も意識的に立てているが、それほど具体的な説明をするまでに至っていない。とはいえ、注目したいのはディドロのソフィー宛書簡の一つである。ドルバックの別邸のあるグランヴァールでの議論の一端をディドロはソフィーに次のように伝えている。「問題となったのは、美しい自然の模倣にあたってどこまで誇張することが諸藝術に許されるかということでした。このことによって、わたしは架空なものを可能的なものから、可能的なものを驚異的なものから、驚異的なものを美化された自然から、美化された自然を普通の自然から区別する繊細で微妙な差異を定める機会を得たのですよ[三一]。」「真実らしさ」は「可能的なもの」から「美化された自然」までに収められることになろう。そうはいってもいまだ具体性に欠けていることは否めない。しかし、この範囲内に収まるには、少なくとも自然の模倣と理想的／観念的モデルの構築とが手を取りあっていなければ、「真実らしさ」を失うことになるはずである。

それを避けるためには、二つの仕方が考えられる。一つは、すでに示されたように、自然からモデルをもらい、それを徐々に矯正して理想的／観念的モデルにすることであり、もう一つは理想的／観念的モデルを自然の真実に応じて修正して架空なものを避けたり、「藝術の魔力を蔽いかくすこと」[三二]である。二つの仕方がどのような関連にあるのかの説明はディドロによってなされているとは思われない。また、自然の真実と理想的／観念的モデルとの兼合いもはっきりしない。この点の詰めがなければ「最もよく思い描かれた理想的／観念的モデル」(OE, p.358) といっても内容が伴わない。この内容を示す何らかの指針をどこかに求めてみなければならない。

そこで、二人の対話者が妙に意気投合している箇所 (OE, pp.359-362) に注目してみよう。そこにおいてディドロは、「第二対話者」に次のことを言わせている——「真の悲劇」はまだ見出されねばならないこと、また、ギリシア・ローマの古代劇は「真の悲劇」にいっそう近いところにいたこと、これらである。これを受けて「第一対話者」はソフォクレスの『フィロクテート』の中のフィロクテートの或る言説やホラティウスのオード[三三]から取られたレグリュスの演説を引き合いに出して、それらの「単純さと力強さ」(ibid., p.360) を賞賛する。しかし、注意すべきことは、それらの言説は原典の韻文ではなくてフランス語散文に言い換えられているばかりか、作者たちを差し置いてフィロクテートやレグリュスが自ら語っているかのように提示されている。[三四] そのうえで、「第一対話者」は次のように考えているように思われる。フィロクテートやレグリュスの言説をフランス語散文に言い換えられた言説として俳優が述べたならば、その悲劇は伝統的な悲劇のもつ欠陥—綴字の数の多すぎる「アレキサンドラ調」(ibid., p.360)、「浮薄軽佻に過ぎる十綴音の韻文」(ibid.)、ラシーヌ張りの「優しい繰り言やコルネイユ張りの大言壮語」(ibid., p.362) を克服して、「かくも高尚で、かくも親しみやすい美徳に適した調子」(ibid., 傍点引用者)[三五] を保持するのではないのか。だとすると、この調子は実社会でのそれと異ならないであろうし、実社会でも滑稽ではないであろう (ibid., p.360)。この点で二人の対話者は意見を同じくする。ここから推察すれば、ディドロは『私生児対話』の「第三対話」においてめざしていた「家庭的で市民的な悲劇」

(ibid., p.152) の利点を活用できないかと検討しているようにみえる。『絵画論』の言葉を使って言えば、「英雄的な悲劇と市民的な悲劇の間の論争」(ibid., p.725) を緩和することを志向しているようにみえる。ただ『逆説』では従来とは違って創造の立場を観賞の立場とはっきり区別したうえで[三六]、この志向を偉大な俳優の演技に託しているように思われる。ディドロにとって、偉大な俳優は稀ではあるが、詩人以上に偉大である (ibid., p.347)。というのは、彼は「ある感情やある観念のおおよその記号」でしかない「言葉」を動作や語調や顔の表現等によって補完する (ibid., p.304) ことができるからである[三七]。だが、フィロクテートの言説にせよレグリュスの演説にせよ、それを韻文の原典ではなくてフランス語散文に直して舞台のうえにのせることは「老アイスキュロスが与えた定式」に反して「舞台の真実」に「自然の真実」を割り込ませることにならないか。その結果は「茶番」を生みだすと指摘していたはずではないか[三八]。そこで「第一対話者」は例の散歩中の「独言」でこうつぶやくことになる。「しかし詩人が舞台で朗誦させるための場面をあたかもわたしがそれを実社会で物語るかのごとくに書いたと想定しよう。すると一体誰がこの場面を演じるだろうか。誰も、断じて誰も演じはしないだろう」(ibid., p.378)。ここで彼は元の出発点に戻ってしまったようにみえる。だが、それでも彼は「自然の単純さ」を保持するためにこう抵抗する。「しかしそれでもわたしはわれわれのまめ (ampoules)〔仰々しさ〕を少々ピンでつぶし、われわれの竹馬〔誇張〕を数段下げて、事物をほぼそれがあるがままにしておくべしとやはり思うであろう」(ibid., p.378)[三九]。しかし、彼がこのことの同意を「第二対話者」に求めたとき、相手は「聞いてはいなかった」という。このことは実に示唆的である。つまり、ディドロにとってやはり「真の悲劇」は見つけ出されていないし、俳優の理想的／観念的モデルの内実も詰められていないということである。しかし、彼が「調和しない」と自ら主張した「舞台の真実」と「自然の真実」とをそれでもなんとか折り合わせようとしていることは確認できるのではないだろうか。また、クレロン嬢が自らの役柄の理想的モデルの高みに達した例も、デュメニール嬢がインスピレーションによって「卓絶した瞬間」に達する例も、その内実が伴っていないとはいえ、二つの

「真実」の融合を示唆しているといえないであろうか。というのも、その志向は、たとえばヴェルネの画法のうちに「万人に共通でほとんど対立した二つの性質（Salons III, p.214）すなわち「哲学者の支配的な性質」と「詩人の支配的な性質」の何らかの釣り合いを見て取ろうとしたり、「到底かなわぬこと」とみなしつつも「自然の僕であると同時に藝術の主であること、天才をもつと同時に理性をもつこと」（Salons IV, p.44）を求めたりすることと対応するからである。そしてそれは、結局のところ、すでに触れたように自然と藝術の和合を可能にするような境域の探求につながっていると言えるであろう。

註

（一）佐々木健一『研究』四三三頁およびヴェルニエール版（OE, pp.292-293）と『逆説　俳優について』（白水社、昭和十六年）における小場瀬卓三氏の解説参照。

（二）二人の対話者は本書の終わり近くで第二対話者の提案によって議論の検証を行うために対話を中断して芝居を見にいくが、生憎空席がなかったのでチュイルリー公園を散歩する。「わたし」はこうした事態を報告すると共に、第一対話者の散歩中の「独言」の内容を読者に伝える（OE, pp.373-378）。『劇詩論』においても作品の最後部でアリストは友人たちと文学談議をしようとして彼らを訪れるが生憎不在であったがゆえにひとりで散歩する。散歩中の彼の「独言」をやはり報告する「わたし」はそこでは書き手としてのディドロである。展開の構図は似ているが、『逆説』での「わたし」の位置は質的に違っている。もしこの「わたし」が書き手としてのディドロであるとすると、彼は「ディドロ」と称する「第一対話者」の「独言」を報告していることになる。

（三）佐々木健一「ディドロ『絵画論』―訳と註解（その15・完）―」（東京大学美学藝術研究室紀要『研究』16、一九九八年）二四頁、および「ディドロにおける美の形而上学（下の後篇）」（『精神科学』第四八号、二〇一〇年）一七頁。さらに『研究』三八九頁参照。

（四）舟橋豊「ディドロ著『俳優にかんする逆説』における SENSIBILITE の概念」名古屋大学教養部紀要第一六輯、一六一―二頁。

（五）Diderot; *Entretiens sur le fils naturel*, dans: *OE*, p.104.「判断力は狭量で、洞察力は月並みであるが、偉大な感受性をもった女優は、幸いにも、哲学者のどんな明敏さをもってしても分析されないような心的状況を苦もなく捉え、また、すべてが互いに融け合って一つにまとまって、この状況を形成しているいくつもの異なった感情に相応しいアクセントを、それと考えることもなく、見つけだします。」

（六）佐々木（その15）二四―二五頁、および『研究』三八九頁。

（七）この件について分析したものとしては、Marian Hobson; *Le Paradoxe sur le comédien* est un paradoxe, dans: Poétique, 15, 1973がある。わたしは彼女からいくつかの教示をいただいた。

（八）Diderot; *Paradoxe sur le comédien*, dans: *OE*, p.304.『逆説』の原本はこれを使用し、頁数を本文に記する。また、Hermann, Armand Colin のそれぞれの版も参照した。

（九）ディドロは『文藝通信』に載せた自らの書評の中では「感受性」も加えていた。その条《くだ》りはこうである。「外面的な性質、容姿、声、感受性、判断力、繊細さを与えるのは自然である」Diderot.; *Paradoxe sur le comédien*, Édition critique avec introduction, notes, fac-simile par Ernst Dupuy, Slatkine Reprints, Genève 1968, p.6. 以後 ED と略記する）。この点の指摘は Y.Belaval; *L'esthétique sans paradoxe de Diderot*, Éditions Gallimard, 1950. p.178 による。「感受性」を本書で削除した理由ははっきりしないが、「感受性」が自然によって付与されるとなると、俳優の「感受性の欠如」、特に「感受性の絶対的欠如」は現実的には生じえなくなるし、技術的にも非現実的にならないであろうか。

（一〇）ベラヴァルによれば、ディドロはどんな役でも演じることのできる「俳優」といくつかの役しか演じることのできない「役者」を区別していた（ibid., p.169）。しかし、その根拠は示されていない。

（一一）ディドロの『サロン』については Hermann 版の四巻本を使用し Salons III, p.69 のごとく本文に記する。

（一二）この考えは「宿命論者ジャック」の考えとして繰り返される。「自然界と精神界の区別は彼にとって無意味であるように思われていた」（DPV, XXIII, p.190）。

（一三）「もしも原因と結果がわれわれの目に見えて明白であるならば、われわれとしては、人びとの姿をあるがままに再現することにしくはないであろう。模倣が完璧であり、原因に類似していればいるだけ、われわれはそこに満足を覚えることだろう」（OE, p.666.『ディドロ　絵画について』佐々木健一訳、岩波文庫、一〇頁）

（一四）感受性の有用性については、Margaret Gilman; The Poet According to Diderot, in: *The Romanic Review*, vol.XXXVII, Columbia University Press, 1946, pp.43-44 および Belaval; *ibid.*, pp.184-186 参照。ベラヴァルも指摘しているように、ディドロ自身が例の書評の中でこう記していたのである。「感受性は尊重しうる性格であるから、彼ら〔俳優たち〕は自分の職業において秀でるためには、それなしで済ませうるとか済ませねばならないなどと率直には認めないほどである」（ED, pp.16-17）。

（一五）Virginia Edith Swain; Diderot's *Paradoxe sur le comédien*: the paradox of reading, in: *SVEC* 208, 1982, p.14

（一六）この種の体験や例示は他にも提示されている。たとえば、マルモンテルに関する逸話（OE, p.331）、「恋人の死について詩を作る」時期についての例示（OE, p.333）を見よ。また『ダランベールの夢』にも次のような箇所がある。「偉大な人間は、不幸にしてそうした自然的な気質〔感受性〕を受けとってしまったとしても、それを弱め、抑制し、それが起す衝動を統御し、束の根源に支配力を完全に保持させるためにたゆみなく精を出すでしょう。こうして、偉大な人間はこのうえなく大きな危険のさなかにあっても落ち着きを失わないでしょうし、冷静にしかも健全に判断を下すでしょう。」（Diderot: Le rêve de D'Alembert, dans: *Œuvres philosophiques*, classiques Garnier, p.357. 邦訳、岩波文庫、九一頁)。

(一七) このような読み取りの指摘については Margaret Gilman; ibid., pp.45-46.

(一八) Paul Thom; Truth and Materials in the *paradoxe sur le comédien*, in: *Diderot studies* XXV, 1993, p.124.

(一九) Jean-Batiste Du Bos; *Réflexions critiques sur la poësie et la peinture*, I, Section 41. Réimpression de l'édition de Paris 1770 (Slatkine, 1993) p.437. 邦訳『詩画論Ⅰ』二二七頁。なお、この点に関するスティコッティの考えについては、Belaval; *ibid.*, p.196 および Diderot: *Paradoxe sur le comédien*, Armand Colin の S.Lojkine の註18 (p.86) 参照。この版は註が豊富であるばかりか、Annexes としてクレロン嬢の『覚え書』や『文藝通信』等の抜萃も収められている。

(二〇) V.E. Swain; ibid., p.15.

(二一)「理想的／観念的モデル」(modèle idéal) の構築についての記述は『一七六七年のサロン』の序文、『一七六九年のサロン』のラ・トゥール章 (Salons IV, pp.48-50)、Histoire des deux Indes (CF, XV, p.564)、『絵画論断章』(OE, p.753) にみられる。

(二二) OE, p.308. ここでは『一七六七年のサロン』のロベール章に載せられた逸話の方が適切と思われる。「デュケノアは、彼の仕事ぶりを見て、彼が作品をもっと完璧にしようと願うあまりにかえって台無しにするのではないかと怪しんだ聡明な美術愛好家に対してこう答えた。『模写しか見ていないきみにとってはもっともなことだ。しかし、わたしの頭のなかにある原本を追求しているわたしにとっては、わたしもまた理にかなっているのです』」(Salons III, p.330)。

(二三) この点についてはさらに Suzanne Guerlac; The tableau and authority in Diderot's aesthetics, in: *SVEC*, no 219, 1983, pp.193-194 参照。

(二四) ディドロは彼女に初めて会ったとき、「ああ！　マドモアゼル、わたしはあなたをもっと背の高い人だとばかり思っていましたよ」と思わず叫んだ、という (OE, p.317)。

（二五）Armand Colin 版『逆説』の Nojkine; introduction, p.39.

（二六）デュメニール嬢はつぎの箇所の人物に当たるとみなすことができよう。「純然たる自然がその卓絶した瞬間をもたないというわけではない。しかし、わたしはそうした瞬間の卓絶さを確実に把握し保持するひとがいるとすれば、それは想像力ないしは天才でもってその瞬間を予感し、冷静にそれを表現するひとであると思う」（OE, p.318）。

（二七）このような考えは少なくとも『百科全書』のディドロ執筆の項目「折衷主義（Eclectisme）」（一七五五年）にまで遡る。「わたしは詩においても絵画においても雄弁においても音楽においても、熱狂がなければ崇高なものを何一つ産み出すことができない、と指摘したい。熱狂は魂の激しい動きであり、それによってわれわれは自らが再現しなければならない対象のただなかに移される。このときわれわれはある場面全体が、あたかもわれわれの外部に存在するかのごとく、われわれの想像力のうちに生じるのを見て取る。実際は、それはわれわれの内部にある、なぜならイリュージョンが続くかぎり、すべての現存する存在は無と化して、われわれの観念がその代わりに現実化するからである。〔……〕熱狂が何かをもたらすのは精神が理性の力によって準備され、またその指導のもとにあったときのみである」（CF, XIV, p.115）。『私生児対話』（一七五七年）においても、自然を「熱狂の聖なる住み処」と捉えたうえで、こう誌している――「詩人は熱狂の瞬間を感じとるが、それは瞑想した後なのだ」（OE, p.98）。

（二八）このような対句は少なくともヴァトレの『絵画術』に関する論考（DPV, XIII, p.135）まで遡り、「マニエールについて」に引き継がれる。

（二九）「あなたの対象を自然の太陽ではなく、あなたの太陽に従って照らしたまえ。虹の弟子となりたまえ、しかし、その奴隷となるなかれ」（『絵画論 断章』OE, p.771）。

（三〇）先に引用した文では「自然の真実は約束事の真実と調和しない」（OE, p.377）とされていた。ここでの「自然との調和」は先の主張と矛盾するようにみえる。しかし、そうではないと思う。「自然の真実」と「約束事の真実」はどんなに忠実に自然の模倣をしても創作の立場からみれば、決して重ね合わせにはならないということである。にもかかわらず、ここではすぐれた藝術作品は自然には存在しない観念的モデルの模倣を通して少なくとも観賞の立場からみれば、なお「真実らしさ」を保持しているということである。

（三一）à Sophie Volland, 24 sept.1769（CF., VII, p.578）

（三二）『一七六九年のサロン』のラ・トゥール章（Salons IV, p.49）では「無為な人」を身分や境遇にあわせて体型、顔、性格等までも変化させていく仕方が述べられている。また、『ブルボンヌの二人の友』（一七七〇年）（Diderot: *Œuvres romanesques*, Classiques Garnier, p.791）では、「理想的な頭部」にちょっとした傷あとかいぼを描いて現実的にみせる仕方が提示されている。

（三三）ディドロがオードを「一切の強制から自由であるか、もしくは熱狂に満ちた詩のジャンル」と捉えていたことは注目に値する。De *l'Essai sur la poésiè rhythmique* par Bouchaud, dans: CF, V, p.475.

（三四）この点については、Swain; ibid., p.38 参照。

（三五）「高尚な（haute）」は古典的悲劇の、「親しみやすい（familière）」は後に触れる「市民的な悲劇」の形容とみなせないか。フィロクテートの息子ネオプトレームに対する言説の一端――「お前がどんなことをやったか見るがよい。お前はそれと知らずに不幸な者を苦悩と飢餓で死ぬ目にあわせたのだ。お前の盗みは他人の罪だ。しかし悔悟はお前のすべきことだ。いや、もしもお前が一人であったのなら、このような不名誉な行為を犯そうと考えもしなかったであろう〔……〕」（OE, p.359）。

（三六）佐々木（その15）二四頁。

（三七）ディドロはヴォルテールが自分の作品を演じたクレロン嬢を見て「これを作ったのは本当にわたしなのかい」と叫んだ事例をあげ、「少なくとも朗誦しながら彼女が考えた理想的／観念的モデルは詩人が記述しながら考えた理想的／観念的モデル以上のものであった」（OE, p.342）と主張している。

（三八）M・ホブソンもこう指摘している。「フランス語に書き換えられた〈フィロクテート〉は客間の調子と劇場の調子を一つにするであろうが、それは、美術愛好家が示したように、滑稽なものに陥る恐れのある企図である」(ibid., p.331)。

(三九) ディドロはジョーダン嬢宛書簡(一七六七年一月)においてすでにこう言っていた。「もしあなたが、コルネイユはほとんどいつもマドリッドにいて、ほとんどまったくローマにいない、ということに気づくならば、あなたは調子の単純さによって彼の竹馬〔誇張〕を低くするでしょうし、彼の人物たちは、あなたに言わせると、彼の戯曲においてはほとんどまったくもつことのない、統一された、率直で、気取りのない、家庭的な英雄主義を身につけることでしょう」(A.-T., XIX, p.395)。『逆説』の別の箇所では、コルネイユは「マドリッドの空威張り」(OE, p.360)や「コルネイユ張りの大言壮語」(OE, p.362) に結びつけられていた。

II部のまとめ

第一章はディドロの『百科全書』の項目「美」(一七五一年)を検討したものである。これは項目としては長文であって、ディドロ生前の『著作集』では「美論」(Traité du Beau)という表題で収録されたように、単に用語を説明したものではなくて〈美とはなにか〉についての彼自身の見解を示す理論的な論考である。だから、彼の美学思想の出発点を示すものといえよう。その主張は「関係の知覚が美の根拠である」というものであるが、これを理解するための要は、「関係の知覚」とはそもそもどのような内実なのかを捉えることにある。しかし、この内実が実は極めて複合的で難解なのである。わたしの論考の初出段階では国内で少なく三人の方が検討されておられたが、生意気にも十分な満足が得られず「再検討」を自ら行ったわけである。その後、佐々木健一氏(『フランスを中心とする十八世紀美学史の研究――ウァトーからモーツァルトへ――』、『ディドロ『絵画論』の研究』)によって綿密な検討がなされた。悲しいかな、それでもいまだすっきりした理解ができないままである。恥の上塗りにならないように、氏からご教示をいただきながら、ここでわたしにとっていまだ理解が行き届かない諸点を取り上げて多少の検討を加えてみたい。

まず、美に関する二つの対比の関連をどう捉えるべきなのかという点について。ディドロは「わたしの外部における美」(*beau* hors de moi)と「わたしとの関わりにおける美」(*beau* par rapport à moi)を対比し、つぎに「絶対美」(*beau absolu*)と「われわれとの関わりにおける美」(*beau* par rapport à nous)を対比している。一見したところ「わたしの外部における美」と「絶対美」、「わたしとの関わりにおける美」と「われわれとの関わりにおける美」が対応しているようにみえる。しかし、そうではない。二つの対比には論理展開上のズレが生じているからである。本文で引用したルーヴルのファサードを例示する文の直前に次の重要な文がくる――「わたしが〈わたしの悟性のうちに関係の観念を呼び覚ますものを自らのうちに含んでいるすべてのもの〉あるいは〈この観念を呼び覚ますすべてのもの〉という場合、対象のうちにある形態とその形態についてわたしがもつ観念(notion)とをはっきりと区別しなければならないからである。わたしの悟性は事物のうちに何ものかを加えたり、事物から何ものかを取り去ったりしないのである」(p.418)。この引用文には二つのことが含意されている。一つは美を対比させる必要性であり、もう一つは「わたしの悟性」の作用のあり方である。〈 〉で示された二つの章句はそれぞれ「わたしの外部における美」と「わたしの関わりにおける美」の言い換えである。とすると、前者は「対象のうちにある形態」に、後者は「この形態についてわたしがもつ観念」に関わっている。そこから「対象のうちにある形態」とは「わたしの悟性のうちに関係の観念を呼び覚ますもの」、ルーヴルのファサードでいえば、それを構成する諸部分の形や諸部分間の配列であり、「その形態についてわたしが持つ観念」とはまさにわたしが諸部分から受け取る「関係の観念」である、ということになる。では、なぜ両者を「はっきり区別しなければならない」のか。それは、すでに本文で指摘したように、「わたしの悟性」が「関係の観念を呼び覚ますもの」を勝手に創出しないためであろう。だから、次に「わたしの悟性」の作用のあり方が確認されたのである。このことはやがて美の根拠となる「関係」から「知的ないしは仮構的な関係」が排除されることにつながる。ともあれ、この段階で確認すべきことはこのような論理展開を経て第二の対比が設定されたということである。すなわち、人間存在と無関係な「絶対美」は存在せず、美はすべて「われわれとの関わりにおける美」であり、「実在的な美」(beau réel)と「知覚された美」(beau aperçu)に区分されるということになる。ここではじめて、「わたしの外部における美」と「実在的な美」、「わたしとの関わりにおける美」と「知覚された美」が対応することになるといえよう。

つぎに気にかかるのは、「実在的な美」と「知覚された美」はどのような関係にあるのか、「実在的な美」は「われわれの関わりにおける美」ではあっても「わたしの外部における美」であるとはどういうことか、である。「実在的な」とか「わたしの外部における」という形容は美の客観的な根拠を確保しておきたいというディドロの意図を示すものであるが、「実在的な美」＝「わたしの外部における美」が「わたしの悟性のうちに関係の観念を呼び覚ますものを自らのうちに含んでいるすべてのもの」を指していたことに再度注目したい。「わたしの悟性のうちに関係の観念を呼び覚ますもの」という認定はどのようになされるのか。それはまさに「わたしの悟性」が対象から「関係の観念」を受け取ったという経験を基にして、アナロジーを通してその「関係の観念」を呼び覚ましたものを対象のうちに想定したことによってではなかろうか。言い換えれば「知覚された美」からアナロジーを通して「実在的な美」は想定されているのではないのか。だから、彼は「二種類の美」の関連についてほとんど述べる必要がなくなっているのではないのか。

このように考える後ろ盾となるのは『盲人書簡』（一七四九年）のつぎの箇所である。少々長いが引用したい。「つぎのことを認めなければなりません。すなわちわたしたちは対象のうちに無数の事象を知覚する(apercevoir)にちがいありませんが、子どもや生まれつきの盲人は、そうした事象が眼底にわたしたちと等しくはっきりと表れているにもかかわらず、決して知覚いたしません。つまり、対象がわたしたちを刺激するだけでは十分でなく、さらにわたしたちがその印象（impressions）に注意を払っている（attentif）のでなければなりません。したがって、目をはじめて用いたときにはひとは何も見ることはありませんし、視覚作用の最初の瞬間にはただ多数の混乱した感覚印象（sensations）を受けるにすぎず、それは時間とともに、またわたしたちのうちに何が生じているのかについて反省を重ねるにつれてはじめて分明なものになるのです。感覚印象を、それを引き起こすものと比較することをわたしたちに教えてくれるのは経験だけであり、感覚印象は対象に本質的に類似しているものは何ひとつもっていませんので、純然たる人為であるように思われるアナロジーについて教えてくれるのも経験です（V, p.135; DPV, pp.61-62. この箇所を教示してくれたのは Anne Beate Maurseth ; *L'Analogie et le probable : pensée et écriture chez Denis Diderot*, SVEC, 2007,9, p.69 である）。この文はモリヌークス問題やチェーゼルデンの実験に触れた後にくるが、ここでの要点は、

①通常の成人の知覚は子どもや生まれながらの盲人には生じることはなく、その理由は対象の知覚には対象からの受動的な感覚印象だけでなく、その印象に対して「注意が払われている」必要があるからである、ということ

②受動的な感覚印象の混乱状態が分明になるには時間の経過と反省の積み重ねが必要だ、ということ

③感覚印象とそれを引き起こす対象との比較や両者のアナロジーを行わせるのは経験であるということ、これらである。

ここから先の論点に戻ろう。わたしはある対象によって「関係の観念」を呼び覚まされることになるが、それは単なる受動的な感覚印象ではなくて、それに注意と反省を加えることによってはじめて生じる。そして、これによってわたしはその対象を「わたしとの関わりにおける美」もくしは「知覚された美」であると認めるのである。この認定には経験の積み重ねが必要であって、未経験であったり経験が浅ければ事情は違ってくる。だから、「関係の複雑さや対象の新しさ」（OE, p.419）に出会うとわたしの知覚は働かず、美に気づかないことも生じうる。したがって、ディドロにとって「知覚」は「感じ、思考する能力」（la faculté de sentir et de penser）(ibid., p.415)、つまり悟性の働きであって、「感覚」だけでは感じ取れない「関係」に気づくという能動的な機能を与えられている（したがって彼の apercevoir ／ aperçu の使用法はライプニッツに近いように思われるが、「関係の知覚」という場合の「知覚」は perception であって、ライプニッツの造語 aperception は使われていな

い。この点については佐々木健一『ディドロ「絵画論」の研究』七七八頁、注(79)およびロナルド・グリムズリ編『モーペルテュイ、テュルゴ、メーヌ・ド・ビラン　言語表現の起源をめぐって』益邑齊・冨田和男訳、北樹出版、二〇〇二年、訳者註(18)、一七〇頁参照)。このような「知覚」こそが「わたしの悟性のうちに関係の観念を呼び覚ますもの」を認知し、その所在を対象のうちに想定することになる。このように想定された対象が「わたしの外部における美」あるいは「実在的な réel 美」と呼ばれる。したがって、「ここでの“réel”という形容詞は『ものに属するとみなされる』というくらいの意味に解さなければならない」(佐々木同上、五七四頁)し、「わたしの外部における」も同様である。

最後に、「知覚された美」と「相関的な美」の関連について。ディドロは「実在的な美」と「知覚された美」を区分した後、両者の関連には説明を加えることなく、さらに「実在的な美」と「相関的な美」を区分している。すでに註記〔註(一六)〕したように、前者はある対象を「単独に、かつそれ自体で」考察した美であり、後者は「他の諸対象と相関的に」考察した美であるから、それ以前の区分とは位置づけが異なっている。だから、「相関的な美」と「知覚された美」のあいだにはズレが生じよう。確かに「相関的な美」は、それが知覚主体による複数の対象間の比較と関係づけを通して現象してくる限り、「知覚された美」と重なり合う。しかし、そもそも「知覚された美」とは何かが具体的に説明されているわけではない。この点を「関係の知覚」という場合の「関係」の側から捉え返してみよう。ディドロは「関係」を三つに区分していた、「実在的な関係」、「知覚された関係」、「知的ないし仮構的な関係」。前二者の関連は改めて説明されてはいないが、「実在的な美」と「知覚された美」の関連からそれと想定することは可能である。だが、「相関的な美」に対応する「関係」は何か。三番目の「関係」ではない。この美が「比較すべきものとの適切な関係を呼び覚ますもの」(OE, p.422)と定義されていることからすれば、対応する「関係」は「比較すべきものとの適切な関係」すなわち実在的な諸関係のあいだの関係である。このいっそう複雑な「関係」の知覚は、「適切な」が暗示しているように、単独かつそれ自体の「実在的な関係」の知覚以上に悟性の能動的な働きを必要とするであろう。だとすれば、この知覚には「知覚された関係」以上に「知的ないしは仮構的な関係」が混入する危険が大きくなるであろう。あくまでもディドロにとって美の根拠となるのは「実在的な関係」の知覚であるとすれば、「実在的な関係」と「知覚された関係」ないしは〈相関的な関係〉との照合関係もしくは相克関係がますます気になることになろう。この点はやがて厳密な自然模倣とその藝術的な効果の相克となって現れるであろう。このような場合であっても「関係の知覚」に変わりはない以上不都合はない、というのがディドロの結論なのであろうか。

第二章はディドロの美学的思想の中軸をなす「自然の模倣」説をできる限り総体的に感じ取り、そのためには彼の思考の発展過程を念頭に入れながらも一貫していると思われる構成要素に限定しつつ、なおそこに孕まれた諸問題を抽出することにあった。彼は藝術を指して「模倣のわざ」という呼び方をしており、ここから察すれば、彼が藝術を模倣の函数として捉えていたと考えられる（佐々木『研究』第五章注㉓、四七六頁）。この点で美を「知覚」の函数として捉える「関係の知覚」説に類比的である。この説では「関係の知覚が美の根拠である」という定式が取り出された。強引な言い方であるかもしれないが、「自然」を「関係」の総体とみなすならば、〈自然の知覚が藝術の根拠である〉という定式が可能であろう。そしてこの「知覚」の機能が「模倣」ということになろう。

では、「自然の模倣」とはどのようなものなのか。この問いはディドロにとっても「関係の知覚」の内実に劣らず厄介であったと思われる。藝術家がひとが見てそれと知れる現象的自然をそのまま写しとるとしたら、彼の存在価値は怪しいものになる。それだけではない。「自然を絶対的な精確さで表現することは不可能」なのである。かといって「知覚」もしくは「模倣」以前に自然に現存しているとされるバトゥの「美しい自然」もファルコネの「一つの本質的な美」も、「絶対美」を斥けるディドロには首肯しえない。では、この問いの答えはどこにあるのか。その一例としてあらかじめ引用したのが、ファルコネ宛の彼の書簡（一七七三年十二月六日）である。そのなかで彼は〈「自然の真実 la vérité de la nature」と「詩の魔力 le prestige de la poésie」の融合〉を語っているのだが、これは「関係」と「知覚」の組み合わせと思考上の図式は同じであり、さらに両項の組み合わせの内実が相変わらずこれと明示しえないことも同じである。しかも、この書簡が彼の晩年近く（一七八四年没）のものであるということは、彼が長い間、同じ思考上の図式を抱きつつも、その内実を言い表せずに苦慮してきた、ということを推測させる。藝術が「模倣のわざ」であるならば、「自然の厳密な模倣」だけで事足りるかもしれない。

ディドロは「自然の厳密な模倣」を『絵画論』以降『絵画論断章』に至るまでつねに藝術の基礎に据えてきたように思われる。『断章』のなかで彼は言う。「一つの自然しか存在しない、また、自然を模倣する巧みな画法、すなわち自然を最も強力で真実に表現する画法は一つしか存在しない、とはいえそれでも各々の藝術家には独自の手法が残されている」（OE, p.838）。「自然の厳密な模倣」はやはり一つしか存在しない。しかし、現実には各々の藝術家が自らの画法を手にしているのはなぜか。それは「自然を絶対的な精確さで表現することの不可能性」（Salons III, p.283）に由来する。しかも、「自然の厳密な模倣が藝術を貧しく、矮小で、凡庸なものにすることはある」〔「マニエールについて」文庫、一八六頁、さらに『断章』にはつぎの文がみられる――「ときどき自然は味気ないが、藝術はそうあってはならない」（OE, p.771）〕。これらのことを補償するために「勘」、「趣味」、「詩の魔力」等に基づく「独自の手法」の構築が藝術家に課せられるのである。だとすれば、「自然の模倣」とは現実的な位相においては「自然の厳密な模倣」というよりはむしろ〈イデアールな自然〉の模倣であり、別言すれば「自然の真実（le vrai de la nature）」を「藝術の真実らしさ（le vraisemblable de l'art）」（ibid., p.803）に変換する作業であるということになろう。

もしそうだとすれば、つぎに問われるべきことは藝術的効果を生み出す「自然の模倣」とは何か、言い換えれば藝術的効果を損なうような「自然の厳密な模倣」とはなにか、ということになろう。この問いに迫るために、本章では三つの指標を取り上げた。

①ウェルギリウスの描く、ネプトゥヌスが海水から頭を出す詩的瞬間は画家にとっては選択不可能である――〈絵画ハ詩ノゴトクニハ書カレナイ〉――ということ

②「〈書き残し〉の秘訣」や「素描」の魅力と「すべてを仕上げる詩人」や「模倣する機械」との類比

③ラ・トゥールの肖像画に対するディドロの微妙な差異を伴う評価、すなわち自然の厳密な模倣の効果による「真実さと単純さ」＝「自然そのもの」の魅力と、しかしそこには「詩」がないことへの不満

これら三つの指標の根底には「技巧的なもの」(le technique) と「イデアールなもの」(l'idéal) の相克がみられるので、さらにこの観点から先の問いは追求された。

このようにして浮かび上がってきたことは、「自然の厳密な模倣」とその藝術的効果との間に生じるズレである。このズレは「自然の厳密な模倣」という理念的な要請と各々の藝術家の現実的な画法との相克から生じていた。これは「実在的な関係の知覚」という理念的な要請と各々の認識主体の知識の現実的な質との相克と同じ構図をなしている。さらには彼の自然哲学における「体系的精神」と「予見の精神」との相克に連動しており、ディドロ思想の根幹をなしている。

第三章は、ディドロの『サロン』におけるグルーズ評を通して画家に対する彼の一般的な評価基準を探ることにある。個々の画家に対する批評を一般化することは確かに危険を伴うが、しかし、彼が特に『絵画論』のなかで理論的に述べてきた藝術的効果についての観点が批評の現場でどのように適用されているのかを検証したり、他の画家に対する批評にも底通している見解に注目したりすることで、この危険は緩和されると思われる。このような作業にとってグルーズ評は好都合である。そのわけは本文で示されたとおりである。ディドロのグルーズに対する評価が一変するのは『一七六九年のサロン』においてであった。

《婚約》（一七六一年）は「われらの友グルーズ」の「最善を尽くした作品」であり、「創意に富んだ詩」(Salons

I, p.168）である。《親孝行》（一七六三年）は「わたしの意に適った」グルーズの「道徳的な絵画」である。これらの作品がディドロによって極めて高い評価を得たのは、そこに認められる、主題と構成の適合関係に支えられた構図の有機的なまとまりのためである。このことの成果をディドロは瞬間の選択の適切さにみていた。P・H・マイヤーによれば（LM, p.190）、瞬間の重要性についての指摘はシャフツベリのA Notion of the Historical Draught or Tablature of the Judgment of Hercules（1713）からデュボスの『詩画論』（一七一九年、一二七頁）を経て、ディドロの『聾啞者書簡』（一七五一年）および『百科全書』の項目「構成」（一七五三年）に至る。この項目において彼は、「画家はほとんど不可分な瞬間しか持っていない。この瞬間にこそ、彼の〈構成〉のすべての動勢mouvementsが関係づけられねばならない」（DPV, VI, p.473）と述べている。その後、この件は『絵画論』（第五章）では主題と構成と行動／物語の関係のなかで位置づけられ、『絵画論断章』（一七七五—八四年）にまで続く。だから、彼の瞬間重視は一貫しているといえる。

では、ディドロはどのような瞬間を選べと主張するのか、この点を他の画家たちに対する批評を通して、ここでもう少し立ち入っておきたい。その理由はもちろん、これが彼の絵画批評の主要な基準となっているからである。ブクダル＝ロランソーが言うように、「ディドロは往々にして激しい行動の前か後の瞬間を再現するように画家に助言している」（Salons II, p.86, n 223）。この指摘はディドロのつぎの主張によく照応する——「制止され、偽り隠された情念が、火山の地底の釜のなかの火のように、ひそかに心の奥で沸騰するときまさに、爆発前の瞬間ときにはその後の瞬間にまさに、わたしはある人間が何をなしうるのかを見てとるのである」（ibid., p.243）。ここに〈語る絵画〉の深層もみてとれるのではなかろうか。しかしながら、「前か後の瞬間」とはいえ、どちらがよいかは主題に左右されよう。ドワイアンの《ディオメデスとアイネイアスの戦い》は遅すぎた選択の例であって、ウェヌスが傷つく前の瞬間ならば「恐ろしいものと繊細なものとのコントラストを提供した」（Salons I, p.153）とみなされる。ヴィアンの《フランスで信仰を説く聖ドニ》は早すぎた選択の例であって、「瞬間だけを変えたまえ、そしてドニが自らの熱狂で民衆全体を包み込み、彼らにその神々に対する最大の軽蔑を吹き込んだときに、彼の説話が結びになるようにしたまえ」（Salons III, p.99）と批評される。さらに、同じ絵におけるヴィアンには「観念性も霊感も詩も動勢も」ない、と判定される。再三例に挙げられるイフィジェニーの供犠の場面について言えば、カルカスが彼女の胸に聖剣を刺してしまう瞬間は最も恐ろしい瞬間ではあっても、母親は気絶せざるをえないであろうから、彼女が怒り狂って祭壇の方に突進して娘を助けようとする悲壮的な情景は画けない、とディドロは言う（DPV, VI, pp.475,477）。供犠が実行される瞬間よりも示唆される瞬間の方がいっそう効果的に観る者の感受性に働きかけ、いっそう悲壮的だということである（この点についてはRoland Virolle; Diderot: La critique d'art comme création romanesque dans les *Salons* de 1765 et 1767, dans : J.Gaulmier（ed.）*La critique artistique,un genre littéraire*, PUF, 1983, p.164 参照）。以上のような瞬間をディドロが求めるのはなぜか、その理由はつぎの言葉が示唆しているであろう――「画家が熱気のある瞬間から引き出すことのできるすべての利点を棚上げにしたときにこそ、わたしは彼から大いなる性格や安息や沈黙を、また、稀な観念性 un idéal やほぼ同じほど稀な技巧性 un technique から成る驚異的なものすべてを期待する」（Salons II, p.243）。

話を二つの作品に戻そう。《婚約》の瞬間は明解であるから、観る者にとっては画中の人物たちの配置、所作、表情の有機的なつながりを見て取るのも容易であった。しかし、《親孝行》のそれは複雑であった。その証拠として批評家たちのあいだで意見が分かれ、ディドロも異論をいくつか批判しつつ自らの意見を述べている（Salons I, pp.236-238）。この瞬間についての彼の註釈はわたしには言われてはじめて気づくものではあったが、構図とよく照応していると思われる。いずれにしても、どちらの作品もすでに本文で引用した『絵画論』で述べられた要件にぴったり合っている。この要件には自然と藝術の融合を示唆する視点が含まれているがゆえに、以後のわたしの展開においていっそう重要性を増すものであるので採録しておきたい。「自然の中におけるように」が新たな注目点である。「必要なことは、これらの人物が、自然の中におけるように、ひとりでにそこに位る。

はしない」と言われていたことを想起すべきであろう。語る内容が道徳的であることがさらにディドロを喜ばせラ・グルネの寓意画が瞬間の選択に失敗しているがゆえに「目に話しかけはするものの、精神や心に語りかけらない。」「共通の効果」が画面の構成に働くとき、タブローは観る者の心に「語り」だす。第二章で触れられた置を占めることである。それらの人物のすべてが、力強く、単純にかつ明晰に、共通の効果に貢献しなければな

では、グルーズの《カラカラ》に対する批評が、下絵では高い評価（「離れ技を行った」）が示唆されていたのに、出品作では辛辣な批判に一変したのはなぜなのか。はっきりした根拠を取りだすのが難しい。しかも、『一七六九年のサロン』以降、ディドロのサロン評への意欲が薄れていくので（この点については拙稿「ディドロの『サロン』における絵画批評とそのアポリア」早稲田大学高等学院『研究年誌』第五四号、二〇一〇年を参照していただきたい）、その点からしてもいっそう厄介である。《カラカラ》評の冒頭で、彼はアカデミーのジャンル画家に対する処遇の制度上の不当性を批判したうえで、グルーズの歴史画への挑戦に一定の理解を示している。その直後に瞬間の選択について触れられるが、批判はなされていない。作品に対する批評の記述順序は本文に記したとおりだが、それがド・ピールによって主張された「絵画を学んでいる若者」の視点からの記述順序（デッサン―彩色法―構成）にほぼ対応していることは改めて注目すべきかもしれない。ディドロも『絵画論』でこの順序を取って画学生に助言していること（この点については佐々木『研究』三一―三三頁参照）からすれば、彼は意図的にこの順序を取ったかもしれないからである（事実、彼はこの作品のグルーズを「画学生」と呼んでいた）。厳しい批評が連なるが、以前よりも理由説明に乏しい。そのため、アカデミーの審判や他の批評家たちの評価の影響とか、二人のあいだの個人的な不和の影響とかが取り沙汰される。確かに、彼は感受性の強いところがあり、それが批評に反映される（たとえば、グルーズの《窓からキスを送る少女》評、Salons II, pp.275-276; IV, p.91）こともあるが、しかし、これらを強調しすぎることはディドロの批評の理論的な価値を不

当に怪しませることになりかねない。

《カラカラ》に対する厳しい批判は、やはりそれが歴史画であるがゆえの拙さによると考えるべきであろう。歴史画に対する厳しい批評はグルーズに限らず、一般的にみても厳しい印象が強いから、グルーズに対する厳しさをさほど奇異に感じる必要はないかもしれない。だが、それでも彼が『絵画論』において《婚約》を「わたしにとっては」歴史画だとしていることは、これが「理論的な主張ではなく、ごく私的な思いを語ったもの」(佐々木『研究』三〇七頁)であるにしても、厄介な種とならざるを得ない。「わたしにとっては」の内実は何か、《カラカラ》が「田園的で家庭的な情景においてならば見事になる」とはどういうことか。「自然の細心な模倣者」が「理想的かつ詩的な自然の創造者」になるためにはどのような条件が必要なのか等々、これらの問いの答えはまだ残されたままである。

第四章の目的は、〈グルーズ問題〉を手がかりとして当時のフランスにおける歴史画の要件を探ることであるが、しかしそれはまた、いっそう広い視野のもとに《カラカラ》を位置づけ直して、前章で残されたままになっている諸問題に接近することでもある。そこで、つぎの手続きをとった。
①当時の歴史画の基本線をアカデミーや美術批評家たちを通して確保すること
②《カラカラ》が歴史画たりえなかった理由を批評の現場から探求すること
③グルーズの言う「新しいジャンル」とは既存の絵画ジャンルに収まるのか否かを検討すること
①を十全に行うためには美学史の専門的な知識が必要であって、わたしは表面をなぞったにすぎない。しかしそのことを通して、以下のことを指摘しうると思う。フェリビアンによって十七世紀に定式化されたアカデミーにおける絵画ジャンルの位階制は主題とその表現様式の難易度によって正当化され、「寓意的な歴史画」を頂点に据える。これは十八世紀には歴史画復興のための三つの改革によって継承されるが、改革が必要であったということはアカデミーの歴史画観が衰退したしるしともいえよう。ロジェ・ド・ピールからデュボス、ディドロへ

と移行していくと、歴史画を重視しつつも位階制は〈歴史〉と〈ジャンル〉に二分化する傾向を示すばかりか、画家の本領も歴史的主題を画くことに尽きるわけではなく、「自らが表現したい主題」もしくはひとを感動させる主題を通して観る者の「目を魅了する」のみならず、「魂」を揺さぶることにある。そこで、「絵画は目を通して魂に向かう藝術である」とされる。つまり、主題よりも表現様式に重きが置かれるようになる。ラ・フォン・ド・サンティエンヌは歴史画の復興を前面に出す点でいっそうアカデミズムに近いと思われる。だから、彼はブッシェやナトワールのような「小さな趣味」ではなくて、プッサンやル・シュウールのような「大きな趣味」による主題を要求する。

では、《カラカラ》が歴史画に値しないのはなぜか。アカデミーにおける肝心な理由は判然としない。サロニエたちによると、主題の選択のまずさが指摘された。そもそも主題が「ほとんど知られていない事件」であって多くの観者には理解しにくいばかりか、セウェルスは皇帝として祖国のためにカラカラを処遇すべきであるのに、父親として自らの死をもって対応しようとするがゆえに、歴史的な主題が家庭的な主題に変質する。このことがさらに表現様式に波及した。グルーズは皇帝とその後継者たるカラカラを父と子として画いてしまった。しかも、デッサンのまずさも手伝ってか、彼らの境遇や身分に則した気品や威厳や表情を彼らに与えられなかった。ディドロによれば、グルーズは《カラカラ》を「プッサンの最良の作品に対抗するに値する作品」と自負していたが、そのためかサロニエたちのなかには、わざわざプッサンを引き合いに出して彼との相異を指摘する者もいた。こうして、ジャンル画家によって扱われた歴史的主題とその表現様式は従来の歴史画に要求される主題と表現様式からずれてしまったことになる。

だが、このずれのなかにグルーズの「新しいジャンル」は位置づけられないのであろうか。実は何人かの研究者がそのことの可能性について言及している。当時においても彼を「特殊なジャンルの画家」とか「ジャンル画家」というよりも「感情の画家」と呼ぶべきだとする人びとがいた。ディドロにしてもグルーズのジャンル画（特に風俗画）を「わたしとしては」歴史画とみなしたし、《カラカラ》を「わたしとしては」歴史画として認めていたはずである。下絵に対しては「わたしの知る限り、成功している」と言っていたのである。島本浣氏は《婚約》を「風俗画の歴史画化」と規定しており（第三章註（三二））、マンホールは《親孝行》を「ジャンル画と歴史画の融合」と断定した。さらに、E・カーングは《カラカラ》を「ダヴィッドが十二年後に見事に切り開いた歴史画の〈ジャンル画化〉の時期尚早の仕上げ」と位置づけている。グルーズにはジャンル画家に押し込められない質があったということであろう。

第五章は『一七六七年のサロン』のヴェルネ評を検討したものである。ヴェルネはグルーズやシャルダンと並んでディドロが高く評価した画家であるが、一七六三年のサロン評以降、ディドロは彼の風景画を歴史画とみなすとともに、記述するのは不可能であって実物をみなければならない、と言い出す。にもかかわらず記述しなければならないとしたら、どのように記述しなければならないのか。もともと言葉で表現できない事象を画くのが絵画であるとすれば、それに逆らって絵画を言葉で表現する絵画批評が当初からかなりの重荷を背負った作業であることは一般的に当然であろう。彼は『一七六三年のサロン』のなかで、サロン評を記述するために必要なのは「すべての種類の趣味、すべての魅惑に敏感な心、無数の異なった熱狂を受けやすい魂、絵筆の多様さに対応するような文体の多様さ」である、と語っていた。そのうえ、ヴェルネ評が特異であって言語表現の枠を飛び出しているならば、この枠組みになんとしても押し込めなければならない。手っ取り早いのは、感嘆の言葉を連ねることであろうが、それだけでは批評にならない。そこで案出されたのがヴェルネの風景画を実在の自然風景とみなして、そのなかを「散歩」しその景観を記述するという仕方である。これは実験的な絵画記述であり、自然と藝術の融合というイリュージョンの内実を、言い換えれば画家による〈イデアールな自然〉の構築の仕方を示唆するものである。そして、このイリュージョンの内実はこれまでの四つの章において表面化してきた二つの関係、すなわち自然の模倣とその藝術的効果の関係と歴史画とジャンル画の区分から生じた「見なれた自然の端的な模倣」と「理想的かつ詩的な自然の創造」の関係とに密接に関わるがゆえに、ディドロの美学的側面の根幹に触れることとなるであろう。

この章で探求されたのは、

①「散歩」という仕掛けのメカニズムとその機能

②この機能を通して描出されるイリュージョンの内実

③この内実に求められている事柄

である。仕掛けのメカニズムは図IIを図Iに重ね合わせにすることにある。このことによってつぎの事態が生じた。ヴェルネの画いた六点の風景画を〈わたし〉はそれを実景と偽り、「この世で最も美しい景観」として読者（もしくはグリム）に報告する。読者は仕掛けを知らされてはじめて、これらの景観がヴェルネの風景画であったと認知するとともに、「最も美しい」ゆえんをも説明されたことになる。というのも〈わたし〉にこれらの美しい景観を案内してくれる「神父」がこれらの景観を神の美的創造の所産とみなすということは、結局のところ、ヴェルネが神的な創造を行っているということを示していることになるからである（「彼は自然からその神秘を盗んでしまった。自然の産み出すものすべてを彼は反復できるのである。」Salons I, p.228)。そのことを〈わたし〉＝ディドロはヴェルネの「深い自然研究」と「豊かな想像力」、さらに瞬間の巧みな選択（「その時突然……」）の賜物とする。言い換えれば、ヴェルネはこの賜物のせいで藝術の結果のごとき自然、つまり〈イデアールな自然〉を構想し、それを模倣再現しうる、とされることになる。ここに、「哲学者の支配的な性質」と「詩人の支配的な性質」の結合が認められるとともに、自然と藝術の融合というイリュージョンが産み出される。

ところが、この現象はきわめて稀にしか生じえない。自然は天候や時間帯で刻々と〝姿〟を変えるし、観る者の知的能力は言うまでもなく視角や距離の置き方でも変化する。画家はこれだという瞬間＝「幸運な瞬間」において自然を捉えてそれを豊かな想像力を通して〈イデアールな自然〉として画布に移す。このときにもまた技量が試される。このことのメカニズムは言葉では表現できない。ディドロは「第七の絵」(もはや「景観」ではない)に画かれたさまざまな光景をあげた後に、こう記している――「こうしたことすべてが強力に感じ取られるが、決して記述されはしない」(Salons III, p.226)。とすれば、われわれ読者は〈わたし〉と「神父」と一緒になって「散歩」につきあいながら、ヴェルネの〈イデアールな自然〉の構築の内実を感じ取る以外にない。そこで、それと感じ取らせるいくつかの箇所を取り上げて考察がなされた。それらをもはやなぞる必要はないであろう。しかし、これらの考察を通して示された注目すべきことは、〈わたし〉としてのディドロと書き手としてのディドロの巧妙な分節接合関係を介して、ヴェルネとディドロとでは〈イデアールな自然〉観が相違しているということである。ディドロが〈第三景〉でヴェルネの海景に「より詩的な瞬間」を求めたことは彼のヴェルネに対する不満を示唆している。同年のルテルブール章のなかで、ディドロはヴェルネのルテルブールに対する優位性を示した直後に、こう述べている――「とはいえ、このヴェルネがどんなに創意工夫に富んでいようと、どんなに豊かであろうと、観念性/イデアールなものからみると確実にプッサンの背後にとどまったままである」(ibid., p.399)。そしてプッサンについて「この人こそ、自分の好むときに、きみを田園の光景のただ中から激しい不安と恐怖へ投げ込むことのできる人である」(ibid.)と判定し、その証拠としてプッサンの《蛇のいる風景》をあげて分析している。ディドロがヴェルネ章の最後部で暗さと恐怖を伴う景観、つまり「崇高へと通じている」景観を求めたのは明らかにこのことと結びついている。

では、「ヴェルネの散歩」の行き先に求められている「崇高」とはなにか。それは自然と藝術のイリュージョナルな融合であり、〈イデアールな自然〉の模倣再現の極限値である。それは「魂の熱狂」と「熟練の熱狂」の結合点、「技巧性」と「観念性」の調和に基づく〈崇高な美〉、多様な美をそれとして認定するために普遍的な価値原理として想定しうる美、あるいは端的に言えば、項目「美」における「実在的な美」と言えるかもしれない。したがって、それは「藝術の最後の限界点」、「藝術の潜在的な能力(ressources)の極限」(Salons III, p.331)

と言い換えられるが、想定しうる目標ではあっても実在的な到達点ではない。だから、『絵画論』のディドロは画家の不幸は「この限界点に居て、そうと気づかずに、あたら傑作を台無しにさせてしまうことである」（文庫、三八頁）、と語っていたのである。これと同じ不幸に俳優も陥ることが次章で明らかになる。

第六章は『俳優についての逆説』を通して、ディドロがなぜ、どのように自然と藝術を峻別しようとしたのかを考察することにあった。第五章とは逆のベクトルをなす。しかし、ここでは二つの章の連関をテーマ化してはいない。それはいまだ『逆説』の立論をはっきりと理解するまでに至っていないからである。確かに、第五章との関連でいえば、ここでは藝術の自然に対する自律性に重点が置かれていることは確かである。その結果、理想的／観念的モデルの概念が正面に据えられ、その反面、これまで強調されてきた厳密な自然模倣が背後に退く。にもかかわらず、そのモデルの基礎は自然とみなされており、立論にはなお曖昧さが残っている。それは「自然の真実」と「舞台の真実」の峻別を裏付ける二つの問題——一方で俳優の感受性の重視か欠如か、他方で「自然の厳密な模倣」か「理想的／観念的モデル」の模倣か——がうまく絡み合っていないことによるように思われる。この点を念頭に入れてまとめをしてみたい。

ディドロは自然と藝術の峻別を「自然の真実」と「舞台の真実」という二分法を通して行う。そして、前者を重視するのが「第二対話者」、後者を主張するのが「第一対話者」であり、それぞれが観賞の立場と創作の立場を代表している。「第一対話者」によれば、「自然の真実」を舞台に移し替えても、「舞台の真実」を自然に移し替えても、どちらの真実も「茶番」と化してしまう。では、そもそも「舞台の真実」とは何か。「それは行動、せりふ、容姿、声、動作、身振りが詩人によって想像され、往々にして俳優によって誇張された理想的／観念的モデルと合致することである」。しかし、この説明だけでは、詩人によって〈どのように〉想像され、俳優によって〈どのように〉誇張されるのかはわからない。だが、はっきりしてきたのは「理想的／観念的モデル」の模倣が、「自然の真実」との峻別と相まって、『一七六七年のサロン』の序論における以上に、徹底化されたかに見えるということである。少なくとも一七六七年のヴェルネ章では二つ模倣の「釣り合い」に基づいて自然美と藝術美の融合が説かれていた。もはや「厳密な自然模倣」説は不要となったのか。そうではないであろう。なぜなら俳優も「自然の注意深い模倣者にして思慮深い弟子」（imitateur attentif et disciple réfléchi de la nature）だからであり、「理想的／観念的モデル」も自然に依拠せざるをえないからである。要は、「自然を、美しい自然をさえも、つまり真実をあまり忠実に模倣することさえ許されないということ、超えてはならない限界があるということ」である。この「限界」を理論的に指示できないことはディドロにとっても悩ましいところである（もっとも「第一対話者」は「限界」を定めるのは「良識」（bon sens）であると言う）が、それでも何らかのかたちで感じ取っていなければ、俳優の逆説的な要件も判然としなくならざるをえないであろう。

では、名優の要件とは何か。彼（女）は「限界」をどのように察知するのか。ここで「豊富な判断力」ないし「洞察力」とどんな役をもこなす力と並んで、これらを十分に発揮させるための要件として「感受性の欠如」が主張される。「感受性」をまったくもたない人間はいないのであるから、「感受性の欠如」は技術上の要件にすぎない。しかし、これを実現するのは容易なことではない。名優だから成し遂げられることだともいえる。これには二重の作業、すなわち自己の二重化と自ら構築した理想的／観念的モデルの模倣再現が必須とされた。すなわち、俳優は自己を放棄し、当然自らの感受性を抑制して作中人物の感受性を描出する。だから、この人物に自らを同化させるのではなくて、この人物を「他者化」し、この他者を自らの構築したモデルにしたがわせて、「この人物はこのような人物である」と観客が得心するようにさせなければならない。そこで肝要なのはこの「他者化」をいかになすべきなのかということになる。「第一対話者」は二つの仕方を提示した。一つはクレロン嬢のように「演技を頭に浮かべ、せりふを頭に描きこんで」、しかも自らの演技やせりふの効果を判定しつつ再現する俳優のケースであり、もう一つは、デュメニール嬢のようにこれといったモデルの構築をしているわけでもないが、「霊感」を授けられて「手練の技の習慣」を頼みにすることのできる天才肌の俳優のケースである。後者の内実は言葉でこれと指示しえない質のものであって当人でさえも判然としないであろうが、前者の内実は多少明るみにでてはいる。だが、いずれのケースにおいても自然の厳密な模倣つまり「自然の真実」の限界にどのように対処しているのかはっきりとしてはいない。このことはさらにつぎの点に波及する。「舞台の真実」は「約束事の真実」と言い換えられるが、この「約束事の真実」が「老アイスキュロスの与えた定式」を指しているとすれば、この定式を「自然の真実」よりも重視しつつ、どのように「理想的／観念的モデル」を構築するのか、この点もはっきりしない。はっきりしているのは、このモデルは自然を出発点としつつも、自然には存在しない、ということが強調されるのみである。『絵画論断章』においてもこの点は変わらない（OE, pp.753, 838）が、「自然の真実は藝術の真実らしさの基礎である」という基本線は維持されている。この点から再度整理がなされた。

さて、「純然たる自然」つまり「むきだしの自然」は「崇高な瞬間」をもつときもあれば、「下品で不愉快な」ときもある。藝術の本領は前者を待ちわびることではなくて創造することであり、後者を回避することにある。しかし、この回避が「藝術の真実らしさ」にまで及ぶならば、それは逆に「藝術の最後の限界」を超えることを意味する。とすると藝術の自然に対する自律性はどこまで許されるのかということも重要な問題となろう。だが、この問題は、自然の厳密な模倣の限界が一義的に設定し得ないのと相即的に、難問のまま残っている。それでも本文で引用された一七六七年九月二十四日付のソフィー宛書簡は具体性に欠けてはいてもその範囲の見通しが示唆されていた。また、「自然の単純さ」を保持するために伝統的な英雄的悲劇と家庭的で市民的な悲劇を調和させようという二人の対話者の一致した志向は「自然の真実」と「舞台の真実」との和合を暗示していないであろうか。これらの点に注目するならば、『逆説』は「ヴェルネの散歩」の主旨に触れ合っているのではないか。このような志向は自然哲学的な側面からも検討するに値するであろう。

総括と展望

わたしはこれまでディドロの自然哲学的分野（Ⅰ部）から美学的分野（Ⅱ部）へと探求を進めてきた。Ⅱ部は確かにⅠ部を念頭に入れて書かれたので随所でⅠ部と接点を持つことになったが、それでも二つの分野がどのように交合しているかはいまだ判然としていないであろう。そこで、この点を振り返って二つの分野のつながりをもう少しはっきりさせてみたい。

自然哲学的分野において中軸となっていたのは、自然の統一性と多様性をめぐる諸問題をいかに解決していくべきか、そのためにはどのように「自然の観察とその解釈」を行っていくべきか、ということであった。そして、その到達点として示されたのが〈一つの全体としての自然〉を描写する「体系的で高尚な哲学」であり、「ダランベールの夢」であった。美学的分野においては、「自然の模倣」とその藝術的効果をめぐる諸問題を解決していくために、どのように「自然の模倣」あるいは「理想的／観念的モデル」を取り扱うべきか、ということであった。そして、その到達点として示されたのが〈自然の真実〉と〈藝術の真実らしさ〉の融合というイリュージョンであった。二つの分野をつなぐ鍵概念が「自然」であることは言うまでもないが、一口に「自然」といっても特に十八世紀のそれは「変幻自在な曖昧さ」（バジル・ウィリー『十八世紀の自然思想』三田博雄他訳、みすず書房、一九七五年、一九頁）をもち、ディドロの「自然」も一筋縄ではいかない。それは自然が観察および解釈や模倣の函数態として捉えられていたから、認識主体によってさまざまな相貌をとって現れるからである。

しかし、それでも、自然はディドロに対して主に二つの相貌を呈して現れていた。一方では現象的自然として、他方ではこの現象的自然の存立根拠を問うことによって表出されうる〈イデアールな自然〉として。前者はさしあたり脈絡のない多種多様な個々の要素の集合体であり、盲目の数学者ソンダーソンの〝見ていた〟自然である。後者は「観察、省察、実験」、「推理の不断の連鎖」を通して、現象的な自然の内奥から表出されてくる諸要素の諸関係の総体、つまり「一つの全体」として想定される自然である。ディドロにとって自然学者も藝術家もいずれの「自然」にも対応することに変わりはないと思うが、前者はまず現象的自然を「観察」し、さらに「アナロジー」や「推測」を通して、つまり「予見の精神」を通して「解釈」を行い、〈イデアールな自然〉を想定する。後者もまず現象的な自然を観察するであろうが、その自然を単に「模写(コピー)」するのではなくて、「理想的/観念的モデル」に照らし合わせつつ、藝術的効果を伴う〈イデアールな自然〉に手直ししたうえで、それを「模倣」する。とすれば、前者の「自然の解釈」と後者の「自然の模倣」が交合関係に置かれるであろう。そこで、この関係の内実を検討することによって、二つの分野の橋渡しをすることで、全体のまとめとしてみたい。また、この過程で改めて浮かび上がってくる今後の課題を抽出していきたい。

まず、「自然の解釈」はディドロの自然哲学においてどのように位置づけられていたのか、実はこの点をまだわたしは正面切って検討していなかった。ここで必要な限り検討しておきたい。ディドロにとって「自然の解釈」は「自然の観察」の限界を補完するために登場する。『自然の解釈に関する思索』(以後、『解釈』と略記)において、「自然の観察」の限界はつぎの事態から生じる。すなわちそれは、自然という大きな全体とその現象の無限の多様さ、しかも「原因は隠され、形態はおそらく過渡的である」(DPV, IX, p.43, §22)という事態であり、また、これに対するわれわれ人間の認識能力の圧倒的な小ささ、しかも「悟性には偏見があり、感覚には不確実さがあり、記憶には限界があり、想像力の光は微弱であり、器具には不完全さがある」(ibid., p.43)という事態である。したがって、自然をその全体性において認識することは不可能に近い。この点は「自然の模倣」をも規定する。だから、『一七六七年のサロン』でも「自然を絶対的な精確さで表現することは不可能である」(Salons III, p.283)と繰り返される。しかし、彼は〈まったく不可能である〉とはいわない。逆にこの不可能性に挑むのである。

彼は、「自然は無数の異なった仕方で同一のメカニズムを多様化することを好んだ」(DPV, IX, p.36, §12)と想定する。すなわち多様性を伴う統一性としての自然、つまり〈一つの全体としての自然〉の想定である。この想定はここではモーペルテュイの「有機体(corps organisés)」説を「一般化」することによって生じた(I部第一章、第二章)と思われるが、元をたどっていくとシャフツベリの所説にまで遡る(実は、最新の研究によると、その系譜はダニエル・ルクレールにまで遡る。ディドロはジェームズの『医学辞典』「序文」の仏訳に際してジェームズがルクレールの『医学史』から断りなく多くの部分を引用していることに気づき、それらの部分を書き写しているが、その際「一つの全体」としての自然観に出会うことができた、といわれている。この件については逸見龍生「時間・知識・経験——初期ディドロ思想の形成におけるベーコン主義医学史の位置——」『思想』二〇一三年十二月、№一〇七六参照のこと)。すでに触れたように(I部まとめおよびII部第二章註(一二))、ディドロはシャフツベリの『道徳的真価と美徳についての試論』の翻訳を通して〈一つの全体としての自然〉を確信していたように思われる。同書のなかでシャフツベリは動植物の構造を自然全体まで一般化しつつ、こう述べている——「結局のところ、自然全体が他の存在すべてによって構成される唯一の広大な体系にすぎないとすれば、これらの存在のなかで自らがその一部となっているこの大きな全体との関係を通して悪かったり善かったりしない存在は皆無であろう」(DPV, I, p.313)。この箇所に付した註のなかでディドロは、『解釈』

においてと同じように、こう述べている――「自然のなかを分け入って見れば見るほど、ますますひとはそこに結合を見て取る。そのことを論証するのにわれわれに欠けているのは、諸部分のおびただしさと全体の大きさに見合った理解力と経験のみである。しかし、全体が広大であり、部分の数が無数であるならば、この結合が存立しないと結論づけるのにどんな理由があるというのか」(ibid.)。彼のこの思いは『モラリスト』におけるシャフツベリの思いに照応する――「諸部分がかくも多様に結合しあい、それらの内部で実にうまく協力し合っている(conspiring)ところで、〈全体〉そのものが結合も一貫性ももたないなどと、あなたは信じたり考えたりできるでしょうか」(The moralists, a philosophical Rhapsody, *Characteristics of Men, Manners, Opinions, Times*〈1711〉vol.II, Georg Olms Verlag 1978, p.284)。

このような〈一つの全体としての自然〉をそっくりそのまま論証することはまずもって不可能であるにせよ、そこに想定される構成要素間の結合関係を少しずつでも解きほぐしていくことができれば、やがて〈全体〉の姿が描出できるかもしれない、このようにディドロは考える。だから、彼はこのような自然の想定を「実験自然学の進歩に、合理哲学の進歩に、有機組織(organisation)に依存する諸現象の発見と説明に必要不可欠な仮説」(DPV, IX, p.37, §12)とみなす。こうして彼は自然を「仮装を好む女」に譬え、ある種の希望を抱くことになる。すなわち、「そのさまざまな仮装にもかかわらず、あるときはある部分を、またあるときは別の部分をちょっとのぞかせるので、彼女にしつこくつきまとう者たちにいつかはその人柄をそっくりそのまま知ることができるという望みをあたえる」ということになる。だからこそ、彼は「継起の観念」をわざわざ導入して、自然をつぎのように定義するのである――「わたしは、自然現象の全般的な生産に必要なさまざまな異質の物質を要素と呼ぶであろう。そして諸要素の結合の現在の結果全体もしくは継起する諸々の全般的な結果を自然と呼ぶであろう」(ibid., p.93)。そして、自然に「しつこくつきまとう者」つまり自然の「継起」を追求していく者こそ「自然の解釈者」である。

彼は自然の解釈者についてその観察者と区別しつつ、つぎのように言っている。「自然の観察者とその解釈者とのおもな相違は、感覚と器具が前者を見捨てる地点から後者が出発するというところにある。彼は現に存在しているものを通して、なお存在するはずのものを推測する。彼は事物の秩序から自らにとって感知しうる、個別的な真理の明証さをそっくりそのまま有するさまざまな抽象的で一般的な結論を引きだす。つまり、彼は秩序の本質そのものに達する」(DPV, IX, p.88, §56)。とはいえ、自然の解釈はその観察の欠を補完するものであるから、もちろん当の観察と手を携えていなければならない。さもなければ、「事物の秩序」から抽出される「抽象的で一般的な結論」は「形而上学的戯言」ないし「カゲロウの詭弁」と化してしまう(I部第六章)。そのうえ、因果性の連鎖は無限に持続し、「自然の限界」を示さないし、われわれの観察は自然の持続の一点を切り取って限定せざるをえない(項目「ピュロン学派」)。だから、ディドロは自然の解釈者についてさらにこう付け加えるのである――「彼は、感性ある思考する存在と原因・結果の何らかの連鎖との純粋で単純な共存だけでは彼にとって〔秩序の本質そのものについて〕絶対的な判断をくだすには十分ではない、と見て取る。彼はそこで立ち止まる。もしも彼がそれ以上一歩でも踏みだそうとすれば、彼は自然の外に出てしまうであろう」(ibid., p.88, §56.〔 〕引用者)。そこで彼は自然の観察者とその解釈者の役割分担と「同盟」の重要性を強調することになる。この点は藝術家による「自然の模倣」とも深く関連するので少々立ち入っておきたい。

ディドロは『解釈』の冒頭(§1)においてすでに、「たくさんの道具をもっているが、観念に乏しい」哲学者と「たくさんの観念をもっているが、道具をもたない」哲学者とが「同盟」を結ぶべきことを提唱している(この主張はII部で検討した「観念性 l'idéal」と「技巧性 le technique」の結合や「哲学者の支配的な性質」と「詩人の支配的な性質」の釣り合いについての主張と共鳴していることに注意しよう。また、哲学者の二つの区分は「実験哲学」者と「合理哲学」者の区分と類比関係にある)。前者は「埃にまみれた作業員」と称され、「観察」=「事実を集めること」(§15)を担当するのであるから、「観察者」ということになる。これに対して、後者は「傲慢な建築家」と称され、「省察」＝「事実を結合すること」（§15）を担当するのであるから、「解釈者」に当たるであろう。ベーコン流にいえば、前者はただ集めて使うだけの蟻のごとくであって、「自分の作業から何が自らのもとに生じてくるのかも、また何が生じてこないのかも知ることなく、ただたゆむことなく作業する」が、これに対して後者は自分の糸で巣を作るクモのごとく、「頭脳の力」で「建物」つまり体系的知を作り出す（§21、§23）。

ここで注意を要することは、両者の「同盟」はどのようになされるのか、いやむしろ、どのような「同盟」であれば両者の相互補完が可能なのか、また、自然を認識するあるいは記述するために必要とされる「観察」および「省察」と並べて提示される「実験」（§15）は一体誰が担当するのか、ということである。実は、これらの問いにディドロは明解に答えていないように思われる。「同盟」が必要であること、「実験」がその機能上「観察」と「省察」を媒介し、かつそれらの有効性を吟味すること、これらのことははっきりしている、しかしその内実は判然としない。「観察者」は「たくさんの道具をもっている」ところからするば、彼が「実験」を担うと想像しうるであろうが、しかし彼は自分の作業の成果がどのようなものか分からず、ひたすら事実を集めるだけであるとすれば、ベーコンの帰納法にも言えることであるが、「事実を集める」といってもどのような基準に基づくのか分からないままである以上、「実験」もおぼつかなくなるであろう。ディドロは「実験」が「観察や合理哲学の体系的観念によって示唆される」（§29）とも述べている。つまり、「実験」は自らがその真偽を検証する当の「観察」や「省察」に先立たれてもいる。しかも、「実験するという重大な習慣はどんな粗野な作業員にさえ、インスピレーションに似た一種の予感を与える」（§30）と彼は言う。この「予感」言い換えれば「予見の精神」が「観察」と「省察」に規定されているとすれば、今度はこれが「実験」を支えるのであるから、三者はつねに相互依存の関係に置かれていることになろう。だとすれば、自然の観察者とその解釈者の区分も実験哲学と合理哲学の区分（彼には「実験自然学」と「合理哲学」、「実験自然学」と「合理自然学」、「実験自然学」と「実験哲学」という区分もあり、また区分理由も判然ではない）も、区分自体が重要なのではなく、役割分担をはっきりさせ、かつ結合の困難をも指摘しつつ、それでも結合することの意味の重要さを示すためのものであろう（このような思考が『逆説』においてみられたこと――「自然の真実」と「舞台の真実」の峻別と両者の和合――についてはII部第六章参照）。とすれば、自然哲学者は誰でも程度の差こそあれ、「観察」と「省察」と「実験」という「三つの主要な手段」を手にしていなければならないことになろう。三つの手段が一つに結合しうるとしたら、それは「創造的天才たち（génies créateurs）」のもとにおいてでしかないが、彼らはまれにしか現れない、とディドロは考えている（§15）。「自然現象の無限の多様さをわれわれの理解力の限界とわれわれの器官の弱さと比較してみるとき、われわれの仕事ののろさ、そのひんぱんに生じる長い中断、しかも創造的天才たちの数の少なさから期待しうるものは万物の連結する大きな鎖から切断され分離された若干の断片以外にあるであろうか」（§6）。これがディドロの諦めの言葉ではないことはこれまで述べてきたことからも明らかであろう。むしろ痛苦な現状とはいえ「学問における一つの大きな革命の時期」（§4）に若干の断片を手掛かりにしてでも「万物を連結する大きな鎖」への途を切り開くこと――「所詮は無理と諦めるよりも無駄を承知で推測を試みるほうがまだしもであろう」（項目「百科全書」DPV, VII, p.223）、まさにこの実に困難な作業を「創造的天才たち」は言うまでもなく、自然学者たちに求めているのである。『ダランベールの夢』は〈一つの全体としての自然〉と化したダランベールの「言葉」（＝自然現象）をめぐって、「観察者」たるレスピナッス嬢と「解釈者」たるボルドゥの「同盟」関係のもとで行われたこの困難な作業の「夢」のなかでの実現を意味していないであろうか。

ここで考察を「自然の模倣」の方に移したい。「自然の模倣」という考えはディドロにおいて首尾一貫していたように思われる。しかし、〈自然の厳密な模倣〉説が強調されるのは特に『絵画論』（一七六六―六七年）第一章においてであり、しかも、『一七六七年のサロン』（執筆終了は一七六八年十一月）以降『逆説』（一七六九―七八年）に至ると今度は〈「理想的／観念的モデル」の模倣〉説が前面に現れてくる。二つの模倣説が別個のものであるとすると、一方から他方へ意見は移行したことになるのか、その理由はどこにあるのか、そもそも「厳密な」とはどの程度のことを指しているのか、「自然の模倣」説が終始放棄されないとすれば、「厳密な模倣」が限定されざるをえなくなったのか等々、いくつもの疑問が生じてくる。ここでは、これらの疑問に答えるだけの準備はできていないが、少なくとも答えの方向性を自然哲学的分野と連関させながら、さぐっておきたい。

そこでまず、「自然の模倣」から「自然の厳密な模倣」への経緯を大まかに振り返っておこう。ディドロが「自然の模倣」について語るのは少なくとも『お喋りな宝石』（一七四八年）にまで遡る。当書の第三十八章「文学談義」において登場人物のひとり、セリムは文学を支えるものとして「自然の模倣以外の規則が存在するであろうか」と主張すれば、もうひとりのリカリックは「自然はつねにさまざまな異なった相貌を呈する。そのすべては真実であるが、すべてが一様に美しいわけではない。〔……〕これらの作品の中から選択することを学ぶ必要がある」（Diderot, *Œuvres romanesques*, classiques Garnier, p.141. 傍点引用者）と応じる。二人の意見はその後もさまざまな書き物に散見されることになるが、この段階で重要なのは、ディドロを代弁していると思われるミルゾーザの次の意見である――「わたくしは規則なんかすこしも知りませんし、規則を表現する学問的な言葉ときたら、なおさら知りません。しかしひとを喜ばせ、ひとを感動させるものは真実のみだということは知っております。また、芝居の完璧さは行動の精確な模倣にあり、その精確さは観客が間断なくだまされて、本当の行動に立ち会っていると想うほどでなければならないということは知っております」（ibid., p.142）。「自然の模倣」という「規則」ではなくて、その効果、すなわち「行動の精確な模倣」と「本当の行動」の同一性に強点が置かれている。とはいえ、ミルゾーザ＝ディドロは観客が目の前にしているのは「事件の模倣」であって「事件そのもの」ではないということを十分に知っていながら、なお観客に両者の同一性を思い込ませる「最も自然な仕方で」の模倣を求めているのである（ibid., p.145）。この志向は『絵画論断章』（一七七五―八四年）にまで至る（II部第六章および註（三〇）参照）。しかしながら、ディドロは五〇年代から少なくともヴァトレの『絵画術』

についての書評（一七六〇年）に至るまで、対象とその模倣との差異の事実に立ち止まりつつも、両者の同一性をむしろ主張の基調としていたように思われる（佐々木『研究』三五頁参照）。『聾啞者書簡』（一七五一年）ではすでに触れたようにバトゥの「美しい自然」の批判がなされている反面、ヴェルネの作品が引き合いに出され、作品に描かれた《月明かり》の方が自然における月明かりよりも感動的である（LM, p.101）とみなされて、自然に対する藝術の優位性が主張されているかのようにみえる。しかし、そこでの重点は、対象の感覚から直接生じる「自然的な快」が「模倣から生じる反省的な快」と結合する方がどちらか一方しか体験しないよりも感動が深い、というところにおかれている（Ⅱ部第一章および註（一二））。『私生児対話』（一七五七年）では「模倣の美しさ」は「事物とイメージとの符合」（OE, p.160）であるとみなされ、しかも藝術的模倣は可視的なものから不可視的なものへと射程を延ばすことになる――「藝術は、自然がその諸結果の連なりをわれわれの目から隠すときの巧妙なやり方までも模倣します」（ibid., p.131）（この考えの具体的な展開が『絵画論』第一章であるが、この点は後述）。ウァトレの『絵画術』についての書評では、再びミルゾーザに通じるイリュージョナルな模倣が提起される――「わたしが現実的で生きた情景と見間違うタブローは最も効果をもつタブローであろう」（DPV, XIII, p.136）。

しかしながら、六三年ごろになると、ディドロは対象とその模倣との差異の事実をむしろ強調するようになる。『文藝通信』のウェッブに関する書評記事（一七六三年一月十五日）において、彼は述べている――「藝術には二つの重要な部分、すなわち模倣的部分と観念的／構想的部分がある。模倣においてすぐれたひとはかなりありきたりであるが、観念／構想（l'idée）において卓絶したひとほど稀なことはない」（CL, V, 5, p.202; DPV, p.312）。ここでは、自然の模倣の藝術的な効果が以前にもまして低下していることが分かる。とはいえ、「厳密な模倣」が斥けられるわけではまったくない。こうした模倣と「観念＝構想」との符合が重要視されることになる。このことは先の引用文の少し後のところで、彼がレンブラントの絵を思い起こしながら、次のように言っていることから理解できよう。「観念的／構想的描写（la peinture idéale）にはその明暗法において何か自然を超えるものがあり、したがって天才と同じほどの厳密な模倣と厳密な模倣と同じほどの天才がある」（ibid., pp.203, 316）。藝術における二つの重要な部分がやがて「技巧的部分」ないし「技巧性」と「観念的部分」ないし「観念性」の二分法となって現れ、両者の融合が求められることはすでに触れたところである。さらに、『一七六三年のサロン』のデゼイ章には注目すべき箇所がある。「どんなに大胆な画家でも太陽や月を自分の画面構成の中央に吊るして、これらの二つの天体をもやか雲で覆い隠さずにいられるものならやってみるがよい。そこから対象と色彩の一定の選択の必要性が生じる。このような選択の後にも、もっとも調和に富んだ最良のタブローがどんなにうまく作られるにしても、いまだそれは、互いに覆い隠し合うさまざまな間違いの織物にすぎない。画くに値する対象もあれば、そうでない対象もある（il y a des objets qui gagnent, d'autres qui perdent）。偉大な魔術はできる限り自然に接近し、両者の対象すべてを釣り合わせることにある。しかし、この場合、人びとが見ているのは、もはや現実的で真実な光景ではなくて、いわばその翻訳にすぎない」（Salons I, p.213）。ここでの重要な点は、

（1）『お喋りな宝石』第三八章でのリカリックの意見が再登場している、すなわち、自然のすべては「真実」ではあるが、一様に美しいわけではないから模倣すべき自然の選択が必要であること、そして、これが『絵画論』（一七六六―六七年）の「美しい自然の選択の問題」（文庫、八〇頁）に連動すること（この点は後述）

（2）自然の厳密な模倣の達成は実に困難であって、すぐれた選択をもって作られたタブローであっても「さまざまな間違いの織物」であるから、「偉大な魔術」によってすべての対象間に「釣り合い」をもたせること、この点はウァトレの『絵画術』における「自然はすべての対象の間に模倣しなければならない一種の釣り合いを確立する」（DPV, XIII, p.135）という考えの継承であろうということ

（3）このように作られたタブローは「現実的で真実な光景」ではなくて、その「翻訳」であるということ

これらである。ベラヴァルによれば（ibid., p.114）、ディドロのこのような考えは同じ『文藝通信』誌上で数年前に提示されたグリムの考えに触発されたものである。なるほど、グリムはすでに、厳密な模倣が模写（コピー）に脱する危険をはっきりと述べていた――「どんな模倣においても、藝術上の嘘と事物そのものをわれわれに識別させるような若干の詩／物語が必要である。実在の模倣ともはや区別できないほどに厳密に模倣するひとは価値あるものを何ひとつ作らなかったであろう。〔……〕ひとは模倣の厳密さを決して重視しない、というのも想像力はそれに対してなすすべがないからである」（CL, V, p.433）。「写生家（copiste）」は「詩」や「想像力」を産み出さない。それが「自然の模倣者（imitateur）」との違いである、とグリムは強調するのだが、そうなると彼は自然の「厳密な模倣者」と「写生家」のあいだをよしとしていることになろう。しかしながら、ディドロも、すでに指摘したように（II部第二章）、少なくとも『一七五九年のサロン』において、「大きな観念／構想（la grande idée）」をもつまでは絵筆をもつな、と画家に進言していた。この考えはその後彼の絵画批評の根幹となる。たとえば、『一七六五年のサロン』において、彼はこう語っている――「わたしの思うに、絵筆を取るときには、何らかの強力で、創意に富んだ、繊細で刺激的な構想（idée）をもち、さらに、何らかの効果、何らかの印象を自らに定めなければならないであろう〔……〕。さまざまな構想をもっているような藝術家は実に少ないし、そうした構想をもたずに済ませることのできるような藝術家はまずひとりとしていない」（Salons II, p.111）。そうだとすれば、藝術家は自然を模倣する以前に、何らかの「構想」をもって自然を見るのであるから自然をありのままに見ることは不可能であるということにならないであろうか。だが、『絵画論』とくにその第一章は「自然の厳密な模倣」を強調することになる。

ここで改めて、「自然の模倣」というときの「自然」とはいかなる自然であるのかを再確認しておきたい。わたしはそれを藝術の模倣対象となる「自然」、すなわち藝術家の「観念／構想」（やがてこれは「理想的／観念的モデル」と連関すると思われる）によって〈すでにつねに〉手直しされた相貌を取って立ち現れている自然、つまり〈イデアールな自然〉とみなした。〈イデアールな自然〉という表現を自然哲学的分野でも美学的分野でもわたしは使っているので、その分明断さを欠いているかもしれない。そこで、この〈自然〉の内実とは何かをディドロの自然哲学と関連させて検討しつつ、この〈自然〉の「厳密な模倣」とはいかなる事態のことなのか、この点に多少とも迫ってみたい。

ディドロが『自然の解釈』や『ダランベールの夢』のなかで想定していた自然は多様な諸要素の有機的な連鎖関係で織りなされた一つの全体としての自然であった。それは「自然の観察とその解釈」の同盟関係に基づいて想定され、実体化された自然であり、そこには現象的な自然に対する推測なりアナロジーなりによる「解釈」がすでにつねに介入している。だからこそ、それは「一つの全体」と想定されたのである。そして、『解釈』において「同一のメカニズム」(§12)、「一つの中心的現象」(§45)が想定されたのはこれに多様な現象を連関させて「一つの体系」をみてとるためであった。『絵画論』においても人体に関してではあるが、画学生に対してつぎのような提案がなされた。「像の全体が透明であると考えてみたまえ、そしてその中心に目を置くようにしてみたまえ。そうなればきみはこのからくりの外面に展開する動きのすべてを観察することができるだろう」(文庫、二一頁)。そして、その成果をこう示している――「絶えず総体と全体に気を配っているならば、きみのデッサンが描いている対象の部分のなかに、見えない部分との適切な照応関係のすべてを上手に見せることができるだろう」(同二八頁)。『絵画論』におけるこのような指摘が彼の自然哲学の研究に規定されていたことは明らかであろう。

『絵画論』第一章の冒頭の意表をつく「間違ったことを何もしでかさない自然」とはこのような一つの有機的な全体としての自然をいわば神話に登場する人格神のごとくに描出したものであった(これに対して、このような自然が、神格化された画家ヴェルネによって、どのように創出されたのか、その内実を示したものが「ヴェルネの散歩」であった)。かかる自然はもちろん全知全能であって、自らを構成するある要素のほんのちょっとした変化であっても、それが全体にどんな波及効果を及ぼすかを事細かに間違いなく察知する。『夢』における自らの巣の真ん中に陣どっているクモのごとくである。だから、たとえば若いころに両眼を喪った女性の頸だけを見るだけで、この「自然」はそれを見抜いてしまう（文庫、九―一〇頁）。また逆に、メディチ家のヴィーナス像をそのつま先だけしか見えないようにしたうえで、この像を仕上げさせてみると、この〈自然〉はなんと「醜い不細工な怪物のようなもの」を描出する。すなわち、ヴィーナス像のような「もっとも完全な藝術の所産」でさえも、この「自然の作品からはるかに隔たった所へと」投げやられてしまう（同一三頁）、つまり「さまざまな間違いの織物」とみなされてしまう。自然は藝術に対して圧倒的な力をみせつける。これが「自然の専制的支配(le despotisme de la nature)」（同一三頁）と称されるものであり、自然哲学的に言えば自然法則に当たるであろう。藝術家がこの「自然の専制的支配」に逆らうならば、こういうことになる――「自然の真実は忘れられる。想像力は見かけだけの不自然な、滑稽で熱のない所作やポーズやフィギュアで一杯になる。これらのものが想像力のなかにためこまれ想像力から出てきて画布の上に固着する。藝術家が鉛筆や絵筆を手にするたびごとに、これらの陰気くさい亡霊が目覚め、かれの目の前に姿を現してくるだろう」（同一八頁）。ここから自然を逸脱した約束事の規則たるアカデミー風の「マニエール」が生じる。だから、「自然の厳密な模倣」がこれに対置されることになるのだが、ここから「厳密な模倣」にはさまざまな難点が孕まれていることが表面化する。

ディドロは「もしも原因と結果がわれわれの目に見えて明白であるならば」、自然を、たとえばひとの姿を「あるがままに再現すること」にしくはないであろう、と考える。さらに、「模倣像が完璧であり、原因に類似して(analogue)いればいるだけ、われわれはそれに満足を覚えることであろう」（同一〇頁）、と言う。模倣対象における因果性がはっきりしているならば、現象的な自然と〈イデアールな自然〉が重ね合わせになっているのであるから、「あるがままに再現すること」はそれ自体で「厳密な模倣」に通じるし、「自然の真実」の表出に確実に直結する。だが、なぜわれわれは「満足を覚える」のか。なるほど、彼が言うように「ゆがんだ鼻」であってもその因果関係のはっきりしている場合には自然の成り行きと思ってそれを「不快に」感じないかもしれない。しかし、その藝術的効果からみたらどうなのか。彼はすでに『一七六五年のサロン』において「自然的な結果のなかには糊塗するか、無視するかしなければならないものがある」(Salons II, p.284)と認め、例として「石のベンチに座っている裸の女」を想定している。この場合、彼女の尻はその体の重みのために「不快な仕方で両側にふくらみ、後ろに想像しうるもっとも不快な肉のたるみを作るであろう」(ibid.)。そこで彼は、この場合には、「自然の真実」に背かないわけにはいかない、と主張していた。つまり、模倣対象の選択の必要性が示唆された。これは『お喋りな宝石』以来彼の念頭にあったことであるし、『一七六三年のサロン』のデゼイ章ではっきりと主張されたことでもある。にもかかわらず今回は、「結果も原因も知らないにせよ、またこの無知ゆえに生まれた約束事の規則というものがあるにしても」、あえて「自然の厳密な模倣」を貫くならば、見た目のまずさが生じるとはいえ、この模倣は「隠れた関連や必然的な連鎖関係」を感じ取る「鋭い勘」によって、「多くの場合、正しいと見なされてきた」と強調する(この箇所の解説については佐々木『研究』四一—四二頁参照のこと。また、同じ『一七六三年のサロン』においてシャルダンの《皮を剝がされたエイ》に対して、次のような主張——「その対象は不快な感じを与えるが、しかし、それは魚の身そのものだ。それは魚の皮であり、その血なのだ」(Salons I, p.220)——がなされていたことも念頭に入れるべきであろう)。だが、このような「勘」をつねに発揮できるひとは少数であろう。ディドロでさえ、『一七六九年のサロン』においてヴェルネの《月明かり》に対してこの「勘」が働かなかった体験を吐露していた(II部第五章註(一一)参照)。しかも、「厳密な模倣」の見た目の悪さも、「鋭い勘」によれば「自然の真実」という点で「正しい」としても、多くの人びとにとってはやはり見た目の悪さは払拭されはしない。やがて、ディドロは「マニエールについて」という小論(『一七六七年のサロン』の末尾に置かれたものであるが、執筆時期は『サロン』より前と言われる。この点については佐々木『研究』第二部第二篇第二章参照のこと)のなかで、「自然の厳密な模倣が藝術を貧しく、矮小で、凡庸なものにすることはあっても、偽物に、あるいはわざとらしいものにすることは、決してない」（文庫、一八六―一八七頁）と述べることになる。ここには「自然の厳密な模倣」の藝術に対する肯定面のみならず、否定面も示されている。「自然の模倣」から「自然の厳密な模倣」への経緯を簡単にたどったときも、この二面性は顔を出していた。「自然の真実」を藝術の基礎とするディドロにとって、「自然の厳密な模倣」は理念的な要請であろうが、そもそも「厳密な模倣」とはいかなる事態なのか、〈一つの全体としての自然〉そのものの描出のことであるとすれば、それをなしうるのは、彼も認めているように神か「創造的天才たち」以外には不可能であろう。なぜであろうか。煎じ詰めれば、「自然の模倣」そのものの内的構造からきているのではなかろうか。このことの考察は「理想的／観念的モデル」の構築の必要性とも関係してくると思われる。

ここで、自然の模倣という行為を、Ⅱ部第五章で用いた図Ⅰ（本文三〇三頁）を再び活用して確認することにしたい。二つの循環が考えられる。一つは①―②―③の循環であり、もう一つは③―④―⑤の循環である。前者において模倣者は、自然対象（「外的モデル」）に観察者として対峙するが、同時に藝術家として「観念＝構想」を通して自然対象を模倣対象（「内的モデル」）に手直しする（「外的モデル」と「内的モデル」の区別については『絵画論断章』OE, p.838 参照）。自然対象の因果性やシステム性が「眼に見えて明白であるならば」手直しは必要なく、受動的な模写がそれ自体で「厳密な模倣」となるかもしれない。後者においては模倣者は作品構成と主題および瞬間の選択に応じて模倣対象を設定し、それを藝術家として再現する。このとき藝術家が留意すべきであるのは、「哲学者の支配的な性質」（理性、判断力、趣味等々）と「詩人の支配的な性質」（天才、想像力、霊感等々）との釣り合いであった。それは、③が二つの循環において重ね合わせになることに基因する。だが、この重ね合わせの実現の繊細さとそこから帰着する釣り合いの困難さゆえに、二つの循環がスムーズに流れることは稀である。ディドロはこの点について『一七六九年のサロン』のシャルダン章のなかで「自然の僕であるとは同時に藝術の主であること、天才をもつと同時に理性をもつこと、これは到底かなわぬことである」（Salons IV, p.44）と表現している。自然の模倣を厳密にすれば、あるいは「自然の僕」に徹すれば、悪い意味でのマニエールを防止することはできても、ややもすれば藝術を貧しく、凡庸なものにしかねないし、ジャンル画は前者の循環に、歴史画は後者のそれに比重を置かざるをえない（II部第三章、第四章参照）等々といった具合である。両者の交合関係、すなわち自然対象と模倣対象のすり合わせをどのように処理すべきなのか、このことにすべてはかかっていると言えよう。

しかし、彼はこのすり合わせの処理について具体的な分析をしていないように思う（この点については後述）。特に「自然の厳密な模倣」において語るとき、彼は「自然」を「あるがままに」あるいは「見ているままに」再現するように主張することになるのだが、この「自然」とはいかなる自然なのか。現象的な自然なのか、それとも〈イデアールな自然〉なのか。現象的な自然をそのまま写し取ることが「厳密な模倣」であるならば、模倣はまったく受動的な模写＝コピーと変わらないし、模倣対象も個物に限定されるであろう。しかし、六三年以降、彼が自然対象と模倣対象の差異性をむしろ強調しだしたことはすでに触れた。だがそうなると、「自然の模倣」はかえって前者の循環のみに限定されるべきであったのか。そうではないと思う。これもすでにみたように、自然対象には模倣に耐えられない対象があり、必要な「選択」をするか手直しをしなければならなかったからである。後者の循環は模倣作業の拡張を示しているとも言える。このことは自然哲学に「継起の観念」を導入して「体系的精神」に代わって「予見の精神」を使って視野の拡張をはかったこと（I部第六章）に対応するであろう。そしてここに、アリストテレスのミーメーシス（模倣再現）説を適用できるように思われる。アリストテレスは『自然学』（『アリストテレス全集3』出 隆・岩崎允胤訳、岩波書店、七五頁）のなかで模倣再現を二つに種別化した。すなわち、テクネー（技術／藝術）は一方で「ピュシス（自然）のなすところを模倣する」、他方で「ピュシスがなしとげえないところのものごとを完成させる」（この点についてはPhillipe Lacoue-Labarthe; Diderot, le paradoxe et la mimésis, dans: *Poétique* 43, 1980, 9, pp.273-274 参照）。こうして模倣再現は「自然に根ざしつつ自然を超えるという人間特有の二重性を帯びたいとなみ」（坂部恵『ペルソナの詩学――かたりふるまい こころ』岩波書店、一九八九年、三九頁）となる。だがディドロは、約束事の規則が、あるいは模倣者の主観的な観念が「自然の真実」を侵犯しないように強く要求する（なるほど、『逆説』において事情は質的な違いを示すが、それでも「自然の真実」が放棄されることはなかった）。だから、あるべき模倣対象がそれ自体で自然対象であるかのごとくにみなすことがある。ディークマンが「ディドロの美的感覚」をつぎのように考えるのは、この傾向に結びついているかもしれない――「わたしはいつでも、ディドロの美的感覚が《反省された快》を通って《直接的な快》に、藝術を通って自然に向かっていると確信する。自然的なものは源泉と模範として公準化されるが、ディドロは藝術を媒体にして自然的なものを捉えるのである」（Dieckmann; Die Wandlung des Nachahmungsbegriffes in der französischen Ästhetik des 18 Jahrhunderts, in: *Nachahmung und Illusion*, Wilhelm Fink Verlag, München, 1969, S. 49）。この場合、「あるがままに」とか「見ているがままに」という認定が模倣対象をあたかも認識主体から自存化したもののように想定させてしまうのではないか。すでに検討したように、「関係の知覚」説においても、「実在的関係」と「知覚された関係」が区別されながらも、両者の関連が述べられないまま前者が自存視された。この傾向は、II部のまとめでも指摘したように、『絵画論断章』に至るまで払拭されることはない。そこでは、「一つの自然」しか存在せず、それに対応する「自然をもっとも強力に真実に表現する仕方」もやはり一つしか存在しえないことが主張された（OE, p.838）。だが、それぞれの模倣者が「一つの自然」にそれぞれの仕方で関わる以上、「一つの自然」はそれぞれの模倣対象に変貌せざるをえない（「一つの自然」をf(x)と表せば、それぞれの模倣対象はf(a)、f(b)……と表現できる）。だがそうなると、それぞれの模倣者がそれぞれの仕方で自らの模倣対象を再現するとすれば、「一つの自然」はどのような意味があるのか。いかなる模倣も是認されるということになるのか。「自然の僕」と「藝術の主」との緊張関係が最も強まったかたちで生じたのは「マニエールについて」においてであった。その後、ディドロは『一七六七年のサロン』の序論や『逆説』において、自然対象と模倣対象のすり合わせをどのようにつけるべきかに問題の焦点を移すことになる。ここから生じてきたのが「理想的／観念的モデル」の模倣であり、この模倣は言うまでもなく後者の循環に連関している。

自然対象と模倣対象のすり合わせの問題は自然と藝術の交合関係をめぐるきわめて繊細で矛盾に満ちた問題である。それは、バトゥの言葉を再録していえば、「自然の最も美しい諸部分を選択して、それらの部分から、自然そのものよりも完璧で、さりとて自然的であり続ける一つの魅力にあふれた全体を形成する」（ibid., p.29）問題ではあるが、しかし、ディドロにとってはさらに「自然の最も美しい諸部分の選択」をどのようになすべきなのかを模倣以前に決めていなければならない問題でもある。つまり「諸部分の選択」には「一つの全体」についての構想があらかじめ想定されていなければならないということである。だから、そこにはいかに美的判断を定め、藝術的価値を求めるべきか等々の問題も当然絡んでいるのである。自然対象ないしは模倣対象の「選択」の問題は『お喋りな宝石』の段階からディドロの念頭にのぼっていた。しかし、そのテーマ化はなされてこなかった。『絵画論』第四章でやや唐突に「美しい自然の選択の問題」が語られた（この問題をテーマ化した数少ない論考として Jean-Rémi Mantion;Variation sur la “ belle nature”. Remarques sur un paragraphe des *Essais sur la peinture* de Didorot,dans : 《*Pour décrire un Salon*》: *Diderot et la peinture (1759-1766)*, Presses Universitaires de Bordeaux, p.43-61 がある）。そこで注目すべきことは、「選んだ自然」と「扱っている題材」とのあいだに「最も強い適合関係」をつくりだせば「それで十分である」（文庫、八〇頁）、としていることである。そして、この「適合関係」の例としてあげられたのは、枝折れしていて、幹には亀裂が走り、倒れかかっている古木と藁ぶきの家との関係である（同七七頁）。この例は彼が好んであげるもの〔『聾啞者書簡』（LM, p.81）、一七五八年九月二十七日付 Riccoboni 宛書簡（Corr. II, p.100）、Salons II, p.44〕であるが、この例を通してはっきりすることは、彼が「美しい自然」を個物のレベルではなくて「関係」として捉えようとしていたこと、また、自然対象は一義的に「美しい自然」として定められないのであるから、もはや力点は「選択」ではなくて「創作」に置かれていたことである。ここでわれわれは再び「関係の知覚」説に送り返される。というのは、実はディドロがすり合わせの問題に最も接近した最初はこの説においてであったと思われるからである。また、そう思われるのは「関係」が「実在的な関係」と「知覚された関係」から、さらに「知的ないしは仮構的な関係」に及び、後の二つの「関係」が美的判断の多様性と結びつけられたからである。このことをわたしはII部第一章の最後部で示唆したに過ぎなかった。いまだきちっとしたまとめをなしえていないが、ロジェ・ド・ピールの所説と対比しつつ、この点を少しでも前進させたうえで、「理想的／観念的モデル」説へ移行してみたい。

「関係の知覚」説は「実在的な関係の知覚」を「美の根拠」とするものであった。ここでの要点は知覚者が自然対象のうちに含まれている「実在的な関係」をどのように知覚して、そこに「美」を認めるかである。ディドロからすると、知覚主体の「外部」に「美の根拠」を求めたかったのであるから、知覚主体が勝手に「関係」を対象のうちに移し入れないようにしなければならない。にもかかわらず、「美的判断の多様性」が生じてしまう。それは「知覚された関係あるいは導入された関係の多様性」(OE, p.428) に起因する。「導入された関係 rapports introduits」とは「知的ないしは仮構的な関係」のことであり、「想像力」の働きによる。彼によれば、たとえば彫刻家は大理石の塊を前にして鑿《のみ》を取る前に想像力を通して彫るべき像を描き、それを大理石に移し返す。このことの意味はつぎのように説明される――「藝術家の手は抵抗する面にしかデッサンを描くことができないとはいえ、思考によってその像をすべての物体に移すことができることを意味する」(ibid., p.424)。ディドロはこの「関係」を美の根拠から除外したのだが、その後は、すでに触れたように（特にII部第二章、第五章）、むしろ想像力の創作上の積極的な機能を重視し、「技巧性」に対する「観念性」として藝術的効果を高める観点から考察することになった。また他方、「実在的な関係」の方はといえば、それはそれで、そう認定されるためには知覚を通過し、その際それは「知覚された関係」とならざるを得ないのであるから、二つの関係のあいだにはズレが生じる。だから、「知覚された関係」の多様性が指摘されたのである。ここに二つの関係の、言い換えれば自然対象と知覚された対象とのすり合わせの問題が孕まれている。ディドロはこのことに気づいていた。だから彼は、「この地上には同一の対象のうちに同じ関係を精確に知覚し、その対象を同じ程度に美しいと判断する人間はおそらく二人としていないであろう」(ibid., p.435) と言わざるをえなかったのである。

ここで、ド・ピールの「真実」論に触れながら、このすり合わせの問題の重要性と困難性（II部第一章、第五章参照のこと）を再確認しておきたい。彼は『絵画原理論講義』(*Cours de peinture par principes*, 1708, Slatkine Reprints, Genève 1969) のなかで、「絵画における真実」を三つに区分し、それらの機能的な構成関係を通して「美しい自然の完璧な模倣」を設定しようとした。「第三の真実」は「第一の真実」と「第二の真実」の結合状態を指しているので、要点は後二者がどのように結合すべきなのかである。ここに両者のすり合わせの問題が生じる。彼によれば、「第一の真実」は「ありのままの真実 (le Vrai simple)」と呼ばれる。すなわち、自然対象の「性格」の「ありのままの忠実な模倣」ゆえに、画かれた対象＝模倣対象が、「自然対象が真実である」のと同じように「真実 (Vrai)」に受け取られる (ibid., p.30)、ということである。その例として、たとえば、「ひとの肌の彩色は生身の肌の色のように、衣裳表現は本物の布地のように現れる」(ibid., p.31)。模倣による対象の再現がその対象の実体そのものを生み出すということであるならば、われわれはシャルダンのある静物画に対するディドロのつぎの感嘆を思い出す——「おお、シャルダン！　きみがパレットのうちにすりつぶすのは白でも赤でも黒でもない。それは対象の実体そのものだ」(『一七六三年のサロン』、Salons I, p.220)。この限りでは「ありのままの真実」は「実在的な関係の知覚」もしくは「自然の厳密な模倣」のレベルに属しているようにみえる。というのも、ド・ピールによれば、「真実」は観る者によって作品のなかに見つけだされるものではなくて、逆に、作品にみられる模倣の効果によって観る者に対して喚起されるものだからである (Cours de peinture par principes, p.8)。しかし、彼がここで強調したかったことは、この「真実」が美化されなければならないのに、いまだ美化されていないという事態のほうであったと思われる。それゆえ、ディドロの言う「実在的な関係の知覚」も「自然の厳密な模倣」もド・ピールにとっては目標への途上にすぎないことになろう。だから、彼はこう言っている——「このありのままの真実の観念において、わたしはこの第一の真実を飾ることができ、また藝術の精髄ないし規則（le genie ou les regle de l'Art）に結びつけて、一つの完璧な全体（un tout-parfait）となりうるようなさまざまな美点（des beautés）を除外している」（ibid., p.32）。ここから「第二の真実」つまり「理想的／観念的な真実（le Vrai Idéal）」が想定される。それは「ただ一つのモデルのなかにはまったく存在せず、いくつものモデルや通常古代様式から引き出されるさまざまな美点から選ばれたもの（un choix de diverses perfections）」（ibid.）である。「美点」としてあげられているのは、「思想の豊かさ」「輪郭の優雅さ」、「美しい表情の選択」等々であって、「絵画に対する観念のうちにしか存続しえない」（ibid.）ものであるから、現実化されるためには「第一の真実」を基体とせざるをえない。

ここで、二つの「真実」はどのように結合されるべきなのか、言い換えれば「美しい自然の完璧な模倣」とは何かが表面化する。いずれの真実もそれ自体では十分な存在理由をもちえず、相互補完し合うことで「一つの完璧な全体」となりうる。ところが、両者の結合つまり「第三の真実」は「誰もいまだ達したことのない目標」（ibid., p.34）である、とド・ピールは言う。彼によると、ヴェネツィア派が「第一の真実」に、ダ・ヴィンチ、ラファエッロ、プッサン等々が「第二の真実」に達したというのだが、「一つの完璧な全体」をどのような事態としてイメージすればよいのかは一向に伝わってこない。しかし、「真実」論とは別の箇所、すなわち「彩色法について」述べられている箇所にもこの件と関わりをもつと思われる記述があるので、それにも触れておこう。ド・ピールはそこで画家が自然模倣に当たってどのような対処をすべきなのかを述べている。彼によれば、自然は「諸学藝の主人」であるが、画家は「自然の奴隷であってはならない」。というのも「絵画において、自然をありのままに模倣することがいつもよい、というような部分は存在しない」（ibid., p.307）からである。そこで、画家たるものは、「自分の技の規則に従って」自然を選択するか、選択しうる自然を見つけられないならばありのままの自然を修正しなければならない」、と彼は主張する（ibid., p.308）。そうであれば、ド・ピールにとって自然の模倣とは結局のところ「美しい自然」の模倣ということになり、「諸学藝の主人」たる自然の位置づけも、その結果「美しい自然」の内実もいっそう判然としなくなる。ともあれ、彼が画家に要請した作業はつぎのごとくである――「画家は、単にその対象を個々別々に美しく、自然で真実であるようにすることだけに心掛けるのではない。さらに、全体のまとまり（l'union du tout ensemble）に配慮するものだ、すなわち、ときには自然物（le naturel）の鮮明さを弱め、ときにはその色彩の輝きと力を強めて、対象の性格を変えることなく、それをいっそう生き生きと、いっそう真実に表現することである」（ibid., pp.308-309）。ここに示された二つの作業は、やや強引かもしれないが、一方は「第一の真実」のレベルに、他方は「第二の真実」に対応するであろう。だが、この二つの作業のすり合わせはどのようにすれば実現可能なのか、彩色を変えても変化せず、かえって「いっそう真実に」なる対象の「性格」とは何か等々、具体的な内実はここでも定められていない。とはいえ、ド・ピールが自然対象と模倣対象のすり合わせの必要性を考えていたこと、また、このことの基因が自然の「ありのままの、忠実な模倣」と「藝術の精髄」の実現とのあいだの溝にあったこと、だから〈自然の真実〉から〈藝術の真実〉へと飛躍が求められたこと、これらのことは確認できるであろう。

さて、ディドロの『一七六七年のサロン』の序論から『逆説』への展開も、「自然の模倣」とその藝術的価値とのあいだのズレをいかに埋めていくか、さらに自然の真実と藝術の真実との分節接合関係をいかに定めるべきかを焦点に据えている。当然、ここに至って、すり合わせの問題が正面化する。すでに見てきたように、自然の模倣とは自然対象をありのままに模写することではなくて、藝術的効果を考えて、その対象に手直しを加え、それを模倣することであった。だから、「美しい自然」も自然のなかに現存するのではなくて、「理想的／観念的な」ものである。序論はまずこのことの確認を強調した。バトゥが主張したように自然の最も美しい諸部分を選択して一つの全体を形成する、といっても「美しい」とはどういうことか、「一つの全体」とはどのような状態のことか、これらのことが選択以前に多少ともイメージされていなければ選択も可能とならない。諸部分から一つの全体の形成へというベーコン以来の帰納法的な機械論では〈一つの有機的な全体〉の説明は不可能であること、このことはディドロが自然哲学においてライプニッツやモーペルテュイに対抗しつつも受け入れざるをえなかった痛苦な事態であった。自然対象を模倣対象に手直しする必要性は、それはそれでその必要性を感じ取らせる何らかの判断基準を必要とする。これが「理想的／観念的モデル」である。

『一七六七年のサロン』の序論においては、この発想はプラトンのイデア説からきていた。だからグリムは、この序論に付した註釈のなかでディドロを「現代のプラトン」と呼んで、「古代のプラトン」との比較を試みている――「このきわめて抽象的な理論を把握するためには、我らが現代のプラトンがここで〈一般的観念〉と呼んでいるものを、古代のプラトンは〈真実在（vérité）〉ないしは〈原型〉と呼んでいたということに注目しなければならない。〔……〕われらが哲学者が〈個別的事物〉と呼んでいるものは、神の知性のなかに存在していることの原型、この真実在の流出したものであった。したがって、真実在、原型、美の一般的観念は自然のなかに存在しない。古代のプラトンは、それは神の知性のなかに存在すると言うであろうが、現代のプラトンは、それは理想的／観念的な存在であるというであろう」（CF. VII, pp.34-35）。グリムの比較では、両プラトンの相違は用語上の問題にすぎないような印象を与えるが、実はそうではない。確かにディドロはプラトンに倣って三つのランク――真実在、真実在の「幻影」たる理想的／観念的モデル、「幻影の幻影」たる個別的事物の「肖像／ポルトレ」を設定する。しかし、プラトンの「真実在」の実体化を認めているわけではない。とはいえ、「理想的／観念的モデル」は美の普遍妥当性への志向に基づいて構築されるのであるから、〈美のイデア〉をそれとして示す形而上学的基体ではないとはいえ、〈できる限りそれに近づく〉目標として設定される。おそらくそのためにディドロはプラトンのイデア説を活用したのであろう。だが、「理想的／観念的モデル」がプラトンのイデアではないことはこのモデルの構築の仕方を見れば分かってくる。

ここで、「理想的／観念的モデル」が「現存している自然」をどのように手直しすることで構築されるのかを再確認する必要がある。ディドロは『逆説』においては擬人化された「彫刻」を取り上げて平凡な説明を行ったにすぎない（II部第六章）。そのためか彼は詳しくは『一七六七年のサロン』の序論の方を読むように勧めていた。その序論では、「手直しの作業（réforme）」はつぎのように行われる――「時の経過とともに、ゆっくりした、小心な歩みをとり、長く骨の折れる試行錯誤を通して、記憶からは消えてもその効果の残っている無数の継起的な観察によって獲得されたアナロジーという鈍い、隠然たる認知作用を通して」（Salons III, pp.69-70）である。この作業で注目すべきことは、「時の経過」、「長く骨の折れる試行錯誤」、「継起的観察」、「アナロジー」の活用とあるように、この作業が「自然の解釈」の仕方と基本的に対応しているということである。サン・ピエトロ寺院のドームの曲線の構想をミケランジェロに与えたのは日々の経験と研究であるといわれるが、その経験・研究も「無数の継起的な観察」による長期にわたる試行錯誤とそこから徐々に培われる「予見の精神」もしくは「推測」や「アナロジー」の助力も必要とする（I部第六章）。もしも「ある第一の存在、つまりすべての存在の原型（un premier être, prototype de tous les êtres）」が存在したという「仮説」をたてることができるならば、これによって「有機組織に依存する諸現象の発見と説明」が可能になるかもしれない（『解釈』§12、DPV, p.37.「原型」については岩波文庫版の『哲学断想』の訳者註二〇四―二〇五頁参照のこと）、と『解釈』のディドロは考えていた。「この原形象［原型］を感覚にではなくとも精神に表示し、唯一の規範としてのこの原形象にもとづいて、有機体の説明を完成させることはできないであろうか。またこの規範がさまざまな動物の［共通］形態からひき出せるのであれば、さまざまな形態をふたたびこの規範に還元することはできないであろうか」――これは『動物学』のなかのゲーテの思い（『ゲーテ全集一四』潮出版社、高橋義人訳、二〇〇三年、一九三頁）であるが、彼以前にディドロはこのような思いを抱いていたことになろう。このような構想によって「美の理想的なモデル」も生まれてくるが、しかしこの作業は誰にでも成し遂げられるわけではない。ディドロはこれを『解釈』においては「創造的な天才」に、『一七六七年のサロン』の序論では「まれで荒々しい天才」に委ねている。天才たちが構築したモデルが多くの人びとを先導するようになると、そのモデルは「一時のあいだ、ある民族、ある時代、ある流派の諸作品の精神、性格、趣味を形成する」(Salons III, p.69)。しかし、それは形而上学的基体ではないから、普遍的な妥当性をもちえないし、各々の藝術家にとっては彼らの悟性のなかに「漠然とした、渾然としたかたちで」(文庫、一八〇頁)しか存在していない。言い換えれば、さまざまな流派において一定の時期のあいだ共同主観化されているとみなすべきものである。そのことはディドロが序論の最後に挿入した俳優ガーリックの意見を紹介している箇所(この箇所のテキストクリティーク上の分析については佐々木『研究』七二七―二九頁参照のこと)からも察知されうるし、しかもこの箇所は自然の模倣に内包された二つの循環のうち後者(③―④―⑤)の内実を示すものとしても重要であろう。少々長いが引用しておきたい。「もしもきみがもっぱらきみ自身に従って、あるいはきみの知っているもっとも完璧な現存している自然(たとえば、現実の誰か)にしたがって演じるならば、きみは凡庸な役者にすぎないであろう。〔……〕与えられた役柄のなかで、きみとはまったく別な仕方で充当されるような可能的で理想的/観念的な人間がきみに対しても、わたしに対しても、観客に対しても存在するからだ。これがきみがモデルとしなければならない想像上の存在だ。きみが強烈に彼のことを思い描いたならば、それだけいっそうきみは偉大でまれで、驚異的で崇高になることだろう」(Salons III, p.75)。見られるように、「可能的で理想的/観念的な人間」は現存していない「想像上の存在」にすぎないが、それでも「きみに対しても、わたしに対しても、観客に対しても」存在するということは、共同主観化されたモデルになっているということであろう。これに対して、どんなに完璧な現実の誰かを演じてみせたとしても、それは「個人のポルトレ」にすぎず、「詩人の描いた一般的な観念」の再現ではない(『逆説』OE, p.338、序論 Salons III, p.63)。言い換えれば、藝術家は個的ポルトレを理想的/観念的モデルに手直ししなければならない。だが、この手直しの作業には終わりがないがゆえに、つねに「藝術の可能性の極限」を超える危険性を伴っていた。引用文における「可能的」はソフィー宛書簡（一七六七年九月二十四日）によれば（II部第六章）、この極限を意味しているかもしれない。

以上のように、自然の模倣を二つの循環の複合的な構造として捉え、両者の交合関係を、特に自然対象と模倣対象のすり合わせを通して、考察してきた。そしてこの過程で〈厳密な自然模倣〉と〈理想的モデルの模倣〉をこの構造のうちに包摂するように努めてきた。しかし、二つの模倣の定まり具合はやはりうまくいっていない。この点の詰めは今後の課題とする以外にない。とはいえ、二つの模倣は質的には相違するが、原初的には〈自然の真実〉もしくは〈イデアールな自然〉を共通の基盤としている限り、両者の相違は自然対象をどのように模倣対象に手直ししているかによって区分されるであろう。もちろん、前者の模倣は①―②―③の循環に、後者のそれは③―④―⑤の循環に比重を置いているはずである。厳密な自然模倣といえども、それが模写ではない限り、自然対象を単に写し取ることではない。たとえば、ディドロによれば「かなり厳密な自然模倣者」（Salons IV, p.45）であるシャルダンでさえ「画いてから十二年を経た後の自分の作品をみている」、というのもその後の絵の具の変化を考慮して彩色をするからである、つまり「眼に見えるがままに見てはいけないこと」を知っていたのである（Salons III, p.173）。ともあれ、「厳密な模倣」（「本当の模倣」、「完璧な模倣」とも表現される）の内実は、ディドロによって具体的に述べられていないと思われるとはいえ、実例が挙げられることもあるので、サロン評を丹念に調べ、実物の絵とつき合わせることによって感じ取れるのかもしれない。

このように見てくると、美学的分野において「自然の模倣」を通して創出される自然も、自然哲学的分野において「自然の解釈」を通して想定される自然も、〈イデアールな自然〉という点では何ら変わるところがないということになるであろう。ディドロのつぎの指摘はこのことを示唆しているであろう――「彼［ソクラテス］

は、趣味のある人が藝術作品（des ouvrages d'esprit）を勘（sentiment）によって判断するごとくに人間を判断した。実験自然学においても同様であって、われわれの偉大な作業員の本能が勘の役割をする」（DPV, IX, p.48）。とはいえ、この〈イデアールな自然〉の位置づけ、それゆえ意味づけにおいては、両者のあいだに質的な相違がある。この異同関係を最後に確認しておこう。

「自然の解釈」は、これまでの実験や観察が開示した諸事実の原因を見つけたり、自然現象についての既存の知識に何らかの完全さを付加しうるような諸事実の発見へと向かったりするために、「推測」や「類推《アナロジー》」もしくは「予見の精神」を通して既知の自然を超えようとする作業であって、ディドロの表現を使用すれば、「現に存在するものからなお存在しているはずのもの」を推測し、「諸事物の秩序」から「抽象的で一般的な結論」を引き出して、その「秩序の本質」へ向かう作業であった（DPV, IX, p.88）。したがって、この作業から生じる〈イデアールな自然〉はいまだ観念的で仮説的な〈自然〉であって、改めて新しい観察や実験の試練を受けなければならない暫定的な〈自然〉にすぎない。これはあくまでも現象的自然の存在根拠を解明するための補足手段にすぎず、この段階で原理原則を確定することはかえって「自然の解釈」の限界を超えて自然の外に出てしまうことである。

これに対して、「自然の模倣」における〈イデアールな自然〉は現象的自然を藝術的・美的効果にあわせて「選択」したり「手直し」したりして創出された自然であって、藝術にとって積極的な対象であり、藝術の本領を発揮するためのものである。だから、藝術家は「自然の厳密な模倣」から「理想的モデル」へ、言い換えれば「自然の太陽」に基づく作業から「藝術の太陽」、さらに「わたしの太陽」に基づく作業へと移行していくにしたがって、現象的自然から遠ざかっていく、つまり「藝術の可能性の極限」へ向かっていく。『逆説』においてディドロは、このような事態こそ「自然の真実」とは調和しない「舞台の真実」つまり〈藝術の真実〉であると「第一対話者」に主張させていた。とはいえ、「理想的モデル」の構築といえども、「自然の真実」を起点とする以上、藝術が「真実らしさ」を超えることは許されていないはずである。だから、当書の最後部で「第一対話者」は二つの真実を何とかすり合わせようと努めたのである。この姿勢はド・ピールが「真実」論において「第一の真実」と「第二の真実」のすり合わせを通して「誰もいまだ達したことのない目標」つまり「一つの完璧な全体」を求めようとする志向を思い起こさせる。こうした志向がディドロのもとでは〈イデアールな自然〉すなわち〈一つの有機的な全体〉としての自然の想定として現れる。

だが、自然哲学的分野における「自然の観察」と「自然の解釈」とのすり合わせも、美学的分野における自然の厳密な模倣と「理想的モデル」の模倣とのすり合わせも、また、二つのすり合わせの関連も少なくともわたしの前にいまだ具体的な相貌を取って現れていない。それらはいまのところ「ダランベールの夢」あるいは「ヴェルネの散歩」のなかでそれと感じ取れるにすぎない。それらを詰めていくことがわたしの今後の課題であるが、自らの力量を考えるとめまいを起こしそうである。だが、ディドロの声が聞こえる——「所詮は無理と諦めるよりも無駄を承知で推測を試みるほうがまだしもであろう」。

あとがき

本書は、長い間、ディドロを追っかけまわしてきたわたしの拙い探求の足跡《あしあと》である。それは偶然から始まった。大学院時代の指導教授であられた故松浪信三郎先生の古希記念論文集の刊行計画の際に、わたしに割り当てられたのがディドロであったということである。関心がなかったわけではない。研究室でも『ラモーの甥』を輪読した。しかし、当書の原文はわたしには難しく、内容はちんぷんかんぷんであったことを記憶している。だから、関心の深まりようがなかった。にもかかわらず、分担はディドロである。どこから切り込むか、いやわたしでも理解できる部分はどこか、大変なことになった。その年は一九八四年、奇しくもディドロ没後二〇〇年の年であったが、今からみれば〈何かのご縁〉で済まされたかもしれないが、当時はそれどころではなかった。先陣の研究者たちのお助けを借りながら、自然哲学に焦点をあわせた後の六ヵ月は悪戦苦闘の連続で、仕事と睡眠以外の時間をほとんど拙稿の作成に費やした（本書のⅠ部第一章はその成果を基にしている）。だが、その甲斐があってか、その後は彼を追うことの面白さが少しずつ増していった。彼の魅力を今でも表現しえないでいるのだが、とにかく〈得体の知れそうで知れない人物〉である。彼は「自然」を「仮装を好む女」に譬え、しつこく追いかければ、やがて本性を現すとみなしたが、わたしには彼自身が「自然」のように思われる。残念ながらいまだ本性を現すまでに至ったとは思えないが、わたしが「総括と展望」で自らに課した課題を追求できれば、あるいは本性を現すかもしれないという気がしている。そこまでたどりついたとすれば、それは彼のお蔭である。「序」で触れたように、彼は「自然」を探求するにあたって、「対象がわたしの省察に提供されるのと同じ順序で、思想がつぎつぎと筆にまかせて現れるままにまかせる」という姿勢を取った。まずは自然対象を受動的に受けとめる、これが「自然の観察」の基本である。しかし、そこで止まるわけではない。「省察」を通して「観察」は「解釈」へと向かう。わたしは彼の探求のこの仕方をまねて、〈ディドロという自然〉を探求しようと努めてきたように思う。本書のI部第二章以降は、II部第四章を除いて、すべて執筆順序のままである。各章は初出段階ではそれぞれ独立したかたちをとっていたとはいえ、わたしの問題意識においては連関していた。このことは「序」や「まとめ」を読んでくだされればご理解いただけると思う。しかし、I部第一章の執筆から今日まで、すでに三十年以上の年月がたっている。特に早い時期に書かれた諸章はその後の探求によって大幅な加筆や訂正をしたい箇所も多々出てきている。しかし、わたしはあえて足跡をできる限り残すことで、それを彼との関わりの記録にしたいと思った。そこで加筆や訂正の箇所は、明らかに単純な誤りや誤訳、誤解を引き起こしかねない語句や文章、各章相互の相関性を示す文の挿入等に限定した。そして、言い落としていた事柄や言い足りなかったか、追加しておきたい事柄は、註、「まとめ」、「総括と展望」を活用することにした。特に、皮相的な解釈や重大な誤りについては本文で補足、訂正することを避け、註、および「まとめ」のなかで自己批判するかたちで修正することにした。「総括と展望」にはその後の探求の成果の一部が提示されているとともに、『展望』がそれに結びついているはずである。

ここで本書の初出一覧を示しておきたい。

序　書き下ろし

Ⅰ　自然

第一章　「ディドロの自然哲学とその展開の諸相――物質―運動関係を軸にして――」
松浪信三郎編『フランス哲学史論集』創文社、一九八五年、三三五―三九六頁

第二章　「ディドロにおけるモーペルテュイ――『自然の体系』をめぐって――」
早稲田大学高等学院『研究年誌』第三〇号、一九八六年、一〇七―一二八頁

第三章　「モナド的世界と物質的世界――ライプニッツとディドロ――」
早稲田大学高等学院『研究年誌』第三三号、一九八九年、八五―一〇〇頁

第四章　「ディドロの物質観」
早稲田大学高等学院『研究年誌』第三六号、一九九二年、五五―七〇頁

第五章　「ディドロと化学」
掛下栄一郎・富永厚編『仏蘭西の智慧と藝術』行人社、一九九四年、七五―九六頁

第六章　「ディドロの『予見の精神』と〈ダランベールの夢〉」
早稲田大学高等学院『研究年誌』第三八号、一九九四年、四九―六二頁

Ⅰ部のまとめ　書き下ろし

Ⅱ　藝術

第一章　「ディドロにおける「関係の知覚」と「美」――『百科全書』項目「美」の再検討――」
早稲田大学高等学院『研究年誌』第四二号、一九九八年、六一―七三頁

第二章　「ディドロにおける「自然の模倣」とその藝術的効果について――絵画を中心にして――」
早稲田大学高等学院『研究年誌』第四五号、二〇〇一年、八五―九八頁
第三章　「ディドロの『サロン』におけるグルーズ評をめぐって」
早稲田大学高等学院『研究年誌』第四七号、二〇〇三年、六五―八二頁
第四章　「〈グルーズ問題〉と歴史画の要件」
早稲田大学高等学院『研究年誌』第五二号、二〇〇八年、三五―五六頁
第五章　「自然と藝術の融合をめぐって――ディドロ「ヴェルネの散歩」についての一考察――」
早稲田大学高等学院『研究年誌』第五〇号、二〇〇六年、三五―五六頁
第六章　ディドロにおける自然と藝術の境域――『俳優についての逆説』をめぐって――」
早稲田大学高等学院『研究年誌』第五六号、二〇一二年、八五―一〇八頁
II部のまとめ　書き下ろし

総括と展望　書き下ろし

自らの研究成果が出版にまでこぎつけることができたのは、幸運に恵まれたゆえのみならず、お力添えをくださった方方のお蔭である。ここで深甚なる謝意を表したい。

まず、佐々木健一先生（東京大学名誉教授）。先生にお付き合いいただくようになったのは、わたしがディドロの自然哲学的分野の探求から美学的分野のそれに移行しだした頃であるから、もう十五年ほど前のことになる。当時ディドロの自然哲学を研究している方は少なくとも国内では大変少なく、ご指導してくださる方もいな

かった。美学の分野はわたしにとって哲学の分野にもまして未知の分野であったから、ご指導くださる方がおられれば幸いなことだと思っていた。わたしがディドロの「関係の知覚」説を探求していた時期に、先生の『フランスを中心とする一八世紀美学史の研究――ヴァトーからモーツァルトへ――』がタイムリーに出版された。当書のなかで先生はこの説を分析しておられた。しかし、わたしにはそれでも十分な理解ができなかったので、思い切って質問することにした。少々長い手紙になった。しかし、これについてご丁寧な返答をいただくことができた。これが機縁となって、わたしは拙稿を書いてはその都度先生のご批判、ご批評を図々しく求めることになった。先生もこれに応じてくださり、ご教示もいただけることになった。それゆえ、わたしの探求はますます弾みを増すことになり、今日に至っている。そればかりか、これまで書きためてきた成果をまとめて出版するように勧めてくださったのも先生である。これは衝撃的なことであった。わたしはしばらく逡巡した。しかし、やがてその気になってしまったのである。

しかし、わたしのような者が版元を探し出すのは決して容易なことではない。佐々木先生とともに津上英輔先生（成城大学教授）は出版に関してご助言のみならず具体的なご配慮もしてくださった。まったくもって有難いことである。

また、本書は公益財団法人　関記念財団による出版助成によって実現することになった。菅井深恵理事長、藤本隆志先生（東京大学名誉教授）をはじめ財団の関係各位に心からの御礼を申し上げたい。身に余る光栄である。

さらに、鳥影社の小野英一編集部長は出版界の今日の厳しい状況にもかかわらず、本書の意図をお汲み取りくださったうえで、出版を快諾してくださった。このことは著者にとって実にうれしいことであった。そして、編集部の方方は、丁寧で綿密な編集につとめてくださった。深い感謝の意を表したい。

最後に、お名前をあげることはいたさないが、陰に陽にご助言や励ましをくださった学兄・同僚たち、そして妻にもこの場を借りて感謝の意を表したい。

　このように多くの方方のご厚情に支えられて、本書は世に出ることになった。このことはわたしにとってなにもまして大きな喜びである。このことの報告を兼ねて、本書を父と母の霊前に捧げたい。

事項索引

さ行

た行

な行

は行

ま行

や行

ら行

人名索引

サ行

タ行

De Piles, R.; *L'Idée du Peintre parfait*, 1699（Éditions Gallimard, 1993）
——; *Cours de peinture par principes*, 1708（Slatkine Reprints, Genève, 1969）
De Saint-Yenne, La Font; *Réflexions sur quelques causes de l'état présent de la peinture en France*, 1747（Slatkine Reprints, Genève, 1970）
——; *Sentimens sur quelques ouvrages de peinture, sculpture et gravure*, 1754（Slatkine Reprints, 1970）
Des Maizeaux; *Recueil de diverses pièces sur la philosophie*, 1740
D'Holbach, Paul Henri Dietrich; *Système de la nature*, 1770（Olms 1994, I, II）
Du Bos, Jean-Baptiste; *Réflexions critiques sur la poësie et sur la peinture,* 1719, Réimpression d l'édition de Paris, 1770（Statine, 1993）
デュボス『詩画論』Ⅰ、Ⅱ　木幡瑞枝訳、多摩川大学出版部、1985 年
エピクロス『エピクロス──教説と手紙──』出隆・岩崎允胤訳、岩波文庫、1959 年
Félibien, A.;《Préface aux Conférences de l'Académie royale de peinture et de sculpture pendant l'année 1667（1668）》*Les Conférences de l'Académie royale de peinture et sculpture au XVIIe siècle,* Édition établie par Alain Mórot. École nationale supérieure des Beaux-Arts, 1996, pp.43-59
Feuerbach, L.; *Darstellung, Entwicklung und Kritik der Leibniz, schen Philosophie*（von Bolin u. Jodl）Bd.IV（『フォイエルバッハ全集』第 7 巻、船山信一訳、福村出版、1973 年）
La Mettrie; *Histoire naturelle de l'âme, ou Traité de l'âme,* dans: *La Mettrie, textes choisis,* Editions Sociales, 1974
ラ・メトリー『霊魂論』(『フランス唯物論哲学』杉捷夫訳、中央公論社、1931 年、所収)
La Mettrie; *L'Homme Machine*, Critical edition by A. Vartanian, Princeton University Press, 1960
Leibniz, G. W.; *Die philosophischen Schriften*, Verausgegeben von Gerhardt, 7vols, Olms, 1978
——; *Principes de la nature et de la grâce fondés en raison, Principes de la philosophie ou Monadologie*, édition par A. Robinet, PUF
──『ライプニッツ著作集』下村寅太郎監修、全 10 巻、工作舎
──『単子論』河野与一訳、岩波文庫、昭和 48 年
ルクレーティウス『物の本質について』樋口勝彦訳、岩波文庫、昭和 45 年
Maupertuis, P. L. M. de; *Oeuvres*, 4vols, Nachdruck der Ausgaben Lyon, 1768（Olms Re-

prints)
Pascal, B.; *Pensées*, éd. L. Brunschvicg, Libraire Générale Française, 1970
パスカル『定本パンセ』上下　松浪信三郎訳注、講談社文庫、昭和46年
Robinet, J. -B.; De la nature, t. IV 1766, dans: *Les matérialistes français de 1750 à1800*, Buchet-Chastel
Shaftesbury, Anthony Ashley Cooper; *Characteristics of Men, Manners, Opinions, Times* (1711), vol. I, II, Olms 1978
Spinoza, Baruch de; *L'éthique*, pléiade (『エチカ──倫理学──』畠中尚志訳、岩波文庫、昭和50年)
Toland, John; Letters to Serena, London, 1704 (*Briefe an Serena,* Akademie-Verlag, Berlin, 1959)
Voltaire; Exposition du livre des Institutions physiques dans laquelle on examine les idées de Leibniz, 1740 (Œuvres Complètes, vol. XVII, Hachette)

3，個別研究書・論文

Agin,Shane;《The Development of Diderot's *Salons* and the Shifting Boundary of Representational Language》, *Diderot Studies*(= DS), t. XXX, 2007, pp.11-29
青山昌文「ディドロのSalon de 1767における〈理想的モデル〉論について」『美学史研究叢書』第7輯、1982年
──「ディドロ美学における関係の概念について」『美学』126号、1981年9月
Arasse, D.;《Les *Salons* de Diderot：le philosophe critique d'art» *CF*, t. VII, 1970, pp. i-xviii
──;《L'image et son discours： Deux descriptions de Diderot》, *Scolies*, Cahiers de Recherche de L'Ecole Normal Supérieure, 1973-74, no3-4, pp.131-160
──;《L'échec du CARACALLA, Greuze et «l'étiquette du regard»》, *Diderot et Greuze,* Actes du Colloque de Clermont-Ferrand, ADOSA, 1984, pp.107-119
アリストテレス;『アリストテレス全集3　自然学』出 隆・岩崎允胤訳、岩波書店、1987年
Arnold, J. W.; *Art Criticism as Narrative Diderot's Salon de 1767*, Peter Lang, 1995
Arregui, Jorge V.and Arnau Pablo;《Shaftesbury：Father of Critic of Modern Aesthetics?》, *British Journal of Aesthetics*, vol.34, no4, October, 1994, pp.350-362
Backwell, R. J.;《Descartes'concept of matter》, *The Concept of Matter in Modern*

Philosophy, University of Notre Dame Press, 1978, pp.59-75

Barker, Emma; 《Painting and Reform in Eighteenth-Century France：Greuze's *L'Accordée de Village*》, *Oxford Art Journal*, 20：2 1997, pp.42-52

Belaval, Y.; *L'esthétique sans paradoxe de Diderot*, Éditions Gallimard, 1950

——; 《Trois lectures du Rêve de D'Alembert》, *DS,* XVIII, 1975, pp.15-32

——; *Études leibniziennes*, Gallimard, 1976

——; *Études sur Diderot*, PUF, 2003

Belleguic, Thierry; 《L'Œil et le tourbillon：épistémologie et poétique du *pathos* dans «La promenade Vernet»》, *Dix-Huitième siècle*, no32, 2000, pp.485-502

Berri, Kenneth; 《Diderot's Hieroglyphs》, *SubStance* no 92, 2000, pp.68-93

Betts, C.J.; 《The function of analogy in Diderot's Rêve de d'Alembert》, *SVEC*, vol.185, 1980, pp.267-281

Booy, Jean de; 《A propos d'un texte de Diderot sur Newton》, *DS*, IV, 1963, pp.41-51

Boulerie, Florence; 《Diderot et le vocabulaire technique de l'art：des premièrs *Salons* aux *Essais sur la peiture*》, *DS*, XXX, 2007, pp.90-111

Brewer, D.; *The Discourse of Enlightement in Eighteenth-Century France：Diderot and the Art of Philosophizing*, Cambridge University Press, 1993

Brugère, F.; 《Esthétique et ressemblance chez Shaftesbury》, *Revue de Métaphysique et Morale*, no4, 1995, pp.517-531

Bukdahl, E. M.; *Diderot Critique d'art*. I. Théorie et pratique dans les «Salons» de Diderot, Copenhague, Rosenkilde et Bagger, 1980

——; 《Diderot, son indépendance par rapport aux salonniers de son temps》, *Gazette des Beaux-Arts*, Juillet-Août 1983, pp.11-20

——; 《Diderot entre le «modèle idéal» et le «sublime»》, Salons III, 1995, pp.42-52

Callot, E.; *Maupertuis, le savant et le philosophe, présentation et extraits*, M. Rivière 1964, Bibliothèque philosophique

Cammagre, G.;《Une poétique de la connaissance: Diderot et le rêve》, *Recherche sur Diderot et sur l'Encyclopédie* (= RDE), 33, octobre, 2002, pp.135-147.

Cariou, Marie; 《Leibniz et l'atomisme antique, II. Notes sur théorie de la symbolisation》, *L'atomisme*, Aubier Montaigne, 1977, pp.65-139

Cartwright, Michael T.; 《Diderot et l'expression: un problème de style dans la formantion d'une critique d'art》, *SVEC*, vol.55, 1967

カッシーラー『啓蒙主義の哲学』中野好之訳、紀伊國屋書店、1977 年

Chouillet, J.; 《Le mythe d'Ariste ou Diderot en face de lui-même》, *Revue d'Histoire Littéraire de la France*, no64, 1964, pp.565-588

——; *La formation des idées esthétiques de Diderot, 1745-1763*, Paris, A. Colin, 1973

——;《Du langage pictural au langage litteraire》, *Diderot et l'art de Boucher à David,* 1984, pp.41a-54b

——; 《La poétique du rêve dans les *Salons* de Diderot》, *Stanford French review*, 8, 1984, pp.245-256

——; *Diderot, poète de l'énergie*, Paris, PUF, 1984

——; 《La promenade Vernet》, *RDE*, 2, Avril, 1987, pp.123-163

Cohen, Huguette; 《Diderot et les limites de la littérature dans les *Salons*》, *DS*, XXIV, 1991, pp.25-45

Crocker, Lester G.; 《John Toland et le matérialisme de Diderot》, *Revue d'Histoire littéraire de la France*, LIII, 1953, pp.284-295

Crosland, M.; 《The developement of chemistry in the eighteenth century》, *SVEC*, vol.XXIV, 1963, pp.369-441

Daniel, Georges; 《Autour du Rêve de D'Alembert: Réflexions sur l'esthétique de Diderot》, *DS*, XII, 1969, pp.13-73

ダーントン、ロバート『猫の大虐殺』海保真夫・鷲見洋一訳、岩波書店、1986 年

Daumas, M.; 《La chimie dans l'Encyclopédie méthodique》, *Revue d'histoire des Sciences*, 1951, pp.337-340

Démoris, R.;《Les enjeux du paysage dans le Salon de 1767 (Poussin, Vernet, Robert): Diderot et les théoriciens classiques》, *Pratique d'écriture*, Klincksieck, 1996, pp.33-47

——; 《La hiérarchie des genres en peinture de Félibien aux Lumières》, *Majeur ou Mineur? Les hiérarchies en art,* sous la dir. de G. Roque, Nîmes, 2000, pp.53-66

Dieckmann, H.; 《Théophile Bordeu und Diderots "Rêve de D'Alembert"》, *Romanische Forschungen*, Bd.52/1,1938, S. 55-122

——; 《Diderot's conception of Genius》, *Journal of the History of Ideas*, vol.2, no2. Apr., 1941, pp.151-182

——; *Cinq leçons sur Diderot*, Genève, Droz, et Paris, Minard, 1959

——; 《Die Wandlung des Nachahmungsbegriffes in der französischen Asthetik des 18. Jahrhunderts》, *Nachahmung und Illusion*, 1969, Wilhelm Fink Verlag, München, S. 28-59

Dixon, B. Lynne; *Diderot, philosopher of energy: the developement of his concept of physical*

energy 1745-1769 (SVEC No.255), 1988

Doolittle, J.;《Criticism as creation in the work of Diderot》, *Yale French Studies*, vol. 2. no1, spring-summer 1949, Rep. N.Y., 1965, pp.14-23

——;《Hieroglyph and Emblem in Diderot's Lettre sur les sourds et muets》, *DS,* II, 1952, pp.148-167

Duflo, Colas;《"La nature ne fait rien d'incorrect." Forme artistique et forme naturelle chez Diderot》, *Diderot et la question de la forme,* PUF, 1999, pp.61-86

——;《Le système du dégoût.Diderot critique de Boucher》, *RDE*, 29, octobre 2000, pp.85-101

Dufrenoy, M. L.;《Maupertuis et le progrès scientique》, *SVEC*, vol.XXV,1963

Ehrard, M. J.;《Matérialisme et naturalisme: Les sources occultistes de la pensée de Diderot》, *Cahier de l'AIEF,* 1961, pp.189-201

Fabre, J.;《Diderot et les Théosophes》, *Cahier de l'AIEF*, 1961, pp.203-222

Fagot, Anne;《Le "transformisme"de Maupertuis》, *Actes de la journée Maupertuis*, J. VRIN, 1975, pp.163-176

Fauvergue, C.; *Diderot, lecteur et interprète de Leibniz*, Honoré Champion Éditeur, 2006

Fichant, M.;《Teleologie et theologie physique chez Maupertuis》, *Actes de la journée Maupertuis*, J. VRIN, 1975, pp.141-156

Frantz, P.;《Du spectateur au comédien: Le *Paradoxe* comme nouveau point de vue》, *RHLF*, 1993, no5, pp.685-701

Fremont, Christiane; *L'Être et la Relation*, J. VRIN, 1981

Fried, Michael;《Toward a Supreme Fiction: Genre and Beholder in the Art Criticism of Diderot and His Contemporaries》, *NEW LITERARY HISTORY*, VI, spring 1975, pp.543-585

——;《Absorption and theatricality: painting and beholder in the age of Diderot》, *SVEC,* vol.CLII, 1976, pp.753-775

舟橋　豊「ディドロ著『俳優にかんする逆説』における SENSIBILITE の概念」名古屋大学教養部紀要 第 16 輯、1972 年、161-175 頁

Gabaude, J.-M.; *Le jeune Marx et le matérialisme antique*, Privat Subervie, 1970

Gaillard, Aurélia;《Pour décrire un Salon》, *Pour décrire un Salon*: *Diderot et la peinture (1759-1766),* Presses Universitaires de Bordeaux, Pessac, 2007, pp.66-86

Galard, J.;《La poétique des ruines》, *Word and Image Conference Proceedings* 4.1, 1988, pp.231-237

Gilman, Margaret;《The Poet According to Diderot》, *The Romanic Review*, vol.XXXVII: 1, Columbia University Press, 1946, pp.37-54

——;《Imagination and creation in Diderot》, *DS*, II, 1952

Glauser, R.;《Aesthetic Experience in Shaftesbury》, *Aristotelian Society Supplementary Volume*, 2002, pp.25-54

Goethe, Johann Wolfgang von;《Diderots Versuch über die Malerei》, *Schriften zur Kunst*, Artimis Verlag, Bd. 13, S. 201-253

——;『ゲーテ全集 14　自然科学論』高橋義人訳、潮出版社、2003 年

Goncourt, E. et J.;《Greuze》, *Gazette des Beaux-Arts*, t. XIII, 1er Novembre 1862, pp.401-415 et t. XIII, 1er Décembre pp.512-524

Goodden, A.;《"Une peinture parlant": The *Tableau* and the *Drame*》, *French Studies* 38, 1984, pp.397-413

Gossman, L.;《Berkeley, Hume and Maupertuis》, *French Studies*, vol. XIV, 1960, pp.304-21

Guédon, Jean-Claude;《Chimie et matérialisme, La stratégie anti-newtonienne de Diderot》, *Dix huitième siècle*, 1979, pp.185-200

Guégan, C.;《Un ambitieux peiture d'histoire》, *L'Object d'Art* (no Spécial) du 01/10, 1989, pp.28-39

Guerlac, Suzanne;《The tableau and authority in Diderot's aesthetics》, *SVEC*, no 219, 1983, pp.183-194

原　光雄「19 世紀中頃以前の molécule という語について」『科学史研究』II 11, 日本科学史学会、1972 年

橋本由美子「分割・連続・運動——ライプニッツの自然観の視角を拓く試み——」『思想』1987 年 1 月号

Hayes, Julie C.;《Sequence and Simultaneity in Diderot's *Promenade Vernet* and *Leçon de clavecin*》, *Eighteenth-Century Studies*, vol.29, no3, 1996, pp.291-305

Heinemann, F. H.;《Toland and Leibniz》, *The philosophical review*, no323, 1945

逸見龍生「時間・知識・経験——初期ディドロ思想の形成におけるベーコン主義医学史の位置——」『思想』2013 年 12 月、no1076、156-186 頁

Henry, Ch.;《La peinture en quetion　Genèse conflictuelle d'une fonction sociale de la peinture d'histoire en France au milieu du XVIIIe siècle》, *L'art et les normes sociales au XVIIIe siècle*, 2001, pp.459-474

Hobson, M.;《Le *Paradoxe sur le comédien* est un paradoxe》, *Poétique*, 15, 1973, pp.320-339

Howard, H.;《“Le grand fantôme”: Actor as Specter in Diderot’s *Paradoxe sur le comédien*》, *Paroles gelées*, 19 (2) 2001, pp.28-37

Ibrahim, Annie;《Maupertuis dans *Le Rêve de D’Alembert*: l’essaim d’abeilles et Le polype》, *RDE,* 34, avril 2003, pp.71-83

池田善昭『ライプニッツ哲学論攷』南窓社、1983 年

伊藤已令「グルーズ作『小鳥の死を嘆く少女』にみる＜叙述＞の手法の考察」『美術史』第 130 巻、vol.XL、no2、1991 年

Jalabert, J.; 《Leibniz,philosophe de l’unité》, *Zeitschrift für philosophischen Forschung*, Bd.XX, Helf3u. 4, 1966, pp.447-455

Jollet, Étienne; 《Les rapports entre les sciences et les beaux-arts dans les écrits de C. -H.Watelet: pour une représentation de l’ordre de la nature》, *Dix-Huitième Siècle*, no31, 1999, pp.217-231

Johnson, D.;《Corporality and Communication: The Gestural Revolution of Diderot, David, and The Oath of the Horatii 》, *The Art Bulletin,* march1989, vol. LXXI, no1, pp.92-113

化学史学会編『原子論・分子論の原典』学会出版センター、1993 年

Kahng, Eik; 《L’Affaire Greuze and Sublime of History Painting》, *The Art Bulletin*, March 2004, vol. LXXXVI, Number1, pp.96-113

カント『判断力批判』上下、篠田英雄訳、岩波文庫、1976 年

河原忠彦「ゲーテのディドロ批判」『18 世紀の独仏文化交流の諸相』白凰社、1993 年所収

Kircher, Thomas; 《La nécessité d’une hiérarchie des genres》, *Revue d’esthétique* 31/32, 1997, pp.187-196

小林道夫「デカルトの自然哲学と自然学」『哲学の原理』朝日出版社、1988 年所収

Koch, H. L.; *Materie und organismus bei Leibniz,* Halle A. S., 1908 (Olms1980)

Kreitmann, Lenore R.;《Diderot’s aesthetic paradox and created reality》, *SVEC*, no102, 1972

Lacoue-Labarthe, Philippe; 《Diderot, le paradoxe et la mimésis》, *Poétique* 43, 1980, 9, pp.267-281

Laidlaw, G. Norman; 《Diderot’s Teratology》, *DS,* IV, 1963

Langen, August; 《Die Tecknik der Bildbeschreibung in Diderots “*Salons*”》, *Romanische Forschungen*, 61, 2-3, 1948, S. 324-387

Ledbury, Mark; *Sedaine, Greuze and the boundaries of genre* (SVEC, 380), 2000

——; 《The hierarchy of genre in the theory and practice of painting in eighteenth-century

France》, in: *Théories et débats esthétiques au dix-huitième siècle*, 2001, pp.187-209

Lefebvre, Henri; *Diderot*, Hier et Aujourd'hui, 1949

Lemoine, A. et Szanto, M.; 《Greuze face à la peinture d'histoire. Genèse et réception du *Septime Sévère*》, *Greuze et l'affaire du Septime Sévère*, Somogy/Éditions d'Art, 2005, pp.14-69

Lerel, A.; *Diderots Naturphilosophie*, Wien, 1950

レヴィ＝ストロース、クロード『みる　きく　よむ』武田信夫訳、みすず書房、2006 年

Lojkine, S.; 《Le langage pictural dans le Paradoxe sur le comédien》, Cahiers TEXTUEL, No11. février 1992, pp.87-99

――; 《De la figure à l'image: l'allégorie dans les *Salons* de Diderot》, *SVEC*, 2003: 07, pp.343-370

――; *L'œil révolté　Les Salons de Diderot*, Jacqueline Chambon, 2007

Locquin, J.; *La peinture d'Histoire en France de 1747 à 1785*, Paris 1912 (reprint ARTHENA 1978)

Louet, D.; 《La critique de l'absolutisme newtonien chez Leibniz et Berkeley》, : *Revue de Metaphigique et Moral*, no4, 1988, pp.448-526

Marquet, J.-F.; 《La Monadologie de Diderot》, *Revue philosophique de la France et l'étranger*, Juillet-Septenbre, PUF, 1984, pp.353-370

Martin-Haag, Eliane; 《Du «rêve» comme condition humaine: poésie et philosophie dans *Le Rêve de D'Alembert*》, *RDE*, 29, oct. 2000, pp.103-118

Maurseth, A. B.; *L'Analogie et le probable: pensée et écriture chez Denis Diderot* (SVEC, 2007, 9)

Mavrakis, Annie; 《"Ce n'est pas de la poésie; ce n'est que de la peinture" Diderot aux prises avec l'*ut pictura poesis*》, *Poétique*, Fevrier 2008, pp.63-80

May, Gita;《Diderot and Burke: A Study in Aesthetic Affinity》, *PMLA*, vol.LXXV, December 1960, pp.527-539

――; 《Le Rêve de D'Alembert selon Diderot》, *DS*, XVII, 1973, pp.25-39

Mcguire, J. E. and Heimann, P. M.;《The rejection of Newton's concept of matter in the Eighteenth Century》, *The concept of matter in modern philosophie*, University of Notre Dame Press, 1978, pp.104-118

Mølbjerg, Hans; *Aspects de l'esthétique de Diderot*, J. H. Schultz Ferlag, Kφbenhavn, 1964

Michel, Régis;《Diderot et la modernité》, *Diderot et l'Art de Boucher à David,* ibid., pp.110a-

121b
Mittelstraβ, Jürgen; 《Monad und Begriff》, *Studia Leibnitiana2*, 1970, S. 171-200
三宅剛一『学の形成と自然的世界』みすず書房、1984 年
Mortier, R.; 《Diderot au carrefour de la poésie et de la philosophie》, *Revue des Sciences humaines*, no28, 1963, pp.485-501
——; *Diderot and The "grand goût" The Prestige of History Painting in the Eighteenth Century*, Clarendon Press, Oxford 1982
——; *Diderot en Allemagne (1750-1850),* 1954 (Slatkine Reprints 1986)
Munhall, Edgar; 《Greuze and the Protestant Spirit》, *Art Quarterly,* 27, 1964, pp.1-23
——; 《Les dessins de Greuze pour «Septime Sévère»》, L'ŒIL, no124, AVRIL 1965, pp23-29, p.59
——; *Jean-Baptiste Greuze 1725-1805*, Catalogue de l'exposition de Dijon, Musée des Beaux-Arts, Dijon, 1977
——; 《The Variety of Genres in the Work of Jean-Baptiste Greuze, 1725-1805》, *Porticus,* vol.X/XI, 1987-88, pp.21-29
Munteano, B.; 《Le Problème de la peinture en poésie dans la critique française du XVIIIe siède》, Acte du cinquième congrès international des langues et Littératures modernes, Florence-Valmartia, éditeur-1955, pp.325-338
永井　博『ライプニッツ研究 — 科学哲学的考察』筑摩書房、1954 年
中川久定『啓蒙の世紀の光のもとで — ディドロと「百科全集」』岩波書店、1994 年
Niklaus, R.; 《Diderot et la peinture,Le critique d'art et le philosophe》, *EUROPE*, Jan.-Fév., 1963
小場瀬卓三『ディドロ研究　上』白水社、1961 年
大橋完太郎『ディドロの唯物論　群れと変容の哲学』法政大学出版局、2011 年
大野芳材「フランスの王立絵画アカデミーにおける＜ジャンル＞の問題について——アカデミーの成立よりヴァトーの時代まで——」『美術史論叢』5　1989 年
小田部胤久「自然的なものと人為的なものの交わるところ——芸術作品の概念史への試み——」『美学藝術学研究』16　1997 年、81-122 頁
——「表象から共感へ——バークの美学理論における芸術家の誕生——」、藤枝晃雄・谷川渥編著『芸術理論の現在　モダニズムから』東信堂、1999 年、115-134 頁
Pappas, John N.; 《Science versus Poetry An Eighteenth Century Dilemma》, *Thought a Review of Culture and Idea*, vol. XLV, no179, Winter, 1970, Fordham University

Quarterly, pp.578-589

——; 《La Poétique de d'Alembert》, *Festschrift für Werner Krauss*, Berlin 1971, pp.257-270

——;《L'esprit de finesse contre l'esprit de géométorie: un débat entre Diderot et Alembert》, SVEC, vol. LXXXIX, 1972

Pépin, F.; *La philosophie expérimentale de Diderot et la chimie*, Classiques Garnier, 2012

Perkins, Jean, A.; 《Diderot and La Mettrie》, *SVEC*, vol. X, 1959, pp.49-100

Perkins, M. L.; 《The crisis of sensationalism in Diderot's *Lettre sur les aveugle*》, *SVEC*, 174, 1978, pp.167-188

Pierre, J.; 《Compétence et leçons de Diderot Critique d'art》, *La Pensée*, no40, Jan.-Fev., 1952, pp.81-86

Potulicki, Elizabeth B.; 《L'Expérience poétique de Diderot》, *DS*, XVI, 1972, pp.197-228

——; *La modernité de la pensée de Diderot dans les œvres philosophiques*, Librairie A. -G. Nizet, Paris, 1980

Proust, J.;《Le *Salon de 1767* et les *Contes*: Fragments d'une poétique pratique de Diderot》, *Stanford French Review* VIII, 1984, pp.257-271

——; 《L'*originarité du Salon de 1767*》, D. Harth, M. Raether (Hgg.); *Denis Diderot oder die Ambivalenz der Aufklärung*, Würzburg 1987, pp.35-44

Pucci, Suzanne L.; 《The Art, Nature and Fiction of Diderot's beholder》, *Stanford French Review*, vol.8, 1984, pp.273-294

Quintili, Paolo;《Diderot,L'esthétique et le naturalisme L'autre science de l'interprétation de la nature》, *Dix-Huitième Siècle*, no31, 1999, pp.269-280

Rappaport, Rhoda; 《G.-F.Rouelle: An eighteenth-century chemist and teacher》, *Chymia* 6, 1960, pp.68-101

——; 《Rouelle and Stahl, the phlogistic revolution in France》, *Chymia* 7, 1961, pp.73-102

Reichenbach, Hans; 《Die Bewegungslehre bei Newton, Leibniz und Huyghens》, *Kant-Studien* XXIX, 1924, S. 416-438

Renaud, J.; 《De la théorie à la fiction: les *Salons* de Diderot》, *SVEC* 201, 1982, pp.143-162

Retat, Pierre; 《Le"moment"dans la critique et l'écriture des Salons》, *Diderot, les beaux-arts et la musique*, 1986, actes du colloque d'Aix-en Provence, Université de Provence, pp.1-11

Rex, Walter; 《Diderot contre Greuze?》, *RDE* no24, Avril 1998, pp.7-25

——; *Diderot's counterpoints* (SVEC 363),1998

Rey, Roselyne;《Dynamique des formes et interprétation de la nature》, *RDE*, no11, 1991, pp.49-62

Rioux, Beaulne;《Mettre en mouvement: conjecturalité et dialogisme chez Diderot》, *Lumen*, 23, 2004, pp.275-294

Robinet, André;《Place de la polemique Maupertuis-Diderot dans l'oeuvre de Dom Deschamps》, *Actes de la journée Maupertuis*, VRIN, 1973, pp. 33-45

Roger, J.;《Diderot et Buffon en 1749》, *DS*, vol.IV, 1963, pp.221-236

――; *Les sciences de la vie dans la pensée française du XVIIIe siècle*, Armand Colin 1971

ロジェ・ジャック『大博物学者ビュフォン――18 世紀フランスの変貌する自然観と科学・文化誌』ベカエール直美訳、工作舎、1992 年

Roy, M. -L.; *Die Poetik Denis Diderots*, Wilhelm Fink Verlag München, 1966

Russo, S.;《The Concept of Matter in Leibniz》, *philosophical Review*, vol, XLVII, 1938, pp.275-292

Saisselin, Rémy G.;《Ut Pictura Poesis: DuBos to Diderot》, *The Journal of Aesthetics and Art Criticism*, winter 1961, pp.145-156

坂口正男「Dalton 以前の化学書に現れる molécule の訳語について」、『科学史研究』10、日本科学史学会、1971 年

酒井　潔『世界と自我――ライプニッツ形而上学論攷――』創文社、1987 年

Saint-Amand, Pierre; *Diderot, le labyrinthe de la relation*, VRIN, 1984

佐々木健一「模倣のめぐみ――藝術創造における模倣の役割」『展望』213 号、筑摩書店、1976 年、86-97 頁

――「ディドロ『絵画論』――訳と註解」（その 1）～（その 15 完）：

・（その 1）今道友信編『藝術と想像力』科学研究費研究成果報告書、1982 年

・（その 2）～（その 10）『東京大学美学藝術学研究室紀要・研究』2~10、1984-92 年

・（その 11）～（その 13）同 12~14、1994-96 年

・（その 14）～（その 15 完）同 15~16、〔『美学藝術学研究』と改称〕1997-98 年

――『作品の哲学』東京大学出版会、1985 年

――「作者の誕生――そのアリバイをめぐる近世美学史」『美学』159 号、1989 年 1-11 頁

――「絵画の時代としての十八世紀――思想史の一座標」『思想』no755、1987 年、54-81 頁

――「幸福としての共生――十八世紀フランス美学の基底――」『思想』1989 年 2 月号、23-43 頁
――「Ut pictura poesis――絵画の十八世紀――」谷村・原田・神林編『藝術学フォーラム』第一巻、勁草書房、1991 年、238-253 頁
――「藝術の価値原理――近世美学史の一断面――」『美学』174, 1993 年、1-11 頁
――『美学辞典』東京大学出版会、1995 年
――『フランスを中心とする十八世紀美術史の研究――ウァトーからモーツァルトへ――』岩波書店、1999 年
――「近代の命運としての相対主義――ディドロ『ブガンヴィル航海記補遺』を読む」『哲学雑誌』第 786 号、有斐閣、1999 年、54-70 頁
――「ディドロ／ダランベール」『哲学の歴史 6』「知識・経験・啓蒙」松永澄夫編、中央公論新社、2007 年、485-533 頁
――『ディドロ「絵画論」の研究』（＝『研究』）中央公論美術出版、2013 年
Schieder, M.; 《«Sorti de son genre».La peinture de genre et la transgression de la hiérarchie à la fin de l'Ancien Régime》, *Cat. exp. Au temps de Watteau, Chardin et Fragonard. Chefs-d'oeuvre de la peinture de genre en France*, Ottawa, Musée des Beaux-Arts du Canada, 2003-04, pp.60-77
Schmitt, Eric-Emmanuel; 《L'Ordre du désordre》, *Europe*, 1984, 5, pp.35-41
Schnapper, A.;《Greuze un précurseur?》, *Connaissance des Arts*, no304, Janvier 1977, pp.86-91
――; 《Greuze peintre d'histoire ou peintre de genre?》, *Commentaire* vol.III, no12, hiver 1980/81, pp.597-601
Screve-Hall, Carole;《Greuze et la peinture d'histoire》, *Diderot et Greuze*, Actes du colloque de Clermont-Ferrand, ADOSA, 1984, pp.91-96
Seznec, J.; 《Diderot et l'affaire Greuze》, *Gazette des Beaux-Arts,* t. LXVIII, 1966, pp.339-355
島本　浣「ロジェ・ド・ピールと十八世紀の美術批評」『美学』149、1987 年夏、13-25 頁
――「十八世紀フランス絵画とグルーズ」『西洋の美術　新しい視座から』昭和堂、1990 年、159-182 頁
スタロバンスキー、ジャン『絵画を見るディドロ』小西嘉幸訳、法政大学出版局、1995 年
Stenger, G.; *Nature et liberté chez Diderot après l'Encyclopédie*, Universitas 1994

Strugnell, Anthony;《Diderot,Hogarth and the Ideal Model》, *Journal for Eighteenth-Century Studies,* vol.18, Issue2, 10. 2008

Sudaka, P.; 《L'intervention de Maupertuis dans la philosophie》, *Actes de la journée Maupertuis*, VRIN, 1973, pp.59-78

鈴木杜幾子『画家ダヴィッド　革命の表現者から皇帝の首席画家へ』晶文社、1991年

Swain, V.E.; Diderot's *Paradoxe sur le comédien*: the paradox of reading (SVEC, 208), 1982

Switten, M.; 《L'Histoire and La poesie in Diderot's writings on the novel》, *The Romanic Review,* vol.47, 1956, pp.259-269

Szigeti, J.; *Denis Diderot. Une grande figure du matérialisme militant du XVIIIe siècle,* Akadémiai Kiadó, Budapest 1977

Szondi, p.; 《Tableau et coup de thêatre　Pour une sociologie de la tragédie domestique et bourgeoise chez Diderot et Lessing》, *Poétique* 9, 1972, pp.1-14

Thom, P.; 《Truth and Materials in the *Paradoxe sur le comédien*》, *DS*, XXV, 1993

Thompson, J.; *Jean-Baptiste Greuze*, The Metropolitan Museum of Art Bulletin, 1989/90

Tieghem, Philippe van; 《Diderot à l'école des peintres》, *Actes du cinquième Congrès international des langues et littératures modernes*, Florence-Valmartina, éditeur-1955, pp.255-263

Tonelli, G.; 《Maupertuis et la critique de la métaphysique》, *Actes de la journée Maupertuis,* J. VRIN, 1975, pp.79-90

Tonneau, Olivier; 《La représentation de l'idée: désir et refus de l'allégorie chez Diderot》, *SVEC* 2003, pp.455-463

鳥井博郎『ディドロ　フランス啓蒙思想の一研究』国土社、1948 年

Trousson, R.; 《Diderot et Homère》, *DS,* VIII, 1966, pp.185-216

Tunstall, Kate E.; 《Diderot's 'promenade Vernet', or the Salon as landscape garden》, *French Studies*, vol. LV. no3, 2001, pp.339-349

Uphaus, Robert W.; 《Shaftesbury on Art: The Rhapsodie Aesthetic》, *The Journal of Aesthetics and Art Criticism*, vol.27, Spring 1969, pp.341-348

Vartanian, A.; 《From deist to atheist　Diderot's philosophical Orientation 1746-1749》, *DS*, vol.I, 1949, pp.46-63

——; 《Diderot and the phenomenology of the dream》, *DS*, VIII, 1966, pp.217-253

——; 《The *Rêve de D'Alembert*: A bio-political view》, *DS*, XVII, 1973, pp.41-64

Vidan, Gabrijela;《Diderot: la construction scientique et son relais par l'imagination》, *SVEC,*

vol.CLV, 1976, pp.2207-2222

Virolle, Roland; 《Diderot: La Critique d'art comme création romanesque dans les *Salons* de 1765 et 1767》, Gaulmier, J. (éd.); *La critique artistique, Un genre littéraire,* PUF 1983, pp.151-168

Wartofsky, M. W.; 《Diderot and the Development of materialist Monism》, *DS*, II, pp.279-329

Wilson, Arthur M.; 《The biographical implications of Diderot's *Paradoxe sur le comédien*》, *DS*, III, 1961, pp.374-382

Wright, Beth S.; 《New (Stage) Light on Fragonard's *Corésus*》, *Art Magazine*, vol.60 Summer 1986, pp.54-59

山本　信『ライプニッツ哲学研究』東京大学出版会、1976 年

〈著者紹介〉

冨田　和男（とみた　かずお）

1945年　生まれ。
1974年　早稲田大学大学院文学研究科哲学専攻修士課程修了。
1978年　同博士課程満期退学、同年4月早稲田大学高等学院教諭就任。
2013年　3月退職。
日本十八世紀学会、美学会会員。

著書：『フランス哲学史論集』（創文社　1985年　共著）
『仏蘭西の智慧と藝術』（行人社　2002年　共著）
ロナルド・グレムズリ編解説『モーペルテュイ、テュルゴ、メーヌ・ド・ビラン　言語表現の起源をめぐって』（北樹出版　2002年　共訳）

ディドロ　自然と藝術

2016年4月15日初版第1刷印刷
2016年4月21日初版第1刷発行
著　者　冨田和男
発行者　百瀬精一
発行所　鳥影社 (www.choeisha.com)
〒160-0023 東京都新宿区西新宿3-5-12トーカン新宿7F
電話 03(5948)6470, FAX 03(5948)6471
〒392-0012 長野県諏訪市四賀229-1(本社・編集室)
電話 0266(53)2903, FAX 0266(58)6771
印刷・製本　モリモト印刷・高地製本

ISBN978-4-86265-555-4 C1098

定価（本体3800円+税）